La croix de feu

Du même auteur
aux Éditions J'ai lu

Le chardon et le tartan :

1 - La porte de pierre, *J'ai lu* 4809
2 - Le bûcher des sorcières, *J'ai lu* 4810
3 - Le talisman, *J'ai lu* 5071
4 - Les flammes de la rébellion, *J'ai lu* 5072
5 - Le voyage, *J'ai lu* 5207
6 - Les tambours de l'automne, *J'ai lu* 5442
7 - La croix de feu, *J'ai lu* 7358
8 - Le temps des rêves, *J'ai lu* 7618
9 - La voie des songes, *J'ai lu* 7702

DIANA GABALDON

Le chardon et le tartan - 7

La croix de feu

Traduit de l'américain par Philippe Safavi

J'AI LU

Titre original :
The Fiery Cross

Les Tambours de l'automne
TOME 4

Résumé

En 1767, Claire et Jamie se sont exilés au Nouveau Monde pour fuir l'oppression de la Couronne anglaise. Après un bref arrêt à Charleston, ils décident de monter plus au nord, dans la vallée du Cape Fear, où ils savent que plusieurs Highlanders se sont réfugiés. Puis, en juin, Jamie décide de rejoindre River Run, plantation dont son oncle, Hector Cameron, est le propriétaire. Quand il l'atteindra, il apprendra que son oncle est mort. Jocasta, la veuve de Cameron, offre à Jamie de devenir le régisseur de ses terres, mais ce dernier préfère sa liberté. Il choisira plutôt d'implanter une nouvelle communauté à Fraser's Ridge, avec Claire et plusieurs compagnons. Alors qu'ils se rendent là-bas, ils sont attaqués par Stephen Bonnet, un pirate à qui Jamie avait sauvé la vie.

Quant à Brianna, la fille de Claire, elle est restée dans le confort du XXe siècle. Elle vit en 1969, à Boston, où elle étudie et entretient une relation amoureuse avec Roger Wakefield, dont la véritable identité est Roger MacKenzie. Les amoureux découvriront dans des archives qu'un incendie survenu en 1776 est à l'origine de la mort de Claire et Jamie. Il n'en faut pas plus pour que Brianna traverse à son tour le cercle des pierres afin d'aller les sauver. Elle sera bientôt imitée par Roger.

Pendant que Brianna tente de retrouver sa mère, elle fait la rencontre du pirate Stephen Bonnet. Un tragique événement survient alors, qui va bouleverser sa vie…

Je dédie ce livre à ma sœur, Theresa Gabaldon,
à qui j'ai raconté mes premières histoires.

J'ai traversé la guerre et j'y ai beaucoup perdu.

Je sais ce qui mérite qu'on se batte et ce qui ne le vaut pas.

L'honneur et le courage sont inscrits dans nos os. Les raisons pour lesquelles un homme tue sont parfois les mêmes que celles pour lesquelles il est prêt à mourir.

Voici pourquoi, Ô mon frère, la femme a des hanches larges. Son bassin osseux abrite un homme et son enfant. La vie d'un homme jaillit de ses os et c'est dans son sang que son honneur prendra un nom.

Rien que pour l'amour, je serais prêt à marcher à nouveau dans le feu.

PREMIÈRE PARTIE

In medias res

1

Heureuse la mariée que le soleil illumine

*Mount Helicon, colonie royale
en Caroline du Nord, fin octobre 1770*

Je fus réveillée par le crépitement de la pluie sur la toile et par la sensation d'un baiser de Frank sur mes lèvres. Désorientée, je clignai des yeux et portai machinalement mes doigts à ma bouche. Tout en faisant cela, je m'interrogeais. Voulais-je ainsi prolonger le contact avec mon premier mari ou, au contraire, en effacer toute trace ?

À mes côtés, Jamie remua et murmura dans son sommeil. Ses mouvements firent craquer les branches qui nous servaient de matelas. Recouvertes d'un piqué, elles dégageaient une odeur fraîche de cèdre. Peut-être la visite du fantôme l'avait-il dérangé ? Fronçant les sourcils, je fixai le vide devant notre abri de fortune.

« Va-t-en, Frank ! »

Dehors, il faisait encore sombre, mais une brume gris perle s'élevait de la terre humide. L'aube n'allait plus tarder. Rien ne bougeait, ni à l'intérieur ni à l'extérieur. Pourtant, une sorte de souffle, un frôlement à peine perceptible, hérissait le duvet sur ma peau.

« Ne devrais-je pas être présent à son mariage ? »

Je n'aurais su dire si ces mots s'étaient formés d'eux-mêmes ou si, comme ce baiser, ils n'étaient que le produit de mon subconscient. Je m'étais endormie l'esprit tout entier occupé par les préparatifs du mariage. Pas étonnant que je rêve de noces, surtout de nuit de noces.

En lissant la mousseline froissée de ma chemise, je m'aperçus avec une certaine gêne qu'elle était retroussée au-dessus de mes hanches et que le picotement sous ma peau n'était pas uniquement dû au sommeil. Réveillée en sursaut, je ne me rappelais aucun détail concret de mon rêve. Ne me revenaient à l'esprit que des sensations et des images troublantes mais confuses. C'était peut-être mieux ainsi.

Je me retournai pour me serrer contre Jamie. Il était chaud et dégageait une agréable odeur de feu de bois et de whisky, mêlée à un léger effluve de virilité. Le parfum de sa peau me faisait frémir. Je m'étirai, très lentement, cambrant les reins pour frotter mon bassin discrètement contre ses hanches. S'il était profondément endormi ou s'il était peu enclin à la chose, il ne s'en apercevrait même pas, mais dans le cas contraire…

Il ne dormait pas. Un léger sourire se dessina au coin de ses lèvres. Sans ouvrir les yeux, il glissa lentement sa large main le long de mon dos et me saisit fermement une fesse.

— Mmm ? fit-il. Hmmm…

Poussant un soupir satisfait, il se détendit et se rendormit, sans pour autant desserrer son étreinte.

Je me blottis contre lui, rassurée. Sa présence physique suffisait amplement à dissiper les derniers vestiges de mon rêve. Quant à Frank – si toutefois c'était bien lui qui m'avait visitée –, il avait raison. Si cela avait été possible, Brianna aurait souhaité la présence de ses deux pères à son mariage.

Désormais tout à fait réveillée, j'étais trop confortablement installée pour bouger. Dehors, il bruinait. La pluie était légère, mais elle rendait l'air suffisamment froid et humide pour m'ôter le courage d'abandonner mon nid douillet pour la perspective lointaine d'un café chaud. D'autant plus qu'un café chaud impliquait d'aller chercher de l'eau au ruisseau et de faire un feu... Sans compter que le bois serait mouillé, même s'il restait quelques braises dans le foyer de la veille. Ensuite, les pieds dans l'herbe trempée et les branches dégouttant dans mon cou, il me faudrait moudre le café dans le moulin en pierre et le passer.

J'en frissonnais d'avance. Je remontai la couverture sur mon épaule dénudée et décidai de me concentrer plutôt sur la liste des préparatifs du mariage.

Nourriture, boissons... Heureusement, je n'aurais pas à m'en occuper. Jocasta, la tante de Jamie, avait décidé de s'en charger, ou plutôt elle en avait chargé Ulysse, son majordome noir. Quant à la liste des invités, là encore, pas de problèmes. Nous nous trouvions en plein *gathering,* le plus grand rassemblement de Highlanders des colonies. Le gîte et le couvert étaient donc assurés. Alors nul besoin d'envoyer des invitations.

Au moins, Brianna aurait une nouvelle robe. Encore un cadeau de Jocasta. Elle était en laine bleu nuit. La soie était trop chère et peu adaptée à la vie dans ces contrées reculées et sauvages. Ce n'était pas tout à fait la robe de mariée en satin et en organdi blanc dans laquelle je l'avais imaginée autrefois, mais, d'un autre côté, ce mariage était bien différent d'une célébration typique des années 1960.

Je me demandai ce que Frank aurait pensé du mari de Brianna. Il aurait probablement approuvé le choix de sa fille. Comme lui, Roger était historien, ou l'avait été. Il était intelligent, spirituel, doué pour la musique, attentionné, entièrement dévoué à sa future épouse et au petit Jemmy.

« Ce qui, compte tenu des circonstances, est en effet admirable », dis-je mentalement à la brume.

« Ah, tu le reconnais toi-même ? »

Les paroles ironiques de Frank résonnèrent dans ma tête, comme s'il les avait prononcées en personne, en se moquant autant de lui-même que de moi.

Fronçant les sourcils, Jamie exerça une pression sur ma fesse, tout en émettant des grognements sourds dans son sommeil.

« Tu sais très bien que oui, répondis-je en pensée. J'ai été la première à le reconnaître et tu le sais très bien, alors va te faire voir, OK ? »

Je tournai résolument le dos à l'ouverture de notre abri et calai ma tête contre l'épaule de Jamie, cherchant le réconfort dans le lin doux et froissé de sa chemise.

Je soupçonnais Jamie d'être moins enclin que moi – ou peut-être que Frank – à reconnaître le mérite de Roger d'avoir accepté Jemmy comme son propre enfant. Pour un homme d'honneur, il ne pouvait en être autrement, cela coulait de source. Je connaissais également ses doutes quant à la capacité de son gendre de nourrir et de protéger une famille dans les forêts sauvages de la Caroline. Roger était grand, bien bâti et capable, mais, dans sa tête, les mots « bonnet », « baudrier » et « épée » étaient simplement des paroles de chanson. Jamie, en revanche, en connaissait le sens profond. Ces mots avaient dirigé toute sa vie.

La main sur ma fesse se contracta subitement, me faisant sursauter.

— *Sassenach,* dit Jamie d'une voix endormie, tu gigotes comme un têtard dans le creux d'une main. Tu as besoin de te lever pour aller au petit coin ou quoi ?

— Oh, tu es réveillé ! dis-je en me sentant un peu sotte.

— Grâce à toi, oui.

Il me lâcha et s'étira en gémissant. Ses pieds nus surgirent de l'autre bout de la couverture, ses longs orteils écartés.

— Désolée.

— Ce n'est pas grave !

Il se racla la gorge et passa une main dans la masse rousse et emmêlée de ses cheveux, tout en écarquillant les yeux.

— De toute façon, je faisais des rêves horribles. C'est toujours ainsi quand je dors dans le froid.

Il souleva la tête et regarda ses pieds, agitant ses orteils d'un air réprobateur.

— D'ailleurs, où sont passés mes bas ? s'étonna-t-il.

— À quoi rêvais-tu ?

Je n'étais pas très à l'aise et j'espérais qu'il n'ait pas fait le même genre de rêve que moi.

— À des chevaux.

Je pouffai de rire, soulagée.

— Que pouvais-tu faire d'horrible avec des chevaux ?

— C'était atroce.

Il se frotta les yeux avec ses deux poings et secoua la tête, essayant de chasser les images de son esprit. Puis il se mit à raconter :

— C'est à cause des rois d'Irlande. Tu sais, ceux dont nous parlait MacKenzie hier soir, autour du feu ?

— Les rois d'Ir…

Puis je me souvins et me mis à rire de plus belle.

— Oui, je m'en rappelle très bien.

La nuit précédente, autour du feu de camp, Roger, encore tout émoustillé par le récent triomphe de ses fiançailles, avait régalé la compagnie de chansons, de poèmes et d'anecdotes historiques. L'une d'elles concernait les prétendus rites de couronnement des anciens rois d'Irlande. Entre autres épreuves, le prétendant au trône devait s'accoupler avec une jument blanche devant le peuple réuni, soi-disant pour prouver sa virilité, quoique, à mon humble avis, cela démontrait surtout le *sang-froid*[1] du monsieur.

— J'étais chargé de tenir la monture, m'expliqua Jamie, mais tout allait de travers. Pour commencer, l'homme était trop petit et j'ai dû aller chercher quelque chose pour l'aider à grimper. J'ai d'abord trouvé une pierre, mais je n'arrivais pas à la soulever. Ensuite, un tabouret, mais un des pieds m'est resté dans la main. Puis, j'ai décidé de lui construire une estrade en briques, mais elles se sont effritées et transformées en sable. Enfin, la cour a déclaré que ce n'était pas grave, qu'il suffirait de couper les pattes du cheval. J'allais l'en empêcher quand le candidat à la couronne s'est mis à tirer sur ses culottes en se plaignant que ses boutons de braguette ne s'ouvraient pas. À cet instant, quelqu'un a remarqué que la jument était noire, ce qui était inacceptable.

J'enfouis mon nez dans les plis de la chemise de Jamie de peur que mon rire ne réveille les campeurs près de nous.

— C'est pour ça que tu t'es réveillé ?

---

1. Tous les mots en italique et suivis d'un astérisque sont en français dans le texte. *(N.D.T.)*

— Non. Pour une raison inconnue, cette objection m'a grandement contrarié. J'ai affirmé que les chevaux noirs étaient nettement préférables, que les blancs étaient plus fragiles et que le croisement d'un homme et d'une jument blanche donnerait une progéniture aveugle. Mais la cour répondait « Non, non, non », rajoutant que le noir portait malheur. J'insistais, soutenant le contraire et…

Il s'interrompit et s'éclaircit la gorge.

— Et alors ?

Il me lança un regard en coin, l'air légèrement embarrassé.

— Et alors… j'ai dit que la noire ferait parfaitement l'affaire et que j'allais le leur prouver. Je l'ai attrapée fermement par la croupe pour qu'elle cesse de bouger et m'apprêtai à… me faire roi d'Irlande quand je me suis réveillé.

Je manquai de m'étrangler. Je sentais ses côtes agitées de soubresauts, tandis qu'il tentait de garder son sérieux.

— Maintenant que tu m'as raconté ça, je suis encore plus navrée de t'avoir réveillé !

J'essuyai mes yeux avec un coin de la couverture, puis ajoutai :

— Les Irlandais ne savent pas ce qu'ils ont raté. Cela dit, je me demande bien ce que les reines d'Irlande pensaient de cette fameuse cérémonie !

— Je doute que ces dames aient souffert un tant soit peu de la comparaison. Même si j'ai entendu parler d'hommes qui préféraient…

— Je ne pensais pas à *ça* ! Je m'interrogeais plutôt sur les implications hygiéniques. On dit que c'est par-dessus la crinière de la jument que l'on prend la pouliche, mais de là à prendre la reine par-dessus la crinière de la jument… !

— On dit ça ? Ah, oui…

Il rougit, une lueur coquine dans le regard.

— Tu peux dire ce que tu veux sur l'hygiène des Irlandais, *Sassenach*, mais je suis sûr qu'ils se lavent de temps en temps. En outre, vu les circonstances, le roi peut même avoir trouvé l'usage d'un savon utile dans… dans…

— *In medias res ?* suggérai-je. Ça m'étonnerait. Après tout, la jument est un animal assez grand.

Il me lança un regard offusqué, avant de poursuivre :

— C'est une question de préparation autant que de place. Or, dans ces circonstances, un homme a besoin de tous les encouragements possibles. Bien que ce soit *in medias res,* dans tous les cas. Tu as déjà lu Horace ? Aristote ?

— Non, tout le monde ne peut pas être aussi cultivé que toi. Et puis, quand j'ai appris qu'Aristote rangeait les femmes après les vers de terre dans sa classification du monde animal, je n'ai pas vraiment eu envie de le connaître.

La main de Jamie remonta le long de mon dos, caressant mes vertèbres saillantes sous ma chemise de nuit.

— Il ne devait sans doute pas être marié. Autrement, il aurait sûrement remarqué les os ! dit-il, amusé.

Je souris et touchai du bout des doigts ses pommettes, nettes et glabres. Le reste de son visage ressemblait à un champ de chaume auburn.

Dehors, les premières lueurs de l'aube éclaircissaient le ciel. La tête de Jamie se détachait à contre-jour sur la toile pâle de notre abri, mais je distinguais clairement son visage. À son expression gourmande, je me souvins soudain pourquoi, la veille, il avait ôté ses bas… Malheureusement, épuisés par les festivités prolongées, nous nous étions endormis au beau milieu d'une étreinte.

Cela me rassura quelque peu, car je comprenais mieux l'état de ma chemise de nuit et les rêves qui m'avaient assaillie. En même temps, un courant d'air étendit ses doigts glacés sous les couvertures et me fit frissonner. Frank et Jamie étaient très différents, et il n'y avait aucun doute dans mon esprit quant à celui des deux qui m'avait embrassée juste avant mon réveil.

— Embrasse-moi, demandai-je subitement à Jamie.

Il s'exécuta néanmoins en effleurant mes lèvres, puis, tandis que je glissai une main derrière sa nuque et le pressai contre moi, il bascula son poids sur une main et, de l'autre, dégagea l'enchevêtrement de draps et de couvertures autour de nos jambes.

— Ah ? dit-il quand je le libérai.

Il sourit. Ses yeux plissés formaient deux triangles sombres dans la pénombre.

— À votre service, *Sassenach,* mais je dois juste sortir un instant.

Il écarta la couverture et se leva. Couchée sur le dos, je jouissais d'une vue peu orthodoxe sous sa longue chemise de lin, une vision fort prometteuse. J'espérai que son cauchemar équestre n'en fut pas la cause mais me gardai de tout commentaire.

— Fais vite, dis-je. Il commence à faire jour. Les autres vont bientôt se lever.

Il acquiesça et, baissant la tête, sortit de notre abri. Je restai immobile, tendant l'oreille. En ce matin d'automne, quelques oiseaux gazouillaient faiblement au loin. Même l'apparition du soleil ne parviendrait pas à déclencher les concerts tonitruants auxquels nous avions droit au printemps et en été. La montagne et ses nombreux campements étaient encore endormis. Je percevais à peine, ici et là, quelques mouvements.

Je me passai les mains dans les cheveux, les gonflant et les laissant retomber sur mes épaules, puis je roulai sur le ventre à la recherche de la cruche d'eau. Sentant de l'air froid dans mon dos, je lançai un regard par-dessus mon épaule. L'aube était déjà là et la brume s'était dissipée. Dehors, tout était gris et immobile.

Je caressai l'anneau d'or autour de mon annulaire gauche. On me l'avait rendu la nuit dernière et, après une si longue absence, je n'y étais pas encore habituée. Était-ce lui qui avait fait apparaître Frank dans mes rêves ? Ce soir, peut-être, pendant la cérémonie du mariage, je le caresserais délibérément, en espérant que, d'une manière ou d'une autre, Frank puisse voir le bonheur de sa fille à travers mes yeux. Mais, pour le moment, il avait disparu et c'était pour le mieux.

Un petit bruit s'éleva, à peine plus fort que les chants d'oiseaux au loin. Le bref cri d'un nourrisson qui s'éveille.

Il fut un temps où je croyais que, quelles que soient les circonstances, un lit nuptial était fait pour deux personnes seulement. J'en étais toujours convaincue. Néanmoins, un bébé étant plus difficile à chasser que le fantôme d'un ancien amour, la couche de Brianna et de Roger devait accueillir trois personnes, que cela leur plaise ou non.

Le bord de la toile se souleva et Jamie apparut, l'air excité et inquiet.

— Tu ferais bien de te lever et de t'habiller, Claire. Les soldats sont rassemblés au bord du torrent. Où sont mes bas ?

Je me redressai d'un bond. Au même moment, le roulement des tambours se fit entendre, plus bas, dans la montagne.

*

* *

Un brouillard glacé flottait dans les creux du terrain, comme une fumée épaisse. Un nuage s'était posé sur Mount Helicon telle une poule pondant son œuf. Écarquillant mes yeux encore bouffis, j'aperçus de l'autre côté d'une vaste étendue d'herbes folles le 67e régiment des Highlands rassemblé dans toute sa splendeur, près du cours d'eau. Ses tambours grondaient et son cornemuseur s'en donnait à cœur joie, majestueusement indifférent à la pluie.

J'étais frigorifiée et plutôt contrariée. Je m'étais couchée la veille en m'attendant à un réveil en douceur, avec un bon café chaud et un petit déjeuner nourrissant, suivi de deux mariages, trois baptêmes, deux extractions de dents, l'ablation d'un ongle d'orteil infecté et d'autres mondanités divertissantes et innocentes arrosées de quelques bonnes rasades de whisky.

À la place, j'avais été réveillée par des rêves troublants, puis Jamie avait interrompu les préliminaires d'un badinage galant avant de me traîner sous une bruine glacée *in medias res,* apparemment pour entendre une proclamation. Et toujours pas l'ombre d'un café à l'horizon !

Il fallut un certain temps aux Highlanders, dans leurs camps respectifs, pour se secouer et descendre le versant d'un pas chancelant. Le temps qu'ils soient tous rassemblés, le cornemuseur avait viré au violet. Il émit une dernière note qui s'étira en un long couac crachotant. Son écho résonnait encore contre le flanc de la montagne, quand le lieutenant Archibald Hayes s'avança devant ses hommes.

Originaire du comté écossais du Fifeshire, l'officier avait un accent nasal et une voix qui portait loin, et le vent le favorisait. Toutefois, j'étais sûre que les gens placés plus haut, sur la colline, l'entendaient à peine. Pour ma part, installée au pied de la pente, à une vingtaine de mètres du lieutenant, je distinguais clairement chacune de ses paroles en dépit du claquement de mes dents. Hayes lisait un texte, haussant la voix pour étouffer le sifflement du vent, le gargouillis du torrent et les murmures inquiets de la foule.

— *Je soussigné, William Tryon, esquire, en mon titre de capitaine général de Sa Majesté, gouverneur et commandant en chef de la Province...*

En raison de l'humidité, une brume nimbait les arbres et les rochers, se condensant en fines gouttelettes. Les nuages crachotaient par intermittence une bruine glacée et les vents erratiques avaient encore fait chuter la température de quelques degrés. Mon tibia gauche, sensible au froid, m'élançait à l'endroit exact où je l'avais cassé deux ans plus tôt. Une personne portée sur les présages et les métaphores aurait sans doute été tentée d'établir un lien entre ce sale temps et la lecture de la proclamation du gouverneur, deux événements froids et menaçants. Hayes continua de lire de sa voix de stentor, lançant des regards sévères à la foule par-dessus son papier :

— *Considérant qu'il m'a été rapporté qu'un grand nombre d'individus aux paroles outrancières et au comportement turbulent ont troublé l'ordre public en se réunissant tumultueusement dans la ville de Hillsborough les 24 et 25 du mois dernier, alors que siégeait la Cour supérieure de justice de ce district, et ce, afin de s'opposer aux justes mesures du gouvernement en violant directement les lois de notre pays et en s'attaquant audacieusement au juge mandaté par Sa Gracieuse Majesté dans l'exercice de ses fonctions.*

« *Considérant que ces mêmes individus ont frappé avec barbarie et blessé plusieurs personnes au sein de ladite cour et, pendant la séance susmentionnée, proféré d'autres paroles indignes et insultes à l'encontre du gouvernement de Sa Gracieuse Majesté, qu'ils ont commis les outrages les plus abjects sur la personne et sur les biens de divers habitants de la ville, s'adonnant à la beuverie, vouant aux gémonies leur légitime souverain le roi George, appelant à la réussite du Prétendant...* »

Hayes marqua une pause pour reprendre son souffle. Après avoir gonflé son torse en inspirant fortement, il reprit :

— ... *Et afin que les individus ayant commis les outrages susmentionnés soient traduits devant la justice, après avoir demandé le conseil et l'approbation du Conseil de Sa Majesté, je publie, par la présente, une proclamation enjoignant strictement tous les juges de paix de Sa Majesté dans ce gouvernement de mener des enquêtes diligentes concernant les crimes et délits cités plus haut, et d'entendre les dépositions de la ou des personnes qui se présenteront devant eux afin d'apporter leur témoignage sur les faits en question, lesquelles dépositions me seront ensuite transmises pour être soumises à l'Assemblée générale de New Bern, le 30 du prochain mois de novembre, date à laquelle elles seront prorogées pour citation immédiate à l'ordre du jour des affaires courantes...*

Hayes, dont le visage était à présent presque aussi cramoisi que celui du cornemuseur, inspira longuement avant d'attaquer la dernière ligne droite :

— ... *Rédigé sous ma dictée et apposé du Grand Sceau de la Province, à New Bern, ce 18ᵉ jour d'octobre, dans la 10ᵉ année du règne de Sa Gracieuse Majesté, Anno Domini, 1770.*

Hayes conclut enfin dans un petit nuage de souffle condensé :

— « *Signé William Tryon.* »

— Tu sais, fis-je observer à Jamie, j'ai bien l'impression que, à part la conclusion, tout ce discours ne faisait qu'une seule phrase. Impressionnant, même pour un politicien !

— Chut, *Sassenach.*

Il fixait toujours Archie Hayes. Autour de nous, s'élevait de la foule un brouhaha sourd, mélange d'intérêt et de consternation, auquel venait s'ajouter un certain amusement à l'écoute de commentaires concernant les toasts félons portés à la réussite du Prétendant.

Nous étions à un *gathering* de Highlanders, dont bon nombre s'étaient exilés dans les colonies à la suite du soulèvement jacobite. Archie Hayes aurait très bien pu se formaliser officiellement des propos tenus la veille au soir, tandis que les pintes de bière et de whisky circulaient autour des feux de camp... D'un autre côté, il n'avait qu'une quarantaine de soldats avec lui et, quelle que soit son opinion sur le roi George et son rival Stuart, il avait la sagesse de la garder pour lui.

Convoqués par les roulements de tambour, quelque quatre cents Highlanders encerclaient la petite troupe de Hayes au bord du torrent. Les hommes et les femmes s'étaient abrités sous les arbres au-dessus de la clairière, leurs plaids et leurs châles serrés autour du cou pour se protéger du vent. À en juger par les visages de pierre sous les béguins et les écharpes qui claquaient, ils préféraient eux aussi se taire. À moins que leur expression figée ne soit due au froid plus qu'à une prudence naturelle. Mes propres joues étaient paralysées, le bout de mon nez était gourd, et je ne sentais plus mes pieds depuis le lever du jour.

— Toute personne souhaitant faire une déclaration concernant cette affaire des plus graves pourra se confier à moi en toute sécurité, annonça Hayes sans se départir de son air neutre. Je serai sous ma tente toute la journée avec mon clerc. Vive le roi !

Il tendit la proclamation à son caporal, puis, d'un salut de la tête, il signifia à l'assemblée qu'elle était congédiée. Il pivota alors sur ses talons et marcha vers une grande tente en toile, érigée près des arbres. Des bannières de régiments battaient follement au vent sur un mât fiché à côté d'elle.

Grelottante, je glissai une main dans la fente du manteau de Jamie et lui pris le bras ; mes doigts glacés furent rapidement réchauffés par la chaleur de sa peau. Il serra brièvement le coude contre son flanc, mais il ne baissa pas les yeux vers moi. Plissant les yeux pour éviter la piqûre du vent, il étudiait Archie Hayes qui s'éloignait.

Compact et robuste, pas très grand mais possédant une indéniable présence, le lieutenant se déplaçait d'un pas assuré, comme s'il n'était pas conscient de la foule qui l'observait depuis les flancs de la montagne. Il disparut sous la tente, laissant le rabat ouvert en guise d'invitation.

Une fois de plus, je devais, malgré moi, saluer l'instinct politique du gouverneur Tryon. À cet instant précis, on devait lire sa proclamation dans toutes les villes et les collectivités de la colonie. Il aurait pu laisser un magistrat ou un shérif local prononcer ce message officiel mais courroucé à notre *gathering*. À la place, il avait pris la peine d'envoyer Archibald Hayes.

Hayes avait participé à la bataille de Culloden aux côtés de son père à l'âge de douze ans. Blessé au combat, il avait été capturé et envoyé en Angleterre. Là, on lui avait donné le choix entre faire partie de l'armée de la Couronne ou être déporté. Il avait opté pour les armes et tenté d'en tirer le meilleur parti. Le fait qu'il se soit hissé au rang d'officier alors qu'il avait à peine la trentaine, et ce, à une époque où les grades étaient plus souvent achetés que gagnés sur le terrain, témoignait éloquemment de ses capacités.

Il était aussi sympathique qu'intègre. La veille, invité à partager notre repas et notre feu de camp, il avait passé la moitié de la soirée à discuter avec Jamie, puis celui-ci l'avait promené d'un feu à un autre, en le présentant aux chefs de toutes les familles importantes présentes au *gathering*.

« Qui en avait eu l'idée ? » me demandai-je en regardant Jamie, dont le long nez était rougi par le froid. Son expression ne laissait rien transparaître. Le connaissant, cela indiquait qu'il pensait très probablement à quelque chose de passablement dangereux. Avait-il été mis au courant de cette proclamation ?

Aucun officier anglais, à la tête de sa propre troupe, n'aurait pu délivrer une information de ce type devant un rassemblement d'Écossais et espérer la moindre coopération en retour. Mais Hayes et ses vaillants Highlanders drapés de leurs tartans... Il ne m'avait pas échappé que le lieutenant avait fait dresser sa tente le dos contre un épais taillis de sapins. Quiconque voulait lui parler discrètement pouvait donc s'approcher par les bois et entrer sans se faire voir. Je murmurai à Jamie :

— Tu crois que Hayes s'attend à ce que quelqu'un sorte de la foule, se précipite sous sa tente ou se rende spontanément ?

Personnellement, je connaissais au moins une dizaine d'hommes dans l'assemblée qui avaient participé aux émeutes de Hillsborough. Trois d'entre eux se tenaient d'ailleurs si près de nous qu'il m'aurait suffi de tendre le bras pour les toucher.

Jamie suivit mon regard et posa sa main sur la mienne, la serrant pour m'enjoindre d'être plus discrète. Je lui lançai un regard indigné. Il ne me croyait tout de même pas capable de trahir quelqu'un par inadvertance ! Il esquissa un petit sourire suivi d'une de ces moues horripilantes qui disait encore plus clairement que des mots : « Tu sais comment tu es, *Sassenach.* Il suffit de te regarder pour savoir ce que tu penses. »

Je me rapprochai un peu plus de lui et lui envoyai un coup de pied discret dans le tibia. Mon visage était peut-être transparent, mais personne de cette assemblée ne pourrait y lire le moindre commentaire. Jamie ne broncha pas, mais son sourire s'élargit encore un peu. Il glissa un bras sous ma cape et me serra contre lui, plaquant sa main dans mon dos.

Hobson, MacLennan et Fowles se tenaient juste devant nous, échangeant des messes basses. Ils venaient tous trois d'une toute petite plantation nommée

Drunkard's Creek, « le torrent du soûlard », située à un peu plus d'une vingtaine de kilomètres de la nôtre, sur Fraser's Ridge. Hugh Fowles, le gendre de Joe Hobson, avait à peine vingt ans. Il faisait de son mieux pour conserver un air impassible, mais son visage était devenu blême et moite à la lecture de la proclamation.

J'ignorais ce que Tryon comptait faire à ceux qui avaient pris part aux émeutes, mais je sentais le malaise créé par le message du gouverneur se propager dans la foule comme les tourbillons d'eau déferlant entre les rochers du torrent voisin.

Plusieurs bâtiments de Hillsborough avaient été détruits et un groupe de représentants officiels de la Couronne avaient été violemment traînés dans la rue et conspués. Le bruit courait qu'un juge de paix, qui avait peu à voir avec la justice et encore moins avec la paix, avait perdu un œil à la suite d'un coup de cravache vicieux. Prenant sans doute cette démonstration de désobéissance civique très à cœur, le juge Henderson avait fui par la fenêtre et quitté la ville, empêchant effectivement le tribunal de siéger. Il était clair que le gouverneur avait de quoi être *très* fâché.

Joe Hobson lança un bref regard par-dessus son épaule dans la direction de Jamie. La présence prolongée du lieutenant Hayes près de notre feu, la nuit précédente, n'était pas passée inaperçue.

Si Jamie remarqua son regard, il n'en laissa rien paraître. Il pencha la tête vers moi et déclara :

— Je doute que Hayes s'attende à ce que quelqu'un se rende. Mais je suppose que, par devoir, il est néanmoins obligé de le demander publiquement. Je remercie le Ciel de ne pas devoir lui répondre.

Il n'avait pas haussé la voix, mais il avait parlé suffisamment fort pour que Joe Hobson puisse l'entendre. Celui-ci se tourna vers Jamie et lui adressa un petit signe narquois de la tête pour lui faire comprendre qu'il avait saisi. Il toucha le bras de son gendre, puis ils s'éloignèrent, remontant la pente vers les campements éparpillés où leurs femmes étaient restées pour surveiller les feux et les enfants en bas âge.

C'était le dernier jour du *gathering*. Ce soir, il y aurait des mariages et des baptêmes, la bénédiction formelle de l'amour et de ses fruits, que des paroissiens sans église avaient engendrés tout au long de l'année. Puis on chanterait les dernières chansons, on conterait les derniers contes, on danserait entre les flammes bondissantes des nombreux brasiers, qu'il pleuve ou pas. Au matin, les Écossais et leurs familles se disperseraient pour rentrer dans leurs foyers, disséminés des berges colonisées du fleuve Cape Fear aux montagnes sauvages de l'Ouest, emportant avec eux les nouvelles de la proclamation du gouverneur et des émeutes de Hillsborough.

J'agitai mes orteils au fond de mes souliers humides et me demandai, non sans un certain malaise, combien d'hommes penseraient qu'il était de leur devoir de répondre à l'invitation de Hayes en avouant leurs crimes ou en dénonçant leurs voisins. Certainement pas Jamie, mais d'autres, peut-être. Au cours de toute la semaine, beaucoup s'étaient vantés de leurs exploits à Hillsborough, mais tout le monde ne voyait pas les émeutiers comme des héros, loin de là.

Le murmure des conversations qui s'élevait autour de nous était presque palpable. Les têtes se tournaient, les familles se rassemblaient, des hommes passaient de groupe en groupe, tandis que le message de Hayes passait en amont, de bouche à oreille, vers ceux qui s'étaient tenus trop loin pour entendre son discours.

— On y va ? Il nous reste encore beaucoup à faire avant les mariages de ce soir.

— Ah oui ? s'étonna Jamie. Je croyais que les esclaves de Jocasta s'occupaient de la cuisine et des boissons. J'ai confié les tonneaux de whisky à Ulysse. Il sera le *soghan*.

Cette idée me fit sourire.

— Ulysse ? Il viendra en perruque ?

Dans un mariage highlander, le *soghan* était le préposé aux boissons et aux rafraîchissements. Ce terme signifiait quelque chose comme « le joyeux drille ». Or, Ulysse était la personne la plus guindée que j'avais jamais rencontrée, même sans sa livrée et sa perruque poudrée en crin de cheval.

— Si c'est le cas, répondit Jamie, elle risque de lui rester définitivement collée sur le crâne avant la fin de la soirée !

Il leva les yeux vers le ciel de plus en plus chargé et maugréa :

— Heureuse la mariée que le soleil illumine. Heureux le cadavre que la pluie baigne.

— C'est ce que j'aime chez vous, les Écossais. Vous avez toujours le proverbe approprié à chaque occasion. Je t'interdis de répéter celui-ci devant Bree.

— Pour qui me prends-tu, *Sassenach* ? dit-il avec un sourire en coin. Je suis son père, non ?

— Justement.

Je refoulai une pensée soudaine pour Frank, l'autre père de ma fille, et lançai un regard à la ronde pour m'assurer qu'elle n'était pas dans les parages.

Aucun signe de sa chevelure flamboyante autour de nous. Digne fille de son père, avec son mètre quatre-vingts en chaussettes, elle était aussi facile à repérer dans une foule que Jamie.

— Ce n'est pas du repas de noces dont je dois m'occuper, dis-je en me tournant de nouveau vers lui. Je dois préparer le petit déjeuner, puis tenir les consultations du matin avec Murray MacLeod.

— Ah oui ? Je croyais que tu considérais Murray comme un charlatan.

— J'ai dit qu'il était ignare, têtu et qu'il représentait une menace pour la santé publique, corrigeai-je. Ce n'est pas tout à fait la même chose.

— Je vois. Tu comptes l'éduquer ou l'empoisonner ?

— Ce qui me paraîtra le plus efficace. À défaut, je pourrais accidentellement marcher sur sa lancette et la briser. C'est probablement le seul moyen de l'empêcher de saigner les gens à tire-larigot. Allez, viens, je gèle !

Jamie lança un dernier regard vers les soldats, toujours rassemblés au bord du torrent en position de repos.

— C'est bon, rentrons, dit-il enfin. Archie a sans doute l'intention de garder ses hommes ici jusqu'à ce que tout le monde soit parti. Les malheureux commencent déjà à bleuir de froid.

Bien qu'en uniforme et armée de pied en cap, la rangée de Highlanders semblait détendue. Certes, ces hommes en imposaient, mais ils ne paraissaient plus menaçants. Des garçonnets, accompagnés de quelques fillettes, gambadaient parmi eux, faisant voler les pans de leur kilt ou se précipitant entre leurs jambes. C'était à qui oserait le premier toucher à leurs mousquets étincelants, aux gourdes accrochées à leur ceinture ou à la garde de leur coutelas et de leur épée.

— Abel, *a charaid* !

Jamie s'était arrêté pour saluer le troisième habitant de Drunkard's Creek.

— Tu n'as encore rien avalé aujourd'hui ?

MacLennan était venu au *gathering* sans sa femme et mangeait donc au hasard de ses rencontres. Autour de nous, la foule se dispersait, mais il restait solidement planté sur place, tenant les coins d'un mouchoir en flanelle rouge au-dessus de son crâne dégarni pour se protéger de la pluie. Il espérait sans doute se faire inviter pour le petit déjeuner, me dis-je cyniquement.

J'étudiai sa silhouette trapue, évaluant à vue de nez sa consommation probable d'œufs, de gruau et de pain grillé, puis je fis rapidement un inventaire bien maigre des provisions qui restaient dans nos paniers. Mais une pénurie de nourriture n'a jamais empêché un Highlander d'offrir son hospitalité, et encore moins Jamie. Alors qu'il invitait MacLennan à se joindre à nous, je divisais mentalement dix-huit œufs par neuf et non plus par huit. Au lieu de les frire simplement, je les ferais en beignets avec des petits morceaux de pomme de terre grattée. Je devais également penser à m'arrêter au campement de Jocasta en remontant vers notre abri pour lui emprunter encore un peu de café.

Au moment où nous nous retournions pour continuer notre chemin, la main de Jamie glissa plus bas dans mon dos et je laissai échapper un cri peu élégant. Abel MacLennan me lança un regard surpris et je lui répondis par mon plus beau sourire, résistant à l'envie de donner un nouveau coup de pied à Jamie, moins discret cette fois.

MacLennan détourna la tête et grimpa la pente devant nous d'un pas alerte, les pans de sa veste rebondissant sur ses culottes usées. Jamie me prit le coude pour m'éviter de glisser sur un éboulis et, se penchant vers moi, marmonna dans mon oreille :

— Pourquoi diable ne portes-tu pas de jupon, *Sassenach* ? Tu n'as rien sous ta jupe, tu vas attraper la mort !

— Tu n'as pas tout à fait tort, admis-je en frissonnant malgré ma cape.

En fait, j'avais bien une chemise en lin sous ma robe, mais elle était fine et élimée, parfaite pour camper dans la nature en plein été, mais nettement insuffisante pour me protéger des rafales cinglantes qui traversaient le tissu comme une vulgaire étamine de soie.

— Tu avais pourtant un beau jupon en laine hier, qu'est-ce que tu en as fait ?

— Tu ne veux pas le savoir, affirmai-je.

Il écarquilla les yeux, mais, avant qu'il n'ait pu m'interroger davantage, un cri retentit derrière nous.

— Germain !

Faisant volte-face, j'aperçus une petite tête blonde dévalant la pente au-delà des rochers. Âgé de deux ans, Germain avait profité de ce que sa mère était accaparée par sa toute jeune sœur pour échapper à sa vigilance et se précipiter vers les soldats. Se faufilant entre les bras de ceux qui tentaient de le retenir, il fonçait droit vers le bas de la côte, prenant de la vitesse comme une pierre qui roule.

— Fergus ! hurla Marsali.

En entendant son nom, le père de Germain interrompit sa conversation et tourna la tête, juste à temps pour voir son fils trébucher contre un caillou et partir la tête la première en vol plané. Acrobate-né, il n'essaya pas de se rattraper, mais il retomba gracieusement, touchant terre d'une épaule puis se recroquevillant en boule comme un hérisson. Il roula comme un boulet de canon devant la rangée de soldats, rebondit sur le bord de la berge caillouteuse et atterrit dans le torrent dans une grande éclaboussure.

Après quelques secondes de silence, plusieurs personnes coururent à sa rescousse. Cependant, un des soldats s'était déjà précipité sur la berge. S'agenouillant, il glissa la pointe de sa baïonnette dans les vêtements de l'enfant et tira la masse trempée jusqu'à la rive.

Fergus se précipita dans l'eau glacée, souleva son fils dégoulinant et le serra dans ses bras tout en remerciant le jeune soldat :

— *Mille mercis, mon ami, mille mercis* *.

Puis, s'adressant à son rejeton crachotant, il plaisanta :

— Et toi, mon petit canard, ça va ? Mon petit *chowderheid* !

Le Highlander dévisagea Fergus d'un air perplexe, mais je n'aurais su dire s'il était plus surpris par son étrange micmac linguistique ou par le crochet étincelant qui lui servait de main gauche.

— Ce n'est rien monsieur, dit-il enfin. Je ne crois pas qu'il se soit fait mal.

Brianna apparut soudain de derrière un chêne jaune, portant son fils Jemmy âgé de six mois dans le creux d'une épaule, et prit la petite Joan des bras de Marsali.

— Donne-moi Joannie. Comme ça, tu pourras t'occuper de Germain.

Jamie décrocha sa lourde cape de ses épaules et la déposa dans les bras de Marsali à la place du bébé.

— Dis aussi à ce jeune soldat qui l'a sauvé de venir partager notre feu.

Se tournant vers moi, il demanda :

— Tu as de quoi nourrir un invité supplémentaire, *Sassenach* ?

— Bien sûr.

Je refis aussitôt mes calculs mentaux. Dix-huit œufs, quatre miches de pain rassis à griller – non, je devais en garder une pour notre voyage de retour du lendemain –, trois douzaines de galettes d'avoine, si Jamie et Roger ne les avaient pas déjà mangées, un demi-bocal de miel…

Le sourire triste qui se dessina sur le visage de Marsali n'échappa à aucun de nous trois, puis elle se dirigea vers ses deux hommes trempés et transis.

Jamie la regarda s'éloigner avec un soupir de résignation, tandis qu'une rafale s'engouffrait dans ses larges manches en les faisant bouffer. Il croisa les bras sur son torse, en rentrant les épaules pour se protéger du vent, et me lança un sourire ironique.

— Je crois bien qu'on est condamnés à mourir de froid ensemble, *Sassenach.* Mais ce n'est pas si grave. De toute manière, je n'aurais pas voulu continuer à vivre sans toi.

— Tu parles, Jamie Fraser ! Tu pourrais vivre nu sur une banquise et la faire fondre. Mais qu'est-ce que tu as fait de ta veste et de ton plaid ?

En dehors de ses bas et de ses souliers, il ne portait que son kilt et sa chemise. Ses hautes pommettes étaient rougies par le froid, tout comme la pointe de ses oreilles. Pourtant, lorsque je passai de nouveau ma main dans le creux de son bras, sa peau était toujours aussi chaude.

— Tu ne veux pas le savoir, rétorqua-t-il d'un air malicieux.

Il couvrit ma main de sa large paume calleuse.

— Allons-y, je meurs de faim.

— Attends.

Je m'écartai de lui. Rechignant à partager les bras de sa mère avec une intruse, Jemmy protestait en hurlant et en battant des pieds, son visage rond devenant rouge de contrariété sous son bonnet en tricot. Je tendis les bras et pris la petite masse gesticulante.

— Merci maman.

Brianna esquissa un bref sourire et cala Joan plus confortablement contre son épaule.

— Tu es sûre que tu ne préfères pas la prendre ? Elle est plus calme et pèse moitié moins.

— Non, ça ira. Chut, mon chéri, sois gentil avec grand-mère.

Je souris tout en disant cela, encore surprise et émerveillée d'être réellement la grand-mère de quelqu'un. Me reconnaissant, Jemmy cessa de se débattre et adopta aussitôt sa position de « moule accrochée au rocher », ses mains potelées agrippant mes cheveux. Décrochant ses doigts un à un, je lançai un regard par-dessus son crâne. En contrebas, la situation semblait être rentrée dans l'ordre.

Ses culottes et ses bas dégoulinants, la cape de Jamie drapée sur ses épaules, Fergus tentait d'ôter son plastron d'une main tout en parlant avec le soldat qui avait secouru Germain. En dénouant son châle pour envelopper le garçonnet, Marsali libéra ses mèches blondes qui s'échappèrent comme une toile d'araignée agitée par le vent.

Attiré par le bruit des voix, le lieutenant Hayes observait la scène depuis l'ouverture de sa tente comme un buccin hors de sa coquille. Il releva les yeux et croisa mon regard. Je le saluai d'un signe de la main puis tournai les talons pour suivre ma famille vers notre campement.

Devant moi, Jamie parlait en gaélique avec Brianna, l'aidant à franchir un passage caillouteux du sentier.

— ... Oui, lui répondit-elle en anglais. Où est ta veste, papa ?

— Je l'ai prêtée à ton futur mari. Tu ne voudrais quand même pas qu'il ait l'air d'un gueux à ton mariage, n'est-ce pas ?

Brianna éclata de rire, enlevant une mèche rousse que le vent plaçait dans sa bouche.

— Mieux vaut un gueux qu'un égorgé.

— Un quoi ?

Je les rejoignis, là où le sentier n'était plus protégé de part et d'autre par les rochers. Le vent balayait l'espace dégagé, nous fouettant avec de la neige fondue mêlée à de minuscules grêlons. Je baissai encore un peu le bonnet de laine sur les oreilles de Jemmy et rabattis la couverture par-dessus sa tête.

Brianna se voûta au-dessus de Joan, la protégeant ainsi des rafales.

— Roger était en train de se raser quand les tambours ont retenti, expliqua-t-elle. Il a failli se trancher la gorge avec son rasoir. Le devant de sa veste est plein de sang.

Elle lança un regard à Jamie, le vent la faisant larmoyer :

— Je ne l'ai pas revu depuis ce matin, mais toi, si. Tu sais où il est ?

— Ton homme est sain et sauf, la rassura-t-il. Je l'ai envoyé discuter avec le père Donahue pendant que Hayes faisait son discours.

Il fit une grimace réprobatrice avant d'ajouter :

— Tu aurais dû me prévenir qu'il n'était pas catholique.

— C'est vrai, dit-elle sans se laisser démonter. Mais vu que je m'en soucie comme d'une guigne…

— Si tu veux dire par là que c'est sans conséquence… commença-t-il sur un ton sec.

Il fut interrompu par l'apparition de Roger en personne, resplendissant dans un kilt vert et blanc taillé dans le tartan des MacKenzie, le plaid assorti drapé sur la veste et le gilet du dimanche de Jamie. Les vêtements prêtés lui allaient bien, même si Jamie mesurait de trois à cinq centimètres de plus, car les deux hommes étaient bien charpentés, avec de longues jambes et des épaules larges. La laine grise s'harmonisait parfaitement avec les cheveux noirs et le teint mat de Roger.

— Tu es superbe, Roger, m'extasiai-je. Où t'es-tu coupé ?

Sa peau était lisse, légèrement à vif du fait de son rasage récent, mais sans cicatrice apparente.

Roger portait le plaid de Jamie – un tartan rouge et noir – roulé en boule sous le bras. Il le lui rendit, puis inclina la tête sur le côté, me montrant l'entaille profonde, juste sous l'os de la mâchoire.

— C'est là. Ce n'est pas si terrible, mais j'ai pissé le sang. J'ai enfin compris pourquoi on appelle un rasoir un coupe-chou.

L'entaille avait déjà séché formant une croûte fine de près de huit centimètres de long, partant du coin de la mâchoire et descendant le long du cou. Je touchai délicatement la région tout autour. Roger avait eu de la chance. La lame du rasoir avait fendu la peau nettement, il n'y avait aucun rabat à suturer. Cela dit, pas étonnant qu'il ait beaucoup saigné. Il aurait voulu se trancher la gorge qu'il ne s'y serait pas mieux pris !

— Tu es un peu nerveux, ce matin, peut-être ? le taquinai-je. J'espère que tu n'as pas changé d'avis.

— Ce serait un peu tard pour ça, déclara Brianna en s'approchant. Mon fils a besoin d'un nom.

— Il aura bientôt tellement de noms qu'il ne sera plus quoi en faire, l'assura Roger. Et vous aussi, madame MacKenzie.

Brianna rosit légèrement de plaisir en s'entendant appeler ainsi. Il se pencha vers elle et déposa un baiser sur son front tout en lui prenant le bébé emmitouflé des bras. À cet instant, une lueur de stupéfaction traversa son regard, puis il roula des yeux affolés.

— Ce n'est pas le nôtre, dit Brianna en pouffant de rire. C'est Joan, la petite de Marsali. Jemmy est avec maman.

— Dieu merci ! souffla-t-il. J'ai cru qu'il avait fondu !

Du coup, il manipula le bébé avec plus de précautions. Il souleva légèrement la couverture, dévoilant le minois endormi de Joan, et sourit, comme tout le monde, devant son allure comique. Avec sa touffe de cheveux châtains en pointe sur sa tête, elle ressemblait à Tintin.

— Ce n'est pas franchement le cas, dis-je.

Rassemblant mes forces, je redressai le nourrisson dodu dans mes bras, le plaçant dans une position plus confortable. Il avait déjà sombré dans un sommeil paisible.

— Je crois qu'il a dû prendre un demi-kilo depuis le bas de la pente.

L'effort m'avait épuisée. J'écartai légèrement le bébé de mon corps, tandis qu'une soudaine bouffée de chaleur me brûlait les joues et que la transpiration perlait sous mes cheveux hirsutes.

Voyant cela, Jamie me prit l'enfant et le glissa avec expertise sous son bras comme un ballon de football, lui couvrant le crâne de sa main. Il lança un regard soupçonneux à Roger.

— Alors, tu as été voir le prêtre ?

— Oui, dit Roger, répondant autant aux paroles qu'à l'expression furibonde de Jamie. Il est rassuré, je ne suis pas l'antéchrist. Tant que j'accepte de faire baptiser l'enfant selon le rite catholique, il ne voit pas d'objection au mariage. Je lui ai dit que j'étais d'accord.

Jamie répondit par un grognement, et je me retins de sourire. S'il n'avait pas beaucoup de préjugés religieux – il avait connu, combattu et commandé trop d'hommes de tous les horizons pour en avoir –, la révélation que lui avait faite son futur gendre sur sa religion presbytérienne et sur son désir de ne pas se convertir avait été un peu dure à avaler.

Bree surprit mon regard et me lança un sourire entendu, ses yeux de chatte se plissant en deux fentes bleues.

Veillant à ce que Jamie ne m'entende pas, je lui glissai :

— Très sage de ta part de ne pas avoir mentionné la religion de Roger à ton père trop à l'avance.

Les deux hommes marchaient devant nous, encore un peu distants l'un de l'autre. Mais, empêtrés dans les longues couvertures des bébés, ils avaient quelques difficultés à conserver leur allure digne.

Jemmy poussa un cri soudain, mais son grand-père le balança d'une main à l'autre sans ralentir le pas. L'enfant se tut aussitôt, ses yeux ronds nous fixant par-dessus l'épaule de Jamie. Je lui fis une grimace qui déclencha un immense sourire édenté.

— Roger voulait lui en parler, mais je lui ai demandé de ne rien dire.

Bree sortit sa langue et l'agita en direction de son fils, puis elle lança un regard adorateur vers le dos de son futur époux.

— Je savais que papa n'aurait pas le temps d'en faire toute une histoire si on le lui annonçait juste avant le mariage.

Je notai au passage sa subtile évaluation du tempérament de son père, et son aisance avec les Écossais en général. Sa ressemblance avec Jamie dépassait de loin l'apparence physique. Elle était aussi fine psychologue que lui et s'exprimait avec la même facilité. Toutefois, quelque chose me chiffonnait, quelque chose ayant trait à Roger et à la religion...

Nous nous étions suffisamment rapprochées des hommes pour entendre leur conversation. À cause du vent, Jamie s'était penché vers Roger pour se faire entendre.

— ... au sujet de Hillsborough. Il demande des informations sur les émeutiers.

— Ah oui ? dit Roger, à la fois intrigué et suspicieux. C'est Duncan Innes qui sera intéressé de l'apprendre. Il était à Hillsborough pendant la bagarre. Vous le saviez ?

Jamie parut tout à coup plus qu'intéressé.

— Non, je l'ignorais. Je n'ai pratiquement pas vu Duncan de la semaine. Je lui en parlerai après le mariage... s'il tient le coup jusque-là.

Dans la soirée, Duncan devait épouser la tante de Jamie, Jocasta Cameron. Sa nervosité était telle qu'il vivait totalement prostré en attendant le grand jour.

Roger se tourna vers nous, protégeant Joan du vent avec son corps, et lança à Brianna :

— Ta grand-tante a dit au père Donahue que les cérémonies pourraient avoir lieu sous sa tente. Ce serait tout de même mieux.

— Dieu merci ! répondit Bree en frissonnant. Ce n'est vraiment pas la journée pour se marier au pied d'un grand chêne vert.

Comme pour lui donner raison, un immense châtaignier fit pleuvoir sur nous une nuée de feuilles jaunes détrempées. Roger parut soudain navré.

— Ce n'est sans doute pas tout à fait le mariage dont tu rêvais quand tu étais petite fille.

Elle releva les yeux vers lui et lui adressa un large sourire.

— Pas plus que le premier, répondit-elle. Mais il m'a plu quand même.

Vu son teint olivâtre, Roger pouvait difficilement rougir et, quoi qu'il en soit, le froid avait déjà mordu ses oreilles. Il ouvrit la bouche pour répondre, mais, croisant le regard torve de Jamie, il la referma aussitôt, l'air gêné mais indubitablement flatté.

— Monsieur Fraser !

Je me tournai et vis un soldat qui gravissait la pente derrière nous, le regard fixé sur Jamie.

Lorsqu'il nous eut rejoints, il esquissa le salut militaire avant de haleter :

— Caporal MacNair, à votre service, monsieur ! Le lieutenant vous adresse ses compliments et vous demande si vous auriez l'obligeance de venir le rejoindre sous sa tente.

Il m'aperçut et inclina de nouveau la tête, moins abruptement cette fois.

— Madame Fraser, mes hommages.

Jamie lui retourna son salut.

— Votre serviteur, caporal. Veuillez présenter mes excuses au lieutenant, mais mon devoir m'attend ailleurs.

Bien qu'il lui eût répondu courtoisement, MacNair sourcilla. Le caporal était jeune mais pas sot. Une lueur de compréhension traversa son regard. S'il y avait bien une chose que n'importe quel homme sain d'esprit voudrait absolument éviter, c'était d'être vu entrant dans la tente de Hayes de son plein gré, immédiatement après la proclamation.

— Le lieutenant m'a envoyé chercher plusieurs personnes : M. Farquard Campbell, M. Andrew MacNeill,

M. Gerald Forbes, M. Duncan Innes, M. Randall Lillywhite et vous-même, monsieur.

Les épaules de Jamie se détendirent légèrement.

— Vraiment ?

Ainsi, Hayes voulait consulter les hommes les plus influents de la région. Farquard Campbell et Andrew MacNeill étaient de grands propriétaires terriens et des magistrats locaux ; Gerald Forbes, un important notaire de Cross Creek et un juge de paix ; Randall Lillywhite, un magistrat de tribunal itinérant. Duncan Innes était sur le point de devenir le maître de la plus grande plantation de la partie occidentale de la colonie, grâce à son mariage imminent avec la veuve Cameron, la tante de Jamie. Quant à Jamie, s'il n'était ni riche ni un représentant de la Couronne, il était néanmoins le propriétaire d'une vaste – quoique encore largement inoccupée –, concession de l'arrière-pays.

Jamie prit un air navré et transféra le bébé contre son autre épaule.

— Eh bien, dites au lieutenant que je viendrai le voir à la première occasion.

Ne se laissant pas abattre, MacNair le salua et reprit sa route, sans doute en quête des autres hommes inscrits sur sa liste.

— De quoi s'agit-il ? demandai-je à Jamie. Oups... !

Je tendis la main et cueillis juste à temps un filet de salive dégoulinant du menton de Jemmy avant qu'il ne touche la chemise de son grand-père.

— Alors, on a les dents qui poussent ?

— J'ai déjà toutes mes dents, rétorqua Jamie, et toi aussi, pour autant que je sache. Quant à ce que me veut Hayes, je n'en sais trop rien. Et je ne tiens pas non plus à le savoir avant d'y être contraint.

Il arqua un épais sourcil dans ma direction, me faisant rire.

— Je vois que « la première occasion » est un concept assez flou dans ta tête !

— Je n'ai pas dit que ce serait *sa* première occasion, précisa-t-il. Mais revenons-en à tes jupons, *Sassenach*, et à la raison pour laquelle tu te promènes les fesses à l'air dans la forêt… Duncan, *a charaid* !

En apercevant Duncan Innes, l'expression narquoise de Jamie venait de se transformer en une mine sincèrement ravie. Duncan se frayait un chemin vers nous à travers un dense taillis de cornouillers aux branches dénudées.

Il escalada un tronc couché, exercice rendu difficile du fait qu'il lui manquait le bras gauche, puis il rejoignit le sentier, secouant ses cheveux trempés. Il était déjà habillé pour la cérémonie. Il portait une chemise à jabot propre et un gilet en lin amidonné avec un kilt et une veste en drap fin écarlate, bordée de dentelles, la manche vide étant accrochée à la poitrine par une broche. Je n'avais jamais vu Duncan aussi élégant et je m'empressai de le féliciter.

— Bah ! se défendit-il. Mlle Jo y tenait.

Il balaya le compliment comme les gouttes de pluie sur sa veste, puis il ôta soigneusement les aiguilles de sapin et les fragments d'écorce qui s'étaient accrochés au tissu lors de son passage entre les arbres.

— Brrr ! Quelle journée sinistre, *Mac Dubh* !

Il leva le nez vers le ciel et soupira :

— Heureuse la mariée que le soleil illumine, heureux le cadavre que la pluie baigne.

— Je me demande bien comment vous faites pour savoir si un cadavre est heureux ou pas, indépendamment des conditions météorologiques, déclarai-je.

Puis, voyant l'air perplexe de Duncan, j'ajoutai hâtivement :

— Mais je suis sûre que Jocasta sera très heureuse, quel que soit le temps. Et vous aussi, bien sûr !

— Ah... euh... oui, dit-il, légèrement confus. Bien sûr. Merci, madame.

— Quand je t'ai vu venir à travers bois, j'ai pensé que tu avais peut-être le caporal MacNair sur les talons, dit Jamie. Tu ne serais pas en route pour aller voir Archie Hayes, par hasard ?

Duncan parut surpris.

— Hayes ? Non. Pourquoi le lieutenant voudrait-il me voir ?

— Tu étais à Hillsborough en septembre dernier, non ? Tiens *Sassenach,* prends-moi ce petit animal.

Jamie s'interrompit pour me tendre Jemmy qui avait décidé de s'intéresser de plus près à la conversation et tentait d'escalader le torse de son grand-père, lui enfonçant ses orteils dans la peau en poussant des grognements sonores. Toutefois, cette activité soudaine n'était pas la seule raison pour laquelle Jamie tenait à s'en débarrasser. Je découvris le vrai motif en prenant le bébé dans mes bras.

— Hmm... fis-je en reniflant prudemment. Monsieur a terminé ? Ah, non, apparemment pas !

Jemmy ferma les yeux, devint rouge vif et émit une pétarade étouffée. J'écartai les couches de tissu qui l'emmitouflaient, suffisamment pour voir le bas de son dos.

— Ouh la la !

Je dénouai la couverture juste à temps.

— Mais qu'est-ce que ta mère t'a donné à manger ?

Ravi d'échapper aux linges dans lesquels il avait été emmailloté, Jemmy se mit à faire des moulinets avec les jambes, une substance jaunâtre nauséabonde s'échappant de son lange.

— Pouah ! résumai-je succinctement.

Le tenant à bout de bras, je quittai le sentier pour me diriger vers l'un des nombreux ruisseaux qui serpentaient le long des flancs de la montagne, me disant que, si je pouvais me passer d'un certain confort, comme le tout-à-l'égout et l'automobile, je regrettais vraiment l'absence de couches-culottes en plastique avec leurs élastiques « anti-fuites ». Sans parler des rouleaux de papier hygiénique.

Je trouvai un endroit confortable recouvert d'un épais tapis de feuilles mortes, au bord de l'eau. Je m'agenouillai, étalai un pan de ma cape, déposai Jemmy à quatre pattes dessus et tirai sur les chiffons souillés sans prendre la peine de les dégrafer.

L'air froid sur sa peau le surprit et il serra ses fesses dodues, s'arc-boutant comme un crapaud rose.

— Ouiiiiiii ! fit-il.

— Ah, ah ! Si tu crois qu'un vent glacé sur les fesses est désagréable, tu n'as encore rien vu.

— Je saisis une poignée de feuilles mortes humides et le nettoyai rapidement. Enfant relativement stoïque, il gigota et se trémoussa, mais il ne hurla pas, faisant plutôt des « iiiiiii ! » perçants chaque fois que je m'aventurai vers les endroits sensibles.

Je le retournai sur le dos et, plaçant une main préventive au-dessus de son sexe, j'administrai un traitement similaire à ses parties intimes, ce qui provoqua chez lui un sourire béat.

— Il n'y a pas de doute, tu es un vrai petit Highlander ! lui dis-je en souriant à mon tour.

— On peut savoir ce que tu entends exactement par là, *Sassenach* ?

Relevant la tête, j'aperçus Jamie appuyé contre un tronc d'arbre, en face de moi, de l'autre côté du ruisseau. Les couleurs vives de son tartan se détachaient sur le feuillage aux teintes passées de l'automne. En revanche, avec son visage et ses cheveux, il avait l'air d'un vrai habitant de ces bois, tout en tons bronze et auburn. Sa chevelure soulevée par le vent dansait en se fondant dans l'érable rouge au-dessus de sa tête.

— Qu'il est apparemment insensible au froid et à l'humidité, répondis-je.

J'achevai la toilette du bébé et jetai sur le côté une dernière poignée de feuilles sales.

— Mis à part ça, continuai-je, je n'ai pas une grande expérience des petits garçons. Ne trouves-tu pas qu'il est un peu précoce ?

Un coin des lèvres de Jamie se souleva, tandis qu'il baissait les yeux vers ma main. Le pénis de Jemmy se dressait, aussi raide que mon pouce et pratiquement aussi gros.

— Oh non, dit Jamie. J'ai déjà vu pas mal de petits bonshommes comme lui dans le plus simple appareil. Ils font tous ça, de temps en temps.

Il haussa les épaules et son sourire s'élargit encore.

— Maintenant, je ne saurais pas te dire si c'est une spécificité écossaise ou si c'est universel.

— En tout cas, c'est un don qui tend à se développer avec l'âge, je peux en témoigner !

Je lançai le lange sale dans le ruisseau, et il atterrit à ses pieds dans une gerbe d'eau.

— Tu veux bien rincer ça et récupérer les épingles ?

Il fronça légèrement son nez droit, mais s'accroupit sans broncher, puis il souleva le linge souillé entre deux doigts.

— Ah, voilà donc où est passé ton jupon !

J'avais ouvert la sacoche que je portais toujours accrochée à ma ceinture et extrait un rectangle de tissu propre. Ce n'était pas du lin écru, comme celui qu'il était occupé à nettoyer, mais un morceau de flanelle usée par de nombreux lavages et teintée en rouge pâle avec du jus de raisin de Corinthe.

Je repris Jemmy, m'assurai qu'il n'était pas sur le point de recommencer, puis lui enfilai le lange propre.

— Avec trois bébés à changer régulièrement et un climat trop humide pour que le linge sèche convenablement, nous avons dû improviser.

Les buissons autour de notre campement familial étaient tous décorés de couches claquant au vent, la plupart encore trempées en raison du temps peu clément.

— Tiens.

Jamie tendit le bras au-dessus de l'étroit cours d'eau pour me donner les épingles extraites de la couche sale. Je les pris en veillant à ne pas les laisser tomber de mes doigts raides et gourds, car elles étaient précieuses. Bree les avait fabriquées avec un fil de métal chauffé, et Roger avait sculpté dans le bois, en suivant un modèle, leur tête recroquevillée en forme de boule. C'était de vraies épingles à nourrice, quoique légèrement plus grandes et grossières que leur version moderne. Il n'y avait qu'un seul inconvénient : la colle qui servait à fixer la tête au corps en métal était composée de lait bouilli et de rognures de sabots d'animal, et donc pas tout à fait imperméable. Il fallait donc recoller les têtes régulièrement.

Je pliai confortablement le lange autour des reins de Jemmy et plantai une épingle dans l'étoffe, souriant en voyant la tête en bois. Bree y avait gravé une grenouille rigolote, au large sourire édenté.

— C'est bon, mon gros têtard, te voilà fin prêt.

Sa couche fermement épinglée, je m'assis et le pris sur mes genoux, tentant de l'emmailloter de nouveau dans la couverture.

— Où est allé Duncan ? demandai-je. Voir le lieutenant ?

Jamie, toujours penché sur sa tâche, fit non de la tête.

— Je lui ai dit d'attendre un peu. Il se trouvait effectivement à Hillsborough durant les émeutes, mais il est mieux de faire comme si de rien n'était. Puis, si Hayes l'interroge, il pourra jurer honnêtement que personne parmi nous n'a pris part aux troubles.

Il releva la tête, un sourire énigmatique aux lèvres.

— De fait, une fois la nuit venue, ce sera le cas.

Je contemplai ses grandes mains adroites essorer le lange. D'ordinaire, les cicatrices sur celle de droite étaient presque invisibles, mais elles se détachaient à présent, formant des zigzags blancs sur sa peau rougie par l'eau glacée. Toute cette histoire d'émeutes me mettait légèrement mal à l'aise, même si nous n'avions rien à y voir.

La plupart du temps, le gouverneur Tryon ne provoquait chez moi qu'une vague appréhension. Après tout, il était hors d'état de nous nuire dans son nouveau palais de New Bern, séparé de notre minuscule communauté sur Fraser's Ridge par quelque cinq cents kilomètres de villes côtières, de plantations, de pinèdes, de piémonts, de montagnes sans routes et de nature sauvage. En outre, avec tous les autres problèmes qu'il avait sur les bras – notamment les Régulateurs autoproclamés qui avaient terrorisé Hillsborough, sans compter les shérifs et les juges corrompus qui avaient largement contribué à semer la terreur –, je doutais qu'il ait du temps à nous consacrer. Du moins, je l'espérais.

Il demeurait cependant un élément stressant : Jamie détenait le titre de propriété d'une vaste concession dans les montagnes de la Caroline du Nord, gracieusement offerte par le gouverneur Tryon. Mais celui-ci gardait un détail important soigneusement caché dans sa manche : Jamie était catholique. Or, la loi stipulait que les concessions royales ne pouvaient être accordées qu'à des protestants.

Compte tenu du nombre négligeable de catholiques dans la colonie et de leur absence d'organisation, la question de la religion était rarement soulevée. Il n'y avait ni églises ni prêtres catholiques affectés à des paroisses. Le père Donahue avait entrepris le périlleux voyage depuis Baltimore à la demande de Jocasta. La tante de Jamie et son défunt mari, Hector Cameron, avaient joué un rôle prépondérant au sein de la communauté écossaise depuis si longtemps que personne n'aurait songé à remettre en question leurs origines religieuses. D'ailleurs, la plupart de ceux avec qui nous avions festoyé tout au long de la semaine ignoraient probablement que nous étions des papistes.

Cependant, ils allaient s'en rendre compte sous peu. Brianna et Roger, officiellement fiancés depuis un an, allaient se marier religieusement ce soir même, aux côtés de deux autres couples catholiques de Bremerton, ainsi que de Jocasta et de Duncan Innes.

— Archie Hayes est-il catholique ? demandai-je soudain.

Jamie étala le lange humide sur une branche voisine et secoua ses mains mouillées.

— Je ne le lui ai jamais demandé, mais je ne pense pas. Une chose est certaine, son père ne l'était pas. Je serais surpris qu'il le soit, surtout en tant qu'officier.

— Effectivement.

Ses origines écossaises, associées à son extraction plus que modeste et à son passé jacobite, constituaient déjà des vices rédhibitoires. Il était extraordinaire que Hayes ait réussi à les surmonter pour accéder à sa position actuelle. Il n'avait pas besoin de la souillure supplémentaire du catholicisme.

Cependant, ce n'était pas le lieutenant Hayes et ses hommes qui m'inquiétaient, mais plutôt Jamie. En apparence, il était aussi calme et sûr de lui que d'habitude, un sourire ironique toujours prêt à poindre au coin des lèvres. Mais je le connaissais trop bien. J'avais vu les deux doigts raides de sa main droite, mutilés dans une prison anglaise, tressaillir contre sa cuisse, pendant qu'il échangeait des plaisanteries et racontait des histoires avec Hayes, la nuit précédente. Même maintenant, j'apercevais la fine ride qui se forme entre ses sourcils quand il est contrarié, et ce n'était pas sa corvée de linge sale qui le préoccupait ainsi.

Était-ce uniquement à cause de la proclamation ? Je ne voyais pas pourquoi, dans la mesure où aucun de nos gens n'était impliqué dans les émeutes de Hillsborough.

— ... un presbytérien, était-il en train de me dire. Comme le jeune Roger.

Le souvenir fuyant qui m'avait tracassée un peu plus tôt me revint soudain en mémoire.

— Tu le savais déjà, dis-je. Tu savais que Roger n'était pas catholique. Tu l'as vu baptiser cet enfant à Snaketown, quand nous... l'avons repris aux Indiens.

Trop tard. Je vis une ombre traverser son visage et me mordis la langue. Lorsque nous avions repris Roger... et laissé à sa place Ian, le cher neveu de Jamie.

Toutefois, Jamie se ressaisit rapidement et sourit, chassant Ian de ses pensées.

— Oui, c'est vrai, je le savais.

— Mais Bree...

— Elle l'épouserait de toute manière, même s'il était hottentot. Ça crève les yeux. D'ailleurs, s'il l'était, même moi je ne m'opposerais pas à leur union.

J'étais plutôt surprise.

— Ah non ?

Jamie haussa les épaules et enjamba le ruisseau pour me rejoindre, essuyant ses mains sur son plaid.

— C'est un brave garçon généreux. Il a accepté le petit comme si c'était le sien, sans poser de questions. C'est ce qu'un homme doit faire, mais tous les hommes ne l'auraient pas fait.

Je baissai involontairement les yeux vers Jemmy, douillettement niché dans le creux de mes bras. J'essayais moi aussi de ne pas trop y penser, mais je ne pouvais m'empêcher de scruter de temps à autre sa petite bouille ronde en quête d'un signe qui trahirait sa vraie paternité.

Après leurs fiançailles, Brianna et Roger avaient passé une nuit ensemble, puis, deux jours plus tard, elle avait été violée par Stephen Bonnet. Il n'y avait aucun moyen de savoir lequel des deux était le père et, jusqu'à présent, Jemmy ne ressemblait ni à l'un ni à l'autre. Pour le moment, il rongeait son poing, tout son visage plissé par une concentration féroce. Avec son duvet roux doré sur la tête, il ressemblait surtout à Jamie.

— Mais... dans ce cas, pourquoi as-tu tant insisté pour que Roger reçoive la bénédiction du curé ?

Il posa doucement sa grosse main sur le crâne du bébé, caressant du pouce ses mignons sourcils.

— Ils se seraient mariés de toute façon, mais je tiens à ce que l'enfant soit catholique. Je me suis donc dit que si j'avais l'air de désapprouver la religion de Mac-

Kenzie, ils seraient plus enclins à faire une concession en acceptant de faire baptiser le petit, *an gille ruadh*, non ?

Je me mis à rire et rabattis un pan de la couverture autour des oreilles de Jemmy.

— Et moi qui croyais que Brianna t'avait percé à jour !

— Le principal, c'est qu'elle le croit aussi !

Il se pencha subitement vers moi et m'embrassa.

Sa bouche était douce et très chaude. Il sentait le pain et le beurre, avec un fort arrière-goût de terre humide et de mâle non lavé, et un très lointain effluve de lange sale.

— Mmm, c'est bon. Encore !

Autour de nous, les bois étaient silencieux, autant que des bois puissent l'être. On n'entendait ni oiseau ni bête, uniquement le murmure des feuilles au-dessus de nos têtes et le gargouillis du ruisseau à nos pieds. Un mouvement permanent, un bruit constant et, au cœur de tout cela, une paix parfaite. Beaucoup de monde vivait sur cette montagne, non loin de nous, mais, à cet endroit et à cet instant précis, nous étions seuls au monde.

Je rouvris les yeux et soupirai, me sentant comme sur un nuage. Jamie me sourit et ôta une feuille morte de mes cheveux. Le bébé s'était endormi dans mes bras, lourd, chaud, le centre de l'univers.

Ni lui ni moi ne parlâmes, de peur de dissiper ce moment de quiétude. Nous nous trouvions comme au sommet d'une toupie : les événements et les gens tourbillonnaient frénétiquement autour de nous. Un seul pas dans leur direction, et nous serions de nouveau entraînés dans le mouvement. Mais au milieu se trouvait la paix.

J'époussetai des graines d'érable tombées sur son épaule. Il saisit ma main et la porta à sa bouche avec une voracité soudaine et surprenante. Ses lèvres étaient douces et le bout de sa langue chaud titillait la bosse charnue à la base de mon pouce, cette partie appelée « le mont de Vénus ».

Il redressa la tête, et je sentis la morsure du froid dans ma paume, là où une cicatrice ancienne formait une lettre blême. Un « J » gravé sur ma peau, sa marque.

Il posa ensuite sa main sur mon visage. Je la pressai, sentant presque le « C » fané de sa paume s'imprimer sur ma joue glacée. Nous n'avions pas besoin de parler pour nous faire une promesse, la même que celle d'autrefois, dans un autre sanctuaire, le dernier fragment de terre ferme au milieu des sables mouvants d'une guerre imminente.

Celle-ci n'était pas proche, pas encore. Mais je l'entendais venir, dans le roulement des tambours, dans la proclamation du gouverneur. Je l'apercevais dans l'éclat de l'acier, je sentais la peur qu'elle suscitait dans le cœur et les os de Jamie, je la voyais au fond de ses yeux.

Une fois le frisson passé, un sang chaud palpitait sous ma peau, dans le creux de ma main, comme s'il cherchait à rouvrir la cicatrice ancienne et à déverser de nouveau mon amour pour lui.

La guerre viendrait, et je ne pourrais rien faire pour l'arrêter.

Mais, cette fois, je resterais à ses côtés.

*

* *

Nous sortîmes du bois puis traversâmes une étendue de cailloux, de sable et d'herbes sèches avant de rejoindre le sentier bien tracé qui grimpait vers notre campement. Une fois de plus, j'allais devoir réorganiser le petit déjeuner, car Jamie, tout en retenant une branche pour me laisser passer, m'annonça que deux autres familles se joindraient à nous :

— J'ai pensé que ce serait gentil d'inviter Robin McGillivray et Geordie Chisholm. Ils ont l'intention de venir s'installer à Fraser's Ridge avec nous.

— Sans blague !

J'évitai de justesse le retour de la branche derrière moi.

— Quand ? demandai-je encore. Et combien sont-ils ?

Mes questions n'étaient pas innocentes. L'hiver était proche… beaucoup trop proche pour espérer construire une cabane, même rudimentaire. Par conséquent, tous ceux qui viendraient s'établir sur la montagne en cette saison devraient probablement s'installer dans la grande maison avec nous, ou s'entasser dans une des petites cabanes de colons construites ici et là sur Fraser's Ridge. Au besoin, les Highlanders pouvaient vivre à dix dans une seule pièce, et ils le faisaient souvent. Étant anglaise, mon sens de l'hospitalité n'était pas aussi développé, et j'espérais sérieusement échapper à cette promiscuité.

— Les McGillivray sont six et les Chisholm, huit, répondit Jamie avec un grand sourire. Les McGillivray ne viendront qu'au printemps. Robin est armurier. Il restera travailler à Cross Creek pendant l'hiver. Sa femme est allemande. Elle ira loger avec les enfants chez des parents à Salem jusqu'à ce qu'il fasse plus chaud.

— Ah, c'est aussi bien.

Quatorze bouches supplémentaires à nourrir pour le petit déjeuner, plus Jamie et moi, Bree et Roger, Marsali et Fergus, Lizzie et son père, Abel MacLennan – j'avais failli l'oublier ! – et le soldat qui avait secouru Germain. Cela faisait vingt-quatre...

Remarquant mon air de plus en plus désemparé, Jamie proposa :

— Je vais aller emprunter du café et du riz à ma tante. Qu'est-ce que tu en penses ?

Tendant les bras vers Jemmy, il poursuivit :

— Donne-moi le petit. Nous allons faire quelques visites de courtoisie pour te laisser tranquille à tes fourneaux.

Je les regardai s'éloigner avec un certain soulagement. Enfin seule, même si ce n'était pas pour longtemps. J'inspirai une grande bouffée d'air chargé d'humidité, prenant soudain conscience des gouttes de pluie qui s'écrasaient sur ma capuche.

J'aimais les *gatherings* et voir du monde, mais, à la longue, vivre ainsi les uns sur les autres finissait par me taper sur les nerfs. Après une semaine de rencontres, de commérages, de consultations médicales journalières, sans oublier les crises, sans conséquences mais constantes, qui ponctuaient inévitablement le quotidien d'une famille nombreuse vivant à la dure, j'étais prête à creuser un trou sous une souche d'arbre et à m'y blottir, ne serait-ce que pour profiter d'un seul quart d'heure de solitude.

Toutefois, pour le moment, il semblait bien qu'on allait m'épargner ce travail de terrassier. J'entendais des cris, des appels et des airs de cornemuse, plus haut dans la montagne. Perturbé par la proclamation du gouverneur, le *gathering* reprenait son rythme normal. Chacun regagnait son campement familial, se rendait à la clairière participer à des jeux, se dirigeait vers les enclos à bestiaux au-delà du torrent, ou encore vers les carrioles de colporteurs qui vendaient de tout et n'importe quoi, des rubans et des barattes en passant par du mortier et des citrons frais (enfin, presque frais). Pour l'instant, personne n'avait besoin de moi.

La journée s'annonçait chargée, et ces minutes d'intimité seraient les dernières avant une semaine, voire plus, le temps que durerait notre voyage de retour. N'ayant ni chevaux ni mules, la plupart des nouveaux métayers devraient faire la route à pied, avançant lentement en un long convoi de carrioles transportant les bébés.

Je devais en profiter pour reprendre mes forces et rassembler mes idées, faire également le point. Non pas sur la logistique du petit déjeuner et des cérémonies de mariage ou sur les interventions chirurgicales prévues pour la matinée, mais sur ce qui nous attendait, après le retour à la maison.

Fraser's Ridge était perchée haut dans les montagnes de l'Ouest, bien au-delà de la dernière ville, ou même de la dernière route. Lointaine et isolée, notre communauté voyait rarement des visiteurs et comptait peu d'habitants, même si sa population commençait à s'accroître. Plus de trente familles étaient venues s'établir sur la concession de Jamie. Le plus souvent à leur tête, des anciens détenus qu'il avait connus en prison, à Ardsmuir. Chisholm et McGillivray devaient, eux aussi, en faire partie. Jamie avait lancé une invitation à tous ses anciens compagnons d'infortune et il tiendrait parole, peu importe qu'il ait ou non les moyens de les aider.

D'un vol lent et lourd, un corbeau passa en silence au-dessus de ma tête, les plumes chargées de pluie. Cet oiseau était connu pour être un messager. Était-il de bon ou de mauvais augure ? Volant rarement par un temps pareil, il devait être porteur de nouvelles bien spéciales.

Je frappai la paume de ma main contre mon front pour chasser ces superstitions de mon esprit. À force de vivre au milieu des Highlanders, je voyais des signes dans le moindre caillou ou le plus petit arbre !

Mais peut-être avait-il effectivement quelque chose à me dire ? Autour de moi, la montagne grouillait de monde et, néanmoins, j'avais l'impression d'être parfaitement seule, protégée par la pluie et la brume. Il faisait toujours froid, mais je ne grelottais plus. Mon sang battait, juste sous ma peau, réchauffant le creux de mes paumes. Je tendis ma main vers un sapin près de moi. Son écorce noire dégorgeait d'eau et des gouttes tremblaient à l'extrémité de chacune de ses aiguilles. Je humai son odeur et laissai l'humidité se poser sur ma peau, fraîche et vaporeuse. La pluie tombait doucement, étouffant les bruits et alourdissant mes vêtements jusqu'à ce qu'ils me collent au corps, comme des nuages s'accrochent à une montagne.

Un jour, Jamie m'avait confié qu'il ne pouvait vivre ailleurs qu'à la montagne. Je savais à présent pourquoi, même sans le discerner clairement. Je tendis l'oreille pour écouter la voix des rochers et des arbres, chassant toute pensée de mon esprit. Quelque part, profondément enfoui sous mes pieds, je sentis le pouls de la montagne battre.

J'aurais pu rester ainsi un long moment, envoûtée, en oubliant même le petit déjeuner, mais les rochers et les arbres se turent soudain, intimidés par un bruit de pas sur le sentier, non loin.

— Madame Fraser ?

C'était Archie Hayes, resplendissant dans son uniforme en dépit de la pluie. S'il fut surpris de me trouver seule au bord du sentier, il ne le montra point. Il s'inclina respectueusement.

Je le saluai en retour, rougissant comme s'il m'avait surprise dans mon bain.

— Lieutenant.

— Votre mari est-il dans les parages, madame ? demanda-t-il sur un ton détaché.

Malgré ma gêne, je restai sur mes gardes. Le jeune caporal MacNair n'était pas parvenu à convaincre Jamie d'accepter l'invitation du lieutenant. La présence de Hayes ici n'avait rien d'anodin. Comptait-il l'entraîner dans une chasse aux Régulateurs ?

— Il n'est pas loin, répondis-je, mais je ne saurais vous dire où exactement.

J'évitai soigneusement de lever les yeux vers le haut de la côte, où le sommet de la grande tente de Jocasta pointait entre les cimes des noyers.

— En effet, j'imagine qu'il doit être très occupé, dit Hayes. Un homme comme lui a forcément fort à faire, surtout le dernier jour du rassemblement.

— Euh… oui… le fait est.

La conversation s'arrêta, ce qui ne fit qu'accroître mon malaise. Je me demandai comment m'en sortir sans inviter le lieutenant à partager notre petit déjeuner. Même une Anglaise pouvait difficilement se permettre un tel manque de courtoisie. Je décidai donc de prendre le taureau par les cornes.

— Euh… le caporal MacNair a dit que vous vouliez également voir Farquard Campbell. Mon mari est peut-être allé lui parler.

J'esquissai un geste vers le campement des Campbell qui se trouvait de l'autre côté du versant, à plus de cinq cents mètres de celui de Jocasta.

Hayes cligna des yeux, et les gouttes de pluie retenues par ses cils coulèrent le long de ses joues.

— Oui, c'est une possibilité.

Il resta planté là encore un instant, puis me salua d'un signe de la tête.

— Bonne journée, madame.

Il reprit son chemin sur le sentier, marchant droit vers la tente de Jocasta. Je le regardai s'éloigner, ma sérénité réduite en poussière.

— Zut ! marmonnai-je.

Puis je me mis en route pour aller préparer le petit déjeuner.

2

La multiplication des pains

Nous avions choisi un site à l'écart du sentier principal, mais de cette clairière rocailleuse, nous jouissions d'une vue magnifique sur les berges du torrent, en contrebas. Lançant un regard vers les buissons de houx au pied du versant, j'entr'aperçus des fragments de tartans vert et noir. Les derniers soldats se dispersaient. Encouragés par Archie Hayes à se mêler aux participants du *gathering,* ils n'étaient que trop heureux d'obtempérer.

J'ignorais si la politique du lieutenant était dictée par la ruse, par le manque de provisions ou par de simples motifs humanitaires. Un grand nombre de ses soldats étaient jeunes, loin de leur pays et de leur famille. Ils étaient ravis d'entendre de nouveau des accents écossais, de se sentir les bienvenus autour d'un feu, de se voir offrir de la bière et du porridge et de se laisser envelopper par une atmosphère chaleureuse et familière.

En émergeant d'entre les arbres, je vis Marsali et Lizzie papillonnant autour du jeune soldat qui avait sorti Germain de l'eau. Fergus se tenait près du feu, ses vêtements trempés encore fumants. Il marmonnait en français tout en frictionnant énergiquement d'une main le crâne de Germain avec une serviette. Son crochet retenait l'épaule du garçonnet dont la tête blonde ballottait d'avant en arrière. Germain paraissait tranquille, parfaitement indifférent aux réprimandes de son père.

Ni Roger ni Brianna n'étaient dans les parages, mais j'aperçus – non sans une certaine inquiétude – Abel MacLennan assis de l'autre côté de la clairière, grignotant un morceau de pain grillé sur un bout de bâton. Jamie était déjà de retour et déballait près du feu les provisions empruntées à sa tante. Plongé dans ses pensées, il paraissait soucieux, mais son visage s'illumina en m'apercevant.

— Te voilà, *Sassenach !* Qu'est-ce qui t'a retenue ?

— Je... euh... j'ai rencontré une vieille connaissance en chemin.

D'un regard, je lui indiquai le jeune soldat, mais ce geste ne fut sans doute pas assez explicite, car, perplexe, il fronça les sourcils. Je me penchai vers lui et chuchotai :

— Le lieutenant te cherche.

— Je le sais déjà, *Sassenach.* Il me trouvera bien assez tôt.

— Oui, mais... Euh...

Je m'éclaircis la gorge et haussai plusieurs fois les sourcils, mon regard passant avec insistance d'Abel MacLennan au jeune soldat. Selon ses principes d'hospitalité, Jamie ne tolérait pas que ses invités soient traînés de force hors de sa maison, et je supposais que c'était également le cas pour les abords immédiats de son feu de camp. Le jeune soldat serait peut-être gêné d'arrêter MacLennan, mais je doutais fort que Hayes ait de tels scrupules.

Jamie parut plutôt amusé. Haussant les sourcils à son tour, il me prit le bras et m'entraîna vers le jeune homme.

— Ma chère, permets-moi de te présenter le première classe Andrew Ogilvie, du village de Kilburnie. Monsieur Ogilvie, ma femme.

Le garçon timide au visage rougeaud et aux cheveux noirs bouclés me salua.

— Votre serviteur, madame.

Jamie exerça une légère pression sur mon bras.

— Monsieur Ogilvie me racontait justement que son régiment était en route vers Portsmouth, en Virginie, d'où il devrait embarquer pour l'Écosse. Vous devez avoir hâte de revoir le pays, n'est-ce pas mon garçon ?

— Oh oui, monsieur ! répondit le jeune homme avec ferveur. Notre régiment sera dissous à Aberdeen, après quoi je pourrai rentrer chez moi, aussi vite que mes jambes me porteront.

— Le régiment sera dissous ? s'étonna Fergus, qui venait de nous rejoindre, une serviette autour du cou et Germain dans les bras.

— Oui, monsieur. Maintenant que nous avons maté les Français… euh, sauf votre respect, monsieur… et maîtrisé les Indiens, nous n'avons plus rien à faire ici. La Couronne ne va pas nous payer pour rester sans rien faire. La paix est sans doute une bonne chose, et j'en suis ravi, bien sûr, mais ça ne fait pas l'affaire du soldat.

— Pas autant que la guerre, hein ? répliqua Jamie.

Le garçon rougit. Il était trop jeune pour avoir connu de vrais combats. La guerre de Sept Ans s'était achevée il y a près d'une décennie, à une époque où le première classe Ogilvie était encore un gamin jouant pieds nus sur la lande de Kilburnie.

Sans se soucier de l'embarras du jeune homme, Jamie se tourna vers moi.

— Ce garçon vient de m'apprendre que le 67e régiment était le dernier encore présent dans les colonies.

— Le dernier régiment de Highlanders ?

— Non, madame, le dernier des troupes régulières de Sa Majesté. Il y a encore quelques garnisons, ici ou là, mais tous les régiments d'infanterie ont été rappelés en Angleterre ou en Écosse. Nous sommes les derniers, et en retard par-dessus le marché. Nous aurions dû embarquer à Charleston, mais il y a eu du grabuge là-bas… Nous nous acheminons à présent vers Portsmouth, le plus rapidement possible. Bien qu'il soit déjà tard dans l'année pour faire la traversée, le lieutenant Hayes a entendu parler d'un navire qui accepterait éventuellement d'entreprendre le voyage pour nous. Sinon…

Il haussa les épaules, fataliste.

— … on hivernera sans doute à Portsmouth, en nous installant là où nous pourrons.

— L'Angleterre va nous laisser sans protection ? s'inquiéta Marsali.

Elle paraissait outrée.

— Oh, je ne pense pas que vous courrez de sérieux dangers, madame. Nous avons réglé leur compte aux Français une fois pour toutes et, sans eux, les Indiens se tiendront tranquilles. Tout est calme depuis un bon moment maintenant, il n'y a aucune raison pour que ça change.

Je manquai de m'étrangler, émettant un bruit étrange avec ma gorge. Jamie me serra légèrement le coude.

Lizzie pelait et râpait des pommes de terre sans rien perdre de la conversation. Elle déposa son bol d'épluchures blanches et luisantes près du feu et commença à beurrer le gril.

— Et vous-même, vous n'avez jamais envisagé de rester ici, demanda-t-elle, je veux dire… dans les colonies ? À l'ouest, il y a encore beaucoup de terres à occuper.

Rougissant encore plus, le première classe baissa les yeux vers la jeune fille avec son fichu blanc, modestement penchée sur son travail.

— C'est vrai que la proposition est alléchante, mademoiselle. Mais j'ai bien peur d'être obligé de rentrer avec mon régiment.

Lizzie prit deux œufs et les cassa contre le bord du bol. Son teint, habituellement blanc comme du petit-lait, avait légèrement rosi, reflet plus pâle de celui du jeune soldat. Elle battit de ses longs cils blonds.

— Quel dommage que vous deviez partir si tôt, dit-elle. En tout cas, je ne vous laisserai pas vous en aller le ventre vide.

Ogilvie était aux anges.

— C'est… vraiment gentil de votre part, mademoiselle. Vraiment gentil.

Lizzie releva timidement les yeux.

Jamie toussota et s'excusa, m'entraînant à l'écart. Dès que nous fûmes hors de portée d'oreille, il se pencha vers moi.

— Dis, ça ne fait même pas une journée qu'elle est devenue femme ! Tu lui as donné des leçons, *Sassenach*, ou toutes les femmes sont ainsi ?

— C'est inné, répondis-je prudemment.

La veille, l'apparition des premières règles de Lizzie avait causé tout un émoi dans la famille. Dans la précipitation, j'avais sacrifié mon dernier jupon, ne voulant pas l'obliger à utiliser les couches de bébés.

— Mmphm. Je ferais peut-être bien de commencer à lui chercher un mari, dit Jamie sur un ton résigné.

— Un mari ! Mais elle n'a même pas 15 ans !

— Et alors ?

Il lança un regard vers Marsali qui séchait les cheveux de Fergus avec une serviette, puis vers Lizzie et le soldat, avant de se retourner vers moi avec une moue cynique.

— Et alors rien du tout ! rétorquai-je, légèrement agacée. D'accord, Marsali avait le même âge quand elle a épousé Fergus, mais ça ne veut pas dire que…

Se désintéressant momentanément de Lizzie, Jamie m'interrompit :

— Quoi qu'il en soit, le régiment part demain pour Portsmouth. Hayes n'a donc ni le temps ni l'envie de faire des histoires avec les événements de Hillsborough. En ce qui le concerne, ce n'est pas *son* problème, mais celui de Tryon.

— Mais Hayes a dit que…

— Oh, si quelqu'un fait une déposition, je suis sûr qu'il la transmettra à New Bern, mais il se fiche sans doute pas mal que les Régulateurs mettent le feu au palais du gouverneur, tant qu'ils ne retardent pas son départ.

Je poussai un soupir de soulagement. Si Jamie voyait juste, Hayes ne voudrait certainement pas s'embarrasser de prisonniers, malgré des preuves irréfutables de leur culpabilité. Abel MacLennan ne courait donc aucun danger.

Je me penchai au-dessus d'un de nos paniers en osier à la recherche d'une autre miche de pain.

— Mais, dans ce cas, que te veut Hayes ? demandai-je. C'est toi qu'il recherche, en personne.

Jamie jeta un œil en arrière de lui, comme s'il s'attendait à voir le lieutenant surgir entre les buissons de houx. Le mur de ronces vertes ne bougeant pas, il se tourna vers moi, soucieux.

— Je n'en sais rien, mais ça n'a aucun rapport avec Tryon. Autrement, il m'en aurait parlé hier soir. Vraiment, si cela lui avait importé un tant soit peu, il m'en aurait *sûrement* parlé. Crois-moi, *Sassenach,* le problème des émeutiers est secondaire pour notre petit Archie Hayes. Quant à ce qu'il me veut...

Il se pencha vers la table et plongea son index dans le pot de miel.

— ... je n'ai pas l'intention de m'en préoccuper avant d'y être contraint. Il me reste trois tonneaux de whisky que je dois transformer, avant ce soir, en un soc de charrue, en une faucille, en trois lames de scie, en dix livres de sucre, en un cheval et en un astrolabe. C'est un tour de passe-passe qui requiert toute ma concentration, non ?

Il passa doucement le bout de son doigt poisseux sur mes lèvres, puis les baisa.

— Un astrolabe ? m'étonnai-je.

Je léchai le reste de nectar sur mes lèvres et l'embrassai à mon tour.

— Pour quoi faire ?

— Ensuite, je veux rentrer à la maison... poursuivit-il sans répondre à ma question.

Il pressa son front contre le mien, puis je me perdis dans le bleu de ses yeux.

— J'ai hâte de te mettre au lit. Dans *mon* lit. D'ailleurs, je compte passer le reste de la journée à imaginer ce que je te ferai une fois que je t'y aurai mise. Alors le petit Archie Hayes aurait plus vite fait d'aller jouer aux billes avec ses roupettes, si tu vois ce que je veux dire !

— Excellente idée, chuchotai-je à mon tour. Tu veux le lui expliquer toi-même ?

Je venais d'apercevoir un morceau de tartan vert et noir de l'autre côté de la clairière. Toutefois, le temps que Jamie se redresse et fasse volte-face, je me rendis compte que notre visiteur n'était pas le lieutenant Hayes, mais John Quincy Myers. Il portait un plaid de soldat noué autour de la taille, les deux pans battant gaiement dans le vent.

Cela ajoutait encore un peu à sa splendeur vestimentaire. Déjà extrêmement grand, le trappeur passait difficilement inaperçu : coiffé d'un chapeau mou orné d'épingles et d'une plume de dinde, il avait noué dans ses longs cheveux noirs deux plumes de faisan défraîchies. Sous un gilet de piquants de porc-épic tressés et teintés, il portait une chemise décorée de perles, sans oublier ses habituelles culottes bouffantes et ses cuissardes enveloppées de bandelettes, elles aussi agrémentées de perles.

En reconnaissant Jamie, le visage de John Quincy s'illumina et il hâta le pas vers nous, dans un concert de grelots, tendant une main en avant.

— L'ami James ! s'exclama-t-il. Je pensais bien vous trouver devant votre petit déjeuner.

Jamie cligna des yeux devant cette vision surprenante, puis se ressaisit et lui serra la main.

— Bonjour, John. Vous vous joignez à nous ?

— Euh… mais oui, renchéris-je, regardant avec inquiétude le panier à provisions. Je vous en prie !

John Quincy ôta son chapeau et se plia en deux, exécutant une révérence.

— Votre serviteur, madame. Je suis votre obligé. Ce serait avec grand plaisir, mais, pour le moment, je suis venu chercher monsieur Fraser qui est demandé de toute urgence.

— Par qui ? demanda Jamie, méfiant.

— Il dit s'appeler Robbie McGillivray. Vous le connaissez ?

— Oui.

Ce qu'il connaissait de McGillivray justifiait apparemment qu'il se mette à fouiller dans le coffret où il rangeait ses pistolets.

— Quel est le problème ? demanda-t-il.

John Quincy gratta son épaisse barbe noire d'un air méditatif.

— Eh bien… c'est sa femme qui m'a envoyé vous chercher. Comme elle ne parle pas très bien anglais, je ne suis pas sûr d'avoir tout saisi. Je crois néanmoins avoir compris qu'un chasseur de têtes s'était emparé de son fils, déclarant qu'il faisait partie des vandales ayant mis Hillsborough à sac et qu'il comptait l'enfermer dans les geôles de New Bern. Sauf que Robbie affirme, lui, que personne n'emmènera son fils nulle part… Après, la pauvre femme s'est mise dans un tel état que je n'ai plus pigé qu'un mot sur douze. Mais, foi d'honnête homme, Robbie apprécierait que vous lui donniez un coup de main.

La veste de Roger, tachée de sang, était accrochée à un buisson, attendant d'être lavée. Jamie l'attrapa, l'enfila et glissa un pistolet chargé sous sa ceinture.

— Où devons-nous aller ? demanda-t-il.

Myers indiqua la direction du bout de son gros pouce, puis s'enfonça dans les fourrés, Jamie sur ses talons.

Fergus, qui avait suivi la discussion avec Germain dans ses bras, déposa l'enfant aux pieds de Marsali.

— Je dois aller aider ton grand-père, expliqua-t-il à son fils.

Il extirpa une branche d'un tas de bûches entreposées près du feu et la mit entre les mains du garçonnet.

— Toi, tu restes ici et tu protèges ta maman et ta petite sœur des méchantes personnes. D'accord ?

— Oui, papa.

Germain prit un air féroce, fronçant ses sourcils sous sa frange blonde, puis il agrippa fermement la branche des deux mains, bien déterminé à défendre notre campement.

Marsali, MacLennan, Lizzie et le première classe Ogilvie avaient observé la scène, interdits. En voyant Fergus ramasser un autre bâton et s'élancer dans les buissons d'un pas résolu, le jeune soldat s'agita, mal à l'aise.

— Euh... dit-il, je devrais peut-être aller chercher mon chef. Vous ne pensez pas, madame ? S'il y a de la bagarre...

— Non, non, non, répondis-je précipitamment.

Il ne manquait plus qu'Archie Hayes et son régiment débarquent ici ! Il valait mieux régler ce genre d'incident dans la discrétion.

— Je suis certaine que tout va rentrer rapidement dans l'ordre, poursuivis-je. Ce n'est sûrement qu'un malentendu. Mon mari va régler la situation, n'ayez crainte.

Tout en parlant, je contournai le feu pour m'approcher de mes instruments médicaux, abrités de la pluie sous une bâche. Me penchant sous la toile, je saisis ma trousse de premiers soins.

— Lizzie, donne donc un peu de confiture de fraises à M. Ogilvie pour qu'il en mette sur ses toasts. Et je suis sûre que M. MacLennan aimerait un peu de miel dans son café. Excusez-moi, monsieur MacLennan, dis-je avec un sourire niais, mais je dois... euh...

Filant à toute vitesse, je me glissai entre les buissons de houx. Une fois les branches rabattues derrière moi, je m'arrêtai un instant pour m'orienter. Je perçus le son d'un carillon lointain, porté par le vent pluvieux. Je me retournai et me mis à courir dans cette direction.

*

* *

Ce n'était pas tout à côté. Le temps d'arriver au terrain de jeux, j'étais en nage et hors d'haleine. Les compétitions ne faisaient que commencer : j'entendais le brouhaha des hommes qui se regroupaient mais pas encore les cris d'encouragement ni les huées. Quelques malabars torse nu, les « gros bras » de différentes agglomérations, sautillaient sur place et faisaient des grands moulinets des deux bras pour s'échauffer.

La bruine tombait, lustrant les épaules rondes et aplatissant les boucles de poils noirs sur les poitrails et les bras. Toutefois, je n'avais guère le temps de goûter au spectacle. John Quincy se faufilait adroitement entre les grappes de spectateurs et de concurrents, saluant cordialement des connaissances au passage. De l'autre côté du terrain, un petit homme se détacha de la foule et courut à notre rencontre.

— *Mac Dubh !* Tu es venu, comme c'est bon de te savoir ici !

— C'est normal, mon frère, répondit Jamie. Que se passe-t-il ?

Robbie McGillivray, l'air hagard, lança un regard vers les armoires à glace et leurs supporters, puis, d'un signe de la tête, indiqua un taillis voisin. Nous le suivîmes sans attirer l'attention de l'assistance qui se rassemblait à présent autour de deux grosses pierres enveloppées de cordes. Je supposai que les costauds allaient tenter de les soulever pour prouver leur force.

— Il s'agit de ton fils, Rob ? s'enquit Jamie en évitant de justesse une branche de sapin gorgée d'eau.

— Oui, ou plutôt, il s'agissait de lui.

Cela n'était pas de très bon augure. Je vis la main de Jamie effleurer la crosse de son pistolet. La mienne se resserra autour de la poignée de ma trousse de secours.

— Que lui est-il arrivé ? demandai-je. Il est blessé ?

— Non, pas lui, répondit McGillivray, énigmatique.

Il baissa la tête pour passer sous un noyer envahi par la vigne rouge.

Juste devant nous se trouvait un espace tapissé d'herbes mortes et parsemé de jeunes pousses de sapin. Au moment où Fergus et moi passions sous les branches du noyer derrière Jamie, une matrone portant une robe en laine tissée fit volte-face en brandissant une grosse branche, les épaules voûtées. Elle se détendit légèrement en apercevant McGillivray.

— *Wer ist das ?* lui demanda-t-elle en nous lançant un regard suspicieux.

Au même moment, John Quincy émergea à son tour. En le reconnaissant, elle abaissa enfin sa massue et son beau visage carré se relaxa encore un peu.

— Ha, Myers ! Tu apporter moi Jamie, *oder* ?

Je l'intriguais, mais elle était trop occupée à examiner Fergus et Jamie pour m'inspecter de manière plus précise.

McGillivray s'empressa de s'approprier l'apparition de Jamie, posant une main respectueuse sur sa manche.

— Oui, mon cœur, voici Jamie *Sheumais Mac Dubh*, et son fils, ajouta-t-il avec un geste vague vers Fergus. *Mac Dubh*, je te présente ma femme Ute.

Ute McGillivray ressemblait à une walkyrie nourrie aux féculents, grande, grosse, très blonde et puissante.

— Votre serviteur, madame, dit Jamie en s'inclinant.

— *Madame,* * renchérit Fergus, exécutant une courbette des plus courtoises.

Mme McGillivray leur fit, à son tour, une révérence plongeante sans quitter des yeux les taches de sang qui ornaient le devant de la veste de Jamie.

— *Mein Herr*, murmura-t-elle, impressionnée.

Se tournant vers un jeune homme de dix-sept ou dix-huit ans qui se tenait à l'écart, elle lui fit signe d'approcher. Petit brun noueux, il ressemblait tant à son père qu'on ne pouvait douter un seul instant de son identité.

— Manfred, annonça fièrement sa mère. *Mein* petit.

Jamie le salua d'un air grave.

— Monsieur McGillivray.

— Euh... à votre ser... service, monsieur ?

Le garçon n'en paraissait pas convaincu, mais il tendit néanmoins la main. Jamie la serra, déclarant sur un ton rassurant :

— Ravi de faire votre connaissance.

Après cet échange d'amabilités, Jamie lança un regard autour de nous, haussant un sourcil interrogateur. Tout semblait tranquille.

— On m'a informé que vous aviez été importunés par un chasseur de têtes, mais il semblerait que votre problème ait été résolu ?

Les yeux de Jamie passaient sans cesse du fils au père. Les trois McGillivray restèrent muets, puis, gêné, Robbie toussota dans le creux de sa main.

— Eh bien... c'est qu'il n'est pas encore tout à fait résolu, *Mac Dubh.* C'est-à-dire que...

Il hésita encore, reprenant son air hagard.

Mme McGillivray lui lança un regard noir, puis se tourna vers Jamie.

— *Ist Kein* ennui, lui dit-elle. *Ich haf den* la bétite ordure en lieu sûr. Mais nous aimer saffoir, comment cacher *den korpus* ?

— Le... corps ? dis-je d'une voix étranglée.

Même Jamie parut pris de court.

— Tu l'as tué, Rob ?

— Moi ? s'indigna McGillivray. Bon sang, *Mac Dubh*, pour qui me prends-tu ?

Jamie fit une moue dubitative. Apparemment, l'idée que McGillivray puisse commettre un acte de violence ne lui semblait pas si saugrenue. McGillivray s'en rendit compte et rougit.

— Euh... oui, bon, d'accord, ça m'est peut-être arrivé, *Mac Dubh*, mais on était à Ardsmuir, et c'était il y a longtemps...

— C'est vrai, convint Jamie. Mais alors, qu'est-ce que vous avez fait de ce chasseur de têtes ?

En entendant des gloussements étouffés derrière moi, je me retournai et découvris les autres membres de la famille, restés silencieux jusqu'à maintenant mais néanmoins présents. Coiffées de béguins et vêtues de tabliers blancs immaculés à peine flétris par la pluie, trois adolescentes étaient assises, côte à côte, sur un tronc couché par terre, à l'abri de jeunes pousses.

— *Meine* petites, annonça Mme McGillivray, en faisant un geste dans leur direction.

Cette précision était superflue, tant les trois filles étaient des versions miniatures d'elle-même.

— Hilda, Inga *und* Senga.

Fergus se courba élégamment, déclarant :

— *Enchanté, mesdemoiselles* *.

Les filles pouffèrent de rire et répondirent par des hochements de tête sans pour autant se lever, ce qui me parut étrange. Puis je remarquai un mouvement sous la jupe de l'aînée, une sorte de souffle tremblotant, suivi d'un grognement étouffé. Hilda donna un petit coup de talon sec tout en m'adressant un sourire éclatant.

Un autre grognement fusa, nettement plus fort cette fois. Jamie sursauta et s'avança vers les trois filles.

Sans se départir de son sourire, Hilda se pencha et souleva délicatement le bord de sa jupe. Apparut alors un visage écarlate, fendu en deux par une bande de tissu sombre nouée autour de la tête et recouvrant la bouche.

Robbie, qui partageait manifestement le talent de son épouse pour énoncer des évidences, déclara :

— C'est lui.

— Je vois, dit Jamie.

Ses doigts tapotaient le pan de son kilt.

— Humm, on peut peut-être le sortir de là-dessous ? proposa-t-il.

Robbie fit signe à ses filles, qui se levèrent dans un même mouvement et s'écartèrent. Un petit homme était étendu contre le tronc mort, les pieds et les poings liés par ce qui me parut être des bas de femmes et bâillonné avec un fichu. Il était trempé, couvert de boue et un peu amoché.

Myers se pencha et hissa l'individu sur ses pieds. Puis, le tenant par le col, il l'examina d'un œil critique, plissant des yeux comme s'il évaluait la qualité médiocre d'une peau de blaireau.

— Il ne ressemble pas à grand-chose, conclut-il. Apparemment, chasser les têtes ne nourrit pas son homme.

De fait, l'individu, à la fois furieux et terrifié, était maigrichon, plutôt dépenaillé et avait la tête hirsute. Ute le renifla avec dédain.

— *Saukerl !* lança-t-elle.

Elle cracha sur les bottes du prisonnier puis se tourna vers Jamie, le regardant d'un air mielleux.

— Alors, *mein Herr*. Comment nous le tuer mieux ?

Le chasseur de têtes écarquilla les yeux et se débattit, ruant, se tordant, émettant des bruits étranglés sous son bâillon. Jamie l'examina en se frottant les lèvres du dos de la main, puis il regarda Robbie. Celui-ci haussa légèrement les épaules, jetant un coup d'œil navré en direction de sa femme.

Jamie s'éclaircit la gorge.

— Mmphm. Qu'aviez-vous en tête, madame ?

Ravie que l'on tienne compte de ses intentions, Ute sourit et extirpa une longue dague de sa ceinture.

— Je pense peut-être découper lui en morceaux, *wie ein* cochon, *ja* ? Mais…

Elle appuya sa lame entre les côtes du petit homme. Il poussa un cri et une tache de sang s'étala sur sa chemise déchirée.

— Trop de *blut*, expliqua-t-elle, avec une moue désappointée.

D'un geste, elle montra la rangée d'arbres, derrière laquelle la compétition de levée de pierre suivait son cours.

— Les gens font chentir.

— Chentir ?

J'interrogeais Jamie du regard, pensant qu'il s'agissait là d'un mot allemand. Il toussota puis se frotta le bout du nez avec insistance. Je compris enfin.

— Ah, sentir ! Euh… oui, c'est une possibilité.

— Je suppose qu'on ne peut pas non plus l'abattre d'un coup de pistolet sans attirer l'attention, médita Jamie.

— Si on lui brisait le cou ? proposa Robbie McGillivray. Rien de plus facile.

— Vous croyez ? demanda Fergus d'un air concentré. Pour ma part, je pencherais plutôt pour un coup de couteau. En le plantant au bon endroit, on évite de faire couler trop de sang. Dans les reins, par exemple, juste sous les côtes. Qu'en dites-vous ?

Le captif paraissait avoir lui aussi son opinion sur le sujet, à en juger par les éructations qu'il émettait sous son bâillon. Jamie se massa le menton d'un air dubitatif.

— En effet, ce ne serait pas trop difficile. On peut aussi se contenter de l'étrangler, sauf que ses intestins vont se relâcher. Or, si on veut éviter les mauvaises odeurs… Lui fracasser le crâne reviendrait au même. Mais au fait, Robbie, comment est-il arrivé ici ?

— Hein ? fit Robbie d'un air abruti.

— Votre campement n'est pas installé par ici.

En inspectant rapidement l'endroit, Jamie s'était rendu compte qu'il n'y avait aucune trace de foyer. De fait, personne n'avait campé de ce côté-ci du torrent. Pourtant, tous les McGillivray étaient présents.

— Non, non, dit Robbie en comprenant enfin. On campe un peu plus haut. On est juste venus voir les jeux.

D'un signe du menton, il montra le terrain de compétitions.

— … Mais ce charognard a repéré notre petit Manfred et lui a sauté dessus, dans l'espoir de le kidnapper.

Il fusilla le prisonnier du regard. Je remarquai que celui-ci portait une corde enroulée autour de sa taille, comme un serpent. Une paire de menottes en fonte était tombée sur le sol, non loin, et l'humidité avait déjà tacheté de rouille le métal sombre.

— On l'a vu bondir par-derrière sur notre frère, intervint Hilda. Alors, on lui a sauté dessus et on l'a traîné jusqu'ici où personne ne pouvait nous voir.

Quand il a expliqué qu'il voulait conduire notre frère chez le shérif, mes sœurs et moi l'avons assommé et nous nous sommes assises sur lui. Maman lui a aussi donné quelques coups de pied.

Ute tapota fièrement l'épaule musclée de sa fille.

— *Meine* filles être *gut*, fortes *Mädchen,* annonça-t-elle à Jamie. Nous fenir foir *hier die Wettkämpfer*. Peut-être fous troufer mari pour Inga et Senga. Hilda *hat einen Mann*, déjà promise.

Elle étudia sans vergogne Jamie des pieds à la tête, le jaugeant d'un coup d'œil approbateur, admirant sa taille, la largeur de ses épaules et sa belle apparence. Puis elle se tourna vers moi :

— Fotre *Mann* est choli, grand, fort. Vous allez des fils, peut-être ?

— Je crains que non. Et… euh… Fergus est déjà marié à la fille de mon mari, ajoutai-je en la voyant inspecter le jeune homme, l'air connaisseur.

Trouvant que nous nous écartions du sujet, le chasseur de têtes se rappela à notre bon souvenir en poussant un cri indigné sous le morceau d'étoffe qui l'étouffait. Son visage, qui avait pâli pendant la discussion sur les différentes techniques d'élimination, était de nouveau cramoisi. Ses cheveux collés formaient des sortes de pointes sur son front.

— Ah, c'est vrai ! dit Jamie. Nous pourrions peut-être entendre ce que ce monsieur a à dire pour sa défense.

Robbie plissa des yeux, puis acquiesça à contrecœur. À côté, la fête battait son plein et la foule faisait un raffut épouvantable. Il y avait peu de danger qu'un cri de plus attire l'attention.

À peine le bâillon ôté, le prisonnier plaida sa cause devant Jamie d'une voix enrouée.

— Ne les laissez pas me tuer, monsieur ! Vous savez que ce n'est pas bien ! Je ne fais que mon devoir en livrant un criminel à la justice.

— Peuh ! firent tous les McGillivray à l'unisson.

Presque aussitôt, leur unanimité se désintégra dans une cacophonie d'interjections, d'opinions et de coups de pied envoyés par Inga et Senga en direction du prisonnier.

— Arrêtez ! lança Jamie en haussant la voix pour se faire entendre dans tout ce vacarme.

Comme il n'arrivait à rien, il saisit le fils de McGillivray par le col et cria de toutes ses forces :

— *Ruhe !*

La famille au complet figea, jetant des coups d'œil inquiets par-dessus leurs épaules vers le terrain des compétitions.

— Bon ! dit Jamie sur un ton ferme. Myers, si cela ne vous ennuie pas, conduisez ce monsieur. Rob, Fergus, suivez-moi. *Bitte*, madame ?

Il salua Mme McGillivray, qui prit d'abord un air outré puis hocha lentement la tête. Jamie me lança un regard entendu, puis, sans lâcher Manfred, ouvrit la voie au groupe en direction du torrent, me laissant m'occuper des dames.

— Fotre *Mann*, il saufer mon fils ? me demanda Ute, le front plissé par l'angoisse.

— Il essaiera.

Je m'adressai aux trois filles blotties derrière leur mère :

— Vous savez si votre frère se trouvait à Hillsborough ?

Elles se regardèrent, puis nommèrent tacitement Inga porte-parole.

— Eh bien, *ja*, il y était, répondit-elle sur un ton presque provoquant, mais il n'a pas participé aux émeutes.

Pas du tout. Il était parti faire réparer un harnais et il s'est retrouvé entraîné par la foule.

Je surpris un bref échange visuel entre Hilda et Senga suffisamment expressif pour me convaincre qu'on ne me racontait sans doute pas toute l'histoire, mais, Dieu merci ! ce n'était pas à moi d'en juger.

Mme MacGillivray ne quittait pas des yeux les hommes qui s'étaient arrêtés à quelque distance, échangeant des messes basses. Ils avaient détaché les pieds du chasseur de têtes, mais ils lui avaient laissé les poings liés. Adossé à un arbre, il ressemblait à un rat coincé, la lèvre supérieure retroussée dans une grimace de défi. Jamie et Myers se tenaient un peu en hauteur, tandis que Fergus, légèrement en retrait, les observait, très concentré, le menton posé sur son crochet. Robbie MacGillivray avait sorti un couteau et élaguait une branche de sapin, la mine renfrognée. De loin, je pouvais lire sur son visage ses sombres intentions envers le prisonnier.

— Je suis sûre que Jamie… euh… trouvera une solution, dis-je, priant en silence pour qu'elle soit non violente.

Cela me fit penser, non sans un certain malaise, que, vu sa petite taille, le chasseur de têtes tiendrait facilement dans un de nos paniers vides.

— *Gut*, dit Mme McGillivray en hochant lentement la tête. Mieux que che ne l'afoir pas tué.

Ses yeux bleu ciel et très brillants revinrent brusquement se poser sur moi.

— Mais che le tuer si le defoir.

Je n'en doutais pas.

— Je vois, dis-je prudemment. Mais, si je puis me permettre… même si cet homme avait emmené votre fils, vous auriez pu aller trouver le shérif et lui expliquer…

Les filles échangèrent de nouveau des regards. Cette fois, Hilda prit la parole.

— *Nein,* madame. Les choses n'auraient pas été si graves si le chasseur était venu dans notre campement, mais là…

Elle fit un mouvement de tête en direction du terrain de jeux, où un bruit sourd suivi de cris d'approbation indiqua qu'un participant venait d'accomplir une prouesse.

Apparemment, le problème venait du fiancé d'Hilda, un certain Davey Morrison de Hunter's Point. Ce monsieur était un fermier assez important, un homme de bien, ainsi qu'un athlète accompli dans des disciplines telles que le jeter de pierre et le lancer du tronc. Il avait également une famille – parents, oncles, tantes et cousins –, tous d'une moralité irréprochable et, crus-je comprendre, prompts à juger leur prochain.

Si Manfred s'était fait arrêter par un chasseur de têtes devant une telle assemblée, composée de relations de Davey Morrison, le bruit se serait répandu à la vitesse de la lumière. Le scandale aurait entraîné sans tarder la rupture des fiançailles d'Hilda, une perspective qui perturbait Ute McGillivray, bien plus que de trancher la gorge d'un homme.

— Maufais aussi, si moi le tuer et quelqu'un foir, dit-elle en montrant les arbres qui nous cachaient du terrain de jeux. *Die* Morrison pas contents.

— Je suppose que non, en effet, murmurai-je.

Je me demandai si Davey Morrison avait une idée de ce qui l'attendait.

— Moi fouloir *meine* filles bien mariées, dit fermement Ute en ponctuant chaque parole d'un hochement de tête. Je troufer *gut* hommes *für Sie*. Hommes grands, *mit* terres, *mit* argent.

Elle passa un bras autour des épaules de Senga et la serra vigoureusement contre elle.

— *Nicht wahr, Liebchen ?*

La jeune fille posa affectueusement sa tête contre le sein généreux de sa mère.

— *Ja,* maman, murmura-t-elle.

Il se passait quelque chose du côté des hommes. Ils avaient libéré les mains du chasseur de têtes qui se massait les poignets. Il n'était plus agressif, mais écoutait Jamie attentivement, d'un air méfiant. Il nous regarda, puis se retourna vers Robin McGillivray, qui lui parla en hochant la tête avec insistance. Le prisonnier agitait sa mâchoire inférieure, comme un ruminant.

— Ainsi, vous êtes venues assister aux jeux *et* chercher de bons partis ? repris-je.

Jamie plongea une main dans son *sporran*, en sortit un objet et le plaça sous le nez du chasseur pour l'inviter à le humer. J'étais trop loin pour discerner quoi que ce soit, mais le visage de l'individu passa soudain de la méfiance à un profond dégoût.

— *Ja,* juste au cas où...

Mme McGillivray ne voyait rien de la scène qui se déroulait. Elle tapota l'épaule de Senga puis se sépara de sa fille.

— Nous aller après à Salem, où *ist meine familie*. Peut-être, nous troufer hommes bien là-bas aussi.

Myers s'était à présent écarté, ses épaules s'affaissant, totalement détendues. Il inséra une main sous la ceinture de ses culottes bouffantes et se gratta tranquillement les fesses. Puis il regarda autour de lui, se désintéressant apparemment de la discussion. En m'apercevant, il retraversa le taillis de jeunes pousses.

— Vous n'avez plus besoin de vous inquiéter, madame, assura-t-il à Mme McGillivray. Je savais que

Jamie trouverait une solution. Votre fils est hors de danger.

— *Ja ?* dit-elle.

Dubitative, elle tourna les yeux vers le taillis. Effectivement, les hommes s'étaient décontractés. Jamie, qui était en train de rendre ses menottes au chasseur de têtes, les manipulait avec répulsion. Elles lui rappelaient probablement les fers qu'il avait portés à Ardsmuir.

— *Gott sei dank*, soupira bruyamment Mme McGillivray.

En prononçant ces paroles, son corps massif sembla se dégonfler brusquement.

Le petit homme s'en alla vers le torrent, dans la direction opposée à la nôtre. Les menottes qui se balançaient à sa ceinture émettaient un cliquetis métallique, rythmant ses pas pressés. Jamie et Rob McGillivray se tenaient l'un près de l'autre, discutant, tandis que Fergus, le front plissé, observait le chasseur de têtes s'éloigner.

— Que lui a dit Jamie exactement ? demandai-je à Myers.

Le trappeur sourit, dévoilant une bouche un peu édentée.

— Jamie a expliqué très sérieusement à ce Boble – il s'appelle Harley Boble – qu'il avait eu beaucoup de chance, car si nous n'étions pas intervenus au bon moment, cette dame ici présente...

Il inclina la tête vers Ute.

— ... l'aurait très probablement entraîné jusque dans sa carriole où elle l'aurait équarri comme un cochon, à l'abri des regards.

Myers pouffa de rire, pressant le dos de sa main sous son nez couperosé.

— Boble a alors prétendu qu'il n'en croyait pas un mot, qu'elle avait simplement essayé de lui faire peur avec son couteau. Pour le convaincre, Jamie s'est penché vers lui et, sur un ton confidentiel, lui a dit qu'il aurait sûrement pensé la même chose s'il n'avait entendu parler des célèbres saucisses de *Frau* McGillivray et n'avait eu le privilège d'y goûter, ce matin même, au petit déjeuner. Boble faisait déjà moins le fier. C'est alors que Jamie a sorti un morceau de saucisse de sa poche...

— Oh, Seigneur... soufflai-je.

J'avais un souvenir très précis de l'odeur de la saucisse en question. Je l'avais achetée la veille à un marchand sur la montagne, sans m'apercevoir qu'elle avait été mal fumée. Une fois tranchée, elle avait dégagé une si forte odeur de sang pourri que personne n'avait eu le courage d'en manger. Jamie avait enveloppé le reste puant dans un mouchoir et l'avait rangé dans son *sporran* dans l'intention de se faire rembourser ou de l'enfoncer dans la gorge du marchand.

— Je vois.

Myers hocha la tête et se tourna vers Ute.

— Quant à votre époux, madame – que Dieu le préserve, le fieffé menteur ! –, il a joué le jeu en prenant un air solennel et en expliquant que sa mission consistait à rabattre du gros gibier pour vous.

Les filles éclatèrent de rire.

— Papa ne ferait pas de mal à une mouche, me chuchota Inga. Il refuse même de tordre le cou aux poulets.

Myers sourit de plus belle en voyant Jamie et Rob revenir vers nous à travers les hautes herbes mouillées.

— Jamie a donc donné à Boble sa parole de gentilhomme de le protéger contre vous, et Boble, sa parole de... ma foi, de je ne sais trop quoi..., de ne plus s'intéresser au jeune Manfred.

— Hmph... fit Ute, déconcertée.

Elle ne semblait guère gênée de passer pour une tueuse en série et était soulagée de savoir son fils hors de danger. En revanche, elle n'était pas ravie de la mauvaise réputation faite à ses saucisses !

Jamie lui présenta le morceau de viande pestilentiel dont l'odeur lui leva le cœur.

— Comme si che faire saleté pareille ! s'indigna-t-elle. Pouah ! *Ratzfleisch !*

Elle écarta cette chose infâme d'un geste de la main, puis elle se tourna vers son mari et lui parla à voix basse en allemand. Après quoi, elle prit une grande inspiration en bombant le torse. Puis elle rassembla tous ses enfants autour d'elle, comme une poule ses poussins, pour les enjoindre de remercier convenablement Jamie pour son aide. Il rougit un peu sous le concert de remerciements, inclinant la tête devant Mme McGillivray.

— *Gern geschehen*, dit-il. *Euer ergebener Diener*[1], *Frau Ute.*

Elle lui adressa un sourire radieux, ayant retrouvé toute sa prestance. Pendant que Jamie se tournait pour parler à Robbie, elle hocha doucement la tête en le regardant de bas en haut et murmura :

— Quel *Mann* grand et chénéreux !

Puis elle me surprit en train d'observer les deux hommes. L'armurier était plutôt bel homme, avec des cheveux noirs et bouclés coupés court et un visage aux traits ciselés. Mais il était aussi menu qu'un moineau et mesurait une tête de moins que sa femme, lui arrivant à l'épaule. Je ne pus m'empêcher de me

1. Votre humble serviteur.

demander, vu l'inclination de la dame pour les grands gaillards…

— Qu'est-ce que fous foulez, dit-elle avec un haussement d'épaules résigné. L'amour, fous safez…

À l'entendre, l'amour était une maladie, parfois navrante mais inévitable.

Je lançai un regard vers Jamie, en train d'emballer méticuleusement sa saucisse avant de la remettre dans son *sporran*.

Oui, je sais, répondis-je.

*

*   *

À notre retour au campement, les Chisholm, bien nourris par les filles, étaient en train de prendre congé. Heureusement, Jamie avait rapporté beaucoup de nourriture de chez sa tante Jocasta. Quelques instants plus tard, je savourai un excellent repas de beignets de pommes de terre, de pain beurré, de jambon frit et – enfin ! – de café, tout en me demandant quelles autres surprises nous réserverait cette journée qui venait tout juste de commencer. Le soleil, à peine visible derrière les nuages, n'avait pas encore eu le temps d'atteindre la cime des arbres.

Un moment après, repue, je me levai, ma troisième tasse de café à la main, puis soulevai la bâche qui recouvrait mes fournitures médicales. Il était temps de me préparer pour mes consultations du matin. Il me fallait vérifier ma provision de fils pour les sutures, réapprovisionner les flacons de simples de mon coffret, remplir la grande bouteille d'alcool et faire mijoter les préparations qui devaient être fraîches du jour.

Je commençais à manquer des plantes les plus communes, mais grâce aux bons soins de Myers, ma collection s'était enrichie de plusieurs espèces rares et utiles. Il les avait rapportées des villages indiens du nord. J'avais également fait des échanges judicieux avec Murray McLeod, un jeune apothicaire ambitieux qui s'était établi à Cross Creek.

En pensant à lui, je me mordis l'intérieur de la joue. Il incarnait toute l'absurdité de l'époque qui ne croyait qu'aux méthodes médicales modernes. Il rabâchait sans cesse la supériorité de la saignée et des emplâtres vésicatoires sur les remèdes de grands-mères à base de simples, remèdes que seules des vieilles biques comme moi utilisaient.

Toutefois, il était écossais et, à ce titre, doté d'un certain pragmatisme. Il lui avait suffi d'un seul regard vers la silhouette puissante de mon époux pour ravaler ses opinions les plus insultantes. Je possédais six onces d'absinthe et un bocal de racines de gingembre sauvage, et il les voulait. Il était également assez perspicace pour se rendre compte que bien des gens des montagnes venaient me consulter plutôt que de se rendre chez lui. La plupart prenaient mes remèdes et s'en portaient mieux. Si j'avais des secrets, il les voulait aussi, et j'étais plus que disposée à les partager avec lui.

Parfait ! Il me restait encore une bonne réserve d'écorce de saule. J'examinai la rangée de fioles alignées sur le casier supérieur de mon coffret. J'avais plusieurs emménagogues très puissants – de l'herbe de Saint-Christophe, de l'ergot de seigle, de la menthe pouliot –, mais j'optai pour des remèdes plus doux : de la tanaisie et de la rue. J'en déposai une poignée dans un bol et versai de l'eau bouillante dessus pour les faire macérer. Outre ses effets pour favoriser la menstruation, la tanaisie était réputée pour calmer les nerfs. Or, on pouvait difficilement trouver une nature plus nerveuse que celle de Lizzie Wemyss.

La rue était, de surcroît, un assez bon anthelminthique. J'ignorais si Lizzie avait des vers, mais bien des gens dans ces montagnes en étaient atteints, et une tisane ne lui ferait certainement pas de mal.

Près du feu, derrière moi, Lizzie était en train de faire avaler de force nos dernières confitures de fraises au première classe Ogilvie, qui partageait son attention entre la jeune fille, Jamie et sa tranche de pain grillé, avec une nette préférence pour cette dernière.

Observant furtivement Abel MacLennan, je me demandais si je ne ferais pas mieux d'en verser un peu dans son café. En dépit de sa corpulence, MacLennan avait l'air pincé et anémique, comme un homme souffrant de parasites intestinaux. À moins que cette pâleur sur son visage ne soit due à l'inquiétude provoquée par la présence d'un chasseur de têtes dans le voisinage.

La petite Joan réclamait sa tétée à grand renfort de cris perçants. Marsali s'assit, glissa une main sous son châle pour dégrafer son corsage, puis posa le bébé sur ses genoux, l'approchant de son sein en serrant les dents. Elle grimaça de douleur, puis se détendit dès que son lait se mit à couler de ses mamelons gercés.

Fronçant les sourcils, je me replongeai dans mon travail. Avais-je pensé à apporter mon baume à base de laine de brebis ? Zut, non. Je ne pouvais pas lui donner de la graisse d'ours, pas avec la petite qui tétait… De l'huile de tournesol, peut-être ?

Abel MacLennan, qui observait Marsali avec un mélange de compassion et de peine, lui tendit sa tasse remplie de café chaud.

— Vous en voulez un peu, mon petit ? demanda-t-il. Ma femme disait toujours qu'un café bien chaud soulage les douleurs de l'allaitement. Mélangé avec du whisky, c'est encore mieux, mais à défaut…

Ses bajoues qui lui donnaient l'air triste se déridèrent un peu.

Reconnaissante, Marsali accepta sa tasse en souriant.

— Merci. J'ai les os glacés ce matin.

Elle but le liquide fumant à petites gorgées, ses joues retrouvant quelques couleurs. Puis elle lui rendit sa tasse en demandant poliment :

— Vous comptez rentrer chez vous à Drunkard's Creek demain, monsieur MacLennan, ou accompagnerez-vous monsieur Hobson à New Bern ?

Jamie redressa brusquement la tête, interrompant sa conversation avec le jeune Ogilvie.

— Hobson se rend à New Bern ? Comment le sais-tu ?

— C'est Mme Fowles qui me l'a dit tout à l'heure, quand je suis allée lui emprunter une chemise sèche pour Germain. Son fils a à peu près la même taille que le mien. Elle s'inquiète pour son mari, Hugh, parce que M. Hobson, c'est-à-dire son père, insiste pour qu'il l'accompagne, mais lui a peur d'y aller.

Je relevai le nez de mon coffret.

— Qu'est-ce que Joe Hobson va faire à New Bern ?

— Il va présenter une pétition au gouverneur, expliqua Abel MacLennan. On se demande pourquoi il se donne tant de peine !

Se tournant de nouveau vers Marsali, il lui répondit :

— Non, mon petit. À dire vrai, je ne sais pas encore où j'irai demain, mais ce ne sera pas à New Bern.

Marsali le dévisagea avec inquiétude.

— Vous n'irez pas retrouver votre femme à Drunkard's Creek ?

MacLennan lissa le mouchoir rouge étalé sur ses genoux.

— Ma femme n'est plus de ce monde, hélas ! répondit-il doucement. Elle nous a quittés il y a deux mois.

Chagrinée, Marsali se pencha en avant et posa sa main sur celle d'Abel, ses yeux bleus se remplissant de larmes.

— Oh, monsieur Abel, je suis sincèrement désolée !

Il lui tapota la main sans relever la tête. Des gouttes de pluie parsemaient ses rares cheveux, et la moiteur de l'air faisait luire ses grandes oreilles rouges. Mais il ne tentait même pas de s'essuyer.

Jamie vint s'asseoir sur le tronc à côté de lui et posa doucement une main sur son épaule.

— Je ne savais pas, *a charaid.*

Songeur, MacLennan fixait les flammes transparentes.

— En vérité, dit-il, personne ne le sait.

Jamie et moi échangeâmes un regard au-dessus du feu. Drunkard's Creek ne comptait pas plus de deux douzaines d'âmes, éparpillées dans des cabanes bordant le cours d'eau. Pourtant, ni les Hobson, ni les Fowles n'avaient fait allusion à la disparition de Mme MacLennan. Apparemment, il n'avait rien dit à personne.

— Que s'est-il passé ? demanda Marsali sans lâcher sa main.

— Oh, je ne sais pas. Il est arrivé tant de choses, répondit-il vaguement. Et en même temps, on ne s'est rendu compte de rien. Abby – Abigail, mon épouse – a été emportée par la fièvre. Elle a eu froid et... elle en est morte.

Il paraissait encore surpris de tout ce qui était arrivé.

Jamie versa du whisky dans une tasse vide, la plaça dans une des mains sans vie de MacLennan, puis lui replia les doigts autour, en s'assurant que le pauvre homme tenait fermement le récipient.

— Bois, mon vieux, dit-il.

Tout le monde se taisait, observant MacLennan qui buvait doucement le whisky, une gorgée après l'autre. Mal à l'aise, le jeune Ogilvie remua sur sa pierre, se demandant s'il ne ferait pas mieux de retourner dans son régiment, mais il n'osait pas se lever, comme s'il craignait, en prenant brusquement congé, de blesser davantage le vieil homme.

Personne ne pouvait plus détacher ses yeux du visage de MacLennan, son immobilité imposait le silence. Ma main hésita devant les nombreux remèdes de mon coffre, mais aucun ne pouvait soulager sa souffrance.

— J'en ai eu assez, dit-il soudain. Je n'en pouvais plus.

Il redressa la tête et regarda autour du feu, défiant son auditoire de le contredire.

— Ce sont les impôts qui m'ont achevé, vous comprenez ? L'année a été moins bonne que prévu, mais, prudent, j'avais mis de côté dix boisseaux de maïs et quatre belles peaux de daim. Ça valait bien plus que les six shillings que je devais…

Cependant, il fallait payer les impôts en espèces sonnantes et trébuchantes, et non pas en maïs, en fourrures ou en blocs d'indigo, pourtant monnaies d'échange courantes entre fermiers. Le commerce reposait principalement sur le troc. J'en savais quelque chose : près de moi se trouvait un sac rempli de bricoles données par les malades en échange de mes simples et de mes préparations. Personne ne payait jamais avec de l'argent, sauf les impôts.

MacLennan se tourna soudain vers Ogilvie, comme si le soldat avait protesté.

— Vous me direz, c'est logique. Que ferait Sa Majesté avec des cochons et des dindons ? Je comprends très bien pourquoi il faut payer en argent comptant. Mais mon maïs m'aurait facilement rapporté les six shillings.

Naturellement, toute la difficulté résidait dans la transformation des dix boisseaux de maïs en six shillings. À Drunkard's Creek, certains auraient bien été intéressés par la marchandise d'Abel, mais eux non plus n'avaient pas d'argent. Il fallait donc transporter le maïs jusqu'au marché de Salem, le bourg le plus proche où s'opéraient ce type d'échanges. Mais il se trouvait à une soixantaine de kilomètres, soit un voyage aller-retour d'une semaine.

— J'avais deux hectares et demi d'orge à moissonner, poursuivit Abel. Il était mûr et bien doré, prêt pour la faux. Je ne pouvais pas le laisser pourrir sur place. Ma pauvre Abby était une femme trop frêle pour faucher et battre l'orge toute seule.

Ayant besoin du revenu de la moisson, Abel avait demandé de l'aide à ses voisins.

— Ce sont de braves gens, insista-t-il. Il y en avait bien un ou deux qui auraient pu me prêter quelques sous, mais ils devaient aussi payer leurs impôts, non ?

Espérant rassembler la somme sans avoir à entreprendre un long voyage jusqu'à Salem, Abel avait repoussé son départ, jusqu'à ce qu'il soit trop tard.

— Notre shérif s'appelle Howard Travers, dit-il en essuyant machinalement la goutte qui s'était formée sous son nez. Il s'est présenté chez nous avec une lettre officielle et nous a annoncé qu'il nous mettrait dehors si on ne payait pas nos dettes sur-le-champ.

N'ayant plus le choix, Abel avait alors laissé sa femme dans leur cabane et était parti en toute hâte à Salem. À son retour, ses six shillings en poche, il avait trouvé ses terres saisies et revendues – au beau-père de Howard Travers – et sa cabane habitée par des inconnus. Quant à sa femme, elle avait disparu.

— Je savais bien qu'elle ne pouvait être très loin. Elle n'aurait jamais abandonné les petits.

De fait, il la retrouva enveloppée dans une couverture élimée, grelottante, sous le grand épicéa de la colline qui abritait les tombes de leurs quatre enfants, tous morts avant d'avoir atteint l'âge d'un an. Il eut beau la supplier, Abigail refusa de redescendre dans la cabane qui leur avait appartenu et de demander de l'aide à ceux qui les avaient dépossédés. Il n'aurait su dire si c'était par simple entêtement ou à cause de la folie causée par la fièvre qui la tenaillait. Elle s'était accrochée aux branches avec une force surhumaine, hurlant le nom de ses enfants. Elle était morte là, pendant la nuit.

Sa tasse de whisky était vide. Il la reposa soigneusement sur le sol devant lui, ne prêtant pas attention à Jamie qui fit un geste vers la bouteille.

— Les nouveaux occupants avaient laissé Abby emporter ce qu'elle pouvait. Dans son balluchon, elle avait mis les habits dans lesquels elle voulait être enterrée. Dès le lendemain de notre mariage, elle avait commencé à tisser son linceul et à broder tout un côté avec des fleurs. C'est qu'elle savait y faire avec une aiguille !

MacLennan avait enveloppé Abigail dans son linceul brodé, l'avait enterrée aux côtés de leur dernier enfant, puis avait parcouru les trois kilomètres de route jusque chez les Hobson pour les informer de ce qui s'était passé.

— Mais quand je suis arrivé chez eux, je les ai trouvés excités comme des frelons. Hugh Fowles avait eu, lui aussi, la visite de Travers pour la collecte des impôts. Quand Hugh avait annoncé qu'il ne pouvait pas payer, le shérif s'était mis à rire comme un singe et avait rétorqué que c'était parfait pour ses affaires. Dix jours plus tard, il était revenu avec trois hommes et un ordre d'expulsion.

Joe Hobson était parvenu à rassembler la somme nécessaire pour régler ses propres impôts et avait recueilli les Fowles qui étaient tous désormais en sécurité, mais il ne décolérait pas face au traitement infligé à son gendre.

— Joe tempêtait, fou de rage. Janet Hobson m'a offert d'entrer et de m'asseoir dîner avec eux. Pendant tout ce temps, Joe hurlait que Travers paierait de sa vie le prix de la terre volée. Hugh, lui, restait prostré comme un chien battu. Sa femme pleurait, leurs enfants hurlaient comme des gorets parce qu'ils voulaient leur dîner, et... j'ai bien pensé à leur dire, mais...

Il secoua la tête, de nouveau confus. Le passé le faisait souffrir...

Assis, à demi oublié dans un coin de la cheminée, il ressentit une étrange fatigue, au point que sa tête lui semblait trop lourde. Peu à peu, une grande léthargie s'empara de lui. Dans la chaleur de la pièce surpeuplée, il se sentit de plus en plus envahi par un sentiment d'irréalité. Si la cabane des Hobson n'était pas réelle, la colline tranquille et la tombe fraîchement creusée au pied de l'épicéa devaient l'être encore moins.

Il dormit sous la table et se réveilla avant l'aube, avec, toujours, cette même impression. Autour de lui, tout n'était que rêve. Lui-même avait cessé d'exister. Son corps se leva, fit ses ablutions, mangea, acquiesça et parla sans qu'il en ait la moindre conscience. Le monde extérieur s'était évanoui. Aussi, lorsque Joe Hobson s'était levé et avait annoncé que Hugh et lui partiraient pour Hillsborough afin d'obtenir réparation devant un tribunal, Abel MacLennan s'était retrouvé, comme par magie, marchant à leurs côtés, répondant quand on lui parlait, mais sans plus de volonté qu'un cadavre.

— Pendant que nous marchions, j'ai eu la vision que nous étions tous morts, expliqua-t-il. Moi, Joe, Hugh et tous les autres. J'aurais pu être là ou ailleurs. Je ne faisais que remuer en attendant d'étendre ma vieille carcasse à côté de celle d'Abby. Ça ne me faisait ni chaud ni froid.

En arrivant à Hillsborough, il n'avait pas beaucoup prêté attention à la démarche de Joe. Il s'était contenté de le suivre, docilement, sans réfléchir. Il l'avait suivi à travers les rues boueuses parsemées d'éclats de verre des vitres brisées. Il avait vu les torches et la foule en colère, entendu les cris et les pleurs, sans s'en émouvoir.

— Partout, il n'y avait que des morts qui s'agitaient dans un dernier sursaut, leurs os s'entrechoquant, dit-il en haussant les épaules.

Il se tut un moment, puis se tourna vers Jamie et le dévisagea longuement.

— Toi aussi, tu es mort ?

Sa main inerte et calleuse se souleva au-dessus du mouchoir rouge et se posa doucement sur la joue de Jamie. Sans sourciller, celui-ci prit la main de MacLennan et la serra.

— Non, *a charaid*, répondit-il doucement. Pas encore.

MacLennan hocha lentement la tête.

— Ce n'est qu'une question de temps.

Il libéra sa main et se remit à lisser son mouchoir, dodelinant de la tête comme si un ressort de son cou s'était trop étiré.

— Ce n'est qu'une question de temps, répéta-t-il, mais ce n'est pas si grave.

Il se leva alors, puis étala le carré de tissu rouge sur son crâne. Il se tourna vers moi et me salua poliment, le regard vague et troublé.

Merci pour le petit déjeuner, madame, dit-il avant de s'éloigner.

3

Humeurs bilieuses

Le départ d'Abel MacLennan termina abruptement le petit déjeuner. Le première classe Ogilvie nous remercia et s'excusa ; Jamie et Fergus partirent à la chasse aux faucilles et aux astrolabes ; Lizzie, se désolant du départ du jeune soldat, déclara qu'elle se sentait mal en point. Revigorée par une décoction de tanaisie et de rue, elle battit en retraite dans l'un des abris.

À cet instant, Brianna eut la bonne idée de réapparaître, sans Jemmy. Tôt le matin, elle était allée chez Jocasta avec Roger et le bébé. Celui-ci s'étant endormi dans les bras de sa grand-tante, elle l'avait laissé là avec son père, à la grande satisfaction de tout le monde, pour venir me seconder dans mes consultations.

— Tu es sûre que tu veux m'assister ce matin ? m'étonnai-je. Après tout, c'est le jour de ton mariage. Je suis certaine que Lizzie ou même Mme Martin accepteraient de…

— Non, je m'en charge. Lizzie se sent mieux, mais je ne pense pas qu'elle soit assez solide pour supporter la vue de pieds purulents et l'odeur d'haleines putrides.

Elle passa un chiffon sur le haut tabouret réservé aux patients, s'interrompit un instant et frissonna en songeant au vieux monsieur dont j'avais nettoyé le talon ulcéré, la veille. La douleur l'avait fait vomir copieusement sur ses culottes dépenaillées, ce qui, par réflexe et à cause de la puanteur, avait déclenché les vomissements de quelques personnes qui attendaient leur tour.

Ce souvenir me laissait légèrement nauséeuse moi-même, mais je chassai cette sensation en dégustant une dernière mais délicieuse gorgée de café amer.

— Non, tu as sans doute raison, admis-je à contrecœur. Mais ta robe n'est pas encore tout à fait terminée, n'est-ce pas ? Tu devrais peut-être...

— Tout va bien. Phaedre est en train de coudre l'ourlet et Ulysse distribue des ordres à tour de bras à tous les domestiques, comme un sergent instructeur. En restant là-bas, je serais dans ses pattes.

Je n'insistai pas, même si son empressement à m'aider me surprenait un peu. Brianna n'était pas une petite nature et s'acquittait sans rechigner de corvées rebutantes, comme dépecer les lapins ou évider les poissons. Toutefois, je savais qu'elle supportait mal la proximité de gens gravement défigurés ou présentant de sérieuses maladies déformantes, même si elle faisait de son mieux pour s'en cacher. Ce n'était pas du dégoût, mais plutôt une empathie handicapante.

Je soulevai la bouilloire et versai l'eau dans une jarre à moitié remplie d'alcool, fermant les yeux à demi pour me protéger des chaudes vapeurs éthyliques.

De fait, Brianna et moi acceptions difficilement de voir tous ces gens souffrir de maux qui auraient pu être si facilement soignés avec des antiseptiques, des antibiotiques ou des anesthésiques. Mais ayant servi sur le front comme infirmière de guerre, à une époque où ces médicaments existaient mais étaient rares, je connaissais autant leur nécessité que leur valeur. J'avais alors appris à rester détachée face à la souffrance d'autrui.

En laissant mes sentiments prendre le dessus, je ne pourrais plus aider personne. Or, je devais aider. C'était aussi simple que ça. Mais Brianna, elle, ne pouvait s'abriter derrière des connaissances médicales. Pas encore...

Elle finit de nettoyer les tabourets, les boîtes et les instruments nécessaires aux interventions du matin, puis elle se redressa en plissant le front.

— Dis, maman, tu te souviens de cette femme qui est venue hier avec son petit garçon attardé ?

— Il est difficile de l'oublier, répondis-je sur le ton le plus insouciant possible. Pourquoi ? Tiens, tu veux bien t'occuper de ça ?

Je lui indiquai ma table pliante qui refusait obstinément de s'ouvrir, l'humidité ayant fait gonfler le bois. Elle l'inspecta un moment, très concentrée, puis frappa le joint récalcitrant d'un coup sec avec la tranche de sa main. La table se déploya sur-le-champ, comprenant qu'il était inutile de résister à une force supérieure.

Brianna se frotta la main d'un air absent.

— Hier, reprit-elle, tu as beaucoup insisté pour convaincre cette femme de ne pas avoir d'autres enfants. La maladie de son fils... elle est héréditaire ?

— D'une certaine manière, oui. Elle a une syphilis congénitale.

Elle tressaillit.

— Une syphilis ? Tu en es sûre ?

Je hochai la tête, enroulant une bande de lin bouilli pour en faire des bandages. Le tissu était encore très humide, mais je n'avais aucun moyen de le faire sécher.

— La mère ne présente pas encore de signes visibles de la phase avancée de la maladie, mais ceux de l'enfant sont évidents.

La femme était simplement venue se faire traiter une fluxion dentaire, le garçonnet s'accrochant à ses jupes. Il présentait le « nez en lorgnette » caractéristique, avec l'arête osseuse incurvée vers l'intérieur. En outre, son maxillaire inférieur était si déformé qu'il pouvait à peine mâcher. Sa malnutrition n'avait rien d'étonnant. Je n'aurais su dire si son retard mental était dû à des lésions cérébrales ou à sa surdité, car il semblait être atteint des deux. Je n'avais pas essayé d'évaluer l'étendue des dégâts, ne pouvant remédier à aucune de ces pathologies. Je conseillai à la mère de lui faire boire du sirop d'herbes potagères pour améliorer son alimentation, mais je ne pouvais pas faire grand-chose de plus pour le petit malheureux.

Je lançai mes rouleaux de bandages dans le sac en toile que Brianna me tendait ouvert, tout en lui expliquant :

— Je vois moins de cas ici qu'à Paris ou à Édimbourg, où il y avait beaucoup de prostituées, mais ils ne sont quand même pas rares. Soupçonnes-tu Roger d'avoir la syphilis ?

Brianna redressa brusquement la tête, la bouche grande ouverte. Le choc initial céda rapidement la place à l'indignation.

— Maman ! Je n'ai jamais eu aucun doute !

— À dire vrai, moi non plus. Mais « ça arrive dans les meilleures familles », comme on dit, et tu semblais personnellement intéressée par la question.

Elle fit une moue cynique.

— Oui, j'étais « personnellement intéressée » par la *contraception.* Ou du moins je l'étais, avant que tu te lances dans l'exposé du *Guide médical des maladies vénériennes.*

Je la regardai de manière plus attentive et remarquai les taches de lait séchées sur son corsage.

— Ah je vois ! répondis-je. Pour commencer, l'allaitement est une méthode assez efficace, pas sûre à cent pour cent, mais relativement fiable. Elle l'est moins à partir du sixième mois (c'était l'âge de Jemmy), bien qu'elle marche quand même encore.

— Mmphm...

À cet instant, elle ressemblait tant à Jamie que je dus me mordre la lèvre pour ne pas rire.

— Quoi d'autre ? demanda-t-elle.

Je n'avais encore jamais vraiment discuté de contraception avec elle, encore moins des méthodes disponibles au XVIIIe siècle. Lorsqu'elle était apparue à Fraser's Ridge, cela ne m'avait pas paru urgent d'en parler, puis, en apprenant qu'elle était *déjà* enceinte, c'était devenu carrément hors de propos. Mais, à présent, elle semblait ressentir le besoin de s'informer.

Je fronçai les sourcils, rangeant lentement les bottes de simples dans mon sac.

— La méthode la plus courante consiste à installer une sorte de barrière, un carré de soie ou une éponge imbibée de toutes sortes de substances, du vinaigre à l'eau-de-vie. Cela dit, si tu en as, l'huile de tanaisie ou de cèdre est censée être plus efficace. J'ai entendu dire qu'aux Antilles, des femmes insèrent à l'intérieur du vagin un demi-citron, mais, sous nos climats, ce n'est pas vraiment une option.

Elle se mit à rire.

— Non, en effet, et je ne pense pas non plus que l'huile de tanaisie soit si miraculeuse. Marsali en utilisait quand elle est tombée enceinte de Joan !

— Ah oui ? J'avais pensé à un simple relâchement momentané de son attention. Après tout, il suffit d'une fois.

À ces mots, je la sentis se raidir et me mordis de nouveau la lèvre, mais, cette fois, de regret. Pour elle aussi, il avait suffi d'une fois, mais elle ne savait pas laquelle. Elle bomba le dos, puis détendit ses épaules, chassant les mauvais souvenirs que ma remarque inconsidérée avait fait remonter à la surface.

— Elle affirme avoir été vigilante, mais elle a peut-être oublié. Cela dit, ça ne marche pas à tous les coups, pas vrai ?

Je balançai le sac de linges chirurgicaux et d'herbes séchées par-dessus mon épaule, puis soulevai mon coffret médical par la bandoulière en cuir que Jamie y avait installée.

— La seule chose qui marche à tous les coups, c'est l'abstinence, répondis-je. Mais je suppose que, pour toi, ce n'est pas une solution satisfaisante, n'est-ce pas ?

Elle fit non de la tête, fixant d'un air maussade un groupe de jeunes hommes apparaissant entre les arbres, en contrebas. Ils lançaient des pierres à tour de rôle de l'autre côté du torrent.

— C'est bien ce que je craignais, dit-elle.

Elle se pencha et prit la table pliante ainsi que deux tabourets.

Avant de partir, je balayai la clairière du regard, tout en réfléchissant. Je sentis que j'oubliais quelque chose, mais quoi ? Nous pouvions laisser le feu couver sans danger, même si Lizzie dormait. Par un temps pareil, rien ne brûlerait sur ce versant de montagne. Même le petit bois et les branchages que nous avions protégés sous la toile, la veille, étaient encore humides. Mais que me manquait-il ? Ah oui !

Je reposai mon coffre et m'agenouillai pour entrer à quatre pattes dans notre abri. Je fouillai un moment au milieu des couvertures entassées, puis je ressortis, sereine, en tenant ma bourse de guérisseuse en cuir à la main. Je récitai une brève prière de remerciements à sainte Bride, puis la passai autour de mon cou et sous mon chemisier. J'avais tellement l'habitude de porter cette amulette pour pratiquer ma médecine, que je ne me sentais presque plus ridicule d'effectuer ce rituel. Enfin, presque. Bree m'observait avec une expression étrange, mais elle s'abstint de tout commentaire.

Je repris mes affaires et la suivis à travers la clairière, contournant prudemment les zones boueuses. Il ne pleuvait plus, mais les nuages frôlaient la cime des arbres, prêts à nous inonder à tout moment. Des volutes de brume s'élevaient des troncs couchés et des buissons trempés.

Pour quelle raison Bree s'intéressait-elle à la contraception ? Sa prudence était certes louable, mais pourquoi maintenant ? Peut-être était-ce dû à l'imminence de son mariage avec Roger. À cette époque, le formalisme des vœux prononcés devant Dieu suffisait à inspirer une plus grande retenue même au couple le plus écervelé. Mais ni Brianna ni Roger n'étaient des êtres irréfléchis.

Tandis qu'elle ouvrait la voie sur le sentier glissant, je repris, parlant dans son dos :

— Il existe un autre moyen, mais je ne sais pas à quel point il est fiable, car je ne l'ai testé sur personne. Nayawenne, la vieille Indienne de la tribu des Tuscarora qui m'a offert mon amulette, m'a expliqué qu'il existait des « herbes de femmes ». Les squaws utilisent toutes sortes de plantes pour se soigner, mais une en particulier pour ne pas procréer. Selon elle, les graines de cette plante empêchent l'esprit de l'homme de dominer celui de la femme.

Bree s'arrêta et se tourna à moitié vers moi en attendant que je la rejoigne.

— Les Indiens voient la grossesse ainsi ? L'homme gagne ?

Je me mis à rire.

— Oui, d'une certaine façon. Si l'esprit de la femme est plus fort que celui de l'homme ou refuse de se soumettre à lui, elle ne peut pas concevoir. Pour cette raison, quand une squaw désire un enfant mais ne peut en avoir, le chaman traite souvent le mari, ou les deux, plutôt que la femme seule.

Brianna émit un drôle de son avec sa gorge, comme amusée, mais en partie seulement.

— Quelle est cette plante ? Tu la connais ?

— Je ne sais pas son nom, admis-je, mais elle me l'a montrée. J'ai vu les graines séchées et la plante elle-même. Je suis sûre que je la reconnaîtrais. Son nom latin m'est totalement inconnu, mais elle appartient sans doute à la famille des ombellifères.

Elle me lança un de ses regards austères qui me rappelaient tant Jamie, puis s'effaça pour laisser passer un groupe de femmes du clan Campbell en route vers le torrent, chargées de bouilloires et de seaux vides. Leurs jupes et leurs capes en laine absorbaient l'eau qui s'égouttait des ciriers de Pennsylvanie bordant le sentier. Chacune nous saluait poliment d'un signe de tête.

— Bonjour, madame Fraser, dit l'une des jeunes femmes. Votre homme est-il dans les parages ? Mon père le cherche pour lui parler.

Je reconnus la benjamine de Farquard Campbell.

— Non, il est parti Dieu sait où, répondis-je avec un geste évasif. Mais, si je le vois, je le lui dirai.

Elle hocha la tête et reprit sa route. À tour de rôle, chaque femme s'arrêta à hauteur de Brianna pour lui transmettre des vœux de bonheur en ce jour de noces.

Brianna reçut leurs félicitations avec grâce et courtoisie, mais je remarquai la petite ride qui s'était creusée au milieu de son front. Quelque chose la tracassait.

Dès que les Campbell se furent éloignées, je demandai de but en blanc :

— Qu'est-ce qu'il y a ?

— Quoi « qu'est-ce qu'il y a » ?

— Qu'est-ce qui te chiffonne ? Et ne me réponds pas « rien », parce que je sais que quelque chose te tracasse. C'est en rapport avec Roger ? Tu as des doutes au sujet du mariage ?

— Pas exactement, dit-elle d'un air méfiant. Je veux épouser Roger. C'est juste que… Je me dis que…

Sa voix s'étrangla et le sang lui monta aux joues. Elle commençait à m'inquiéter.

— Tu te dis quoi ? demandai-je.

— Les maladies vénériennes, lâcha-t-elle tout à coup. Si j'en avais attrapé une ? Pas de Roger, non, mais de Stephen Bonnet ?

Son visage était si cramoisi que je m'attendais presque à entendre les gouttes d'eau tombant des branches grésiller sur sa peau. Pour ma part, je me sentais glacée, le cœur serré. Cette idée m'avait déjà traversé l'esprit à l'époque, mais je n'avais pas osé aborder la question, certaine pourtant qu'elle était consciente du danger. Pendant des semaines, je l'avais observée en douce, guettant le moindre signe de malaise, mais les femmes présentent rarement les symptômes précoces d'infection. La naissance de Jemmy en bonne santé avait été un grand soulagement à plus d'un titre, effaçant momentanément l'ombre noire de Bonnet.

Je tendis la main et la posai sur son bras.

— Ne t'inquiète pas, ma chérie. Tu n'as rien.

Elle prit une profonde inspiration puis expira un pâle nuage de buée, ses épaules se détendant légèrement.

— Tu en es certaine ? demanda-t-elle. Tu peux le voir ? Je me sens bien, mais tu disais toi-même que les symptômes n'étaient pas toujours apparents...

— C'est vrai. Mais chez les hommes, oui. Si tu avais contaminé Roger, je le saurais depuis longtemps.

Son visage retrouva peu à peu sa couleur normale et rosit de nouveau. Elle toussa pour dissiper sa gêne, puis déclara :

— Ça me soulage. Alors, Jemmy n'a rien, vrai ?

— Absolument.

À sa naissance, j'avais versé dans ses yeux des gouttes de nitrate d'argent – que je m'étais procuré au prix d'efforts et de moyens considérables. Juste au cas où. Mais j'étais déjà sûre et certaine. Outre l'absence des signes spécifiques de la maladie, Jemmy dégageait tant de santé et de robustesse que toute possibilité d'infection était inimaginable. Comme un bon feu de bois, il exhalait un parfum de bien-être.

— Tu t'intéresses à la contraception parce que tu t'inquiètes pour tes futurs enfants ? Au cas où...

En longeant le campement des MacRaes, je les saluai d'un signe de la main.

— Non, je veux dire... Je n'y avais même pas pensé jusqu'à ce que tu mentionnes la syphilis. Du coup, j'ai eu ce doute horrible... qu'il aurait pu l'avoir.

Elle s'interrompit et s'éclaircit la gorge, avant de reprendre :

— Je voulais juste savoir, c'est tout.

Un passage glissant du sentier interrompit momentanément notre conversation, mais pas mes spéculations.

Il était sans doute normal qu'une jeune mariée ne prenne pas à la légère les questions de contraception, mais, compte tenu des circonstances, là n'était pas la vraie raison de tant d'inquiétude. Avait-elle peur pour elle-même ou pour un éventuel nouveau bébé ? Certes, accoucher pouvait être dangereux et les nouveau-nés couraient mille dangers. Il suffisait d'entendre les femmes en consultation ou lors des conversations, le soir autour du feu. Rares étaient les familles qui n'avaient pas perdu un enfant en bas âge des suites d'une fièvre, d'une plaie infectée ou d'une diarrhée aiguë. De nombreuses femmes avaient perdu de trois à quatre bébés, voire plus. Je frissonnai en me souvenant du récit d'Abel MacLennan.

Toutefois, Brianna était en parfaite santé et, même si nous manquions de structures médicales sophistiquées et de médicaments tels que des antibiotiques, je lui avais toujours dit de ne pas sous-estimer les vertus miraculeuses d'une bonne hygiène et d'une saine alimentation.

Non, le problème n'était pas là, me dis-je en observant la courbe puissante de son dos, tandis qu'elle hissait le lourd équipement au-dessus d'un enchevêtrement de racines qui obstruait le sentier. Elle avait sans doute raison d'être préoccupée, mais elle n'était pas du genre à angoisser pour rien.

Roger ? À première vue, l'idéal serait sans doute qu'elle tombe de nouveau enceinte. L'enfant serait indiscutablement de lui et aiderait certainement à cimenter leur mariage. D'un autre côté… si cela rendait Roger fou de joie, qu'adviendrait-il de Jemmy ?

Roger avait juré de l'accepter comme son fils. J'étais persuadée qu'il ne l'abandonnerait ni ne le négligerait jamais. Mais la nature humaine étant ce qu'elle est, il pourrait alors avoir une nette préférence pour un enfant dont il était sûr d'être le père. Bree pensait-elle courir un tel risque en mettant au monde un autre enfant ?

Tout bien réfléchi, elle avait raison d'attendre, si elle le pouvait. Avant d'agrandir la famille, Roger devait prendre le temps de créer un vrai lien avec Jemmy. Oui, c'était très raisonnable de la part de Bree.

Ce fut seulement en arrivant dans la clairière où avaient lieu les consultations qu'une autre possibilité me vint à l'esprit.

— On peut vous aider, madame Fraser ?

Deux des fils Chisholm se précipitèrent vers nous. Ils nous prirent nos bagages et, sans leur avoir rien demandé, déplièrent les tables, allèrent chercher de l'eau fraîche, attisèrent le feu et accomplirent mille autres tâches utiles. Ils n'avaient guère plus de huit et onze ans et, en les observant travailler, je me rendis compte pour la première fois que, en ces temps, un garçon de douze ou quatorze ans était déjà un homme.

Brianna le savait aussi. Elle ne quitterait jamais Jemmy, pas tant qu'il aurait besoin d'elle. Mais... plus tard ? Que se passerait-il quand il partirait vivre sa vie ?

J'ouvris mon coffre et étalai lentement son contenu sur la table : ciseaux, sonde, forceps, alcool, scalpel, bandages, pinces pour extraire les dents, aiguilles pour sutures, onguents, sirops, lotions, purges...

Brianna avait vingt-trois ans. Quand Jemmy atteindrait l'âge de l'indépendance, elle n'aurait pas encore la quarantaine. S'il n'avait plus besoin d'elle et de Roger, peut-être décideraient-ils de rentrer. De retrouver leur époque, leur sécurité et le monde dans lequel ils étaient nés.

Mais cela ne se pourrait que si elle n'avait pas d'autres enfants. Dans le cas contraire, elle devrait rester et veiller sur eux.

— Bonjour, ma petite dame.

Un monsieur d'âge moyen se tenait devant moi, mon premier patient de la journée. Sous sa barbe d'une semaine, il avait le teint blême et moite. Ses yeux, irrités par la fumée et l'excès de whisky, étaient injectés de sang. Sa maladie fut facile à diagnostiquer. À ma permanence du matin, la gueule de bois représentait un trouble endémique.

— J'ai les boyaux tous noués, ma petite dame, dit-il en déglutissant péniblement. Vous n'auriez pas quelque chose pour les démêler ?

— J'ai exactement ce qu'il vous faut, l'assurai-je en saisissant un gobelet. Un œuf cru avec un peu de poudre d'ipecacuanha. Après avoir vomi un bon coup, vous serez comme neuf.

*

* *

Les consultations se tenaient à la lisière de la grande clairière, au pied du versant, là où l'immense feu du *gathering* brûlait toute la nuit. L'air humide sentait la suie et l'odeur âcre des cendres mouillées, mais le foyer noirci, d'au moins trois mètres de large, disparaissait déjà sous une pyramide de branches sèches et de petit bois. Ce soir, ils auraient un mal de chien à allumer le feu si la bruine ne cessait pas.

Après mon premier cas de gueule de bois, je profitai d'un bref temps mort pour porter attention à Murray MacLeod qui avait monté boutique non loin de là.

Murray avait commencé de bonne heure. À ses pieds, des cendres éparpillées et imbibées de sang recouvraient le sol. Il traitait un nouveau patient, un homme corpulent dont le nez spongieux et violacé ainsi que les bajoues molles trahissaient une vie d'abus éthyliques. En dépit de la pluie et du froid, MacLeod l'avait fait mettre en chemise, une manche retroussée, puis il avait placé un garrot. La bassine à saignée reposait sur ses genoux.

Bien qu'à trois mètres et malgré la lumière pâlotte du matin, je pouvais voir les yeux du patient couleur jaune moutarde.

Sans prendre la peine de baisser la voix, j'expliquai à Brianna :

— C'est le foie. Tu peux reconnaître les signes de jaunisse d'ici, non ?

— Humeurs bilieuses, rétorqua MacLeod d'une voix forte en sortant sa lancette d'un coup sec. Un excès d'humeurs, c'est clair comme le jour.

Petit, brun et toujours bien mis, cet homme n'avait pas une personnalité impressionnante, mais il était très opiniâtre.

Je m'approchai en observant le patient d'un air détaché.

— Cirrhose due à la boisson, dis-je.

Murray me fusilla du regard, pensant que j'essayais de lui voler la vedette, sinon son patient.

— Une rétention biliaire due à un déséquilibre du flegme, renchérit-il.

Ne lui prêtant pas attention, je me penchai pour examiner le malade qui semblait de plus en plus inquiet. Je lui demandai le plus aimablement possible :

— Vous sentez une boule dure juste sous vos côtes, sur la droite, n'est-ce pas ? Votre urine est foncée, et votre caca noir est sanglant, c'est bien ça ?

L'homme hocha la tête, la bouche grande ouverte. Nous commencions à attirer l'attention.

— Ma-maaaaann ! gémit Brianna.

Elle salua Murray d'un signe de tête puis se pencha pour murmurer à mon oreille.

— Tu ne peux rien faire contre une cirrhose, maman. Rien !

Je m'arrêtai net, me mordant la lèvre. Elle avait raison. Dans mon empressement à vouloir épater la galerie avec mon diagnostic et à empêcher Murray de saigner le malheureux avec sa lancette tachée et rouillée, j'avais négligé un point important : je n'avais aucun autre traitement à proposer.

Très mal à l'aise, le patient regardait tantôt Murray, tantôt moi. Je m'efforçai de lui sourire et déclarai, chaque mot m'arrachant les tripes :

— M. MacLeod a raison, il s'agit sûrement d'une maladie du foie due à un excès d'humeurs.

Après tout, on pouvait sans doute appeler l'alcool une « humeur ». Ceux qui avaient bu le whisky de Jamie la nuit dernière l'avaient manifestement trouvé hilarant. D'ailleurs, ne parlait-on pas de « spiritueux » ?

Devant ma capitulation, le visage de Murray, jusque-là crispé par la suspicion, se décomposa d'une manière comique. Venant se placer devant moi, Brianna en profita pour intervenir :

— Il existe un charme, dit-elle avec un sourire enjôleur. Il… euh… affûte la lame et facilite l'écoulement des humeurs. Laissez-moi vous montrer.

Avant qu'il n'ait pu réagir, elle lui prit la lancette des mains et se tourna vers le feu, près de ma table, où frémissait déjà une marmite d'eau suspendue à un trépied.

— Au nom de Michel qui brandit l'épée et protège les âmes, entonna-t-elle.

J'espérai qu'invoquer le nom de l'archange n'était pas vraiment un blasphème, ou le cas échéant, que Michel comprendrait qu'elle avait recours à lui pour une bonne cause. Les hommes qui préparaient le grand feu s'interrompirent pour observer la scène, tout comme les quelques personnes venues aux consultations.

Brianna brandit haut la lancette et fit un grand signe de croix, regardant d'un côté puis de l'autre, pour s'assurer de bien attirer l'attention du public. C'était le cas : ils étaient tous fascinés. Dominant la plupart des spectateurs, ses yeux bleus plissés par la concentration, elle me rappela Jamie dans l'un de ses numéros de bravoure. J'espérais qu'elle serait aussi bonne comédienne que lui.

— Bénis cette lame pour que guérisse ton serviteur…

Les yeux levés vers le ciel, elle tendit la lancette au-dessus du feu à la manière d'un prêtre offrant l'eucharistie. Des bulles remontaient à la surface de la marmite, l'ébullition étant encore incomplète.

— Bénis ce tranchant pour qu'il verse un sang purificateur, afin que… euh… le poison s'échappe du corps de ton très humble sujet. Bénie soit cette lame… bénie soit cette lame… bénie soit cette lame dans la main de ta très humble servante… Que Dieu soit loué pour l'éclat du métal…

« Que Dieu soit loué pour la nature répétitive des prières gaéliques », pensai-je.

Dieu dut l'entendre, car l'eau se mit à bouillir. Brianna abaissa la lame courte et incurvée à la surface du liquide, lançant un regard sombre et pénétrant vers la foule, puis déclama :

— Que les eaux s'écoulant du flanc de Notre-Seigneur Jésus-Christ purifient cette lame !

Elle plongea le métal dans la bassine et le tint jusqu'à ce que la vapeur qui s'élevait au-dessus du manche en bois fasse rougir ses doigts. Elle leva alors l'instrument et le transféra rapidement dans l'autre main, la levant bien haut, tout en frottant discrètement ses doigts brûlés dans son dos.

— Que la bénédiction de Michel, qui nous protège des démons, guide cette lame et la main de celui qui la manie pour soigner le corps et l'esprit. *Amen !*

Elle avança d'un pas et présenta solennellement la lancette à Murray par le manche. Il se tourna vers moi et je pus lire dans ses yeux de la suspicion mêlée, malgré lui, à une appréciation du talent dramatique de ma fille. Cet homme n'était pas né de la dernière pluie...

— Ne touchez pas la lame, lui dis-je avec un sourire gracieux. Vous risqueriez de briser le charme. Et vous devrez répéter la formule avant chaque utilisation de la lancette. Oh ! n'oubliez pas, l'eau doit être bouillante !

— Mmphm... fit-il, incrédule.

Il prit néanmoins délicatement l'instrument par le manche. Après un bref salut à Brianna, il se tourna de nouveau vers son patient et moi, vers la mienne : une jeune fille souffrant d'urticaire. Brianna me suivit, essuyant ses mains sur sa jupe, l'air assez satisfait d'elle-même. J'entendis derrière moi le grognement étouffé du cirrhotique, suivi du bruit de la giclée de sang atterrissant dans la bassine en métal.

Je me sentais plutôt coupable vis-à-vis du patient de MacLeod, mais Brianna avait raison. Compte tenu des circonstances, je ne pouvais absolument rien faire. Des soins appropriés à long terme, associés à une excellente nutrition et une abstinence totale d'alcool pourraient éventuellement prolonger sa vie. Les deux premières conditions étaient peu probables ; la troisième, impossible.

Brianna l'avait brillamment sauvé d'une grave infection sanguine et, grâce à ses conseils déguisés, avait profité de l'occasion pour protéger les futurs patients de MacLeod, mais j'éprouvais toujours ce regret lancinant de ne pouvoir en faire plus. Toutefois, infirmière dans un hôpital de campagne en France pendant la guerre, j'avais appris un principe toujours valide : « Traite le patient qui est devant toi. »

— Mettez cet onguent, dis-je sévèrement à la jeune fille atteinte d'urticaire. Et ne vous grattez pas !

4

Cadeaux de mariage

Le ciel était toujours aussi couvert mais la pluie avait cessé. Ici et là, les feux fumaient comme des chauffe-rettes. Profitant de cette accalmie, les gens se précipitaient pour entretenir les braises soigneusement, poussant des bouts de bois dans les charbons ardents, et tentaient de faire sécher leurs vêtements et les couvertures humides. Dans l'air instable flottaient des nuages de fumée tels des fantômes entre les arbres.

Contournant une de ces volutes qui voguait sur le sentier, Roger avança dans l'herbe touffue qui mouillait ses bas. Il pencha la tête pour passer sous les lourdes branches des sapins qui déposaient des taches d'humidité sur les épaules de sa veste. Il n'y prêtait pas attention, étant tout entier concentré sur sa liste des courses à faire.

Première étape : les carrioles des rétameurs pour acheter un petit quelque chose à Brianna pour leur mariage. Qu'est-ce qui lui ferait plaisir ? Un bijou, un ruban ? Il avait très peu d'argent mais souhaitait marquer l'occasion avec un présent.

Il aurait aimé lui glisser sa propre chevalière au doigt au moment d'échanger leurs vœux, mais elle avait tenu à garder le rubis en cabochon de son grand-père.

Comme il lui allait parfaitement, cela évitait de faire une dépense inutile. Brianna était une fille pratique, parfois jusqu'à un point terrifiant, surtout comparé à son romantique futur mari.

Il faudrait donc trouver un objet à la fois pratique et décoratif. Pourquoi pas un pot de chambre peint à la main ? Il sourit à cette pensée, mais les notions de fonctionnalité et de pragmatisme perdurèrent en lui, le tout entremêlé de doutes et de souvenirs cocasses...

Il revoyait encore très nettement Mme Abercrombie, une matrone posée et à l'esprit terre à terre, de la congrégation du révérend Wakefield, le jour où elle avait fait irruption dans le presbytère en plein dîner. Hystérique, elle déclara qu'elle venait de tuer son mari et qu'elle ne savait pas quoi faire. Le révérend avait confié la brave dame aux bons soins de sa gouvernante, puis était parti en toute hâte chez les Abercrombie, suivi de Roger, alors adolescent.

Ils avaient trouvé M. Abercrombie sur le sol de la cuisine, heureusement encore en vie, quoique groggy, et saignant abondamment d'une plaie bénigne à la tête. Sa femme la lui avait infligée avec le fer à repasser électrique qu'il venait de lui offrir pour leur vingt-troisième anniversaire de mariage.

Pendant que le révérend lui appliquait un pansement sur le front et que Roger épongeait le sol de la cuisine, M. Abercrombie répétait plaintivement :

— Mais elle n'arrêtait pas de maugréer contre son ancien fer qui brûlait les serviettes de table !

L'image encore très nette du vieux linoléum taché de sang acheva de convaincre Roger. Tant pis pour le côté pragmatique de Brianna, c'était leur mariage, pour le meilleur et pour le pire, jusqu'à ce que la mort les sépare. Il opterait donc pour le cadeau romantique, mais pas plus cher qu'un shilling et trois pences.

Dans les sapins un peu plus loin, il perçut un éclat de rouge, comme les plumes d'un cardinal. Mais la tache de couleur était trop grosse pour être un oiseau. Il s'arrêta et se pencha en avant, en écartant les branches.

— Duncan, c'est vous ?

Duncan Innes émergea entre les arbres, hochant timidement la tête. Il portait encore le tartan écarlate des Cameron, mais il avait ôté son splendide manteau et était drapé dans son plaid comme dans un châle jeté sur les épaules à la manière ancienne des Highlands, cachant son bras amputé.

— Vous avez une minute, *a Smeoraich* ?

— Oui, bien sûr, j'allais chez les rétameurs, vous n'avez qu'à m'accompagner.

Il revint sur le sentier d'où la fumée avait disparu, et ils marchèrent côte à côte.

Roger se taisait, attendant poliment que Duncan amorce la conversation. Homme timide et effacé, ce dernier était également observateur, perspicace et tranquillement têtu. S'il avait quelque chose à dire, il le dirait... à son heure. Enfin, il inspira et se lança :

— *Mac Dubh* m'a dit que votre père était pasteur.

— Oui, dit Roger, surpris. Enfin... j'ai perdu mon vrai père quand j'étais petit et j'ai été recueilli par le frère de ma sœur. C'était lui, le pasteur.

Tout en parlant, Roger se demandait pourquoi il se sentait obligé de s'expliquer. Pendant la plus grande partie de sa vie, il avait considéré et parlé du révérend comme de son père. Cela ne faisait certainement aucune différence pour Duncan.

Celui-ci hocha la tête.

— Mais, vous-même, vous êtes presbytérien, non ? J'ai entendu *Mac Dubh* en parler.

Malgré ses bonnes manières, il ne put réprimer un petit sourire ironique sous sa moustache touffue.

— Ça ne m'étonne pas, rétorqua Roger. Je suppose que toutes les personnes au *gathering* sont maintenant au courant.

— C'est que, moi aussi, j'en suis un, annonça Duncan presque comme s'il s'en excusait.

— Vous ? Je vous croyais catholique !

Duncan se racla la gorge, gêné.

— Non, mon arrière-grand-père maternel faisait partie des membres du covenant, des gens très enracinés dans leurs croyances. Heureusement, leurs convictions ont eu le temps de s'émousser un peu avant que je vienne au monde. Ma mère était très croyante, mais mon père ne fréquentait pratiquement pas l'église, et moi non plus. Puis j'ai rencontré et suivi *Mac Dubh*... et bon... il n'a pas attendu que j'aille avec lui à la messe tous les dimanches, vous comprenez ?

Roger hocha la tête de façon affirmative. Duncan avait rencontré Jamie à la prison d'Ardsmuir, après le Soulèvement. Bien que le gros des troupes jacobites ait été catholique, il y avait eu, parmi elles, des protestants appartenant à divers groupements. Dans les quartiers bondés du pénitencier, ces minorités avaient probablement gardé profil bas. Plus tard, la carrière de contrebandiers de Jamie et Duncan leur avait offert peu d'occasions de discuter de religion.

— Je comprends, dit Roger. Mais votre mariage avec Mme Cameron, ce soir ?

Duncan se mordit la lèvre supérieure, suçant le bord de sa moustache d'un air méditatif.

— Justement, à votre avis, est-ce que je suis obligé de le lui dire ?

— Mme Cameron n'est pas au courant ? Jamie non plus ?

Duncan fit non de la tête, gardant les yeux fixés sur le sentier boueux.

Roger comprit que Duncan s'inquiétait surtout de l'opinion de Jamie. Jusqu'alors, la différence de religions avec sa future épouse ne lui avait pas paru importante, Jocasta n'ayant pas la réputation d'être dévote. Toutefois, en voyant la réaction de Jamie face au presbytérianisme de Roger, il avait pris peur.

— *Mac Dubh* m'a dit que vous étiez allé voir le prêtre, poursuivit-il. Est-ce qu'il vous a...

Il le regarda, hésitant, avant d'achever sa phrase en rougissant :

— ... est-ce qu'il a fait de vous un papiste ?

Pour un protestant convaincu, cette perspective était infamante. Elle dérangeait même un modéré comme Duncan. De fait, Roger, lui aussi, était mal à l'aise face à cette idée. Aurait-il accepté de changer de religion si cela avait été une condition *sine qua non* à son mariage avec Brianna ? Probablement. Mais il devait reconnaître son profond soulagement de ne pas avoir eu à se convertir formellement.

— Ah ! non, répondit-il.

Une autre colonne de fumée envahit soudain le sentier et le fit tousser. Il essuya ses yeux larmoyants, puis expliqua :

— Non. Mais, vous savez, vous n'avez pas besoin d'être rebaptisé si vous êtes déjà chrétien. Vous avez déjà été baptisé, non ?

— Oui, dit Duncan rassuré. Oui, quand je...

Une ombre assombrit son regard, puis il la chassa tout en haussant les épaules.

— Oui, reprit-il.

— Bon, alors... laissez-moi réfléchir un instant.

Les carrioles des rétameurs étaient déjà en vue, regroupées comme du bétail, leurs marchandises abritées de la pluie sous des bâches en toile et des couvertures.

Duncan s'arrêta, désireux de résoudre la question avant de poursuivre.

Roger se gratta la nuque, absorbé dans ses pensées.

— Non, dit-il enfin. Vous n'avez pas besoin de révéler quoi que ce soit. Ce ne sera pas une messe, uniquement une bénédiction de mariage. « Voulez-vous prendre cette femme pour épouse ? Voulez-vous prendre cet homme pour époux ? Jurez-vous de vous porter mutuellement assistance dans la maladie, la pauvreté... », et patati et patata...

Duncan hocha la tête, attentif.

— Oui, je crois que je peux faire ça. Mais pour ce qui est de l'assister dans la pauvreté, ce serait plutôt à elle de faire cette promesse... Vous êtes un peu dans la même situation, non ?

Il avait parlé sans malice ni ironie, exprimant simplement une évidence. Il fut donc pris de court devant l'expression de Roger.

— Excusez-moi, je ne pensais pas à mal, reprit-il précipitamment. Je voulais juste dire que...

Roger agita la main, essayant de dissiper le malaise.

— Il n'y a pas de mal. Vous avez parfaitement raison.

Après tout, Duncan disait vrai. Il avait soigneusement évité d'y penser jusqu'à présent, mais il se rendit compte, non sans un serrement au cœur, qu'il était comme son compagnon : un homme sans le sou et sans terre, épousant une femme riche, ou en voie de l'être.

Il n'avait jamais pensé à Jamie Fraser comme à un nanti, sans doute en raison de la modestie naturelle du personnage, ou peut-être simplement parce qu'il ne l'était pas... encore. Il n'en possédait pas moins de cinq mille hectares. Une grande partie de ses terres étaient encore sauvages, mais il n'en serait pas toujours ainsi. Des métayers s'étaient installés sur la propriété, d'autres suivraient. Quand ils commenceraient à payer leurs loyers, à bâtir des scieries et des moulins au bord des torrents, à construire des hameaux, des magasins et des tavernes, quand les quelques vaches, cochons et chevaux se seraient multipliés pour donner des troupeaux bien gras, le tout sous la supervision attentive du maître des lieux, Jamie Fraser serait un homme très riche. Or Brianna était sa seule enfant légitime.

Puis il y avait Jocasta Cameron, confortablement assise sur une très belle fortune, qui avait décidé de faire de Brianna son héritière. Bree ne voulait pas en entendre parler, mais Jocasta était aussi têtue que sa nièce et avait plus d'expérience en la matière. En outre, quoi que fasse ou que dise Brianna, les gens supposeraient...

Ces pensées qu'il prêtait aux autres lui pesaient lourdement depuis le début : ce n'était pas le fait qu'il se mariait bien au-dessus de sa fortune et de son rang qui le dérangeait, mais plutôt que tout le monde, dans la colonie, le considérait d'un œil cynique et devait médire dans son dos, le traitant de sacré veinard, sinon de chasseur de dot.

La fumée avait laissé un goût amer de cendres au fond de sa gorge. Il déglutit, puis adressa un sourire ironique à Duncan.

— Eh oui ! Elles nous prennent « pour le meilleur et pour le pire », dit-il. Mais elles doivent bien nous trouver quelque chose, non ?

Duncan sourit à son tour un peu tristement.

— Oui, probablement. Alors, d'après vous, ne pas parler de ma religion ne causera pas de problème ? Je ne voudrais pas que Mlle Jo ou *Mac Dubh* croient que je me suis tu par intérêt. Mais je ne veux pas non plus en faire toute une histoire, si on peut l'éviter.

— Non, bien sûr, convint Roger.

Il prit une grande inspiration, écarta la mèche mouillée qui pendait de son front et continua :

— Tout se passera bien. Le curé m'a imposé une seule condition : que nos enfants soient baptisés catholiques. Mais, je suppose que... Mme Cameron et vous...

Il n'acheva pas sa phrase. Soulagé, Duncan se mit à rire nerveusement.

— Non, en effet, cette exigence ne nous concerne pas vraiment.

Roger lui donna une tape amicale dans le dos.

— Alors, bonne chance. Je vous souhaite beaucoup de bonheur.

Duncan se passa un doigt sous la moustache.

— À vous aussi, *a Smeoraich* !

Roger s'était attendu à ce que Duncan reparte vaquer à ses occupations maintenant qu'il était rassuré, mais il resta à ses côtés, se promenant lentement entre les carrioles, inspectant la marchandise exposée en fronçant légèrement les sourcils.

Après une semaine intense de marchandage et de troc, les carrioles étaient aussi chargées qu'à leur arrivée, sinon plus, croulant sous les sacs de blé, les ballots de laine, les fûts de cidre, les cageots de pommes, les piles de peaux et autres produits divers et variés acceptés comme monnaie d'échange. Le stock d'articles de fantaisie avait considérablement diminué, mais vu la foule qui se pressait autour des étals comme des moucherons sur un rosier, il en restait encore suffisamment.

Roger était assez grand pour voir les étalages pardessus la tête de la plupart des clients. Il avançait lentement, s'arrêtant devant tel ou tel article, tout en se demandant ce qu'en penserait Brianna.

Elle était belle mais pas coquette. Un jour, il l'avait empêchée de justesse de couper sa magnifique chevelure de feu. Elle prétextait que les cheveux trempaient dans la sauce et que Jemmy leur tirait dessus. Peut-être qu'un ruban serait effectivement pratique. Ou un peigne décoratif ? Ou encore une paire de menottes pour le petit démon ?

Il fit une halte devant un marchand de vêtements et se courba sous la bâche pour inspecter les béguins et les rubans accrochés sur des fils, pendant comme des bras de méduse. Duncan, son plaid remonté jusqu'aux oreilles pour se protéger du vent, s'approcha, intrigué par la curiosité de Roger.

— Vous cherchez quelque chose de précis, monsieur ?

Les bras croisés sur sa poitrine généreuse, la colporteuse se pencha en avant sur ses produits et leur adressa un sourire professionnel.

— Oui, dit Duncan contre toute attente. Un mètre de velours. Vous auriez ça ? De bonne qualité, mais la couleur importe peu.

La femme haussa les sourcils. Même dans ses meilleurs habits, Duncan n'avait pas vraiment l'air d'un dandy. Elle se tourna néanmoins sans faire aucun commentaire et se mit à fouiller dans ses réserves. Duncan se tourna vers Roger :

— Savez-vous si Mme Claire a encore un peu de lavande ?

— Oui, il lui en reste.

Lisant la surprise sur le visage de son interlocuteur, Duncan sourit et déclara fièrement :

— Il m'est venu une idée. Mlle Jo souffre de migraines et ne dort pas très bien. Ma mère, qui avait un oreiller parfumé à la lavande, disait qu'elle s'endormait comme un bébé dès qu'elle y posait la tête. J'ai donc pensé qu'en sentant ce parfum et avec, en plus, la douceur du velours sous sa joue, peut-être que… Je demanderais à Mlle Lizzie de me le coudre.

« Je jure de l'assister dans la maladie… »

Ému et légèrement honteux devant la prévenance de Duncan, Roger hocha la tête, signifiant son approbation. Il avait toujours cru que ce mariage avec Jocasta Cameron était une question de convenance et de bonne gestion de patrimoine. C'était peut-être le cas, mais il était nécessaire d'être passionnément amoureux pour faire preuve de tant de tendresse et de considération.

Une fois son achat terminé, Duncan prit congé et s'éloigna avec son morceau de tissu bien à l'abri sous son plaid. Roger poursuivit sa lente inspection des derniers marchands. Mentalement, il tria, soupesa ou écarta tel ou tel objet, se creusant les méninges pour dénicher le cadeau parfait pour sa promise. Des boucles d'oreilles ? Non, Jemmy les lui arracherait. Même chose pour un collier ou un ruban pour les cheveux.

Pourtant, il continuait de penser qu'un bijou était le meilleur choix. D'ordinaire, elle n'en portait pratiquement pas, mais elle avait gardé au doigt le rubis de son père pendant toute la semaine du rassemblement. Jamie avait remis cette bague à Roger afin qu'il l'offre à Brianna le jour où elle avait officiellement accepté d'être à lui. Jemmy bavait régulièrement dessus, mais ne pouvait guère l'abîmer.

Il s'immobilisa brusquement, laissant la foule se bousculer autour de lui. Il revoyait l'éclat de la monture en or et le rose rouge sombre du rubis en cabochon brillant sur son long doigt pâle. *La bague de son père.* Naturellement ! Comment ne s'en était-il pas rendu compte plus tôt ?

Certes, Jamie lui avait confié la bague, mais, aux yeux de Brianna, ce cadeau venait de son père et non de son mari. Très soudainement et intensément, il désirait offrir à sa femme un bijou, comme symbole de son amour.

Il tourna résolument les talons et revint vers une carriole dont les articles en métal étincelaient même sous la pluie. Par expérience, il savait que son auriculaire faisait la même taille que l'annulaire de Brianna. Il en essaya plusieurs, puis en tendit une au vendeur :

— Celle-ci fera l'affaire, dit-il tout heureux de son achat.

Bon marché, elle était faite de fils de cuivre et de laiton tressés et verdirait certainement le doigt au bout de quelques minutes. « Tant mieux », pensa-t-il en payant. Qu'elle la garde en permanence ou non, elle porterait sa marque tout le temps.

« C'est ainsi que la femme quittera son père et sa mère pour s'attacher à son mari, et les deux ne feront qu'une seule chair. »

5

Remous séditieux

Vers la fin de la première heure de consultation, un nombre conséquent de patients attendaient leur tour dehors, malgré la bruine intermittente. Après une semaine de rassemblement, tous ceux qui avaient stoïquement enduré des rages de dents ou des éruptions cutanées pour ne pas manquer les réjouissances avaient subitement décidé de saisir cette dernière chance de se faire soigner.

Je libérais une jeune femme présentant un début de goitre, lui recommandant d'emporter chez elle une réserve de poissons séchés – elle vivait trop loin à l'intérieur des terres pour s'en procurer quotidiennement du frais – et d'en manger un peu tous les jours afin d'absorber de l'iode.

— Au suivant ! appelai-je en écartant les cheveux tombés devant mes yeux.

La foule se scinda en deux, telle la mer Rouge devant Moïse, laissant passer un vieillard squelettique vêtu de haillons et portant un ballot de fourrure dans les bras. Tandis qu'il avançait péniblement entre les gens qui s'écartaient sur son passage, je compris la raison de cette déférence : il empestait comme un putois crevé.

L'espace d'un instant, la masse de fourrure grisâtre dans ses bras me parut être effectivement une charogne. J'avais déjà une mince pile de fourrures et de peaux à mes pieds, mais, généralement, mes patients se donnaient la peine de séparer celles-ci de leurs propriétaires avant de me les offrir. Puis la fourrure bougea, et une paire d'yeux brillants apparut entre les poils.

— Mon chien est blessé, annonça l'homme abruptement.

Il posa l'animal sur ma table, écarta les instruments chirurgicaux, puis, indiquant une entaille en dents de scie dans son flanc, cracha deux mots :

— Soignez-le.

Loin d'être formulée comme une requête, cette phrase en était néanmoins une. Après tout, le patient était le chien et lui, au moins, paraissait relativement bien élevé. De taille moyenne et court sur pattes, avec des oreilles effilochées, un poil dru et moucheté, il pantelait, placide, sans chercher à fuir.

— Que lui est-il arrivé ?

J'éloignai une bassine en déséquilibre puis me penchai pour fouiller dans ma boîte de fils stérilisés pour sutures. Le chien me lécha la main au passage.

— Il s'est battu avec une femelle raton laveur.

— Hmm...

J'examinai l'animal d'un œil dubitatif. Vu son pedigree improbable et sa nature amicale, je me demandais si sa prise de bec n'avait pas été provoquée par ses avances inconvenantes envers la femelle. Comme pour confirmer mon impression, il pointa dans ma direction quelques centimètres d'un organe reproducteur rose et luisant.

— Tu lui plais, maman, déclara Brianna, en se retenant de rire.

— Comme c'est flatteur, marmonnai-je.

J'espérai simplement que le propriétaire du chien n'exprima pas sa reconnaissance de la même manière. Heureusement, il ne semblait guère m'apprécier. Il ne m'adressait pas un regard, gardant les yeux fixés sur la clairière en contrebas où des soldats étaient en train d'effectuer une manœuvre.

Je tendis la main vers Brianna.

— Ciseaux, demandai-je, résignée.

Je coupai la fourrure emmêlée autour de la plaie et constatai avec soulagement que celle-ci n'était pas boursouflée et ne présentait aucun signe d'infection. Le sang avait bien coagulé et, apparemment, la blessure ne datait pas d'hier. Je me demandai même si le chien s'était battu dans ces montagnes-ci. Je ne reconnaissais pas le vieillard. En outre, il n'avait pas l'accent écossais. Avait-il seulement participé au *gathering* ?

— Euh… vous voulez bien lui tenir la tête, s'il vous plaît ? lui demandai-je.

Le chien avait beau être amical, cela ne signifiait pas qu'il apprécierait se faire planter une aiguille dans la peau. Son propriétaire resta prostré, toujours d'humeur maussade, et ne bougea pas. Je cherchai Brianna des yeux, mais elle avait disparu.

— Tout doux, *a bhalaich*, tout doux, dit doucement une voix derrière moi.

Me retournant, je vis le chien reniflant d'un air intéressé la main de Murray MacLeod. Remarquant mon air surpris, celui-ci haussa les épaules, sourit et, se penchant sur la table, agrippa le chien ébahi par le museau et la peau du cou.

— Je vous conseille de faire vite, Mme Fraser.

Je saisis fermement la patte la plus proche et enfonçai mon aiguille. La bête réagit comme l'aurait fait tout être humain en pareilles circonstances. Elle se tortilla et se débattit de toutes ses forces, ses griffes lacérant le bois brut de ma table. Au bout d'un moment, elle parvint à se libérer, bondit au sol et tenta de filer vers les bois avec ses fils de sutures traînant derrière elle. Je me jetai sur l'animal, roulant dans les feuilles mortes et la boue, faisant fuir les badauds jusqu'à ce que deux âmes courageuses viennent à ma rescousse, plaquant au sol le chien pour me permettre de finir le travail.

Je nouai le dernier nœud, coupai le fil ciré avec la lancette de Murray (qui avait été piétinée dans la bagarre mais était restée heureusement intacte), puis ôtai mon genou du flanc de l'animal, haletant presque aussi fort que lui.

Je me relevai sous les applaudissements des spectateurs.

Je m'inclinai, légèrement étourdie. Murray était lui aussi en piteux état, avec sa queue-de-cheval défaite et un accroc dans sa veste couverte de boue. Il se pencha, prit l'animal sous le ventre, le souleva et le déposa sur la table près de son maître.

— Votre chien, monsieur.

Le vieux s'approcha, posa une main sur la tête de son compagnon, son regard interrogatif passant de Murray à moi comme s'il ne savait que penser de cette technique chirurgicale collective et musclée. Il jeta un œil par-dessus son épaule vers les soldats au loin, puis se tourna vers moi, fronçant ses sourcils déplumés qui se rejoignaient au-dessus de son nez en forme de bec.

— C'est qui, ceux-là ? demanda-t-il d'un air profondément perplexe.

Sans attendre de réponse, il haussa les épaules, pivota sur ses talons et s'éloigna. Le chien, la langue pendante, sauta de la table et se mit à trotter à côté de son maître, en quête de nouvelles aventures.

Je pris une grande inspiration, essuyai la boue sur mon tablier, remerciai Murray d'un sourire, puis me lavai les mains avant de m'occuper de mon prochain patient.

Celui-ci était un monsieur. Un vrai gentilhomme à en juger par son habit et son allure, les deux sortant nettement de l'ordinaire. Je l'avais déjà remarqué au bord de la clairière où il se tenait depuis un certain temps. Il examinait tour à tour mon centre d'opérations et celui de Murray, hésitant à privilégier l'un de nous deux. Apparemment, l'incident avec le chien du trappeur avait fait pencher la balance de mon côté.

Murray semblait fort dépité de ce choix, les gentilshommes payant le plus souvent en espèces. Je lui adressai un sourire navré, puis invitai le patient en lui indiquant le tabouret.

— Asseyez-vous donc, monsieur, et dites-moi où vous avez mal.

Il s'appelait M. Goodwin, venait de Hillsborough et se plaignait surtout d'une douleur dans le bras. Mais ce n'était pas son seul mal. Une plaie fraîchement cicatrisée courait en zigzag sur un côté de son visage, partant du coin de l'œil et plissant la paupière, ce qui lui donnait l'air féroce. La légère décoloration de sa joue indiquait qu'il avait été frappé avec un objet lourd, juste au-dessus de la mâchoire, et à ses traits légèrement bouffis et empâtés, on devinait qu'il avait subi un sérieux passage à tabac dans un passé assez proche.

Provoqués suffisamment, les gentilshommes étaient aussi enclins à la bagarre que le commun des mortels. Mais cet homme me paraissait un peu mûr pour pratiquer ce genre de sport. Il avait une bonne cinquantaine, sa panse prospère étirant son gilet aux boutons d'argent. Peut-être avait-il été agressé par des voleurs de grands chemins… mais certainement pas sur la route vers le *gathering*, car ces blessures dataient de plusieurs semaines.

Je palpai délicatement son bras et son épaule, lui fit lever légèrement le membre tout en lui posant quelques questions brèves. Le problème était clair : il s'était démis le coude. La luxation s'était réduite d'elle-même, mais je décelai un tendon déchiré, à présent coincé entre l'olécrane et la coronoïde du cubitus. Les mouvements avaient aggravé la blessure.

En descendant délicatement le long de son bras, je découvris également, dans les os de son avant-bras, pas moins de trois fractures simples, à moitié cicatrisées. Les dégâts n'étaient pas qu'internes. Je distinguai les vestiges pâles de deux grandes ecchymoses sur les sites des fractures, chacune formant une tache irrégulière jaune-vert avec, au centre, le rouge-noir plus sombre de l'hémorragie interne. S'il ne s'agissait pas de blessures faites en tentant de se défendre, je m'appelais Joséphine de Beauharnais.

— Bree, peux-tu me trouver de quoi faire une attelle convenable ?

Brianna hocha la tête et disparut, pendant que je passai un baume à base d'huile d'anacardier sur les contusions plus superficielles.

Tout en déroulant une bande de lin, je demandai sur un ton détaché :

— Comment vous êtes-vous donc fait ces blessures, monsieur Goodwin ? Cela a dû être une sacrée bagarre ! J'espère que votre adversaire a eu son compte !

M. Goodwin sourit faiblement devant ma tentative de détendre l'atmosphère.

— C'était bien une bagarre, madame Fraser, mais je n'y étais pour rien. C'était plutôt un coup de malchance. Je me suis trouvé au mauvais endroit au mauvais moment, si l'on peut dire. Pourtant…

Lorsque je touchai sa cicatrice, il ferma son œil plissé par réflexe. Celui qui l'avait recousu n'avait pas vraiment des doigts de fée, mais, au moins, la plaie était propre.

— Vraiment ? dis-je. Que s'est-il passé ?

Il émit un grognement, mais ne semblait pas mécontent de me raconter son histoire.

— Vous avez sûrement entendu l'officier, ce matin, madame, lire le texte du gouverneur concernant le comportement abject des émeutiers, non ?

Je pressai doucement sa peau du bout des doigts.

— Je doute que les paroles du gouverneur aient pu échapper à qui que ce soit. Ainsi, vous étiez à Hillsborough au moment des événements ?

Il soupira et se détendit en se rendant compte que mon exploration n'était pas douloureuse.

— En effet. C'est que j'y habite, voyez-vous. Si j'étais resté tranquillement chez moi comme ma chère épouse me l'avait conseillé – il esquissa un sourire attendri –, il ne me serait sans doute rien arrivé.

— La curiosité est, paraît-il, un vilain défaut.

En souriant, il venait de me révéler un détail qui, jusque-là, m'avait échappé. Je passai un doigt sur la partie décolorée de sa joue.

— Quelqu'un vous a frappé violemment au visage à cet endroit. Vous avez eu des dents cassées ?

Il sursauta.

— Oui, madame. Mais vous ne pouvez rien y faire.

Il abaissa sa lèvre inférieure, révélant un trou où il en manquaient deux. Une prémolaire avait été arrachée en entier, mais l'autre était brisée à la racine. Je distinguai une ligne irrégulière d'émail jaune luisant dans le rouge sombre de sa gencive.

Brianna, revenant au même moment avec une attelle, émit un léger bruit étranglé. La dentition de M. Goodwin, bien que globalement saine, était recouverte d'une épaisse croûte de tartre jaune, tachetée de brun par la chique.

— Je pense pouvoir vous soulager un peu, annonçai-je. Vous avez mal quand vous mordez de ce côté-ci, n'est-ce pas ? Là, je ne peux rien faire, toutefois je vais extraire le reste de la dent et traiter la gencive pour prévenir une infection. Mais qui vous a frappé ainsi ?

Il haussa légèrement les épaules et suivit mes mouvements avec intérêt mais assez inquiet, tandis que je disposais sur la table mes pinces rutilantes et le scalpel à lame droite réservé à mes interventions dentaires.

— À vrai dire, madame, je l'ignore. Je m'étais aventuré en ville pour me rendre au tribunal. J'intente un procès contre un certain monsieur de Virginie et je devais apporter des documents relatifs à cette affaire. Malheureusement, je n'ai jamais pu les remettre, car, en arrivant devant le tribunal, j'ai trouvé la rue noire d'hommes. Beaucoup étaient armés de gourdins, de fouets et d'autres outils du même acabit.

Voyant la cohue, il avait voulu faire demi-tour, mais, au même moment, un individu avait lancé une brique dans une des fenêtres du tribunal. Le bris du verre fonctionna comme un signal d'attaque et la foule se précipita vers le bâtiment, défonçant les portes en hurlant des menaces.

— J'étais très inquiet pour mon ami, M. Fanning, car je savais qu'il se trouvait à l'intérieur.

— Fanning… vous voulez parler d'Edmund Fanning ?

Je n'écoutais que d'une oreille, me demandant par quel angle effectuer l'extraction, mais ce nom attira mon attention. Farquard Campbell l'avait mentionné en racontant à Jamie les détails sanglants des émeutes qui avaient suivi, quelques années plus tôt, l'approbation du Stamp Act et l'adoption d'un droit de timbre. Fanning avait été nommé percepteur des postes pour les colonies, un poste qu'il avait dû payer son pesant d'or, mais qui lui avait coûté encore plus cher quand il avait été forcé de démissionner. De toute évidence, son impopularité n'avait cessé de croître au cours des cinq dernières années.

Monsieur Goodwin fit une grimace réprobatrice.

— Oui, madame, lui-même. Peu m'importent les ragots scandaleux colportés à son sujet, car il s'est toujours comporté en ami avec moi et les miens. Aussi, en entendant des gens le conspuer et le menacer de mort, je me suis résolu à voler à son secours.

L'élan généreux de M. Goodwin n'avait pas été un franc succès.

Je matelassai l'attelle avec un bandage en lin, puis je plaçai son bras dessus. Sans me quitter des yeux pendant le reste de l'opération, il poursuivit :

— J'ai tenté tant bien que mal de me frayer un passage au milieu des belligérants. Lorsque je suis enfin arrivé au pied du bâtiment, j'ai entendu un grand cri à l'intérieur. La foule a reculé, m'entraînant avec elle.

Faisant de son mieux pour ne pas perdre pied, M. Goodwin avait vu avec horreur Edmund Fanning être poussé hors du tribunal, assommé, puis traîné par les pieds en bas des escaliers, sa tête rebondissant sur chaque marche.

— Elle faisait un bruit horrible, dit-il en frissonnant. Je l'entendais par-dessus les cris, comme celui d'un melon tombant dans un escalier.

— Juste ciel ! murmurai-je. Mais ils ne l'ont pas tué, n'est-ce pas ? Je n'ai pas entendu dire qu'il y avait eu des morts à Hillsborough. Détendez votre bras et prenez une grande inspiration.

M. Goodwin s'exécuta mais uniquement pour émettre un grognement sonore. Celui-ci fut brutalement interrompu par un cri étranglé quand je tournai son bras, libérant le tendon coincé et alignant correctement l'articulation. Il blêmit et une fine pellicule de transpiration fit luire ses joues tombantes. Il cligna des yeux plusieurs fois puis se ressaisit dignement.

— S'il est encore en vie, reprit-il, ce n'est pas grâce aux émeutiers, mais uniquement parce qu'ils ont pensé qu'ils s'amuseraient encore plus avec le président de la Cour suprême. Ils ont donc abandonné Fanning inconscient dans la poussière et se sont précipités de nouveau dans le tribunal. Avec un autre ami, nous sommes parvenus à soulever le malheureux. Nous cherchions un endroit où le mettre à l'abri quand, derrière nous, la foule a lancé son « Taïaut ! » et nous a agressés. Voilà comment j'ai récolté ceci...

Il leva son bras éclissé.

— ... et ceci aussi.

Il effleura la cicatrice près de son œil et montra sa dent brisée. Puis il me regarda en fronçant ses sourcils broussailleux.

— Croyez-moi, madame, j'espère que certaines personnes ici auront le civisme de donner les noms des émeutiers afin que ces derniers soient punis comme il se doit pour leurs actes de barbarie. Néanmoins, si je tenais l'individu qui m'a roué de coups, je me substituerais volontiers à la justice du gouverneur. Soyez-en assurée !

Il ferma lentement les poings en me dévisageant d'un regard noir, comme s'il me suspectait de cacher le mécréant en question sous ma table. Mal à l'aise, Brianna se mit à gigoter derrière moi. Elle devait penser, elle aussi, à Hobson et Fowles. Quant à Abel MacLennan, je le considérais plutôt comme un témoin innocent, quoi qu'il ait fait à Hillsborough.

Je marmonnai quelques paroles de compassion et sortis le whisky brut que je réservais aux désinfections et aux anesthésies. À la vue de la bouteille, M. Goodwin retrouva sa bonne humeur.

— Juste une petite goutte pour vous... remettre de vos épreuves.

Je lui en versai une tasse pleine, me gardant d'ajouter qu'il s'agissait surtout de désinfecter ses gencives.

— Gardez-le un moment en bouche avant d'avaler, indiquai-je. Cela aidera à insensibiliser votre dent.

Pendant que M. Goodwin avalait docilement une grande rasade de whisky et la gardait en bouche, les joues gonflées comme une grenouille se préparant à coasser, je me tournai vers Brianna. Elle était un peu pâle, mais j'ignorais si c'était à cause du récit de M. Goodwin ou à la vue de sa dentition. Je lui tapotai le bras pour la réconforter.

— Je ne pense pas avoir encore besoin de toi ce matin, ma chérie. Pourquoi ne vas-tu pas voir si Jocasta est prête pour les mariages de ce soir ?

— Tu es sûre, maman ?

Tout en parlant, elle dénouait déjà son tablier taché de sang et le roulait en boule. Suivant son regard, j'aperçus Roger qui attendait derrière un buisson, près du sentier. Son visage s'illumina quand elle se dirigea vers lui. Le spectacle me réchauffa le cœur. Oui, ils seraient heureux ensemble.

Je me tournai vers mon patient avec un beau sourire et saisis mes pinces.

— Allez, monsieur Goodwin, encore une petite gorgée et nous allons en terminer avec notre affaire.

6

Au bon vieux temps

À la lisière de la clairière, Roger attendait Brianna en l'observant. Elle assistait sa mère en pilant des herbes, en transvasant des liquides dans des fioles ou en préparant des bandages. En dépit du froid, elle avait retroussé ses manches et, chaque fois qu'elle déchirait les bandes d'étoffe, les muscles de ses bras nus se contractaient et saillaient sous sa peau parsemée de taches de rousseur.

Elle avait de la force dans les poignets, ce qui réveilla en lui le souvenir vague et troublant d'Estella, le personnage des *Grandes Espérances* de Dickens. Soudain, le vent plaqua sa jupe contre les courbes fermes de ses hanches, et quand elle se tourna, sa longue cuisse, lisse et ronde comme un tronc d'aulne, étira brièvement le tissu.

Il n'était pas le seul à l'avoir remarqué. La moitié des gens attendant d'être auscultés par l'un des médecins l'observaient également. La plupart des femmes avec un léger froncement de sourcils perplexe, et certains hommes avec une admiration non dissimulée à laquelle s'ajoutaient des spéculations nettement lubriques. Roger eut envie de bondir dans la clairière pour faire valoir ses droits sur la demoiselle.

« Après tout, qu'ils la reluquent ! pensa-t-il en réprimant son impulsion. Le principal, c'est qu'elle ne leur retourne pas leurs œillades ! »

Il s'avança doucement de dessous les arbres, et elle tourna la tête vers lui. Le front plissé de Brianna se dérida aussitôt et son visage s'illumina. Il sourit et lui fit signe de la tête de venir le rejoindre. Puis il rebroussa chemin sans l'attendre.

Était-il mesquin au point de vouloir démontrer à cette bande de benêts que sa future femme était prête à tout laisser tomber au moindre signe de sa part ? À vrai dire… oui. Il eut honte de lui, mais sa gêne fut vite tempérée par un agréable sentiment de propriété lorsqu'il entendit les pas de Brianna sur le sentier.

Elle accourait, ayant abandonné son poste, et portait dans sa main un petit paquet enveloppé de papier et attaché avec une ficelle. Il l'entraîna à l'écart du sentier, vers un taillis d'érables dont le feuillage jaune et rouge offrait un semblant d'intimité à leur amour.

— Désolé de t'arracher à ton travail, dit-il hypocritement.

— Il n'y a aucun problème. Pour être franche avec toi, je suis contente d'arrêter. J'ai bien peur de ne pas être faite pour supporter la vue du sang et des tripes à l'air.

— Ce n'est pas grave, je ne recherche pas spécialement cette qualité chez une épouse.

— Tu as tort. Dans ce monde-ci, tu as besoin d'une femme capable d'arracher tes dents pourries et de te recoudre les doigts que tu te seras tranchés en coupant du bois.

La grisaille du jour semblait avoir déteint sur son humeur, ou peut-être était-ce simplement le fait de regarder les patients de sa mère. Un seul coup d'œil à ce défilé de difformités, de mutilations, de plaies et de maladies hideuses suffisait à saper le moral de la personne la plus endurcie. Claire était la seule qui semblait ne pas être affectée.

Au moins, ce que Roger avait à lui dire lui ôterait peut-être momentanément de la tête les détails les plus sordides de la vie quotidienne au XVIIIe siècle. Il posa une main sur la joue de Brianna et caressa son épais sourcil roux du bout de son pouce glacé. Elle avait les joues froides, elle aussi, mais la peau derrière son oreille, sous ses cheveux, était chaude, comme ailleurs, dans d'autres recoins cachés.

— J'ai trouvé exactement la compagne que je cherchais, dit-il fermement. Et toi ? Tu es sûre que tu ne préférerais pas un homme qui sache scalper un Indien et qui dépose tous les jours sur ta table le gibier qu'il a chassé ? Tu sais, à moi non plus, le sang ne me convient guère...

Une lueur amusée réapparut dans les yeux de Brianna, dissipant son air préoccupé.

— Non merci, je ne veux pas d'un « homme des cavernes ». Maman appelle Jamie ainsi, mais uniquement quand elle est fâchée contre lui.

Il se mit à rire.

— Et comment m'appelleras-tu quand tu t'emporteras contre moi ?

Elle le dévisagea d'un air méditatif, s'amusant de plus en plus.

— Ne t'inquiète pas. Papa refuse de m'apprendre des gros mots en gaélique, mais Marsali m'en a enseigné quelques-uns en français. Tu sais ce qu'est *un soûlard* * ? ou *une grande gueule* * ?

— Oui, *mon chou* *. Quoique je n'ai jamais vu un légume avec des extrémités aussi rouges, rajouta-t-il en essayant de lui donner une chiquenaude sur le bout du nez.

Elle l'esquiva en riant.

— *Sale chien * !*

— Gardes-en un peu pour plus tard, après notre mariage ! conseilla-t-il. Tu en auras sans doute besoin.

Il lui prit la main, l'attira vers un gros rocher, puis il remarqua de nouveau son petit colis.

— Qu'est-ce que c'est ? demanda-t-il.

— Un cadeau de mariage.

Avec une moue dégoûtée, elle le lui tendit au bout de deux doigts, comme s'il s'agissait d'une souris morte.

Il le prit prudemment, mais il ne sentit aucune forme suspecte à travers le papier. Il le fit rebondir dans sa paume. Il était léger, presque comme une plume.

— Du fil de soie pour broder, expliqua-t-elle devant son regard interrogateur. Un présent de Mme Buchanan.

La ride soucieuse entre ses sourcils se reforma. Elle était contrariée, mais il n'arrivait pas à savoir pourquoi.

— Qu'est-ce qui te gêne dans le fait de recevoir de la soie à broder ?

— Rien. Mais cela signifie que je suis censée broder, ce qui ne me plaît pas beaucoup.

Elle lui reprit le paquet et le rangea dans la pochette qu'elle portait attachée sous son jupon. Elle baissait les yeux, réarrangeant ses jupes, mais il pouvait voir ses lèvres pincées.

— Elle a dit que c'était pour notre « suaire ».

Roger mit du temps avant de comprendre.

— Ah ! Tu veux dire notre « linceul » ?

— Oui, répondit-elle les mâchoires crispées. Apparemment, mon devoir d'épouse est de commencer à tisser mon drap mortuaire dès le lendemain de nos noces.

Ainsi, j'aurai le temps de le terminer avant de mourir en couches. Si je brode assez vite, j'aurais peut-être aussi le temps de tisser le tien. Autrement, ta prochaine femme le fera !

Si elle n'avait pas paru aussi troublée, il aurait éclaté de rire.

— Mme Buchanan est une sotte, dit-il en lui prenant les mains. Tu ne devrais pas te laisser perturber par ces inepties.

Elle releva les yeux vers lui tout en gardant la tête baissée.

— Mme Buchanan est ignorante, stupide et indélicate, dit-elle en articulant lentement. La seule chose qu'on ne peut pas lui reprocher, c'est d'avoir tort.

— Mais qu'est-ce que tu racontes ? Cette fois-ci, elle a tort !

Tout en disant cela, il ressentit une vague et confuse appréhension l'envahir.

— Combien de femmes a eu Farquard Campbell ? questionna-t-elle. Et Gideon Oliver ? Andrew MacNeill ?

Ils en avaient eu neuf à eux trois. MacNeill se mariait pour la quatrième fois ce soir… avec une jeune fille de dix-huit ans venue de Weaver's Gorge. Ses craintes revinrent, mais il les repoussa en contre-attaquant :

— Oui, mais Jenny Campbell a mis au monde huit enfants et enterré deux maris. D'ailleurs, Mme Buchanan, elle-même, a eu cinq mioches et elle ne semble pas dépérir. En plus, je les ai vus, ils ont peut-être tous des têtes de navet, mais ils sont en parfaite santé.

Constatant qu'elle souriait malgré elle, il enchaîna :

— Tu n'as rien à craindre, mon cœur. Tu n'as pas eu de problèmes avec Jemmy, n'est-ce pas ?

— Ah oui ? Si c'est ce que tu crois, la prochaine fois, je te propose de prendre ma place !

Elle tenta de libérer sa main, mais il tint bon, et elle ne résista pas.

— Cela veut dire que tu es d'accord pour qu'il y ait une prochaine fois ? l'interrogea-t-il timidement. En dépit de Mme Buchanan ?

Il avait parlé sur un ton délibérément badin, mais il l'attira et enfouit son visage dans ses cheveux de peur qu'elle ne lise sur le sien toute l'importance de cette question.

Elle ne se laissa pas bluffer. Elle s'écarta légèrement et le sonda de ses yeux bleus comme la mer.

— Tu accepterais de m'épouser et de ne pas faire l'amour avec moi ? demanda-t-elle. C'est le seul moyen fiable, tu sais. L'huile de tanaisie ne marche pas à tous les coups, regarde Marsali !

La petite Joan était la preuve vivante de l'inefficacité de cette méthode contraceptive. Toutefois…

— Il y a certainement d'autres moyens, dit-il. Mais si tu souhaites pratiquer l'abstinence, alors nous nous abstiendrons.

Elle se mit à rire, parce que, tout en se prétendant prêt à renoncer au plaisir charnel, il avait plaqué une main possessive sur ses fesses. Puis son rire mourut sur ses lèvres et son regard redevint sombre.

— Tu es sérieux, n'est-ce pas ?

— Oui.

Il était sincère, pourtant cette seule pensée l'étouffait comme s'il avait avalé une pierre.

Elle soupira et caressa sa joue, suivant le contour de son cou et effleurant le creux de sa gorge. Puis, par une simple pression de ses doigts sur la peau de Roger, elle provoqua chez lui une accélération des battements du cœur.

Il pencha la tête vers elle et l'embrassa ardemment, son souffle court cherchant celui de Brianna. Il ressentait un besoin ardent d'unir son corps au sien par tous les moyens : mains, souffle, bouche, bras. Sa cuisse avança entre les siennes, lui écartant les jambes. Elle posa la main à plat sur son torse, comme pour le repousser, puis elle la referma convulsivement, s'agrippant à sa chemise et à sa peau, ses doigts s'enfonçant profondément dans ses pectoraux. Ils se retrouvèrent collés l'un à l'autre, les lèvres ouvertes, haletants, s'étreignant presque douloureusement dans le désordre de leur désir.

— Je ne veux... nous ne sommes pas...

Il se libéra un instant, son esprit en ébullition cherchant à former des fragments de phrases. Puis elle glissa une main sous son kilt, ses doigts froids et déterminés rencontrant sa chair brûlante. Il perdit alors définitivement le pouvoir de la parole.

— Une dernière fois avant d'arrêter, chuchota-t-elle. Comme autrefois.

Il sentit son souffle l'envelopper de chaleur et de brume. Elle se laissa ensuite glisser à genoux sur les feuilles jaunes et humides, l'attirant vers elle.

*
* *

Il s'était remis à pleuvoir. Ses cheveux mouillés étalés autour de son visage, elle avait les yeux fermés, la tête tournée vers le ciel. Les gouttes de pluie s'écrasaient sur sa peau et ruisselaient comme des larmes. De fait, elle ne savait pas trop si elle devait rire ou pleurer.

Roger était à demi couché sur elle, lui offrant un solide et chaud réconfort, son kilt étalé sur leurs jambes emmêlées pour les protéger. La main posée sur la nuque de son amant, elle lui caressait doucement les cheveux, noirs, trempés et lisses telle la fourrure d'un phoque.

Il bougea, puis se souleva en grognant. Un courant d'air froid balaya sa peau nue, encore moite et chaude à l'endroit où leurs deux corps s'étaient soudés.

— Pardonne-moi, marmonna-t-il. Je suis désolé, je n'aurais pas dû.

Elle entrouvrit un œil. Il se redressa sur ses genoux, la surplomba en oscillant, puis il se pencha vers elle pour rabaisser sa jupe froissée. Il avait perdu sa cravate et l'entaille sous sa mâchoire s'était rouverte. Elle lui avait déchiré sa chemise, et son gilet, qui avait perdu la moitié de ses boutons, était taché de boue et de sang. Des feuilles mortes et des fragments de glands étaient emprisonnés dans ses cheveux.

— Ce n'est rien, dit-elle en se relevant à son tour.

Elle n'était guère en meilleur état. Ses seins étaient lourds et gorgés de lait, et de grosses auréoles tachaient son corsage, glaçant sa peau. Roger ramassa sa cape tombée sur le sol et la lui drapa autour des épaules.

— Pardonne-moi, répéta-t-il.

Il tendit la main vers le visage de Brianna et écarta ses cheveux emmêlés. Ses doigts froids contre sa joue la firent frissonner.

— Ce n'est pas grave, murmura-t-elle encore.

Elle tenta de rassembler les morceaux épars de sa conscience qui semblaient s'être répandus autour d'elle comme des perles de mercure.

— Je ne pense pas qu'il y ait un risque, tant que j'allaite Jemmy.

Mais pour combien de temps encore ? se demanda-t-elle. Des pulsions de désir fusaient encore en elle, mêlées à des élans d'angoisse.

Elle avait besoin de toucher son futur mari. Elle prit un coin de sa cape et le pressa sur la gorge de Roger pour arrêter le saignement de la plaie. Avait-elle vraiment parlé d'abstinence alors que le contact de sa peau, son odeur, le souvenir des minutes qui venaient de s'écouler lui donnaient envie de le plaquer au sol dans les feuilles mortes et de recommencer ? Quand la tendresse qu'il lui inspirait montait en elle comme le lait qui gonflait sa poitrine ?

Ses seins étaient douloureusement tendus par le désir inassouvi et des gouttes de lait coulèrent le long de ses côtes sous le tissu. Elle effleura un de ses mamelons enflés, les garants de sa sécurité… pour le moment.

Roger écarta la main de Brianna et palpa sa blessure.

— C'est bon, dit-il. Ça ne saigne plus.

L'expression de son visage était déconcertante. Généralement, il arborait un air aimable mais réservé, à la limite de la sévérité. À présent, on aurait dit que ses traits étaient incapables de se figer, passant sans cesse de la satisfaction la plus totale à un profond désarroi.

— Qu'est-ce qui se passe, Roger ?

Il la regarda brièvement, puis se détourna, gêné.

— C'est que… nous ne sommes pas encore vraiment mariés.

— Bien sûr que non, puisque nous devons nous marier ce soir. D'ailleurs, je ferais bien de me…

Elle s'interrompit, le regardant de la tête aux pieds, puis se mordit les lèvres pour ne pas pouffer de rire.

— Juste ciel ! On dirait que vous venez de vous faire culbuter dans les bois, monsieur MacKenzie.

— Très drôle, madame Mac ! À en juger par votre tenue, vous en avez commis de belles, vous aussi. En fait, je voulais dire que nous sommes unis par le serment des mains depuis plus d'un an, ce qui, du moins en Écosse, est une union légale. Mais un an et un jour se sont écoulés depuis un certain temps déjà et nous ne serons officiellement mari et femme que ce soir.

Elle le dévisagea en plissant les yeux, essuyant la pluie sur son visage du revers de la main, et réprima de nouveau son envie de rire.

— Mon Dieu, tu crois vraiment que ça change quelque chose ?

Il sourit à son tour malgré lui.

— Euh... non. Mais, que veux-tu, je suis quand même fils de pasteur. Au fond de moi sommeille un vieux calviniste écossais qui trouve un peu pervers de batifoler ainsi avec une femme qui n'est pas vraiment la sienne.

Elle croisa les bras autour de ses genoux et s'inclina sur le côté, le poussant doucement.

— Peuh ! dit-elle. Un vieux calviniste écossais, mon œil ! Dis-moi la vérité, qu'est-ce qui te tracasse ?

Il évitait son regard, gardant les yeux baissés. Il prit une grande inspiration et répondit doucement.

— Je ne peux pas te reprocher d'avoir peur. Jusque-là, je ne m'étais pas rendu compte du danger que la maternité pouvait représenter pour une femme. Ou plutôt, je n'y avais encore jamais réfléchi.

Il releva la tête et lui sourit, mais la lueur d'angoisse était toujours là, tapie au fond de ses yeux vert mousse.

— J'ai envie de toi, Bree, plus que je ne saurais le dire. Mais, après ce que nous venons de faire et en réalisant à quel point j'ai aimé ça, j'ai compris que je risquais peut-être – non, *sûrement* – ta vie en recommençant. Mais Dieu sait que je ne souhaite pas arrêter !

Elle sentit les fines tentacules de l'angoisse fusionner et former un serpent froid qui glissa le long de sa colonne vertébrale. Il s'enroula dans ses entrailles, resserrant ses anneaux jusqu'à constituer une masse dure. Elle savait que Roger ne voulait pas uniquement un moment charnel à partager, aussi puissant soit-il. Sachant cela, comment pouvait-elle hésiter à le lui donner ?

Elle soupira à son tour puis posa une main sur son bras.

— Il est trop tard pour s'inquiéter de ça, dit-elle. Moi aussi, je te veux, Roger.

Elle glissa la main derrière sa nuque, l'attira à elle et l'embrassa, sentant ses craintes battre en retraite devant la puissance de ses bras autour d'elle, la chaleur de son corps contre le sien.

— Oh, Bree, murmura-t-il dans sa chevelure. Il faut que tu saches que je te protégerai, toi et Jemmy, contre tout ce qui pourrait vous arriver. Je trouve horrible d'être peut-être moi-même une menace. À la vérité, mon amour pourrait te tuer.

Son pouls battait dans son oreille, solide et régulier. Elle sentit la chaleur revenir dans ses mains, et les nœuds d'angoisse dans son ventre se desserrer encore un peu. Elle aurait voulu offrir à Roger le réconfort que lui-même ne pouvait lui apporter.

— Ce n'est rien, dit-elle enfin. Je suis sûre que tout se passera bien. J'ai un bassin fait pour porter des enfants, tout le monde le dit. On appelle ça « avoir le cul en poire ».

Elle tapota la courbe ample de ses hanches avec une moue ironique, ce qui le fit sourire. Il posa à son tour ses mains sur sa taille, puis ajouta :

— Tu sais ce que m'a déclaré Ronnie Sinclair l'autre soir ? En te regardant te baisser pour ramasser du bois pour le feu, il a soupiré en disant : « Toi au moins, tu sais te choisir une femme, MacKenzie ! Faut toujours commencer par le bas et remonter vers le haut ! » Aïe !

Il esquiva la gifle de Brianna en riant, puis l'embrassa très doucement. La pluie tombait toujours, clapotant sur le tapis de feuilles mortes. Ses doigts tachés par le sang de sa coupure étaient poisseux.

— Tu voudrais un enfant, n'est-ce pas ? demanda-t-elle doucement. Un dont tu seras sûr qu'il est de toi ?

Il garda un moment la tête baissée, puis releva enfin les yeux. Elle put lire sa réponse sur son visage : un profond désir mêlé d'inquiétude.

— Je ne veux pas que...

Elle l'interrompit, plaquant sa main contre ses lèvres.

— Je sais, dit-elle. Je comprends.

C'était presque vrai. Tout comme lui, elle était enfant unique. Elle connaissait ce besoin d'appartenance et d'intimité, même si le sien avait été comblé. Elle avait eu non pas un, mais deux pères qui l'avaient adorée, une mère qui l'avait aimée au-delà des limites du temps et de l'espace et elle avait trouvé dans les Murray de Lallybroch une nouvelle famille providentielle et inattendue. Mais surtout, elle avait son fils, sa chair et son sang, ce petit poids sans méfiance qui l'ancrait au reste de l'univers.

Roger, lui, était orphelin, seul au monde depuis très longtemps. Ses parents ayant disparu avant qu'il ait pu les connaître, son vieil oncle étant mort, il n'appartenait à quiconque et n'avait personne qui pouvait l'aimer pour le seul fait d'exister, personne d'autre que Brianna. Qu'il aspire à cette certitude qu'elle ressentait chaque fois qu'elle serrait son enfant dans ses bras n'avait donc rien d'étonnant.

Il s'éclaircit brusquement la gorge.

— Je... euh... j'allais te l'offrir ce soir, mais... peut-être que... enfin...

Il glissa une main dans la poche intérieure de sa veste et en sortit un paquet enveloppé dans du tissu.

— C'est en quelque sorte un cadeau de mariage.

Il avait parlé sur le ton de la plaisanterie, mais elle pouvait lire l'hésitation dans son regard.

Elle écarta le tissu et une paire d'yeux en boutons la regardèrent. La poupée portait une robe sac en calicot vert. Une explosion de brins de laine rouge figurait sa chevelure hirsute. Brianna sentit le martèlement de son cœur dans sa poitrine, et sa gorge se noua.

— J'ai pensé qu'elle plairait au petit, dit-il. Il pourra la mâchouiller.

Elle inspira profondément et la pression de l'étoffe mouillée sur ses seins la démangea. Elle avait peur, certes, mais certains sentiments étaient plus forts que la peur.

— Il y aura une prochaine fois, dit-elle doucement. Je ne sais pas quand, mais cela arrivera.

Il prit sa main et la serra sans la regarder dans les yeux.

— Merci, mon joli cul en poire, murmura-t-il.

*

* *

Le temps s'était encore dégradé et la pluie tombait à verse. Roger s'essuya les yeux avec ses pouces puis s'ébroua comme un chien, éparpillant les gouttes de sa veste et de son plaid. Une grande traînée de boue couvrait la laine grise. Il tenta vainement de la faire disparaître en la frottant.

— Mince ! Je ne peux quand même pas me marier dans cet état ! dit-il en grimaçant de façon comique. J'ai l'air d'un mendiant.

— Il n'est pas trop tard, tu sais, le taquina-t-elle. Tu peux encore renoncer.

— Il est trop tard depuis le jour où j'ai posé les yeux sur toi. En outre, ton père m'égorgera comme un goret s'il détecte la moindre hésitation de ma part.

— C'est vrai que je ne voudrais pas être à ta place ! plaisanta-t-elle.

— Sale bonne femme ! Tu trouves ça bien, n'est-ce pas ?

Il avait atteint son but : à présent, elle riait aux éclats.

— Non, ce n'est pas ce que j'ai dit ! Je ne tiens pas à ce qu'il t'égorge, mais ça fait toujours plaisir de savoir qu'il en serait capable. Il est bon d'avoir un père protecteur.

Elle lui effleura le bras.

— Comme toi, monsieur MacKenzie.

Cela lui procura une étrange sensation dans la poitrine, comme si son gilet avait rétréci, puis suivit un léger frisson au souvenir de ce qu'il devait lui apprendre. Après tout, les pères ne concevaient pas tous la protection de leurs enfants de la même manière, et il se demandait comment elle allait percevoir la sienne.

Il lui prit le bras et l'entraîna à l'abri de la pluie sous un taillis de pruches. L'épais tapis d'aiguilles sèches et odorantes était protégé par un large toit de branches touffues.

— Assieds-toi un moment avec moi, madame Mac. Ce n'est pas très important, mais j'ai quelque chose à te dire avant le mariage.

Ils s'assirent côte à côte sur un tronc pourri envahi par la mousse. Il se racla la gorge, ne sachant par où commencer.

— Quand j'étais à Inverness, avant que je ne te suive en traversant les pierres, j'ai passé un certain temps à trier la correspondance du révérend et je suis tombé sur une lettre que lui avait adressée ton père, Frank Randall. Ça ne changera pas grand-chose, enfin, plus maintenant, mais je… j'ai pensé qu'il ne devrait pas y avoir de secrets entre nous avant notre mariage. J'ai déjà tout raconté à Jamie hier soir. Maintenant, c'est à ton tour.

Il tenait la main chaude de Brianna dans la sienne. À mesure qu'il parlait, il sentait ses doigts se raidir, puis il vit une ride profonde se creuser entre ses sourcils.

— Encore une fois, dit-elle, quand il eut terminé. Recommence.

Il répéta la lettre telle qu'il l'avait mémorisée, mot pour mot, tout comme il l'avait récitée la nuit précédente à Jamie Fraser.

— Cette pierre tombale en Écosse avec le nom de papa est un faux ? dit-elle d'une voix tendue. Papa, Frank, a demandé au révérend de la faire graver et de la placer dans le cimetière de Sainte Kilda, mais Jamie… papa… n'est pas… ne sera pas dessous ?

— Oui, c'est ça, et non, il ne sera pas enterré là-bas, répondit Roger.

Il avait un peu de mal à ne pas s'embrouiller entre les « papa » et les « il ».

— Il, c'est-à-dire Frank Randall, voulait que cette tombe soit une sorte de reconnaissance, comme une dette due à ton père, je veux dire, Jamie.

Le visage de Brianna était bicolore, ses oreilles et le bout de nez rougis par le froid contrastant avec ses joues devenues pâles, depuis que la chaleur de leurs ébats s'était estompée.

— Mais il ne pouvait pas savoir que nous la trouverions, maman et moi !

— Peut-être qu'il ne l'a pas fait dans ce but. Il n'avait sans doute pas prévu ce qui se passerait. Il désirait simplement faire honneur à Jamie.

Se souvenant soudain d'un détail, il reprit :

— À moins que… Claire n'a-t-elle pas dit qu'il avait eu l'intention de t'emmener en Angleterre, juste avant de mourir ? Il comptait peut-être te conduire au cimetière, s'assurer que tu découvres la tombe, puis laisser Claire et toi décider de l'avenir.

Elle resta immobile, méditant sur cette hypothèse.

— Alors, il savait… affirma-t-elle doucement. Il *savait* que Jamie Fraser avait survécu à Culloden… mais il n'a rien dit ?

— Tu ne peux pas vraiment lui en vouloir, répondit-il doucement. Tu sais, ce n'était pas uniquement par égoïsme.

— Ah, tu trouves ?

Toujours sous l'effet du choc et pas encore en colère, elle tournait et retournait la nouvelle dans sa tête, en essayant d'en saisir toutes les implications avant de décider ce qu'elle devait en penser, ou de se laisser aller à ses émotions.

— Oui, réfléchis, mon ange.

L'épinette à laquelle il était adossé lui glaçait les reins, et sa main s'enfonçait dans l'écorce spongieuse du tronc couché qui leur servait de siège.

— Il aimait ta mère et ne voulait pas risquer de la perdre de nouveau. Cela peut paraître égoïste, mais, après tout, elle avait été d'abord sa femme. Personne ne peut lui reprocher de résister et de ne pas céder sa place à un autre homme. Mais, il y a plus…

— Quoi d'autre encore ?

Elle avait parlé d'une voix calme, le regard franc et direct.

— Que se serait-il passé s'il le lui avait dit ? N'oublie pas que tu étais petite et que ni lui ni elle ne pensaient que tu pouvais, toi aussi, traverser les pierres.

— Il aurait dû la laisser choisir, dit-elle doucement sans détourner les yeux. C'était à elle de décider si elle voulait rester avec nous ou retourner auprès de Jamie.

Il hocha la tête.

— Quel choix aurait-elle eu au juste ? demanda-t-il. Te laisser derrière elle ? Ou rester et poursuivre son existence en sachant que Jamie était vivant, peut-être accessible, mais hors de sa portée ? Briser ses vœux, cette fois-ci exprès, et abandonner son enfant ? Ou vivre avec ce désir au fond d'elle, perpétuellement frustrée ? Cela n'aurait pas fait beaucoup de bien à ta famille.

Elle soupira, le nuage de vapeur exhalé s'évanouissant dans l'air comme un fantôme.

— Je vois, dit-elle.

— Frank a peut-être eu peur de lui donner le choix, poursuivit Roger. Mais il lui a épargné, ainsi qu'à toi, la douleur d'avoir à prendre une décision. Du moins à l'époque.

— Je me demande ce qu'elle aurait fait, s'il lui avait dit, dit-elle sur un ton lugubre.

Il exerça une légère pression sur sa main.

— Elle serait restée, répondit-il avec assurance. Elle avait déjà fait ce choix, non ? Jamie l'a renvoyée dans son époque pour que tu y sois en sécurité, et elle a accepté. Si elle avait su la vérité, elle serait restée tant que tu aurais eu besoin d'elle. N'oublie pas que, même plus tard, c'est toi qui as dû la convaincre de repartir dans le passé.

Le visage de Brianna se détendit doucement. Reconnaissant les faits, elle avoua :

— Tu as probablement raison. Mais quand même... le savoir toujours en vie et ne pas tenter de le rejoindre...

Il se mordit l'intérieur de la joue pour s'empêcher de demander : « Si c'était à toi de choisir, Brianna ? Qui suivrais-tu, le bébé ou moi ? » Même hypothétiquement, comment un homme pouvait-il imposer une telle décision à la femme qu'il aimait ? Autant pour elle que pour lui, il ne poserait jamais cette question.

— Mais il a quand même fait installer une fausse tombe, reprit-elle. Pourquoi ?

La ride entre les sourcils de Brianna était toujours là, mais à présent plus prononcée, elle exprimait une perplexité croissante.

Roger n'avait pas connu Frank Randall, mais il avait l'impression de le comprendre, pas seulement par compassion désintéressée. S'il n'avait pas encore vraiment réfléchi à ce qui l'avait contraint à parler de la lettre à Brianna avant leur mariage, ses propres motivations devenaient à chaque instant plus claires... et plus troublantes.

— Je pense qu'il s'est senti obligé de le faire, répondit-il. Pas uniquement pour Jamie et ta mère, mais pour toi. Si tu...

Il s'interrompit et serra sa main, fort.

— Écoute, reprit-il. Prends Jemmy, par exemple. C'est mon fils, tu es ma femme, et il en sera toujours ainsi, mais...

Il prit une grande inspiration.

— ... si j'étais l'autre homme...

— Si tu étais Stephen Bonnet, dit-elle.

Elle avait les lèvres pincées et blêmes.

— Si j'étais Bonnet, convint-il avec une moue de dégoût, et que je pensais que mon enfant était élevé par un autre, ne voudrais-je pas qu'il apprenne la vérité un jour ?

Elle enroula convulsivement ses doigts autour de ceux de Roger et ses yeux s'assombrirent.

— Tu ne dois pas le lui dire ! Roger, je t'en conjure ! Promets-moi de ne jamais le lui révéler. Jamais !

Il la dévisagea, interloqué. Elle ne se rendait pas compte qu'elle enfonçait ses ongles dans sa chair, mais il ne chercha pas à retirer sa main.

— À Bonnet ? Certainement pas ! Si jamais je le revoie, je ne perdrais pas mon temps à lui expliquer quoi que ce soit !

Elle frissonna, sans qu'il puisse savoir si c'était à cause du froid ou de l'émotion.

— Je ne te parle pas de Bonnet. Ne t'approche pas de ce type, je t'en prie. Non, il s'agit de Jemmy.

Elle déglutit péniblement et lui saisit les deux mains.

— Roger, promets-le-moi. Si tu m'aimes, jure-moi que tu ne parleras jamais de Bonnet à Jemmy, jamais. Même s'il m'arrive quelque chose…

— Il ne t'arrivera rien !

Elle le fixa longuement et un sourire narquois apparut au coin de ses lèvres.

— La chasteté n'est pas, non plus, mon point fort, Roger…

— D'accord, je te le jure, dit-il à contrecœur, si tu es sûre de ta demande.

— J'en suis absolument certaine !

— Tu aurais préféré ne pas savoir… pour Jamie ?

Elle se mordit les lèvres, ses dents imprimant une trace mauve dans sa chair.

— Jamie Fraser n'a rien à voir avec Stephen Bonnet !

— C'est vrai, mais je ne te parlais pas de Jemmy tout à l'heure. Simplement, si j'étais Bonnet, je voudrais le savoir et…

— Il le sait déjà.

Elle retira abruptement sa main de la sienne, se releva et fit mine de partir.

— Quoi ?

Il bondit, la retint par les épaules et l'obligea à se retourner vers lui. Comme elle tiqua, il desserra son emprise. Il inspira profondément puis demanda en s'efforçant de garder la voix calme :

— Bonnet est au courant au sujet de Jemmy ?

— C'est encore pire...

Ses lèvres tremblaient. Elle les pressa pour tenter de se maîtriser, puis les entrouvrit à peine pour lâcher quelques mots et faire éclater la vérité.

— ... Il croit que Jemmy est son fils.

Elle refusa de s'asseoir à côté de Roger, mais il lui prit le bras et la força à marcher avec lui sous la pluie et dans les éboulis, au-delà du torrent grondant et des arbres qui se balançaient au vent, jusqu'à ce que le mouvement l'ait suffisamment apaisée et qu'elle soit en mesure de lui raconter ses jours de solitude à River Run, prisonnière de sa grossesse. Elle lui parla alors de John Grey, l'ami de son père et le sien, et des confidences qu'elle lui avait faites au sujet de ses angoisses et de ses combats intérieurs.

— J'avais peur que vous soyez tous morts, toi, maman, papa...

Sa capuche était retombée en arrière sans qu'elle tente un instant de la relever. Ses cheveux roux pendaient mollement sur ses épaules comme des queues de rat.

— La dernière chose que papa m'avait dite avant de partir... ou, plutôt, qu'il m'avait écrite, puisque je refusais de lui parler...

Elle reprit son souffle et se passa la main sous le nez pour essuyer une goutte de pluie.

— … c'était que… je devais trouver le moyen de lui pardonner. À B-B-Bonnet…

— Le moyen de *quoi* ?

Elle tira doucement sur son bras, et il se rendit compte qu'il lui enfonçait ses ongles dans la chair. Il émit un grognement d'excuse et elle inclina brièvement la tête vers lui.

— Il savait de quoi il parlait.

Elle s'interrompit et le regarda, contrôlant enfin ses émotions.

— Tu sais ce qu'il a vécu à Wentworth, non ?

Roger hocha la tête. En vérité, il n'avait pas une idée très précise de ce qu'on avait fait subir à Jamie Fraser et ne souhaitait pas vraiment en apprendre davantage. Il avait vu son dos zébré de cicatrices et, au dire de Claire, ce n'était là qu'un mince souvenir et une infime preuve des souffrances et des tortures qu'il avait endurées dans son cachot.

— Il comprenait, reprit Brianna. Il savait ce qu'il fallait faire. Il m'a expliqué que, si je voulais être… entière de nouveau… je devais trouver le moyen de pardonner à Stephen Bonnet. Ce que j'ai fait.

Il lui tenait la main, la serrant si fort qu'il sentait les os craquer sous ses doigts. Elle ne lui en avait jamais parlé et lui, à aucun moment, ne l'avait questionnée. Jusqu'à ce jour, ils n'avaient jamais prononcé le nom de Stephen Bonnet en présence l'un de l'autre.

— Ce que tu as fait ?

Il avait prononcé ces mots d'une voix rauque et dut s'éclaircir la gorge avant de reprendre :

— Tu l'as retrouvé ? Tu lui as parlé ?

Tout en écartant une mèche de cheveux trempée qui collait à son front, elle acquiesça. Grey lui avait annoncé que Bonnet avait été arrêté et condamné. En attendant d'être emmené à Wilmington pour y être exécuté, il était détenu dans une cellule, sous les entrepôts de la Couronne, à Cross Creek. Elle était allée le voir, porteuse de ce qu'elle croyait être l'absolution... autant pour lui que pour elle-même.

— J'avais un ventre énorme, expliqua-t-elle. Je lui ai annoncé que le bébé était de lui. Sachant qu'il allait bientôt mourir, j'avais pensé qu'il serait peut-être réconforté d'apprendre qu'il laissait... quelque chose derrière lui.

La jalousie envahit le cœur de Roger avec une telle violence que, l'espace d'un instant, il crut que la douleur était physique. « Quelque chose, pensa-t-il. Une part de lui-même. Et moi ? Si je meurs demain, ce qui n'est pas impossible ! Dans ce monde, ma vie est aussi hasardeuse que la tienne. Que restera-t-il de moi, tu peux me le dire ? »

Il était conscient qu'il ne devait rien dire. Il avait juré de ne jamais formuler à voix haute l'hypothèse selon laquelle Jemmy pouvait ne pas être de lui. Une fois qu'ils seraient unis par le mariage, il deviendrait l'enfant de leur union, indépendamment des circonstances de sa naissance. Pourtant, les mots jaillirent de sa bouche, tel un jet d'acide sulfurique.

— Donc, tu étais sûre que l'enfant était de lui ?

Elle s'interrompit net et le regarda brusquement, les yeux écarquillés d'effroi.

— Non ! Non, bien sûr que non ! Si je l'avais su, je te l'aurais dit !

La brûlure dans sa poitrine se calma un peu.

— Mais quand tu l'as rencontré, tu ne lui as pas parlé de tes doutes ?

— Il allait mourir ! Je voulais lui apporter un réconfort, pas lui raconter l'histoire de ma vie ! Et puis, notre relation et notre nuit de noces ne le regardaient pas ! Oh, va te faire voir, Roger !

Elle lui envoya un coup de pied dans le tibia, si fort qu'il en chancela, mais il lui agrippa le bras, l'empêchant de s'enfuir. Avant qu'elle ne puisse le frapper encore ou le mordre, comme elle était sur le point de le faire, il s'écria :

— Pardon ! Je suis désolé. Tu as raison, ça ne le regardait pas. Je n'aurais pas dû te faire repenser à ces événements !

Elle inspira profondément par le nez, comme un dragon s'apprêtant à cracher du feu. Puis l'étincelle de fureur faiblit d'intensité, ses joues restant toutefois cramoisies. Elle libéra sa main d'un coup sec, mais elle ne bougea pas.

— Tu as dit toi-même que nous ne devions pas avoir de secrets l'un pour l'autre, et tu avais raison. Mais, derrière une porte, il se cache parfois d'autres vérités, n'est-ce pas ?

— Oui, mais ce n'est pas… je ne voulais pas…

Avant de pouvoir trouver ses mots, il fut interrompu par un bruit de pas et de conversations. Quatre hommes sortirent de la brume, discutant en gaélique. Portant des bâtons taillés en forme de lance et des filets, ils marchaient tous nu-pieds, trempés jusqu'aux genoux. Des poissons frais, accrochés comme des guirlandes sur des ficelles, projetaient des reflets sans éclat dans la lumière grise.

— *A Smeoraich !*

Un des hommes, son chapeau mou baissé sur ses yeux, les avait reconnus. Il leur adressa un sourire malicieux.

— Tiens, si ce n'est pas notre oiseau chanteur ! La Grive, qu'on l'appelle. Avec la fille du grand rouquin ! Alors quoi, les enfants, la nuit ne vous suffit plus ?

D'un air jovial, un autre compagnon repoussa son bonnet en arrière sur son crâne.

— Que veux-tu, il est plus doux de goûter au fruit défendu que d'attendre la bénédiction d'un prêtre tout rabougri.

Il se plaqua une main brièvement sur l'entrejambe, leur signifiant ce qu'il entendait par « rabougri ».

Le troisième homme lorgna vers Brianna qui serrait sa capuche autour de son cou.

— Mais non, les gars, il lui chantait une petite sérénade matrimoniale, pas vrai ?

Les joues de Brianna rosissaient. Elle parlait moins bien le gaélique que Roger, mais suffisamment pour comprendre leurs taquineries grivoises. Roger se plaça devant elle, la protégeant de son corps. Cependant, ces hommes ne leur voulaient aucun mal. Ils échangèrent des clins d'œil et des sourires entendus, mais ils s'abstinrent de faire d'autres commentaires. Le premier homme ôta son chapeau et l'essora en le frappant contre sa cuisse tout en reprenant :

— Je suis bien content de te rencontrer, *a Oranaiche*. Ma mère a entendu ta musique près du feu, hier soir, et elle a dit à mes tantes et à mes cousins que tu avais fait danser le sang dans ses pieds. À présent, ils ne dormiront plus tranquilles tant que tu n'auras pas accepté de venir chanter pour le *ceilidh* de Spring Creek. On y mariera ma cousine la plus jeune, la seule fille de mon oncle, celui qui possède le moulin.

— Ce sera une grande fête, assurément ! dit le plus jeune des quatre.

À en juger par sa ressemblance physique avec celui qui venait de parler, ce devait être son fils.

— Ah, c'est pour un mariage, dit lentement Roger dans un gaélique impeccable. On aura donc un supplément de hareng !

Les deux hommes plus âgés éclatèrent de rire en voyant les yeux perplexes de leurs fils.

— Nos garçons ne sauraient pas reconnaître un hareng s'il leur en tombait un sur la tête, dit l'homme au bonnet, car ils sont tous les deux nés ici.

— Et vous, monsieur, de quelle partie d'Écosse venez-vous ?

L'homme sursauta, pris de court par la question en gaélique de Brianna. Il la dévisagea un instant, puis répondit d'une voix douce :

— De l'île de Skye. De Skeabost, au pied des Cuillins. Je m'appelle Angus MacLeod, et Skye est la terre de mes parents et de mes grands-parents.

Son ton solennel mit aussitôt un terme à l'hilarité des deux plus jeunes, comme s'il avait jeté sur eux un seau d'eau. L'homme au chapeau mou examinait Brianna avec intérêt.

— Et toi, tu es née en Écosse, *a nighean* ?

Elle fit non de la tête, remontant sa cape sur ses épaules. L'homme interrogea Roger du regard.

— Moi si, dit celui-ci. A Kyle of Lochalsh.

Le visage buriné de MacLeod s'illumina.

— Alors, tu dois connaître toutes les chansons des Highlands et des îles !

— Pas toutes, mais j'en connais beaucoup, et je ne cesse d'en apprendre de nouvelles.

— C'est bien. Continue comme ça, la Grive, et transmets ton savoir à tes fils.

Puis regardant Brianna, un sourire au coin des lèvres, il poursuivit :

— ... Ils les chanteront à leur tour, mes fils. Ils sauront alors d'où ils viennent, même s'ils n'ont jamais vu leur terre.

L'un des jeunes avança d'un pas et tendit timidement une guirlande de poissons à Brianna.

— Pour vous. Un cadeau pour votre mariage.

Roger vit les commissures des lèvres de Brianna trembler. Était-ce l'envie de rire ou un début d'hystérie ? Elle prit néanmoins la ficelle dégoulinante d'un air digne et grave. Elle écarta un pan de sa cape et leur fit une grande révérence.

— *Chaneil facal agam dhuibh ach taing*[1], déclara-t-elle lentement avec un accent étrange.

Le jeune homme rougit, et les plus âgés parurent comblés.

— C'est très bien, *a nighean*, dit MacLeod. Laisse ton mari t'apprendre le *gaidhlig*, ensuite, tu l'enseigneras à vos fils. Je vous souhaite d'en avoir beaucoup !

Il ôta son bonnet et fit une courbette extravagante, enfonçant ses orteils nus dans la boue pour ne pas perdre l'équilibre.

— Beaucoup de fils, forts et vigoureux ! entonna son compagnon.

Les deux garçons sourirent et hochèrent la tête en murmurant timidement :

— Que vous ayez beaucoup de fils !

Sans oser regarder Brianna, Roger convint ensuite avec eux d'un arrangement pour se rendre au *ceilidh*. Une fois les hommes partis, les amoureux se tinrent un moment en silence, à un ou deux mètres de distance. Brianna fixait la boue et les herbes autour d'eux, les bras croisés sur ses seins. Roger sentait toujours une brûlure dans sa poitrine, mais elle avait changé de nature. Il avait envie de toucher Brianna, de s'excuser de nouveau, mais il craignait d'aggraver son cas.

Finalement, elle fit le premier pas. Elle s'approcha de lui et posa sa tête contre son torse, la fraîcheur de ses cheveux mouillés caressant la plaie dans son cou. Ses seins étaient énormes, durs comme de la pierre

1. Je ne trouve pas d'autre mot à dire que merci.

contre sa poitrine. Ils s'écrasaient contre lui, le repoussant.

— J'ai besoin de Jemmy, dit-elle doucement. J'ai besoin de mon bébé.

Roger sentit les mots se bloquer dans sa gorge, coincés entre le regret et la colère. Il ne s'était encore jamais rendu compte à quel point il lui serait douloureux de songer à Jemmy comme le fils d'un autre… celui de Bonnet.

— Moi aussi, j'ai besoin de lui, murmura-t-il enfin.

Il déposa un bref baiser sur le front de sa future épouse avant de prendre sa main et de l'entraîner vers le pré. Au-dessus d'eux, la montagne se perdait dans la brume, invisible, résonnant de cris et de murmures, de bribes de discours et de musique, comme des échos de l'Olympe.

7

Souvenirs de bataille

Vers le milieu de la matinée, la bruine avait cessé et l'on apercevait parfois de brefs éclats bleu pâle entre les nuages, me redonnant l'espoir que le ciel se dégagerait avant la tombée de la nuit. Indépendamment des proverbes et des présages, je ne voulais pas que ma fille célèbre son mariage sous des trombes d'eau. Je ne demandais pas la cathédrale Saint-James avec pluie de riz et satin blanc, mais... si seulement il pouvait ne pas pleuvoir !

Je massai ma main droite, effaçant la crampe occasionnée par mes pinces d'arracheuse de dents. La prémolaire brisée de M. Goodwin avait été plus rétive que je ne l'avais pensé, mais j'étais parvenue à l'extraire, y compris la racine. J'avais ensuite renvoyé M. Goodwin dans ses quartiers avec une fiole de whisky brut et l'ordre de faire des bains de bouche toutes les heures afin de prévenir les infections. Avaler était facultatif.

Je m'étirai, la poche sous ma jupe battant contre ma cuisse avec un cliquetis réconfortant. M. Goodwin avait effectivement payé en espèces. Je me demandais si cela suffirait à acheter un astrolabe et pourquoi diable Jamie en voulait un, quand, derrière moi, un toussotement discret mais formel interrompit mes spéculations.

Me retournant, je découvris Archie Hayes avec surprise.

— Oh ! sursautai-je. Euh… puis-je vous aider, lieutenant ?

— À vrai dire, je ne le sais pas trop, madame Fraser, répondit-il avec un léger sourire. Farquard Campbell m'a dit que ses esclaves étaient convaincus que vous pouviez ranimer les morts, alors je me suis dit qu'avec vos talents de chirurgien, un petit bout de métal égaré ne devrait pas vous poser trop de problèmes.

Murray MacLeod, qui entendait notre conversation, émit un « Peuh ! » de dédain, puis se pencha de nouveau sur son propre patient.

— Oh ! fis-je encore.

Je me frottai le nez, gênée. Quatre jours plus tôt, l'un des esclaves de Campbell avait eu une crise d'épilepsie dont il s'était remis abruptement juste au moment où je posais ma main sur sa poitrine. J'avais tenté d'expliquer ce qui s'était réellement passé, mais en vain. Ma réputation s'était répandue dans la montagne comme une traînée de poudre.

Ce jour-là encore, un petit groupe d'esclaves patientaient, accroupis dans un coin de la clairière, jouant aux osselets en attendant que je finisse de soigner les autres malades. Je les examinai du coin de l'œil, car je savais que si l'un d'eux était agonisant ou grièvement blessé, ils ne chercheraient même pas à me prévenir, pas seulement par déférence pour mes patients blancs, mais parce qu'ils étaient convaincus que je pourrais toujours ressusciter un mourant.

Pour le moment, tous me paraissaient tenir sur leurs jambes et peu susceptibles de tomber à la renverse dans un avenir proche. Je me tournai de nouveau vers Hayes, essuyant mes mains tachées de boue sur mon tablier.

— Montrez-moi donc ce bout de métal, lieutenant, et je verrai ce que je peux faire.

Aussitôt dit, aussitôt fait. Hayes ôta son bonnet, son manteau, son gilet, sa cravate, sa chemise ainsi que le gorgerin en argent propre à son rang. Il tendit ses affaires à son aide de camp et s'assit sur mon tabouret, conservant toute sa dignité tranquille en dépit de sa demi-nudité, de la chair de poule qui hérissait son dos et ses épaules et du murmure de stupéfaction des esclaves qui observaient la scène avec grand intérêt.

La peau de son torse presque glabre avait ce teint pâle et cireux d'un corps qui n'a pas été exposé au soleil depuis des années et contrastait nettement avec le hâle cuivré de ses mains, de son visage et de ses mollets. Mais le contraste ne s'arrêtait pas là.

La peau laiteuse de son sein gauche était recouverte d'une grande tache bleu-noir qui s'étendait des côtes à la clavicule. Alors que son mamelon droit était d'un brun-rose normal, celui de gauche était d'une blancheur surprenante. Je clignai des yeux et entendis quelqu'un murmurer derrière moi :

— *A Dhia !*

Puis une autre, moins discrète, s'exclama :

— *A Dhia, tha e 'tionndadh dubh*[1] *!*

Hayes ne sembla rien entendre et me laissa l'examiner sans sourciller. Vue de plus près, la coloration foncée de sa peau s'avéra être non pas une pigmentation naturelle, mais une granulation due à la présence d'innombrables particules noires enchâssées sous la peau. Son mamelon avait disparu, remplacé par un bourrelet de tissu cicatriciel d'un blanc brillant de la taille d'une petite pièce de monnaie.

— De la poudre, murmurai-je.

1. Mon Dieu, il est en train de devenir noir !

Je passai doucement les doigts sur la tache sombre. J'avais déjà vu ce genre de blessure causée par l'explosion d'une arme à feu ou par un coup tiré à bout portant. Des particules de poudre – parfois, de bourre et de tissu – étaient alors projetées dans les couches les plus profondes du derme. De fait, je sentais de minuscules bosses sous mes doigts, des fragments du vêtement qu'il portait au moment de l'impact.

— La balle y est encore ? demandai-je.

Je pouvais voir son point d'entrée. Je touchai la cicatrice blanche, essayant d'imaginer sa trajectoire.

— La moitié, répondit-il tranquillement. Elle s'est fractionnée. Le chirurgien qui a tenté de l'extraire m'en a donné des fragments, mais, quand j'ai voulu les assembler, cela ne formait qu'une moitié de balle. Donc, le reste est encore à l'intérieur.

— Fractionnée ? Vous avez de la chance que des éclats n'aient pas traversé le cœur ou un poumon.

Je m'accroupis pour regarder la plaie de plus près.

— C'est pourtant ce qui est arrivé, répondit-il sur un ton détaché. Du moins, je le suppose, car la balle est entrée dans mon sein, comme vous pouvez le constater, mais elle est en train de chercher à ressortir dans mon dos.

À ma grande stupéfaction, il avait raison. Non seulement je sentais une masse juste sous le bord extérieur de son omoplate gauche, mais je pouvais la *voir*. Une bosse sombre poussait la peau blanche et lisse.

— Ça, ça me la coupe ! lâchai-je malgré moi.

Il laissa échapper un grognement amusé, mais je n'aurais su dire si c'était à cause de ma surprise ou de mon vocabulaire.

Aussi étrange que soit sa présence, le morceau de balle n'était pas difficile à extraire. Je trempai un linge dans mon bol d'alcool distillé, nettoyai soigneusement la région, stérilisai mon scalpel puis incisai rapidement la peau. Hayes ne broncha pas. C'était un Écossais et un soldat, et, comme en témoignaient les cicatrices sur sa poitrine, il en avait vu d'autres.

Je posai un doigt de chaque côté de l'incision et pressai. Les lèvres de l'entaille s'entrouvrirent et un éclat sombre et irrégulier de métal jaillit, comme si la plaie me tirait la langue. Le fragment sortit suffisamment pour que je puisse le saisir avec des pinces et le dégager. Je posai la masse jaunâtre dans la main de Hayes en poussant un cri de triomphe, puis appliquai un linge imbibé d'alcool sur son dos.

Il poussa un long soupir entre ses lèvres pincées, puis m'adressa un sourire.

— Je vous remercie, madame Fraser. Cet objet inutile m'accompagne partout depuis un bon bout de temps, mais je ne suis pas fâché de m'en défaire.

Il se pencha au-dessus de sa main en coupe, examinant la moitié de balle avec grand intérêt.

— C'est arrivé il y a combien de temps ? demandai-je, intriguée.

En dépit des apparences, le morceau n'avait sans doute pas traversé son corps. Il était probablement resté coincé près de la surface de la plaie originale, puis avait lentement migré autour de son torse, poussé entre la peau et les muscles par les mouvements de Hayes, jusqu'à atteindre l'emplacement d'où je l'avais extrait.

— Oh, cela fait plus de vingt ans, madame.

Il toucha la cicatrice blanche et dure, autrefois l'une des parties les plus sensibles de son corps.

— ... C'était à Culloden.

Il avait parlé sur un ton neutre, mais j'eus la chair de poule en entendant ce nom. Plus de vingt ans... vingt-cinq, pour être plus précise. À cette date...

— Mais vous ne pouviez pas avoir plus de douze ans ! m'exclamai-je.

Il arqua un sourcil.

— En effet. J'en avais onze. Enfin presque, puisque le lendemain était le jour de mon anniversaire.

Je ravalai les paroles qui me montaient dans la gorge. J'avais cru que le passé ne pourrait plus me choquer, mais ce n'était pas le cas. Quelqu'un avait tiré sur un enfant de onze ans, à bout portant. Il n'était pas question d'un accident, d'une balle perdue sur un champ de bataille. L'homme savait qu'il allait tuer un enfant, et il avait tiré quand même.

En serrant les lèvres, j'examinai l'incision. Peu profonde, elle ne faisait pas plus de deux centimètres. L'éclat de balle était resté en surface, ce qui éviterait d'avoir à suturer. Je pressai dessus un carré de linge propre et me postai devant Hayes pour poser le bandage qui maintiendrait la compresse en place.

— C'est un miracle que vous ayez survécu !

— Oui, en partie, convint-il. J'étais couché sur le dos, Murchison me dominait et...

— Murchison !

L'exclamation avait jailli malgré moi et je discernai une lueur de satisfaction dans le regard de Hayes. Prise d'un bref remords prémonitoire, je me souvins des paroles de Jamie à son sujet, la nuit précédente : « Notre petit Archie ne dit pas tout ce qu'il pense, et pourtant ce n'est pas faute d'être bavard. Méfie-toi de lui, *Sassenach*. » Trop tard pour la prudence, mais cela ne faisait pas grande différence. Même s'il s'agissait du même Murchison...

— Je vois que ce nom vous est familier, observa Hayes avec un sourire. En Angleterre, j'avais entendu dire qu'un sergent Murchison du 26e régiment avait été envoyé en Caroline du Nord. Mais quand nous sommes arrivés à Cross Creek, la garnison avait déménagé. Il y a eu un incendie, non ?

— Euh, oui… dis-je.

Je préférai ne pas m'étendre sur le sujet, remerciant le ciel que Brianna ne soit pas dans les parages. Seules deux personnes savaient exactement ce qui s'était passé lors de l'incendie des entrepôts de Cross Creek, et elle en faisait partie. L'autre était Stephen Bonnet qui, s'il était encore en vie, n'était pas prêt de croiser la route du lieutenant dans un futur proche.

— Les hommes de la garnison, poursuivit Hayes, Murchison et les autres, savez-vous où ils sont partis ?

— Le sergent Murchison est mort, hélas ! répondit une voix grave derrière moi.

Hayes regarda par-dessus mon épaule et sourit.

— *A Sheumais ruaidh*, dit-il. Je pensais bien que vous viendriez retrouver votre femme, tôt ou tard. Je vous ai cherché toute la matinée.

Le nom qu'il avait employé m'avait fait sursauter. Mais, sur le visage de Jamie, la surprise céda rapidement la place à la méfiance. Personne ne l'avait appelé « Jamie le rouge » depuis l'époque du Soulèvement.

— C'est ce qu'on m'a dit, répondit-il sèchement.

Jamie s'assit sur mon second tabouret face à Hayes avant de demander :

— Alors, de quoi s'agit-il ?

Hayes releva le *sporran* qui pendait entre ses genoux, fouilla dedans un moment et en sortit un morceau de papier plié, cacheté à la cire rouge et portant un blason que je reconnus aussitôt. Mon cœur fit un bond. Le gouverneur Tryon ne m'envoyait certainement pas ses meilleurs vœux pour mon anniversaire, même avec du retard.

Hayes retourna la lettre entre ses mains, vérifiant soigneusement que le nom du destinataire écrit dessus était bien celui de Jamie, puis la lui tendit. À ma surprise,

Jamie ne l'ouvrit pas sur-le-champ, la gardant dans sa main tout en continuant de fixer le lieutenant.

— Qu'est-ce qui vous a amené ici ? demanda-t-il.

Hayes arqua de fins sourcils innocents en feignant la surprise.

— Mais le devoir, naturellement ! Un soldat a-t-il besoin d'une autre motivation pour agir ?

— Le devoir, répéta Jamie en tapotant un coin de la lettre sur son genou. Je comprends qu'il vous conduise de Charleston en Virginie, mais il existe des routes plus courtes pour y arriver.

Hayes voulut hausser les épaules mais capitula aussitôt, son mouvement entravé par le bandage que j'étais en train de lui poser.

— Il fallait que j'apporte la proclamation du gouverneur.

— Le gouverneur n'a pas autorité sur vous et vos hommes.

— C'est vrai, mais pourquoi refuserais-je de lui rendre service quand je peux le faire ?

— C'est lui qui vous l'a demandé ou vous-même qui vous êtes porté volontaire ?

Le ton de Jamie était nettement cynique. Hayes secoua la tête d'un air réprobateur.

— Vous semblez être devenu bien suspicieux avec l'âge, *Sheumais ruaidh*.

— C'est ainsi que l'on survit aussi longtemps que moi, répondit Jamie, en souriant doucement. Vous dites que c'est un certain Murchison qui vous a tiré dessus sur le champ de bataille de Culloden ?

J'avais terminé le bandage. Hayes remua prudemment son épaule pour voir si elle lui faisait mal.

— Comment ? Ne me dites pas que vous l'avez oublié, *a Sheumais ruaidh*. Vous ne vous en souvenez vraiment pas ?

Une ombre passa sur le visage de Jamie et je perçus une lueur d'incertitude vaciller au fond de ses yeux. Il n'avait pratiquement aucun souvenir du dernier jour des clans, de ce massacre qui avait laissé tant d'hommes comme lui agonisants sous la pluie. Des images éparses revenaient le hanter de temps à autre dans son sommeil, comme des parcelles de cauchemar, mais, qu'il s'agisse d'un traumatisme, des séquelles d'une blessure ou de la simple force de sa volonté, la bataille de Culloden s'était effacée de sa mémoire… ou l'avait été, jusqu'à présent. Je doutais qu'il ait envie de la voir réapparaître.

— Il s'est passé beaucoup de choses ce jour-là, répondit-il. Non, je ne me souviens pas de tout.

Il reporta son attention sur la lettre et glissa un pouce sous son rabat, l'ouvrant si brutalement que le cachet de cire vola en éclats.

Hayes se tourna vers moi tout en faisant signe à son aide de camp d'approcher.

— Votre mari est trop modeste, madame Fraser. Il ne vous a jamais rien raconté ?

— Beaucoup d'hommes ont fait acte de bravoure sur ce champ de bataille, marmonna Jamie. Beaucoup se sont aussi comporté en couards.

Il gardait la tête penchée sur la lettre, mais ses yeux étaient fixes, comme s'ils voyaient autre chose, au-delà du papier entre ses mains.

— En effet, dit Hayes. Mais quand un homme vous sauve la vie, vous ne l'oubliez pas facilement, n'est-ce pas ?

Jamie redressa brusquement la tête, surpris. Je m'approchai de lui et posai une main sur son épaule. Hayes enfila lentement la chemise que lui tendait son aide, un étrange sourire au coin des lèvres.

— Vous ne vous souvenez pas d'avoir frappé Murchison à la tête juste au moment où il s'apprêtait à m'achever d'un coup de baïonnette ? Ensuite, vous m'avez soulevé et porté hors de danger, vers un puits situé non loin. Un des chefs de clan était allongé dans l'herbe. Ses hommes lui épongeaient le front avec de l'eau fraîche alors que sa mort était évidente. Il était tellement immobile ! Là, des gens se sont occupés de moi. Ils vous ont supplié de rester vous aussi, mais vous n'avez rien voulu entendre. Vous m'avez souhaité bonne chance, au nom de saint Michel, puis vous êtes reparti au combat.

Hayes fixa la chaînette de son gorgerin, ajustant le blason d'argent sous son menton. Sans sa cravate, son cou semblait nu, vulnérable.

— Vous aviez l'air d'un fou, le visage plein de sang et les cheveux au vent. Vous aviez rengainé votre épée pour pouvoir me porter, mais vous l'avez brandie de nouveau au moment de repartir vous battre. Je ne pensais pas vous retrouver un jour, car jamais je n'avais vu un homme aussi résolu à défier sa propre mort…

Il secoua la tête, les yeux mi-clos, comme s'il ne voyait pas l'homme calme et robuste devant lui, le Fraser de Fraser's Ridge, mais Jamie le rouge, le jeune guerrier qui partait vers le champ de bataille non pas par bravoure, mais pour y sacrifier sa vie devenue un fardeau… parce qu'il m'avait perdue.

— Vraiment ? marmonna Jamie. J'avais… oublié.

La tension montait en lui, son corps vibrant sous ma main comme une corde trop tendue. Le pouls sous son oreille battait vite. Il avait oublié certaines choses, mais pas ça. Moi non plus.

Hayes baissa la tête pour que son aide puisse lui nouer sa cravate autour du cou. Puis il se redressa et m'adressa un signe de tête.

— Je vous remercie, madame. C'était très aimable à vous.

J'avais la gorge sèche.

— Je vous en prie. Ce fut un plaisir.

La pluie avait repris. Les gouttes froides s'écrasaient sur mon visage et mes mains. Elles faisaient luire les traits saillants de Jamie, se prenaient dans ses cheveux et ses longs cils.

Hayes remit sa veste et attacha son plaid avec une broche dorée, celle que son père lui avait offerte avant Culloden.

— Ainsi, Murchison est mort, dit-il d'un air songeur.

Ses doigts jouèrent un instant avec la fermeture du bijou, puis il reprit :

— J'ai entendu dire qu'il y avait deux frères Murchison, aussi semblables que deux petits pois dans une même cosse.

— C'est vrai, dit Jamie.

Il releva les yeux et soutint le regard de Hayes. Le visage du lieutenant n'exprimait qu'un vague intérêt.

— Ah. Vous savez lequel des deux se trouvait à Cross Creek ?

— Non, mais peu importe, ils sont morts tous les deux.

— Ah, fit Hayes de nouveau.

Il resta là un moment, semblant réfléchir, puis s'inclina formellement devant Jamie, son bonnet posé contre son cœur.

— *Buidheachas dhut, a Sheumais mac Brian*[1].

Il souleva son couvre-chef dans ma direction, puis le posa sur son crâne et tourna les talons, son aide de camp lui emboîtant le pas.

Une bourrasque balaya la clairière, accompagnée d'une pluie glacée violente, si semblable à cette averse

---

1. Que saint Michel vous protège.

d'avril sur Culloden. À mes côtés, Jamie frissonna, froissant convulsivement la lettre dans sa main.

Sans quitter des yeux le lieutenant Hayes qui s'éloignait sur la terre imprégnée de sang, je demandai :

— De quoi te souviens-tu ?

— De presque rien.

Il se releva et se tourna vers moi, le regard aussi sombre que le ciel au-dessus de nos têtes.

— Mais c'est déjà trop, ajouta-t-il.

Il me tendit la lettre froissée. La pluie avait dilué l'encre, ici et là, mais elle était encore parfaitement lisible. Contrairement à la proclamation, elle ne contenait que deux phrases, mais cela ne diminuait en rien son impact.

New Bern, le 20 octobre

Colonel James Fraser,

Un groupe d'individus se prétendant Régulateurs ayant récemment violé la paix et l'ordre de notre gouvernement et infligé de graves dommages sur la personne et les biens de nombreux habitants de cette province, après avis du conseil de Sa Majesté, je vous enjoins, par la présente, de déclarer une mobilisation générale afin de rassembler autant d'hommes que vous jugerez nécessaire à la constitution d'un régiment de miliciens, puis de me faire savoir, au plus tôt, le nombre de volontaires disposés à servir leur roi et leur patrie, ainsi que le nombre effectif de membres de votre régiment susceptibles d'être appelés en cas d'urgence, dans l'éventualité où les insurgés commettraient de nouveau de telles violences. Votre diligence et votre obéissance ponctuelle à ces injonctions seront bien accueillies par

Votre dévoué serviteur, William Tryon.

Je repliai soigneusement la lettre tachée, remarquant au passage que mes mains tremblaient. Jamie me la prit en la tenant entre le pouce et l'index comment s'il s'agissait d'un objet nauséabond. Ce qui était le cas. Quand nos regards se croisèrent, il m'adressa un faible sourire navré.

— J'avais espéré que nous aurions un peu plus de temps, dit-il.

8

Le régisseur

Tandis que Brianna partait récupérer Jemmy chez Jocasta, Roger descendit lentement le versant vers leur propre campement. En chemin, il échangea des salutations avec les personnes qu'il croisait, recevant leurs mots de félicitations sans vraiment les entendre.

« Il y aura une prochaine fois », avait-elle dit. Il tournait et retournait ces paroles dans sa tête, les faisant résonner comme une poignée de pièces au fond de sa poche. Elle n'avait pas voulu uniquement le tranquilliser, elle le pensait vraiment. À ses yeux, cette promesse représentait désormais encore plus que les vœux échangés lors de leur première nuit de noces.

Cette pensée lui rappela l'approche, à grands pas, de sa cérémonie de mariage. Baissant les yeux vers sa tenue, il constata que Brianna n'avait pas exagéré son état de délabrement. Par-dessus le marché, il portait la veste de Jamie !

Alors qu'il commençait à ôter les aiguilles de pin et à essuyer les traces de boue de sa veste, une voix, plus haut sur le sentier, l'appela par son nom. En relevant la tête, il aperçut Duncan qui descendait prudemment la pente, le corps penché sur le côté pour compenser son bras manquant et garder l'équilibre. Il avait revêtu une superbe veste rouge vif avec des revers bleus et des boutons dorés. Ses cheveux soigneusement tressés étaient coiffés d'un élégant chapeau noir. La métamorphose de l'humble pêcheur des Highlands en prospère propriétaire terrien était impressionnante. Même son attitude semblait changée. Il paraissait plus sûr de lui.

Il était accompagné d'un monsieur d'un certain âge, grand et mince, à la tenue impeccable mais élimée jusqu'à la trame. Son front était haut et dégarni, ses longs cheveux blancs et fins retenus derrière la nuque par un ruban. Sa bouche s'était affaissée, faute de dents, mais elle conservait une courbe pleine de gaieté. Ses yeux bleus et vifs étaient enchâssés dans un long visage à la peau tellement tendue qu'elle plissait à peine autour des orbites, même si de profondes rides marquaient ses lèvres et son front. Avec son nez aquilin et ses habits sombres, il ressemblait à un vautour sympathique.

— *A Smeoraich !* lança Duncan. Vous êtes justement l'homme que je cherchais.

En regardant avec surprise la veste salie et les cheveux pleins de feuilles de Roger, il ajouta :

— J'espère que vous vous sentez d'attaque pour la cérémonie de ce soir ?

Roger se racla la gorge et transforma l'époussetage de ses vêtements en tactique pour se dégager les bronches, en se frappant la poitrine de petits coups de poings.

— Hum… oui, bien sûr. Mais, euh… c'est un temps un peu humide pour un mariage, non ?

Duncan rit nerveusement.

— Heureux le cadavre que la pluie baigne ! Enfin, espérons que l'on ne mourra pas d'une pleurésie avant de fêter nos noces, pas vrai, mon garçon ?

Il réajusta la veste sur ses épaules et ôta un grain de poussière imaginaire sur le revers de sa manche. Espérant détourner l'attention de sa propre tenue, Roger le taquina :

— Vous êtes resplendissant, Duncan ! Un vrai marié !

Duncan rougit un peu et, tripotant de sa main unique ses boutons ornés d'armoiries, expliqua d'un air gêné :

— Mlle Jo a dit qu'elle ne voulait pas épouser un épouvantail.

Il toussota, puis il se tourna brusquement vers l'homme qui l'accompagnait, comme si l'allusion à un épouvantail lui avait soudain rappelé sa présence.

— Monsieur Bug, voici le gendre de monsieur Fraser, Roger MacKenzie, dont je vous ai parlé.

Il fit un geste vague vers son compagnon qui avança d'un pas et tendit la main, saluant de manière raide mais cordiale avec la tête.

— Voici Arch Bug, *a Smeoraich*.

— À votre service, monsieur, dit poliment Roger.

Il fut brièvement pris de court en notant l'absence de deux doigts à la grande main osseuse qu'il serrait.

— Umph, fit M. Bug, retournant à sa façon le compliment, mais avec la même sincérité.

Il avait peut-être l'intention de développer le sujet, mais, au moment où il ouvrit la bouche, une voix féminine haut perchée, à peine éraillée par l'âge, sembla en sortir.

— C'est vraiment généreux de la part de monsieur Fraser et je suis sûre qu'il ne le regrettera pas. J'en suis même convaincue, comme j'ai eu l'occasion de le lui dire, d'ailleurs. Vous ne pouvez pas savoir à quel point son offre est providentielle, alors même que nous nous demandions comment nous nourrir et mettre un toit au-dessus de nos têtes ! Moi qui disais justement à Arch : « Remettons-nous-en à la bonne volonté de Notre Seigneur Jésus-Christ et de Sa sainte Mère. Si nous devons mourir de faim, que ce soit au moins en état de grâce. » Et Arch m'a répondu alors...

Sans cesser de parler, une petite femme rondelette, aussi âgée que son mari, émergea enfin de derrière les pans volumineux du manteau de M. Bug. Elle portait également des vêtements convenables mais usés.

Se penchant vers Roger, Duncan chuchota bien inutilement :

— Mme Bug.

— ... et pas même un sou en poche pour allumer un cierge ! Moi qui m'inquiétais de notre avenir et voilà que Sally McBride nous déclare qu'elle a entendu dire que Jamie Fraser était à la recherche d'un bon...

M. Bug sourit par-dessus la tête de sa femme. Celle-ci s'interrompit au milieu de sa phrase, roulant des yeux horrifiés devant l'état de la veste de Roger.

— Mon Dieu, regardez-moi ça ! Qu'est-ce que vous avez fabriqué, mon petit ? On dirait que quelqu'un vous a assommé et vous a traîné par les pieds dans une fosse à purin !

Sans attendre d'explications, elle sortit un mouchoir propre de la poche nouée à sa ceinture, cracha copieusement dessus et se mit à astiquer laborieusement les taches de boue sur le vêtement.

— Oh, ce n'est pas la... vraiment... euh... merci.

Roger eut l'impression d'avoir été happé dans les rouages d'une machine. Il implora Duncan du regard.

Celui-ci profita de ce que Mme Bug était provisoirement occupée pour expliquer :

— Jamie a proposé à M. Bug de venir travailler comme régisseur à Fraser's Ridge.

Roger crut qu'on lui assénait un coup de poing juste sous le sternum.

— Régisseur ?

— Oui, il faut bien que quelqu'un s'occupe des champs et des métayers, surtout quand Jamie est en voyage ou accaparé par d'autres affaires. Le travail ne se fait pas tout seul.

Duncan parlait en connaissance de cause. Autrefois simple pêcheur à Coigach, il trouvait souvent les responsabilités inhérentes à l'administration d'une grande plantation lourdes à porter. Il observa M. Bug avec convoitise, comme s'il était tenté de le mettre dans sa poche et de le ramener avec lui à River Run. Naturellement, se dit Roger, cela impliquait d'emmener également Mme Bug.

— Quand je vous disais que c'était providentiel, avait repris celle-ci. Hier, justement, je disais à Arch que tout ce que nous pouvions espérer de mieux, c'était de trouver du travail à Edmonton ou à Cross Creek. Arch aurait peut-être pu travailler sur les bateaux, mais c'est une vie si périlleuse, vous ne pensez pas ? Trempé jusqu'aux os du matin au soir, des fièvres mortelles rôdant dans les marécages comme des goules et l'air tellement rempli de miasmes qu'on n'ose à peine respirer... Moi, il ne me restait plus qu'à faire la blanchisseuse en ville pendant que mon homme était sur les eaux et, croyez-moi, ça ne m'enchantait guère, vu que nous n'avons jamais été séparés une seule nuit depuis notre mariage, pas vrai, mon cœur ?

Elle leva des yeux adorateurs vers son mari qui lui sourit tendrement. Soit M. Bug était sourd, se dit Roger, soit ils n'étaient pas mariés depuis plus d'une semaine.

Il n'eut pas besoin de leur poser la question, car, dans la foulée, on l'informa que les Bug étaient mari et femme depuis plus de quarante ans. Arch Bug avait été autrefois régisseur chez Malcom Grant de Glenmoriston, mais les années suivant le Soulèvement lui avaient été fatales. Le domaine ayant été confisqué par la Couronne, Bug avait d'abord tenté de survivre en cultivant un lopin de terre, jusqu'à ce que la misère et la famine l'obligent à partir, avec sa femme et le peu d'argent qui leur restait, en Amérique, en quête d'une vie meilleure.

Le vieux monsieur raconta son parcours à Roger. Il s'exprimait lentement et courtoisement, avec le léger accent traînant des Highlands. Il n'était donc pas sourd, du moins, pas encore.

— Nous avons d'abord tenté notre chance à Édimbourg…

— … car un cousin à moi avait des relations dans une banque et nous espérions qu'il pourrait dire un bon mot en sa faveur…

— … mais hélas, j'étais trop âgé et sans les compétences nécessaires…

— … Ces sots ne savent pas à côté de qui ils sont passés ! Ces messieurs n'ont rien voulu entendre. Nous avons dû partir et tenter notre chance…

Duncan croisa le regard de Roger et cacha un sourire sous sa moustache tombante. Roger lui retourna son sourire, s'efforçant de dissiper son malaise.

Régisseur. Jamie Fraser avait besoin de quelqu'un pour administrer Fraser's Ridge, surveiller les plantations, organiser les récoltes, régler les problèmes des métayers quand il était au loin ou occupé. C'était une nécessité évidente, surtout avec l'afflux récent de nouveaux arrivants et en sachant ce que leur réservaient les prochaines années.

Néanmoins, jusqu'à cet instant précis, Roger avait toujours présumé, inconsciemment, que, pour ce genre d'affaires, il deviendrait le bras droit de Jamie. Ou, au moins, son bras gauche.

Fergus assistait déjà Jamie à sa manière, partant en mission pour lui, lui servant de messager et d'informateur. Mais le fait qu'il n'ait qu'une main limitait ses capacités physiques. En outre, il ne pouvait s'occuper de la paperasserie ou de la comptabilité. Jenny Murray avait appris à lire au petit orphelin français adopté par son frère, mais elle n'avait jamais réussi à lui inculquer le sens des chiffres.

Roger regarda la main de M. Bug, affectueusement posée sur l'épaule dodue de son épouse. Elle était large, usée par le labeur et puissante malgré sa mutilation. Mais les doigts restants étaient déformés par l'arthrite, les articulations douloureusement enflées.

Ainsi, Jamie estimait qu'un vieillard à moitié handicapé était mieux à même de gérer Fraser's Ridge que Roger ? Cette pilule inattendue était amère.

Il savait que son beau-père avait des doutes sur ses aptitudes, en plus d'être méfiant comme tout père à l'égard de l'homme lui prenant sa fille. N'ayant aucune oreille musicale, Jamie ne pouvait pas apprécier le don de chanteur de son gendre. D'un autre côté, si Roger était costaud et travailleur, il était vrai qu'il n'avait aucune expérience pratique de l'élevage, de la chasse ou du maniement d'armes. Contrairement à M. Bug, il n'avait jamais dirigé une exploitation agricole ni un grand domaine. Tout cela, il était le premier à le reconnaître.

Mais, bon sang, il était quand même son gendre, ou le serait bientôt ! Duncan lui-même venait de le présenter comme tel. Bien qu'élevé à une autre époque, il n'en était pas moins un vrai Highlander, et, pour lui, les liens de sang et la parenté comptaient plus que tout.

Le mari d'une fille unique aurait normalement dû être considéré comme le fils de la maison, venant juste après le chef de famille, en terme d'autorité et de respect. Sauf en cas de défaut rédhibitoire, comme être un ivrogne notoire, un débauché criminel ou un simple d'esprit. Était-ce ainsi que Jamie le considérait ? Un incurable crétin ?

Mme Bug interrompit ses sombres méditations. Elle le tira par la manche, faisant claquer sa langue d'un air réprobateur tout en inspectant les feuilles et les brindilles dans ses cheveux.

— Mais asseyez-vous donc, jeune homme, que je vous arrange un peu. Regardez-moi ça ! Vous êtes tout crotté et dépenaillé ! Vous vous êtes battu, hein ? J'espère seulement que l'autre compère est en plus piteux état !

Avant que Roger ne puisse protester, elle le força à s'asseoir sur une pierre, extirpa un peigne de sa poche, puis elle lui délaça les cheveux. Elle se mit alors à tirer sur ses boucles en désordre avec une vigueur propre à lui lacérer le cuir chevelu. Elle cessa un instant, tenant fermement une mèche et l'inspectant comme si elle était à la recherche de poux, et demanda :

— C'est vous que l'on surnomme la Grive, n'est-ce pas ?

Duncan, souriant devant la déconfiture évidente de Roger, répondit à sa place :

— Oui, mais ce n'est pas à cause de ses jolies boucles brunes, mais parce que notre Roger Mac a le gosier de miel d'un rossignol.

Mme Bug lâcha ses cheveux, émerveillée.

— Vous chantez ? C'est donc vous que nous avons entendu hier soir ? Chantant *'Ceannràra* et *Loch Ruadhainn* en vous accompagnant au *bodhra´n*[1] ?

---

1. Grand tambourin profond et sans grelot utilisé dans la musique folklorique irlandaise.

— Euh… c'est fort possible, murmura Roger modestement.

La dame s'épancha très longuement. Son admiration sans bornes le flatta et lui fit regretter son animosité initiale envers son mari. En observant de plus près son tablier mille fois reprisé et son visage ridé, il se dit que le vieux couple en avait bavé. Jamie les avait peut-être engagés autant par charité que par besoin.

Cela le réconforta un peu. Il remercia très aimablement Mme Bug pour son assistance, puis il se tourna vers son mari et proposa :

— Vous m'accompagnez jusqu'à notre campement ? Vous n'avez sans doute pas encore rencontré Mme Fraser, ni…

Un vacarme lointain mais s'approchant rapidement, et qui rappelait une sirène de pompiers, mit un terme à la conversation. Désormais habitué à ce type de raffut, il ne fut pas surpris de voir apparaître son beau-père sur l'un des sentiers qui sillonnait la montagne, Jemmy gigotant dans ses bras et braillant comme un chat échaudé.

L'air légèrement hagard, Jamie lui tendit le bébé. Roger le prit et, ne trouvant pas de meilleure idée, enfonça son pouce dans la bouche grande ouverte. Le bruit cessa aussitôt et tout le monde se détendit.

— Quel charmant bébé ! s'extasia Mme Bug.

Se hissant sur la pointe des pieds, elle se mit à roucouler devant le nourrisson, tandis que Jamie, fort soulagé, saluait M. Bug et Duncan.

« Charmant » n'était peut-être pas le mot qui convenait, « endêvé » paraissait plus approprié. Le bébé avait le visage écarlate, les traces de larmes faisant briller ses joues. Il tétait furieusement le pouce, serrant convulsivement les paupières dans un effort pour fuir ce monde détestable. Ses quelques cheveux rebiquaient sur son crâne comme des piques ou bien formaient des boucles collées par la transpiration. Il s'était dégagé de ses langes qui pendaient lamentablement et il empestait comme des latrines négligées, et ce, pour des raisons évidentes.

En père expérimenté, Roger appliqua aussitôt les mesures d'urgence :

— Où est Bree ?

— Dieu seul le sait et Il refuse de cracher le morceau, rétorqua Jamie. Je la cherche partout depuis que le petit s'est réveillé dans mes bras et a décidé que ma compagnie ne lui convenait pas.

Il renifla d'un air suspect la main qui avait tenu son petit-fils, puis il l'essuya sur les pans de sa veste.

— Il n'a pas l'air d'apprécier la mienne non plus, dit Roger.

Jemmy mastiquait toujours son pouce tout en émettant des grognements frustrés, sa bave coulant sur son menton et sur le poignet de Roger.

— Vous n'auriez pas vu Marsali ? demanda-t-il.

Il savait que Brianna n'aimait pas voir son fils nourri par une autre femme, mais il s'agissait là d'une urgence. Il regarda autour de lui, espérant apercevoir une mère allaitant dans les parages et qui aurait pitié du petit, sinon de lui.

— Donnez-moi ce pauvre chéri, proposa Mme Bug.

Aussitôt, le statut de cette dernière passa de commère à ange de lumière.

— Tout doux, tout doux, *a leannan*, susurra-t-elle.

Reconnaissant une autorité supérieure, Jemmy se tut aussitôt, dévisageant Mme Bug avec de grands yeux ronds. Elle assit l'enfant sur ses genoux et s'occupa de lui de façon ferme et efficace, comme elle venait de le faire avec son père. Roger se dit que Jamie aurait dû l'engager elle comme régisseur, plutôt que son mari.

De son côté, Arch faisait preuve d'intelligence et de compétence, posant à son nouvel employeur des questions judicieuses sur le bétail, les récoltes et les métayers. « J'aurais pu en faire autant, se dit Roger qui suivait attentivement la conversation. Enfin, en partie », ajouta-t-il avec honnêteté, complètement perdu quand ils abordèrent des questions plus techniques concernant les engrais. Finalement, Jamie avait peut-être raison de chercher une personne s'y connaissant... même s'il aurait pu apprendre.

— Et qui c'est, ce joli bébé ? babillait Mme Bug à ses côtés.

Elle s'était relevée, faisant risette à Jemmy, à présent emmailloté dans un cocon respectable. Elle caressa la joue ronde du bébé avec son doigt potelé, puis scruta Roger.

— C'est tout le portrait de son père !

Roger rougit, oubliant les engrais.

— Vous trouvez ? À vrai dire, il tient surtout de sa mère.

Mme Bug se pinça les lèvres, examina Roger en plissant les yeux, puis secoua résolument la tête en tapotant le crâne de Jemmy.

— Les cheveux, peut-être pas, mais il a la même forme de visage que vous. Regardez comme il a les épaules larges, lui aussi. Je ne serais pas étonnée, non plus, que ses yeux deviennent verts d'ici quelque temps. Croyez-moi, mon garçon, plus tard, ce sera votre portrait tout craché !

Elle embrassa le front du bébé puis lui frotta les joues avec le bout de son nez.

— N'est-ce pas, mon mignon ? Tu deviendras grand et fort comme ton papa !

« C'est ce qu'on dit toujours pour faire plaisir aux parents », pensa Roger pour calmer la bouffée de plaisir provoquée par ces paroles. « Les vieilles femmes cherchent toujours des ressemblances avec untel ou unetelle. » Soudain, il prit conscience de sa peur face à la possibilité que Jemmy soit réellement son fils, tant il en crevait d'envie. Il se répéta avec fermeté que cela n'avait pas d'importance, qu'il aimerait et veillerait sur l'enfant, qu'il porte ses gènes ou pas. Bien sûr, c'était vrai, mais cela faisait néanmoins toute une différence !

Avant qu'il ait pu répondre à Mme Bug, son mari se tourna vers lui en cherchant poliment à l'inclure dans la conversation entre hommes.

— Vous vous appelez bien MacKenzie, n'est-ce pas ? Vous êtes donc du clan des MacKenzie de Torrido ? À moins que ce ne soit de celui de Kilmarnock ?

Roger avait répondu à ce genre de questions tout au long du *gathering*. Explorer la généalogie de son interlocuteur servait d'entrée en matière pour toute discussion entre Écossais, une pratique qui se perpétuerait au cours des deux siècles à venir, se dit Roger, sa lassitude étant tempérée par l'agréable familiarité du procédé. Toutefois, il n'eut pas le temps de se lancer dans les explications habituelles, car Jamie l'arrêta en posant une main sur son épaule.

— Roger Mac est apparenté à ma famille du côté de ma mère, dit-il sur un ton détaché. C'est-à-dire par les MacKenzie de Leoch.

— Ah oui ? fit M. Bug, l'air impressionné. Vous êtes bien loin des vôtres, mon garçon !

— Bah ! Pas plus que vous-même, monsieur, ou que n'importe qui d'autre ici.

Roger désigna la montagne d'un geste de la main. Des bribes de chants gaéliques et des sons de cornemuse leur parvenaient depuis le haut de la côte.

Mme Bug, avec Jemmy confortablement calé contre son épaule, intervint :

— Non, non, ce n'est pas ce qu'Arch voulait dire. Vous êtes loin des autres.

— Des autres ?

Roger regarda Jamie, qui haussa les épaules, lui aussi perplexe.

— Oui, ceux de Leoch, expliqua Arch avant que sa femme ne lui vole de nouveau la parole.

— Nous les avons entendus parler sur le bateau. Ils étaient tout un groupe, rien que des MacKenzie ayant tous des terres au sud du vieux château de Leoch. Ils y étaient restés après le départ du laird et de ses gens. Mais, à présent, ils partaient à la recherche du reste du clan pour tenter de refaire leur vie sur ce continent, parce que…

— Le laird ? l'interrompit Jamie. Vous voulez parler d'Hamish mac Callum ?

« Hamish, fils de Colum », traduisit mentalement Roger. Ou plutôt, Hamish, fils de Dougal, mais seules cinq personnes au monde connaissaient ce détail. À présent, sans doute plus que quatre.

Mme Bug hocha vigoureusement la tête.

— Oui, oui, ils l'appelaient bien ainsi : Hamish mac Callum MacKenzie, laird de Leoch. « Le troisième laird », qu'ils disaient. Et…

Jamie avait apparemment compris comment opérer avec Mme Bug. En orientant la conversation puis en l'interrompant sans scrupule à la moindre digression, il réussit à connaître toute l'histoire en un temps record. Après la bataille de Culloden, au moment des purges des Highlands, les Anglais avaient détruit Castle Leoch. Jamie était déjà au courant, mais, étant lui-même emprisonné à l'époque, il n'avait pas su le sort de ceux qui étaient restés derrière.

— … Et je n'ai pas eu le courage de le demander, ajouta-t-il d'un air triste.

Les Bug se regardèrent en soupirant à l'unisson. La note mélancolique au fond de leurs yeux était identique à celle qui imprégnait la voix de Jamie. Désormais, Roger reconnaissait bien cette ombre du passé.

Jamie, qui avait toujours une main posée sur son épaule, exerça une légère pression tout en méditant à voix haute :

— Hamish mac Callum serait donc toujours en vie… Voilà une nouvelle qui réchauffe le cœur, non ?

Sa joie était si sincère que Roger se surprit à lui sourire à son tour.

— Pour ça, oui !

Le fait qu'il ne sache même pas à quoi ressemble Hamish mac Callum MacKenzie n'avait pas d'importance. Cet homme était son parent, un membre de sa lignée. Cette pensée était effectivement réconfortante.

— Où se sont-ils établis ? demanda Jamie. Hamish et les siens ?

En Acadie, au Canada, convinrent les Bug après concertation. En Nouvelle-Écosse ? dans le Maine ? Non… sur une île, décidèrent-ils après d'autres palabres interminables. À moins que ce ne soit…

Jemmy interrompit leurs supputations par un cri déchirant, signe qu'il allait bientôt mourir de faim. Mme Bug bondit, comme si on l'avait piquée avec le bout d'un bâton.

— Il faut amener ce pauvre enfant à sa mère ! annonça-t-elle.

Elle fusilla les quatre hommes du regard, semblant les accuser collectivement d'avoir voulu provoquer la perte d'un innocent.

— Où se trouve votre campement, monsieur Fraser ?

— Je vais vous y conduire, madame, offrit précipitamment Duncan. Venez avec moi.

Roger allait emboîter le pas aux Bug, mais Jamie le retint par la manche.

— Non, laisse Duncan les emmener. Je parlerai avec Arch plus tard. J'ai quelque chose à te dire, *a chliamhuinn*.

Roger se raidit. Jamie allait-il lui énumérer toutes les failles de son caractère et de son passé qui le rendaient inapte à assumer la moindre responsabilité à Fraser's Ridge ?

Pas encore. Son futur beau-père sortit un bout de papier froissé de son *sporran* et le lui tendit, avec une grimace, comme s'il lui brûlait la main. Roger parcourut rapidement la lettre du gouverneur, puis releva les yeux.

— Une milice. Dans combien de temps ?

Jamie haussa les épaules.

— Va savoir ! Mais plus tôt qu'on le souhaiterait, c'est certain.

Il lui sourit tristement.

— Tu as entendu les conversations autour des feux de camp ?

Roger acquiesça. Il les avait entendues, entre deux tours de chant et les concours de lancer de pierre, la veille, parmi les hommes qui buvaient, réunis en petits groupes sous les arbres. Une bagarre avait éclaté lors du jeter de tronc. Rapidement arrêtée, elle n'avait pas fait de victimes, mais la colère flottait au-dessus du *gathering* comme une mauvaise odeur.

Jamie se passa une main sur le visage, puis dans les cheveux, et soupira.

— Heureusement que je suis tombé sur le vieil Arch Bug et sa femme aujourd'hui. S'il faut aller se battre, et il le faudra tôt ou tard, Claire nous accompagnera.

Je ne tiens pas à ce que Brianna reste seule et s'occupe de tout.

Roger sentit s'évanouir le doute qui le rongeait. Soudain, tout devenait clair.

— Seule. Vous voulez dire que… vous désirez que je vous accompagne ? Pour vous aider à constituer une milice ?

Jamie le dévisagea, surpris.

— Eh bien oui, je ne vois personne d'autre !

Il remonta son plaid sur ses épaules pour se protéger du vent, puis lâcha sur un ton ironique :

— Allez, en route, capitaine MacKenzie. Vous avez encore du pain sur la planche avant de vous marier.

9

Le germe de la contestation

J'inspectai l'intérieur du nez de l'un des esclaves de Farquard Campbell, une moitié de mon esprit concentrée sur le polype qui obstruait une narine, l'autre obnubilée par le gouverneur Tryon. Des deux, c'était encore l'excroissance qui me paraissait la plus sympathique. Je me proposai d'ailleurs de l'éliminer une bonne fois pour toutes en la brûlant au fer rouge.

Après avoir stérilisé mon scalpel, je plaçai mon plus petit fer de cautérisation sur des charbons ardents tout en maugréant intérieurement.

C'était si injuste ! Était-ce le commencement ? Ou l'un des débuts ? Nous étions à la fin de 1770. Dans cinq ans, les treize colonies seraient en guerre. Mais chacune y arriverait par un chemin différent et à son rythme. Ayant longtemps vécu à Boston et supervisé les devoirs d'école de Brianna, je connaissais l'histoire du Massachusetts. Les hausses d'impôts, le massacre de Boston, la rébellion dans le port et la fameuse *Tea Party*, les troupes de « patriotes » de John Hancock et de Samuel Adams, etc. Mais ici, en Caroline du Nord ? Comment cela s'était-il passé… ou allait se passer ?

Peut-être que tout avait déjà commencé. La dissension germait déjà depuis plusieurs années entre les riches planteurs de la côte est et les pauvres fermiers partis coloniser l'arrière-pays à l'ouest. Les Régulateurs étaient principalement issus de cette dernière classe, tandis que les premiers étaient largement dans le camp de Tryon, à savoir partisans de la Couronne.

— Prêt ?

En guise de préparation, j'avais fait boire à l'esclave une bonne dose de mon whisky médicinal. Je lui adressai un sourire encourageant, et il hocha la tête, inquiet mais résigné.

Je n'avais jamais entendu parler des Régulateurs avant d'arriver en Caroline. Mais j'en avais déjà vu suffisamment pour me rendre compte que les livres d'histoire avaient passé sous silence un bon nombre d'événements. Était-on en train de semer sous mon nez les graines de la révolution ?

Tout en murmurant des paroles rassurantes, j'enroulai une serviette autour de ma main gauche, saisis fermement le menton de l'esclave, enfonçai le scalpel dans sa narine et sectionnai le polype d'un bref mouvement précis de la lame. Du sang chaud jaillit abondamment, imbibant le linge autour de ma main. Mais mon patient ne paraissait pas trop souffrir ni paniquer, il semblait plutôt surpris.

Mon cautère, en forme de petite lance, était une tige métallique à la pointe carrée et aplatie, équipée d'un manche en bois. Son extrémité, aux bords rougeoyants, fumait dans les braises. Je pressai fort le linge contre le nez de l'esclave pour endiguer le flux sanguin, puis après avoir ôté ma main, en une fraction de seconde j'appuyai le fer rouge contre la cloison nasale, priant le ciel de ne pas m'être trompée d'endroit.

L'homme émit un son étranglé, mais ne se débattit pas. Des larmes se déversèrent le long de ses joues et sur mes doigts. L'odeur de sang et de chair brûlée me rappela celle qui s'élevait au-dessus des grands foyers où l'on grillait la viande. Les yeux rouges et exorbités du patient rencontrèrent les miens, stupéfaits. Je réprimai un sourire. Puis, sous les larmes et la morve, l'homme fut secoué par une légère crise d'hilarité.

J'éloignai le cautère, le linge à la main, prête à intervenir. Le sang ne coulait plus. Je renversai la tête du patient en arrière, plissant des yeux pour mieux voir, et j'aperçus avec satisfaction la marque nette, haut à l'intérieur de la narine. La brûlure aurait dû être rouge vif, mais, sans une lampe de poche, je ne voyais qu'une croûte noire, tapie comme une tique dans les replis velus de la muqueuse.

L'homme ne parlait pas anglais. Je lui souris, puis m'adressai à la jeune femme qui l'avait accompagné et qui lui avait tenu la main tout au long de l'opération :

— Tout s'est bien passé. Dites-lui de ne pas arracher la croûte. En cas de gonflement, d'écoulement de pus ou de fièvre...

Je m'interrompis. J'aurais dû terminer ma phrase par « ... consultez immédiatement votre médecin », mais ce n'était franchement pas les bons mots.

— ... prévenez votre maîtresse, achevai-je à contrecœur. Ou trouvez une guérisseuse qui soigne avec les plantes.

L'actuelle Mme Campbell était jeune et, pour le peu que je connaissais d'elle, plutôt écervelée. Toutefois, n'importe quelle maîtresse de plantation devait avoir les connaissances et les moyens nécessaires pour traiter une fièvre. Si cela dépassait le stade de la simple infection et se transformait en septicémie, personne ne pourrait, de toute façon, faire grand-chose.

Je tapotai l'épaule de l'esclave et le libérai. Puis je fis signe au suivant de prendre place.

Une infection. Voilà ce qui mijotait. En surface, tout paraissait calme. Après tout, la Couronne retirait ses troupes ! Mais des dizaines, des centaines, des milliers de minuscules foyers de dissension allaient couver et s'infecter, formant des poches de conflit un peu partout dans les colonies. La Régulation n'était qu'une parmi d'autres.

Un seau d'alcool distillé était posé à mes pieds pour la désinfection de mes instruments. J'y plongeai mon cautère avant de le remettre sur le feu. L'alcool s'embrasa dans un bref *pschhht !* sans éclaboussure.

J'avais l'impression désagréable que la missive actuellement dans le *sporran* de Jamie brûlait d'une flamme similaire, d'où partaient des milliers de flammèches. Certaines pourraient être piétinées et éteintes, d'autres se consumeraient d'elles-mêmes dans leur coin. Mais d'autres encore continueraient de brûler, se frayant un chemin destructeur parmi les maisons et les familles. Certes, tout cela aboutirait à une excision nette, mais beaucoup de sang coulerait avant que les fers rouges de la révolution n'aient cautérisé la plaie ouverte.

Ne connaîtrions-nous jamais la paix, Jamie et moi ?

*

* *

— Il y a bien Duncan MacLeod. Il possède cent cinquante hectares près du Yadkin, mais il y vit seul avec son frère.

Jamie essuya son visage moite du revers de sa manche. Il cligna des yeux pour y voir plus clair, puis secoua vigoureusement la tête pour essorer ses cheveux. Il indiqua d'un geste la colonne de fumée qui s'élevait du feu des MacLeod, au loin, puis poursuivit :

— En revanche, il est apparenté à Robbie Cochrane. Robbie n'est pas venu au *gathering* – il parait qu'il souffre d'hydropisie –, mais il a onze fils adultes, éparpillés dans les montagnes comme des germes de blé. Par conséquent, prends tout ton temps avec MacLeod, donne-lui envie de nous rejoindre, puis demande-lui d'en parler avec Robbie. Dis-lui que nous nous retrouverons tous à Fraser's Ridge dans deux semaines.

Il hésita, retenant Roger par le bras pour éviter qu'il ne parte trop vite. Il regarda vers l'horizon, examinant toutes les possibilités. Ensemble, ils s'étaient déjà rendus dans trois campements et avaient obtenu les engagements de quatre volontaires. Combien d'hommes encore pourraient-ils enrôler au *gathering* ?

— Après être passé chez Duncan, va voir à l'enclos aux moutons. Tu y trouveras sûrement Angus Og. Tu le connais ?

Roger hocha la tête, espérant dénicher le bon Angus Og. Il avait rencontré au moins quatre hommes répondant à ce nom au cours de la semaine, mais l'un d'eux était toujours accompagné d'un chien et empestait la laine grège.

— C'est un Campbell, n'est-ce pas ? Voûté comme un hameçon, avec un œil qui louche ?

Jamie acquiesça et desserra sa prise sur son bras.

— Oui, c'est bien lui. Il est trop racorni pour se battre, mais il enverra ses neveux et fera passer le message parmi les fermiers installés près de High Point. Donc, résumons : Duncan… Ah ! Joanie Findlay !

— Joanie ?

Fraser sourit.

— Oui, cette bonne « vieille Joan », comme on l'appelle. Elle a monté son campement près de celui de ma tante, avec son frère Ian Mhor.

Roger hésita.

— Mais c'est bien à elle que je demande à parler ?

— Tu n'as pas le choix. Ian Mhor est muet. Mais elle a deux autres frères qui parlent, et deux fils en âge de se battre. Elle veillera à ce qu'ils viennent.

Jamie leva les yeux vers le ciel. Le temps s'était un peu réchauffé et la pluie transformée en crachin. La couche nuageuse s'étant par endroits dissipée, on distinguait la silhouette du soleil, un disque pâle et flou encore haut dans le ciel. Il leur restait encore deux bonnes heures de lumière.

— Ça suffira pour le moment, décida Jamie. Retrouve-moi près du feu quand tu en auras terminé avec la vieille Joan, et nous grignoterons un morceau avant ton mariage, d'accord ?

Il lui adressa un clin d'œil et un sourire d'encouragement, puis tourna les talons. Avant que Roger se fût éloigné, il le rappela :

— Présente-toi d'emblée comme étant le capitaine MacKenzie, conseilla-t-il. Ils t'écouteront davantage.

Là-dessus, Jamie partit et se mit en quête des sujets les plus récalcitrants inscrits sur sa liste.

Le feu des MacLeod brûlait comme une chaufferette dans la brume. Roger s'orienta vers la colonne de fumée qui s'en dégageait, répétant les noms entre ses dents comme un mantra.

— Duncan MacLeod, Robbie Cochrane, Angus Og Campbell, Joanie Findlay… Duncan MacLeod, Robbie Cochrane, Angus…

Pour lui, mémoriser était un jeu d'enfants. Il lui suffisait de répéter trois fois des paroles d'une nouvelle chanson, des faits ou des instructions concernant la psychologie de recrues potentielles, etc., pour s'en souvenir.

Il comprenait l'intérêt de contacter le plus possible d'Écossais vivant dans l'arrière-pays avant qu'ils ne repartent dans leurs fermes et leurs cabanes. En outre, il était réconforté par le fait que les hommes abordés jusqu'à présent par Fraser avaient tous accepté leur mobilisation dans la milice sans d'autres objections qu'un regard noir et un soupir résigné.

Capitaine MacKenzie... Il était presque gêné de sa fierté à porter ce titre attribué si nonchalamment par Fraser.

— Le soldat instantané, murmura-t-il en se moquant de lui-même. Il ne reste plus qu'à ajouter un peu d'eau.

Toutefois, il devait bien reconnaître que la situation l'excitait. Pour le moment, il ne faisait que jouer au soldat, mais l'idée de défiler au sein d'un régiment de miliciens, le mousquet à l'épaule et l'odeur de la poudre à canon sur les mains...

Dans moins de cinq ans, les miliciens se tiendraient dans le pré de Lexington. Ces hommes, au départ, n'étaient pas plus soldats que ceux à qui il avait parlé aujourd'hui, pas plus que lui. Cette réalité le fit frissonner puis se lova dans le creux de son ventre, formant un poids lourd de sens.

Elle approchait. Seigneur ! Elle approchait vraiment.

*

* *

Trouver MacLeod ne présenta aucune difficulté. En revanche, Roger mit plus de temps que prévu pour dénicher Angus Og Campbell. Plongé jusqu'au cou au milieu de ses moutons, il détesta être dérangé. Le « capitaine MacKenzie » n'eut pas beaucoup d'effet sur le vieillard bourru, mais l'invocation du « colonel Fraser » sur un ton menaçant fit davantage impression. L'air concentré et ronchon, Angus Og mordilla sa lèvre supérieure pendante, acquiesça à contrecœur, puis reprit ses affaires après avoir grommelé :

— Oui, oui, je ferai passer le mot.

Le crachin avait cessé et les nuages commençaient à s'éparpiller, quand Roger remonta la pente vers le campement de Joan Findlay.

À sa grande surprise, cette « vieille Joan » était une jolie femme d'une trentaine d'années, avec de vifs yeux noisette qui, sous les plis de son fichu, l'examinèrent avec intérêt.

Quand il lui eut expliqué le motif de sa présence, elle soupira :

— Voilà donc où nous en sommes ! Je me le demandais justement quand j'ai entendu le jeune officier, ce matin, nous lire le discours du gouverneur.

L'air songeur, elle tapota le manche de sa longue cuillère en bois contre ses lèvres.

— Une de mes tantes vit à Hillsborough. Elle habite dans une chambre de l'Auberge du Roi, juste en face de la maison d'Edmund Fanning. Ou plutôt, en face de là où elle se trouvait.

Elle émit un petit rire caustique.

— … Dans une de ses lettres, elle m'a raconté ce qui s'est passé. La foule a descendu la rue en hurlant et en brandissant des fourches, comme une horde de démons. Les hommes ont scié les montants de la maison, puis, à l'aide de cordes, l'ont fait s'effondrer, juste sous le nez de ma tante. Maintenant, nous sommes censés envoyer nos compagnons tirer les marrons du feu pour Fanning, c'est bien ça ?

Roger se tenait sur ses gardes. Il avait beaucoup entendu parler d'Edmund Fanning, qui était loin d'être populaire.

— Je ne saurais vous le dire, madame Findlay. Mais le gouverneur…

Joan Findlay se mit à rire de façon sarcastique, puis cracha dans le feu.

— Le gouverneur ! Peuh ! Disons plutôt les amis du gouverneur. Mais, qu'est-ce que vous voulez ? C'est toujours la même histoire : les pauvres doivent verser leur sang pour protéger l'or des riches.

Elle se tourna vers deux fillettes qui venaient d'apparaître derrière elle, tels deux fantômes drapés dans des châles.

— Annie, va chercher tes frères. Toi, Joanie, touille la marmite. Et racle bien le fond pour que ça n'attache pas.

Tendant sa cuillère à la plus jeune, elle s'en alla en faisant signe à Roger de la suivre.

Ce campement était des plus modestes, une simple couverture en laine tendue entre deux arbres formant un abri. Joan Findlay s'accroupit devant la caverne ainsi obtenue, et Roger se pencha pour regarder pardessus son épaule. Elle posa la main sur le torse d'un homme couché sur une paillasse d'herbes sèches. Roger eut un choc en le voyant, mais il évita de montrer son trouble.

— *A bhràthair*, voici le capitaine MacKenzie, annonça-t-elle.

Dans l'Écosse où Roger avait grandi, on appelait cette infirmité le syndrome de Little, mais comment appelait-on cette maladie aujourd'hui ? Peut-être ne lui donnait-on pas de nom. Fraser avait simplement dit : « Il est muet. »

Apparemment, il n'avait pas non plus l'usage de ses membres. Ses jambes et ses bras étaient maigres et raides, son corps plié dans une position impossible. On l'avait recouvert d'une couverture matelassée, mais ses mouvements spasmodiques l'avaient déplacée, si bien qu'elle formait une boule coincée entre ses jambes. Sa chemise élimée avait été à moitié ouverte par ses tremblements et révélait son buste, la peau blafarde de ses épaules et de son torse luisant dans l'ombre avec des reflets bleutés.

Joan Findlay posa la main sous sa joue et lui tourna la tête pour qu'il puisse regarder Roger.

— Voici mon frère Ian, monsieur MacKenzie.

Elle avait parlé d'une voix ferme, le défiant de réagir.

Son visage était, lui aussi, difforme, sa bouche tordue laissant échapper un filet de salive. Toutefois, deux beaux yeux pétillants d'intelligence se posèrent sur Roger. Parvenant à maîtriser ses émotions et son expression, ce dernier tendit la main, serrant les doigts recroquevillés de l'homme. La sensation était terrible. Les os étaient anguleux et fragiles, et la peau si froide qu'elle aurait pu être celle d'un mort.

— Ian Mhor, dit-il doucement, j'ai entendu parler de vous. Jamie Fraser vous envoie ses amitiés.

Un battement de paupières le remercia, puis le regard brillant et calme réapparut.

— Le capitaine est venu chercher des miliciens, expliqua Joan. Le gouverneur a envoyé des ordres. Il en a assez de la pagaille et des émeutes, et il a décidé de faire taire les révoltés par la force.

Son ton était lourdement ironique.

Les yeux d'Ian Mhor se tournèrent vers sa sœur. Ses lèvres remuèrent, luttant pour former des mots, sa poitrine étroite se contractant sous l'effort. Quelques syllabes rauques en sortirent, projetant une pluie de postillons, puis il s'affaissa, essoufflé, fixant de nouveau Roger.

— Les volontaires toucheront-ils une prime ? traduisit Joan.

Roger hésita. Jamie avait déjà réfléchi à la question, mais sans pouvoir apporter de réponse claire. Il en connaissait pourtant l'importance pour des gens comme les Findlay. Ceux-ci vivaient dans une misère noire, comme en attestaient les guenilles et les pieds nus des petites filles, ou les vêtements élimés et la couverture miteuse qui protégeaient si mal Ian Mhor du froid. Il se devait toutefois d'être honnête.

— Je ne sais pas. Il n'en a pas encore été question, mais ce n'est pas impossible.

Le versement d'une prime dépendait de la réaction à l'appel du gouverneur. Si un simple ordre ne suffisait pas à mobiliser un bon nombre d'hommes, il se verrait peut-être obligé d'apporter des arguments plus convaincants pour motiver ses miliciens.

Une lueur de déception traversa le regard d'Ian Mhor, remplacée presque aussitôt par un air résigné. Tout revenu supplémentaire aurait clairement été le bienvenu, mais personne ne se berçait d'illusions.

— Soit, soupira Joan, avec le même fatalisme.

Roger la sentit se redresser, mais il ne pouvait détacher son regard de celui de l'infirme. Ce dernier le dévisageait, impassible, curieux. Roger hésita, ne sachant comment prendre congé. Il aurait voulu les aider, mais que pouvait-il faire ?

Il tendit la main vers la chemise ouverte et la couverture froissée. Ce n'était pas grand-chose, mais c'était mieux que rien.

— Vous permettez ?

Les yeux noisette acquiescèrent et Roger remit un peu d'ordre dans la tenue de l'invalide. Bien qu'émacié, le corps d'Ian Mhor était d'une lourdeur inattendue et difficile à soulever dans cette position accroupie.

Quelques instants plus tard, il était décemment couvert et un peu plus au chaud. Roger esquissa un salut un peu gêné de la tête, puis recula hors du nid tapissé d'herbes, aussi muet que Ian Mhor.

Entre-temps, les fils de Joan Findlay étaient arrivés. Deux robustes garçons de seize et dix-sept ans se tenaient près de leur mère, examinant Roger avec curiosité et méfiance.

Joan posa une main sur l'épaule d'un des adolescents.

— Lui, c'est Hugh, et lui, Ian Og.

Roger inclina courtoisement la tête.

— À votre service, messieurs.

Les garçons échangèrent un regard, puis fixèrent leurs pieds, réprimant un fou rire.

— Résumons-nous, capitaine MacKenzie, dit leur mère d'une voix ferme. Si je vous prête mes garçons, vous me promettez de me les rendre entiers ?

Ses yeux étaient aussi brillants, intelligents et droits que ceux de son frère. Roger dut faire un effort pour ne pas se détourner.

— Je ferai tout ce qui est en mon pouvoir pour qu'ils rentrent sains et saufs, madame.

Elle sourit de manière ironique, sachant pertinemment ce qui était du ressort de Roger et ce qui ne l'était pas. Elle hocha néanmoins la tête et laissa retomber ses mains le long du corps.

— Vous pouvez compter sur eux, déclara-t-elle.

Roger prit congé et s'éloigna, le poids de la confiance de Joan pesant lourdement sur ses épaules.

10

Les présents de grand-mère Bacon

Ayant terminé mon travail, je me hissai sur la pointe des pieds et m'étirai langoureusement. Même s'il y avait beaucoup de cas devant lesquels j'étais impuissante ou des maladies que je ne pouvais soigner, j'avais fait mon possible et je l'avais bien fait.

Je refermai le couvercle de mon coffret de médecine et le pris dans mes bras. Prévenant, Murray s'était proposé de porter le reste de mes affaires, en échange d'un sachet de gousses de séné et de ma seconde plaque servant à rouler les comprimés. Les sourcils froncés, il était en train d'ausculter sa dernière patiente, palpant l'abdomen enflé d'une petite vieille en béguin enveloppée dans un châle. Je le saluai d'un geste de la main et il me répondit d'un hochement de tête distrait, tout en se tournant pour saisir sa lancette. Il se souvint toutefois de la nécessité de la plonger dans l'eau bouillante. Je vis ses lèvres remuer tandis qu'il récitait la prière de Brianna entre ses dents.

Je ne sentais plus mes pieds à force d'être restée debout sur le sol froid. Mon dos et mes épaules me faisaient mal, mais je n'étais pas vraiment fatiguée. Certains dormiraient profondément ce soir, leurs douleurs soulagées ; d'autres cicatriseraient bien, leurs plaies nettoyées et bandées, leurs membres remis d'aplomb. Parmi tous mes malades, je pouvais affirmer en avoir sauvé certains d'une grave infection, voire de la mort.

En outre, j'avais encore propagé ma version du « Sermon sur la montagne », prêchant l'évangile de la nutrition et de l'hygiène devant la multitude rassemblée.

— Bénis soient ceux qui mangent des légumes verts, car ils conserveront leurs dents, murmurai-je à un cèdre rouge.

J'en profitai au passage pour cueillir quelques baies odorantes et en écrasai une entre mes doigts, humant son parfum frais et âpre.

— Bénis soient ceux qui se lavent les mains après s'être essuyés le derrière, car ils ne tomberont pas malades, ajoutai-je en pointant un doigt vers un geai bleu perché sur une branche voisine.

J'aperçus au loin notre campement et, avec lui, naquit la promesse exquise d'une tasse de thé chaude. Je distinguais une fine colonne de vapeur qui s'échappait de la bouilloire au-dessus du feu.

— Bénis soient ceux qui font bouillir de l'eau, dis-je à l'oiseau, car ils seront considérés comme les sauveurs de l'humanité.

— Madame Fraser ?

Une petite voix avait jailli à mes côtés, interrompant ma rêverie. Baissant les yeux, je découvris Eglantine Bacon, âgée de sept ans, et sa benjamine, Pansy, deux fillettes blondes, à la bouille ronde et abondamment parsemée de taches de rousseur.

— Bonjour, mes chéries, comment ça va ?

Très bien, à en juger par leur mine épanouie. Chez les enfants, la maladie se voit souvent au premier coup d'œil, et les deux petites Bacon paraissaient en pleine forme.

— Très bien, madame. Merci beaucoup.

Eglantine me fit une révérence, puis donna une tape sur la tête de sa sœur pour lui rappeler de faire de même. Après cet échange d'amabilités – les Bacon étaient des gens de la ville, d'Edenton plus exactement, et leurs enfants connaissaient les bonnes manières –, Eglantine glissa une main dans sa poche et me tendit un grand morceau de tissu, annonçant fièrement :

— Grand-maman vous envoie ce cadeau.

Je dépliai l'étoffe, qui s'avéra être une énorme charlotte, généreusement ornée de dentelles et garnie de rubans lavande.

— Elle n'a pas pu venir au *gathering* cette année, mais elle nous a demandé de vous donner ceci et de vous remercier pour les remèdes que vous avez envoyés pour ses… rue-ma-tiques.

Elle articula le mot avec soin, l'air concentré, puis se détendit, comblée d'aise d'être arrivée à le prononcer.

— Merci beaucoup ! Comme c'est ravissant !

Je tendis la coiffe en l'air pour l'admirer, me gardant bien de dire tout haut ce que je pensais de grand-mère Bacon.

J'avais rencontré cette redoutable dame quelques mois plus tôt sur la plantation de Farquard Campbell, où elle rendait visite à l'insupportable mère du maître des lieux. Mme Bacon était presque aussi âgée que la vieille Mme Campbell et tout aussi capable d'éprouver les nerfs de ses descendants, mais, au moins, elle possédait un solide sens de l'humour.

De manière très audible et répétitive, puis, finalement, très directe, elle avait désapprouvé mon habitude de vaquer à mes occupations tête nue. Selon elle, pour une femme de mon âge, ne pas se couvrir d'un bonnet ou d'un fichu n'était pas seyant, et c'était d'autant plus répréhensible vu la position de mon mari. En outre, « seules les traînées de la campagne et les femmes de mauvaise réputation » se montraient ainsi les cheveux dénoués sur les épaules. Je lui avais ri au nez, puis je lui avais donné une bouteille du whisky de Jamie – mais pas son meilleur –, en lui recommandant d'en boire un coup avec son petit déjeuner, puis un autre avec son dîner.

N'étant pas femme à ne pas payer ses dettes, elle s'en était acquittée à sa manière, en confectionnant ce couvre-chef.

Eglantine et Pansy m'observaient d'un air confiant.

— Vous ne la mettez pas ? Grand-maman veut que vous l'essayiez devant nous pour être sûre qu'elle vous va bien.

— Ah, vraiment ?

Je pouvais difficilement me défiler. Je secouai le morceau de tissu, tordis mes cheveux d'une main et enfilai la charlotte de l'autre. Elle retomba sur mon front presque jusqu'à la racine de mon nez. J'abaissai les pans sur mes joues et nouai les rubans sous le menton, me sentant comme une marmotte pointant son museau hors du terrier.

Extatiques, Eglantine et Pansy joignirent les mains, au paroxysme du ravissement. Je crus entendre un rire étouffé non loin derrière moi, mais je ne me retournai pas pour en vérifier l'origine.

— Surtout, remerciez bien votre grand-mère de ma part.

Je tapotai avec sérieux les deux petites têtes, leur offrant à chacune un bonbon à la mélasse que je sortis de ma poche, puis les renvoyai retrouver leur maman. Dès qu'elles eurent le dos tourné, je levai les bras pour ôter cette excroissance de ma tête. À cet instant, je me rendis compte de la présence de leur mère. Elle se tenait, sans doute depuis le début, derrière un plaqueminier.

— Oh ! dis-je en faisant mine de rajuster la coiffe molle.

J'écartai les plis du bord supérieur pour y voir clair.

— Madame Bacon ! Je ne vous avais pas vue.

— Madame Fraser.

Polly Bacon avait les joues d'un rose délicat, sans doute à cause du froid. Elle pinçait les lèvres, ses yeux dansant sous les fronces de sa propre coiffe très *comme il faut*.

— Les filles tenaient absolument à vous apporter le chapeau, dit-elle en évitant de regarder ma tête. Mais ma belle-mère vous a envoyé un autre présent. J'ai pensé qu'il valait mieux vous le donner en mains propres.

Je n'étais pas sûre d'avoir envie de recevoir un autre cadeau empoisonné de la grand-mère Bacon, mais je l'acceptai avec autant de grâce que possible. C'était un sachet en soie huilée, rempli de quelque chose de végétal qui dégageait un parfum légèrement sucré et gras. Une plante naïvement dessinée à l'encre brune ornait le devant : une tige raide surmontée d'une forme d'ombelle. Cela me rappelait quelque chose, mais je n'aurais su dire quoi. Je dénouai le lacet et versai dans la paume de ma main une petite quantité de minuscules graines brunes.

— Qu'est-ce que c'est ? demandai-je, intriguée.

— Je ne connais pas son nom en anglais, mais les Indiens appellent cela du *dauco*. La grand-mère de Mme Bacon était une guérisseuse catawaba. C'est elle qui lui a appris l'usage de ces semences.

— Vraiment ?

Cette fois, j'étais plus qu'intéressée. Je comprenais maintenant pourquoi le dessin me paraissait familier. Ce devait être la « plante des femmes » dont Nayawenne m'avait parlé. Pour m'en assurer, je demandai :

— À quoi servent-elles ?

Les joues de Polly rosirent encore un peu plus. Elle regarda autour de nous pour s'assurer qu'il n'y avait personne dans les parages, puis se pencha vers moi et chuchota :

— Elles empêchent les femmes de concevoir. Vous en prenez une cuillerée tous les jours, dans un verre d'eau. Tous les jours, n'oubliez pas ! Et la semence d'un homme ne pourra prendre racine dans votre ventre.

Nos regards se croisèrent. S'il demeurait une lueur amusée au fond du sien, elle était mêlée à quelque chose de plus grave.

— Ma belle-mère affirme que vous faites de la magie. Elle sait reconnaître ces choses-là. Elle a donc pensé que beaucoup de femmes venaient chercher de l'aide auprès de vous. Elle m'a demandé de vous dire que pour empêcher les fausses couches, les mort-nés ou les fièvres de grossesse, il vaut mieux prévenir que guérir.

— Dites à Mme Bacon que je la remercie, dis-je sincèrement.

La plupart des femmes de l'âge de Polly avaient déjà mis au monde cinq ou six enfants. Elle n'avait eu que deux filles et n'avait pas les traits prématurément vieillis d'une femme éreintée par des couches à répétition. De toute évidence, les graines étaient efficaces.

Polly hocha la tête, un grand sourire aux lèvres.

— Je lui dirai, promit-elle. Oh ! Elle m'a aussi chargée de vous dire qu'il s'agit de magie de femmes. Il ne faut pas en parler aux hommes.

Songeuse, je jetai un œil vers l'autre côté de la clairière, où Jamie était en grande conversation avec Archie Hayes, Jemmy tranquillement endormi au creux des bras de son grand-père. Certes, certains hommes risquaient de prendre très mal la magie de grand-maman Bacon. Roger en faisait-il partie ?

Après avoir pris congé de Polly, j'emportai mon coffret dans notre abri et y rangeai avec soin le sachet de graines. Si Nayawenne et Mme Bacon disaient vrai, ces nouveaux remèdes enrichissaient de manière très utile ma pharmacopée. En outre, cela tombait à pic, vu ma conversation récente avec Brianna.

Ces graines me seraient plus précieuses encore que les peaux de lapin accumulées au cours de la semaine, même si ces dernières étaient très appréciées. Où les avais-je mises ? Je les cherchai un peu partout dans le désordre de notre campement, écoutant d'une oreille distraite la conversation des hommes derrière moi. Enfin, je les trouvai, cachées sous un pan de notre toile de tente. Je soulevai le couvercle de l'une de nos malles en osier vides et je les mis de côté pour le voyage du retour.

— ... Stephen Bonnet.

Ce nom me mordit comme une piqûre d'araignée, et je laissai retomber lourdement le couvercle. J'examinai le campement, mais ni Brianna ni Roger n'avaient pu entendre ces paroles. Jamie me tournait le dos, mais j'avais reconnu sa voix.

J'ôtai la charlotte de ma tête, l'accrochai à une branche de cornouiller et allai le rejoindre d'un pas résolu.

*

* *

Dès qu'ils me virent approcher, les deux hommes stoppèrent leur conversation. Le lieutenant Hayes me remercia de nouveau pour lui avoir extrait l'éclat de balle, puis il prit congé, son visage rond et lisse ne me révélant rien.

Lorsqu'il fut loin, je demandai à Jamie :

— Que disiez-vous au sujet de Stephen Bonnet ?

— Rien, je lui demandais simplement s'il en avait des nouvelles, *Sassenach*. Le thé est prêt ?

Il se tourna vers le feu, mais je le retins par le bras.

— Pourquoi ? demandai-je.

Comme je ne lâchai pas prise, il me fit face à contrecœur.

— Parce que j'aimerais savoir où il se trouve.

Il ne feignait même pas de ne pas comprendre la raison de mes questions, ce qui acheva de m'inquiéter.

— Hayes sait où se trouve Bonnet ? Il a eu des nouvelles ?

Il fit non de la tête. Il disait la vérité. Soulagée, je relâchai doucement mes doigts et il libéra son bras, sans colère, mais avec un détachement froid et délibéré.

— Ça me regarde ! lâchai-je en réponse à son geste.

Je veillai à ne pas parler trop fort, lançant des coups d'œil à la ronde pour m'assurer que Brianna et Roger étaient loin. Je ne voyais Roger nulle part. Quant à Brianna, elle se tenait près du feu, plongée dans une conversation avec les Bug, le couple âgé engagé par Jamie pour nous aider sur le domaine. Je me tournai de nouveau vers Jamie.

— Pourquoi le cherches-tu ?

— Je tiens à savoir d'où peut venir le danger.

Il regardait par-dessus mon épaule, souriant et saluant quelqu'un d'un signe de tête. Je pivotai et vis Fergus qui se dirigeait vers le feu, réchauffant sa main unique sous son aisselle. Il agita gaiement son crochet dans notre direction. Jamie lui répondit d'un geste, puis détourna la tête pour ne pas l'encourager à nous rejoindre.

Cela ne fit que raviver mon inquiétude, comme si on frottait mon cœur avec des échardes de glace.

— Ne te paye pas ma tête, rétorquai-je. En quelque sorte, tu veux savoir où il se trouve afin d'éviter à tout prix d'y aller ?

Il réprima un sourire.

— C'est exactement ça, répondit-il.

Étant donné la faible densité de population de la Caroline et l'isolement de Fraser's Ridge, le risque de tomber par hasard sur Stephen Bonnet était à peu près équivalent à celui de glisser sur une méduse en franchissant la porte de la cabane… Jamie n'était pas dupe.

Je le dévisageai d'un air suspicieux. Un coin de sa grande bouche se souleva à peine puis se détendit, ses yeux ayant retrouvé leur sérieux. Il avait une raison précise de vouloir retrouver Stephen Bonnet et ça… je le savais fort bien. Je posai ma main sur son avant-bras.

— Jamie, je t'en prie. Laisse-le tranquille.

Il mit sa main sur la mienne, la pressant légèrement, ce qui ne me rassura pas pour autant.

— Ne t'en fais pas, *Sassenach*. J'ai interrogé tout le monde pendant le rassemblement, des gens venus tant de Halifax que de Charleston. Personne n'a eu vent de sa présence dans toute la colonie.

— Tant mieux.

C'était un point positif, mais cela signifiait également que Jamie traquait Bonnet avec assiduité depuis un certain temps. De plus, il ne m'avait pas échappé qu'il évitait adroitement de me promettre l'arrêt de son enquête.

— Laisse-le tranquille, répétai-je doucement en soutenant son regard. Nous aurons suffisamment de problèmes à l'avenir, nous n'avons pas besoin d'en rajouter.

Il m'avait attirée vers lui pour mieux m'empêcher de l'interrompre. Je sentais sa puissance là où son corps touchait le mien, dans son bras sous ma main, dans sa cuisse contre la mienne. La dureté de ses os et le feu de son esprit enveloppés dans la coque en acier de sa détermination pouvait faire de Jamie, lancé sur une cible, un projectile mortel. Ses yeux étaient rivés sur les miens, implacables, la lumière pâle de l'automne se reflétant dans leurs iris bleus.

— Tu dis que ça te regarde. En tout cas, j'en fais *mon* affaire. Tu es avec moi ou pas ?

Mon sang glacé se figea dans mes veines, formant des cristaux de panique. Maudit soit-il ! Il était déterminé. Il n'avait qu'une raison et une seule pour vouloir retrouver Stephen Bonnet.

Je pivotai sur mes talons, l'entraînant dans mon mouvement, si bien que nous nous retrouvâmes côte à côte, face au feu. L'air fasciné, Brianna, Marsali et les Bug écoutaient Fergus, qui leur racontait une histoire, le visage hilare. Jemmy nous regardait par-dessus l'épaule de sa mère, les yeux ronds et curieux.

— *Eux* sont ton affaire, dis-je d'une voix tremblante d'émotion. Autant que la mienne. Tu trouves que Stephen Bonnet ne leur a pas déjà fait assez de mal ? Qu'il ne *nous* a pas fait assez de mal ?

— Oui, beaucoup trop.

Il me serra contre lui. Je sentais la chaleur de son corps à travers ses vêtements, mais sa voix était aussi froide que la pluie. Le regard de Fergus se posa sur nous. Il nous adressa un sourire chaleureux puis reprit son récit. À ses yeux, nous formions sans doute un couple partageant un bref moment d'intimité, nos têtes penchées l'une vers l'autre.

— Je l'ai laissé partir une fois, dit doucement Jamie. Tu sais tout le mal qui s'en est suivi. Tu voudrais que je l'abandonne dans la nature en sachant qui il est ? En sachant que c'est moi qui l'ai libéré pour semer la terreur ? C'est comme relâcher un chien enragé, *Sassenach*. Ce n'est pas ce que tu souhaites, n'est-ce pas ?

Sa main était dure, ses doigts glacés.

— Tu lui as rendu sa liberté une fois, mais la Couronne l'a rattrapé. S'il est libre aujourd'hui, ce n'est pas de ta faute !

— Peut-être, mais il est de mon devoir de l'enfermer de nouveau, si je peux.

— Ton devoir est de protéger ta famille !

Il prit mon menton dans sa main et pencha la tête, ses yeux sondant les miens.

— Tu me crois capable de la mettre en danger ?

Je me raidis, résistant le plus longtemps possible, puis mes épaules retombèrent, et j'abaissai les paupières, résignée. Je pris une longue inspiration, en tremblant. Je n'avais pas encore totalement capitulé.

— Cette chasse n'est pas sans risque, Jamie. Tu le sais très bien.

Ses doigts se détendirent mais ne lâchèrent pas mon visage. Il posa sa main contre ma joue, son pouce suivant le contour de mes lèvres.

— Je sais, murmura-t-il.

Son souffle caressa mon visage.

— Je chasse depuis longtemps, Claire. Je ne risquerai jamais leur vie, je te le jure.

— Uniquement la tienne, tu veux dire ? Que nous arrivera-t-il, si tu...

J'aperçus Brianna du coin de l'œil. Elle s'était à demi retournée et souriait d'un air attendri devant ce qu'elle croyait être une manifestation d'affection entre ses parents. Jamie la vit à son tour et grogna, amusé.

— Il ne m'arrivera rien, dit-il sur un ton convaincu.

Me serrant contre lui, il étouffa toute autre protestation de ma part par un baiser vorace. Près du feu s'éleva un tonnerre d'applaudissements.

— *Encore * !* s'écria Fergus, ravi.

— Non, chuchotai-je fermement à Jamie en me libérant. Il n'y a pas d'*encore* * qui tienne. Je ne veux plus jamais entendre prononcer le nom de Stephen Bonnet.

Il prit ma main et la serra, chuchotant à son tour :

— Tout se passera bien, *Sassenach.* Fais-moi confiance.

11

Charité bien ordonnée

Roger ne se retourna pas, mais les Findlay continuèrent d'occuper ses pensées tout au long du trajet de retour vers le campement, à travers les broussailles et les herbes piétinées.

Les deux aînés avaient des cheveux couleur sable. Ils étaient petits, quoique plus grands que leur mère, mais trapus. En revanche, les deux plus jeunes, des fillettes, étaient brunes, grandes et élancées, aux yeux noisette, comme Joan. Compte tenu de ces détails et de l'écart d'âge entre elles et leurs aînés, Roger en déduisit que Joan avait sans doute eu deux maris. Et à en juger par sa situation actuelle, elle était de nouveau veuve.

Peut-être devrait-il parler de Joan Findlay à Brianna, pour lui prouver que le mariage et l'enfantement n'étaient pas nécessairement mortels pour les femmes ? À moins qu'il soit préférable de mettre ce sujet de côté pour un certain temps.

Mis à part ses spéculations concernant Joan et ses enfants, il était hanté par le regard doux et vif d'Ian Mhor. Quel âge pouvait-il avoir ? En le regardant, c'était impossible à deviner. Ses traits pâles et tordus étaient parcourus de rides profondes, creusées par la douleur et le combat plus que par le vieillissement. Pas plus grand qu'un gamin de douze ans, il était évidemment plus âgé que son homonyme, Ian Og, qui en avait seize.

Roger manqua de déraper sur des éboulis, se rattrapa de justesse à une branche souple de sapin, puis reprit ses supputations.

Il était sans doute plus jeune que Joan, mais pas forcément. Elle l'avait traité avec déférence, conduisant Roger à lui comme on accompagne un visiteur devant le chef de famille. Il ne devait donc pas être beaucoup plus jeune, disons… trente ans et des poussières ?

Dans son état, comment avait-il pu survivre aussi longtemps à une époque comme celle-ci ? Au moment où Roger reculait hors de l'abri, une des petites filles avait rampé aux côtés d'Ian Mhor, poussant un bol de pudding au lait devant elle, puis s'était installée en tailleur près de la tête de son oncle, une cuillère à la main. Ian Mhor avait assez de bras, de jambes et de doigts pour s'en sortir…

À cette idée, la poitrine de Roger se serra, envahie par un sentiment à mi-chemin entre la peine et le soulagement, suivi d'un autre, plus angoissant, quand il se souvint des dernières paroles de Joan.

« Rendez-les-moi entiers. » Si ses fils ne revenaient pas, que lui arriverait-il, seule avec deux petites filles et un frère invalide ? Avait-elle des biens ?

Depuis la proclamation du matin, il avait beaucoup entendu parler de la Régulation dans la montagne. Étant donné qu'on n'avait pas jugé ce détail assez important pour le consigner dans les livres d'histoire, il pensait que cette affaire de milice n'aboutirait à rien. Dans le cas contraire, il se promit de trouver le moyen de tenir Ian Og et Hugh Findlay le plus loin possible du danger. En cas de prime, ils toucheraient leur part.

En attendant… Il hésita. Il venait juste de passer devant le campement de Jocasta Cameron, grouillant d'activités comme un petit village, avec ses grappes de tentes, de chariots et d'abris. Pour la préparation du double mariage, Jocasta était venue accompagnée de presque tous les esclaves de sa maison ainsi que bon nombre de ceux qui travaillaient aux champs. Outre le bétail, le tabac et les autres produits apportés pour être vendus, ils étaient arrivés chargés de malles remplies d'habits, de literie et de vaisselle, de tréteaux, de tables, de fûts de bière et de montagnes de nourriture destinée aux banquets. Ce matin, sous la tente de Jocasta, Brianna et lui avaient pris leur petit déjeuner dans un service en porcelaine décoré de roses peintes. Le menu incluait des tranches de succulent jambon frit parfumé au clou de girofle, du porridge d'avoine avec de la crème et du sucre, de la compote de fruits, des gaufres de maïs au miel, du café jamaïcain… Rétrospectivement, le ventre de Roger gargouilla agréablement.

Cependant, le contraste entre cette opulence et la pauvreté du campement des Findlay qu'il venait de quitter était trop violent pour supporter la complaisance. Il pivota brusquement sur ses talons et remonta d'un pas décidé vers la tente de Jocasta.

Mme Cameron était, pour ainsi dire, comme à la maison. Il aperçut ses bottes crottées posées à l'entrée. Elle avait beau être aveugle, elle n'en rendait pas moins visite à ses amis, escortée par Duncan ou Ulysse, son majordome noir. Toutefois, le plus souvent, c'était le *gathering* qui venait à elle, et sa tente ne désemplissait pas de la journée, toute la bonne société écossaise de Cape Fear et de la colonie venant profiter de sa célèbre hospitalité.

Heureusement, pour le moment, elle était seule. Roger l'entr'aperçut sous le rabat relevé de la tente, assise sur sa chaise cannée, des pantoufles aux pieds, la tête renversée en arrière dans une position de repos. Assise sur un tabouret près de l'entrée, Phaedre, sa femme de chambre, était penchée sur un tissu bleu étalé sur ses genoux, avec une aiguille à la main, plissant des yeux dans la lumière brumeuse.

Jocasta perçut sa présence la première. Elle se redressa et tourna la tête vers lui au moment où il touchait l'abri. Phaedre se releva à son tour, réagissant au mouvement de sa maîtresse plutôt qu'à l'arrivée d'un visiteur.

— La Grive ! C'est bien vous, monsieur MacKenzie, non ? demanda Mme Cameron en souriant dans sa direction.

Il éclata de rire et baissa la tête pour entrer, obéissant à son geste d'invitation.

— Oui, c'est bien moi. Comment m'avez-vous reconnu, madame Cameron ? Je n'ai pas dit un mot, et encore moins chanté ! Ai-je une respiration musicale ?

Brianna lui avait parlé de la faculté de sa grand-tante à compenser sa cécité par une acuité hors du commun de ses autres sens. Il était quand même surpris.

— J'ai entendu vos pas, puis j'ai senti le sang sur vous. La plaie s'est rouverte, n'est-ce pas ? Venez donc vous asseoir près de moi, mon garçon. Préférez-vous une tasse de thé ou un petit verre ? Phaedre, une serviette, s'il te plaît.

Inconsciemment, Roger porta ses doigts à sa gorge. Avec les événements de la journée, il avait tout à fait oublié son entaille. Jocasta avait raison. La blessure avait de nouveau saigné, une tache encroûtée s'étant formée sur le côté de son cou et au bord de sa chemise.

Phaedre était déjà debout, préparant un plateau avec un assortiment de cakes et de biscuits sur un guéridon, près de la chaise de Jocasta. S'il n'y avait eu de la terre et de l'herbe foulée sous leurs pieds, Roger se serait cru dans le salon de la grande demeure de River Run. Mme Cameron était drapée dans un simple châle en laine, mais celui-ci était retenu par une superbe broche en quartz fumé.

— Ce n'est rien, dit-il gêné.

Néanmoins, Jocasta prit la serviette des mains de sa femme de chambre et insista pour nettoyer la plaie elle-même. Ses longs doigts étaient frais sur sa peau et d'une adresse étonnante.

Elle sentait le feu de bois, comme tous ceux qui campaient sur la montagne, ainsi que le thé qu'elle venait de boire, mais elle ne dégageait pas l'odeur de renfermé à peine camphré qu'ont, d'habitude, les vieilles dames.

Elle palpa son col entre deux doigts, émettant un *tsss* réprobateur.

— Vous en avez jusque sur votre chemise ! Voulez-vous qu'on vous la lave ? Mais vous devrez la porter humide, car elle ne sera jamais sèche avant ce soir.

— Euh, non... Je vous remercie, madame. J'en ai une autre, je veux dire, pour le mariage.

Entre-temps, Phaedre avait apporté un petit pot de graisse médicinale. À son parfum de lavande et d'hydraste, il reconnut l'une des préparations de Claire. Jocasta y plongea un pouce, puis elle étala avec soin l'onguent sur la plaie, ses autres doigts tenant fermement le maxillaire de Roger.

Elle avait la peau douce et bien entretenue, mais elle souffrait des effets du grand air, sans parler de l'âge. Son visage portait des ombres sombres, des réseaux de veines éclatées, qui, de loin, lui donnaient un air de bonne santé et de vitalité. Elle n'avait pas de taches brunes sur les mains – issue d'une famille riche, elle avait toujours porté des gants à l'extérieur –, mais ses articulations étaient noueuses et ses paumes rendues calleuses par la manipulation des rênes. En dépit de son environnement, cette fille de Leoch n'avait rien d'une délicate fleur de serre.

Ayant terminé de le soigner, elle passa doucement les doigts sur les traits et le haut du crâne de Roger, ôta une feuille prise dans ses cheveux, puis, le prenant par surprise, lui essuya le visage avec son linge humide. Ensuite, elle lui prit la main, entrecroisant ses doigts avec les siens.

— Parfait ! Vous voilà remis à neuf. Maintenant que vous êtes de nouveau présentable, monsieur MacKenzie, dites-moi : vous êtes venu me parler ou vous ne faisiez que passer par là ?

Phaedre déposa près de lui une tasse de thé et une tranche de cake dans une soucoupe, mais Jocasta ne lâcha pas la main gauche de Roger. Il trouva cela bizarre, mais, au fond, cette intimité inattendue lui facilitait la tâche.

Il présenta sa requête le plus simplement possible. Il avait déjà entendu le révérend faire ce genre d'appel à la charité et il était conscient que la situation parlait d'elle-même, la décision ultime revenant à la conscience de chacun.

Jocasta l'écouta avec attention, plissant le front. Il s'était attendu à ce qu'elle réfléchisse un moment à sa demande, mais elle lui répondit aussitôt :

— Oui, je connais Joan Findlay et son frère. Vous avez raison, son mari a été emporté par la consomption, il y a deux ans. Jamie m'a parlé d'elle hier.

— Ah oui ? dit Roger.

Il se sentit soudain un peu sot.

Jocasta hocha la tête puis s'enfonça dans sa chaise, pinçant les lèvres, l'air méditatif.

— Il ne s'agit pas uniquement de lui offrir de l'aide, expliqua-t-elle. Je serais ravie de le faire. Mais Joan Findlay est une femme fière. Elle ne veut pas entendre parler de charité.

Son ton légèrement réprobateur semblait indiquer à Roger qu'il aurait dû le savoir.

Effectivement, il aurait pu s'en douter, mais il avait agi sur un coup de tête, ému par l'indigence des Findlay. Il ne lui était pas venu à l'esprit que, ne possédant pratiquement rien, Joan se raccrocherait à ce qu'elle avait de plus précieux : sa fierté.

— Je vois, dit-il doucement. Mais il doit bien y avoir un moyen de l'aider sans la vexer.

Jocasta inclina la tête d'un côté, puis de l'autre, un tic qu'il trouvait étrangement familier. Puis il comprit : Brianna faisait de même, de temps en temps, quand elle réfléchissait.

— Il y a peut-être une solution, dit-elle enfin. Lors du banquet de ce soir, après le mariage… Les Findlay y seront, bien sûr, et ils seront bien nourris. Ulysse pourrait leur préparer un peu de nourriture pour le chemin du retour… Après tout, ils préféreront la prendre que de la savoir gâchée.

Elle esquissa un bref sourire, puis se concentra de nouveau.

— Le curé, dit-elle soudain avec satisfaction.

— Le curé ? Vous voulez dire le père Donahue ?

Elle arqua les sourcils, l'air narquois.

— Pourquoi, vous en connaissez un autre dans cette montagne ?

Elle souleva sa main libre et Phaedre, toujours alerte, bondit aussitôt aux côtés de sa maîtresse.

— Oui, Mlle Jo ?

Jocasta posa une main sur son bras.

— Fais un tri des affaires qui sont dans nos malles, mon enfant. Il nous faut des couvertures, des bonnets, un ou deux tabliers, des culottes et des chemises blanches. Les palefreniers en ont plus que nécessaire.

— Des bas, ajouta Roger en songeant aux pieds nus des fillettes.

— Des bas, confirma Jocasta. Des choses simples mais dans une laine solide et bien raccommodées. Ulysse a mon porte-monnaie. Demande-lui de te donner dix shillings, en pièces d'argent, que tu envelopperas dans un des tabliers. Puis, fais un baluchon avec toutes ces affaires et apporte-le au père Donahue. Dis-lui qu'il est destiné aux Findlay, mais qu'ils ne doivent pas savoir d'où vient ce don. Il saura quoi leur dire.

Elle hocha de nouveau la tête, satisfaite, puis retira sa main du bras de l'esclave.

— Allez, au travail, ma petite. Occupe-t'en tout de suite.

Phaedre quitta aussitôt la tente, ne s'arrêtant que pour secouer l'étoffe bleue qu'elle était en train de coudre et pour la replier avec soin sur son tabouret. C'était un triangle de tissu élégamment décoré d'un entrelacs de rubans qui s'épinglait sur le corset de la robe de mariée de Brianna. Roger eut alors une vision : les seins blancs pigeonnants de Brianna et un décolleté plongeant bordé d'indigo. Il eut un certain mal à reprendre le fil de la conversation.

— Je vous demande pardon, madame ?

— Je disais… « Ce sera tout ? »

Jocasta lui souriait, avec une moue ironique, comme si elle avait lu dans ses pensées. Ses yeux étaient bleus, comme ceux de Jamie et de Brianna, mais plus clairs. Ils étaient fixés sur lui, ou, du moins, dans sa direction. Il savait qu'elle ne pouvait pas apercevoir son visage, mais elle donnait l'impression dérangeante de pouvoir voir *à travers* lui.

— Oui, madame Cameron. C'est… très généreux de votre part.

Il ramena ses pieds sous lui, s'apprêtant à se lever et à prendre congé, mais elle resserra ses doigts autour de sa main, le retenant.

— Pas si vite. J'ai une ou deux choses à vous dire, jeune homme.

Il se cala dans sa chaise, surpris.

— Bien sûr, madame Cameron.

— Je me demandais si je devais vous en parler tout de suite ou attendre après le mariage, mais, puisque je vous ai ici, en tête à tête…

Elle se pencha vers lui, le visage grave.

— J'ignore si ma nièce vous a informé que je comptais lui léguer mon domaine ?

— Oui, elle m'en a parlé.

Il se tint sur ses gardes. Brianna le lui avait dit, en effet, ne cachant pas ce qu'elle pensait de cette offre. Il rassembla son courage pour lui répéter ses objections, espérant le faire avec plus de tact que la jeune femme. Il s'éclaircit la gorge puis se lança :

— Je suis sûr que ma femme est très consciente de l'honneur que vous lui faites, madame Cameron, mais…

— Vraiment ? l'interrompit sèchement Jocasta. À l'entendre parler, je ne l'aurais pas cru. Mais vous la connaissez sans doute mieux que moi. Quoi qu'il en soit, vous pouvez lui dire que j'ai changé d'avis.

— Ah oui ? Je suis sûr qu'elle…

— J'ai demandé à Gerald Forbes de rédiger un nouveau testament, léguant River Run et tout ce qu'il contient à Jeremiah.

— À…

Roger prit un certain temps pour faire le lien.
— Comment ça… à Jemmy ?
Elle était toujours penchée vers lui, comme si elle scrutait son visage. Elle se redressa contre le dossier de sa chaise, sans pour autant lâcher sa main. Il comprit enfin que, ne pouvant voir son expression, elle essayait de lire ses pensées grâce à ce contact physique.
Elle pouvait bien tripoter ses doigts tant qu'elle voudrait, il était tellement sonné par la nouvelle qu'il n'avait aucune idée de comment réagir. Qu'allait en penser Brianna ?
Jocasta sourit aimablement, avant de reprendre :
— En effet, il m'est apparu que, lorsqu'une femme se marie, elle transmet tous ses biens à son mari. Certes, il existe des moyens pour qu'elle conserve ses titres en son nom, mais c'est compliqué et nécessite l'intervention d'avocats. Or, moins j'en vois, mieux je me porte. À mon avis, recourir aux tribunaux est toujours une erreur, vous ne trouvez pas ?
Il était estomaqué. Elle l'insultait délibérément. Mieux encore, elle le mettait en garde ! Elle pensait qu'il en avait après l'héritage présumé de Brianna et le défiait de recourir à des manipulations juridiques pour se l'approprier. Le choc et l'outrage le rendirent muet un instant, puis il explosa :
— Mais… vous me prenez pour qui ?…. Vous faites des simagrées pour protéger la fierté de Joan Findlay et vous croyez que je n'en ai pas, moi ? Comment osez-vous suggérer que…
Elle retint sa main qu'il essayait de libérer.
— Vous êtes joli garçon, la Grive. J'ai touché votre visage. En outre, vous vous appelez MacKenzie, ce qui est un bon nom. Mais des MacKenzie, il y en a à la pelle dans les Highlands. Des hommes d'honneur et d'autres, qui en ont moins. Jamie vous considère comme un

parent, mais vous l'êtes peut-être uniquement parce que vous êtes lié à sa fille par le serment des mains. Pour ma part, je ne crois pas connaître votre famille.

Le choc céda le pas à une envie nerveuse de lui rire au nez. Connaître sa famille ? En effet, c'était peu probable. Comment aurait-il pu lui expliquer qu'il descendait en ligne droite, sur six générations, de son propre frère Dougal ? Qu'il était non seulement le neveu de Jamie, mais également le sien, même s'il se situait nettement plus bas dans l'arbre généalogique ?

— ... Pas plus que tous ceux à qui j'ai parlé durant toute cette semaine de rassemblement, poursuivit Jocasta.

Elle penchait sa tête sur le côté, comme un faucon observant sa proie. Ainsi, elle avait interrogé tout le monde autour d'elle, sans trouver personne pouvant attester de ses antécédents, et ce, pour des raisons évidentes. Bien sûr, cela le rendait suspect.

Elle le prenait peut-être pour un escroc qui serait parvenu à duper Jamie, voire même qui serait de mèche avec lui ? Non, c'était peu probable. Brianna lui avait expliqué qu'à l'origine Jocasta avait voulu léguer la propriété à son neveu. Jamie l'avait refusée, ne tenant pas à se retrouver coincé dans ce piège à loup. Cela ne fit que confirmer la haute opinion de Roger envers l'intelligence de son beau-père.

Avant qu'il n'ait pu défendre sa dignité, elle lui tapota la main, sans cesser de sourire.

— Voilà pourquoi j'ai pensé qu'il valait mieux donner l'héritage à l'enfant. Cela arrangera tout le monde, n'est-ce pas ? Naturellement, Brianna aura l'usufruit de la propriété, jusqu'à la majorité de Jeremiah. Sauf s'il arrivait quelque chose au petit, bien sûr.

Son ton comportait un évident sous-entendu, comme un avertissement, même si ses lèvres arboraient toujours le même sourire, ses yeux vides et grands ouverts fixant encore le visage de Roger.

— Pardon ? dit-il. Qu'est-ce que vous entendez par là ?

Il repoussa son tabouret, mais elle ne lâcha pas sa main. Elle était forte, malgré son âge.

— J'ai nommé Gerald Forbes comme exécuteur testamentaire et trois administrateurs seront chargés de gérer la plantation, expliqua-t-elle. S'il arrivait malheur à Jeremiah, tout reviendrait à mon neveu Hamish. Vous ne toucherez pas un sou.

Il retourna ses doigts entre ceux de Jocasta et lui serra la main assez fort pour écraser ses articulations les unes contre les autres. Qu'elle essaie donc de déchiffrer ça ! Elle se raidit, mais il ne lâcha pas prise.

— Vous êtes en train de dire que vous me croyez capable de faire du mal à cet enfant ? demanda-t-il d'une voix rauque.

Elle blêmit mais resta digne, les mâchoires serrées et le menton haut.

— Est-ce ce que j'ai dit ?

— Vous avez déclaré beaucoup de choses, madame. Mais le non-dit est encore plus parlant. De quel droit vous permettez-vous de m'insulter de la sorte ?

Il libéra la main de Jocasta, se retenant pour ne pas la rejeter brutalement sur ses genoux.

Elle massa lentement ses doigts rougis avec son autre main, les lèvres closes. Les murs de toile de la tente claquaient dans le vent.

— Si je vous ai offensé de quelque manière que ce soit, je vous présente mes excuses, monsieur MacKenzie. Mais il serait aussi bien de vous dire ma façon de voir les choses.

— Aussi bien ? Pour qui ?

Il se leva et marcha vers la sortie. Il eut toute la peine du monde à ne pas envoyer valdinguer le service en porcelaine et les petits gâteaux en guise d'au revoir.

— Pour Jeremiah, dit-elle derrière lui. Et pour Brianna. Peut-être même pour vous aussi, mon garçon.

Il fit volte-face.

— Pour moi ? Qu'est-ce que vous voulez dire ?

Elle effectua un haussement d'épaules à peine perceptible.

— Si vous ne pouvez pas aimer cet enfant pour ce qu'il est, je me suis dit qu'au moins vous le traiteriez bien pour ce qu'il aura.

Il la dévisagea, restant sans voix. Son visage lui brûlait, et le sang tambourinait dans ses oreilles.

— Oh, je sais ce que c'est, continua-t-elle. On peut comprendre qu'un homme ait quelques réticences à l'égard d'un enfant que sa femme a fait avec un autre. Mais si…

Il revint vers elle et l'attrapa par les épaules, la faisant sursauter. Elle cligna des yeux, les flammes des bougies faisant miroiter le quartz de sa broche. Il approcha son visage à quelques centimètres du sien et lui dit très doucement :

— Madame, je ne veux pas de votre argent. Ma femme n'en veut pas non plus. Et *mon fils* n'y touchera jamais. Vous pouvez vous le foutre là où je pense, compris ?

Il la lâcha, tourna les talons et sortit de la tente d'un pas rapide, manquant de bousculer Ulysse qui le regardait s'éloigner d'un air perplexe.

12

La vertu

Les gens allaient et venaient dans les ombres changeantes de la fin d'après-midi, se rendant visite d'un feu de camp à l'autre, comme ils l'avaient fait tous les autres jours de la semaine, mais, ce soir-là, flottait dans l'air quelque chose de différent.

Ce changement était en partie dû au chagrin des adieux : les amis se disaient au revoir, des amours à peine écloses devaient déjà s'éteindre… et on savait qu'on ne reverrait jamais, dans ce monde, certains visages. Étaient aussi liées à tout cela l'excitation du retour, la hâte de rentrer chez soi et l'anticipation des plaisirs et des dangers du voyage imminent. Enfin, il fallait compter avec la simple fatigue : les enfants énervés, les hommes harassés par les responsabilités, les femmes épuisées d'avoir cuisiné sur des feux, à l'extérieur, et d'avoir veillé sur la santé, l'habillement et l'appétit des leurs, avec pour seule réserve le contenu des sacoches et des fardeaux des mules.

Pour ma part, je partageais toutes ces raisons. Au-delà de la joie de rencontrer de nouvelles personnes et d'avoir tant de nouveaux sujets de conversation, j'avais eu le plaisir – en dépit des aspects plus sinistres – de découvrir des patients d'ailleurs, de faire face à des maux inconnus, de guérir ceux qui pouvaient l'être, de chercher des moyens de soulager les autres.

Mais mon envie de retrouver la maison était plus puissante que tout : ma grande cheminée, avec son énorme chaudron et sa broche à rôtir, l'espace lumineux et paisible de mon infirmerie, avec ses bouquets odorants d'orties et de lavandes séchées suspendus au plafond, sa poussière dorée flottant dans le soleil finissant. Enfin mon matelas en plumes, doux et propre, mes draps de lin fleurant bon le romarin et l'achillée mille-feuille.

Je fermai les yeux un instant, me représentant avec nostalgie ce havre de délices, puis, les paupières rouvertes, la réalité resurgit : des ceintures encroûtées de crasse et noircies par des vestiges calcinés de galettes d'avoine, des souliers boueux et des pieds gelés, des vêtements humides raidis par la saleté et le sable, des paniers de provisions ne contenant plus qu'une seule miche de pain – déjà bien entamée par les souris – dix pommes et une croûte de fromage. S'ajoutait à ma vision toute une humanité : trois bébés brailleurs, une jeune mère au bout du rouleau avec les seins douloureux et les mamelons gercés, une future mariée au bord de la crise de nerfs, une servante blafarde en proie à des crampes menstruelles, quatre Écossais un peu ivres, plus un Français qui ne tarderait pas à l'être, tous entrant et sortant du campement tels des ours, et qui ne seraient manifestement d'aucune aide pour préparer le départ… Et pour couronner le tout, une douleur aiguë et profonde dans le bas-ventre m'informant que mes propres règles – qui, heureusement, tendaient à s'espacer de plus en plus ces derniers temps –, avaient décidé de tenir compagnie à celles de Lizzie.

Je serrai les dents, attrapai au vol un linge froid et humide étalé sur un buisson et marchai en canard sur le sentier, jusqu'à la fosse des dames.

À mon retour, je fus accueillie par l'odeur désagréable du métal chauffé à blanc. Je lâchai un mot très coloré en français, un juron fort pertinent appris à l'hôpital des Anges, endroit où la verdeur du langage était souvent notre seule arme contre le mal.

Marsali en resta bouche bée, tandis que Germain, béat d'admiration, répétait l'expression correctement, avec un charmant accent parisien.

— Désolée, dis-je à Marsali. Mais quelqu'un a oublié la bouilloire sur le feu.

Elle berçait Joanie qui venait de se remettre à pleurer.

— Aucune importance, Claire, soupira-t-elle. Ce n'est pas pire que ce que son père lui apprend. Vous n'auriez pas un linge sec ?

J'étais justement en train d'en chercher un avec lequel saisir l'anse en métal bouillant, ne trouvant rien d'autre que des langes trempés ou des bas humides. Les bouilloires ne poussant pas sous les sabots d'un cheval, il n'était pas question de perdre celle-ci. Après avoir enroulé ma main dans le bas de ma jupe, j'attrapai l'anse et éloignai le récipient du feu. La chaleur traversa l'étoffe mouillée à une vitesse fulgurante, me faisant aussitôt lâcher prise.

— *Merde* * ! répéta Germain, ravi.

— Je ne te le fais pas dire ! grognai-je en suçant mon pouce brûlé.

La bouilloire chuintait et fumait dans l'herbe humide. Lui donnant un coup de pied, je l'envoyai rouler dans une flaque de boue.

— *Merde, merde, merde, merde* *, chanta Germain sur l'air de *Frère Jacques*, de manière approximative.

Vu les circonstances, cette manifestation de sensibilité musicale précoce ne fut guère appréciée à sa juste valeur.

— C'est bon, on a compris, grommelai-je.

Il continua néanmoins ses vocalises. Entre-temps, Jemmy s'était mis à vagir à l'unisson avec Joan. Lizzie, qui faisait une rechute depuis le départ du première classe Ogilvie, gémit sous sa tente. Par-dessus tout ça, il se mit à grêler des billes de glace qui dansaient sur le sol et me picoraient méchamment le cuir chevelu. Je saisis la charlotte toujours accrochée à sa branche et me la plaquai sur le crâne. Je me sentais comme un crapaud très déprimé se cachant sous un champignon des plus hideux. Il ne me manquait plus que des verrues pour compléter le tableau...

La grêle ne dura pas. Alors que le crépitement assourdissant diminuait, j'entendis un crissement de bottes sur le sentier boueux. Je me retournai et vis arriver Jamie accompagné du père Kenneth Donahue, des grêlons fondant dans leurs cheveux.

— Je t'ai amené notre père pour dîner, m'annonça-t-il avec un sourire rayonnant.

L'air menaçant, je rétorquai :

— Pour dîner avec quoi ?

En outre, s'il croyait que j'avais oublié notre conversation au sujet de Stephen Bonnet, il se mettait le doigt dans l'œil.

Au son de ma voix, il se tourna et il mima un choc exagéré devant ma charlotte.

— C'est bien toi, *Sassenach* ?

Il se baissa pour voir mes yeux sous le rebord tombant de la coiffe. Par égard pour le prêtre, je m'abstins de lui envoyer mon genou dans ses parties sensibles et je me contentai de lui lancer mon regard de Gorgone destiné à le pétrifier sur place.

Il ne sembla pas s'en apercevoir, distrait par Germain qui s'était mis à danser en rond et à chanter à tue-tête des variations sur mon juron, en improvisant sur l'air de *Une souris verte, qui courait dans l'herbe/je l'attrape par la queue/je la montre à ces messieurs*... Le père Kenneth Donahue s'efforçait tant bien que mal de faire comme s'il ne comprenait pas le français.

— *Veux-tu te taire, petit monstre* * ! lança Jamie, en plongeant une main dans son *sporran*.

Il avait parlé sur un ton affectueux, mais avec la voix d'un homme qui s'attend, avec une telle certitude, à être obéi que personne ne songerait à le contredire. Pas même Germain, qui, effectivement, se tut, la bouche ouverte. Jamie y glissa promptement une friandise. L'enfant se concentra alors sur la mastication, oubliant ses chansons préférées.

Comme j'enveloppai de nouveau ma main dans ma jupe pour ramasser la bouilloire, Jamie se pencha, prit une branche tordue et la passa adroitement dans l'anse.

— *Voilà* * ! dit-il.

— Merci, répondis-je sèchement.

J'acceptai néanmoins son bâton et pris la direction du ruisseau le plus proche, tenant l'ustensile fumant devant moi, comme une lance.

Parvenue devant une mare remplie de cailloux, j'y laissai tomber le récipient. Puis j'arrachai ma charlotte, la jetai dans une touffe de laîche et l'écrasai du pied, laissant une grande empreinte boueuse dessus.

— Je n'ai pas voulu dire qu'elle n'était pas seyante, *Sassenach*, dit une voix amusée derrière moi.

Je le regardai froidement.

— Ah non ? Tu voulais peut-être dire qu'elle m'allait bien ?

— Non, tu ressembles à un champignon vénéneux. Tu es beaucoup plus jolie sans cette coiffe.

Il m'attira à lui et se pencha pour m'embrasser.

Au ton de ma voix, il s'arrêta.

— Ce n'est pas que je n'apprécie pas ton geste, mais approche encore d'un centimètre et je t'arrache un morceau de lèvre d'un coup de dents.

Avec l'infinie précaution d'un homme conscient que la pierre qu'il vient de ramasser est, en fait, un nid de guêpes, il se redressa et ôta très lentement ses mains de ma taille.

— Oh, fit-il.

Il pencha la tête sur le côté, m'inspectant des pieds à la tête, puis ajouta :

— Tu as l'air un peu fatigué, *Sassenach*.

C'était indéniable, mais le seul fait qu'il me le dise me donna envie de fondre en larmes. Il dut s'en rendre compte, car il prit très délicatement ma main et m'entraîna vers un rocher.

— Assieds-toi, ordonna-t-il. Ferme les yeux, *a nighean donn*. Repose-toi un instant.

J'obéis et fermai les yeux tout en détendant mes épaules. Un bruit d'eau et un son métallique m'informèrent qu'il nettoyait et remplissait la bouilloire. Il la déposa à mes pieds, puis il s'assit tranquillement à côté de moi sur le tapis de feuilles. J'entendais sa respiration lente, ponctuée de quelques reniflements et du froissement de sa manche quand il essuyait son nez.

— Désolée, dis-je enfin en rouvrant les yeux.

Il leva la tête vers moi avec un demi-sourire.

— De quoi, *Sassenach* ? Ce n'est pas comme si tu avais refusé de partager mon lit. J'espère, du moins, que nous n'en sommes pas là.

À ce moment précis, l'idée de faire l'amour figurait vraiment en dernière place sur la liste de mes priorités, mais elle me fit sourire à mon tour.

— Après avoir dormi par terre pendant deux semaines, je partagerais volontiers le lit de n'importe qui.

Choqué, il haussa les sourcils, me prenant par surprise. J'éclatai de rire.

— Non, repris-je, c'est juste... la fatigue.

Une douleur vive me lacéra soudain le bas du ventre. Je grimaçai, pressant mes mains sur la région douloureuse.

— Ah ! fit-il. Tu veux parler de ce genre de fatigue.

— Oui, ce genre-là.

Je poussai la bouilloire d'un coup d'orteil.

— Il vaut mieux que je la rapporte au campement. Je dois faire bouillir de l'eau et mettre à macérer un peu d'écorce de saule. Ça prend du temps.

Il faudrait compter au moins une heure. Pendant ce temps, les crampes auraient considérablement empiré.

Jamie sortit une flasque en argent de sa chemise.

— Laisse tomber ta recette, dit-il. Essaie plutôt ce remède, il est beaucoup plus rapide.

Je dévissai le bouchon et inhalai. Du whisky... et pas n'importe lequel !

— Je t'adore ! lui lançai-je.

Il se mit à rire, puis tapota doucement mon pied.

— Moi aussi, *Sassenach*.

J'avalai une gorgée qui s'écoula dans le fond de ma gorge. Elle s'infiltra agréablement à travers mes muqueuses, descendit jusqu'au bout de mes orteils puis remonta jusqu'à la source de mon inconfort. Une apaisante bouffée de vapeur ambrée se diffusa dans les moindres recoins de mon corps, en étendant ses chaudes volutes.

— Hmmm..., soupirai-je.

Je bus une seconde gorgée, fermant les yeux pour mieux l'apprécier. Un Irlandais m'avait une fois assurée qu'un bon whisky pouvait réveiller les morts. Ce n'était pas moi qui l'aurais contredit.

— Il est divin, dis-je en rouvrant les yeux. Où l'as-tu déniché ?

Ce nectar avait au moins vingt ans d'âge, ou je n'y connaissais rien... Rien à voir avec la gnôle brute que Jamie distillait à Fraser's Ridge derrière la maison.

— Il vient de chez Jocasta. C'était un cadeau de mariage pour Brianna et Roger, mais j'ai pensé que tu en avais plus besoin qu'eux.

— Tu ne t'es pas trompé.

Nous restâmes assis en silence, tandis que je buvais à petites gorgées. Mon envie de céder à la folie furieuse et de massacrer tout le monde diminuait progressivement, à la même vitesse que le niveau du liquide dans la bouteille.

La pluie s'était de nouveau éloignée et le feuillage gouttait paisiblement autour de nous. Non loin, un taillis de sapins dégageait un parfum frais de résine, poivré et propre. Cet arôme couvrait les odeurs plus lourdes de feuilles mortes, de braises fumantes et de tissus mouillés.

— Voilà trois mois que tu n'avais pas eu tes règles, observa Jamie de manière nonchalante. Je pensais qu'elles s'étaient arrêtées pour de bon.

J'étais toujours décontenancée par sa façon de remarquer ce genre de choses. Mais, après tout, il était fermier et éleveur. Très au fait des antécédents gynécologiques et des rythmes de fécondation de chacune de ses vaches, truies et brebis, il n'avait donc aucune raison de faire une exception pour moi, bien que je ne mette pas bas ni que j'entre en chaleurs.

— Je ne suis pas comme un robinet qu'on ouvre et qu'on ferme, dis-je un peu piquée. Les menstrues deviennent de plus en plus irrégulières puis s'arrêtent, mais on ne sait jamais quand.

— Ah, répondit-il laconiquement.

Puis il se pencha en avant, les bras croisés autour des genoux, contemplant des brindilles et des fragments de feuilles ballottés par le courant du ruisseau.

— Tu seras sans doute soulagée d'en avoir fini une fois pour toutes. Ce sera quand même plus pratique, non ?

Je réprimai l'envie de faire des comparaisons insidieuses avec les fluides organiques.

— Je ne sais pas, répondis-je. Je te le ferai savoir, d'accord ?

Il esquissa un sourire, mais ayant perçu de la tension dans ma voix, il eut la sagesse de ne pas poursuivre dans cette voie.

Je sirotai encore un peu de whisky. Le chant aigu d'un pic-vert résonna dans les bois puis se tut. Rares étaient les oiseaux qui, par un temps pareil, s'aventuraient à découvert. La plupart se blottissaient simplement sous n'importe quel abri. Toutefois, je pouvais entendre la conversation caquetante d'un groupe de canards migrateurs, installés un peu plus bas au bord du ruisseau. La pluie ne les dérangeait pas, eux.

Soudain, Jamie s'étira.

— Ah… *Sassenach* ?

— Oui ?

Il baissa la tête, avec une timidité qui ne lui ressemblait pas.

— Je ne sais pas si j'ai mal fait ou non, *Sassenach*. Mais, si tel est le cas, je te demande pardon.

— Euh… oui, d'accord, répondis-je en hésitant.

De quoi étais-je en train de le pardonner ? Probablement pas d'adultère, mais pourquoi pas d'agression, d'incendie, de vol à main armée ou de blasphème ? Je priai le ciel que Bonnet n'ait rien à y voir.

— Qu'as-tu fait ?

— Moi, rien. Il s'agit plutôt de ce que j'ai dit que tu ferais.

— Ah ? fis-je, soudain méfiante. Quoi, au juste ? Si tu as promis à Farquard Campbell que je rendrais de nouveau visite à son horrible mère...

— Oh non... rien de la sorte. J'ai promis à Josiah Beardsley que, peut-être, tu lui ôterais ses amygdales aujourd'hui.

— Que je *quoi* ?

J'avais rencontré Josiah Beardsley la veille. Cet adolescent souffrait du pire cas d'inflammation aiguë des amygdales que j'avais jamais vu. Impressionnée par l'état purulent de ses végétations, j'en avais fait une description détaillée à tout le monde pendant le dîner, faisant verdir Lizzie au point qu'elle avait donné sa seconde pomme de terre à Germain. J'avais également mentionné que la chirurgie était le seul remède efficace. Je ne m'étais toutefois pas attendue à ce que Jamie me prenne au mot.

— Pourquoi ? demandai-je.

Il se balança d'avant en arrière, les yeux levés vers moi.

— J'ai besoin de lui, *Sassenach*.

— Pour quoi faire ?

Josiah avait à peine quatorze ans ou, du moins, il le croyait. Il ne savait pas trop quand il était né, et ses parents étaient morts trop tôt pour avoir eu le temps de le lui dire. Souffrant de malnutrition, il était petit pour son âge, avec des jambes légèrement arquées par le rachitisme. Il présentait également des signes de diverses infestations parasitaires et sa respiration sifflante indiquait la présence de la tuberculose ou simplement d'une mauvaise bronchite.

— Comme métayer, bien sûr.

— Ah ? Je croyais que tu avais déjà trop de candidats.

Je n'en doutais pas vraiment, j'en étais sûre. En outre, nous n'avions pas un sou. Les bénéfices des ventes faites par Jamie lors du rassemblement couvriraient tout juste nos dettes chez plusieurs commerçants de Cross Creek, notamment nos fournisseurs en matériel, en outils, en riz, en sel et en autres menus articles. Nous possédions des terres en abondance, recouvertes de forêts pour la plupart, mais nous n'avions aucun moyen d'aider ceux qui voulaient s'y installer et les cultiver. Accueillir les Chisholm et les McGillivray était déjà largement au-dessus de nos moyens.

Jamie hocha vaguement la tête, ne voyant apparemment pas où résidait le problème.

— Oui, mais Josiah est sympathique.

— Hmm, fis-je dubitative.

Par « sympathique », Jamie entendait sans doute « coriace ». Il l'était forcément pour avoir survécu tout seul aussi longtemps.

— Peut-être, repris-je. Mais j'en connais beaucoup d'autres qui le sont tout autant. Qu'a-t-il de spécial pour que tu tiennes tant à l'avoir ?

— Il a quatorze ans.

Je le dévisageai, perplexe. Il me répondit par un sourire narquois.

— Tous les hommes entre seize et soixante ans doivent servir dans la milice, *Sassenach*.

Je sentis une contraction désagréable dans le creux de mon ventre. Je n'avais pas oublié la maudite missive du gouverneur, mais, prise par une chose ou une autre, je n'avais pas eu le temps de réfléchir à ses conséquences pratiques.

Jamie soupira et étira ses bras, puis il fléchit ses doigts, faisant craquer ses articulations.

— Tu vas vraiment monter une milice et partir en campagne ? demandai-je.

— Je n'ai pas le choix, répondit-il simplement. Tryon me tient par les bourses et je ne tiens pas à ce qu'il me les écrase.

— C'est bien ce que je craignais.

Son évaluation de la situation, aussi imagée soit-elle, était exacte. Cherchant un homme compétent et loyal pour organiser la colonisation d'une vaste partie de l'arrière-pays, le gouverneur Tryon avait offert à Jamie une concession royale, juste à l'est de la frontière délimitée par le traité de Paris, exemptée de taxe foncière pendant une période de dix ans. C'était une belle offre, compte tenu des difficultés d'établissement dans les montagnes, mais moins généreuse qu'il n'y paraissait.

Le problème venait du fait que les détenteurs de ce genre de concessions devaient légalement être des hommes blancs, protestants, de bonnes mœurs, âgés de plus de trente ans. Jamie remplissait presque toutes les conditions, sauf une : il était catholique. Et Tryon était au courant.

Mais le gouverneur était un fin politicien. Il savait se taire quand cela l'arrangeait. Tant que Jamie filait doux, il serait protégé. Mais s'il faisait un faux pas, une simple lettre suffirait pour débarrasser Fraser's Ridge des Fraser.

— Dois-tu vraiment mobiliser tous les hommes valides ? Tu ne peux pas en mettre quelques-uns de côté ?

— Je n'en ai déjà pas beaucoup pour commencer, *Sassenach*. Pour veiller sur notre terre, je peux laisser Fergus, à cause de sa main, et M. Wemyss. Tout le monde croit qu'il a un contrat avec nous. Or, seuls les hommes libres doivent rejoindre la milice.

— Et les hommes entiers. Ce qui exclue donc le mari de Joanna Grant qui a un pied en bois.

— Exact. Ainsi que le vieux Arch Bug, qui a dépassé les soixante-dix ans. Cela fait quatre hommes plus, environ, huit garçons de moins de seize ans pour s'occuper de trente fermes et pour veiller sur plus de cent cinquante personnes.

— Les femmes se débrouilleront probablement toutes seules, objectai-je. Après tout, c'est bientôt l'hiver. Il n'y aura pas de champs à cultiver. Quant aux Indiens, ces temps-ci, on ne devrait pas avoir de problèmes avec eux.

En arrachant la charlotte, j'avais dénoué mon ruban, et mes cheveux hirsutes pointaient dans toutes les directions en me chatouillant la nuque. Je tirai sur le ruban et tentai de remettre de l'ordre dans ma coiffure avec mes doigts, tout en continuant la conversation :

— Ça ne me dit toujours pas ce qu'a Josiah Beardsley de si important ? Ce n'est quand même pas un gamin de quatorze ans qui fera la différence.

— Beardsley est un chasseur, et un bon chasseur. Il a apporté près de deux cents peaux de loups, de cerfs et de blaireaux au *gathering*. Des bêtes qu'il affirme avoir tuées lui-même. Je ne pourrais pas faire mieux.

Cet argument était imparable. J'émis un sifflement admiratif. Dans les montagnes, les peaux étaient le principal, sinon le seul, produit d'échange pendant l'hiver. Nous n'avions plus d'argent et sans fourrures à vendre au printemps, nous aurions du mal à acheter les semences de blé et de maïs. En outre, si tous les hommes étaient réquisitionnés pour sillonner la colonie et surveiller les Régulateurs au lieu de chasser...

La plupart des femmes de Fraser's Ridge savaient manier une arme à feu, mais elles étaient retenues à leur maison pour s'occuper de leurs enfants. Même Brianna, qui était un excellent fusil, ne pourrait s'éloigner à plus d'une demi-journée de Jemmy, ce qui l'empêcherait de débusquer les loups ou les blaireaux.

D'une main, je lissai mes boucles humides, essayant d'attraper les mèches récalcitrantes.

— Soit. Je comprends l'intérêt d'avoir un chasseur à la maison, mais quel est le rapport avec ses amygdales ?

Jamie redressa la tête et sourit, mais il ne me répondit pas tout de suite. Il se leva, fit le tour du rocher et vint se placer derrière moi. D'une main experte, il rassembla les mèches rebelles et les tordit en un chignon dense à la base de ma nuque. Puis attrapant le ruban sur mes genoux, il attacha adroitement le tout.

— Voilà ! annonça-t-il en se rasseyant à mes pieds. Pour en revenir aux amygdales, tu lui as dit toi-même qu'il fallait les lui enlever ou sa gorge irait de mal en pis.

Josiah Beardsley m'avait crue. Ayant déjà frôlé la mort l'hiver précédent lorsqu'un abcès à la gorge avait manqué de l'étouffer, il ne voulait plus courir un tel risque.

— Tu es le seul chirurgien au nord de Cross Creek, me rappela Jamie. Qui d'autre pourrait s'en occuper ?

— Oui, euh... mais...

— J'ai donc fait une offre au garçon. En échange d'un lopin de terre – Roger et moi, nous l'aiderons à bâtir une cabane le moment venu –, il me donnera la moitié de toutes ses peaux pendant les trois prochains hivers. Il est d'accord, à condition que tu lui enlèves ses amygdales.

— Mais pour quelle raison aujourd'hui ? Je ne peux pas l'opérer ici !

Je lui montrai la forêt trempée autour de nous.

Surpris, Jamie arqua les sourcils.

— Pourquoi pas ? Tu as dit hier soir que cette opération n'était pas bien compliquée, juste quelques incisions avec ta plus petite lame.

Je me frottai le nez, contenant mon exaspération.

— Écoute, le fait que ce ne soit pas une intervention lourde et sanglante, comme l'amputation d'une jambe, ne signifie pas qu'il s'agit d'une partie de plaisir !

De fait, sur le plan chirurgical, l'opération était relativement simple. Les complications venaient du risque d'infection postopératoire et du besoin d'un suivi attentif, maigre substitut aux antibiotiques.

— Je ne peux pas lui arracher ses amygdales puis le renvoyer dans la nature. En revanche, une fois que nous serons de retour à la maison...

— Il ne rentrera pas directement avec nous, m'interrompit Jamie.

— Pourquoi pas ?

— Je n'en sais rien. Il a juste dit qu'il devait d'abord régler certaines affaires et qu'il nous rejoindrait la première semaine de décembre. Il pourra dormir dans le grenier, au-dessus de la remise des simples.

— Si j'ai bien compris, toi et lui, vous vous attendez à ce que je lui sectionne les amygdales, que je lui pose quelques points de suture, puis que je le laisse filer !

— Tu t'en es bien sortie avec le chien !

— Ah, on t'a raconté ?

— Oui, ça, plus le garçon qui s'était flanqué un coup de hache dans le pied, les bébés souffrant de fièvres de lait, la rage de dents de M. Buchanan, ta bagarre avec Murray MacLeod au sujet des canaux biliaires d'un monsieur…

— Effectivement, j'ai eu une matinée plutôt chargée.

Je frissonnai rien qu'en y repensant et bus une autre gorgée de whisky.

— Tout le *gathering* parle de toi, *Sassenach*. D'ailleurs, quand j'ai vu la cohue qui se bousculait autour de toi ce matin, ça m'a fait penser à la Bible.

— À la Bible ?

Il se mit à réciter un passage :

— *Et la foule amassée se pressait pour le toucher, car la vertu qui émanait de lui les guérissait tous.*

Une série de hoquets interrompit mon rire.

— J'ai bien peur d'être à court de vertu en ce moment !

— Ce n'est pas grave. Il en reste plein la bouteille.

Je la lui tendis, mais il la refusa, l'air songeur. En fondant, les grêlons avaient fait des traînées mouillées dans ses cheveux, formant des rubans de bronze fondu sur ses épaules. Il ressemblait à la statue d'un héros militaire, patinée par le temps et luisant au milieu d'un jardin public.

— Tu accepteras donc de t'occuper des amygdales du garçon, une fois qu'il sera à Fraser's Ridge ?

Je réfléchis un instant puis acquiesçai. Certes, il y aurait encore des risques. D'ordinaire, je ne pratiquais aucune intervention qui ne soit indispensable. Mais l'état de Josiah faisait vraiment peine à voir, et les infections à répétition finiraient par le tuer si je n'agissais pas.

Jamie hocha la tête, satisfait.

— Je vais le lui dire.

Mes pieds avaient dégelé. Quoique encore mouillée, je commençais à me réchauffer et à être moins raide. J'avais toujours l'impression d'avoir avalé une grosse roche volcanique, mais mes douleurs ne me gênaient plus autant.

— Je me demandais… *Sassenach*.

— Quoi donc ?

— En parlant de la Bible, tu sais…

— Décidément, les Saintes Écritures sont à l'ordre du jour !

— Humm… oui, c'est juste que je me disais… quand les anges du Seigneur viennent trouver Abraham pour lui annoncer que sa femme Sarah aura un enfant l'année suivante, celle-ci éclate de rire et répond que c'est une plaisanterie, car elle a cessé *d'avoir ce qu'ont les femmes*.

— Dans sa situation, la plupart des femmes ne trouveraient pas ça drôle du tout, l'assurai-je. D'un autre côté, j'ai souvent pensé que Dieu avait un étrange sens de l'humour.

Il baissa les yeux vers la grande feuille d'érable qu'il était occupé à triturer entre le pouce et l'index, mais le coin de ses lèvres frémit.

— C'est aussi ce qu'il m'est parfois arrivé de penser. Quoiqu'il en soit, elle a quand même eu l'enfant, non ?

— C'est écrit dans la Bible. Loin de moi de soupçonner la Genèse d'être un tissu de mensonges !

Je me demandai s'il était sage de boire une autre gorgée, mais je décidai de garder un peu de whisky pour un jour pluvieux, enfin… encore plus pluvieux et refermai la flasque. Des bruits et des cris arrivaient du campement, et, parmi eux, je crus distinguer le nom du grand maître.

— On te cherche, dis-je. Une fois de plus.

Le grand maître jeta un œil par-dessus son épaule en grimaçant, mais il ne se leva pas. Il s'éclaircit la gorge et je remarquai qu'il avait rosi. Évitant soigneusement de croiser mon regard, il reprit :

— Ce que je veux dire, c'est que, pour autant que je sache, à moins de s'appeler Marie et d'être visitée par le Saint-Esprit, il n'y a qu'un moyen de tomber enceinte, pas vrai ?

— Oui, pour autant que je le sache, aussi.

Plaçant une main devant ma bouche, je ravalai un nouveau hoquet.

— Dans ce cas, cela signifie que Sarah et Abraham couchaient encore ensemble malgré leur âge, pas vrai ?

Il ne me regardait toujours pas, fixant les vestiges de la feuille déchiquetée, mais ses oreilles étaient cramoisies. Comprenant enfin l'objet de ce débat biblique, je tendis le pied et le poussai du bout d'un orteil.

— Tu crois que je n'ai plus envie de toi, c'est ça ?

— Tu m'as rabroué tout à l'heure, souligna-t-il.

— J'ai l'impression d'avoir le ventre rempli de verre pilé, je suis à moitié trempée et couverte de boue jusqu'aux genoux et l'homme qui te cherche assidûment depuis tout à l'heure va faire irruption entre les buissons, d'un instant à l'autre, avec une meute sur les talons, déclarai-je avec une certaine aspérité dans la voix. Es-tu en train de me proposer de me rouler dans les feuilles mouillées avec toi ? Parce que si c'est le cas…

— Non, non, dit-il précipitamment. Je ne voulais pas dire maintenant. Je me demandais simplement si…

Il se leva brusquement, enlevant les morceaux de feuilles mortes de son kilt avec une vigueur exagérée.

Je repris en articulant posément :

— Si, par ta faute, je tombe enceinte, Jamie Fraser, je jure de te faire bouffer tes propres couilles en brochette. Quant à partager ta couche…

Il se raidit et me regarda. Je lui souris, mes pensées clairement lisibles sur mon visage.

— … dès qu'on aura un vrai lit, je te promets d'être toute à toi.

— Ah.

Il poussa un bref soupir, l'air soudain soulagé.

— Parfait, dit-il. C'est juste que… je me posais des questions, c'est tout.

Soudain, un bruissement sonore parvint des buissons, suivi de l'apparition de M. Wemyss, son visage mince et anxieux pointant entre les branches d'une viorne.

— Ah, c'est vous, monsieur ! dit-il apparemment soulagé.

— C'est bien moi, en effet, répliqua Jamie résigné. Y a-t-il un problème ?

M. Wemyss ne répondit pas tout de suite, car il s'était empêtré dans les branchages. J'allai à sa rescousse et le dégageai. Cet ancien comptable, qui avait été contraint de se vendre comme domestique sous contrat, n'était décidément pas fait pour la vie en plein air. Rouge comme une pivoine, il extirpa une brindille de ses cheveux blonds et balbutia :

— Je suis terriblement confus de vous déranger, monsieur, mais euh… elle a dit qu'elle le fendrait en deux d'un coup de hache s'il ne déguerpissait pas tout de suite. Sur quoi, il a rétorqué que jamais une femme ne lui avait encore parlé sur ce ton. Or, il se trouve qu'elle est justement armée d'une hache et…

Habitué au mode de communication de M. Wemyss, Jamie soupira, tendit la main vers la flasque en argent, la déboucha et but une longue rasade. Puis il fixa d'un œil perçant son interlocuteur et demanda :

— Qui ?

— Ah, euh… je ne vous l'ai pas dit ? Rosamund Lindsay et Ronnie Sinclair.

— Mmphm.

La situation était préoccupante, car Rosamund Lindsay possédait effectivement une hache. Elle était en train de faire rôtir plusieurs cochons sur des braises de noyer blanc, dans une fosse, près du torrent. Elle pesait aussi près de cent kilos et, bien qu'agréable et aimable, elle pouvait vite se changer en terreur si on l'asticotait un peu trop. De son côté, Ronnie Sinclair aurait pu faire tourner l'archange Gabriel en bourrique. Que dire d'une femme essayant de cuisiner sous la pluie !

Jamie me rendit la flasque, redressa les épaules et secoua son plaid avant de le remettre sur son dos en déclarant :

— Allez les prévenir que j'arrive, monsieur Wemyss.

Le visage de ce dernier exprima la plus vive appréhension à l'idée d'approcher de Rosamund Lindsay et de sa hache, mais sa crainte de Jamie était plus forte encore. Il esquissa un bref salut militaire, puis il plongea de nouveau la tête la première dans la viorne.

Un cri strident précéda l'arrivée de Marsali, la petite Joan dans ses bras. Elle écarta la branche à laquelle M. Wemyss était resté accroché par la manche et le salua au passage, tout en le contournant prudemment.

— Papa, tu dois venir, annonça-t-elle sans préambule. Le père Kenneth a été arrêté.

Jamie tressaillit.

— Arrêté ? Là, maintenant ? Par qui ?

— Il y a quelques minutes. Par un gros type qui s'est présenté comme shérif du comté. Escorté par deux hommes, il a demandé qui était le prêtre. Le père Kenneth a répondu que c'était lui. Ils l'ont alors attrapé par le bras et l'ont emmené, sans la moindre explication !

Le sang était monté aux joues de Jamie. Ses deux doigts raides tapotèrent brièvement sa cuisse.

— Ils ont osé l'arrêter sur mon campement ? *A Dhia !*

La question était purement rhétorique. Avant même que Marsali ait pu répondre, un craquement retentit dans la direction opposée et Brianna surgit de derrière un sapin.

— Quoi encore ? aboya Jamie.

— Euh... Geordie Chisholm dit qu'un soldat lui a volé un jambon près de son feu de camp. Il demande si tu pourrais aller en parler au lieutenant Hayes.

— Oui, mais plus tard. En attendant, accompagne Marsali et tâche de savoir où ils ont conduit le père Kenneth. Quant à vous, monsieur Wemyss...

Ce dernier avait finalement réussi à s'arracher à l'étreinte tenace des ronces. Un fracas lointain nous informa qu'il poursuivait sa course folle pour accomplir sa mission.

Après un bref regard vers le visage de leur père, les deux filles devinèrent qu'il était préférable de ne pas s'attarder. Quelques secondes plus tard, nous étions de nouveau seuls. Il avala une grande bouffée d'air et expira lentement entre ses lèvres.

J'avais envie de rire, mais je me retins. Au lieu de cela, je m'approchai de lui. En dépit du froid et de l'humidité, je sentais la chaleur de son corps à travers le plaid. Je lui tendis la bouteille de whisky.

— Moi, au moins, seuls les malades veulent me toucher. Que fais-tu quand tu as épuisé toute ta vertu ?

Il baissa les yeux vers moi et un sourire apparut sur ses lèvres. Il écarta la bouteille, prit mon visage entre ses mains et m'embrassa très doucement.

— Ceci, dit-il.

Là-dessus, il tourna les talons et descendit la côte d'un pas résolu, ayant apparemment refait le plein de vertu.

13

Baptêmes et barbecue

En rapportant la bouilloire au campement, je le trouvai provisoirement déserté. Des voix et des rires au loin m'indiquèrent que Lizzie, Marsali et Brianna, sans doute avec leur marmaille, étaient en route vers les latrines des femmes, une tranchée creusée à quelque distance des campements, derrière une haie de genévriers. Après avoir accroché le récipient au-dessus du feu, je me tins immobile un instant, me demandant comment me rendre utile.

Si, à long terme, la situation de père Kenneth était très inquiétante, je ne pouvais pas, à titre personnel, faire grand-chose pour lui. En revanche, j'étais médecin, et Rosamund Lindsay avait une hache entre les mains. Je remis un peu d'ordre dans ma coiffure et mes vêtements, puis descendis vers le torrent, abandonnant la charlotte à son triste sort.

Apparemment, Jamie en était arrivé à la même conclusion que moi, quant à l'importance relative des urgences. Émergeant tant bien que mal d'un dense taillis de jeunes saules qui bordait le cours d'eau, je le découvris au bord de la fosse à barbecue. Il discutait tranquillement avec Ronnie Sinclair, appuyé sans retenue sur le manche de la hache, outil dont il était parvenu à se rendre maître d'une quelconque manière.

Je me détendis un peu et pris tout mon temps pour les rejoindre. À moins que Rosamund ne décide d'étrangler Ronnie à mains nues ou de le tabasser avec un jambon jusqu'à ce que mort s'ensuive (ces deux options n'étant pas inconcevables), on n'aurait peut-être pas besoin de mes talents médicaux.

La large fosse était une dépression naturelle du terrain, creusée dans la berge argileuse du torrent par une crue ancienne, puis, au fil des ans, approfondie par l'homme. À en juger par les rochers noircis et les traînées de charbon, on l'utilisait depuis longtemps. En ce moment même, plusieurs personnes s'y affairaient. Les odeurs mêlées de viandes de volaille, de porc, de mouton et d'opossum s'élevaient dans un nuage de fumée de pommier et de noyer blanc, mélange appétissant qui aiguisait mes papilles gustatives.

En revanche, le spectacle de la fosse était nettement moins alléchant. Des foyers humides montaient des colonnes blanches qui cachaient à moitié les formes couchées sur les braises. À travers la fumée, bon nombre de corps paraissaient vaguement et affreusement humains. Cela me rappelait les charniers de Jamaïque où s'empilaient les cadavres calcinés des esclaves n'ayant pas survécu aux rigueurs de la grande traversée. Je déglutis tout en essayant de chasser le souvenir macabre de la puanteur de ces bûchers funéraires.

Les jupes retroussées au-dessus de ses genoux dodus et les manches relevées sur ses bras massifs, Rosamund travaillait devant le feu, versant des louches d'une sauce rougeâtre sur les côtes d'une énorme carcasse de porc. Autour d'elle gisaient cinq autres mastodontes, enveloppés dans des toiles humides, d'où s'échappaient encore de fines volutes de fumée odorante qui se désagrégeaient sous la bruine.

M'approchant des deux hommes, j'entendis Ronnie Sinclair déclarer avec véhémence :

— C'est du poison, voilà ce que c'est ! Elle va tout gâcher. À la fin, même les porcs n'en voudront pas.

— Mais ce sont des porcs, répondit patiemment Jamie.

Il m'aperçut, leva les yeux au ciel, puis regarda vers la fosse, où la graisse dégouttait en grésillant sur les braises.

— En outre, on peut cuisiner le porc de mille façons, et le résultat est toujours excellent.

Souriant à Ronnie, je pris part à la conversation :

— Absolument. Pensez-y : poitrine fumée, côtelettes grillées, longe rôtie, jambon cuit, fromage de tête, saucisse, jarret, boudin noir... Quelqu'un a dit un jour que, dans le cochon, tout était bon à prendre, sauf les cris.

Ne prêtant pas attention à ma piètre tentative d'humour, Ronnie s'entêta :

— Peut-être, mais, là, il s'agit de barbecue, pas vrai ? Tout le monde sait qu'on assaisonne le porc avec du vinaigre avant de le griller. On le fait ainsi, un point, c'est tout ! Vous, est-ce que vous mettriez du gravillon dans votre chair à saucisse ? Vous feriez revenir votre poitrine avec des déchets de poulailler ? Peuh !

Du menton, il montra la bassine blanche coincée sous le bras de Rosamund, laissant clairement entendre que son contenu faisait partie de la même catégorie d'additifs non comestibles.

Le vent tourna, envoyant vers mes narines un délicieux fumet. Pour autant que je pouvais en juger d'après ces effluves, la sauce de Rosamund comprenait des tomates, des oignons, des poivrons rouges et assez de sucre pour former, sur la viande, une épaisse croûte brune. D'où ce capiteux arôme caramélisé. Mon estomac se noua et gronda sous mon corselet lacé.

— Je suis sûre que, cuisinée ainsi, la viande sera très juteuse, déclarai-je.

— Oui, et ces cochons m'ont l'air merveilleusement gras, ajouta Jamie, songeur.

Rosamund releva vers nous un visage menaçant. Jusqu'aux genoux, sa peau était noire, et ses traits carrés étaient striés par la pluie, la sueur et la suie.

— Vous les avez élevés vous-même ? lui demanda Jamie.

Elle se redressa avec fierté, écartant une mèche de cheveux gris du revers de la main.

— Je veux, oui ! tonna-t-elle. Engraissés aux châtaignes. Y a rien de tel pour parfumer la viande !

En bon Écossais, Ronnie Sinclair grogna pour exprimer tout son mépris.

— Tu parles ! Ta viande est si parfumée que tu dois la cacher sous une épaisse couche de ton infâme sauce. Non, mais, regardez-moi ça, on dirait qu'elle n'est même pas cuite ! Le sang dégouline de partout !

Rosamund fit une remarque plutôt prosaïque sur la prétendue virilité de ceux que la vue du sang mettait mal à l'aise, critique que Ronnie sembla prendre pour lui. Jamie s'intercala adroitement entre les deux, en gardant la hache hors de leur portée.

— Oh, je suis sûr que cette viande est parfaitement cuite, dit-il sur un ton apaisant. Mme Lindsay s'en occupe depuis l'aube.

— J'étais là bien avant, monsieur Fraser ! répondit la dame avec une certaine satisfaction. Si vous voulez un barbecue digne de ce nom, vous devez vous y prendre au moins la veille et surveiller votre feu toute la nuit. Pour ma part, j'ai commencé hier après-midi.

Elle avança le nez dans la colonne de fumée et la huma longuement, l'air béat.

— Ça, c'est du barbecue ! Même si, entre vous et moi, préparer une sauce aussi savoureuse pour vous autres, bâtards d'Écossais, est un vrai gâchis !

Elle replaça la toile sur la viande et la tapota avant de reprendre :

— À force de mettre votre satané vinaigre sur toutes vos victuailles, vous avez la langue brûlée. Si je ne le surveillais pas, mon Kenny en mettrait sur ses galettes de maïs et dans son porridge du matin.

Jamie haussa la voix pour couvrir la réponse incendiaire de Ronnie à cette calomnie.

— Est-ce Kenny qui abat vos cochons, madame ? Ces animaux sont difficiles à tuer, surtout les vôtres, vu leur taille !

— Peuh !

Rosamund fit une moue dédaigneuse et regarda affectueusement vers le haut de la côte, où son mari, de la moitié de sa taille, était occupé à des tâches moins éprouvantes.

— Non, monsieur Fraser. Je m'en occupe moi-même. Avec cette hache.

Elle indiqua l'instrument en question, en plissant des yeux, l'air menaçant envers Ronnie.

— Je leur fends le crâne d'un seul coup.

Ronnie, qui n'était pas le plus perspicace des hommes, s'entêta à ne pas saisir l'allusion. Il tira sur la manche de Jamie en lui montrant la bassine de sauce rouge sombre et en persiflant :

— Elle utilise des tomates, *Mac Dubh*. Les fruits du diable ! Elle nous empoisonnera tous !

Jamie lui agrippa fermement le bras tout en adressant un sourire charmeur à Rosamund.

— Mais non, Ronnie, ça m'étonnerait. Vous comptez bien vendre votre viande, n'est-ce pas, madame Lindsay ? Quel commerçant digne de ce nom accepterait d'intoxiquer ses clients ?

— Je n'en ai pas encore perdu un seul, monsieur Fraser, confirma la cuisinière. J'ai toujours eu des compliments sur mon porc !

Elle souleva une autre toile et versa une coulée de sauce sur un cuisseau fumant, avant d'ajouter :

— Mais, bien entendu, tous mes clients sont de Boston, la ville d'où je viens.

Le ton de sa voix sous-entendait clairement : « et où les gens savent vivre ».

Fronçant ses sourcils de renard, Ronnie essayait vainement de libérer son bras, mais Jamie refusait de le lâcher.

— La dernière fois que je suis allé à Charlotteville, j'ai rencontré un Bostonien, déclara-t-il. Il m'a dit qu'il avait l'habitude de manger des haricots au petit déjeuner et des huîtres au dîner, et ce, depuis qu'il était tout petit. Rempli par tant de saletés, c'est à se demander comment il n'avait pas encore éclaté comme une vessie de porc !

Je sautai sur l'occasion.

— Les haricots sont très bons pour le cœur, objectai-je gaiement. Plus on en mange, plus on pète. Plus on pète, mieux on se sent. On devrait en manger à chaque repas !

Je crus que la mâchoire de Ronnie allait se décrocher. Mme Lindsay en resta bouche bée, elle aussi. Jamie éclata de rire, puis l'air ahuri de Rosamund se mua à son tour en hilarité tonitruante. Au bout d'un moment, Ronnie se joignit à nous, un sourire discret apparaissant à la commissure de ses lèvres.

— J'ai habité à Boston pendant un moment, expliquai-je, une fois tous calmés. Madame Lindsay, ça sent divinement bon !

Rosamund en convint, hochant fièrement la tête. Puis, elle se pencha vers moi et, baissant à peine la voix, elle me confia en me montrant sa bassine :

— Je sais. C'est ma recette secrète. Ça fait ressortir le goût, non ?

Ronnie ouvrit la bouche, mais il n'émit qu'un petit cri étranglé, Jamie ayant resserré sa poigne d'acier autour de son biceps. Rosamund n'y prêta pas attention et entama une aimable conversation avec Jamie. En conclusion, elle promit de nous réserver une carcasse entière pour le repas de noces.

À l'annonce de cette promesse, je regardai Jamie, l'air inquisiteur. Le père Kenneth étant probablement en route vers Baltimore ou vers la prison d'Edenton, l'éventualité d'un mariage dans la soirée me paraissait plutôt mince. D'un autre côté, j'avais appris à ne jamais sous-estimer Jamie. Après un dernier compliment à Mme Lindsay, il entraîna Ronnie loin de la fosse, s'arrêtant juste le temps de me flanquer la hache dans les mains et de me demander :

— Tu veux bien mettre cette chose en lieu sûr, *Sassenach* ?

Il déposa un bref baiser sur mon front et me sourit :

— Au fait, d'où tiens-tu toutes ces informations sur les vertus des haricots ?

— J'en ai pris connaissance dans les cours d'histoire naturelle de Brianna, quand elle avait six ans. À vrai dire, c'était plutôt les paroles d'une comptine.

— Dis-lui de l'apprendre à son mari. Il pourra la transcrire dans son recueil de chansons.

Il tourna les talons et passa un bras amical autour des épaules de Sinclair, qui faisait mine de vouloir retourner au bord de la fosse.

— Viens avec moi, Ronnie. Je dois aller voir le lieutenant. D'ailleurs, j'ai cru comprendre qu'il comptait acheter un jambon à Mme Lindsay.

Plissant des yeux – sa manière à lui de me faire un clin d'œil –, il se dirigea de nouveau vers Sinclair et poursuivit :

— Je suis sûr qu'il aimerait t'entendre parler de son père. Tu étais très lié avec Gavin Hayes, pas vrai ?

À ces mots, le visage bourru de Sinclair s'éclaircit.

— Ah, oui, oui... Gavin était un brave gars. C'est vraiment triste.

Il secoua la tête, faisant vraisemblablement allusion à la mort honteuse de Hayes quelques années plus tôt, pendu à Charleston pour avoir commis un vol. Puis il releva les yeux vers Jamie, les lèvres pincées.

— Son fils sait ce qui est arrivé ?

— Oui, dit doucement Jamie. J'ai dû le lui dire. Mais je suis sûr que ça le soulagera d'entendre parler de son père lorsqu'il était plus jeune. Raconte-lui comment c'était pour nous, là-bas, à Ardsmuir.

Quelque chose, comme une expression de connivence, passa sur sa figure tandis qu'il dévisageait Ronnie. Je lus la même tendresse sur les traits de ce dernier.

La main de Jamie exerça une faible pression sur l'épaule de son ancien compagnon, puis ils partirent côte à côte, les subtilités du barbecue oubliées, bien loin derrière leurs souvenirs communs.

« Comment c'était pour nous »... Je les observai s'éloigner, liés par la conjuration qu'exprimait cette simple phrase. Quelques mots résumant l'intimité installée au fil des jours, des mois, des années de souffrance partagée, une intimité inaccessible à ceux qui n'avaient pas traversé ces moments-là. Jamie parlait rarement d'Ardsmuir, pas plus que les autres hommes qui en étaient ressortis et qui avaient vécu assez longtemps pour voir le Nouveau Monde.

La brume s'élevait au-dessus des creux de la montagne, engloutissant les hommes rapidement. Dans la forêt, plus haut, deux voix mâles écossaises s'élevèrent, chantonnant à l'unisson :

« Les haricots, les haricots, c'est bon pour le cœur. »

*

* *

De retour au campement, j'aperçus Roger qui était rentré de sa mission. En passant devant eux pour retirer du feu la bouilloire qui gargouillait, je leur annonçai :

— Ne vous inquiétez pas. Je suis sûre que Jamie va tout arranger. Il est parti s'en occuper.

Roger tressaillit.

— Comment ? Il est déjà au courant ?

— Oui. Tout rentrera probablement dans l'ordre dès qu'il aura parlé au shérif.

Je retournai la vieille théière ébréchée au-dessus du sol pour faire tomber les feuilles de thé déjà utilisées, puis je la posai sur la table pour y verser un peu d'eau bouillante. La journée avait été longue et la nuit promettait de l'être tout autant. J'avais grand besoin de m'y préparer avec un thé bien infusé et une tranche de cake, un cadeau d'un de mes patients du matin.

— Le shérif ?

Perplexe, Roger scruta Brianna avec un brin d'inquiétude.

— Elle n'a quand même pas lancé le shérif à mes trousses ?

Je m'alarmai à mon tour.

— On a envoyé le shérif à vos trousses ? Mais qui ? Roger, qu'avez-vous fait ?

Ses pommettes rosirent, mais, avant qu'il n'ait eu le temps de me répondre, Brianna intervint en riant :

— Il a remis tante Jocasta à sa place.

Ses yeux prirent la forme de triangles malicieux, tandis qu'elle tentait de visualiser la scène.

— Que j'aurais aimé être là pour voir ça !

— Que lui avez-vous dit ? demandai-je à Roger.

Sa gêne s'accentua encore et il détourna le regard.

— Je préfère ne pas le répéter, répliqua-t-il. Ce n'est pas le genre de chose que l'on dit à une dame, et encore moins à une dame âgée, qui, de surcroît, sera bientôt un membre de ma famille. Je demandais justement à Brianna si je ne devais pas aller m'excuser auprès d'elle avant la cérémonie.

— Pas question ! répondit Brianna. Tu as eu parfaitement raison de lui répondre ainsi. Non mais, quel culot !

— C'est que… je ne regrette pas de lui avoir dévoiler le fond de ma pensée, uniquement ma façon de le formuler.

Se tournant vers moi, il expliqua :

— Je pensais simplement qu'il valait mieux que je lui présente mes excuses pour éviter un malaise, ce soir, au cours de la cérémonie. Je ne veux pas gâcher le mariage de Brianna.

— « Le mariage de Brianna », s'exclama cette dernière. Parce que je me marie toute seule, peut-être ?

— Euh… non, dit-il avec un timide sourire. Je serai là aussi, bien sûr. Mais, à partir du moment où on nous marie, je me fiche assez du reste. En revanche, je sais que tu tiens à en garder un beau souvenir, pas vrai ? Je ne voudrais pas que ta tante m'assomme avec sa canne avant que j'aie pu dire « oui ».

À ce stade, j'étais dévorée de curiosité. Qu'avait-il bien pu dire à Jocasta ? Néanmoins, il y avait un problème plus urgent à régler, à savoir qu'il risquait fort de ne pas y avoir de cérémonie du tout.

Je leur résumai brièvement la situation en concluant :

— Jamie est, à l'instant même, à la recherche du père Kenneth, mais Marsali n'a pas reconnu le shérif qui l'a emmené, ce qui ne facilite pas la tâche.

Roger plissa le front, réfléchissant.

— Je me demande si je ne l'ai pas aperçu tout à l'heure.

— Le père Kenneth ?

Mon couteau resta en suspens au-dessus du cake.

— Non, le shérif.

— Quoi ? Où ?

Brianna lança un regard noir à la ronde, les poings fermés. Il était peut-être préférable que le shérif en question ne soit pas dans les parages. Pour le coup, l'arrestation de la mariée pour agression d'un représentant de la loi jetterait sûrement un froid sur la réception.

— Il est parti par là.

Roger fit un geste vers le bas de la côte, montrant le torrent et la tente du lieutenant. Au même instant, un bruit de ventouse de bottes dans la boue nous parvint et, quelques secondes plus tard, Jamie apparut, l'air fatigué, inquiet et agacé. Apparemment, il n'avait pas retrouvé le curé.

— Papa ! lui cria Brianna, excitée. Roger pense avoir vu le shérif qui a arrêté le père Kenneth !

Le regard de Jamie se ralluma aussitôt.

— Ah oui ? Où ?

Je ne pus m'empêcher de sourire en le voyant serrer les poings à son tour.

— Qu'y a-t-il de si drôle ? me demanda-t-il.

— Rien, le rassurai-je. Tiens, mange ça.

Je lui tendis une tranche de cake qu'il engloutit en une bouchée, puis il se concentra de nouveau sur Roger.

— Où l'as-tu vu ? répéta-t-il.

— Je ne sais pas si c'est l'homme que vous recherchez. Il était petit et plutôt dépenaillé. Il emmenait un prisonnier avec des menottes, un des hommes de Drunkard's Creek : M. MacLennan.

Jamie manqua de s'étouffer et toussa, recrachant des fragments de gâteau dans le feu.

— Il a arrêté MacLennan et tu l'as laissé faire ? s'exclama Brianna, consternée.

Ni elle ni Roger, absents au petit déjeuner, n'avaient entendu l'histoire racontée par Abel MacLennan, mais tous deux connaissaient le bonhomme.

— Je pouvais difficilement l'en empêcher, répondit calmement Roger. J'ai appelé MacLennan pour lui demander s'il avait besoin d'aide, auquel cas j'aurais été chercher ton père ou Farquard Campbell. Mais il m'a regardé d'un air morne, comme s'il ne me voyait pas. Je l'ai appelé de nouveau et il m'a fait un léger signe de tête, souriant de manière étrange. Je n'ai pas jugé utile de me bagarrer avec le shérif, comme ça, par principe, mais j'ai peut-être eu tort…

— Ce n'est pas un shérif, dit Jamie d'une voix enrouée.

Il essuya ses yeux larmoyants et toussa de nouveau.

— C'est un chasseur de têtes, expliquai-je à Roger.

Le thé n'était pas encore convenablement infusé. J'offris à Jamie une bouteille à moitié remplie de bière.

— Où compte-t-il conduire Abel ? lui demandai-je. Tu as dit que Hayes ne voulait pas de prisonniers.

Il déglutit, secoua la tête, puis baissa la bouteille, ayant retrouvé une respiration normale.

— En effet. À mon avis, ce M. Boble – ça ne peut être que lui, non ? – va le conduire chez le magistrat le plus proche. Or, si Roger l'a vu tout à l'heure…

Il s'interrompit, plongé dans ses pensées tout en observant la montagne autour de nous, puis ses épaules se détendirent.

— Il doit l'emmener voir Farquard, conclut-il. Il n'y a que quatre juges de paix et trois magistrats présents au *gathering*. Parmi eux, Campbell est le seul à camper de ce côté-ci.

Je poussai un soupir de soulagement. Farquard Campbell était un homme juste, à cheval sur l'application de la loi, mais non dépourvu de compassion. Plus important encore, peut-être, c'était un très vieil ami de Jocasta Cameron.

— Je vais demander à ma tante de lui en toucher deux mots, dit Jamie. Sauf qu'il vaudrait sans doute mieux s'en occuper avant le mariage. MacKenzie, tu ne veux pas aller lui expliquer ? Je me dois de retrouver d'abord le père Kenneth, autrement, il n'y aura pas de mariage du tout.

Roger sembla sur le point de s'étouffer à son tour.

— Euh… c'est que… aujourd'hui, je ne suis peut-être pas la personne la mieux indiquée pour demander un service à Mme Cameron.

Jamie le dévisagea, mi-intrigué, mi-exaspéré.

— Pourquoi pas ?

Cramoisi, Roger nous résuma sa conversation avec Jocasta, baissant la voix au point qu'elle devint pratiquement inaudible à la conclusion de son récit.

Nous l'entendîmes néanmoins clairement. Jamie m'observa, sidéré. Ses lèvres frémirent, puis ses épaules se mirent à trembler. Je sentis le rire monter en moi, mais ce ne fut rien à côté de l'explosion de Jamie. Il riait tellement qu'il en pleurait.

— Oh, Seigneur ! haleta-t-il enfin.

Il se tenait les côtes, ayant du mal à retrouver son souffle. Il attrapa un linge humide sur un buisson et le passa sur son visage, puis il déclara à Roger :

— Dans ce cas, va plutôt voir Farquard. Si Abel est chez lui, dis-lui que je me porte garant pour lui et ramène-le-nous.

Il le congédia d'un geste, et Roger, mortifié mais digne, partit aussitôt. Brianna lui emboîta le pas, non sans avoir d'abord toisé son père, ce qui le fit rire de plus belle.

Je noyai ma propre hilarité dans une gorgée de thé chaud et délicieusement parfumé. J'en offris une tasse à Jamie, mais il préféra finir sa bière. Quand il eut enfin vidé la bouteille, il observa :

— Ma chère tante sait très bien quoi acheter avec son argent ou pas.

— Or elle vient juste de se payer – ainsi qu'à tous les habitants du comté – une belle opinion de Roger, n'est-ce pas ?

Jocasta Cameron était une MacKenzie de Leoch, famille que Jamie m'avait décrite un jour comme « aussi charmante qu'une alouette des champs et plus sournoise qu'un renard ». Qu'elle ait réellement eu des doutes sur les intentions de Roger ou simplement voulu tuer dans l'œuf les médisances qui couraient tout le long du Cape Fear, sa méthode avait été payante. Elle était probablement en train de rire sous cape dans sa tente, impatiente de propager le récit de sa proposition et la réponse de Roger.

— Pauvre Roger, convint Jamie avec un sourire. Pauvre, mais vertueux !

Il reposa la bouteille à ses pieds avec un bref soupir de satisfaction, avant d'ajouter :

— En fin de compte, elle lui a offert autre chose de très précieux, non ?

— « Mon fils », répétai-je doucement. Tu crois qu'il s'est rendu compte de ce qu'il a dit ? Sent-il vraiment que Jemmy est son fils ?

Je n'en savais rien. Mais il valait mieux que cette idée fût bien ancrée dans sa tête avant que Brianna et lui aient un autre enfant, un dont il serait sûr d'être le père.

Je songeai à la conversation que j'avais eu le matin même avec Brianna, mais je décidai de me taire... du moins pour le moment. Après tout, cela ne regardait que Roger et elle. Je me contentai donc d'acquiescer, tout en commençant à ranger mes affaires.

Dans le creux de mon ventre avait pris place une boule de chaleur due en partie au thé. Roger avait fait la promesse d'accepter Jemmy comme son fils, quel que soit le vrai père de l'enfant. C'était un homme d'honneur, et il était sincère. Mais le discours du cœur est plus fort que toutes les paroles prononcées sous serment.

Lorsque, enceinte, j'avais retraversé les menhirs, Frank avait juré de continuer à m'aimer comme avant et de traiter l'enfant à venir comme le sien. Sa tête avait fait de son mieux pour respecter ces promesses, mais son cœur, à la fin, n'en avait tenu qu'une partie. Dès l'instant où il avait pris Brianna dans ses bras, elle était devenue sa fille.

Mais si nous avions eu un autre enfant ? me demandai-je soudain. Cela ne s'était pas fait, mais, dans le cas contraire ? J'essuyai lentement la théière et l'enveloppai dans une serviette, imaginant cet enfant que Frank et moi n'avions jamais eu et n'aurions jamais. Je déposai la théière enveloppée dans la malle, tout doucement, comme s'il s'agissait d'un bébé endormi.

En me redressant, j'aperçus Jamie qui se tenait toujours là, m'observant avec une expression étrange et tendre, presque intimidée.

— Ai-je jamais pensé à te remercier, *Sassenach* ? demanda-t-il d'une voix un peu rauque.

— Pour quoi ? répondis-je, surprise.

Il me prit la main et m'attira doucement à lui. Il sentait la bière et la laine mouillée, et un doux arôme de fruits confits.

— Pour mes petits, chuchota-t-il. Pour les enfants que tu m'as donnés.

— Ah...

Je penchai la tête en avant et appuyai mon front contre sa poitrine solide et chaude. Je glissai mes mains sous sa veste et l'enlaçai, en ajoutant :

— ... tout le plaisir était pour moi.

*

* *

— Monsieur Fraser ! Monsieur Fraser !

En redressant la tête, je vis un garçonnet qui dévalait la pente escarpée derrière nous, se servant de ses bras comme d'un balancier pour ne pas tomber, les joues rougies par sa course.

— Oups !

Jamie tendit les bras juste au moment où l'enfant allait faire un vol plané sur les derniers mètres. Il le rattrapa de justesse et le souleva de terre en riant. Je reconnus le petit dernier des Campbell.

— Qu'est-ce qui t'arrive, Robbie ? C'est comme ça que tu t'appelles, non ? Ton père veut que j'aille le voir au sujet de monsieur MacLennan ?

Le garçon fit non de la tête, agitant ses cheveux hirsutes et épais comme les poils d'un chien de berger. Tout en haletant, il déglutissait et, tentant de respirer et de parler en même temps, sa gorge enfla comme celle d'une grenouille.

— Non, monsieur, balbutia-t-il enfin. Mon papa a entendu dire où est le prêtre et je dois vous montrer le chemin. Vous voulez bien venir ?

Jamie haussa les sourcils, surpris. Il jeta un œil vers moi, puis il sourit à Robbie et le déposa sur le sol.

— C'est bien, mon garçon. Ouvre la voie !

L'enfant partit en flèche, regardant par-dessus son épaule régulièrement pour s'assurer que nous le suivions.

— C'est bien joué de la part de Farquard, soufflai-je à Jamie.

Personne ne prêterait attention à un petit garçon parmi la multitude d'enfants qui jouaient dans la montagne. En revanche, tout le monde aurait sûrement remarqué le juge ou l'un de ses fils adultes s'ils s'étaient déplacés.

Jamie semblait sceptique.

— Après tout, dit-il, ce n'est pas son problème, même s'il a beaucoup d'estime pour ma tante. S'il a envoyé son fiston, c'est probablement parce qu'il connaît celui qui a fait arrêter le curé et qu'il ne veut pas prendre parti.

Il leva les yeux vers le soleil couchant, l'air navré.

— J'ai dit que je retrouverais le père Kenneth avant la nuit, mais ça ne signifie pas forcément qu'il y aura un mariage ce soir, *Sassenach*.

Robbie nous menait vers le haut du versant, suivant un dédale de sentiers à peine tracés, sans l'ombre d'une hésitation. Le soleil avait enfin fini par percer les nuages. Déjà à moitié enfoui derrière les sommets, il baignait le flanc de la montagne d'une lueur rouille et chaude qui me fit momentanément oublier la fraîcheur de l'air. Attirés par la faim, les gens commençaient à se rassembler en famille autour des feux, et personne ne s'intéressait à nous.

Robbie pointa un doigt vers une grande tente dont on distinguait à peine la pointe derrière un écran de pins jaunes.

— C'est là, précisa-t-il inutilement.

Jamie fit un son bizarre avec sa gorge.

— Oh ! fit-il. Nous voilà mal partis.

— Ah oui ? m'inquiétai-je. À qui appartient cette tente ?

Le crépuscule illuminait de reflets pâles une grande structure en toile cirée brune. De toute évidence, elle abritait une personne assez riche.

Jamie paraissait soucieux. Il tapota le crâne de Robbie Campbell et pêcha un penny dans son *sporran*.

— Merci, mon garçon. File retrouver ta maman. C'est bientôt l'heure du dîner.

Robbie prit la pièce et disparut, sans faire de commentaire et ravi de s'être débarrassé de cette corvée.

Jamie se tourna vers moi.

— C'est la tente de M. Lillywhite, de Hillsborough.

— Ah, vraiment…

Je la contemplai d'un œil méfiant. Cela expliquait sans doute quelques détails, mais pas tout. La seule chose que je connaissais de M. Lillywhite, outre son aspect physique, était son titre de magistrat. Je l'avais entr'aperçu une ou deux fois pendant le rassemblement, sans lui être formellement présentée. Grand type un peu voûté, on le reconnaissait de loin à sa veste vert bouteille ornée de boutons d'argent.

Les magistrats avaient, entre autres responsabilités, celle de nommer les shérifs, ce qui expliquait le lien de M. Lillywhite avec le « gros type » décrit par Marsali, et pourquoi le père Kenneth avait été amené ici. Mais cela ne nous disait pas si l'idée de retirer le curé de la circulation émanait du shérif ou du magistrat.

Jamie posa une main sur mon bras et m'entraîna hors du sentier, à l'abri derrière un sapin.

— Tu ne connais pas monsieur Lillywhite, n'est-ce pas, *Sassenach* ?

— Uniquement de vue. Que veux-tu que je fasse ?

Malgré son inquiétude pour le prêtre, il me sourit, une lueur malicieuse traversant son regard.

— Tu es partante ?

— À moins que tu me demandes d'assommer M. Lillywhite avec une batte et de libérer le père Kenneth par la force – ce genre de choses est plus de ton ressort –, je suppose que oui.

Il se mit à rire, puis examina, l'air nostalgique, les flancs en toile de la tente qui ondulaient sous le vent.

— Rien ne me ferait plus plaisir. Ce ne serait pas si difficile. Regarde-moi la taille de ce truc. Il ne doit pas y avoir plus de deux ou trois hommes là-dedans, outre le prêtre. Je pourrais attendre la nuit, puis, aidé d'un ou deux gars…

Je préférai couper court à cette réflexion qui prenait un tour nettement délictueux.

— Certes, mais que veux-tu que je fasse ? l'interrompis-je.

— Ah, répondit-il, déçu.

Il abandonna ses machinations, du moins pour le moment, et m'examina, jaugeant mon allure. Une fois ôté le tablier taché de sang que je portais pour mes consultations, j'avais pris soin de relever mes cheveux avec des épingles. J'avais l'air respectable, quoique maculée de boue, ici et là.

— Tu n'aurais pas un de tes outils de médecin avec toi ? demanda-t-il. Une bouteille de purgatif ? Un couteau ?

— Tu crois que je me balade partout avec des flacons de purgatifs ? Non, je… Oh, attends ! Regarde, tu crois que ça fera l'affaire ?

Fouillant dans la poche attachée à ma ceinture, j'extirpai l'étui en ivoire contenant mes aiguilles d'acupuncture à tête en or.

Jamie hocha la tête, satisfait, puis sortit la flasque en argent de son *sporran* et me la tendit.

— Prends la bouteille aussi, *Sassenach*, tu feras encore plus professionnelle. Va dans la tente et dis à celui qui garde le curé qu'il est souffrant.

— Le gardien ?

— Non, le curé, répondit-il, exaspéré. Tout le monde ici te connaît et sait que tu es guérisseuse. Dis-lui que tu traites le père Kenneth depuis un certain temps et que, si tu ne lui donnes pas son remède tout de suite, il risque de mourir et de lui rester sur les bras. Je doute qu'il en ait envie, et il ne se méfiera pas de toi.

— Avec raison, j'espère ! Tu ne vas tout de même pas me demander de planter mes aiguilles d'acupuncture dans le cœur du shérif ?

Cette idée sembla le séduire, mais il fit non de la tête.

— Non, je veux juste que tu apprennes pourquoi ils ont arrêté le prêtre et ce qu'ils comptent faire de lui. Si je leur pose la question moi-même, ils se tiendront sur leurs gardes.

Cela signifiait qu'il n'avait pas complètement abandonné l'idée d'une opération commando, au cas où les réponses ne le satisferaient pas. Je jetai un œil vers la tente, pris une grande inspiration et réajustai mon châle autour de mes épaules.

— C'est bon, dis-je enfin. En attendant, qu'est-ce que tu comptes faire ?

— Je vais chercher les petits.

Il exerça une faible pression sur ma main pour me souhaiter bonne chance, puis il disparut sur le sentier.

*

* *

Je m'approchai de l'entrée de la tente tout en me demandant ce que voulait dire la déclaration énigmatique de Jamie – quels « petits » ? Pour quoi faire ? –, quand mes spéculations furent stoppées net par la vue d'un monsieur qui correspondait exactement à la description du « gros type » de Marsali. Je ne pouvais avoir aucun doute sur son identité. Petit, avec un visage de batracien et un front dégarni, il avait une bedaine qui étirait les boutons de son gilet en lin, taché de nourriture. Avec ses petits yeux de fouine, il m'observait comme s'il évaluait un morceau de viande.

— Bonsoir, madame.

Il me salua, faisant une courbette formelle, mais sans enthousiasme. Il avait apparemment décidé que je n'étais pas comestible.

Je lui adressai un sourire joyeux et esquissai un semblant de révérence, considérant qu'on ne perdait jamais rien à être poli, surtout lors d'une première rencontre.

— Bonsoir, vous êtes le shérif, n'est-ce pas ? J'ai bien peur que nous n'ayons jamais été présentés. Je suis Mme Fraser. Mme James Fraser, de Fraser's Ridge.

— David Anstruther, shérif du comté d'Orange. À votre service, madame.

Il s'inclina de nouveau, sans plus de grâce. La mention du nom de Jamie ne semblait pas l'avoir surpris. Soit il ne le connaissait pas, ce qui était improbable, soit il s'attendait à l'arrivée d'une telle ambassade.

Cela étant, je ne vis aucune raison de tourner autour du pot.

— J'ai cru comprendre que le père Kenneth Donahue était chez vous ? demandai-je sur un ton détaché. Je suis venue le voir, je suis son médecin.

Une chose était certaine : il ne s'était pas attendu à ce genre d'intervention. Sa mâchoire inférieure s'abaissa un peu, révélant une malocclusion avancée, une gingivite aiguë et l'absence d'une prémolaire. Avant qu'il n'ait eu le temps de refermer la bouche, un grand monsieur en veste vert bouteille sortit de la tente derrière lui.

— Madame Fraser ?

Il se pencha respectueusement, avant de poursuivre.

— ... Vous souhaitez vous entretenir avec l'homme d'Église qui se trouve en état d'arrestation ?

— « En état d'arrestation » ? m'écriai-je, feignant la surprise. Un prêtre ? Mais que peut-il bien avoir fait ?

Le shérif et le magistrat échangèrent un regard. Puis Lillywhite toussota dans son poing fermé.

— Vous ignorez peut-être, madame, qu'il est illégal pour toute personne extérieure à l'Église établie, l'Église d'Angleterre, d'officier au sein de la colonie de la Caroline du Nord ?

À vrai dire, je ne l'ignorais pas, mais on appliquait rarement cette loi, d'une part, parce que peu d'hommes d'Église vivaient dans les colonies, toutes branches religieuses confondues, et, d'autre part, parce que personne ne se formalisait de la présence des rares prédicateurs itinérants – la plupart *free lance* dans le sens le plus prosaïque du terme –, qui apparaissaient de temps à autre.

— Doux Jésus ! m'exclamai-je. Mais comment ? Je ne m'en serais jamais douté ! Juste ciel ! Voilà qui est bien singulier !

M. Lillywhite tiqua légèrement, signe que j'en faisais peut-être un peu trop. Je m'éclaircis la gorge, puis je sortis la flasque en argent et l'étui en ivoire.

— J'espère que tous ces problèmes seront vite résolus. Toutefois, j'aimerais beaucoup m'entretenir quelques minutes avec le père Donahue. Comme je l'expliquais à l'instant, je suis son médecin. Il souffre d'une... indisposition...

J'ouvris l'étui, révélant les aiguilles, et leur laissai imaginer le pire.

— ... qui requiert un traitement régulier. Puis-je le voir un moment pour lui administrer ses soins ? Je ne voudrais pas, à cause de ma négligence, qu'il lui arrive malheur.

Je leur adressai mon sourire le plus ingénu.

Le shérif enfonça son cou dans le col raide de sa veste, ce qui acheva de lui donner l'air d'un crapaud malveillant, mais M. Lillywhite parut plus sensible à mon charme. Il hésita, me dévisageant.

— C'est que... je ne sais pas si...

Derrière nous, un bruit de semelles sur le sentier boueux nous interrompit. Je me retournai, m'attendant à voir Jamie, mais j'aperçus mon patient du matin, M. Goodwin, la joue encore enflée mais son attelle intacte.

Il fut très surpris de me voir et me salua très cordialement, un nuage de vapeurs d'alcool sortant de sa bouche. Apparemment, il avait pris mes conseils concernant la désinfection très au sérieux.

— Madame Fraser ! Vous n'êtes pas ici pour soigner mon ami Lillywhite, j'espère ! Cela dit, j'ai l'impression que M. Anstruther aurait bien besoin d'une bonne purge, histoire de nettoyer ses humeurs bilieuses, pas vrai, David ? Ha, ha, ha !

Il tapa amicalement sur le dos du sherif, un geste que celui-ci endura stoïquement, esquissant à peine une grimace, ce qui me donna une petite idée de l'importance de M. Goodwin dans la hiérarchie sociale du comté d'Orange.

— Mon cher George, s'exclama M. Lillywhite. Vous connaissez donc cette charmante dame ?

— Mais comment donc ! Madame Fraser m'a rendu un fier service ce matin. Je dirais même un immense service ! Voyez par vous-même !

Il souleva son bras bandé et éclissé qui – je fus ravi de le constater – ne semblait plus douloureux, même si ce résultat était probablement dû plus à l'anesthésique qu'il s'était administré lui-même qu'à mes soins.

— Elle a guéri mon bras en le touchant simplement, ici et là, et elle m'a arraché une dent brisée avec une telle dextérité que je n'ai pour ainsi dire rien senti ! 'Ega'dez !

Il enfonça un doigt dans sa bouche et retourna l'intérieur de sa joue, révélant un morceau d'ouate imbibée de sang qui sortait de son alvéole dentaire et la ligne noire des points de suture de sa gencive.

M. Lillywhite inspecta avec intérêt la bouche de son ami, humant l'odeur de clous de girofle et de whisky qui s'en dégageait. Je vis sa propre joue se gonfler tandis qu'il caressait une molaire douloureuse avec sa langue.

— Me voilà très impressionné, madame Fraser !

Le jovial M. Goodwin se tourna vers moi avec un sourire rayonnant.

— Qu'est-ce qui vous amène ici, ma chère dame ? Il est déjà tard... peut-être me ferez-vous l'honneur de partager un brin de dîner à mon campement ?

— Je vous remercie, mais je ne peux vraiment pas. Je venais juste voir un autre patient...

— Elle veut voir le prêtre, interrompit Anstruther.

Goodwin sursauta, pris de court.

— Le prêtre ? Il y a un prêtre ici ?

— Un papiste.

M. Lillywhite avait prononcé ce mot impur en retroussant doucement les lèvres. Il poursuivit :

— J'ai été informé qu'un prêtre catholique se cachait parmi les membres de l'assemblée et qu'il projetait de célébrer une messe au cours des festivités de ce soir. Naturellement, j'ai envoyé M. Anstruther l'arrêter.

— Le père Kenneth Donahue est un ami, intervins-je. En outre, il ne se cachait pas. Il a été invité très officiellement par Mme Cameron. C'est également mon patient et il nécessite des soins. Je suis venue m'assurer qu'il les recevrait.

— Un de vos amis ? s'étonna M. Goodwin. Madame Fraser, seriez-vous catholique ?

Il posa machinalement une main sur sa joue enflée, se rendant compte un peu tard qu'il avait été soigné par une dentiste papiste.

— Je le suis, répondis-je.

J'espérais que par le simple fait d'être catholique, je ne transgressais pas la loi telle qu'entendue par M. Lillywhite. Apparemment pas. M. Goodwin lui donna un coup de coude dans les côtes.

— Oh, allez, Randall ! Laissez donc Mme Fraser voir ce pauvre homme. Quel mal y aurait-il à cela ? Et puis, s'il est l'invité de Jocasta Cameron...

M. Lillywhite sembla réfléchir un instant, puis s'effaça, écartant le rabat de la tente pour me laisser passer.

— Je suppose qu'il n'y a pas grand risque à vous conduire auprès de votre... ami, dit-il lentement. Entrez donc, madame.

Il faisait sombre à l'intérieur de la tente. Une des parois en toile reflétait néanmoins le soleil rougeoyant qui sombrait derrière elle. Je fermai les yeux quelques secondes pour m'accoutumer au changement de lumière, puis je battis des paupières et regardai autour de moi.

La tente était encombrée mais assez luxueuse, équipée d'un lit de camp et d'autres meubles. L'air ne sentait pas la toile et la laine mouillées, mais le thé de Ceylan, les vins chers et les biscuits aux amandes.

La silhouette du père Kenneth se détachait contre la toile flamboyante. Il était assis sur un tabouret devant une table pliante sur laquelle étaient posés quelques feuilles de papier, un encrier et une plume. Il aurait pu tout aussi bien s'agir de coins, de pinces ou d'autres instruments de torture à en juger par sa raideur, comme s'il attendait son heure.

Derrière moi, on frotta un silex contre une boîte d'amadou. Une lueur apparut puis grandit, et un garçon noir – le valet de M. Lillywhite, supposai-je – s'avança en silence et déposa une lampe à huile sur la table.

Maintenant que je distinguais les traits du curé, l'impression d'assister à un martyre s'accentua. On aurait dit saint Étienne après la première volée de pierres. Il avait un bleu sur le menton et un magnifique œil au beurre noir, violacé de l'arcade sourcilière jusqu'à la pommette. Sa paupière enflée était fermée.

L'autre œil s'ouvrit, et le père tressaillit, laissant échapper une exclamation de surprise.

Je lui pris la main et la serrai, lui adressant un large sourire au cas où l'on nous observerait depuis l'entrée de la tente.

— Mon père, je vous ai apporté votre remède. Comment vous sentez-vous ?

J'agitai les sourcils plusieurs fois de suite pour lui indiquer de jouer le jeu. Il me dévisagea un moment, l'air fasciné. Puis il comprit et toussa. Encouragé par mon signe de tête, il se racla la gorge avec encore plus d'enthousiasme.

— C'est… vraiment bon de votre part… de penser à moi, madame Fraser, haleta-t-il entre deux quintes de toux.

Je dévissai le bouchon de la flasque de whisky et lui en versai une généreuse dose.

— Vous êtes sûr que ça va, mon père ? Votre visage…

— Ce n'est rien, madame Fraser. Rien du tout. J'ai juste commis l'erreur de résister quand le shérif est venu m'arrêter. Dans mon émoi et un mouvement de panique, j'ai bien failli écraser les aumônières de ce brave homme, qui ne faisait que son devoir. Que Dieu me pardonne !

Il leva son œil valide vers le ciel d'un air pieux, mais il ne put réprimer un sourire satisfait.

De taille moyenne, le père Kenneth paraissait plus vieux que son âge, usé par les longues saisons passées en selle. Toutefois, il ne devait pas avoir plus de trente-cinq ans et, sous son habit noir élimé, était aussi souple et coriace que la mèche d'un fouet. Je commençai à comprendre l'air belliqueux du shérif. Le prêtre palpa délicatement son œil enflé, ajoutant :

— En outre, M. Lillywhite s'est très courtoisement excusé pour mes blessures.

Il indiqua la table d'un mouvement du menton et je vis une bouteille de vin ouverte et un gobelet en étain posés près du papier. Le verre était plein et le niveau dans la bouteille n'avait pratiquement pas bougé.

Le père Kenneth saisit le bouchon de whisky que je lui tendais et le vida cul sec, fermant son œil d'un air béat.

— Il n'y a pas de meilleure médecine ! dit-il en le rouvrant. Je vous remercie, madame Fraser. Me voilà requinqué, au point de pouvoir presque marcher sur l'eau à mon tour.

Il se rappela qu'il devait tousser. Cette fois, il le fit plus délicatement, mettant son poing devant sa bouche.

— Le vin est bouchonné ? demandai-je.

— Non, ce n'est pas ça. Vu les circonstances, il m'aurait paru incorrect d'accepter les rafraîchissements de M. le juge. Question de conscience.

Il me sourit de nouveau, cette fois ouvertement malicieux.

— Pourquoi vous ont-ils arrêté ?

J'avais parlé à voix basse, regardant rapidement vers l'entrée de la tente d'où me parvenaient des bribes de conversation. Jamie ne s'était pas trompé, personne ne se méfiait de moi.

— Pour avoir dit la messe, répondit le curé sur le même ton badin. Du moins, ils le prétendent, et c'est un mensonge éhonté. Je n'ai pas dit la messe depuis dimanche dernier. Et j'étais en Virginie.

Le voyant lorgner vers le whisky, je lui en versai un second bouchon.

Pendant qu'il buvait, plus lentement cette fois-ci, je réfléchis. Que mijotaient M. Lillywhite et ses acolytes ? Ils ne comptaient tout de même pas traîner le curé devant un tribunal pour avoir dit la messe. Certes, il leur serait facile de soudoyer de faux témoins pour affirmer que c'était vrai. Mais dans quel but ?

Si le catholicisme était très mal vu en Caroline du Nord, je ne voyais pas l'intérêt d'arrêter un prêtre qui, de toute façon, allait partir le lendemain matin. Le père Kenneth était basé à Baltimore, où il retournerait. Il était venu au *gathering* pour rendre service à Jocasta Cameron.

— Oh ! fis-je soudain.

Surpris, le prêtre m'observa par-dessus le rebord du bouchon.

— Il m'est venu une idée. Savez-vous si M. Lillywhite connaît personnellement Mme Cameron ?

Jocasta était une personnalité importante de la région et une femme riche. En outre, un tempérament aussi fort que le sien lui valait certainement des ennemis. Je ne voyais pas pourquoi M. Lillywhite se serait donné autant de mal pour la contrarier, mais sait-on jamais…

— Je connais effectivement Mme Cameron, bien que je n'aie pas l'honneur de faire partie de ses intimes, répondit M. Lillywhite.

Je fis volte-face et le découvris sur le seuil de la tente, suivi du shérif Anstruther et de M. Goodwin, Jamie fermant la procession derrière eux. Celui-ci me fit un signe imperceptible des sourcils, mais il conserva son air grave et détaché.

— J'expliquais justement à votre époux que c'est par égard pour les intérêts de Mme Cameron que j'ai tenté de régulariser la situation de M. Donahue afin qu'il puisse prolonger son séjour dans notre colonie.

Froidement, il adressa un petit salut de la tête au prêtre avant d'ajouter :

— Hélas, je crains que ma suggestion n'ait été rejetée de manière sommaire.

Le père Kenneth reposa le bouchon et se redressa, son œil ouvert brillant à la lueur de la lampe. En montrant à Jamie le papier et la plume sur la table, il déclara :

— Monsieur Fraser, ils veulent me faire signer une déclaration jurant que je rejette le dogme de la transsubstantiation.

— Vraiment ?

La voix de Jamie ne trahissait rien de plus qu'un intérêt poli, mais je compris enfin ce que le prêtre avait voulu dire en me parlant d'un cas de conscience.

M'adressant aux hommes se tenant en cercle autour de moi, je demandai :

— Il ne peut pas signer une telle déclaration, n'est-ce pas ? Les catholiques, enfin… nous… croyons en la transsubstantiation, non ?

Je regardai le curé, l'air interrogateur, et il hocha la tête.

M. Goodwin paraissait malheureux, son euphorie alcoolisée ayant cédé la place à l'embarras.

— Je suis navré, madame Fraser, mais c'est la loi. Tout membre du clergé n'appartenant pas à l'Église d'Angleterre ne peut rester légalement dans la colonie à moins d'avoir signé ce serment. La plupart des personnes l'acceptent. Vous connaissez le révérend Urmstone, le prêtre méthodiste itinérant ? Il a signé, tout comme M. Calvert, le pasteur de la Nouvelle Lumière qui vit près de Wadesboro.

Le shérif jubilait. Réprimant mon envie de lui écraser les orteils sous mon talon, je me tournai vers M. Lillywhite.

— Peut-être, mais le père Donahue ne signera pas. Que comptez-vous faire de lui ? Le jeter en prison ? Vous ne pouvez pas, il est malade !

Le père Kenneth toussa de nouveau pour illustrer mes propos.

M. Lillywhite me lança un regard las, mais préféra parler à Jamie :

— Je pourrais parfaitement incarcérer cet homme, mais, par égard pour vous, monsieur Fraser, et pour votre tante, je ne le ferai pas. Il devra néanmoins quitter la colonie dès demain. Je le ferai escorter jusqu'en Virginie, où il sera libéré, une fois la frontière franchie. Je vous garantis qu'il sera bien traité et que tout sera fait pour assurer sa sécurité pendant le voyage.

Il fixa le shérif d'un air menaçant. Celui-ci se redressa et fit de son mieux pour paraître digne de foi, mais sans grand succès.

— Je vois, dit Jamie en dévisageant à son tour le shérif. J'espère de tout cœur qu'il en ira ainsi, monsieur, car, si j'apprenais quoi que ce soit au sujet de notre bon père, j'en serais… très contrarié.

Avec un visage de pierre, le shérif soutint son regard, jusqu'à ce que M. Lillywhite se racle la gorge.

— Vous avez ma parole, monsieur Fraser.

Jamie se tourna vers lui et inclina la tête.

— Je n'en demande pas plus, monsieur. Si je puis me permettre… verriez-vous un inconvénient à ce que le père Kenneth passe cette dernière soirée en compagnie de ses amis ? Ceux-ci pourraient ainsi prendre dignement congé de lui et ma femme soignerait ses blessures. Vous avez ma parole qu'il vous sera rendu demain matin.

M. Lillywhite pinça les lèvres d'un air méditatif, mais le magistrat était un piètre comédien. Il était évident qu'il avait prévu cette requête et qu'il avait déjà décidé de la rejeter.

— Hélas, non, monsieur, répondit-il en affectant d'être navré. Je regrette de ne pouvoir accepter. Mais si monsieur le curé souhaite faire parvenir des lettres à ses amis et parents, je veillerai à ce qu'elles soient acheminées promptement.

Il fit un geste vers la liasse de papiers sur la table.

Ce fut au tour de Jamie de se racler la gorge. Puis il se redressa :

— Dans ce cas, j'ose à peine vous demander si…

Il s'arrêta, faisant mine d'être un peu gêné.

— Quoi donc, monsieur ? demanda Lillywhite.

— … si vous l'autoriseriez à entendre ma confession.

Il fixa le mât de la tente, évitant soigneusement de croiser mon regard.

— Votre confession ?

Lillywhite paraissait interloqué. Le shérif, lui, émit un bruit qu'on pourrait charitablement qualifier de ricanement gras.

— Vous avez un poids sur la conscience ? demanda-t-il. À moins que vous n'ayez eu la prémonition de votre mort imminente ?

Choqué par tant de grossièreté, M. Goodwin manqua de s'étrangler, tandis qu'Anstruther souriait méchamment. Ne leur prêtant pas attention, Jamie concentra toute son attention sur Lillywhite.

— En effet, monsieur. Voilà longtemps que je n'ai reçu l'absolution et il se pourrait fort bien que l'occasion ne se présente pas de sitôt. Étant donné que…

Il s'interrompit et m'indiqua la porte de la tente d'un signe de tête emphatique.

— Si vous voulez bien nous excuser un instant, messieurs.

Sans attendre leur réponse, il me saisit par le coude et m'entraîna dehors. Une fois à l'écart, il chuchota :

— Marsali et Brianna attendent plus loin sur le sentier avec les petits. Assure-toi que Lillywhite et ce fils de pute de shérif soient bien partis, puis va les chercher.

Me plantant là, ahurie, il repartit sous la tente, où je l'entendis s'expliquer :

— Je vous demande pardon, messieurs, mais… il y a certaines choses qu'un homme ne tient pas à raconter devant sa femme… si vous voyez ce que je veux dire ?

Je perçus des murmures compréhensifs, puis le mot « confession » répété plusieurs fois par M. Lillywhite avec perplexité. Jamie baissa ensuite la voix, prenant un ton confidentiel, et fut interrompu par un « Vous avez fait quoi ? » sonore du shérif, suivi d'un « Chut ! » péremptoire de M. Goodwin.

Il en résulta une série de mouvements et une conversation confuse. J'eus à peine le temps de quitter le sentier et de me cacher derrière des sapins avant que le rabat de la tente ne s'écarte, et que sortent les trois protestants. Il faisait presque nuit. Seules quelques braises orangées de soleil flottaient encore dans le ciel. Néanmoins, ils passèrent suffisamment près de moi pour que je puisse vaguement distinguer leurs mines décontenancées.

Ils firent quelques pas sur le sentier et s'arrêtèrent, se regroupant pour discuter en jetant un coup d'œil vers la tente. À présent s'élevait la voix du père Kenneth formulant une bénédiction en latin. La lampe s'éteignit, et les silhouettes de Jamie et du curé, de vagues ombres derrière la toile, disparurent dans des ténèbres confessionnelles.

Anstruther donna un coup de coude à M. Goodwin.

— C'est quoi cette connerie de transsubstantiation ?

M. Goodwin se redressa, enveloppé dans toute sa dignité, puis il haussa les épaules.

— Ma foi, monsieur, je ne suis pas sûr du sens exact de ce terme. Mais je pense qu'il s'agit d'une de ces doctrines papistes pernicieuses. M. Lillywhite pourra peut-être nous proposer une définition plus complète. Randall ?

— En effet, répondit ce dernier. Selon cette théorie, en prononçant certaines paroles au cours de sa messe, le prêtre transforme le pain et le vin dans la même substance que le corps et le sang de Notre Seigneur.

— Quoi ? s'exclama Anstruther. Comment peut-il faire ça ?

De son côté, M. Goodwin semblait tout aussi incrédule.

— Transformer le pain et le vin en chair et en sang… Cela ne relève-t-il pas de la sorcellerie ?

— Ce serait le cas si c'était vrai, répondit M. Lillywhite. Mais l'Église considère à juste titre que c'est impossible.

— Vous en êtes certain ? demanda Anstruther sur un ton méfiant. Avez-vous déjà vu un curé à l'œuvre ?

— Quoi ? Parce que vous croyez peut-être que j'ai assisté à des offices catholiques ? Pour qui me prenez-vous, monsieur !

Goodwin tenta de l'apaiser en posant une main sur son bras.

— Allons, Randall, je suis sûr que le shérif ne voulait pas vous insulter. Après tout, son métier l'a habitué à traiter d'affaires plus terrestres.

— Non, non, je vous assure que je ne voulais pas vous manquer de respect, ajouta précipitamment Anstruther. Je voulais dire par là, « a-t-*on* jamais observé leurs agissements », histoire d'avoir des témoins de bonne foi pour instruire les poursuites.

Toujours vexé, M. Lillywhite répondit d'une voix froide :

— Nul besoin de chercher des témoins de cette hérésie, monsieur, dans la mesure où les prêtres catholiques admettent volontiers leur culpabilité.

La silhouette trapue du shérif s'aplatit obséquieusement.

— Bien sûr, bien sûr, monsieur. Mais, si je ne m'abuse, les papistes s'adonnent collectivement à cette… euh… transsub… machin chose.

— Oui, on me l'a raconté.

— Dans ce cas, il s'agit d'une forme de cannibalisme, non ? Et la loi interdit formellement cette pratique ! Pourquoi ne pas laisser ce charlatan faire son numéro de magie noire, et nous arrêterons toute la tribu ! Nous serons ainsi débarrassés de tous ces chiens d'un seul coup !

M. Goodwin poussa un gémissement sourd, puis se massa le visage. Sans doute son mal de dent qui revenait.

M. Lillywhite soupira, exaspéré.

— Je crains que ce soit impossible, shérif. J'ai pour instruction d'empêcher le prêtre de célébrer une cérémonie – quelle qu'elle soit –, et de recevoir des visiteurs.

— Ah oui ? Et que fait-il en ce moment ?

Anstruther fit un geste en direction de la tente, d'où parvenait la voix de Jamie, hésitante et à peine audible, qui parlait en latin.

— Ce n'est pas la même chose, répliqua Lillywhite, agacé. M. Fraser est un gentilhomme. Qui plus est, l'interdiction en question a pour objet d'éviter que le prêtre ne prononce un mariage en secret, ce qui ne me semble pas être le cas ici.

— Bénissez-moi mon père, parce que j'ai péché.

Cette fois, Jamie s'exprimait en anglais et d'une voix plus forte, ce qui fit sursauter M. Lillywhite. Le père Kenneth murmura ensuite une question, et Jamie poursuivit :

— J'ai commis les péchés de luxure et d'impureté, en pensée et dans la chair.

— Vraiment ? demanda le père Kenneth parlant, à son tour, plus intensément. Ces péchés d'impureté… quelle forme exactement ont-ils pris, mon fils, et combien de fois les avez-vous commis ?

Il avait l'air très intéressé.

— J'ai regardé des femmes avec concupiscence, mon père. Combien de fois ? Euh… disons une centaine, au moins. Il s'est écoulé beaucoup de temps depuis ma dernière confession. Voulez-vous leurs noms, mon père, ou vous suffit-il de savoir ce que j'ai imaginé leur faire ?

M. Lillywhite se raidit.

— Je ne crois pas que nous ayons le temps d'entrer dans les détails, mon fils. Contentez-vous de me résumer une ou deux situations, afin que je puisse… juger de la gravité de la faute.

— Oui, bien sûr. Eh bien, la pire était celle de la baratte !

— La baratte ? Vous voulez parler de l'instrument avec le manche pointant vers le haut ?

En pensant à tout ce que lui inspirait cet objet, le ton du père Kenneth se remplit de compassion affligée.

— Non, mon père, du genre cylindrique, couchée sur le côté, avec une petite poignée pour la tourner. Quoi qu'il en soit, la gueuse battait vigoureusement le beurre, et les lacets de son corselet étant défaits, ses seins s'agitaient dans tous les sens. La transpiration collait le tissu à sa peau. La baratte arrondie lui arrivait juste à la bonne hauteur, et je me voyais fort bien la culbutant dessus en retroussant ses jupes par derrière et…

J'étais sidérée. Il décrivait mon corselet, mes seins et ma baratte ! Sans parler de mes jupes. Je me souvenais parfaitement de ce péché et, si, au début, il avait pris la forme d'une pensée impure, il n'en était certainement pas resté là !

Un mouvement attira de nouveau mon attention du côté du sentier. M. Lillywhite avait attrapé le shérif, penché avidement vers la tente, les oreilles frémissantes, et il l'entraînait de force. M. Goodwin les suivit à contrecœur.

Le bruit de leurs pas noya malheureusement la suite de la description de Jamie, mais couvrit le craquement des branches derrière moi, qui annonçait l'approche de Brianna et de Marsali, avec Jemmy et Joan dans leurs bras, et Germain accroché, comme un singe, au dos de sa mère.

Regardant s'éloigner les trois silhouettes, Brianna me chuchota :

— J'ai bien cru qu'ils ne partiraient jamais. La voie est libre ?

— Oui. Viens par ici, toi.

Je tendis les bras et pris Germain, qui enfouit affectueusement son visage endormi dans mon cou en demandant :

— *Où allons-nous, grand-mère* * ?

— Chhhhuuut. Voir *grand-père* * et le père Kenneth. Mais il ne faut surtout pas faire de bruit.

— Comme ça ?

Il se mit à chantonner à voix basse une chanson grivoise française. Je plaquai aussitôt une main sur sa bouche, barbouillée d'une substance humide et poisseuse. Il venait de finir son repas.

— Chhhut ! Je t'en prie, ne chante pas, chéri. Tu vas réveiller les petits.

À mes côtés, Marsali lâcha un son étranglé et Brianna pouffa de rire, puis je me rendis compte que Jamie était toujours en confession. Il y prenait un certain plaisir et brodait allègrement sur ses aventures.

En tout cas, je l'espérais, car il n'avait fait aucune de ces choses avec *moi*.

J'avançai la tête entre les branches de sapin pour regarder de droite à gauche, mais plus personne ne se trouvait dans les parages. Je fis signe aux filles de me suivre en leur donnant l'ordre de courir et de se réfugier sous la tente.

En nous voyant arriver, Jamie s'arrêta, puis je l'entendis marmonner rapidement :

— … et des péchés de colère, d'orgueil et de jalousie… Oh ! Et quelques mensonges aussi. *Amen*.

Il s'agenouilla, récita un acte de contrition à toute vitesse, puis il se releva et me prit Germain des bras avant que le père Kenneth n'ait eu le temps de dire « *Ego te absolvo* ».

Mes yeux commençaient à s'accoutumer à la pénombre. Je distinguai les formes juponnées des filles et la haute silhouette de Jamie. Il déposa Germain debout sur la table devant le curé en disant :

— Faites vite, mon père. Nous n'avons pas beaucoup de temps.

— Et pas d'eau non plus, observa le prêtre. À moins qu'une de ces dames en ait apporté ?

Il avait saisi le silex et la boîte d'amadou et tentait de rallumer la lampe à huile.

Brianna et Marsali se regardèrent, consternées, puis elles firent non de la tête en même temps.

— Ne vous inquiétez pas, mon père, déclara Jamie.

Il chercha quelque chose sur la table, puis je l'entendis dévisser un bouchon. Un parfum âpre et doux de whisky se répandit dans la tente au moment où la mèche s'embrasait enfin, la lueur vacillante de la flamme se transformant en une claire lumière.

Jamie présenta la flasque ouverte au prêtre.

— Compte tenu des circonstances…

Le père Kenneth serra les lèvres, plus amusé qu'irrité.

— Compte tenu des circonstances, en effet. Après tout, quoi de plus approprié que l'eau-de-vie ?

Il dénoua alors sa cravate et sortit de sous sa chemise un lacet en cuir au bout duquel pendait une croix en bois et une fiole en verre.

— Le saint chrême, expliqua-t-il.

Il la déboucha et la déposa sur la table en ajoutant :

— Remerciez la Sainte Vierge que j'en porte toujours sur moi, car le shérif m'a confisqué tous mes instruments liturgiques.

Il fit un bref inventaire des objets posés sur la table, en comptant sur ses doigts.

— Le feu, le chrême, l'eau – enfin, si l'on veut – et un enfant. Parfait. Je suppose que votre époux et vous serez ses parrain et marraine, madame ?

Il s'adressait à moi, car Jamie était parti se poster près du rabat de la tente. Tout en rattrapant Germain de justesse qui tentait de bondir de la table, je répondis :

— Euh, oui, pour tous les trois, mon père.

Derrière moi, il y eut un chuintement métallique. Jamie avait dégainé son coutelas et montait la garde devant l'entrée.

— Jamie, mon fils, dit le curé sur un ton de reproche.

— Commencez, mon père, je vous en prie, répondit-il. Je tiens à ce que mes petits-enfants soient baptisés cette nuit, et personne ne l'empêchera.

Le prêtre inspira profondément, puis secoua la tête en marmonnant :

— Si vous tuez quelqu'un, j'espère avoir le temps de vous donner l'extrême-onction, avant que l'on nous pende tous les deux.

Il prit l'huile consacrée et ajouta :

— Si vous avez le choix, trucidez le shérif en premier, mon fils. Merci.

Revenant brusquement au latin, il souleva l'épaisse frange de Germain et traça avec le pouce le signe de croix sur son front. Puis, sans cesser de murmurer entre ses dents, il posa la main à plat sur le cœur de l'enfant, qui se mit aussitôt à pouffer de rire.

— Au nom de cet enfant, vous engagez-vous à lutter contre les forces du mal en renonçant au péché ?

Il avait formulé sa question trop rapidement pour réaliser qu'il s'adressait aux parrains en anglais. J'eus juste le temps de répondre à l'unisson avec Jamie.

— Oui, je m'y engage.

Les nerfs à vif, je tendais l'oreille pour capter tout bruit indiquant le retour de M. Lillywhite et du shérif, imaginant le tohu-bohu qui s'ensuivrait s'ils surprenaient le père Kenneth en plein « rite cannibale ».

Jamie m'observa et m'adressa un bref sourire qui se voulait rassurant, mais en vain. Je ne le connaissais que trop. Il avait décidé de faire baptiser ses petits-enfants et de confier dûment leurs âmes à Dieu, même au prix de sa vie ou de notre incarcération à tous, y compris Brianna, Marsali et les petits. Ainsi fabriquait-on des martyrs, et leurs familles n'avaient qu'à se faire une raison.

— Crois-tu-en-un-Dieu-unique-le-Père-le-Fils-et-le-Saint-Esprit ?

J'articulai en silence « tête de mule » dans sa direction, puis poursuivis précipitamment avec lui :

— Oui, je crois.

Était-ce un bruit de pas sur le sentier ou simplement le vent du soir qui faisait craquer les branches ?

La période des questions étant terminée, le prêtre se tourna vers moi en souriant. Dans la lumière dansante de la lampe, il ressemblait à une gargouille :

— Si vous le voulez bien, madame, je tiens pour acquis la similitude de vos réponses pour les deux autres enfants. Quel est le nom de baptême de ce petit ange ?

Sans stopper le rituel, il saisit la flasque de whisky et en versa avec précaution quelques gouttes sur le front du garçon, en répétant :

— Je te baptise Germain, Alexander, Claudel MacKenzie Fraser, au nom du Père, du Fils et du Saint-Esprit. *Amen*.

Germain observa cette opération avec le plus grand intérêt, en louchant sur le liquide ambré qui coulait le long de l'arête de son nez. Il avança la langue pour recueillir une goutte, puis il grimaça.

— Beurk, c'est de la pisse de cheval !

— Tsss ! le tança Marsali.

Le prêtre se retint de rire, mit Germain par terre, puis il fit signe à Brianna d'approcher.

Elle tint Jemmy au-dessus de la table, à bout de bras, telle une victime sacrificielle, en fixant le visage du bébé. Mais elle bougea la tête, attirée par un bruit à l'extérieur. Effectivement, il se passait quelque chose au dehors. J'entendais des voix, celles d'un groupe d'hommes qui papotaient, l'air enjoué mais pas aviné.

Je me raidis, essayant de ne pas regarder Jamie. S'ils entraient, j'agripperais Germain, filerais au fond de la tente, ramperais sous la toile et courrais droit devant moi. Histoire d'être prête, je saisis fermement le col du garçonnet. Puis Brianna me poussa du coude et chuchota :

— Tout va bien, maman. C'est Roger et Fergus.

Constatant qu'elle avait raison, je soupirai de soulagement. Je reconnus la voix autoritaire, légèrement nasale, de Fergus, lancé dans une sorte de harangue, le tout ponctué d'un grognement, probablement les réponses de Roger. Un ricanement haut perché, que j'identifiais comme étant celui de M. Goodwin, traversa la nuit, suivi d'une remarque avec l'accent traînant aristocratique de M. Lillywhite.

Je jetai un œil vers Jamie. Il tenait toujours son coutelas, mais sa main était retombée le long de son corps et ses épaules s'étaient affaissées. Jemmy était réveillé, mais tout juste. Il ne rouspéta pas à l'application de l'huile sainte, mais il sursauta au contact du whisky sur son front, écarquillant les yeux et battant des bras. Il émit un « Yiip ! » strident de protestation, puis, tandis que Brianna l'enveloppait dans sa couverture et le serrait contre son épaule, il fronça le visage, se demandant s'il était assez perturbé pour faire un esclandre ou pas.

Brianna tambourina dans son dos comme sur un tam-tam, en lui chantant quelques mots dans l'oreille pour le distraire. Finalement, il choisit d'enfoncer un pouce dans sa bouche et d'inspecter l'assistance d'un regard suspicieux. Entre-temps, le père Kenneth versait déjà le whisky sur Joan, endormie dans les bras de sa mère.

— Je te baptise Joan, Laoghaire, Claire Fraser.

Surprise, je dévisageai Marsali. Je savais qu'elle avait appelé sa fille Joan en souvenir de sa sœur cadette, mais j'ignorais jusque-là ses autres prénoms. Un nœud se forma dans ma gorge en regardant la jeune femme se pencher vers son enfant. Sa sœur et sa mère Laoghaire étant en Écosse, leurs chances de connaître, un jour, leur petit homonyme étaient presque nulles.

Soudain, les yeux en amande de Joan s'ouvrirent, grands et ronds, tout comme sa bouche. Elle poussa un cri puissant, comme si une bombe explosait parmi nous.

— Allez en paix, dans la foi de Notre Seigneur ! Et allez-y vite ! dit le curé.

Il revissait déjà le bouchon de la flasque, effaçant avec fébrilité toute trace de cérémonie. Dehors, sur le sentier, on entendait des exclamations de surprise.

Marsali sortit de la tente comme une fusée, serrant son bébé contre son sein et traînant Germain par la main. Brianna s'arrêta, juste le temps d'attraper le prêtre par la nuque et de déposer un baiser sur son front.

— Merci, mon père, susurra-t-elle avant de disparaître dans un bruissement de jupe et de jupon.

Jamie me tenait par le bras et me poussait hors de la tente, mais il s'immobilisa lui aussi une seconde sur le seuil et se retourna :

— Mon père ? *Pax vobiscum !*

Le père Kenneth s'était déjà rassis derrière la table, les mains croisées, les feuilles blanches posées devant lui. Il releva la tête en souriant. Dans la lumière de la lampe, son visage semblait paisible, malgré son œil au beurre noir. Il leva trois doigts, effectuant une bénédiction d'adieu.

— *Et cum spiritu tuo,* mon fils.

*

* *

— Mais qu'est-ce qui t'a pris de faire ça ?

Les paroles furieuses de Brianna arrivèrent jusqu'à moi. Marsali et elle marchaient quelques mètres en avant, avançant lentement à cause des enfants. On distinguait avec peine leurs silhouettes courbées et enveloppées dans des châles des buissons touffus qui envahissaient le sentier.

— Faire quoi ? Ne touche pas à ça, Germain ! Non, ne le mets pas dans ta bouche !

— Tu as pincé Joanie, je t'ai vue ! Tu aurais pu tous nous faire arrêter !

— Mais il le fallait bien ! s'étonna Marsali. Et puis, que pouvait-il arriver ? Les baptêmes étaient consacrés. On ne pouvait pas obliger le père Kenneth à les annuler.

Elle pouffa de rire, puis s'écria :

— Germain, ça suffit !

— Que veux-tu dire par « Il le fallait bien » ? Aïe ! Non, Jemmy, tu me tires les cheveux !

Maintenant bien réveillé et fasciné par ce nouvel environnement, Jemmy était déterminé à l'explorer de fond en comble, à en juger par ses nombreux « Argh ! » exclamatifs, entrecoupés de quelques « Glerb ! » intrigués.

— Mais parce qu'elle dormait ! expliqua Marsali. Elle ne s'est pas réveillée quand le père Kenneth lui a versé l'eau bénite, je veux dire « le whisky », sur le front. Germain, reviens ici tout de suite ! Or, ça porte malheur qu'un enfant ne pousse pas un cri au moment du baptême. Crier signifie que le péché originel quitte le corps. Je ne pouvais tout de même pas laisser le *diabhol* posséder ma petite puce. Pas vrai, *mo mhaorine* ?

Il y eut des bruits de baisers, suivis du gazouillis de Joanie, vite étouffé par Germain qui s'était remis à chanter.

Brianna grogna, amusée, sa colère s'étant envolée :

— Je vois. À partir du moment où tu avais une bonne raison... Cela dit, je me demande si l'exorcisme a bien marché avec Jemmy et Germain. À les voir, on dirait qu'ils ont le diable au corps. Aïe, ne me mords pas, petit démon ! Tu auras ta tétée dans une minute.

— Bah ! Que veux-tu, ce sont des garçons. Tout le monde sait qu'ils sont espiègles. Je suppose qu'il leur faut plus que quelques gouttes d'eau bénite pour être purifiés, même avec une eau à quatre-vingt-dix pour cent d'alcool ! Germain ! Qui t'a appris cette chanson dégoûtante ?

Je souris et, à mes côtés, Jamie se mit à rire en suivant la conversation de ses deux filles. Suffisamment loin du lieu du crime, nous ne nous inquiétions plus du raffut que faisaient les enfants. Des bribes de chansons, des airs de violons et des éclats de rire s'élevaient des campements devant lesquels nous passions.

Les activités de la journée étant terminées, les familles se rassemblaient au moment du dîner, avant l'appel des clans, les chants et la dernière série de visites. Les odeurs de feu de bois et de nourriture étiraient leurs tentacules dans la fraîcheur du soir et me donnaient faim. J'espérais que Lizzie s'était assez rétablie pour pouvoir faire la cuisine.

— Que veut dire *mo mhaorine* ? demandai-je à Jamie. J'entends cette expression pour la première fois.

— « Ma petite pomme de terre », je crois. C'est en irlandais. Le curé a dû la lui apprendre.

Il soupira, apparemment satisfait de la tournure de la soirée.

— Que sainte Bride bénisse le père Kenneth pour sa rapidité ! Pendant un moment, j'ai bien cru qu'on n'y arriverait pas. Tiens, n'est-ce pas Fergus et Roger qui reviennent ?

Deux ombres noires étaient sorties des bois pour rejoindre les filles. Des fragments de murmures et de rires étouffés nous parvinrent entre les cris des deux garçons à la vue de leurs pères.

Avec fermeté, je passai un bras sous celui de Jamie pour le ralentir.

— Oui, c'est bien eux. Au fait, ma petite pomme de terre, as-tu vu tes manières tout à l'heure ? Comment as-tu osé parlé de moi et de ma baratte au père Kenneth ?

— Pourquoi, ça t'ennuie ? demanda-t-il, surpris.

— Bien sûr !

Le sang me monta aux joues, mais je n'aurais su dire si c'était à cause de la confession de Jamie ou du souvenir du péché en question. À cette évocation, mon corps se réchauffa et les derniers vestiges de crampes s'estompèrent, tandis que mon ventre se contractait et se détendait, bercé par cette douce sensation intérieure. Le moment et le lieu étaient mal choisis, mais peut-être que, plus tard dans la soirée, si nous parvenions à nous isoler… Je repoussai rapidement cette idée, reprenant :

— Indépendamment du fait qu'il s'agissait de ma vie privée, ce n'était pas un péché. Nous sommes mariés, à ce que je sache !

— C'est vrai, mais j'ai aussi confessé que j'étais un menteur, *Sassenach*.

Je ne pouvais voir le sourire sur son visage, mais sa voix le trahissait. Lui aussi devait percevoir le mien.

— Il fallait que je raconte une situation assez gênante pour éloigner Lillywhite. Je ne pouvais tout de même pas confesser le péché de vol ou de sodomie. On ne sait jamais. Peut-être, un jour, serai-je amené à traiter avec lui.

— Tu crois qu'il aurait été dégoûté par la sodomie, alors qu'il considère ton penchant pour les femmes aux chemises mouillées comme un défaut mineur ?

Sous la chemise en lin, son bras était chaud. Posant mes doigts sur le dessous de son poignet, cette partie de peau nue et vulnérable, je caressai le relief de la veine qui y palpitait, disparaissant sous la manche, en direction du cœur. Il toucha ma main en murmurant :

— Ne parle pas trop fort, *Sassenach*. Les enfants vont t'entendre. Et puis, je ne me comporte pas comme ça avec toutes les femmes. Uniquement avec celles qui ont une belle croupe bien rebondie.

Il lâcha ma main et tapota familièrement mon arrière-train, faisant preuve d'une précision étonnante dans le noir. Il s'attarda sur une fesse, la pétrissant à travers le tissu.

— Je ne traverserais pas la route pour accoster une maigrichonne, fut-elle entièrement nue et trempée. Quant à Lillywhite, il a beau être protestant, il n'en est pas moins homme.

— J'ignorais que ces deux états étaient incompatibles, dit la voix de Roger tout près.

Jamie retira précipitamment sa main, comme si mes fesses étaient en feu. Ce qui n'était pas le cas, quoique… il avait, d'une manière indéniable, attisé les braises qui couvaient en moi. Cependant, il restait encore de longues heures avant l'heure du coucher. Avant de me retourner, j'exerçai une pression discrète sur l'anatomie intime de Jamie, ce qui le fit tressaillir. Sous un bras, Roger tenait une forme gigotante, indéfinissable dans l'obscurité. En dépit des grognements sourds de la chose, il ne s'agissait pas d'un cochonnet, comme on aurait pu le croire, mais de Jemmy, occupé à ronger férocement les doigts de son père, qui reprit :

— Je voulais vous remercier… euh… pour le baptême.

Je remarquai son hésitation. Il n'avait pas encore trouvé une façon de s'adresser à Jamie avec laquelle il soit à l'aise. Quant à ce dernier, il appelait Roger « petit Roger », « Roger Mac », « MacKenzie » ou, plus rarement, par le surnom en gaélique que lui avait trouvé Ronnie Sinclair en l'honneur de sa voix, « *a Smeoraich* ». « La Grive chanteuse ».

— C'est à moi de te remercier, *a charaid*. Nous n'y serions pas arrivés sans toi et Fergus.

La silhouette grande et élancée de Roger se détachait avec netteté devant le feu d'un campement. Il haussa les épaules, puis changea Jemmy de bras, essuyant sa main trempée de salive sur ses culottes, avant de répondre sur un ton bourru :

— Ce n'était rien. Vous pensez que le père Kenneth va s'en sortir sans trop d'histoires ? Brianna m'a dit qu'ils l'avaient bien amoché. J'espère qu'ils ne lui feront pas de mal en le raccompagnant jusqu'à la frontière.

— Je pense qu'il ne court aucun risque, répondit Jamie. J'en ai touché deux mots au shérif.

Sa façon d'accentuer le terme « mots » ne laissait planer aucun doute sur la nature de sa demande. Un pot-de-vin eut sans doute été plus efficace, mais, avec deux shillings et trois pences à notre actif, les menaces étaient tout ce que nous pouvions nous permettre pour l'instant.

— Je parlerai à ma tante tout à l'heure, reprit Jamie. Je lui demanderai d'envoyer une lettre à M. Lillywhite dès ce soir, afin qu'il sache le fond de sa pensée au sujet de cette affaire. Ce sera encore la meilleure manière de garantir la sécurité du père Kenneth.

— J'imagine que Jocasta ne sera pas ravie d'apprendre que son mariage est retardé, observai-je.

Fille d'un laird des Highlands et épouse d'un riche planteur, Mlle Jo n'avait pas l'habitude qu'on contrarie ses projets.

— Probablement pas, convint Jamie. Mais Duncan sera sans doute un peu soulagé.

Roger se mit à rire et marcha à nos côtés, tandis que nous reprenions notre chemin, puis il demanda :

— Les mariages sont définitivement annulés ?

Je ne pouvais voir le froncement de sourcils de Jamie, mais je le vis secouer la tête, l'air dubitatif.

— J'ai bien peur que oui. Ils n'ont pas voulu me confier le curé, bien que j'aie juré de le ramener demain matin. Nous pourrions essayer de le prendre par la force, mais...

— Je doute que cela vous serve à grand-chose, interrompis-je.

Je leur racontai la conversation que j'avais surprise à l'extérieur de la tente, puis conclus :

— Je les vois mal attendre tranquillement pendant que le père célébrera les mariages. Même si vous l'aidez à s'évader, ils ratisseront la montagne pour le retrouver, mettant les tentes à sac et provoquant des émeutes.

Le shérif Anstruther ne serait pas seul. Jamie et sa tante étaient peut-être estimés au sein de la communauté écossaise, mais les catholiques en général, et les curés en particulier, ne l'étaient guère.

— Des « instructions » ? répéta Jamie. Tu en es sûre, *Sassenach* ? Lillywhite a déclaré avoir reçu des « instructions » ?

— Oui.

De fait, je ne m'étais pas encore rendu compte à quel point c'était étrange. Il était clair que le shérif recevait ses instructions de Lillywhite, puisque c'était son devoir. Mais qui donnait les siennes au magistrat ?

Roger secoua la tête d'un air songeur, puis déclara en parlant lentement :

— Il y a bien un autre magistrat au *gathering*, ainsi que plusieurs juges de paix, mais…

Un cri strident interrompit ses méditations. Il baissa les yeux. La lueur d'un feu voisin illumina son visage tendre et souriant, pendant qu'il s'adressait au bébé :

— Quoi ? Tu as faim, mon poussin ? Attends un peu. Maman va bientôt revenir.

Je scrutai les ombres changeantes devant nous et questionnai Roger :

— Où est sa mère ?

Un vent léger s'était levé, faisant s'entrechoquer les branches nues d'un chêne et d'un noyer blanc au-dessus de nos têtes dans un cliquetis de sabres. Néanmoins, les vagissements de Jemmy étaient suffisamment sonores pour que Brianna les entende. Je percevais la voix de Marsali devant nous, en aimable conversation avec Germain et Fergus au sujet du dîner, mais pas celle, plus grave, de Brianna.

— Pourquoi ? demanda Jamie à Roger, haussant la voix pour se faire comprendre, malgré le bruit du vent.

— Pourquoi quoi ? répondit Roger. Tiens, Jemmy, tu vois ce jouet ? Tu le veux ? C'est bien, mon garçon, suce-le donc pendant un moment.

Un objet brilla dans sa main libre, puis disparut. Les cris du bébé cessèrent aussitôt, remplacés par des bruits de succion.

— Qu'est-ce que c'est ? demandai-je, inquiète. Il ne risque pas de l'avaler ?

— Non, c'est une chaîne de montre. Ne vous en faites pas. S'il l'avale, je tiens l'autre bout et je pourrai toujours la ressortir.

— Pourquoi quelqu'un voudrait-il vous empêcher de vous marier ? s'enquit Jamie patiemment.

— Nous ? s'étonna Roger. Je ne vois pas qui se soucierait que nous soyons mariés ou pas, en dehors de moi-même, et de vous, peut-être. Je suppose que vous aimeriez que le petit ait un nom. Au fait…

Il se tourna vers moi. Le vent faisait voler ses cheveux longs, lui conférant une allure sauvage.

— … quel nom de baptême lui avez-vous donné ?

— Jeremiah Alexander Ian Fraser MacKenzie. C'est bien ce que vous vouliez ?

— Oh, ce n'était pas très important.

Il contourna une mare d'eau au milieu du chemin. Il s'était remis à bruiner. Les gouttelettes glacées glissaient sur mon visage et la surface de la flaque tremblait dans la lueur des feux de camp.

— Je tenais à Jeremiah, reprit Roger, mais Brianna pouvait choisir ses autres prénoms. Elle n'arrivait pas à se décider entre John, pour John Grey, et... Ian, pour son cousin, mais, bien sûr, cela revient au même.

Là encore, son hésitation ne m'avait pas échappé. Ian, le neveu de Jamie, était plus que jamais présent dans nos esprits, notamment en raison d'un message de lui reçu la veille. Cet événement avait poussé Brianna à faire son choix.

— Dans ce cas, si on ne veut pas empêcher votre mariage, poursuivit Jamie, est-ce celui de Jocasta et de Duncan ? Ou du couple de Bremerton ?

— Vous pensez qu'il s'agit vraiment d'une manœuvre pour empêcher les mariages ce soir, et non d'une simple objection générale aux pratiques papistes ?

— Ça pourrait être le cas, mais pourquoi avoir attendu ce soir pour arrêter le prêtre ? Attends, *Sassenach*, je vais t'aider.

Jamie lâcha ma main, contourna la flaque, puis se retourna et m'attrapa par la taille. Il me souleva de terre et me déposa de l'autre côté. Je manquai de glisser sur des feuilles mouillées, mais m'accrochant à son bras, je retrouvai mon équilibre.

Il reprit le fil de la conversation :

— Non, Lillywhite et Anstruther ne portent pas les catholiques dans leur cœur, c'est sûr, mais pourquoi se donneraient-ils tant de mal maintenant, puisque, de toute façon, le curé devait rentrer chez lui demain ? Craignent-ils qu'il se mette soudain à corrompre tous ceux qui sont ici cette nuit ?

— Je suppose que non, convint Roger. Le père Kenneth devait-il faire autre chose de particulier ce soir, outre les mariages et les baptêmes ?

— Sans doute écouter quelques confessions, dis-je en pinçant le bras de Jamie. Mais, que je sache, rien de plus.

Je serrai les cuisses, sentant un changement alarmant sous mes jupes. Zut ! Une des épingles qui maintenaient le linge entre mes jambes s'était défaite quand Jamie m'avait soulevée. L'avais-je perdue ?

— Vous croyez qu'ils veulent empêcher quelqu'un de se confesser ? demanda Roger. Je veux dire, quelqu'un en particulier ?

Jamie réfléchit un moment à la question avant de répondre :

— Apparemment, ils n'avaient pas d'objections à ce qu'il entende la mienne. En outre, je suppose qu'ils se fichent pas mal qu'un catholique ait commis un péché mortel ou pas, vu que, pour eux, nous sommes tous damnés. Mais peut-être savaient-ils qu'un individu devait se confesser coûte que coûte et révéler quelque chose...

— Tu crois qu'ils essayeraient de faire payer l'accès au prêtre ? demandai-je, sceptique. Tu sais, Jamie, ici, il n'y a pratiquement que des Écossais. J'imagine que, s'il faut débourser trois sous pour voir un curé, le meurtrier ou l'homme adultère écossais et catholique moyen se contentera de réciter un acte de contrition et espérera s'en tirer de cette manière.

Jamie se mit à rire, et un nuage de condensation s'enroula autour de son visage comme la fumée d'un cigare. La température avait encore baissé.

— Si Lillywhite envisage de se lancer dans le domaine de la confession payante, il s'y prend un peu tard. Et s'il ne s'agissait pas d'empêcher quelqu'un de se confesser, mais plutôt de vouloir entendre ce que cette personne a à dire ?

Cette hypothèse sembla séduire Roger.

— Pour la faire chanter ? En effet, c'est une idée.

Le sang parlait. Roger avait beau être diplômé d'Oxford et tout le tralala, il n'en était pas moins Écossais.

Jemmy remua brusquement sous son bras, puis brailla.

— Que t'arrive-t-il, mon poussin ? Tu as perdu ton joujou ? Où l'as-tu fait tomber ?

Il cala le bébé sur son épaule comme un paquet de linge sale et s'accroupit, palpant le sol à la recherche de la chaîne.

— Du chantage ? demandai-je. C'est un peu tiré par les cheveux, il me semble ? Vous voulez dire qu'ils soupçonneraient Farquard Campbell, par exemple, d'avoir commis un crime affreux et qu'ils chercheraient à en avoir la confirmation pour le menacer ? C'est un peu tordu, non ? Si vous trouvez une épingle par terre, Roger, elle est à moi.

— Lillywhite et Anstruther sont Anglais, *Sassenach*, dit Jamie. Ne sont-ils donc pas naturellement bizarres et faux-jetons ?

— Peuh ! C'est l'hôpital qui se moque de la charité. En outre, ils n'ont pas essayé d'espionner *ta* confession.

— Parce que je n'ai rien d'intéressant à révéler.

Il semblait s'amuser, discutant uniquement pour le plaisir de me contredire.

— Peut-être, mais...

Jemmy s'énervait de plus en plus, gesticulant dans tous les sens, faisant des sons de sifflet à vapeur. Roger ramassa délicatement un objet entre deux doigts et se releva :

— J'ai trouvé votre épingle. Mais pas de chaîne.

— Quelqu'un la trouvera demain matin. Vous devriez peut-être me le confier.

Je tendis les bras et Roger m'abandonna son fardeau avec un soulagement non dissimulé. Je compris très vite en sentant les couches de Jemmy.

— Encore ? m'exclamai-je.

Le prenant comme un reproche personnel, le bébé ferma les yeux et hurla de plus belle. Je tentai de le calmer en le berçant, tout en le maintenant à une distance supportable. Puis je redemandai à Roger :

— Mais où est passée Bree ?

— Oh, elle est partie faire une course.

Son air vague éveilla aussitôt les soupçons de Jamie, qui tourna brusquement la tête. La lumière baignait son profil et je remarquai ses épais sourcils roux arqués par la suspicion. Il leva le nez, flairant l'embrouille, puis m'interrogea du regard. Étais-je dans le coup ?

— Je n'en ai pas la moindre idée, répondis-je avant qu'il ne me pose la question. Je vais passer chez les McAllister. Peut-être auraient-ils de quoi changer le petit. Je vous retrouve tout à l'heure, près de notre feu de camp.

Sans attendre de réponse, je serrai fermement le bébé contre moi et m'enfonçai dans les broussailles, mettant le cap vers le campement le plus proche. Georgiana McAllister venait d'avoir des jumeaux. Je l'avais aidée à accoucher quatre jours plus tôt et elle fut ravie de me rendre service en m'offrant à la fois du linge propre et un buisson privé où réparer mes propres dégâts. Cela fait, je restai un moment à bavarder avec elle et à admirer ses bébés tout en méditant sur les récentes révélations. Entre le lieutenant Hayes et sa proclamation, les machinations de M. Lillywhite et compagnie, et ce que mijotaient Brianna et Roger, la montagne, ce soir, fourmillait de conspirateurs.

J'étais heureuse que le problème des baptêmes ait été résolu. En fait, j'étais surprise de constater l'ampleur de mon soulagement ; toutefois, l'annulation du mariage de Brianna me désolait. Bien qu'elle ne m'en ait pas beaucoup parlé, je savais que Roger et elle avaient attendu avec impatience de pouvoir faire bénir leur union. Le feu fit luire mon alliance en or avec des reflets accusateurs.

« Qu'est-ce que tu veux que j'y fasse ! » lançai-je mentalement à Frank tout en hochant la tête en réponse à Georgiana qui me donnait son avis sur le traitement des oxyures.

— Madame ?

L'aînée des filles McAllister, qui s'était portée volontaire pour changer Jemmy, interrompit la conversation, tenant délicatement un long objet gluant entre deux doigts.

— C'était dans la couche du petit. Elle appartient peut-être à votre mari ?

— Seigneur !

D'abord interloquée de voir réapparaître la chaîne de montre, je me rendis compte, après quelques secondes de réflexion, que Jemmy n'avait pas pu l'avaler. Il aurait fallu plusieurs heures à un objet pour parcourir tout le tube digestif du nourrisson, aussi actif soit-il. En réalité, il avait dû faire tomber la chaîne sous sa robe, où elle avait glissé jusque dans sa couche.

— Donne-moi ça.

Apercevant la chaîne, M. McAllister tendit la main et la saisit en grimaçant. Il sortit un grand mouchoir de ses culottes et l'essuya soigneusement, faisant briller les maillons en argent ainsi qu'une pendeloque ornée d'un blason. Georgiana, qui allaitait les jumeaux, se pencha par-dessus leurs têtes et s'exclama :

— Tiens, on dirait la médaille du révérend Caldwell !

— Ah oui ?

Son mari examina la chaîne, puis il palpa sa chemise à la recherche de ses lunettes.

— Mais oui, j'en suis sûre, reprit Georgiana. Je l'ai vue quand il est venu prêcher dimanche dernier. Mes premières douleurs ont commencé et j'ai dû partir avant la fin. Il a sorti sa montre, pensant sans doute qu'il s'était trop attardé. C'est là que j'ai aperçu sa médaille briller sur sa chaîne de gousset.

McAllister, qui venait de planter fermement une paire de lunettes en demi-lune sur le bout de son nez et qui retournait la plaque en métal entre ses doigts, l'informa :

— Cela s'appelle un sceau, *a nighean*. Tu as raison, c'est bien à M. Caldwell. Regarde.

Son doigt calleux suivit les contours d'un dessin : une masse d'armes, un livre ouvert, une cloche et un arbre, le tout sur le dos d'un poisson tenant une bague dans sa gueule.

— Il s'agit du sceau de l'université de Glasgow.

Relevant vers moi ses yeux bleus remplis d'admiration, il m'expliqua :

— M. Caldwell est un érudit. Il a été à l'université apprendre le prêche. Il faut dire qu'il sait y faire !

Se tournant vers sa femme, il poursuivit :

— Tu as raté une belle fin, l'autre jour, Georgie. Il est devenu très rouge, en nous parlant de l'abomination de la désolation et de la colère de l'apocalypse, et j'ai bien cru qu'il faisait une crise d'apoplexie. Qu'est-ce qu'on aurait fait de lui ? Il refuse d'être traité par Murray MacLeod, car il le considère comme un hérétique. Murray appartient à la Nouvelle Lumière. Vous-même, madame Fraser, étant papiste… sans compter que vous aviez déjà fort à faire avec la naissance des deux petits.

Il se pencha en avant et tapota affectueusement le bonnet de l'un des jumeaux, trop absorbé par sa tétée pour le remarquer.

Sa femme se cala plus confortablement avec sa double charge et déclara :

— Ma foi, M. Caldwell aurait bien pu exploser, j'avais d'autres chats à fouetter ce jour-là ! Peu m'importait que la sage-femme soit Indienne ou Anglaise – oh ! pardon, madame Fraser ! –, à partir du moment où elle savait attraper un bébé et arrêter les saignements.

Je marmonnai une modeste réponse, écartant d'un geste de la main les excuses de Georgiana. J'étais surtout intéressée à en savoir plus sur les origines de la chaîne de montre, un certain soupçon prenant forme dans le fond de mon esprit.

— Ce M. Caldwell… il est prédicateur, vous dites ?

— Oh oui ! L'un des meilleurs, confirma M. McAllister, et je les ai tous entendus. Prenez M. Urmstone, par exemple. Il est très fort sur les péchés, mais il n'est plus tout jeune et il a la voix un peu rouillée. Il faut se tenir tout près pour bien l'entendre, ce qui est plutôt dangereux, parce qu'il s'en prend toujours aux péchés du premier rang. Quant à celui de la Nouvelle Lumière, il n'est pas très convaincant. Il manque de coffre.

Il rejeta le malheureux avec le dédain d'un connaisseur.

— M. Woodmason n'est pas trop mal. Un peu raide dans ses manières – c'est un Anglais, si vous voyez ce que je veux dire –, mais il n'est jamais en retard pour une messe, en dépit de son âge avancé. En revanche, le jeune M. Campbell, de Barbecue Church…

La jeune fille qui tenait Jemmy sur les genoux l'interrompit.

— Ce petit est mort de faim, madame. Je peux lui donner un peu de porridge, peut-être ?

En effet, Jemmy était tout rouge et gémissant. La marmite sur le feu bouillonnait. La mixture devait donc être assez cuite pour qu'aucun microbe n'ait survécu. Je sortis la cuillère en corne que je gardais toujours dans ma poche. Certaine qu'elle était à peu près propre, je la tendis à la jeune fille.

— Merci, c'est très gentil. Dites-moi, ce M. Caldwell, il ne serait pas presbytérien par hasard ?

M. McAllister parut surpris, puis son visage s'illumina devant ma perspicacité.

— Mais si ! Vous l'avez donc déjà entendu, madame Fraser ?

— Non, mais j'ai comme l'impression que mon gendre le connaît.

Georgiana se mit à rire et indiqua du menton la chaîne enroulée dans la large paume de son mari.

— En tout cas, votre petit-fils le connaît, lui. Les bébés de cet âge sont comme des pies, ils sont attirés pas tout ce qui brille.

Je contemplai les maillons d'argent et le sceau. Voilà qui modifiait considérablement la donne. Si Jemmy avait fait les poches du révérend Caldwell, cela n'avait pu se passer qu'avant les baptêmes improvisés et organisés par Jamie.

Or Brianna et Roger avaient été mis au courant de l'arrestation du père Kenneth et de la possible annulation du mariage bien avant cela. Ils avaient donc eu le temps de prendre d'autres dispositions pendant que Jamie et moi étions occupés avec Rosamund et Ronnie, et à régler diverses autres crises. Le temps pour Roger d'aller discuter avec M. Caldwell, le prêtre presbytérien, en emmenant Jemmy avec lui.

Dès que Roger avait confirmé comme peu probable la célébration de leur mariage dans la soirée, Brianna s'était éclipsée pour faire une vague « course ». Le père Kenneth avait tenu à s'entretenir avec le promis presbytérien avant de le marier. M. Caldwell avait donc pu en exiger autant de la part de la fiancée papiste.

Nous ne pouvions pas partir tout de suite : Jemmy dévorait le porridge avec la concentration d'un piranha affamé. Au fond, c'était aussi bien. Que Brianna se débrouille pour annoncer à son père que son mariage aurait lieu, avec ou sans curé !

J'étalai ma jupe autour de moi pour faire sécher l'ourlet. La lueur du feu faisait briller mes deux alliances. J'avais très envie de rire en pensant aux paroles de Jamie apprenant la nouvelle, mais je me retins pour ne pas avoir à expliquer la raison de mon amusement aux McAllister.

J'indiquai la chaîne que le mari tenait toujours à la main.

— Puis-je la reprendre ? demandai-je. Il y a de fortes chances que je vois M. Caldwell tout à l'heure.

14

Heureuse la mariée que la lune illumine

La chance nous sourit. La pluie s'arrêta et les lambeaux de nuages s'écartèrent, dévoilant une lune argentée. Elle s'élevait, lumineuse, au-dessus du versant de la Montagne Noire, procurant l'éclairage parfait pour une cérémonie de mariage intime.

J'avais déjà rencontré David Caldwell, mais le souvenir de cet homme me remonta à la mémoire uniquement en le revoyant. Ce petit monsieur était fort sympathique et toujours très bien mis, en dépit du fait qu'il dormait à la belle étoile depuis une semaine. Jamie le connaissait également et le respectait. Mais cela ne l'empêcha pas d'avoir l'air plutôt de mauvais poil quand le pasteur s'avança dans la lumière du feu, son livre de prières élimé dans les mains. Je lui donnai un bref coup de coude dans les côtes et il changea aussitôt d'expression, cachant ses émotions derrière un masque impénétrable.

Roger nous regarda, puis se tourna de nouveau vers Brianna. Je crus apercevoir un petit sourire de victoire au coin de ses lèvres, mais ce pouvait être une ombre. Jamie expira bruyamment par le nez, ce qui lui valut un autre coup de coude.

— Tu as obtenu ce que tu voulais pour le baptême, lui rappelai-je discrètement.

Il leva le menton d'un air digne. Les yeux de Brianna reflétait une vague inquiétude.

— Est-ce que j'ai dit quelque chose ? chuchota-t-il.

— C'est un mariage chrétien tout ce qu'il y a de plus respectable.

— Je n'ai jamais dit le contraire.

— Alors, aie l'air heureux, nom de Dieu !

Il expira encore une fois et prit un air de bienveillance qui frisait la débilité mentale. Tout en serrant les dents, il esquissa un sourire forcé et demanda :

— Ça te va ainsi, tu es contente ?

Duncan Innes pivota avec nonchalance vers nous, puis se détourna précipitamment pour murmurer quelque chose à l'oreille de Jocasta, assise près du feu. Elle portait un bandeau sur ses yeux endommagés pour les protéger de la lumière trop vive. Ulysse, qui se tenait derrière elle, avait coiffé sa perruque en l'honneur de la cérémonie. Dans l'obscurité, on ne voyait de lui qu'une masse de cheveux poudrés flottant dans les airs. Tandis que je la regardais, son regard obliqua vers nous, ses deux yeux semblant briller faiblement dans le noir.

— Qui est-ce, *grand-mère* * ?

Ayant échappé, comme d'habitude, à la vigilance de ses parents, Germain venait d'apparaître à mes pieds et pointait son doigt vers le révérend Caldwell.

— C'est un pasteur, mon chéri. Tante Brianna et oncle Roger se marient.

— C'est quoi un pasteur ?

J'inspirai profondément avant de répondre, mais Jamie me prit de vitesse.

— C'est une espèce de prêtre, mais pas un vrai.

— C'est un méchant ?

Il examinait le révérend Caldwell avec un nouvel intérêt.

— Non, non, dis-je précipitamment. Ce n'est pas un méchant prêtre du tout. C'est juste que… vois-tu, nous sommes catholiques, et les catholiques ont des curés, alors qu'oncle Roger, lui, est presbytérien et…

— … les presbytériens sont des hérétiques, acheva Jamie.

— Ce ne sont pas des hérétiques, mon chéri. Ton grand-père plaisante, ou, du moins, il se croit drôle. Les presbytériens sont…

Germain ne m'écoutait plus. Il avait renversé la tête en arrière et contemplait Jamie d'un air fasciné.

— Pourquoi *grand-père* * fait des grimaces ?

— Parce que nous sommes très heureux, expliqua ce dernier sans se départir de son rictus.

— Ah bon.

Germain étira aussitôt son visage extraordinairement mobile pour imiter l'expression de son grand-père. Il fit une sorte de mimique sinistre, les lèvres retroussées, les dents serrées et les yeux exorbités.

— Comme ça ?

— Oui, mon chéri, confirmai-je. C'est parfait.

Marsali nous aperçut et tira sur la manche de Fergus. Il nous dévisagea, surpris.

— Sois heureux, papa ! lui cria Germain sans cesser de sourire. Comme ça !

Le regard de Fergus passait de son fils à Jamie. Il parut perplexe quelques instants, puis il afficha à son tour un immense sourire d'insincérité totale. Marsali lui donna un coup de pied dans la cheville. Il tiqua mais garda la même attitude.

De l'autre côté du feu, Brianna et Roger échangeaient des instructions de dernière minute avec le pasteur. Brianna s'écarta un moment et vit alors la phalange de visages grimaçants. Elle resta bouche bée, puis m'interrogea du regard. Je haussai les épaules pour lui signifier mon impuissance.

Elle se pinça les lèvres, mais je discernais ses efforts pour se retenir de rire.

Le révérend Caldwell avança d'un pas, marquant une page précise du livre de prières avec son doigt. Il chaussa ses lunettes et adressa un sourire chaleureux à l'assistance, sourcillant à peine à la vue des faces grotesques.

Il toussa, puis ouvrit son recueil.

— Mes chers amis, nous sommes rassemblés ici en présence de Notre Seigneur...

Jamie se détendait au fur et à mesure que les paroles s'égrenaient, notant les singularités, sans doute, mais ne trouvant pas de grandes divergences. Il me vint à l'esprit qu'il n'avait peut-être jamais assisté à une cérémonie protestante, à l'exception, bien sûr, du baptême que Roger avait célébré lui-même parmi les Mohawks. Je fermai les yeux et récitai une brève prière pour le petit Ian, comme je le faisais à chacune de mes pensées pour lui.

— Souvenons-nous avec dévotion que Dieu a établi et sanctifié le mariage, pour le bien et le bonheur de l'humanité...

En rouvrant les yeux, je constatai que tous les regards étaient fixés sur Brianna et Roger. Ils se tenaient face à face, les mains liées. Ils formaient un beau couple, presque de la même taille, elle, lumineuse, lui, ténébreux, tels une photographie et son négatif. Bien que différents, ils avaient tous les deux les traits fins et saillants, un héritage du clan des MacKenzie.

Mes yeux se portèrent de l'autre côté du feu et je retrouvai chez Jocasta la même ossature et la même chair. Elle était grande et belle, son visage aveugle orienté, l'air absorbé, vers la voix du prêtre. Puis, je la vis avancer une main et la poser sur le bras de Duncan, ses longs doigts blancs exerçant une douce pression. Le révérend Caldwell avait aimablement proposé de célébrer aussi leur mariage, mais elle avait refusé, préférant attendre l'occasion de le célébrer selon le rite catholique.

Sa démonstration de déférence envers Duncan ne trompait personne.

— Après tout, nous ne sommes pas si pressés, n'est-ce pas, mon cher ?

Étrangement, Duncan m'avait paru plus soulagé que déçu par le report de son mariage.

— ... Par l'intermédiaire de ses apôtres, il a instruit ceux qui entrent dans cette relation à se chérir dans une estime mutuelle...

Duncan avait pris la main de Jocasta avec une tendresse inattendue. Ils ne feraient pas un mariage d'amour, peut-être, mais d'estime mutuelle, certainement.

— Devant Notre Seigneur tout puissant, le sondeur de nos âmes, si l'un de vous deux a connaissance d'un fait qui empêcherait ce mariage, je vous conjure de le confesser maintenant. Car soyez assurés que ceux qui s'unissent de manière contraire à la parole de Dieu ne pourront obtenir sa bénédiction.

Le révérend Caldwell marqua une pause, ses yeux accusateurs passant de l'un à l'autre. Roger secoua doucement la tête sans quitter des yeux le visage de Brianna. Elle lui répondit par un infime sourire. Le révérend s'éclaircit alors la gorge et continua.

Autour du feu, l'assemblée, qui cachait avec peine sa gaieté, avait réussi à reprendre son sérieux. On n'entendait plus que la voix du pasteur et le crépitement des flammes.

— Roger Jeremiah, veux-tu prendre pour épouse cette femme ici présente, jures-tu de lui être fidèle, dans l'amour et l'honneur, le devoir et le service, la foi et la tendresse, de vivre avec elle et de la chérir, conformément à l'ordonnance de Dieu et selon les liens sacrés du mariage ?

— Je le veux, dit Roger d'une voix grave et rauque.

Quelqu'un poussa un profond soupir à mes côtés et je vis Marsali, rêveuse, poser sa tête sur l'épaule de Fergus. Il déposa un baiser sur son front, puis il appuya sa tempe contre elle. Pendant ce temps, le pasteur posait la question à Brianna.

— Je le veux, répondit-elle sans quitter Roger des yeux.

Le révérend Caldwell balaya l'assistance du regard, le feu se reflétant dans ses lunettes.

— Qui accorde la main de cette jeune femme ?

Il y eut un bref moment d'hésitation, puis Jamie sursauta.

— Oh, mais c'est moi !

Brianna le regarda en lui souriant, les yeux remplis d'amour. Il lui retourna son sourire, cligna des yeux, se racla la gorge et serra ma main un peu plus fort.

Me souvenant de mes propres mariages, j'avais moi-même la gorge nouée en les écoutant prononcer leurs vœux. Jocasta ressentait-elle la même chose, elle qui avait été mariée trois fois ? Quels échos du passé lui renvoyaient ces paroles ?

— Moi, Roger Jeremiah, te reçois, Brianna Ellen, comme épouse…

La lueur du souvenir brillait sur la plupart des visages rassemblés autour du feu. Les Bug étaient blottis l'un contre l'autre, reflétant une dévotion et une tendresse réciproques. M. Wemyss, planté près de sa fille, courbait la tête et fermait les yeux, l'air à la fois joyeux et triste, songeant sans nul doute à sa femme, morte depuis longtemps.

— ... dans le bonheur et les épreuves...

— ... dans la joie et la douleur...

— ... dans la maladie et la santé...

Lizzie, extatique, écarquillait les yeux devant le mystère de l'amour, qui prenait forme devant elle. Quand viendrait son tour ? Quand se tiendrait-elle, elle aussi, devant des témoins pour prononcer des promesses aussi graves ?

Jamie se serra un peu plus contre moi, nos doigts s'entrelaçant. Relevant les yeux vers lui, je lus dans les siens la même promesse que celle qui résonnait dans ma tête :

— ... tout au long de notre vie.

15

Les flammes de la déclaration

Plus bas, le grand feu flamboyait. Le bois humide brûlait en pétaradant, tels des coups de revolver résonnant dans la montagne. Ces détonations passaient pourtant inaperçues dans le vacarme des réjouissances. Bien qu'elle ait choisi de ne pas être mariée par le révérend Caldwell, Jocasta, généreuse, avait néanmoins offert un immense festin sur notre campement, en l'honneur de Brianna et de Roger. Le vin, la bière et le whisky coulaient à flots, sous la supervision d'Ulysse, dont la perruque blanche virevoltait dans la foule comme un papillon de nuit autour de la flamme d'une chandelle.

Les nuages s'étaient reformés au-dessus de nos têtes, mais, en dépit du froid et de l'humidité, une bonne moitié des participants du *gathering* étaient présents, dansant au son des violons et des harmonicas et s'abattant comme un nuage de sauterelles sur les buffets qui croulaient sous les victuailles. Ils portaient des toasts aux mariés, nouveaux et futurs, avec un tel enthousiasme que, pour voir la réalisation de tous leurs vœux, Roger, Brianna, Jocasta et Duncan devraient vivre chacun mille ans ou plus.

Pour ma part, je me sentais d'attaque pour traverser au moins un siècle. Je ne ressentais plus aucune douleur, rien d'autre qu'un bien-être général.

Près du feu, Roger grattait une guitare qu'on lui avait prêtée, chantant une sérénade à Brianna devant un public ravi. Proche de moi, Jamie était assis sur un tronc d'arbre aux côtés de Duncan et de sa tante, et discutait avec des amis.

— Madame ?

Resplendissant dans sa livrée, Ulysse venait d'apparaître devant moi, un plateau à la main. Il se comportait comme s'il évoluait dans un des salons de River Run plutôt qu'en pleine nature.

— Merci.

J'acceptai une coupe en étain remplie de boisson et découvris qu'il s'agissait d'eau-de-vie. Et de la bonne ! J'en bus une gorgée et la laissai filtrer jusque dans mes sinus. Toutefois, avant d'avoir eu le temps d'en absorber davantage, je pris conscience d'une accalmie dans le joyeux brouhaha ambiant.

Tous les regards convergèrent vers Jamie, qui balaya le campement d'un coup d'œil, puis il se leva et tendit la main dans ma direction. Surprise, je reposai le gobelet sur le plateau d'Ulysse. Puis ayant lissé mes cheveux en arrière et glissé mon mouchoir dans ma manche, je me levai pour le rejoindre.

— *Thig a seo, a bhean uasa*[1], dit-il en me souriant.

D'un signe du menton, il enjoignit les autres à nous imiter. Roger posa sa guitare, la recouvrit prudemment d'une bâche, puis il tendit la main vers Brianna.

— *Thig a seo, a bhean*, dit-il.

Elle se leva à son tour, Jemmy dans ses bras.

Jamie se tint immobile. Il attendait, et, petit à petit, les autres, perplexes, se mirent debout à leur tour, faisait tomber les aiguilles de pin et le sable de leurs vêtements, riant et murmurant. Les danseurs cessèrent

1. Viens, ma dame.

leurs virevoltes et s'approchèrent, intrigués, pour voir de quoi il retournait, la musique des violons s'arrêtant dans une série de couacs intempestifs.

Jamie me conduisit sur le sentier sombre qui menait au grand feu de camp situé un peu plus bas. L'assemblée nous suivait, spéculant sur la suite des événements. À l'entrée de la clairière principale, il s'arrêta. Des silhouettes s'agitaient dans l'obscurité. Puis un homme se détacha devant les flammes et leva les bras en s'écriant :

— Les Menzie sont là !

Il lança la branche qu'il tenait dans le brasier. Ceux de son clan qui l'avaient entendu l'acclamèrent.

Un autre prit sa place : MacBean. Puis un autre : Ogilvie. Puis, ce fut notre tour.

Jamie s'avança seul. Le bûcher était nourri de bûches de chêne et de pin. Ses flammes se dressaient haut au-dessus des têtes, formant des langues transparentes d'un jaune si pur et si ardent qu'elles semblaient presque blanches sur le ciel noir. Elles illuminaient le visage de Jamie et projetaient une ombre qui s'étirait derrière lui sur le sol. Il prit la parole en gaélique :

— Nous sommes rassemblés ici pour accueillir nos vieux amis et en rencontrer de nouveaux, dans l'espoir qu'ils se joindront à nous pour bâtir une nouvelle vie dans un nouveau monde.

Sa voix grave portait loin. On n'entendait plus que les dernières bribes de conversation, puis ce fut le silence. Les gens étiraient le cou et jouaient des coudes pour se rapprocher de l'orateur.

— Nous avons tous enduré bien des épreuves sur la route qui nous a menés jusqu'ici…

Il fit lentement le tour de l'assistance, scrutant les visages les uns après les autres. Je reconnus de nombreux anciens d'Ardsmuir : les frères Lindsay, aussi ravissants qu'un trio de crapauds, Ronnie Sinclair, avec son museau de renard et ses cheveux roux ébouriffés pointant en cornes sur son crâne, ainsi que Robin McGillivray et son profil d'empereur romain. Sous l'influence de l'eau-de-vie et de l'émotion, je voyais également la rangée de fantômes derrière eux, les familles et les amis restés en Écosse, sur terre... ou en dessous.

Les ombres sculptaient le visage de Jamie. La lumière du feu accentuait les effets du temps et des combats sur sa peau, tout comme le vent et la pluie creusent et marquent la pierre de leur empreinte.

— Bon nombre d'entre nous sont morts au combat. Beaucoup sont morts brûlés. Beaucoup sont morts de faim. Beaucoup ont péri en mer. Beaucoup sont morts des suites de blessures et de maladies...

Il marqua une pause avant d'ajouter :

— ... beaucoup sont morts de chagrin.

Je le vis qui regardait au-delà du premier cercle d'hommes rassemblés autour du feu, cherchant sans doute le visage d'Abel MacLennan. Il leva ensuite sa coupe et la brandit bien haut un long moment.

Un murmure collectif s'éleva, tel un souffle de vent :

— *Slàinte !*

— *Slàinte !* répéta-t-il.

Puis il inclina un peu son gobelet de manière à verser quelques gouttes dans le feu. L'eau-de-vie chuinta et les flammes bleuirent, l'espace d'un instant.

Ensuite, il se recueillit un moment, la tête baissée. Après ce bref silence, il leva son verre en direction d'Archie Hayes, debout de l'autre côté du feu, juste en face de lui. Son visage rond était impénétrable, et les flammes faisaient scintiller son gorgerin d'argent et la broche de son père.

— Si nous pleurons la perte de ceux qui nous ont quittés, nous devons aussi rendre hommage à ceux qui se sont battus pour nous avec autant de bravoure… et qui ont survécu.

— *Slàinte !*

Le grondement des voix mâles s'était encore amplifié.

Jamie ferma les yeux un instant, puis les rouvrit, regardant en direction de Brianna, debout à côté de Lizzie et de Marsali, avec Jemmy dans les bras. Ses traits puissants et aiguisés contrastaient avec le visage poupon et innocent du bébé et la douceur du regard des jeunes mères. Mais, en dépit de leur délicatesse, on devinait, dans leurs os, la dureté du granit écossais.

— Rendons hommage à nos femmes !

Il leva son verre vers Brianna et Marsali, puis vers moi. Un bref sourire effleura ses lèvres.

— … Car elles sont notre force. Au bout du compte, c'est par le berceau que nous nous vengerons de nos ennemis. *Slàinte !*

Sous les cris de l'assistance, il jeta sa coupe en bois dans le feu. Elle forma une tache noire, avant d'éclater et de produire une flamme brillante.

Il tendit sa main droite vers moi et lança :

— *Thig a seo ! Thig a seo, a Shorcha, nighean Eanruig, neart mo chridhe*[1].

Je m'approchai en trébuchant, écrasant des pieds au passage, et attrapai sa main. Ses doigts froids mais puissants se refermèrent sur les miens.

Je le vis tourner la tête. Cherchait-il Brianna ? Non… il tendit sa main gauche vers Roger.

1. Viens à moi ! Viens à moi, Claire, fille d'Henry, force de mon cœur.

— *Seas ris mo làmh, Roger an t'oranaiche, mac Jeremiah MacChoinnich*[1] !

Roger resta figé sur place un instant en le dévisageant, puis il avança vers lui comme un somnambule. La foule était toujours excitée, mais les cris s'étaient calmés. Les gens écoutaient attentivement Jamie qui poursuivit en gaélique, en articulant lentement pour être sûr d'être compris :

— Tiens-toi à mes côtés dans la bataille. Protège ma famille qui est aussi la tienne, car tu es le fils de ma maison.

L'espace d'un instant, l'expression de Roger sembla se dissoudre, tel le reflet d'un visage dans une mare troublée par la chute d'une pierre. Puis elle se solidifia de nouveau, et il saisit la main de Jamie, la serrant fort.

Jamie pivota alors vers la foule et commença l'appel. Je l'avais déjà vu faire, des années plus tôt, en Écosse. C'était une présentation formelle et une identification de ses métayers par un laird, une cérémonie qui avait souvent lieu le jour du terme ou à la fin des moissons. Les visages s'illuminaient ici ou là en entendant leur nom. Cette coutume était familière à la plupart des Highlanders, mais, avant ce soir, ils ne l'avaient encore jamais pratiquée sur cette nouvelle terre.

— Viens à moi, Geordie Chislhom, fils de Walter, fils de Connaught le rouge !

« Tenez-vous à mes côtés, *a Choinneich*, Evan et Murdo, fils d'Alexander Lindsay du Glen !

« Viens me rejoindre, Joseph Wemyss, fils de Donald, fils de Robert ! »

Je souris en voyant M. Wemyss, embarrassé, mais également aux anges, d'être ainsi publiquement inclus

1. Tiens-toi à mes côtés, Roger le chanteur, fils de Jeremiah MacKenzie.

dans la grande famille. Il se dirigea vers nous, la tête haute, ses cheveux blonds dans le vent.

— Tiens-toi à mes côtés, Josiah le chasseur !

Josiah Beardsley était-il toujours parmi nous ? Oui, je l'aperçus soudain, sa silhouette frêle et sombre sortant de l'obscurité et prenant timidement place dans le groupe, près de Jamie. Nos regards se croisèrent, et je lui souris. Il se détourna aussitôt, mais un petit sourire gêné s'attarda sur ses lèvres, comme oublié par Josiah.

Lorsque Jamie eut terminé de rassembler les hommes, cela formait un groupe impressionnant, avec près de quarante individus serrés les uns contre les autres, le visage rougi autant par la fierté que par le whisky. Roger échangea un long regard avec Brianna, qui rayonnait de l'autre côté du feu. Elle se pencha pour chuchoter quelque chose à Jemmy, emmitouflé dans ses couvertures et à moitié endormi dans ses bras. Elle souleva une de ses menottes et l'agita vers Roger, qui se mit à rire.

— … *Air mo mhionnan*…

Distraite, j'avais raté la dernière déclaration de Jamie, n'entendant que ses ultimes paroles. Quoi qu'il ait dit, l'assemblée semblait d'accord, puisque s'éleva un grondement solennel d'assentiment de la part des hommes, suivi d'un instant de silence.

Puis il lâcha ma main, se baissa et ramassa une branche sur le sol. Il l'embrasa, la brandit au-dessus de sa tête puis la lança haut dans le ciel. Elle tournoya sur elle-même et retomba au cœur du brasier.

— Les Fraser de Fraser's Ridge sont là ! hurla-t-il.

De la clairière monta une acclamation tonitruante, la foule explosa.

Tandis que nous grimpions la côte pour reprendre le cours des festivités, je me retrouvai près de Roger qui fredonnait gaiement. Je posai une main sur sa manche et il baissa les yeux vers moi.

— Félicitations, lui dis-je. Bienvenu dans la famille, fils de la maison. J'imagine que je peux maintenant te tutoyer.

Il m'adressa un sourire gargantuesque.

— Merci… maman.

Parvenus à un endroit du sentier où le terrain était plat, nous marchâmes côte à côte un instant, sans parler. Puis il reprit sur un tout autre ton :

— C'était… très remarquable, non ?

Je ne savais si, par « très remarquable », il parlait du côté historique ou personnel de l'intervention de Jamie. Dans un cas comme dans l'autre, il avait raison. J'acquiesçai, ajoutant :

— Je n'ai pas saisi la dernière partie. Et puis je ne comprends pas le mot *earbsachd*. Tu le comprends, toi ?

— Ah… euh… oui.

Entre deux feux de camp, il faisait très sombre et sa silhouette se détachait à peine sur le fond noir composé de buissons et d'arbres. Toutefois, sa voix avait une sonorité étrange. Il paraissait embarrassé.

— C'est une sorte de… serment. Jamie a prêté serment, à nous, sa famille, et à ses métayers. Il a juré de nous apporter son soutien, sa protection… ce genre de choses.

— Ah oui ? Qu'est-ce que tu veux dire par « une sorte de » ?

Il ne répondit pas tout de suite, cherchant les mots justes.

— Disons qu'il s'agit plutôt d'une parole d'honneur. Il paraît qu'autrefois, le *earbsachd* était une caractéristique des MacCrimmon de Skye et signifiait, en gros, qu'on devait respecter une parole donnée à n'importe quel prix. En d'autres termes, si un MacCrimmon déclarait qu'il allait agir, il le ferait même si cela devait lui coûter d'être brûlé vif.

Je sentis soudain sa main sous mon bras, d'une fermeté surprenante.

— Tenez, dit-il doucement. Laissez-moi vous aider. Par ici, le terrain est glissant.

16

La nuit où nous célébrons nos noces

— Tu vieux bien chanter pour moi, Roger ?

Elle se tenait sur le seuil de la tente qu'on leur avait prêtée, admirant le paysage.

De dos, il ne voyait que sa silhouette contre le gris sombre du ciel, ses longs cheveux agités par le vent pluvieux. Elle les avait dénoués pour la cérémonie du mariage, une tradition propre aux vierges, même si elle était déjà mère.

La nuit était froide, très différente de cette somptueuse soirée de canicule, témoin de leurs premiers ébats, qui s'était achevée dans la trahison et la colère. Des mois s'étaient écoulés depuis, tantôt dans la solitude, tantôt dans la joie. Pourtant, son cœur battait aussi vite qu'alors.

— Je chante toujours pour toi, mon cœur.

Il vint se placer derrière elle et l'enlaça. Elle appuya sa nuque contre son épaule, sa chevelure lui caressant la joue. Il baissa la tête et chuchota dans le creux de son oreille :

— Quoi qu'il arrive, que tu sois là pour m'entendre ou non, je chanterai toujours pour toi.

Elle pivota et, tout en gémissant de satisfaction, entrouvrit ses lèvres qui sentaient la viande grillée et le vin épicé.

La pluie clapotait sur la toile au-dessus d'eux et le froid de cette fin d'automne montait de la terre et s'enroulait autour de leurs chevilles. La première fois, l'air avait été chargé des odeurs du houblon et de la terre retournée, leur couche fleurant bon le foin et l'âne. À présent flottait autour d'eux un parfum de pin et de genièvre, que la fumée des feux de camp rendait âpre, mais agrémenté d'une note vaguement sucrée de selles de nourrisson.

La première fois, sa peau avait été moite et brûlante, gorgée d'humidité estivale. À présent, sa peau était froide comme le marbre, hormis là où il la touchait : l'été perdurait dans le creux de sa main, partout où il la caressait, douce et glissante, chargée des secrets d'une nuit chaude et noire. Il était juste que ces vœux aient été échangés en plein air, se mêlant ainsi au vent et à la terre, au feu et à l'eau, comme cette fameuse nuit…

— Je t'aime, murmura-t-elle contre sa bouche.

Il saisit ses lèvres entre ses dents, trop ému pour répondre tout de suite.

La première fois, ils avaient échangé des promesses, tout comme ce soir. Les mots étaient identiques et il les avait prononcés avec la même sincérité. Pourtant, tout était différent.

La première fois, il les avait dits juste à elle et, s'il avait pris Dieu à témoin, celui-ci était resté discret, veillant sur eux de loin, détournant ses yeux devant leur nudité.

Ce soir, il les avait déclamés dans la lumière d'un brasier, devant Dieu et le monde, leur famille et leur communauté. Il lui avait déjà donné son cœur et tout ce qu'il possédait, mais, désormais, ils étaient inséparables. Il avait passé une bague à son doigt, des liens sacrés avaient été établis devant témoins. Ils ne faisaient plus qu'un.

Une main de ce corps commun pressa un sein un peu trop fort, et une gorge émit un gémissement d'inconfort. Brianna s'écarta à peine, et il la sentit grimacer plus qu'il ne la vit. Un courant d'air froid s'immisça entre eux et sa peau lui parut soudain nue, à vif, exposée, comme si on l'avait séparé d'elle au couteau.

— J'ai besoin…

Elle ne finit pas sa phrase, se touchant le sein. Puis elle reprit :

— Donne-moi juste une minute, d'accord ?

Claire avait nourri Jemmy pendant l'entretien de Brianna avec le révérend Caldwell. Gavé de porridge et de pêches bouillies, l'enfant se réveilla à peine pour téter brièvement avant de sombrer de nouveau dans la somnolence – son petit ventre rond tendu comme un tambour –, et d'être emmené par Lizzie. Plongé dans une profonde torpeur à cause de sa gloutonnerie, Jemmy ne se réveillerait probablement pas avant l'aube. Cela leur accorderait enfin un peu d'intimité. Toutefois, le prix à payer pour cette paix était le lait non consommé.

Personne vivant sous le même toit qu'une mère qui allaite ne pouvait échapper à cette tyrannie mammaire, surtout pas son mari. Les seins semblaient avoir une vie propre. Ils changeaient de volume d'heure en heure, passant de leur état normal de doux globes à celui de grosses bulles dures qui donnaient à Roger la sensation angoissante qu'elles exploseraient au moindre contact de sa part.

De fait, il arrivait que l'une de ces bulles éclate, ou du moins en ait l'air. La chair se soulevait telle de la pâte à pain, gonflant, lentement mais sûrement, pardessus l'échancrure du corselet de Brianna. Puis apparaissait, comme par magie, une grande auréole humide sur le tissu. On aurait dit qu'un être invisible lui avait lancé une boule de neige. Ou deux, car ce qu'un sein faisait était immédiatement imité par l'autre.

Toutefois, il arrivait aussi que les jumeaux célestes ne soient pas en phase. Jemmy en vidait un, puis s'endormait de manière inconsidérée avant d'avoir pu s'attaquer à l'autre. Du coup, sa mère restait en rade, énervée et souffrante. Prenant délicatement l'orbe délaissé dans la paume de sa main, elle pressait le bord d'une coupe en étain sous le mamelon pour recueillir le jet de lait maternel, ôtant le douloureux trop-plein afin de pouvoir s'endormir à son tour.

C'était ce qu'elle faisait à présent, lui tournant pudiquement le dos, un châle drapé autour de ses épaules. Il entendait le lait jaillir dans un chuintement et percuter la paroi en métal du récipient.

Il trouvait ce bruit érotique et aurait préféré ne pas le couvrir, mais il prit néanmoins sa guitare. Pressant son pouce sur les cordes, il les pinça, faisant naître des notes isolées, échos de sa propre voix, leur résonance accompagnant la phrase chantée.

Une chanson d'amour, naturellement, très ancienne, en gaélique. Même si elle ne comprenait pas toutes les paroles, Brianna en saisirait le sens général.

La nuit où nous célébrerons nos noces...
Je viendrai à toi, chargé de présents
La nuit où nous célébrerons nos noces...

Il ferma les yeux, revisitant dans sa mémoire ce que la nuit lui réservait. Les mamelons de Brianna avaient la couleur d'une prune mûre et la taille d'une cerise. Il se souvenait exactement du plaisir qu'il retirait de les tenir dans sa bouche. Il les avait déjà tétés une fois, il y a longtemps, avant l'arrivée de Jemmy, puis plus jamais.

Je déposerai à tes pieds cent saumons argentés
Cent fourrures de blaireaux…

Elle ne lui avait jamais demandé de ne pas le faire. Pourtant, elle réprimait un mouvement de recul quand il touchait ses seins.

Était-ce uniquement parce qu'ils étaient trop sensibles ? Craignait-elle qu'il ne soit pas assez doux ?

Il refoula cette pensée, la noyant sous une cascade de notes.

« Ça ne vient peut-être pas de toi, chuchota une voix qui refusait de se laisser distraire. Peut-être est-ce à cause de l'autre, de ce qu'il a fait ? »

« Va te faire voir ! » lança-t-il intérieurement à cette voix, accentuant chaque mot d'un pincement de corde. Stephen Bonnet n'avait pas sa place dans leur lit nuptial. Pas question qu'il dérange.

Il posa la main à plat sur les cordes pour les faire taire un instant, puis il se remit à chanter, cette fois en anglais, tandis que Brianna laissait tomber son châle. Cette chanson était spéciale, rien que pour eux. Il ignorait si quelqu'un d'autre pouvait l'entendre, et cela n'avait pas d'importance. Elle se leva et fit glisser sa chemise de ses épaules au moment où il attaquait doucement les premiers accords de la chanson des Beatles, *Yesterday*.

Il l'entendit rire, une fois, puis soupirer, et le lin glissa le long de son corps en se répandant à ses pieds dans un doux bruissement.

Elle se plaça derrière lui, nue, alors que la douce mélancolie de la chanson remplissait la nuit. Posant une main sur sa tête, elle caressa ses cheveux, les serrant à la base de sa nuque. Elle se balança et il sentit son corps contre son dos, ses seins, de nouveau souples, lui transmettant leur chaleur à travers sa chemise, son souffle chatouillant son oreille. Elle posa une main sur son épaule, puis la glissa sous sa chemise. Ses doigts frais caressaient son torse, le métal dur de sa bague frottant contre sa peau. Il ressentit alors un élan de possessivité qui se diffusa en lui comme une rasade de whisky, le feu irradiant dans toute sa chair.

Il brûlait d'envie de se retourner et de la prendre dans ses bras, mais il se retint, faisant monter encore la fièvre de ses sens. Il baissa la tête, approchant le visage des cordes, et il chanta jusqu'à ce que son esprit se soit vidé de tout, hormis de la sensation de leurs deux corps. Il n'aurait su dire à quel moment elle referma sa main sur la sienne. Il se leva alors et se tourna vers elle, encore rempli de musique et d'amour, doux, fort et pur dans le noir.

*

*   *

Elle était couchée, silencieuse, dans l'obscurité, sentant le tonnerre de son propre cœur retentir lentement dans son crâne. Son martèlement résonnait dans sa gorge, dans le pouls de ses poignets, dans ses seins et son ventre. Elle n'avait plus conscience des frontières de son corps, uniquement de la sensation de ses membres et de ses doigts, de sa tête et de son buste, de l'espace occupé. Elle remua, le doigt enfoncé entre ses cuisses, et un dernier grand frisson parcourut ses jambes, quand elle ôta sa main de son sexe.

Elle inspira lentement, tendant l'oreille.

Dieu merci, il ne s'était pas réveillé. Elle entendait son souffle profond et régulier. Elle avait été prudente, ne remuant pas plus que le bout d'un doigt à la fois.

Mais la dernière décharge de jouissance avait été si puissante que ses hanches s'étaient cambrées, son ventre tendu. Ses talons, enfoncés dans la paillasse, avaient fait bruisser le foin.

Roger avait eu une très longue journée, comme eux tous. Toutefois, elle entendait encore les bruits lointains de la fête, dans la montagne. De telles réjouissances étaient si rares que personne n'était prêt à laisser un détail aussi inconséquent que la pluie, le froid ou la fatigue lui gâcher son plaisir.

Elle-même se sentait comme une flaque de mercure, molle et lourde, sa surface frissonnant à chaque battement de cœur. Faire l'effort de bouger était inimaginable. Pourtant, sa convulsion finale avait fait glisser la couverture des épaules de Roger. Son dos nu et lisse contrastait avec la pâleur de l'étoffe. La poche de chaleur qui l'enveloppait était douillette et parfaite, mais elle ne pouvait laisser Roger ainsi exposé au froid de la nuit. Des doigts de brume se glissaient sous le rabat de tente et flottaient tels des spectres autour d'eux.

Elle tenta de visualiser son propre corps, fait d'os et de muscles, trouva des neurones en état de fonctionner, puis leur ordonna sèchement de se mettre en route. De nouveau incarnée, elle roula sur le côté, face à lui, et remonta doucement la couverture jusque sous ses oreilles. Il remua tout en marmonnant. Elle lissa ses cheveux hirsutes et il sourit, entrouvrant les paupières. Il avait le regard vague des hommes encore perdus dans leurs rêves. Puis il poussa un long soupir et se rendormit.

— Je t'aime, murmura-t-elle, attendrie.

Avec tendresse, elle lui caressa le dos un moment. Elle aimait sentir ses omoplates à travers la couverture, le nœud solide des vertèbres à la base de sa nuque et parcourir du doigt le sillon lisse qui suivait sa colonne vertébrale jusqu'à la cambrure de ses reins. Une brise froide hérissa le duvet sur son bras ; elle l'enfouit sous la couverture, sa main reposant sur une fesse de Roger.

Son contact était nouveau mais excitant, avec sa rondeur parfaite, ses poils drus et frisés. Un vague écho de son plaisir solitaire l'encouragea à recommencer. Sa main libre se fraya un chemin entre ses cuisses, mais elle s'arrêta là, épuisée. Ses doigts recouvraient la chair gonflée, l'index suivant langoureusement le contour de son sexe humide.

Elle avait espéré que cette nuit serait différente. Débarrassés du danger omniprésent de réveiller Jemmy, libres de prendre tout leur temps, encore portés par la vague d'émotions suscitées par l'échange de leurs vœux, elle avait pensé que…, mais rien n'avait changé.

Elle avait pourtant été excitée. Chaque mouvement, chaque caresse s'était imprimée dans les nerfs de sa peau, les sillons de sa bouche et de sa mémoire, l'inondant d'odeurs, marquant sa chair. Mais aussi merveilleux leurs ébats étaient-ils, il restait toujours cette étrange distance entre eux, une barrière infranchissable.

Ainsi, elle se retrouvait une fois de plus couchée à ses côtés, lui endormi, elle revivant leurs étreintes, parvenant enfin, en pensée, à s'abandonner.

Peut-être l'aimait-elle trop ? Peut-être était-elle si attentive à donner du plaisir à Roger qu'elle négligeait le sien ? Sa satisfaction lorsqu'il se répandait en elle, haletant et gémissant dans ses bras, était beaucoup plus forte que le simple plaisir de l'orgasme. Pourtant, cela cachait quelque chose de plus sombre, une singulière impression de triomphe, comme si elle venait de remporter un concours officieux et tacite qui se jouait juste entre eux.

Elle soupira et appuya son front contre la courbe de son épaule, se repaissant de son parfum mâle, un musc puissant et amer, comme de la menthe pouliot.

L'idée de l'herbe lui rappela autre chose. Elle glissa de nouveau une main entre ses cuisses, doucement pour ne pas le réveiller, et mit un doigt dans les profondeurs de son corps. Tout était en ordre. L'éponge imbibée d'huile de tanaisie était toujours en place, sa présence fragile et âcre gardant l'entrée de son utérus.

Elle se rapprocha de lui et il bougea inconsciemment, son corps se tournant à moitié pour l'accueillir. Sa chaleur l'enveloppa et la réconforta aussitôt. Il la chercha à tâtons, ses doigts, tel un oiseau volant à l'aveuglette, effleurèrent sa hanche, son ventre doux, cherchant où se poser. Elle les saisit de ses deux mains et les replia avant de les caler sous son menton. Il enroula sa main autour de la sienne. Comme elle baisait ses articulations rugueuses, ses doigts se détendirent.

Les bruits de réjouissance sur la montagne s'étaient estompés, les danseurs étant épuisés et les musiciens, éreintés. La pluie avait repris, crépitant sur la toile au-dessus de leur tête. L'odeur de tente mouillée lui rappelait son enfance, quand son père l'emmenait camper. En se blottissant près de Roger, elle ressentit le même mélange de confort et d'excitation que naguère.

Il était encore tôt. Ils avaient toute la vie devant eux. Le jour viendrait sûrement où elle saurait s'abandonner.

17

Le feu de la sentinelle

De là où ils se trouvaient, il pouvait voir jusqu'au pied du versant, à travers un espace entre les rochers, jusque devant la tente de Hayes, où se consumait un feu. Le grand brasier du *gathering* n'était plus que des braises, et la lueur qu'un vague écho de sa déclaration enflammée. Mais ce feu plus petit brûlait avec la régularité d'une étoile dans la nuit froide. De temps en temps, une silhouette en kilt se levait pour l'entretenir, formant une ombre nette devant la lumière avant de disparaître de nouveau dans l'obscurité.

Il était vaguement conscient des nuages qui couraient dans le ciel, masquant la lune, des lourds battements de la toile au-dessus d'eux et de la masse noire des rochers qui hérissaient le flanc de la montagne, mais il ne voyait que ce feu en contrebas et la tache blanche de la tente derrière lui, aussi floue qu'un fantôme.

Il respirait lentement, relaxant tous les muscles de son corps. Ce n'était pas pour appeler le sommeil. Celui-ci ne viendrait pas, de toute façon.

Ce n'était pas non plus pour faire croire à Claire qu'il dormait. Elle était si près de lui, si près de son esprit, qu'elle saurait qu'il était éveillé. Non, c'était un signal qu'il lui transmettait pour la libérer de la nécessité de se soucier de lui. Ainsi, elle pouvait dormir tranquille, le sachant enfermé dans la coquille de ses pensées, n'ayant pas besoin d'elle pour le moment.

Sur la montagne, peu de gens sommeillaient. Le vent masquait le murmure des voix et le bruit des allées et venues, mais ses sens aiguisés de chasseur captaient des mouvements, identifiaient des sons à demi entendus, plaçaient des noms sur des ombres mouvantes. Le grattement d'une semelle en cuir sur un rocher, le claquement d'une couverture qu'on secoue : ce devait être Hobson et Fowles, s'éclipsant discrètement avant l'aube de peur d'être trahis pendant la nuit.

Quelques notes de musique lui parvinrent de plus haut sur le versant, portées par le vent. Une *concertina* et un violon. Les esclaves de Jocasta refusaient de céder cette rare occasion de fête aux besoins de sommeil et aux intempéries.

Un enfant pleurait. Était-ce Jemmy ? Non, cela venait de plus loin. Probablement la petite Joan. Il entendit ensuite la voix de Marsali, basse et douce, chantant :

Alouette, gentille alouette *

Puis le bruit qu'il avait attendu : des pas passant de l'autre côté des rochers qui délimitaient le sanctuaire de sa famille. Des pas rapides et légers, descendant vers le torrent. Il attendit, les yeux ouverts, puis, quelques instants plus tard, il entendit le qui-vive de la sentinelle devant la tente du lieutenant. Aucune silhouette ne passa devant le feu, mais le rabat de la tente trembla, s'écarta puis retomba.

Cela se passait bien comme il l'avait imaginé. Les émeutiers avaient suscité un fort ressentiment parmi la population. Leur dénonciation n'était pas considérée comme une trahison, mais comme un geste nécessaire pour protéger ceux qui avaient choisi de respecter la loi. On le faisait peut-être à contrecœur – les témoins avaient attendu la nuit – mais pas en secret.

*... je te plumerai la tête *...*

Il se demanda pourquoi les chansons qu'on chantait aux enfants étaient toujours aussi sinistres, comme si on n'accordait aucune importance aux histoires que les nourrissons ingurgitaient en même temps que le lait de leur mère. Pour sa part, les mélodies n'étant à ses oreilles qu'une suite de sons monocordes, il prêtait sans doute plus d'attention que d'autres aux paroles.

Même Brianna, qui venait pourtant d'une époque apparemment plus pacifique, chantait à Jemmy des chansons où il était question de morts atroces et de chagrins déchirants, le tout avec un visage aussi tendre que Marie berçant le Christ. Notamment ces vers au sujet de la fille du mineur qui se noyait parmi ses canetons...

Il se demanda quelles horreurs la Vierge elle-même avait chantées à sa progéniture dans la crèche. À en juger par la Bible, la Terre sainte n'avait pas été plus paisible que la France ou l'Écosse.

Il se serait volontiers signé pour faire pénitence de cette idée impie, mais Claire était endormie sur son bras droit.

— Ils avaient tort ?

Elle avait parlé à voix basse, juste sous son menton, le faisant sursauter.

— Qui ?

Il baissa la tête et déposa un baiser sur ses cheveux. Ils sentaient la fumée et les baies de genièvre.

— Les hommes, à Hillsborough.

— Oui, je crois.

— Qu'est-ce que tu aurais fait à leur place ?

— Je ne sais pas, soupira-t-il. C'est vrai que, si on m'avait fait du tort, sans possibilité d'obtenir justice, je serais tenté de m'en prendre physiquement au responsable. Mais ce qu'ils ont fait… tu l'as entendu… Détruire et incendier des maisons, traîner des hommes dans la rue et les rouer de coups uniquement à cause de leur position… Non, *Sassenach*. Je ne sais pas ce que j'aurais fait, mais pas ça.

Elle tourna légèrement la tête. Il voyait la courbe de sa pommette soulignée d'un trait de lumière, et les mouvements des muscles de sa joue quand elle se mit à sourire.

— C'est bien ce qu'il me semblait. Je te vois mal dans une foule en colère.

Il embrassa son oreille pour éviter de répondre. Lui ne s'y voyait que trop bien. C'était ce qui l'effrayait, il en connaissait la puissance.

Un Highlander était un guerrier, mais même le combattant le plus puissant restait un homme. La folie des hommes réunis avait régné sur les *glens* pendant un millier d'années. C'était une folie qui bouillonnait dans votre sang, nourrie par les cris de vos compagnons, par cette force collective qui vous donnait des ailes et vous faisait vous sentir immortel, car, si vous tombiez, votre esprit continuait, hurlant dans la bouche de ceux qui couraient à vos côtés. Ce n'était que plus tard, quand le sang s'était refroidi dans les membres inertes, que la lande résonnait des pleurs des femmes…

— Si ce n'était pas un homme qui t'avait fait du tort ? Si c'était la Couronne, ou la cour de justice ? Pas une personne mais une institution.

Il savait où elle voulait en venir. Il resserra son bras autour d'elle, son souffle chaud caressant sa main, juste sous son menton.

— Ce n'est pas ça, répondit-il. Pas ici. Pas encore.

Les émeutiers avaient réagi à des crimes d'hommes, d'individus. Le prix de ces horreurs se payait peut-être avec du sang, mais pas avec une guerre… pas encore.

— Mais ça le sera, dit-elle doucement.

— Pas encore, répéta-t-il.

La feuille de papier était cachée dans sa sacoche. Cette maudite convocation. Il devrait s'en occuper, et rapidement. Mais ce soir, il préférait ne pas y penser. Une dernière nuit de paix, avec sa femme dans ses bras, sa famille autour de lui.

Une autre ombre près du feu. Un autre qui-vive de la sentinelle. Encore un qui franchissait le seuil des traîtres.

— Ils ont tort ? demanda-t-elle. Ceux qui vont dénoncer les émeutiers ?

— Oui. Eux aussi, ils ont tort.

La foule pouvait gouverner, mais des hommes isolés finissaient toujours par payer. Une partie de ce coût était la fin de la confiance, les voisins montés les uns contre les autres, un nœud qui se resserrait de plus en plus jusqu'à ce qu'il ne reste plus un souffle de compassion ou de pardon.

Il tint Claire blottie contre lui, sa main contre son bas-ventre. Elle soupira, avec une petite note de douleur, puis se cala plus confortablement, ses fesses se nichant contre le creux de ses cuisses. Elle commençait à se fondre en lui tout en se détendant. Lui sentait venir cette étrange fusion de leurs chairs.

Les premiers temps, cela n'était arrivé que lorsqu'il la possédait, et uniquement vers la fin. Puis, de plus en plus tôt, jusqu'à ce que sa main sur lui soit alors une invitation et un achèvement, une inévitable reddition, une offre et une acceptation. Il y avait parfois résisté, uniquement pour s'assurer qu'il le pouvait, craignant soudain de se perdre lui-même. Il avait pensé qu'il s'agissait d'une passion traîtresse, comme celle qui soulevait une foule d'hommes en colère, les liant les uns aux autres par une furie aveugle.

À présent, il savait que c'était bien. La Bible le disait, « *Vous ne formerez qu'une seule chair* » et « *Ce que Dieu a uni, aucun homme ne peut le défaire* ».

Il avait déjà survécu à une telle déchirure, une fois. Il ne pourrait y survivre une deuxième fois. Plus bas, les sentinelles s'étaient construit un abri en toile près de leur feu. Les flammes vacillantes faisaient scintiller le tissu clair comme un battement de cœur. Il n'avait pas peur de mourir avec elle, par le feu ou tout autre moyen, seulement de devoir vivre sans elle.

Le vent tourna, portant sur ses ailes un rire à peine audible qui provenait de la tente des jeunes mariés. Il sourit. Il espérait que sa fille trouverait dans le mariage la même joie que lui. Ce qui, pour le moment, semblait être le cas.

— Que vas-tu faire ? demanda Claire.

— Ce que je dois.

Ce n'était pas une réponse, mais la seule possible.

Le monde n'existait plus en dehors de leur campement. L'Écosse avait été écrasée, les colonies ne seraient bientôt plus… il ne pouvait qu'imaginer vaguement ce qui les attendait en se basant sur les récits de Brianna. Sa seule réalité était la femme couchée dans ses bras, ses enfants et ses petits-enfants, ses métayers et ses serviteurs – ils étaient des dons de Dieu, il se devait de les entretenir et de les protéger.

La montagne était calme et noire, mais il pouvait les sentir tout autour de lui, comptant sur lui pour leur sécurité. Si Dieu lui avait accordé cette confiance, Il lui donnerait certainement la force de s'en montrer digne.

Le contact étroit de leurs corps commençait à l'exciter, mais ses vêtements gênaient le durcissement de sa verge. Il la voulait depuis des jours, son envie ayant été refoulée par la frénésie du *gathering*. Le tiraillement sourd dans son bas-ventre faisait sans doute écho à sa douleur à elle. Il l'avait prise à plusieurs reprises tandis qu'elle vaquait à ses occupations, quand l'un comme l'autre en avaient eu trop envie pour attendre plus longtemps. Il avait trouvé ces ébats brouillons et troublants, mais aussi excitants. Ils lui laissaient un vague sentiment de honte qui n'était pas entièrement déplaisant. Bien sûr, le moment et le lieu étaient mal choisis, mais le souvenir d'autres occasions et d'autres lieux le firent bouger. Il s'écarta à peine d'elle pour ne pas la déranger avec la preuve physique de ses pensées.

Pourtant, ce qu'il ressentait n'était pas tout à fait du désir. Ce n'était pas non plus le besoin d'elle ou l'envie d'obtenir la compagnie de son âme. Il voulait la couvrir de son corps, la posséder, afin de se convaincre qu'elle était en sécurité. S'ils ne formaient plus qu'un seul corps, il aurait l'impression de la protéger.

Il s'était raidi, ses muscles se contractant involontairement. Claire remua et tendit une main derrière elle. Elle la posa sur sa jambe, la laissa là un moment, puis remonta plus haut, comme si elle l'interrogeait, à moitié endormie.

Il pencha la tête, approcha ses lèvres derrière son oreille et chuchota :

— Tant qu'il y aura encore un souffle dans mes poumons, il ne t'arrivera rien, *a nighean donn*. Rien.

— Je sais, répondit-elle.

Ses membres se ramollirent lentement. Sa respiration ralentit et le doux arrondi de son ventre gonfla sous la paume de Jamie, tandis qu'elle sombrait dans le sommeil. Elle garda sa main sur lui, recouvrant son sexe. Il resta éveillé, raide, longtemps après que la pluie eut éteint le feu des sentinelles.

DEUXIÈME PARTIE

L'appel du chef de clan

18

Bienheureux chez soi

Tel un serpent, Gideon plongea la tête en avant, visant la jambe du cavalier devant lui.

— *Seas !*

Jamie tira sur le mors du grand cheval bai, juste avant qu'il n'ait pu planter ses dents dans la cuisse de Geordie Chisholm.

— Sale carne vicieuse ! siffla-t-il.

Geordie, inconscient du danger auquel il venait d'échapper, se retourna, surpris. Jamie lui sourit et effleura de la main le bord de son chapeau mou d'un air navré, tout en passant devant sa haute mule.

Il enfonça ses talons dans les flancs de Gideon, lui faisant accélérer le pas et doubler la lente procession de voyageurs, ne lui laissant pas le temps de mordre, de ruer, d'écraser des enfants égarés ou de commettre quelque autre méfait. Après une semaine de vie commune, il ne connaissait déjà que trop les vices de son étalon. Celui-ci trottina jusqu'au milieu du convoi, où se trouvaient Brianna et Marsali. Mais le temps d'arriver à hauteur de Claire et de Roger qui ouvraient la marche, il galopait si vite que Jamie eut à peine le temps d'agiter son chapeau en guise de salut.

Il se recoiffa et se pencha sur l'encolure du cheval.

— *A mhic an dhiobhail*. Tu es un peu trop nerveux. Ce n'est bon ni pour toi ni pour moi. Voyons voir combien de temps tu tiens à travers champs, hein ?

Il bifurqua brusquement vers la gauche, sortit de la piste et dévala la pente, piétinant l'herbe sèche et cassant au passage les branches dénudées des cornouillers. Ce maudit rossard aurait eu besoin d'une plaine pour être maté. Jamie l'y aurait fait galoper jusqu'à le vider de tous ses démons. Toutefois, comme il n'y en avait pas à des dizaines de kilomètres à la ronde, il devrait se contenter de ce terrain escarpé.

Il resserra les rênes, fit claquer sa langue puis éperonna les flancs de l'animal qui bondit droit devant sur le versant broussailleux, tel un boulet de canon.

Gideon était un grand cheval solide, bien nourri et puissant. En revanche, il était mal dressé et possédait un caractère de cochon, ce qui expliquait son prix peu élevé, mais qui avait dépassé de loin les moyens de Jamie.

Sans ralentir une seconde, ils traversèrent un petit torrent, sautèrent par-dessus un tronc mort, puis remontèrent un flanc de colline presque vertical, jonché de chênes nains et de plaqueminiers. Pendant cette course folle, Jamie se demanda s'il avait vraiment fait une affaire ou commis une forme de suicide. Ce fut sa dernière pensée cohérente avant que Gideon ne vire brusquement de bord dans un dérapage incontrôlé, lui écrasant la jambe contre un tronc d'arbre. Puis, prenant appui sur son arrière-train, il replongea à fond de train de l'autre côté de la colline, fonçant droit dans un fourré de broussailles, provoquant une explosion de cailles fuyant à tire-d'aile devant ses sabots meurtriers.

Après avoir, une heure durant, esquivé les branches basses, bondi au-dessus de ruisseaux et grimpé au grand galop autant de collines que Jamie pouvait en compter, Gideon parut, sinon docile, du moins suffisamment épuisé pour se laisser diriger. Son cavalier était trempé jusqu'aux cuisses, rompu, couvert de bleus et d'égratignures et pratiquement aussi essoufflé que sa monture. Néanmoins, il était encore en selle et toujours le maître.

Il orienta la tête du cheval vers le soleil couchant et fit de nouveau claquer sa langue.

— Allez, mon vieux, on rentre à la maison.

Ils s'étaient énormément dépensés, mais, en raison du terrain très accidenté, ils ne s'étaient pas éloignés au point de se perdre. Un quart d'heure plus tard, ils se retrouvèrent sur une petite crête que Jamie reconnut.

Ils la longèrent, cherchant un moyen de redescendre entre les denses taillis de chênes à chinquapins, de peupliers et d'épinettes. Les autres n'étaient pas loin, mais encore fallait-il trouver un passage pour les rejoindre. Il tenait à le faire avant qu'ils ne soient arrivés. Non que Claire ou MacKenzie soient incapables de les guider, mais, il devait bien le reconnaître, il avait très envie d'entrer à Fraser's Ridge à la tête du convoi, ramenant son peuple sur leurs terres.

— À t'entendre, on croirait Moïse ! marmonna-t-il, amusé par sa propre prétention.

Le cheval était en nage. Apercevant une ouverture entre les arbres, Jamie décida de faire une brève halte pour le laisser se reposer un moment. Il donna du lest à la bride sans la lâcher complètement, au cas où la créature démoniaque ait nourri d'autres noirs desseins. Ils se tenaient dans une clairière bordée, d'un côté, par des bouleaux blancs et, de l'autre, par un précipice. L'étalon avait sans doute une trop haute opinion de lui-même pour envisager un saut aussi suicidaire, mais il pouvait décider d'envoyer son cavalier dans les lauriers qui se trouvaient à une douzaine de mètres en contrebas. Il valait mieux rester sur ses gardes.

La brise soufflait de l'ouest. Jamie pencha la tête en arrière, appréciant la froide caresse sur sa peau en feu. Le paysage s'étirait en vagues brunes et vertes, rehaussées ici et là de taches de couleurs vives, comme des lueurs de feux de camp, qui illuminaient la brume dans les creux du relief. La paix l'envahit, il inspira profondément, décontractant ses muscles.

Gideon se détendit aussi, toute sa fougue s'écoulant peu à peu par les pores de sa peau, comme l'eau s'échappe d'un seau percé. Jamie reposa lentement ses mains sur l'encolure du cheval qui resta immobile, les oreilles pointées en avant. Ce n'est qu'à cet instant qu'il prit conscience d'avoir découvert « un de ces lieux ».

Il n'avait pas de mots pour décrire ce genre d'endroit. Il ne le reconnaissait qu'une fois découvert. Il aurait pu le qualifier de « sacré », pourtant, il n'avait rien à voir avec une église ou un lieu saint. C'était simplement un lieu avec lequel il se sentait en parfaite harmonie et où il préférait être seul. Cette définition lui suffisait... Il lâcha la bride de Gideon. Dans un décor aussi tranquille, même un animal infernal ne chercherait pas de noises.

De fait, l'étalon ne broncha pas, son poitrail noir et massif fumant dans l'air frisquet. Ils ne devaient pas trop s'attarder, mais cet instant de répit était profondément bienvenu. Jamie pouvait ainsi faire diminuer la tension causée, non par son combat avec Gideon, mais par la présence constante des autres.

Jeune, il avait appris à s'isoler dans une foule et à se réfugier dans l'intimité de ses pensées pour échapper à la promiscuité des corps. Montagnard de naissance, il connaissait aussi, depuis sa plus tendre enfance, l'enchantement de la solitude et les vertus salutaires de ces lieux hors du temps.

Brusquement surgit à sa mémoire une vision de sa mère, un de ces portraits très précis que les stimuli les plus vagues – un son, une odeur, une pensée abstraite – faisaient parfois resurgir des profondeurs du temps... Il avait passé la matinée à tendre des collets à lapin sur une colline. Il avait chaud et transpirait, ses mains étaient lacérées par les genêts épineux, sa chemise maculée de boue et de sueur. Apercevant un taillis, il était allé s'y reposer. Il y avait découvert sa mère, assise dans l'herbe au bord d'une source. La pénombre la nimbait de vert. Elle était immobile, ce qui ne lui ressemblait pas, ses longues mains croisées sur ses genoux.

Elle n'avait rien dit, se contentant de lui sourire. Il s'était approché, silencieux lui aussi, mais empli d'une grande sensation de paix et de bien-être. Il avait posé la tête contre son épaule et senti le bras de sa mère l'envelopper. Il avait su alors qu'il se trouvait au centre du monde. Il devait avoir cinq ou six ans.

La vision disparut aussi brusquement qu'elle était apparue, telle une truite argentée s'enfonçant dans la vase. Néanmoins il resta dans son sillage la même quiétude, comme si quelqu'un l'avait brièvement étreint, comme si une main douce avait caressé ses cheveux.

Il sauta de sa selle pour sentir les aiguilles de pin sous ses semelles et établir un lien physique avec ce lieu. Prudent, il attacha la bride autour d'un sapin robuste, même si Gideon semblait calme. L'étalon promenait ses naseaux au ras du sol, humant les touffes d'herbe sèche. Jamie resta immobile un moment, puis s'orienta vers la droite, faisant face au nord.

Il ne se souvenait plus qui lui avait appris ce rituel, sa mère, son père ou le vieux John, le père de Ian. Mais tout en suivant le trajet du soleil, il murmura une brève prière chaque fois qu'il pivotait de quelques degrés, finissant vers l'ouest, face au soleil couchant. Il mit ses mains en coupe, laissant la lumière les remplir et baigner ses paumes.

Que Dieu me protège à chacun de mes pas,
Que Dieu dégage pour moi tous les cols enneigés,
Que Dieu m'ouvre toutes les routes,
Et qu'Il me porte dans le creux de Ses mains.

Guidé par un instinct plus ancien que la prière, il sortit la flasque de sous sa ceinture et versa quelques gouttes sur la terre.

La brise lui porta des éclats de voix, des rires et des interpellations, ainsi que des bruits d'animaux avançant dans la broussaille. La caravane n'était plus très loin, de l'autre côté d'une dépression, longeant lentement la crête de la colline d'en face. Il était temps pour lui de la rejoindre pour effectuer la dernière grande montée vers Fraser's Ridge.

Il hésita encore, répugnant à briser le charme de ce lieu magique. Soudain, du coin de l'œil, il perçut un mouvement infime sur sa gauche. Il se pencha, plissant les yeux pour scruter sous les branches sombres d'un buisson de houx.

Immobile, Jamie se fondait parfaitement dans son environnement terrien. Sans son regard aiguisé de chasseur, il n'aurait jamais vu l'animal. C'était un minuscule chaton, sa fourrure grise hérissée comme une fleur d'asclépiade, ses énormes yeux grands ouverts, fixes, presque incolores dans la pénombre.

Jamie avança lentement un doigt vers lui.

— *A Chait*. Que fabriques-tu tout seul ici ?

Chat errant, il était sans doute né d'une mère redevenue sauvage après s'être enfuie d'une cabane de colons. Il effleura la fourrure douce de son poitrail et sentit ses petites dents s'enfoncer brusquement dans la chair de son majeur.

— Aïe !

Il retira précipitamment sa main et examina la goutte de sang qui perlait à son doigt. Il lança un regard noir au chaton, mais celui-ci se contenta de l'observer sans chercher à s'enfuir. Jamie réfléchit un instant, puis prit sa décision. Il fit tomber la goutte sur une feuille, une offrande aux esprits des lieux qui, apparemment, avaient eux aussi décidé de lui faire un présent.

À quatre pattes dans l'herbe, il tendit de nouveau sa main, la paume vers le haut. Très lentement, il remua un doigt, puis un autre, puis encore un autre, comme un ondoiement d'algues sous l'eau. Les grands yeux pâles fixaient le mouvement, hypnotisés. Jamie sourit en voyant la minuscule queue se tordre de tous les côtés. S'il pouvait attraper une truite à mains nues, ce n'était pas un chaton qui allait lui résister !

Entre ses dents, il émit une sorte de sifflement, comme un gazouillis lointain. Le chaton le regarda, fasciné, tandis que les doigts ondoyant doucement se rapprochaient imperceptiblement. Lorsqu'ils effleurèrent sa fourrure, il ne broncha pas. Un index glissa lentement sous son ventre, un pouce sous les coussinets froids d'une patte. Il se laissa prendre délicatement dans une main et soulever de terre.

Jamie le tint contre sa poitrine, caressant d'un doigt sa mâchoire soyeuse, ses oreilles translucides. Le chaton ferma les yeux et se mit à ronronner d'extase, vrombissant dans sa paume comme un grondement de tonnerre lointain.

— Alors, tu es d'accord pour venir avec moi ou pas ?

L'animal n'émettant pas d'objections, il ouvrit le col de sa chemise et le plaça contre sa peau. Le chaton piétina ses côtes puis s'enroula contre son ventre chaud, son ronronnement inaudible se réduisant à une agréable vibration.

Gideon semblait avoir pleinement apprécié cette courte pause. Il se remit en route sans faire d'histoires et, un quart d'heure plus tard, ils avaient rejoint les autres. Hélas, la docilité momentanée de l'étalon s'évapora dès qu'ils abordèrent la grimpée finale. Non qu'il fût incapable d'escalader une piste escarpée, mais il ne supportait pas de suivre un autre cheval. Peu lui importait que Jamie souhaite conduire les siens à bon port. Si cela n'avait tenu qu'à lui, ils auraient été non seulement à la tête du convoi, mais en avance de plusieurs centaines de mètres.

La caravane s'étirait sur plus d'un kilomètre, chaque famille voyageant à son rythme : les Fraser, les MacKenzie, les Chilshom, les MacLeod et les Aberfeldy. Chaque fois que la route s'élargissait un tant soit peu, Gideon se frayait un passage en bousculant sans ménagement les mules, les moutons, les juments et les marcheurs. Il faillit même piétiner les trois cochons qui trottinaient tranquillement derrière la grand-mère Chisholm, les faisant détaler dans les fourrés, paniqués, dans un concert de grognements.

Jamie comprenait l'énervement de sa monture. Impatient d'arriver chez lui et s'efforçant d'avancer, tout ce qui entravait sa course l'irritait. Pour le moment, son principal obstacle était Claire, qui avait – maudite bonne femme ! – arrêté sa jument au beau milieu du chemin pour aller arracher des touffes de végétation sur le bas-côté. Comme si leur maison n'était déjà pas assez pleine d'herbe du sol au plafond ! Sans parler de ses sacoches bourrées à craquer !

Gideon, prompt à déchiffrer l'humeur de son cavalier, étira le cou et mordit la croupe de la jument. Celle-ci hennit, rua, puis partit au galop droit devant elle, sa bride traînant sur le sol. Gideon s'ébroua avec satisfaction et se lança à ses trousses avant d'être brutalement arrêté d'un coup de rênes.

En entendant le vacarme, Claire avait fait volte-face, écarquillant les yeux. Elle regarda Jamie, puis la piste au bout de laquelle sa jument avait déjà disparu, puis de nouveau Jamie. Elle haussa les épaules d'un air navré, les mains pleines de feuilles et de racines terreuses.

— Désolée, dit-elle.

Toutefois, l'amusement faisait miroiter ses yeux comme la lumière du matin dans un torrent à truites. Malgré lui, Jamie sentit la tension dans ses épaules se dénouer. Il ravala ses reproches et ses paroles prirent un tout autre ton en sortant de sa bouche :

— Monte en selle, femme, dit-il, faussement bourru. Je veux mon dîner.

Elle éclata de rire et, remontant ses jupes, grimpa avec lui. Gideon, furieux de cette charge supplémentaire, tordit le cou pour tenter d'attraper quelque chose entre ses dents. Ayant prévu sa réaction, Jamie lui donna un coup sec sur le museau du bout de ses rênes, le faisant sursauter et hennir de surprise.

— Ça t'apprendra, sale bête.

Il abaissa son chapeau sur son front et installa son épouse vagabonde plus confortablement, rabattant ses jupes entre ses cuisses et passant ses bras autour de sa taille. Elle montait sans chaussures ni bas, et ses chevilles nues paraissaient encore plus blanches contre les flancs bais du cheval. Il resserra les brides et éperonna sa monture, un peu plus fort que nécessaire.

Gideon rua aussitôt, recula, se contorsionna et tenta de les assommer tous les deux sous une grosse branche de peuplier. Le chaton, brutalement extirpé de sa sieste, enfonça toutes ses griffes dans le ventre de Jamie en poussant des miaulements de peur, qui furent étouffés par le cri, nettement plus puissant, de Jamie. Tout en jurant, il enfonça son talon gauche dans la cuisse du cheval et tira sur les rênes jusqu'à lui faire tourner la tête à moitié.

Gideon répondit en bondissant sur place et en envoyant Claire valser dans le décor comme un sac de patates avec un petit « iiiiik ! ». Puis il partit en trombe en sens inverse, sautant au-dessus des ronces, coupant à travers bois puis freinant des quatre fers en s'asseyant presque sur son arrière-train dans une pluie de boue et de feuilles mortes. Après quoi, il se redressa comme un serpent, s'ébroua et revint vers la piste en trottant nonchalamment pour aller frotter son museau contre Roger, qui avait observé la scène d'un air ahuri. Ce dernier dévisagea Jamie, les sourcils arqués :

— Tout va bien ?

— Mais absolument, répondit dignement Jamie en haletant. Et toi ?

— Très bien.

— Tant mieux.

Il sauta à terre et lança la bride à MacKenzie. Sans attendre de voir s'il l'avait attrapée, il courut sur le chemin, dans la direction d'où il avait surgi, en criant :

— Claire ! Où es-tu ?

— Ici, répondit-elle sur un ton joyeux.

Elle émergea entre deux peupliers, des feuilles dans les cheveux et boitant un peu, mais apparemment indemne.

— Tu n'as rien ? lui demanda-t-elle.

— Non, ça va. Sauf que je vais abattre cette saleté de cheval.

Il l'inspecta pour s'assurer qu'elle était encore entière. Elle était essoufflée mais paraissait tenir fermement sur ses jambes. Elle déposa un baiser sur son nez en déclarant :

— Attends quand même qu'on soit arrivés à la maison, je ne tiens pas à faire le reste du chemin à pied.

— Hé ! Laisse ça tranquille, sale bête !

Roger tentait de tenir une poignée d'herbe miteuse hors de portée des nasaux inquisiteurs de Gideon. Encore des plantes ! Mais qu'avaient-ils tous à cueillir n'importe quoi ? Quelle était cette manie ? Toujours hors d'haleine, Claire se pencha, intéressée, pour les examiner.

— Qu'est-ce que tu as là, Roger ?

— C'est pour Brianna. C'est bien la bonne plante, non ?

Aux yeux de Jamie, cela ressemblait à des feuilles de carottes défraîchies et laissées trop longtemps en terre. Toutefois, Claire palpa les plantes jaunissantes et fit un signe de tête approbateur.

— Oui, c'est bien ça. *Très* romantique !

Jamie émit un bruit discret, indiquant de façon diplomate qu'il était temps de se remettre en route, sinon Brianna et les Chisholm ne tarderaient pas à les rattraper.

Claire lui tapota l'épaule, un geste censé apaiser Jamie.

— Oui, très bien, dit-elle. Ne ronchonne pas, on y va.

— Mmphm.

Il se pencha pour lui faire la courte échelle et la hissa de nouveau en selle. Avant de monter derrière elle, il regarda Gideon dans le blanc des yeux.

— Ne refais jamais ça, le mit-il en garde.

Se tournant vers Roger, il lui lança :

— Attends les autres et guide-les jusque là-haut, d'accord ?

Sans attendre sa réponse, il saisit les rênes et donna à l'étalon le signal du départ.

Rassuré, parce que nettement en tête, Gideon se concentra sur sa tâche, grimpant d'un pas régulier entre les fourrés de hêtres blancs, de peupliers, de châtaigniers et d'épinettes. Bien qu'il fût tard dans l'année, il restait quelques feuilles aux arbres. Des fragments jaunes et bruns tombaient doucement sur eux comme une pluie fine, se prenant dans la crinière du cheval et les épaisses boucles de Claire. Ses cheveux s'étaient dénoués lors de sa chute et elle ne s'était pas donné la peine de les relever.

À mesure qu'ils avançaient, Jamie retrouvait un peu de sa sérénité. Elle fut presque totale lorsqu'il découvrit son chapeau, qu'il croyait avoir perdu, suspendu à la branche d'un chêne blanc au bord du chemin, comme placé là par une main bienveillante. Néanmoins, quelque chose continuait à le turlupiner sans qu'il sache quoi. La montagne était pourtant paisible autour de lui, le ciel était dégagé et bleu, l'air sentait le bois humide et les sapins.

Tout à coup, son cœur se serra lorsqu'il se rendit compte qu'il avait perdu le chaton. La peau de son torse et de son ventre était striée de griffures qui le démangeaient, là où l'animal avait grimpé en tentant frénétiquement de s'enfuir. Il avait dû sortir par le col de sa chemise et être éjecté par-dessus son épaule lors de la course folle. Il regarda de gauche à droite sous les buissons et les arbres, mais c'était peine perdue. Les ombres se rallongeaient à vue d'œil et, à présent, ils se trouvaient sur la piste principale alors qu'il avait dû tomber dans le sous-bois, quand Gideon avait bondi.

— Que Dieu te garde, murmura-t-il en se signant brièvement.

Claire se retourna à moitié sur la selle.

— Que se passe-t-il ?

— Rien.

Après tout, un chat sauvage, même tout petit, se débrouillerait certainement.

Gideon s'était remis à tirer sur ses rênes et à secouer la tête. Jamie prit alors conscience qu'il lui transmettait sa propre nervosité. Il relâcha faiblement la bride, puis desserra aussi son étreinte autour de la taille de Claire qui poussa un soupir de soulagement.

Le cœur de Jamie battait plus vite qu'à l'accoutumée.

Après une longue absence, il ne pouvait rentrer chez lui sans une certaine appréhension. À la suite du Soulèvement, il avait vécu plusieurs années dans une grotte, ne s'approchant de la maison familiale que rarement, toujours la nuit et avec les plus grandes précautions, sans jamais savoir ce qu'il allait découvrir. Combien de Highlanders de retour chez eux avaient trouvé leur maison brûlée, leur famille disparue. Ou pire encore, toujours là.

Il n'avait pas besoin d'imaginer l'horreur, ses souvenirs lui suffisaient amplement. Il ne lui servait à rien non plus de se répéter qu'il était dans un autre pays, celui-ci n'en était pas moins pourvu de dangers. Il n'y avait pas de soldats anglais dans ces montagnes, mais des maraudeurs, des individus trop paresseux pour cultiver un lopin de terre et subvenir à leurs besoins, préférant rôder dans l'arrière-pays, détroussant les voyageurs et pillant les fermes. Il y avait les raids d'Indiens. Les bêtes sauvages. Et le feu, toujours le feu.

Il avait envoyé les Bug en avance, avec Fergus pour les guider, afin d'éviter à Claire les corvées simultanées de rouvrir la maison et d'accueillir les nouveaux venus. Les Chisholm, les MacLeod, Billy Aberfeldy, sa femme et leur petite fille devaient tous s'installer sous leur toit pendant un temps. Il avait demandé à Mme Bug de se mettre aux fourneaux sans tarder. Équipés de bonnes montures et n'étant pas entravés par des enfants ou du bétail, ils devaient être arrivés depuis deux jours. Personne n'ayant fait demi-tour, tout était sans doute normal. Cela dit…

Il se rendit compte que Claire était aussi tendue que lui lorsqu'il sentit soudain son corps se décontracter contre le sien. Elle posa une main sur sa cuisse.

— Tout va bien. Je sens un feu de cheminée.

Il leva le nez et huma l'air. Elle avait raison, l'odeur âpre de la fumée de noyer blanc se mélangeait à la brise. Ce n'était pas la puanteur d'une conflagration, mais une bouffée agréable, une promesse de chaleur et de nourriture. Mme Bug s'était bien acquittée de sa mission.

Après avoir emprunté le dernier virage de la piste, ils la virent enfin : la haute cheminée en pierres sèches se dressait au-dessus des arbres de la crête, son épaisse colonne de fumée s'enroulant autour du feuillage.

La maison était encore debout.

Il poussa un grand soupir de soulagement, puis remarqua les autres odeurs domestiques – le fumier dans l'écurie, la viande fumée suspendue dans la remise – auxquelles se mêlait le souffle familier de la forêt environnante qui caressait sa joue avec tendresse ; il était chargé d'effluves de bois moisi et de terreau, du bruit des ruisseaux et des rochers.

Ils sortirent d'un taillis de châtaigniers et pénétrèrent dans la vaste clairière où se dressait la maison, solide et propre, ses vitres vernissées d'or par les derniers rayons du soleil.

Cette bâtisse simple aux lignes dépouillées était blanchie à la chaux et surmontée d'un toit en bardeaux. Elle n'était impressionnante que comparée aux cabanes rudimentaires des autres colons. La première, construite par Jamie, était toujours là, sombre et trapue, un peu plus bas sur la colline. De la fumée sortait aussi de sa cheminée.

— Quelqu'un a préparé un feu pour Brianna et Roger, observa Claire.

— C'est bien.

Il resserra son bras autour de la taille de Claire et elle se blottit contre lui, apaisée.

Gideon semblait content, lui aussi. Il étira le cou et hennit pour saluer les deux chevaux qui trottaient joyeusement dans leur enclos. La jument de Claire se tenait près de la clôture, sa bride traînant sur le sol. La coquine retroussa les babines, dans une sorte de grimace moqueuse. De quelque part derrière eux, sur la piste, arriva un braiment profond et gai. La mule Clarence, qui avait entendu tout ce raffut, manifestait sa joie de rentrer à la maison.

La porte s'ouvrit grand, et Mme Bug jaillit hors de la maison, dodue et frétillante comme une abeille. Jamie sourit en la voyant et donna son bras à Claire pour l'aider à descendre, puis il sauta à terre à son tour.

Mme Bug avait déjà commencé à le rassurer avant que ses pieds ne touchent le sol.

— Tout va bien ! Tout va bien ! Et vous-même ?

Elle tenait un gobelet en étain dans une main, un chiffon à lustrer dans l'autre et ne cessa pas de frotter, même lorsqu'elle tendit sa joue ronde et défraîchie pour avoir une bise.

Sans attendre sa réponse, elle virevolta et se hissa sur la pointe des pieds pour embrasser Claire.

— C'est formidable que vous soyez rentrée, madame ! Et vous aussi, monsieur ! Le dîner est déjà prêt, si bien que vous n'avez à vous inquiéter de rien. Mais entrez, entrez ! Ôtez donc vos vêtements pleins de poussière. Je vais envoyer mon vieux Arch vous chercher un peu de bière et nous...

Elle avait pris la main de Claire et la traînait vers le porche sans cesser de parler une seconde, l'autre main continuant à polir le gobelet, ses petits doigts potelés frottant l'intérieur avec dextérité. Claire se retourna vers Jamie, impuissante, et il lui sourit avant qu'elle ne disparaisse dans la maison.

Gideon glissa un museau impatient sous son bras et poussa son coude.

— Oui, oui, dit-il. Viens avec moi, sale bestiole.

Le temps qu'il ait dessellé le grand cheval et la jument, qu'il les ait brossés et installés devant une mangeoire pleine, Claire avait réussi à échapper à Mme Bug. En revenant de l'étable, il vit la porte de la maison s'ouvrir et Claire en sortir discrètement, regardant derrière elle de manière coupable, comme par crainte d'être suivie.

Elle ne le vit pas. Elle rasa le mur en marchant rapidement jusqu'à l'autre bout de la maison, disparaissant à l'angle dans un bruissement de jupons. Intrigué par son air mystérieux, il la suivit.

Ah ! Elle était allée voir son infirmerie et son jardin de simples. À présent, elle partait vérifier l'état de son potager avant qu'il ne fasse complètement nuit. Sa silhouette se détachait contre le ciel. Elle grimpait sur le sentier derrière la maison, avec les derniers éclats du jour pris dans ses cheveux comme des toiles d'araignée. Ses herbes n'avaient pas dû beaucoup pousser, hormis quelques plantes robustes et des espèces pérennes comme les carottes, les oignons et les navets. Mais peu importe. Elle allait toujours voir son jardin, même après une seule journée d'absence.

Il comprenait ce besoin. Lui-même ne se sentait pas totalement chez lui avant d'avoir inspecté le bétail et les bâtiments et d'être monté jusqu'à la distillerie.

La brise du soir souffla vers lui une vague senteur âcre provenant des latrines, lui rappelant qu'il devrait s'occuper sans tarder des bâtiments. Puis il se souvint de l'arrivée de nouveaux métayers, et il se détendit. Creuser une nouvelle fosse d'aisance était une mission idéale pour les deux fils aînés des Chisholm.

Ian et lui avaient creusé celle-ci lorsqu'ils étaient arrivés. Seigneur, comme ce garçon lui manquait !

— *A Mhicheal bheanaichte*[1], murmura-t-il.

Il aimait bien MacKenzie, mais, si on lui avait laissé le choix, il n'aurait pas échangé Ian contre lui. Mais Ian en avait décidé autrement, et il n'y avait rien à dire.

Repoussant son chagrin, Jamie s'approcha d'un arbre, déboutonna ses culottes et se soulagea. Si elle le voyait, Claire ferait sûrement une de ses remarques qu'elle croyait spirituelles sur les chiens et les loups marquant leur territoire. Cela n'avait pourtant rien à voir. Pourquoi grimper sur la colline et aggraver la situation déjà critique des latrines ? Et puis… après tout, il était chez lui et avait le droit de pisser où bon lui semblait. Il rajusta son pantalon, se sentant mieux.

En relevant la tête, il aperçut Claire qui redescendait du potager, son tablier rempli de carottes et de

1. Saint Michel, protège-le !

navets. Une rafale de vent emporta les dernières feuilles des châtaigniers et les fit tourbillonner autour d'elle, véritable danse de taches jaunes, parsemée d'éclats de lumière.

Pris d'une soudaine inspiration, il s'enfonça de quelques pas entre les arbres et regarda autour de lui. D'ordinaire, il ne prêtait attention qu'à la végétation immédiatement comestible pour les chevaux et les hommes, aux troncs avec des veines assez rectilignes pour fabriquer des planches et des poutres, ou aux lianes et aux mauvaises herbes qui envahissaient et gênaient le passage. Mais lorsqu'il se mit à contempler la nature, il fut surpris par sa variété et son esthétique. Des tiges d'orge à moitié mûre, leurs graines disposées en rangées comme la natte d'une femme. Une herbe sèche et friable, délicate comme la bordure en dentelle d'un beau mouchoir. Une branche d'épinette, d'un vert irréel parmi les arbres nus, laissant sa sève odorante sur sa main quand il la cassa. Une poignée de feuilles de chêne, mortes et lustrées, lui rappelant la couleur des cheveux de Claire, tout en nuances d'or, de brun et de gris. Un morceau de liane rouge, ajouté pour sa couleur.

Il finit juste à temps. Elle approchait du coin de la maison. Perdue dans ses pensées, elle passa à quelques mètres de lui sans le voir.

— *Sorcha*, appela-t-il doucement.

Surprise, elle se tourna et tenta de le distinguer à contre-jour dans les derniers rayons du soleil.

— Bienvenue à la maison, dit-il en lui tendant son bouquet.

— Oh.

Elle regarda l'arrangement de feuilles et de branches, puis releva les yeux vers lui. Les commissures de ses lèvres se mirent à trembler comme si elle était sur le point d'éclater de rire ou en sanglots.

— Oh, Jamie… C'est… magnifique !

Elle se hissa sur la pointe des pieds et déposa un baiser chaud et salé sur ses lèvres. Il en aurait voulu davantage, mais elle s'éloignait déjà vers la porte de la maison, serrant son petit bouquet contre son sein, comme un objet en or pur.

Il se sentait un peu sot, mais également assez satisfait de lui-même. Il avait encore le goût de sa bouche sur ses lèvres.

— *Sorcha*, murmura-t-il de nouveau.

Puis il se rendit compte qu'il venait déjà de l'appeler ainsi. C'était étrange. Pas étonnant qu'elle ait eu l'air surpris. Ce mot était la traduction de son nom en gaélique, mais il ne l'utilisait jamais. Il aimait le fait qu'elle soit d'ailleurs, qu'elle soit Anglaise. Elle était sa Claire, sa *Sassenach*.

Pourtant, au moment où elle était passée devant lui, elle avait été *Sorcha*, ce qui ne signifiait pas seulement Claire, mais aussi « lumière ».

Il soupira d'aise.

Il se sentait soudain affamé, de nourriture et d'elle, mais il ne se précipita pas pour autant à l'intérieur. Certaines faims ressemblaient à une forme de plaisir. Attendre le moment de les satisfaire pouvait être aussi intense que la satisfaction elle-même.

Il entendit des bruits de sabots et des voix : les autres étaient finalement arrivés. Il eut envie de prolonger encore un peu cet instant de solitude, mais il était déjà trop tard. En quelques secondes, il se retrouva encerclé. C'était la confusion la plus totale : des hurlements stridents d'enfants excités et des cris de mères les rappelant à l'ordre, les présentations aux nouveaux venus, des allées et venues pour décharger les affaires, desseller les mules et les chevaux, chercher du fourrage et de l'eau... Pourtant, il circulait au sein de cette Babel, comme s'il était encore seul, aussi paisible et silencieux que le soleil couchant.

*

* *

Il faisait nuit noire quand tout fut enfin déchargé. On avait aussi récupéré et envoyé dîner le plus jeune des démons Chisholm, et le bétail était rentré. Il suivit Geoff Chisholm vers la maison, puis il se ravisa, s'attardant dans la cour sombre.

Il resta là, se réchauffant les mains l'une contre l'autre tout en admirant l'endroit. Une belle grange et des remises robustes, un enclos et une basse-cour en bon état, une palissade solide autour du jardin de simples de Claire pour le protéger des biches. La maison formait une silhouette blanche dans l'obscurité, tel un esprit bienveillant protégeant la crête. De la lumière se déversait de toutes les fenêtres et des portes. On entendait des rires à l'intérieur.

Il perçut un mouvement dans le noir et, se retournant, il vit sa fille qui revenait de l'étable avec un seau rempli de lait frais. Elle s'arrêta près de lui et contempla à son tour la maison.

— Ça fait du bien d'être de nouveau chez soi, non ?

— Je ne te le fais pas dire.

Ils échangèrent un sourire. Puis elle se pencha vers lui, l'examinant avec attention. Elle le poussa vers la lumière de la fenêtre la plus proche et lui demanda en fronçant les sourcils :

— Qu'est-ce que c'est que ça ?

Elle donna une chiquenaude sur sa veste, faisant tomber une feuille rouge et brillante.

— Tu ferais bien d'aller te laver, papa, tu es plein d'herbe à puces.

*
*   *

— Tu aurais pu me le dire, *Sassenach* !

L'air torve, Jamie regarda son bouquet que j'avais placé dans un verre d'eau, sur la table, près de la fenêtre de notre chambre. Les tiges rouge vif du bouquet vénéneux brillaient même dans la pénombre. Il ajouta en grommelant :

— Tu aurais dû t'en débarrasser. Tu l'as gardé pour me narguer ?

Je suspendis mon tablier à une patère et commençai à dénouer les lacets de ma robe, tout en expliquant :

— Pas du tout. Mais si je te l'avais dit quand tu me l'as donné, tu l'aurais aussitôt repris pour le jeter. Or, c'est la première fois que tu m'offres un bouquet, et sans doute la dernière. Je tiens à le garder.

Il rit puis s'assit sur le lit pour ôter ses bas. Il avait déjà retiré sa veste, sa cravate et sa chemise. Le feu des chandelles réfléchissait sur la courbe de ses épaules. Il se gratta le dessous d'un poignet, bien que je lui aie fait part de l'absence d'éruption allergique. Sa démangeaison était purement psychosomatique.

— Tu n'es encore jamais rentré à la maison avec de l'urticaire, alors que tu t'es forcément frotté à de l'herbe à puces de temps à autre, vu le temps que tu passes dans les champs et les bois. Tu dois être immunisé. Ça arrive, tu sais.

Il parut intéressé, tout en continuant à se gratter.

— Tu veux dire qu'il m'arrive la même chose qu'à Brianna et à toi ?

— Plus ou moins, mais pour des raisons différentes.

Je m'extirpai de ma robe en laine tissée vert pâle, franchement répugnante après une semaine de route, puis dégrafai mon corset avec soulagement.

Je me levai pour vérifier la température de l'eau que j'avais mise à chauffer sur les braises. Certains des nouveaux arrivants passeraient la nuit chez Fergus et Marsali, d'autres chez Roger et Brianna, mais la cuisine, l'infirmerie et le bureau de Jamie au rez-de-chaussée étaient pleins de monde, tous dormant à même le sol. Je ne pouvais me glisser dans mon lit sans me laver, mais je ne tenais pas non plus à me donner en spectacle devant nos invités.

L'eau frissonnait, de minuscules bulles se bousculant contre les bords de la casserole. Je mis le doigt dedans et constatai qu'elle était délicieusement chaude. Après en avoir versé un peu dans ma cuvette, je replaçai le récipient dans l'âtre.

Nous ne sommes pas complètement immunisées, tu sais, repris-je. Brianna, Roger et moi, nous ne pouvons pas attraper certaines maladies, comme la variole, parce que nous avons été vaccinés une fois pour toutes. En revanche, en ce qui concerne le choléra ou la typhoïde, les risques sont minimes, mais nous ne sommes pas complètement protégés, parce que les effets des injections s'amenuisent avec le temps.

Je fouillai dans les sacoches qu'il avait montées et jetées près de la porte. Au *gathering*, quelqu'un avait payé l'extraction de sa dent pourrie avec une éponge, une vraie, rapportée des Antilles. Exactement ce qu'il me fallait pour faire ma toilette.

— Pareil pour le paludisme… dont souffre Lizzie…

— Je croyais que tu l'avais guérie, m'interrompit-il.

— Malheureusement pas. Elle l'aura toujours, la pauvre chérie. Tout ce que je peux faire pour elle, c'est diminuer l'intensité de ses crises, faire en sorte qu'elles ne reviennent pas trop souvent. Mais le parasite vit dans son sang.

Il tira sur le ruban qui retenait sa queue de cheval et secoua sa chevelure rousse, la faisant gonfler autour de sa tête comme une crinière de lion.

— Je n'y comprends rien, déclara-t-il. L'autre jour, tu m'as dit que, lorsqu'on survivait à la rougeole, on ne pouvait plus l'attraper. La varicelle ou la rubéole non plus, parce que je les avais déjà eues, enfant, et que toutes ces maladies restaient dans mon sang.

— Ce n'est pas tout à fait la même chose.

Après avoir chevauché toute la journée, l'idée de devoir lui expliquer les différences entre immunité active, passive ou acquise, les anticorps et l'infection parasitaire me paraissait au-dessus de mes forces. Je plongeai l'éponge dans la bassine, la laissai se gorger d'eau puis la pressai, appréciant sa texture à la fois soyeuse et fibreuse. Un fin nuage de sable se dégagea des pores et se déposa au fond de la cuvette en faïence. L'éponge se ramollissait, mais je sentais encore une partie dure sur un côté.

— En parlant de chevaucher…

Jamie me regarda, surpris.

— On parlait de chevaucher ?

J'agitai la main d'un air vague, pour dissiper cette allusion, à mes yeux, sans importance.

— Euh… non, mais j'y pensais. Que comptes-tu faire de Gideon ?

— Ah, dit-il, désappointé.

Il laissa tomber son pantalon sur le plancher et s'étira, tout en réfléchissant.

— Je ne peux pas me permettre le luxe de l'abattre. Et puis, c'est une bête courageuse. Pour commencer, je vais le couper. Ça devrait apaiser ses esprits un moment.

— Le couper ? Ah… tu veux dire le castrer. Effectivement, il se calmera sûrement, quoique cette méthode me paraisse un peu radicale.

J'hésitai un instant avant de proposer à contrecœur :

— Tu veux que je le fasse ?

Il me dévisagea interloqué, puis éclata de rire.

— Non, *Sassenach*. Je ne pense pas que castrer un étalon de plus d'un mètre quatre-vingts au garrot soit un travail pour une femme, chirurgienne ou pas. Un doigté délicat n'est pas vraiment nécessaire. Si tu vois ce que je veux dire !

C'était aussi bien. Soulagée, je continuai à malaxer l'éponge, la pressant avec mon pouce. Elle s'assouplit encore et un de ses grands pores recracha soudain un coquillage. Il flotta dans l'eau, parfaite spirale miniature rose et violette.

— Regarde ! m'émerveillai-je.

Jamie se pencha par-dessus mon épaule et poussa doucement le coquillage du bout de l'index.

— En voilà une jolie petite chose, commenta-t-il. Je me demande comment elle a atterri dans ton éponge.

— Elle l'a sans doute avalé par erreur.

— « Avalé » ?

— Les éponges sont des animaux. Ou, plus précisément, des estomacs. Elles aspirent l'eau et absorbent tous les éléments nutritifs qu'elle contient.

— Brianna appelle Jemmy « ma petite éponge » probablement pour la même raison. Il fait exactement pareil.

Je m'assis et fis glisser ma chemise qui retomba autour de ma taille. En dépit du feu, il faisait encore frais dans la chambre, et la peau de mes seins et de mes bras se hérissa aussitôt.

Jamie saisit sa ceinture et retira soigneusement tous les objets qui y étaient accrochés, déposant sur le secrétaire son pistolet, une boîte de munitions, son coutelas et une flasque en étain. Il souleva celle-ci et m'interrogea du regard.

J'acquiesçai avec enthousiasme et il se mit à chercher un gobelet parmi mes chutes de tissu. Vu le nombre de gens avec leurs biens qui occupaient la maison, nous avions monté et jeté pêle-mêle dans notre chambre nos sacoches et tout le bric-à-brac rapporté du *gathering*. Le tas de bagages formait des ombres étranges et dansantes sur les murs de la chambre, lui conférant des allures de caverne.

En observant Jamie se promener nu dans la pièce sans la moindre gêne, je me dis qu'il tenait autant de l'éponge que son petit-fils. Il était capable de faire face à tout ce que la vie mettait sur son chemin et en absorbait tous les éléments, même ceux auxquels son passé ne l'avait pas préparé. Étalons maniaques, prêtres kidnappés, servantes en âge de se marier, filles opiniâtres, gendres païens...

Moi, j'étais le coquillage. Arrachée à ma niche rocheuse par un courant d'une puissance inattendue, aspirée et engloutie par Jamie et sa vie. Prisonnière à jamais des forces étranges qui agitaient cet environnement étranger.

Je n'avais pratiquement aucun regret. J'avais choisi d'être ici, je *voulais* être ici. Pourtant, de temps à autre, des petits détails, telle notre conversation sur l'immunité, me rappelaient tout ce que j'avais perdu – ce que j'avais eu, ce que j'avais été. Cette pensée entraînait chez moi une sensation de vide.

Jamie se pencha pour fouiller dans une des sacoches et la vue de ses fesses nues, tendues vers moi en toute innocence, dissipa rapidement mon malaise passager. Gracieusement galbées et sculptées par les muscles, elles étaient saupoudrées d'un duvet rouge et or qui captait les reflets des bougies et du feu. Les longs piliers pâles de ses jambes encadraient l'ombre de son scrotum, sombre et à peine visible entre ses cuisses.

Ayant enfin trouvé un gobelet, il le remplit à moitié. Il se retourna et me le tendit, sursautant en me voyant l'observer.

— Qu'y a-t-il ? Quelque chose ne va pas, *Sassenach* ?

— Non, pas du tout.

Je n'avais pas dû être très convaincante, car il fronça les sourcils. En attrapant le verre, je poursuivis sur un ton plus enjoué :

— Non, je réfléchissais.

Ma réponse le fit sourire.

— Tu ne devrais pas trop réfléchir ce soir, *Sassenach*. Tu vas faire des cauchemars.

— Tu as certainement raison.

Je bus une gorgée, surprise de constater que c'était du vin… et pas de la piquette.

— Il est délicieux. D'où vient-il ?

— Du père Kenneth. C'est du vin de messe, mais non consacré. Comme les hommes du shérif allaient sûrement le lui confisquer, il m'a dit qu'il préférait le voir entre mes mains.

Tandis qu'il mentionnait le curé, une ombre passa sur son visage.

— Tu penses qu'il arrivera sain et sauf ? demandai-je.

Les hommes du shérif ne m'avaient pas franchement donné l'impression d'être les représentants civilisés d'une réglementation abstruse, mais plutôt une bande de voyous qui n'avaient pas commis le pire uniquement à cause de leur peur… face à Jamie.

— Je l'espère. J'ai dit au shérif que s'il arrivait quoi que ce soit au père, lui et ses hommes en répondraient.

J'approuvai sans rien dire, en buvant mon vin. Si jamais Jamie apprenait qu'on avait fait du mal au père

Kenneth, il irait certainement demander des comptes au shérif. Cette idée me mettait mal à l'aise. Ce n'était pas le moment de se faire des ennemis, notamment le shérif du comté d'Orange.

Relevant les yeux, je constatai que Jamie m'observait toujours, mais, cette fois, de manière très appréciative. Il pencha la tête sur le côté.

— Tu es bien pulpeuse, ces temps-ci, *Sassenach*.

— Flatteur !

Je lui lançai un regard noir et repris mon éponge. Il poursuivit son examen en tournoyant autour de moi tout en hochant la tête.

— Tu as dû prendre cinq ou six kilos, au moins, depuis le printemps. On peut dire que l'été t'a bien profité !

Je fis volte-face et lui envoyai mon éponge à la figure. Il la rattrapa au vol en riant.

— Ces dernières semaines, tu étais tellement emmitouflée que je ne me suis pas rendu compte que tu te remplumais autant, *Sassenach*. Ça doit faire plus d'un mois que je ne t'ai pas vue nue.

Il continuait à m'inspecter comme si j'étais une finaliste du concours de la plus belle truie à la Foire agricole de Shropshire.

— Profites-en, parce que tu risques de ne plus me revoir ainsi avant un bon bout de temps !

Je renfilai ma chemise pour couvrir mes seins qui, je devais bien le reconnaître, étaient plutôt volumineux.

Il parut surpris.

— Tu es fâchée, *Sassenach* ?

— Allons donc ! Qu'est-ce qui te fait penser une chose pareille ?

Il sourit, frottant l'éponge contre son torse d'un air absent pendant que son regard se promenait sur mon corps. Ses mamelons durcirent et formèrent deux taches sombres dans la forêt de poils frisés, l'eau faisant luire sa peau.

— Je t'aime grosse, *Sassenach*. Grasse, juteuse et dodue comme une poulette. C'est comme ça que je te préfère.

Si les hommes nus n'avaient pas été équipés d'un détecteur sexuel des plus voyants, j'aurais sans doute pensé qu'il essayait simplement de rattraper sa gaffe. Or, il était indubitable que mes rondeurs ne le laissaient pas indifférent.

— Ah, dis-je lentement. Dans ce cas…

J'ôtai de nouveau ma chemise.

Il me fit signe de me lever d'un geste du menton. J'hésitai un instant, puis m'exécutai, laissant glisser le vêtement au sol, où il rejoignit son pantalon. Timidement, je lui repris l'éponge des mains.

— Je vais… euh… finir ma toilette, d'accord ?

Une fois le dos tourné, je posai un pied sur le tabouret. Un grognement encourageant s'éleva derrière moi. Tout en souriant dans ma tête, je pris tout mon temps. La pièce se réchauffait et, le temps que je finisse mes ablutions, ma peau était rose et lisse, même si j'avais encore le bout des doigts et des orteils un peu froids.

Enfin, je fis face à Jamie et le découvris qui m'observait toujours, tout en se frottant le poignet.

— Et toi, tu t'es lavé ? demandai-je. Même si tu ne la sens pas, tu as sûrement encore des traces d'herbe à puces sur la peau et tu peux en mettre sur tout ce que tu touches. Or, je ne suis pas immunisée, moi !

— Je me suis frotté les mains avec ton savon.

En guise d'illustration, il les posa sur mes épaules. Effectivement, elles empestaient le détergent que nous confectionnions nous-mêmes avec du suif et de la cendre de bois. Il n'était pas très raffiné, mais il récurait efficacement, surtout le plancher et les casseroles en fonte. Pas étonnant que Jamie se gratte. Le produit n'étant pas vraiment doux pour la peau, ses mains étaient toutes gercées.

J'embrassai ses articulations, puis cherchai mon coffret où je rangeais mes affaires personnelles, notamment mon pot de crème pour la peau. Conçue avec de l'huile de noyer, de la cire d'abeille et de la lanoline purifiée, extraite de la laine de mouton, elle était apaisante et parfumée avec des essences de camomille, de camphre, d'achillée mille-feuille et de fleurs de sureau.

J'y plongeai un pouce et en sortis une noisette que je frottai entre mes mains. Elle était presque solide, mais elle se liquéfiait rapidement à la chaleur.

Je pris une de ses mains et massai ses phalanges et ses paumes calleuses. Peu à peu, Jamie relaxa, il me laissa étirer chaque doigt et malaxer ses articulations, tout en faisant pénétrer l'onguent dans les sillons, les égratignures et les plaies. Il portait encore des marques, là où les rênes avaient comprimé sa peau.

— Ton bouquet est vraiment ravissant, Jamie. Mais qu'est-ce qui t'a pris ?

Si, à sa façon, il était assez romantique, il était aussi extrêmement pratique. Je ne me souvenais pas avoir reçu de lui un cadeau frivole, et il n'était pas du genre à apprécier la végétation, autrement que pour ses vertus comestibles et médicales, ou transformée en bière.

Il gesticula, mal à l'aise, et il répondit en détournant le regard.

— C'est que… j'avais un petit cadeau pour toi, mais je l'ai perdu en route. Et puis, je me suis souvenu que tu avais trouvé le geste de Roger offrant quelques herbes sauvages à Brianna très touchant et je…

Intimidé, il acheva sa phrase dans un grommellement.

J'avais très envie de rire, mais je me contentai de porter sa main à mes lèvres et d'y déposer un baiser. Il parut gêné mais heureux. Sur ma paume, son pouce suivit le contour d'une ampoule à demi cicatrisée, blessure causée par une casserole bouillante.

— Tiens, *Sassenach*. Toi aussi, tu en as besoin.

Il prit un peu de ma mixture verte dans le pot et retourna ma main chaude et glissante dans la sienne.

Je résistai un moment, mais la lui abandonnai, tandis qu'il décrivait de lents cercles à l'intérieur. J'avais envie de me dissoudre. Je soupirai de bien-être et dus fermer les yeux malgré moi, car je ne le vis pas s'approcher pour m'embrasser. Je sentis juste la douce caresse de sa bouche.

Je lui tendis paresseusement mon autre main et il la malaxa à son tour. Nos doigts s'entremêlèrent, nos deux pouces croisant le fer, nos thénars frottant l'un contre l'autre. Il se tenait si près de moi que je percevais sa chaleur et, à chaque passage près de ma hanche pour reprendre du baume, les poils de son bras, décolorés par le soleil, me frôlaient.

Il s'interrompit, m'embrassant encore doucement. Les flammes ronflaient dans l'âtre comme des marées changeantes, projetant des ombres vacillantes sur les murs blanchis à la chaux, comme de la lumière dansant à la surface de l'eau, loin au-dessus de nos têtes. Nous aurions pu être seuls au fond de l'océan.

— Le geste de Roger n'était pas purement romantique, tu sais, lui dis-je. Ou peut-être que si, tout dépend de la façon dont on le regarde.

Perplexe, Jamie me fixa tout en reprenant ma main. Nos doigts s'enlacèrent en remuant lentement.

— C'est-à-dire ?

— Brianna m'a interrogée sur les méthodes de contraception et je lui ai parlé de celles que je connaissais.

Elles ne sont pas parfaites, mais c'est mieux que rien. Cela dit, la grand-mère Bacon m'a fait parvenir des graines que les Indiennes utilisent et qui sont censées être très efficaces.

L'expression de Jamie se métamorphosa de façon comique, passant de la torpeur lascive à l'ébahissement total.

— Pour ne pas... quoi ? Elle... tu veux dire que... ces mauvaises herbes miteuses ?

— Oui. Ou, du moins, elles sont supposées prévenir les grossesses.

— Mmphm...

Ses doigts ralentirent le mouvement et il plissa le front, plus par inquiétude que par réprobation. Puis il reprit son massage, enveloppant mes mains dans ses grandes paluches, effectuant un mouvement résolu et nettement plus autoritaire.

Il se tut un moment, faisant pénétrer le baume dans ma peau davantage comme un professionnel graissant ses harnais que comme un homme traitant amoureusement les mains de sa tendre épouse. Je me raidis légèrement et il sembla prendre conscience de son geste, car il s'interrompit. Il exerça une faible pression sur ma main, et ses traits se détendirent. Il embrassa mes doigts et recommença, mais beaucoup plus doucement.

— Tu crois que...

Il n'acheva pas sa phrase.

— Quoi ?

— Mmphm... C'est que... Pourquoi des jeunes mariés penseraient à ces choses-là ? Ça ne te paraît pas étrange, *Sassenach* ?

— Pas du tout, ça me paraît plutôt très sensé. Et puis, ce ne sont pas *vraiment* des jeunes mariés. Ils ne sont pas... enfin, ils ont déjà un enfant ensemble.

— *Elle* a un enfant. Je pense justement à ça, *Sassenach*. Il me semble qu'une jeune femme qui vient d'épouser l'homme qu'elle aime ne cherche pas comment ne pas lui faire un enfant. Tu es sûre que tout va bien entre eux ?

Je réfléchis à la question.

— Je crois, répondis-je enfin. N'oublie pas que Brianna vient d'une époque où les femmes peuvent choisir d'avoir un enfant ou pas, et aussi quand, avec un certain degré de certitude. Elle considère probablement ce choix comme un droit.

Il ouvrit la bouche pour répondre, puis la referma, se débattant avec une notion totalement étrangère à son univers mental.

— Ah, c'est comme ça, hein ? dit-il enfin. La femme décide « je veux », ou « je ne veux pas », et l'homme n'a même pas son mot à dire ?

Sa voix était remplie d'étonnement... et de réprobation.

Je me mis à rire.

— Cela ne se passe pas exactement ainsi. Du moins, pas tout le temps. Il y a toujours des accidents. Sans compter l'ignorance et l'étourderie. Beaucoup de femmes se contentent de laisser faire les choses. Et la plupart se soucient de ce que pensent leurs hommes. Mais je suppose que... oui, en gros, tu as raison.

Il grogna sourdement.

— Mais MacKenzie vient de la même époque, non ? Il ne trouve pas ça bizarre ?

— C'est lui qui a été chercher les plantes, soulignai-je.

— Hmmm, c'est vrai.

Il se faisait tard. Au rez-de-chaussée, le brouhaha étouffé des conversations et des rires s'était tu. Le calme de la maison fut soudain transpercé par des pleurs de nourrisson. Nous restâmes tous les deux immobiles, tendant l'oreille, puis nous nous détendîmes en entendant la voix de sa mère filtrer sous la porte close.

— En outre, repris-je, il n'est pas si inhabituel qu'une jeune femme pense à ce genre de choses. Marsali, elle aussi, est venue m'en parler avant d'épouser Fergus.

— Sans blague ! Pourquoi ne lui as-tu pas dit comment faire ?

— Mais je lui ai dit !

— Dans ce cas, ta méthode n'est pas terrible, non ?

Il esquissa un sourire cynique. Germain était né environ dix mois après leur mariage et Marsali était retombée enceinte, quelques jours à peine après son sevrage.

Je sentis le feu me monter aux joues.

— Rien ne marche à tous les coups, même les méthodes modernes. Mais pour qu'elles aient une chance de fonctionner, faut-il encore les appliquer.

De fait, Marsali cherchait une méthode contraceptive, non pas parce qu'elle ne voulait pas d'enfant, mais par crainte qu'une grossesse ne nuise à l'intimité de sa relation avec Fergus. « Pour ce qui est de sa saucisse, je tiens à en profiter le plus possible », fut la phrase mémorable qu'elle prononça à cette occasion. J'en souriais encore.

Ma propre conclusion, tout aussi cynique, était que, non seulement elle en avait bien profité, mais elle avait finalement décidé que la grossesse ne diminuerait en rien son appréciation des arguments les plus subtils de Fergus. Mais cela nous ramenait aux craintes de Jamie concernant Brianna, car son intimité avec Roger était désormais bien établie. Toutefois, cela ne voulait pas dire…

L'une des mains de Jamie était toujours dans la mienne, tandis que l'autre lâcha mes doigts et alla se promener ailleurs, très délicatement, me faisant perdre le fil de mes pensées.

— Oh, fis-je.

— Des pilules, c'est bien ça ? demanda-t-il. C'est bien la méthode moderne ?

Son visage était tout près du mien, ses yeux perdus dans le vague tandis qu'il continuait à œuvrer.

— Humm... Ah, oui.

— Tu n'en as pas apporté avec toi quand tu es revenue ?

J'inspirai profondément, puis expirai, me sentant prête à m'évanouir.

— Non, répondis-je faiblement.

Il s'arrêta un instant.

— Pourquoi ?

— Eh bien... c'est que... il faut en prendre tout le temps. Je n'aurais pas pu en apporter suffisamment. En revanche, il existe une méthode permanente, une petite intervention chirurgicale, qui est relativement simple et qui rend définitivement stérile.

Je déglutis, gênée par la tournure de la conversation. En envisageant mon retour dans le passé, j'avais effectivement réfléchi sérieusement aux risques de grossesse. Il y avait peu de chance, vu mon âge et mes antécédents, mais on ne savait jamais...

Jamie était immobile, les yeux baissés.

— Claire, dis-moi ce que tu as fait, dit-il à voix basse.

Je pris une grande inspiration et serrai sa main, mes doigts glissant entre les siens.

— Jamie, si j'avais fait quoi que ce soit, je te l'aurais dit. Tu aurais voulu que je me fasse opérer ?

Son autre main me quitta, vint se poser dans mon dos et m'attira à lui, tout doucement. Sa peau contre la mienne était brûlante.

— J'ai suffisamment d'enfants. Mais je n'ai qu'une seule vie, et c'est toi, *mo chridhe*.

Je touchai son visage, creusé par la fatigue et râpeux. Il ne s'était pas rasé depuis des jours.

J'y avais songé et j'avais été à deux doigts de demander à un chirurgien de me stériliser. C'était la décision de la raison : prendre des risques inutiles ne me servait à rien. Pourtant... je n'avais aucune garantie de survivre au voyage, d'atterrir au bon endroit, à la bonne époque, et de le retrouver. J'en avais encore moins de pouvoir concevoir à mon âge.

Néanmoins, après l'avoir quitté depuis si longtemps, sans savoir si je le reverrais un jour... je n'avais pu me résoudre à détruire cette possibilité. Je ne voulais pas un autre enfant. Mais, si je le retrouvais, et s'il le désirait... alors j'étais prête à courir ce risque pour lui.

Je le touchai doucement. Il gémit et enfouit son visage dans mes cheveux, me serrant contre lui. Chaque fois que nous faisions l'amour, il y avait un élément de risque et de promesse, car ma vie était entre ses mains et son âme entre les miennes, et il le savait.

— Je pensais... que tu ne verrais jamais Brianna. J'ignorais l'existence de Willie. Je n'avais pas le droit de t'ôter ta chance d'être à nouveau père... pas sans te le dire avant.

« Tu es le sang de mon sang, la chair de ma chair », lui avais-je dit. C'était la vérité et cela le resterait, que nous soyons parents ou pas.

— Je ne veux pas d'autre enfant, chuchota-t-il. Je ne veux que toi.

Sa main se leva, comme d'elle-même, et son doigt effleura mon mamelon, laissant une trace brillante du baume parfumé sur ma peau. Je refermai mes doigts glissants sur son poignet, me levai et l'entraînai vers le lit. Je m'allongeai en soufflant la chandelle. Il se dressa au-dessus de moi, la lueur du feu dans son dos plongeant son visage dans le noir.

— Ne t'inquiète pas pour Brianna. Si Roger a cueilli ces plantes pour elle, c'est parce qu'il sait ce qu'elle veut.

Il soupira profondément, puis un début de rire partit du fond de sa gorge quand il se coucha sur moi et s'acheva en un grognement de plaisir et de plénitude quand il se glissa entre mes cuisses, bien huilées et prêtes pour lui.

— Moi aussi je sais ce que je veux, dit-il dans mes cheveux. Je te cueillerai un autre bouquet dès demain.

*

* *

Abrutie de fatigue, languissante d'amour et bercée par le confort d'un lit propre et douillet, je dormis comme une masse.

À un moment donné, peu avant l'aube, je me mis à rêver. Des rêves agréables, sans couleurs ni formes. De petites mains tapotaient mon visage, tripotaient mes cheveux. Je me tournais sur le côté, à demi consciente, rêvant que j'allaitais un enfant. De minuscules doigts pétrissaient mes seins et ma main se posa en coupe sur le crâne du nourrisson. Qui me mordit.

Je poussai un cri perçant, me redressai d'un bond dans le lit et vit une forme grise courir sur la couverture et disparaître de l'autre côté du matelas. Je hurlai de manière encore plus stridente.

Jamie jaillit hors du lit, roula sur le plancher et se redressa, les épaules voûtées et les poings serrés.

— Quoi ? Qui ? Quoi ?

Il lançait des regards assassins autour de lui, cherchant les intrus.

— Un rat ! m'écriai-je.

Je pointai un doigt tremblant vers l'endroit où la forme grise avait disparu, entre le bord du lit et le mur.

— Ah.

Ses épaules s'affaissèrent. Il se passa une main sur le visage puis dans les cheveux.

— Un rat, hein ? poursuivit-il une fois réveillé.

— Un rat, *dans notre lit* ! précisai-je. Il m'a mordu !

Je baissai les yeux vers mon sein agressé. Il ne saignait pas. Il y avait juste une petite trace de morsure qui piquait sous le doigt. Je songeai à la rage, et un frisson glacé me parcourut.

— Ne t'en fais pas, *Sassenach*. Je m'en occupe.

Il saisit le tisonnier dans la cheminée et marcha d'un pas décidé vers le pied du lit. Notre sommier était en bois massif et reposait à même le sol. Il n'y avait qu'un espace de quelques centimètres entre lui et le mur, si bien que, à moins d'avoir pu s'échapper dans les secondes suivant mon cri et l'éruption de Jamie hors des couvertures, le rat devait être coincé là.

Je me mis à genoux sur le lit, prête à bondir hors de la chambre, si nécessaire. L'air concentré, Jamie brandit le tisonnier et, de sa main libre, écarta le dessus de lit qui pendait du matelas.

Il abattit son arme de toutes ses forces, la faisant dévier au dernier moment en frappant le mur.

— Qu'y a-t-il ? dis-je.

— Qu'y a-t-il ? répéta-t-il, incrédule.

Il se pencha, puis éclata de rire. Il laissa retomber le tisonnier, s'agenouilla et tendit lentement la main entre le sommier et le mur, faisant des petits bruits bizarres avec sa bouche. On aurait dit des oisillons affamés dans un buisson.

— Tu es en train de parler *au rat* ?

Je m'approchai à genoux, mais, sans cesser de gazouiller, il me fit signe de ne pas bouger.

J'attendis, non sans une certaine impatience. Au bout d'une minute, il plongea en avant, puis s'exclama, satisfait. Un sourire victorieux aux lèvres, il se redressa en tenant une boule de poils gris par la peau du cou, qui se balançait comme un sac à main au bout de ses doigts.

— Le voilà, ton petit rat, *Sassenach* !

Il déposa sa prise sur le dessus-de-lit. Deux grands yeux céladon me dévisagèrent fixement.

— Mais d'où sors-tu, toi ? m'émerveillai-je.

J'avançai un doigt très doucement. Le chaton ne bougea pas. J'effleurai le bout de son menton soyeux et il ferma les paupières en se frottant contre mon index. De cette carcasse miniature surgit un ronronnement d'une profondeur inattendue.

Jamie paraissait extrêmement fier de lui.

— C'est le cadeau que je voulais t'offrir, *Sassenach*. Il chassera la vermine de ton infirmerie.

J'examinai mon présent d'un œil sceptique.

— De la très petite vermine, alors. À mon avis, un gros cafard pourrait le kidnapper. Sans parler d'une souris.

— Il va grandir, regarde ses pattes.

Il avait roulé sur le dos et imitait un insecte mort, les quatre pattes en l'air. Chacune avait environ la taille d'un grand penny en cuivre, soit assez petite, mais énorme en comparaison avec le minuscule corps. Je touchai ses coussinets d'un rose immaculé parmi les touffes de poils gris, et il se contorsionna de plaisir.

On frappa discrètement à la porte et je tirai les draps sur mes seins nus, juste avant que la tête de M. Wemyss n'apparaisse dans l'entrebâillement, ses cheveux dressés sur la tête comme un fagot de paille.

— Euh… tout va bien, monsieur ? Ma fille m'a réveillé en me disant qu'il y avait un fantôme à l'étage, puis nous avons entendu comme un *bang* !

Son regard, qui m'évitait consciencieusement, se posa sur le trou laissé par le tisonnier de Jamie dans le mur en bois.

— Oui, tout va bien, Joseph, répondit Jamie. Ce n'était qu'un petit chat.

M. Wemyss se tourna vers le lit et son visage se fendit d'un large sourire en voyant la boule de fourrure grise.

— Oh, le joli minet ! Il nous sera bien utile dans la cuisine.

— En parlant de cuisine, Joseph, pourriez-vous demander à votre fille de nous monter une soucoupe de petit-lait ?

M. Wemyss acquiesça et disparut après un dernier coup d'œil attendri vers le chaton.

Jamie s'étira, bâilla, puis se frotta vigoureusement le crâne, ébouriffant encore ses cheveux, déjà plus hirsutes que jamais. Je le contemplai, démontrant un certain intérêt esthétique.

— Tu ressembles à un mammouth laineux.

— Ah oui ? C'est quoi, un mammouth ?

— Une sorte d'éléphant préhistorique… tu sais, ces grands animaux avec une longue trompe.

Il baissa les yeux vers son propre corps, puis me regarda, d'un air interrogatif.

— Je te remercie du compliment, *Sassenach*.

Il tendit les bras vers le plafond et s'étira de nouveau, cambrant les reins, ce qui – très fortuitement, à n'en pas douter – accentua encore sa ressemblance avec le pachyderme velu à l'appendice proéminent.

Je me mis à rire.

— Tu ferais bien d'enfiler une chemise ou de te remettre au lit au lieu de t'agiter ainsi. Lizzie va débarquer d'un instant à l'autre.

Au même moment, un bruit de pas retentit sur le palier. Il plongea sous les draps, faisant rebondir l'animal qui s'agrippa aux couvertures. Toutefois, ce n'était que M. Wemyss avec une soucoupe de crème à la main. Il avait préféré épargner à sa fille le risque de voir sa Grandeur dans toute sa splendeur.

La veille, le temps étant dégagé, nous avions laissé nos volets ouverts. Au dehors, le ciel humide avait la couleur gris perle des huîtres fraîches. M. Wemyss regarda par la fenêtre, cligna des yeux, hocha la tête vers Jamie qui le remerciait, puis repartit se coucher, ravi d'avoir encore une demi-heure de sommeil avant l'aube.

Je libérai le chaton qui s'était pris les griffes dans mes cheveux et le plaçai devant la crème. Il n'en avait sans doute encore jamais vu, mais l'odeur fit son effet. Quelques secondes plus tard, il avait la tête plongée dedans jusqu'aux moustaches et il lapait fébrilement.

— Il est si mignon, dis-je, attendrie. Où l'as-tu trouvé ?

Je me réchauffai en me calant contre l'épaule de Jamie. Le feu s'était éteint pendant la nuit, et l'air dans la chambre était frisquet, rendu aigre à cause des cendres.

— Dans la forêt, répondit-il en bâillant.

Il appuya sa tête contre la mienne pour regarder le petit chat, qui s'abandonnait, extatique, à la gourmandise.

— Je croyais l'avoir perdu quand Gideon s'est emballé. Il a dû glisser dans une de mes sacoches.

Nous sombrâmes dans une douce torpeur, douillettement blottis dans notre nid tout chaud, tandis que le ciel s'éclaircissait peu à peu et se remplissait du premier chant des oiseaux. La maison se réveillait, elle aussi. Nous entendîmes un enfant pleurer, puis des pas traînants et des conversations étouffées. Nous aurions dû, nous aussi, nous lever. Il y avait tant à faire. Pourtant, ni l'un ni l'autre ne se décidait à abandonner la paix de ce sanctuaire. Jamie soupira, son souffle chaud caressant mon épaule nue.

— Une semaine, je crois, dit-il calmement.

— Avant de devoir repartir ?

— Oui, il me faudra ce temps-là pour régler nos affaires ici et m'entretenir avec tous les métayers de Fraser's Ridge. Une semaine donc, avant de parcourir les terres entre la Ligne du Traité et Drunkard's Creek et de mobiliser les hommes. Après quoi, je les ramènerai tous ici pour leur entraînement. Si Tryon décide de convoquer la milice…

Je restai silencieuse, ma main dans celle de Jamie, son autre main enroulée contre mon sein.

— S'il te convoque, j'irai avec toi.

Il déposa un baiser sur ma nuque.

— Tu y tiens vraiment ? Je ne pense pas que ce soit indispensable. Ni Brianna ni toi n'avez entendu parler de combats dans la région pour le moment.

— Cela signifie seulement que, en cas d'affrontement, ce ne sera pas une grande bataille. Les colonies sont très vastes, Jamie. En deux cents ans, tant de choses se sont passées. On ne peut pas connaître tous les événements mineurs, surtout ceux survenus en dehors des grands centres. En revanche, à Boston…

Personnellement, je ne connaissais pas trop l'histoire de cette ville, mais Brianna, elle, était incollable sur le sujet, car elle y avait fait toute sa scolarité. Je l'avais entendue raconter à Roger le « Massacre de

Boston », des heurts ayant opposé des habitants de la ville aux troupes anglaises.

— Tu as sûrement raison, dit-il. Mais je ne pense pas qu'il y aura de vrais problèmes. Tryon essaie simplement de faire peur aux Régulateurs pour qu'ils se tiennent tranquilles.

C'était probable. Néanmoins, je partageais tout à fait l'idée du vieil adage : « L'homme propose, Dieu dispose. » Que ce soit Dieu ou Tryon qui tire les ficelles, personne ne pouvait prévoir ce qui allait se passer.

— Tu le crois ou tu l'espères ? demandai-je.

Il soupira et étira ses jambes, son bras se resserrant autour de ma taille.

— Les deux, admit-il. J'espère surtout et je prie. Mais je le crois aussi.

Le chaton avait entièrement vidé sa soucoupe. Il se laissa tomber lourdement sur son derrière, lécha les dernières gouttes accrochées à ses moustaches, puis revient vers le lit, le ventre visiblement gonflé. Il sauta sur le couvre-lit, s'enroula près de moi puis s'endormit.

Enfin presque. Je percevais les vibrations de son ronronnement à travers les couvertures. Je touchai du doigt le bout de sa queue.

— Comment vais-je l'appeler ? Minou ? Grigris ? Nuage ?

— Tu parles de noms ! dit Jamie paresseusement. Tu baptisais tes animaux ainsi, à Boston ? Ou en Angleterre ?

— Je n'ai encore jamais eu de chat. Frank était allergique aux poils. Ils le faisaient éternuer. Dans ce cas, quel joli nom écossais as-tu à me proposer ? Diarmuid ? MacGillivray ?

Il se mit à rire, puis répondit sur un ton catégorique :

— Adso. Appelle-le Adso.

Je me contorsionnai pour le dévisager, surprise.

— Qu'est-ce que ce nom ? J'en ai entendu des gratinés en Écosse, mais celui-là, jamais.

Il posa son menton sur mon épaule, observant l'animal endormi.

— Ma mère avait un petit chat, qui s'appelait Adso. Tout gris, très semblable à celui-ci.

— Vraiment ?

D'une main, je lui effleurai le visage. Il parlait rarement de sa mère, morte quand il avait huit ans.

— C'était la terreur des souris, un vrai tueur. Il adorait ma mère. En revanche, nous, les enfants, il ne nous aimait pas trop. Il faut dire que Jenny lui faisait porter les habits de ses poupées et lui donnait des biscuits pour bébé à manger. Quant à moi, je l'ai jeté dans l'étang, un jour, pour voir s'il savait nager. Ce qui était le cas, mais il n'a pas beaucoup apprécié.

— Pauvre bête ! Mais ça ne me dit pas d'où vient ce nom, Adso. C'est un saint ?

J'étais habituée aux noms étranges des saints celtiques, de Aodh – prononcer Ah Oooh – à Dervogilla, mais je n'avais encore jamais entendu parler d'un saint Adso. Ce n'était probablement pas le saint patron des souris.

— Ce n'était pas un saint mais un moine, expliqua-t-il. Ma mère était une érudite. Elle avait reçu une éducation approfondie à Leoch, avec Colum et Dougal. Elle savait lire le grec et le latin, ainsi qu'un peu d'hébreu, de français et d'allemand. Naturellement, à Lallybroch, elle n'avait pas beaucoup d'occasions de lire, mais mon père s'efforçait de lui faire parvenir des livres d'Édimbourg ou de Paris.

Il passa une main par-dessus ma hanche pour toucher la petite oreille translucide du chaton qui agita ses moustaches dans son sommeil, plissant sa frimousse comme s'il était sur le point d'éternuer. Néanmoins, il n'ouvrit pas les yeux et continua de ronronner.

— L'auteur d'un de ses livres préférés était un certain Adso, un Autrichien originaire de la ville de Melk, et elle a pensé que c'était un nom approprié pour son chat.

— Approprié ?

Il indiqua du menton la soucoupe vide, répondant sans tiquer :

— Oui, Adso de Melk[1].

Un œil vert s'entrouvrit, comme en réponse à ce nom. Puis il se referma, et le ronronnement reprit.

— Soit, dis-je, résignée. Puisqu'il ne semble pas y voir d'objection, moi non plus. Va pour Adso.

1. Se prononce « milk » ; « lait » en français. (N.D.T.)

19

Un danger connu

Une semaine plus tard, nous – à savoir les femmes – étions de corvée de blanchisserie, lorsque Clarence, la mule, se mit à braire, nous annonçant de la visite. La petite Mme Aberfeldy bondit, comme si elle avait été piquée par une abeille, et laissa tomber une brassée de chemises trempées sur la terre battue de la cour. Tandis que Mme Bug et Mme Chisholm ouvraient la bouche pour lui faire des reproches, je m'essuyai les mains sur mon tablier et m'empressai de contourner la maison pour accueillir nos visiteurs, quels qu'ils soient.

Effectivement, une mule baie émergeait d'entre les arbres au bout du chemin, traînant une jument brune et grasse au bout d'une longe. La mule agita ses naseaux, puis elle répondit au salut de Clarence par un braiment enthousiaste. Les yeux mi-clos dans le soleil pour tenter d'identifier le cavalier, je me bouchai les oreilles en attendant qu'elles aient terminé leur boucan assourdissant.

— Monsieur Husband !

J'ôtai mes doigts de mes pavillons et accourus vers lui.

— Madame Fraser, que Dieu vous bénisse !

Hermon Husband souleva son chapeau noir et inclina la tête. Puis il glissa à terre avec un gémissement qui trahissait les longues heures passées en selle et articula quelques mots dans sa barbe. En bon quaker, il ne jurait pas, en tout cas, pas à voix haute.

— Votre époux est-il ici, ma chère madame ?

— Je viens de le voir se diriger vers l'étable, criai-je par-dessus le vacarme. Je vais aller le prévenir !

Je lui pris son chapeau et lui fis signe d'aller s'installer dans la maison.

— Je m'occupe de vos bêtes !

Il me remercia d'un hochement de tête et prit la direction de la porte de la cuisine en boitillant. En l'observant de dos, je devinais à quel point il souffrait : il pouvait à peine poser son pied gauche. Son chapeau, dans mes mains, était couvert de poussière et de boue et, quand il s'était tenu près de moi, j'avais senti la crasse sur ses vêtements et son corps. Il devait chevaucher depuis plusieurs jours, une semaine, voire plus, et dormir à la belle étoile la plupart du temps.

Je dessellai sa mule, déchargeant en même temps deux sacoches élimées à moitié pleines de pamphlets, mal imprimés et grossièrement illustrés. J'étudiais le dessin de la première page avec un certain intérêt. Une gravure sur bois représentait plusieurs Régulateurs à l'air indigné défiant un groupe de représentants de l'État, parmi lesquels je n'eus aucune difficulté à reconnaître la silhouette trapue de David Anstruther. La légende ne le citait pas, mais l'artiste avait saisi à merveille sa ressemblance avec un crapaud vénéneux. Husband s'était-il mis à distribuer ces maudits tracts de porte en porte ?

Je libérai ses animaux dans l'enclos, déposai son chapeau et ses sacoches près du porche, puis remontai la colline jusqu'à l'étable, une grotte peu profonde que Jamie avait fermée avec une solide palissade. Brianna l'avait rebaptisée « le service de maternité », ses occupants habituels étant des juments, des vaches ou des truies attendant de mettre bas.

Je me demandai ce qui avait amené Hermon Husband jusque chez nous et si d'autres Régulateurs le suivaient. Il possédait une ferme et un petit moulin, tous deux à au moins deux jours de cheval de Fraser's Ridge. On n'entreprenait pas un tel voyage rien que pour le plaisir de venir faire la causette.

Husband était l'un des chefs de la Régulation et il s'était déjà retrouvé plusieurs fois derrière les barreaux à cause des pamphlets séditieux qu'il imprimait et distribuait. Aux dernières nouvelles, il avait été expulsé de son groupe local de quakers, les « Amis » appréciant peu ses activités qu'ils considéraient comme une incitation à la violence. D'après les textes que j'avais pu lire, ils n'avaient pas tout à fait tort.

La porte de l'étable était ouverte, laissant filtrer les odeurs agréablement fécondes de paille, de chaleur animale et de fumier, ainsi qu'un chapelet de paroles tout aussi riches. N'étant pas quaker, Jamie croyait en la vertu des jurons et en faisait plein usage en ce moment précis, même si ces derniers étaient en gaélique. Je traduisis *grosso modo* son dernier épanchement par : « Que tes tripes s'emmêlent comme des serpents et explosent à travers les parois de ton abdomen ! Que la malédiction des corbeaux s'abatte sur toi, progéniture indésirable d'une lignée de bousiers ! » Enfin, c'était plus ou moins ça.

Je passai la tête à l'intérieur.

— À qui parles-tu ainsi ? Et c'est quoi, la malédiction des corbeaux ?

Je clignai des yeux pour m'accoutumer à la pénombre, ne distinguant que sa haute silhouette se détachant devant les balles de foins entassées près du mur. En m'entendant, il se tourna et s'avança dans la lumière de la porte. Ses cheveux étaient dénoués et hérissés, piqués de brins de paille. Avec une grimace féroce, il m'indiqua du doigt quelque chose derrière lui.

— *Tha nighean na galladh torrach !*

— « Cette fille de put… », commençai-je. Oh ! Cette maudite truie a recommencé ?

La grosse truie blanche, quoique supérieurement grasse et pourvu d'une hallucinante capacité reproductive, était aussi une créature sournoise particulièrement rétive à la captivité. Elle avait déjà fui de son enclos deux fois, la première en fonçant droit sur Lizzic, qui avait – sagement – hurlé avant de plonger hors de la trajectoire du monstre. La seconde fois, elle avait consciencieusement déterré un à un les pieux qui formaient une paroi de son enclos, puis elle avait attendu que la porte soit ouverte. Dans sa course folle vers les grands espaces, elle m'avait renversée, et j'avais fait un mémorable vol plané.

Cette fois, elle ne s'était pas embarrassée d'une stratégie. Elle s'était contentée de fracasser quelques planches et de creuser un tunnel sous la palissade, réalisant une évasion digne d'un prisonnier de guerre anglais dans un camp nazi.

Maintenant que sa fureur initiale commençait à se dissiper, Jamie réutilisa la langue anglaise.

— Oui, c'est encore elle. Quant à la malédiction des corbeaux, ça dépend. Cela peut vouloir dire que les oiseaux vont s'abattre sur ton champ et manger tout ton blé. Pour ma part, j'avais plutôt en tête de les faire venir picorer les yeux de cette diablesse.

— En effet, elle sera plus facile à rattraper, soupirai-je. Dans combien de temps doit-elle mettre bas ?

Il haussa les épaules et se passa une main dans les cheveux.

— Un jour ou deux, peut-être trois. Elle sera bien avancée si elle met bas dans la forêt et si elle et ses petits se font dévorer par les loups.

Il donna un coup de pied dans la terre retournée par la truie, envoyant une cascade de poussière dans le trou ayant servi à la fuite de l'animal.

— Qui est arrivé ? demanda-t-il. J'ai entendu Clarence.

— Hermon Husband.

Il se retourna brusquement vers moi, oubliant aussitôt sa truie.

— Qu'est-ce qu'il peut bien vouloir ?

— Je me suis posé la même question. Il est sur les routes depuis un certain temps, distribuant, selon toute apparence, des pamphlets.

Je n'avais pas fini ma phrase que Jamie descendait déjà la colline vers la maison, remettant de l'ordre dans ses cheveux tout en marchant. Essayant tant bien que mal de rester à sa hauteur, j'enlevai des brins de paille de sa chemise.

En entrant dans la cour, il salua Mme Chisholm et Mme MacLeod. Avec des pagaies, elles hissaient des paquets fumants de linge trempé hors de la grande marmite puis les étalaient sur des buissons pour les faire sécher. Je trottai derrière Jamie, en évitant de croiser leurs regards accusateurs et en essayant de donner l'impression d'avoir des choses beaucoup plus importantes à faire que la lessive.

Quelqu'un s'était occupé de M. Husband. Du pain, du beurre et une cruche à moitié pleine de babeurre étaient étalés sur la table, tout comme M. Husband lui-même, qui avait posé sa tête sur ses bras croisés et s'était endormi. Adso était assis à ses côtés, fasciné par ses favoris buissonneux et gris qui vibraient comme des antennes à chaque ronflement résonnant. Le chaton tendit une patte expérimentale vers la bouche ouverte du quaker, mais Jamie l'attrapa à temps par la peau du cou et le lâcha dans mes mains en coupe. Se penchant au-dessus de la table, il demanda doucement :

— Monsieur Husband ?

Husband grogna, ouvrit les yeux, puis se redressa brusquement, manquant de renverser la cruche de babeurre. Il me regarda d'un air ahuri, puis détailla le chat Adso, pour enfin se souvenir du lieu où il se trouvait. Il se secoua, se levant à moitié, et salua Jamie d'un mouvement de tête.

— Ami Fraser, dit-il d'une voix éraillée. Je suis… je vous demande pardon… j'ai été…

Jamie lui fit signe de ne pas se formaliser et s'assit en face de lui, saisissant une tranche de pain dans l'assiette.

— Que puis-je faire pour vous, monsieur Husband ?

Celui-ci se frotta le visage, ce qui ne fit rien pour arranger son allure hirsute, mais cela sembla le réveiller. Dans la lumière tamisée de la cuisine, il avait l'air encore plus en piteux état qu'à l'extérieur. Il avait des poches sous ses yeux injectés de sang. Ses cheveux et sa barbe grisonnants étaient remplis de nœuds. Il n'avait qu'une cinquantaine d'années, mais il en paraissait au moins dix de plus. Il tenta vainement de remettre de l'ordre dans ses vêtements, inclina la tête vers moi puis vers Jamie.

— Je vous remercie pour la générosité de votre accueil, madame Fraser, ainsi que pour la vôtre, monsieur Fraser. Je suis venu vous demander un service, si je puis me le permettre.

— Mais, je vous en prie, demandez donc, répondit Jamie.

Il mordit dans son pain, en haussant les sourcils, l'air interrogatif.

— Voulez-vous acheter mon cheval ?

Les sourcils de Jamie restèrent immobiles, en suspens. Il mâcha lentement, semblant réfléchir, puis il déglutit.

— Pourquoi ?

Je me posais la même question. S'il ne voulait pas faire tout le chemin jusqu'à Cross Creek, il lui aurait été nettement plus facile d'aller vendre son cheval à Salem ou à High Point. Aucune personne douée de raison ne s'aventurerait dans un coin aussi éloigné et isolé que Fraser's Ridge, uniquement pour proposer un canasson ! Je posai Adso sur le sol et m'assis à côté de Jamie, attendant la réponse de Husband.

Ce dernier lui adressa un regard franc.

— J'ai entendu dire que vous aviez été nommé colonel de milice.

— Pour mon malheur, oui, répondit Jamie. Croyez-vous que le gouverneur m'a donné des fonds pour fournir des montures à mon régiment ?

Husband sourit brièvement devant la plaisanterie. Un colonel de milice équipait lui-même ses hommes, en espérant un éventuel remboursement de l'Assemblée. C'était l'une des raisons pour lesquelles seuls les hommes possédant des biens étaient nommés… et se voir attribuer une telle fonction n'était pas considérée comme un pur honneur.

— Non, l'ami James. Je dois vendre mes bêtes pour payer les amendes que m'a imposées le tribunal. Autrement, mes biens seront saisis. Auquel cas, je n'aurais plus qu'à quitter la colonie avec ma famille pour m'établir ailleurs, si je le peux. Or, si je dois partir, je vendrais tout ce que je ne pourrais pas emporter, au prix que l'on voudra bien me donner.

Jamie fronça les sourcils.

— Je vois. Je vous aiderais volontiers, Hermon, j'espère que vous le savez. Mais je n'ai même pas deux shillings en poche. En revanche, si je possède quoi que ce soit qui puisse vous être utile…

Les traits tendus de Husband s'adoucirent.

— Votre amitié et votre honneur me sont déjà d'un grand secours, l'ami James. Pour le reste…

Il s'enfonça sur sa chaise et fouilla dans une petite sacoche qu'il avait posée à ses pieds. Il en sortit une lettre portant un cachet en cire rouge. Reconnaissant le sceau, mon ventre se noua.

Pendant que Jamie ouvrait la lettre, il expliqua :

— J'ai rencontré le messager à Pumpkin Town. Je lui ai proposé de vous l'apporter, puisque je venais chez vous.

Jamie hocha la tête, mais il prêtait toute son attention à la feuille de papier entre ses mains. Je me rapprochai pour lire par-dessus son épaule.

2 novembre 1770

Colonel James Fraser

Ayant été informé que ceux qui se font appeler Régulateurs se sont rassemblés en nombre près de Salisbury, j'ai ordonné au général Waddell de s'y rendre sans tarder avec les troupes miliciennes dont il disposait, en vue de disperser cette réunion illicite. Je vous commande, par la présente, de rassembler les hommes que vous jugerez aptes à servir dans un régiment de milice et de vous rendre à Salisbury dans les plus brefs délais, afin de prêter main-forte aux troupes du général avant le 15 décembre au plus tard, date à laquelle elles marcheront sur les insurgés. Dans la mesure du possible, apportez de la farine et des provisions en quantité suffisante pour subvenir aux besoins de vos hommes pendant deux semaines.

Votre obligé,

William Tryon

La pièce était silencieuse, hormis le gargouillis du chaudron sur les braises de l'âtre. À l'extérieur, les femmes échangeaient des bribes de conversation, entrecoupées par des grognements d'effort. L'odeur de lessive au suif filtrait par la fenêtre ouverte, se mélangeant à celle du ragoût et de la pâte à pain.

Jamie releva les yeux vers Husband.

— Vous savez ce que dit cette lettre ?

Le quaker acquiesça, les rides de son visage s'affaissant soudain sous le poids de la fatigue.

— Le messager me l'a dit. Apparemment, le gouverneur ne tenait pas à garder ses intentions secrètes.

Satisfait, Jamie me regarda. Effectivement, ce n'était pas dans son intérêt. Pour Tryon, plus de gens sauraient que Waddell était en route pour Salisbury à la tête d'une grande milice, mieux cela vaudrait. D'où la date spécifique. Tout bon soldat préférait intimider l'ennemi que le combattre, et pour Tryon qui ne disposait pas d'armée officielle, la discrétion n'était pas de mise.

— Et les Régulateurs ? demanda Jamie. Que comptent-ils faire ?

Husband parut surpris.

— « Faire » ?

— Je suppose que vos hommes ne se rassemblent pas pour rien.

Jamie avait parlé sur un ton ironique, ce qui n'échappa pas à son interlocuteur. Celui-ci ne releva pas le sarcasme et se redressa avec une certaine dignité.

— Naturellement, ils ont un but. Mais vous avez tort de parler de « mes hommes ». Ce sont mes frères, certes, mais ni plus ni moins que tous les hommes. Quant à leur but, il s'agit de protester contre les abus de pouvoir trop courants de nos jours, contre l'imposition de taxes illégales, la saisie injustifiée de…

Jamie l'interrompit d'un geste impatient.

— Oui, Hermon, je connais vos griefs. Pire, j'ai lu votre littérature sur le sujet. Mais si c'est là l'objectif des Régulateurs, quel est le vôtre ?

Le quaker le dévisagea sans comprendre. Jamie développa :

— Tryon ne tient pas à garder ses intentions secrètes, mais vous n'avez pas intérêt à ce qu'il les divulgue. Après tout, il s'agit de nuire aux Régulateurs.

Il fixa Husband, se passant un doigt le long de l'arête de son nez. Husband, lui, se gratta le menton.

— Vous vous demandez pourquoi je vous ai apporté cette lettre, alors que j'aurais pu la détruire, c'est ça ?

— En effet.

Husband soupira longuement et s'étira, faisant craquer ses articulations. De petits nuages de poussière s'élevèrent de sa veste, se désintégrant comme de la fumée. Il se cala confortablement contre le dossier, puis continua.

— En mettant de côté toute considération sur l'honnêteté de mon geste, l'ami James... Je vous ai dit tout à l'heure que votre amitié m'était utile.

— C'est vrai, mais encore ?

— Disons, à titre purement rhétorique, que le général Waddell marche vraiment sur un groupe de Régulateurs. N'est-il pas dans l'intérêt de ces derniers de se retrouver face à des voisins, des hommes qu'ils connaissent et qui sont susceptibles de comprendre leur cause, plutôt que face à des inconnus qui leur sont hostiles ?

— Mieux vaut un danger connu qu'un danger dont on ne sait rien. Je suis le danger connu. Je vois.

Un sourire apparut lentement sur le visage de Husband, comme sur celui de Jamie.

— Un des dangers, mon ami. Voilà dix jours que je chevauche, vendant mes biens et passant de maison en maison dans toute la partie occidentale de la colonie. La Régulation ne menace personne, ne cherche pas à détruire les biens de quiconque. Nous voulons seulement que nos plaintes soient entendues et traitées. C'est pour attirer l'attention sur la nature générale et la justesse de ces plaintes que ceux qui ont été le plus lésés se rassemblent à Salisbury. Mais je ne peux espérer attirer la sympathie de ceux qui ignorent tout de la nature de ces injustices.

Le sourire de Jamie s'effaça.

— Vous avez la mienne, Hermon, et vous serez toujours le bienvenu chez moi. Mais je suis colonel de milice. J'ai un devoir à accomplir, qu'il me plaise ou non.

Husband agita une main devant lui.

— Non, non, je ne vous demande pas de tourner le dos à votre devoir.

Il se pencha au-dessus de la table, avant de poursuivre :

— ... Mais il y a autre chose que je voudrais vous demander. Ma femme, mes enfants... si je devais partir précipitamment...

— Envoyez-les ici. Ils y seront en sécurité.

Husband ferma les yeux et inspira profondément, puis il posa les mains à plat sur la table, s'apprêtant à se lever.

— Merci. Pour ce qui est de ma jument, vous n'avez qu'à la garder. Si ma famille en a besoin, elle enverra quelqu'un la chercher. Sinon, je préfère qu'elle vous serve à vous plutôt qu'à un shérif corrompu.

Je sentis Jamie sur le point de refuser et l'arrêtai d'une main sur son bras. Hermon Husband avait plus besoin d'être rassuré que d'un cheval qu'il ne pouvait entretenir.

— Nous prendrons bien soin d'elle, promis-je. Et de votre famille, le cas échéant. Comment s'appelle-t-elle, au fait ?

— La jument ?

Hermon se leva, un sourire inattendu illuminant son visage.

— Jerusha, mais mon épouse l'appelle « Madame la truie ». Il faut dire qu'elle a un sacré appétit.

Contrit, il dévisagea Jamie qui s'était raidi en entendant le mot « truie ». Faisant visiblement un effort, Jamie refoula toute pensée relative à l'espèce porcine. Il se leva à son tour en jetant un œil par la fenêtre. Le soleil de la fin d'après-midi balayait le plancher en sapin, sa lumière mordorée inondant la surface.

— Il se fait tard, Hermon. Pourquoi ne pas dîner ici et passer la nuit chez nous ?

Husband secoua la tête, se baissant pour ramasser sa sacoche.

— Non, l'ami James. Je vous remercie, mais je dois encore rendre visite à beaucoup de gens.

J'insistai néanmoins pour lui préparer quelques provisions, pendant que Jamie l'accompagnait seller sa mule. Je les entendis discuter tranquillement, tandis qu'ils revenaient de l'enclos. Ils parlaient si bas que je ne distinguais pas leurs propos. Toutefois, en sortant sur le porche avec mon paquet de sandwichs et des bières, j'entendis Jamie lui dire d'un air grave :

— Hermon, êtes-vous sûr que ce que vous faites est sage, ou même nécessaire ?

Husband ne répondit pas immédiatement. Il me prit le balluchon des mains en me remerciant d'un hochement de tête. Puis il se tourna vers Jamie, en tenant sa mule par la bride.

— Vous avez déjà entendu parler de James Nayler ?

Jamie fit non de la tête.

— C'était un des premiers membres de la Société des Amis, l'un de ceux qui rejoignirent George Fox, le fondateur de notre mouvement en Angleterre. James Nayler était un membre profondément dévoué… même s'il exprimait sa foi d'une manière assez personnelle. À une occasion qui est restée célèbre, il est sorti entièrement nu dans la neige tout en hurlant à la ville de Bristol qu'elle courait à sa perte. George Fox lui a alors demandé : « Es-tu sûr que le Seigneur t'a demandé de faire une chose pareille ? »

Husband sourit et remit soigneusement son chapeau sur sa tête avant de conclure :

— Il a répondu oui. Je répondrais de même, l'ami James. Que Dieu vous garde, vous et votre famille.

20

Leçons de tir

Coupable et inquiète, Brianna se retourna. En contrebas, le feuillage des châtaigniers avait englouti la maison dans un océan de tons jaunes, mais pas les pleurs de son enfant.

Roger suivit son regard et fronça les sourcils.

— Cesse de t'inquiéter, mon cœur. Ta mère et Lizzie s'occuperont bien de lui.

— Lizzie va le pourrir, admit-elle.

Elle en était presque jalouse. Elle imaginait la jeune fille allant et venant toute la journée avec Jemmy dans ses bras, jouant avec lui, lui faisant des risettes et le gavant de gâteau de riz à la mélasse… Une fois remis du départ de sa mère, Jemmy serait ravi de toutes ses attentions. Un soudain élan de possessivité l'envahit. Elle détestait l'idée qu'une autre femme qu'elle joue aux dix petits cochons avec les orteils de son fils.

En vérité, elle ne supportait pas d'être séparée de lui, voilà tout. Pour le tendre à Claire, elle avait déplié ses petits doigts agrippés à sa chemise et ses cris de panique résonnaient encore à ses oreilles, amplifiés par son sentiment de culpabilité. Elle revoyait son visage baigné de larmes et son air à la fois trahi et outré.

D'un autre côté, elle avait grand besoin de s'évader un peu. Elle avait été impatiente de décoller de sa peau les mains poisseuses de son enfant et de déguerpir, libre comme ces oies sauvages qui filaient vers le sud en empruntant les cols de montagne. Malgré elle, elle devait bien reconnaître que sa mauvaise conscience serait moins grande si elle n'avait pas autant désiré laisser Jemmy derrière elle.

— Je sais que tout se passera bien, dit-elle pour se rassurer. C'est juste que… c'est la première fois que je me sépare de lui aussi longtemps.

— Mmphm.

Le grognement neutre de Roger pouvait être interprété comme de la compassion. Toutefois, pour lui, la situation était claire : le temps était venu pour Brianna de se détacher un peu de son bébé.

Une pointe de colère lui monta au nez, mais elle se mordit la langue. Après tout, Roger n'avait rien dit, même si cela lui avait visiblement coûté de sérieux efforts. Elle pouvait donc en faire elle aussi. En outre, il n'était pas juste de lui chercher querelle uniquement à cause des supposées pensées qu'elle lui prêtait.

Elle ravala la remarque acerbe qui pendait à ses lèvres et lui sourit.

— C'est une belle journée, n'est-ce pas ?

L'air méfiant de Roger se dissipa aussitôt et il lui renvoya son sourire, se yeux devenant d'un vert aussi profond et frais que l'épais tapis de mousse sous leurs pieds.

— Superbe ! répondit-il. Ça fait du bien de sortir de la maison, non ?

Elle lui lança un bref coup d'œil, mais son observation était tout à fait factuelle et sans arrière-pensée.

Elle répondit en hochant la tête, tournant son visage vers la brise qui faisait frémir les épinettes et les sapins autour d'eux. Un tourbillon rouille de feuilles de tremble les enveloppa, s'accrochant un instant à la toile épaisse de leurs culottes et à la laine fine de leurs bas.

— Attends un instant.

Prenant appui contre un tronc d'arbre, elle ôta ses brodequins en cuir et ses bas, les fourrant dans son sac à dos. Puis elle se tint immobile, les yeux clos, ravie, en enfonçant ses longs orteils nus dans la mousse humide.

— Oh, Roger, essaie ! C'est divin !

Il fronça les sourcils, puis déposa le fusil – elle le lui avait laissé en sortant de la maison, même si son premier réflexe avait été de vouloir le porter elle-même. Il enleva ses souliers et, avec précaution, posa un pied sur la mousse à côté d'elle. Il ferma les yeux, contre son gré, sa bouche s'ouvrant en un « Oh ! » de bonheur.

Emportée par un élan d'enthousiasme, elle se tourna vers lui et l'embrassa. Il sursauta en rouvrant les yeux puis réagit au quart de tour. Il glissa un bras autour de sa taille et, vorace, la couvrit de baisers. Le temps étant exceptionnellement doux pour la saison, il ne portait que sa chemise de chasse, sans veste. Elle toucha sa poitrine ferme sous le tissu, et la petite bosse du mamelon durcit sous sa paume.

La situation aurait sûrement dégénéré, si le vent n'avait tourné. De loin leur parvint un vague cri. Il aurait pu s'agir d'un enfant pleurant ou d'un corbeau croassant, mais aussitôt la tête de Brianna s'orienta en direction du bruit, telle l'aiguille d'une boussole vers le nord magnétique.

Le charme était rompu. Il la lâcha et recula d'un pas.

— Tu veux rentrer ? demanda-t-il, résigné.

Elle serra les lèvres et secoua la tête.

— Non, mais on ferait mieux de s'éloigner un peu plus de la maison. On risque de les déranger avec nos bruits. Je veux dire… avec nos coups de feu.

Il sourit et elle sentit le sang lui monter aux joues. Non, elle ne pouvait tricher et ignorer que cette expédition en forêt avait plus d'un mobile…

— Tu as raison, dit-il. Allez, viens.

Il ramassa ses chaussures et ses bas. Elle ne remit pas les siens et profita de l'occasion pour s'approprier de nouveau le fusil. Pas qu'elle ne fasse pas confiance à Roger – il avait quand même reconnu n'avoir jamais utilisé ce genre d'arme –, mais le manipuler lui procurait une agréable sensation et de le porter en équilibre sur son épaule, même non chargé, lui donnait l'impression d'être en sécurité. Le mousquet faisait près d'un mètre cinquante de long et pesait au moins cinq kilos, mais la crosse en noyer poli épousait bien l'arrondi de son aisselle et le poids du canon en acier était plutôt agréable, une fois calé dans le creux de son épaule, la gueule vers le ciel.

Roger regarda avec surprise les pieds nus de Brianna, puis le sentier à peine tracé qui serpentait dans la montagne entre les ronces de mûrier, les branches cassées et les affleurements à peine visibles de granit.

— Tu ne comptes pas te rechausser ?

— Pas tout de suite. Quand j'étais petite, je courais tout le temps pieds nus. Papa – Frank – nous emmenait à la montagne tous les étés, dans les Adirondacks. Au bout d'une semaine, j'avais la plante des pieds comme du cuir. J'aurais pu marcher, sans problème, sur des tessons de bouteille.

— C'est vrai, moi aussi.

Du coup, il rangea lui aussi ses souliers et ajouta en montrant, d'un signe de tête, le chemin devant eux :

— D'un autre côté, marcher le long des berges du loch Ness ou sur les plages de galets du Firth était un peu plus facile que ce qui nous attend.

Elle baissa les yeux vers le sol, en grimaçant.

— Je te le concède. As-tu été vacciné récemment contre le tétanos, au cas où tu te couperais le pied sur quelque chose de tranchant ?

Il s'était déjà mis en route, surveillant attentivement où il marchait. Il répondit par-dessus son épaule :

— Avant de traverser le menhir, on m'a fait des injections contre pratiquement toutes les maladies imaginables. La typhoïde, le choléra, la dengue, la totale, quoi ! Je suis sûr que le tétanos figurait quelque part sur la liste.

— La dengue ? Je croyais, moi aussi, avoir reçu tous les vaccins, mais je n'ai pas pensé à celui-là.

Enfonçant ses orteils dans un moelleux tapis de feuilles mortes, elle le rejoignit en quelques enjambées.

— Je ne crois pas que, par ici, ce soit très utile.

Le sentier longeait la courbe d'un précipice envahi par des asiminiers jaunissants puis s'engouffrait sous une épaisse toiture de sapins gris noir. Il retint des branches pour la laisser passer, tandis qu'elle avançait dans la pénombre résineuse, tenant prudemment le mousquet de biais.

Marchant derrière elle, il reprit :

— Je ne savais pas trop où je devrais aller : dans une ville côtière, aux Antilles ou ailleurs. Il y avait... il y a... dans les ports un certain nombre de maladies africaines apportées par les navires des esclavagistes. J'ai pensé qu'il valait mieux être bien préparé.

Elle profita du terrain accidenté pour ne pas répondre, mais elle était éberluée – ainsi que honteusement flattée – par les efforts qu'il avait déployés pour la rejoindre.

Le sol était couvert d'une couche brune et marbrée d'aiguilles de sapin, si humides qu'elles ne craquaient pas sous leurs pieds et ne piquaient pas. Agréablement spongieux et souple, ce tapis devait bien faire une trentaine de centimètres d'épaisseur.

— Aïe !

Roger venait de glisser sur un kaki pourri et s'était rattrapé de justesse à une branche de houx, se griffant la main.

— Merde ! jura-t-il en se suçant le pouce. Finalement, ce vaccin antitétanique n'était pas une si mauvaise idée !

Elle se mit à rire, mais, à mesure qu'ils grimpaient, elle fut prise d'inquiétude. Qu'arriverait-il à Jemmy quand il se mettrait à marcher et à explorer la forêt environnante pieds nus ? Elle avait suffisamment côtoyé les petits MacLeod et Chisholm, sans parler de Germain, pour savoir que les garçons se coupaient, s'égratignaient, s'écorchaient et se fracturaient un os au moins une fois par semaine. Roger et elle étaient protégés contre des maladies comme la diphtérie et la typhoïde, mais pas Jemmy.

Elle déglutit en revoyant la scène de la veille. Le nouvel étalon diabolique avait mordu son père au bras, et Claire l'avait fait s'asseoir, torse nu, devant la cheminée pour nettoyer et bander sa plaie. Intrigué, Jemmy avait sorti la tête de son berceau, et Jamie, souriant, l'avait pris sur ses genoux.

— *A dada sur son bidet*… avait-il fredonné en faisant rebondir le bébé ravi.

Ce n'était pas la vision des deux têtes rousses qui riaient ensemble qui l'avait troublée, mais celle de la lueur du feu se reflétant sur la peau translucide, parfaite, intacte de son fils et sur le dense réseau de cicatrices argentées qui striait le dos de son père et l'entaille rouge sang dans le gras de son bras. Cette époque était dangereuse pour les hommes.

Elle ne pouvait empêcher qu'il arrive du mal à Jemmy, elle le savait. Mais l'idée que lui ou Roger puissent être blessés ou tombent malades lui nouait le ventre et lui donnait des sueurs froides.

Elle se retourna vers Roger.

— Ton pouce va bien ?

Il parut surpris, ayant déjà oublié l'incident.

— Pardon ? Ah, oui, bien sûr.

Elle prit néanmoins sa main et embrassa son pouce égratigné.

— Fais très attention, lui dit-elle sur un ton grave.

Il se mit à rire, s'étonnant quand elle le fusilla de ses yeux en colère.

— D'accord, promis.

Montrant le fusil, il ajouta :

— Ne t'inquiète pas. Je n'ai peut-être jamais tiré avec un engin pareil, mais je le connais un peu. Je ne me ferai pas arracher un doigt. Que dirais-tu de cet endroit pour s'entraîner ?

Ils étaient parvenus sur un terrain dégagé, une sorte de prairie envahie par les hautes herbes et les rhododendrons. Un taillis de trembles se dressait de l'autre côté, se détachant nettement sur le bleu pur du ciel. Leurs branches pâles frémissaient en miroitant, leurs feuilles dorées et cramoisies brillant de leurs derniers feux. Quelque part non loin, un ruisseau gargouillait, invisible. Une buse à queue rousse décrivait des cercles au-dessus de leurs têtes. Le soleil était haut, réchauffant leurs épaules et une agréable étendue herbeuse se trouvait tout à côté. Elle bascula le mousquet de son épaule et le posa au sol.

— C'est parfait.

*

* *

Ce fusil magnifique était si parfaitement équilibré qu'on pouvait le coucher sur son bras tendu sans trembler, ce que Brianna était en train de démontrer à Roger.

— Tu vois ?

Dans un mouvement fluide, elle glissa la main le long de la monture jusqu'à son épaule.

— ... C'est le point d'équilibre. Tu dois placer ta main gauche juste ici, tenir la monture avec ta main droite au niveau de la gâchette et enfoncer la crosse dans le creux de ton épaule. Cale-la bien solidement. C'est un coup à prendre.

En guise d'illustration, elle plaqua la crosse en ronce de noyer contre sa chemise en daim puis abaissa l'arme et la tendit à Roger. Il nota, non sans un certain cynisme, qu'elle le mettait dans ses bras avec plus de tendresse et de précaution que Jemmy. Chose certaine, le bébé semblait nettement plus solide que l'arme.

D'abord hésitante, rechignant à le corriger, elle lui montra comment manipuler le fusil. Il sortit la langue, concentré, et l'imita avec soin, en suivant l'enchaînement de gestes précis : ouvrir la cartouche d'un coup de dents, l'amorcer, la charger, la bourrer, la bloquer… Il était agacé par sa propre maladresse de débutant, mais aussi secrètement fasciné – et très émoustillé – par l'aisance et la férocité des mouvements de Brianna.

Elle avait des mains pratiquement aussi grandes que les siennes, quoique plus fines. Elle manipulait le long mousquet avec la même dextérité que les femmes maniant l'aiguille ou le balai. Elle portait des culottes, et les muscles fuselés de ses cuisses se contractèrent sous l'étoffe quand elle s'accroupit à ses côtés, tête baissée, pour fouiller dans sa besace en cuir.

— Comment, tu as préparé à manger ? plaisanta-t-il. Je croyais qu'on devait chasser notre déjeuner.

Sans lui répondre, elle sortit un vieux mouchoir blanc qu'elle comptait utiliser comme cible, le secoua et l'examina d'un air critique. Il avait autrefois identifié son odeur, un mélange de jasmin et d'herbes. À présent, il sentait la poudre, le cuir et la transpiration. Il s'en remplit les narines, ses doigts caressant inconsciemment le bois de la crosse.

Elle leva les yeux vers lui avec un sourire.

— Prêt ?

— Prêt.

— Vérifie ta pierre et ta mèche, dit-elle en se redressant. Je vais accrocher la cible.

Vue de dos, avec ses cheveux roux serrés dans sa nuque et son ample chemise de chasse en daim, la ressemblance avec son père était frappante. Toutefois, il y avait peu de chance qu'on les confonde, pensa-t-il. En culottes ou pas, Jamie Fraser n'avait jamais eu un cul pareil ! Il observa sa démarche, se félicitant sur son choix d'instructeur.

Son beau-père lui aurait volontiers donné une leçon. Jamie était un fin tireur et un professeur patient. Roger l'avait vu emmener les fils Chisholm, un soir, après le dîner, pour les entraîner à tirer sur des pierres et des arbres dans le champ de blé désert. Que Jamie sache que Roger n'avait aucune expérience des armes à feu était une chose. Subir l'humiliation d'étaler sa nullité devant ce regard bleu acier en était une autre.

Outre le besoin de préserver sa fierté, Roger avait eu une autre raison de choisir Brianna comme professeur. Son mobile n'avait rien de secret. Quand il le lui avait suggéré, Claire avait jeté un coup d'œil amusé qui avait fait bondir sa fille.

— Maman ! avait-elle crié sur un ton accusateur.

Depuis leur nuit de noces bien trop brève, c'était la première fois que Roger avait Brianna rien que pour lui, libérée des exigences insatiables de sa progéniture.

Quand elle abaissa le bras, il aperçut un éclat de métal et il se rendit compte, avec un profond plaisir, qu'elle portait son bracelet. Il lui avait offert le soir de sa demande en mariage... à Inverness, par une nuit d'hiver glacée. Cela paraissait si loin ! C'était un simple anneau d'argent sur lequel était gravé : *Je t'aime, un peu, beaucoup, à la folie, passionnément, pas du tout* *.

Un instant, il imagina Brianna vêtue uniquement de son bracelet et de la bague de mariage.

— *Passionnément* *, murmura-t-il.

Puis il se reprit et saisit une nouvelle cartouche. Chaque chose en son temps. La journée ne faisait que commencer.

*

* *

S'étant assurée qu'il commençait à bien maîtriser le chargement de son arme, même s'il n'était pas encore très rapide, Brianna laissa Roger pratiquer la mise en joue, puis, finalement, le tir.

Avant d'atteindre le mouchoir, il lui fallut une douzaine d'essais. Mais en apercevant une tache noire près du bord de la cible, il ressentit une telle exultation qu'il tendit la main vers une nouvelle cartouche avant même que la fumée du coup se soit dissipée. Excité par sa réussite, il tira encore un bon nombre de cartouches, ne remarquant plus rien d'autre que le sursaut et la détonation du fusil, l'éclair de la poudre et la réalisation de son objectif, lorsque le carré blanc était atteint.

Cette fois, le mouchoir était en lambeaux, et des petits nuages de fumée blanchâtre flottaient dans le pré. Dès le premier coup de feu, une buse avait décampé, comme tous les oiseaux du voisinage, même si la résonance du tir dans ses oreilles lui donnait l'impression d'entendre un chœur de mésanges au loin.

Il abaissa l'arme et se tourna vers Brianna avec un grand sourire aux lèvres. Elle éclata de rire.

— On dirait Al Jolson dans *Le Chanteur de jazz* ! Tiens, débarbouille-toi, puis on essayera de viser une cible plus éloignée.

Elle lui prit le mousquet des mains et lui tendit un mouchoir propre. Il essuya la suie noire sur son visage en la regardant nettoyer adroitement le canon et le recharger. Mais, brusquement, elle se redressa, percevant un bruit. Elle étira le cou et fixa un chêne, de l'autre côté du pré.

Encore assourdi par ses propres tirs, Roger n'avait rien entendu. Il pivota sur ses talons et remarqua un bref mouvement, celui d'un écureuil gris sombre, figé sur une branche de sapin, à une dizaine de mètres au-dessus du sol.

Sans l'ombre d'une hésitation et dans un même mouvement Brianna mit en joue et tira. La branche où était assis l'écureuil explosa en une pluie d'éclats. Projeté en l'air, le rongeur tomba au sol en rebondissant dans sa chute sur la souple ramure.

Roger courut au pied de l'arbre, mais il n'avait pas besoin de se presser. Le petit animal gisait, inerte et mou comme une peluche grise.

— Pas mal !

Il brandit le cadavre en direction de Brianna qui approchait.

— Il ne porte aucune trace. Tu as dû le faire mourir de peur.

Brianna lui lança un regard narquois, puis répliqua sur un ton réprobateur.

— Si j'avais voulu le toucher, Roger, je ne l'aurais pas raté. Mais dans ce cas, il n'en resterait qu'une bouillie. On ne vise jamais directement une proie aussi petite, on tire juste en dessous pour la sonner. Ça s'appelle l'écorçage.

Elle lui parlait comme une institutrice faisant la leçon à un élève un peu lent à la détente, et il dut réprimer une pointe d'agacement.

— Ah oui ? C'est ton père qui te l'a appris ?

Elle le regarda de manière étrange avant de répondre.

— Non, c'est Ian.

L'expression de son visage vira au neutre. Dans la famille, Ian était un sujet épineux. Très aimé, le cousin de Brianna manquait cruellement à tout le monde. Néanmoins, par délicatesse, on évitait de parler de lui devant Roger.

Ce n'était pas de la faute de Roger si Ian Murray était resté vivre avec les Mohawks. Mais, indéniablement, il y était pour quelque chose. S'il n'avait pas tué cet Indien…

Une fois de plus, il refoula les souvenirs confus de cette nuit à Snaketown, même s'il ressentait encore les chocs physiques, comme de souffrants échos : tout d'abord le frisson de terreur qui lui retourna les tripes, puis la secousse de l'impact dans les muscles de son avant-bras, quand il avait enfoncé, de toutes ses forces, la pointe d'un pieu cassé dans l'ombre qui avait jailli devant lui en hurlant dans le noir. Une ombre très solide...

Brianna avait traversé le pré et installé une nouvelle cible : trois morceaux irréguliers de bois posés sur une souche qui faisait la taille d'une table de salle à manger. Sans faire de commentaire, il essuya ses mains sur son fond de culottes et se concentra sur ce nouveau défi. Mais Ian Murray refusait de le laisser tranquille. Roger l'avait à peine connu, mais il s'en souvenait clairement. Ce n'était encore qu'un gamin, grand et dégingandé, avec des traits plutôt ingrats mais sympathiques.

Il ne pouvait penser au visage de Murray sans le revoir tel qu'il lui était apparu la dernière fois. Il portait encore les croûtes d'une ligne de points fraîchement tatoués en travers de ses joues et au-dessus de l'arête de son nez. Sa face était hâlée par le soleil, alors que son crâne tout juste épilé était d'un rose surprenant, nu et lisse comme des fesses de bébé, et tacheté de rouge là où l'épilation avait irrité la peau.

— Que se passe-t-il ?

La voix de Brianna le fit sursauter, et le coup partit sans prévenir. La balle se perdit dans la nature, une fois de plus. Après une dizaine de tirs, il n'était pas encore parvenu à toucher un seul morceau de bois.

Il abaissa son arme et se tourna vers elle. Elle fronçait les sourcils, mais ne paraissait pas fâchée, uniquement perplexe et inquiète.

— Que se passe-t-il ? répéta-t-elle.

Il inspira profondément et s'essuya le visage du revers de sa manche, oubliant les traînées noires de suie.

— Tu sais, je suis sincèrement désolé pour ton cousin.

— Ah.

Son visage se détendit. Elle se rapprocha de lui et appuya sa tête contre son épaule.

— Moi aussi, je suis désolée, mais ce n'est pas plus de ta faute que de la mienne ou celle de papa… ou même de Ian, lui-même.

Elle émit un petit rire étranglé avant d'ajouter :

— À vrai dire, s'il faut vraiment que ce soit la faute de quelqu'un, ce serait plutôt celle de Lizzie, et personne ne lui a jamais reproché quoi que ce soit.

Il sourit en pressant la paume de sa main sur sa nuque fraîche.

— Tu as raison. Néanmoins… j'ai tué un homme, Brianna.

Elle ne tressaillit pas, ni ne chercha à s'écarter de lui. Elle resta parfaitement immobile. Tout comme lui. Il ne savait même pas ce qui lui avait pris de lâcher soudain cette phrase.

— Tu ne me l'as jamais dit, répondit-elle enfin.

Elle releva les yeux vers lui. Elle paraissait hésitante, se demandant si elle devait le faire parler ou non. La brise balaya une mèche de cheveux devant son visage, sans qu'elle essaie de la retenir.

— C'est que… pour ne rien te cacher, j'y pense rarement.

Il laissa retomber sa main, rompant ce moment d'inertie. Elle se secoua faiblement et recula, créant un espace entre eux.

— Je sais que ça paraît terrible, mais…

Il hésita, ne sachant comment s'expliquer. Il n'avait pas voulu lui en parler, mais, maintenant qu'il avait commencé, il fallait absolument qu'elle comprenne, qu'il trouve les mots justes.

— C'était la nuit, au cours d'une bagarre dans un village. Je m'étais évadé. Je tenais un pieu brisé dans une main. Quelqu'un a brusquement jailli des ténèbres et…

Il laissa retomber ses épaules, conscient qu'il lui était impossible de décrire ce qu'il avait ressenti à cet instant. Il baissa les yeux vers le fusil qu'il tenait toujours et poursuivit doucement :

— Je ne savais pas que je l'avais tué. Je n'ai même pas vu son visage. Je ne sais toujours pas quel était cet homme, mais je devais forcément le connaître. Snaketown était un petit village, je connaissais tous les *ne rononkwe*.

Soudain, il s'interrogea : pourquoi n'avait-il jamais songé à demander l'identité du mort. La réponse était simple. Il n'avait pas voulu savoir.

— *Ne rononkwe ?* répéta-t-elle.

— Les hommes... les guerriers... les braves. C'est ainsi qu'ils se font appeler, les *Kahnyen'kehaka*.

Les mots mohawks paraissaient étranges dans sa bouche, à la fois lointains et familiers. Il lut la méfiance sur le visage de Brianna et comprit qu'elle était déconcertée de l'entendre prononcer cette langue et de s'en servir, non pas comme on utilise un dialecte étranger, le traitant avec prudence, mais comme son père qui mélangeait parfois le gaélique et l'anglais, favorisant le terme le plus approprié qui lui venait en premier à l'esprit.

Il baissa de nouveau les yeux, observant le mousquet comme s'il ne l'avait encore jamais vu. Il sentit Brianna s'approcher de lui, encore hésitante mais pas horrifiée.

— Tu... as des remords ? demanda-t-elle.

— Non. Enfin... si. Je regrette ce qui est arrivé. Mais je ne peux pas dire que je me sente coupable.

Il avait répondu spontanément, sans réfléchir, et fut lui-même surpris – et soulagé – par sa sincérité. S'il ressentait de la culpabilité, celle-ci n'avait rien à voir avec la mort de l'ombre, quelle qu'ait été son identité. À Snaketown, il avait été l'esclave des Mohawks. Il ne les portait pas particulièrement dans son cœur, même si certains s'étaient montrés plutôt corrects avec lui. Il n'avait pas eu l'intention de tuer, mais il s'était défendu. En d'autres circonstances semblables, il le referait.

Son soupçon de mauvaise conscience venait plutôt de la facilité avec laquelle il avait effacé cette mort. Les *Kahnyen'kehaka* chantaient et racontaient des histoires au sujet de leurs défunts, entretenant leur mémoire autour des feux des maisons communes, répétant leurs noms pendant des générations, racontant leurs hauts faits. Exactement comme les Highlanders. Il songea soudain à Jamie Fraser, le visage illuminé par le grand brasier du *gathering*, appelant ses hommes par leur nom et leur filiation.

« Tiens-toi à mes côtés, Roger le chanteur, fils de Jeremiah MacKenzie ! » Finalement, Ian Murray ne trouvait peut-être pas les Mohawks si étranges que ça.

Pourtant, il avait l'impression confuse d'avoir privé un mort, outre de sa vie, de son nom, cherchant à l'effacer par l'oubli, se comportant comme si ce décès n'avait jamais eu lieu, uniquement pour s'épargner ce souvenir. Et ça, ce n'était pas juste.

Brianna était impassible mais pas glaciale. Elle fixait le fond de ses yeux, avec un sentiment qui ressemblait à de la compassion. Il détourna le regard, gêné, le posant de nouveau sur son arme. Ses doigts noircis par la suie avaient laissé des traces ovales et grasses sur le métal. Elle lui prit le fusil et frotta le canon avec le pan de sa chemise.

Il la regarda faire, essuyant ses mains sur son pantalon.

— C'est juste que… tu ne crois pas que, quitte à tuer quelqu'un, autant que ce soit exprès, pour une bonne raison ?

Elle ne répondit pas tout de suite, pinçant les lèvres. Puis elle déclara tranquillement :

— Si tu tires sur quelqu'un avec ce fusil, ce ne sera pas par accident.

Elle leva alors sur lui des yeux déterminés, et il comprit que ce qu'il avait pris plus tôt pour de la compassion était, en fait, un calme ardent, comme les minuscules flammes bleues d'une bûche qui finit de se consumer.

— Et si tu dois tuer quelqu'un, Roger, je tiens à ce que tu le fasses exprès.

*

* *

Deux dizaines d'essais plus tard, il touchait les morceaux de bois, au moins un coup sur six. Il aurait bien continué, mais Brianna voyait les muscles de ses avant-bras trembler chaque fois qu'il levait le mousquet. À partir de maintenant, à cause de la fatigue, il raterait de plus en plus ses cibles, ce qui ne lui ferait aucun bien.

À elle non plus. Ses seins gorgés de lait commençaient à être douloureux. Elle allait devoir s'en occuper. Lui reprenant le fusil, elle proposa sur un ton enjoué :

— Si on mangeait ? Je meurs de faim !

À force de tirer, de recharger et de remplacer les cibles, ils avaient chaud, mais l'hiver était proche et l'air encore froid. Beaucoup trop froid pour se rouler nus dans les fougères, pensa-t-il à regret. Mais le soleil brillait et, prévoyante, Brianna avait mis deux vieilles couvertures dans son sac à dos, avec leur déjeuner.

Roger était silencieux mais tranquille. Elle l'observait en train de tailler des tranches dans le fromage dur et elle admira sa compétence, les gestes précis et adroits de ses doigts, puis ses longs cils noirs baissés et ses lèvres à peine pincées, pendant qu'il se concentrait sur sa tâche.

Elle ne savait pas trop comment interpréter sa confession. Mais elle était néanmoins consciente du côté positif de sa révélation, même si elle n'aimait pas entendre parler ni même penser à son séjour chez les Mohawks. Cela avait été pour elle aussi une sale période : seule et enceinte, elle s'était demandé si lui ou ses parents reviendraient un jour. Elle prit le morceau de fromage qu'il lui tendait, leurs doigts se frôlant, et elle se pencha en avant pour qu'il l'embrasse.

Ce qu'il fit, puis il se redressa, ses yeux verts pleins de douceur et débarrassés de l'ombre qui les avait hantés.

— Pizza ! déclara-t-il.

Elle écarquilla les yeux, puis se mit à rire. Ce genre de déclaration était un de leurs jeux favoris : à tour de rôle, ils devaient énoncer une chose qui leur manquait de leur passé, ou du futur, selon la perspective choisie.

— Coca, répondit-elle. Je crois que j'arriverais à faire de la pizza, mais que vaut la pizza sans un Coca ?

— La pizza se marie parfaitement avec la bière, assura-t-il. Or nous avons de la bière, même si la mixture étrange de Lizzie ne vaut pas tout à fait une bonne blonde pression. Tu crois vraiment que tu pourrais faire de la pizza ?

Elle mordit dans le fromage, puis répondit :

— Pourquoi pas. Mais pas avec ce fromage, il est trop fort.

Elle avala la dernière bouchée, la fit descendre avec une longue gorgée de cidre brut.

— En fait, ce cidre irait bien avec la pizza. Quant au fromage, peut-être que celui de brebis ferait l'affaire.

Papa en a rapporté de Salem, la dernière fois qu'il y est allé. Je lui demanderai de s'en procurer encore et je verrai comment il fond.

Elle plissa les yeux à cause du soleil, tout en calculant :

— Maman a plein de tomates séchées et des tonnes d'ail. Je sais qu'elle fait pousser du basilic quelque part. Pour ce qui est de l'origan, aucune idée, mais on peut s'en passer. Quant à la pâte, rien de plus simple : de la farine, de l'eau et de la matière grasse. Un jeu d'enfant.

Il éclata de rire, lui tendant une galette au jambon et un des cornichons au vinaigre de Mme Bug. Puis il leva la bouteille de cidre en guise de salut.

— Voilà donc comment la pizza a fait son apparition dans le Nouveau Monde ! On se demande toujours comment naissent les grandes inventions de l'humanité. Maintenant, on le saura.

Il avait parlé sur un ton léger, mais une note étrange perçait dans sa voix. Ils échangèrent un regard.

— Peut-être qu'on l'a toujours su, dit-elle doucement. Tu ne te le demandes jamais ? Je veux dire… pourquoi nous sommes là ?

— Si, bien sûr. Toi aussi ?

Elle hocha la tête et mordit dans la galette, la saveur douce de l'oignon confit et du jambon se mêlant au goût aigre du cornichon. Bien sûr qu'elle y pensait. Le fait que Roger, sa mère et elle puissent voyager à travers les pierres avait sûrement un sens. Pourtant… ses parents parlaient rarement de la guerre et de la bataille, mais avec le peu qu'ils en disaient… et d'après toutes ses lectures… elle savait à quel point ces événements pouvaient être aléatoires et injustifiés. Parfois, une ombre se dresse et la mort gît sans nom dans les ténèbres.

Roger effrita le reste de son pain entre ses doigts et jeta les miettes à quelques mètres. Une mésange se posa dans l'herbe pour picorer, puis, quelques secondes plus tard, toute une volée s'abattit des arbres environnants, aspirant les morceaux dans un gazouillis affairé. Il s'étira et s'allongea sur le dos en soupirant :

— En tout cas, si tu y comprends quelque chose, préviens-moi.

Elle sentait son cœur palpiter dans ses seins. Il n'était plus emprisonné derrière sa cage thoracique, mais il battait dans toute sa chair, envoyant de faibles décharges d'électricité dans ses mamelons. Elle n'osait pas penser à Jemmy, de peur que son lait ne jaillisse de lui-même.

Avant d'avoir le temps de trop y réfléchir, elle passa sa chemise en daim par-dessus sa tête.

Roger avait les yeux ouverts, fixés sur elle, doux et brillants comme la mousse sous les arbres. Elle dénoua la bande de lin et le vent froid caressa ses seins nus. Elle les prit dans ses mains, les sentant s'alourdir, picoter et durcir.

— Viens, dit-elle doucement. Fais vite, j'ai besoin de toi.

*

* *

Étendus à demi dévêtus et confortablement enchevêtrés l'un dans l'autre sous la couverture élimée, ils somnolaient, le lait poissant leur peau, la chaleur de leurs ébats s'attardant autour d'eux.

Le soleil qui filtrait entre les branches au-dessus de leur tête formait des vagues noires sous ses paupières closes, comme si elle baissait les yeux vers une mer rouge sang, marchant dans une eau chaude, observant du sable volcanique se soulever sous ses pas.

Était-il réveillé ? Elle ne tourna la tête ni n'ouvrit les yeux, mais elle tenta de lui envoyer un message télépathique, en lui transmettant un lent battement de cœur paresseux, une question silencieuse. *Es-tu là ?* La question remonta vers sa poitrine et parcourut son épaule. Elle imagina la peau pâle sous son bras et le tracé bleuté d'une veine. L'impulsion atteignit son poignet, sa paume, puis son doigt et transmit une pulsation infime à la peau de Roger.

Tout d'abord, il ne se passa rien. Elle entendait son souffle, lent et régulier, faisant contrepoint à celui du vent à travers les arbres et les feuilles, comme des vagues se brisant sur une plage de sable.

Elle imagina Roger et elle en méduses. Elle distinguait clairement leurs deux corps transparents, lumineux comme la lune, leurs ombrelles se contractant dans un rythme hypnotique, la marée les poussant l'un vers l'autre, leurs longs tentacules s'entrelaçant…

Un doigt remua dans sa paume, léger comme le frôlement d'une plume.

— *Je suis là,* disait-il. *Et toi ?*

Elle referma sa main et il roula vers elle.

*

* *

En cette saison, la lumière baissait tôt. Il manquait encore un mois avant le solstice d'hiver, mais, dès le milieu de l'après-midi, le soleil frôlait déjà les pentes de la Montagne Noire et leurs ombres s'étiraient loin devant eux, pendant qu'ils rentraient à la maison, vers l'est.

Brianna portait le fusil. L'instruction était terminée pour aujourd'hui, mais si un gibier se présentait, elle comptait bien le tirer. L'écureuil qu'elle avait tué dans la matinée était déjà nettoyé et mis au fond de son sac, mais il servirait tout juste à donner un goût de viande à une fricassée de légumes. Quelques-uns de ses congénères seraient bienvenus. Ou un opossum.

Elle ne connaissait pas les mœurs des opossums. Peut-être hibernaient-ils, auquel cas ils devaient avoir déjà disparu. Les ours, eux, étaient encore actifs. Elle avait remarqué des fèces à moitié séchées sur le sentier et des griffures dans l'écorce d'un pin, sa sève jaune suintant encore. Cela dit, elle n'avait pas l'intention de chercher un ours ni même de tirer sur l'un d'eux à moins d'être attaquée, ce qui était peu probable. Ses deux pères lui avaient appris que, si on ne voulait pas d'histoires avec les ours, il valait mieux les laisser tranquilles. Ce qui lui paraissait une excellente idée.

Un groupe de colins à gorge blanche jaillit brusquement d'un buisson voisin, la faisant bondir sur place, le cœur dans la gorge.

Roger les regarda s'envoler. Il avait sursauté, mais moins qu'elle, ce qui ne manqua pas de la vexer.

— Ça ne se mange pas, ces bestioles-là ? demanda-t-il.

— Si, mais on ne les tire pas au mousquet. Sauf si on veut remplumer un oreiller. Il faut un fusil de chasse avec des cartouches plus petites.

— Je vois.

Brutalement extirpée de l'ambiance paisible, elle n'était pas d'humeur à parler. Ses seins gonflaient de nouveau. Il était temps de rentrer et de retrouver Jemmy.

Elle accéléra un peu le pas et abandonna à contrecœur le souvenir de l'odeur âcre des fougères écrasées, de la lueur dorée du soleil sur l'épaule nue et bronzée de Roger au-dessus d'elle, du sifflement de son lait s'écrasant contre son torse velu en fines gouttelettes, puis ruisselant entre ses poils, tantôt chaud tantôt froid, entre leurs deux corps.

Elle soupira, puis elle l'entendit rire.

— Mmm ?

Il lui montra du doigt le sol devant eux. Sans se rendre compte de la force de gravité qui les liait, ils s'étaient mis à marcher d'un même pas. Leur ombre formait une étrange bête à quatre pattes courant devant eux telle une araignée, ses deux têtes inclinées l'une vers l'autre.

Il glissa un bras autour de sa taille et leurs deux crânes se fondirent en une seule masse bulbeuse.

— On a passé une belle journée, non ? dit-il doucement.

— Oui, répondit-elle avec un sourire.

Elle allait ajouter autre chose quand elle entendit un bruit, derrière le grincement des branches. Elle s'écarta.

— Qu'est-ce que…

Elle mit un doigt devant sa bouche pour le faire taire, puis lui fit signe de la suivre tout en s'approchant à pas de loup d'un grand arbre.

Au pied d'un chêne rouge, un groupe de dindons grattait tranquillement le sol, retournant la terre sous le tapis de feuilles et de glands en quête de vers. Le soleil bas de l'après-midi soulignait les reflets irisés de leur plumage lustré, si bien que leurs corps noirs scintillaient en projetant de minuscules arcs-en-ciel à chaque mouvement.

Le mousquet était chargé, mais non amorcé. Elle décrocha la flasque à poudre de sa ceinture et remplit le réservoir sans quitter les oiseaux des yeux. Roger s'accroupit à ses côtés, concentré comme un limier sur une odeur. Elle lui donna un coup de coude et tendit l'arme vers lui, l'invitant, d'un regard interrogateur, à la prendre. Les dindons n'étaient qu'à une vingtaine de mètres, le plus petit ayant la taille d'un ballon de rugby.

Il hésita, mais, dans ses yeux, elle pouvait lire l'envie d'essayer. Elle plaça fermement le mousquet entre ses mains et lui montra une ouverture entre les buissons.

Il remua doucement et se redressa. Elle ne lui avait pas encore appris à tirer accroupi et il eut la sagesse de ne pas essayer, même si cela impliquait de viser vers le bas. Il mit en joue un oiseau, puis un autre, cherchant la meilleure cible. Brianna avait les doigts crispés, démangée par l'envie de corriger son angle de tir et d'appuyer sur la gâchette.

Elle entendit Roger inspirer et retenir son souffle. Puis trois événements se produisirent, si rapidement qu'ils parurent simultanés. Le coup partit dans un retentissant *fwoum !*, un geyser de feuilles rouges jaillit de terre sous le chêne et quinze dindons furent pris de folie, se mettant à courir droit sur eux comme une équipe de foot démente, poussant des glouglous hystériques.

En atteignant le buisson, ils virent Roger et s'envolèrent comme des ballons, rebondissant et battant frénétiquement des ailes. Roger baissa la tête pour en éviter un qui passa à un centimètre de son crâne, puis en prit un deuxième en pleine poitrine. Il bascula en arrière, pendant que l'oiseau, s'accrochant à sa chemise, en profita pour escalader son épaule et prendre son élan, éraflant un côté de son cou avec ses serres.

Le mousquet vola dans les airs. Brianna le rattrapa, saisit une cartouche à sa ceinture et amorça avant que le dernier dindon n'ait atteint Roger. L'animal zigzagua pour l'éviter, vit Brianna, zigzagua dans l'autre sens, puis fila entre eux deux, glougloutant des imprécations.

Brianna pivota sur ses talons et mit l'oiseau en joue au moment où il quittait le sol. Elle le suivit une fraction de seconde, attendant qu'il se détache sur le ciel bleu, puis tira dans les plumes de la queue. Le dindon s'effondra comme un sac de charbon et atterrit sur le sol à une quarantaine de mètres d'eux.

Elle resta immobile un instant, puis abaissa lentement le mousquet. Roger la dévisageait bouche bée, pressant un pan de sa chemise dans son cou sur les griffures sanguinolentes. Elle lui adressa un faible sourire, ses mains moites collant sur le bois de la crosse et son cœur battant fort.

— La vache ! souffla Roger, sidéré. Ce n'était pas qu'un coup de chance, pas vrai ?

— Euh… eh bien… un peu, en partie.

Il partit récupérer son trophée pendant qu'elle nettoyait de nouveau l'arme, et il revint avec un oiseau d'environ cinq kilos, le cou ballant et dégoulinant de sang comme une gourde percée. Il le tint à bout de bras pour le laisser se vider, admirant le rouge et le bleu vif de sa tête granuleuse, ses caroncules pendant mollement.

— Je crois bien que c'est la première fois que j'en vois un autrement que rôti au four, farci aux marrons et bordé de pommes de terre.

Il contempla Brianna avec un profond respect.

— Tu es une sacrée tireuse.

Elle rosit de plaisir, à deux doigts de se tortiller sur place.

Ils reprirent le chemin de la maison. Roger portait la carcasse sanglante en la tenant légèrement à distance de ses culottes. Toujours impressionné, il reprit :

— En plus, ça ne fait pas si longtemps que tu as appris à tirer. Combien ? Six mois ?

Elle ne voulait pas minimiser son admiration devant ses prouesses, mais elle se mit à rire et dut avouer la vérité.

— En fait, ça fait plutôt six ans, dix même.

— Comment ça ?

— Papa – Frank – m'a appris à tirer dès l'âge de onze, douze ans. Il m'a offert un 22 long rifle pour mes treize ans et, à quinze ans, il m'emmenait tirer des pigeons d'argile sur des champs de tir, ou chasser le pigeon et la caille pendant les week-ends d'automne.

Roger la dévisagea, intrigué.

— Je croyais que c'était Jamie qui t'avait appris. J'ignorais que Frank Randall était aussi sportif.

— Il ne l'était pas vraiment. Il savait manier une arme. Il avait été officier pendant la Seconde Guerre mondiale. Mais je ne l'ai jamais vu tirer. Il se contentait de me montrer comment faire et me regardait. En fait, je crois même qu'il n'a jamais possédé d'arme à feu.

— C'est bizarre.

— Oui, tu trouves aussi ?

Elle se rapprocha de lui, marchant coude contre coude, si bien que leurs ombres fusionnèrent de nouveau. À présent, ils ressemblaient à un ogre bicéphale, portant un fusil sur une épaule et tenant une troisième tête décapitée au bout d'un bras. Elle reprit sur un air faussement détaché :

— Depuis que tu m'as parlé de sa lettre, au *gathering*, je me suis beaucoup interrogée à ce sujet.

— Que veux-tu dire ?

Elle prit une grande inspiration.

— Pourquoi un homme qui ne montait pas à cheval et ne pratiquait pas le tir tenait tant à ce que sa fille sache bien faire les deux ? À Boston, ce n'était pas franchement des activités très répandues pour les filles.

Pendant un moment, seul résonnait le bruit de leurs pas dans les feuilles mortes. Puis Roger dit enfin :

— Il cherchait Jamie Fraser. Il l'explique dans sa lettre.

— Et il l'a trouvé. Il le dit aussi. Mais on ignore si c'était le bon Jamie Fraser ou pas.

Elle regardait ses pieds, se méfiant des serpents. Des mocassins ainsi que des crotales des bois peuplaient la forêt. Elle en voyait de temps en temps, enroulés au soleil sur des pierres ou des troncs morts.

Roger tourna la tête vers elle.

— À présent, tu te demandes ce qu'il a pu découvrir d'autre, c'est ça ?

Elle hocha la tête, évitant de le regarder.

— Peut-être qu'il m'a trouvée. Qu'il savait que je viendrais, que je traverserais les pierres. Si c'était le cas, il ne m'a rien dit.

Il s'arrêta et lui prit le bras pour la forcer à se tourner vers lui.

— Mais peut-être qu'il n'en savait rien, dit-il fermement. Il a pu penser que tu *essaierais*, si tu découvrais la vérité au sujet de ton père biologique. Il s'est dit que si c'était le cas, et que tu faisais la traversée, il valait mieux mettre toutes les chances de ton côté. Quoi qu'il ait pensé, il ne voulait qu'une seule chose ; qu'il ne t'arrive rien.

Il sourit avant d'ajouter :

— Comme tu voudrais qu'il ne m'arrive rien.

Réconfortée par ses paroles, elle poussa un long soupir. Elle n'avait jamais douté de l'amour de Frank Randall. Elle n'allait pas douter maintenant. Elle se pencha vers Roger et l'embrassa.

Puis ils obliquèrent vers le sentier et reprirent leur descente vers la mer dorée des feuilles de châtaigniers, observant leurs ombres enlacées qui marchaient devant eux.

— Tu crois que…

Elle hésita. Une des têtes de l'ombre se tourna vers l'autre, l'oreille tendue.

— Tu crois que Ian est heureux ?

Il resserra son bras autour de sa taille.

— Je l'espère. S'il a une femme comme la mienne, il l'est sûrement.

21

Des yeux d'aigle

— À présent, tiens ça devant ton œil gauche et lis-moi la ligne la plus petite que tu arrives à déchiffrer.

Stoïque, Roger mit la cuillère en bois devant un œil et plissa l'autre, se concentrant sur la feuille de papier que j'avais fixée sur la porte de la cuisine. Il se tenait dans le vestibule, juste devant l'entrée. Le couloir était le seul endroit de la maison offrant une ligne droite de six mètres de long.

— *Va, pauvre âme, je n'envie pas ta gloire.*

Il abaissa la cuillère et me regarda, interdit.

— C'est la première fois que je vois un tableau d'acuité visuelle littéraire.

— Je sais, mais j'ai toujours trouvé la ligne des f, e, 5, z, T, d sur les tableaux classiques plutôt ennuyeuse.

Je retournai la feuille, avant d'ordonner :

— L'autre œil, maintenant.

Il plaça la cuillère de l'autre côté, parcourut rapidement les cinq lignes d'écriture que j'avais rédigées avec les plus grands écarts de taille possible, puis, lentement, il lut à voix haute la troisième.

— *Ne mange point d'oignons*. D'où ça vient ?

— Shakespeare toujours, naturellement, répondis-je en prenant des notes. *Ne mange point d'oignons ni d'aulx que nous puissions échanger de doux propos*. C'est ce que tu arrives à lire de plus petit ?

Je vis l'expression de Jamie se modifier. Brianna et lui se tenaient juste derrière Roger, sous le porche, observant les opérations avec un grand intérêt. Brianna était penchée vers son mari, l'air un peu anxieux, le soutenant moralement.

Le visage de Jamie, lui, trahissait une légère surprise, un soupçon de pitié et une indéniable lueur de satisfaction. *Lui,* bien sûr, avait pu lire la cinquième ligne sans problème. *Je l'honore*. Extrait de *Jules César* : *Parce qu'il était brave, je l'honore. Parce qu'il était ambitieux, je l'ai tué*.

Il se rendit compte que je le surveillais du coin de l'œil et son visage reprit aussitôt son air d'impénétrabilité bienveillante. D'un regard, je lui signifiai « tu ne me la fais pas » et il détourna la tête, les commissures de ses lèvres frémissant.

Brianna s'était rapprochée de Roger, comme par osmose.

— Tu ne peux vraiment pas lire la ligne suivante ?

Elle scruta la feuille, puis se tourna vers lui, l'air réconfortant. Apparemment, elle n'avait, elle non plus, aucun mal à lire les deux dernières lignes.

— Non, répondit-il sèchement.

Il avait accepté de se soumettre à cet examen oculaire sur l'insistance de Brianna, mais cela ne l'enchantait guère. Il tapota le creux de sa main avec le dos de la cuillère d'un geste impatient, demandant :

— Ce sera tout ?

— Juste quelques petits exercices encore, répondis-je le plus aimablement possible. Viens donc ici, où la lumière est meilleure.

Je lui pris le bras et l'entraînai vers mon infirmerie, jetant un œil noir à Jamie et à Brianna.

— Brianna, ma chérie, tu ne voudrais pas aller mettre la table ? Nous n'en avons pas pour longtemps.

Elle hésita un moment, mais Jamie lui prit le bras et lui glissa quelques mots à l'oreille. Elle hocha la tête, regarda Roger avec inquiétude, puis disparut. Impuissant, Jamie m'adressa un haussement d'épaules et la suivit.

Roger se tenait au milieu du capharnaüm de mon infirmerie, faisant la tête d'un ours qui entend aboyer au loin, à la fois agacé et méfiant.

— Ce n'est vraiment pas nécessaire, dit-il, tandis que je refermais la porte. Je vois très bien. C'est juste que je tire comme un manche. Il n'y a rien qui cloche avec ma vision.

Toutefois, il ne tenta pas de fuir, et je perçus un vague doute dans sa voix.

— Je ne le pense pas non plus, dis-je sur un ton badin. Laisse-moi juste jeter un coup d'œil. Simple curiosité.

Je le fis s'asseoir, non sans mal, et, à défaut de lampe torche, allumai une chandelle. Je l'approchai de ses yeux pour vérifier la dilatation de ses pupilles. Ses iris étaient d'une couleur ravissante. Pas du tout noisette, mais d'un vert foncé très pur. Suffisamment foncé pour paraître noir dans l'ombre, mais presque vert émeraude à la lumière vive. C'était déconcertant pour ceux qui n'avaient pas connu Geillis Duncan ni vu son humour dément faire chanter ses profondeurs verdoyantes. J'espérais que Roger n'avait hérité d'elle que ces beaux yeux.

Il ferma les paupières, involontairement, et le battement de ses longs cils noirs dissipa, chez moi, ce mauvais souvenir. Son regard était calme et, surtout, sain d'esprit. Je lui souris et il fit de même, par réflexe, sans comprendre.

Je promenai la chandelle devant son visage, de haut en bas, de droite à gauche, en lui demandant de suivre la flamme du regard. Pendant ce temps, j'observais les changements dans ses yeux qui allaient et venaient. Comme cet exercice exigeait de lui le silence, il commença à se détendre, ses poings se décontractant sur ses cuisses. Je l'encourageai à se relaxer en parlant d'une voix la plus douce possible.

— Très bien. Oui, c'est parfait comme ça. Bon. Tu peux regarder vers le plafond, s'il te plaît ? Oui, à présent, regarde vers le bas, vers le coin, vers la fenêtre... Mmmm... Oui. Maintenant, regarde-moi. Tu vois mon doigt ? Bien. Ferme l'œil gauche et dis-moi si mon doigt bouge. Mmhmmm...

Enfin, je soufflai la chandelle et me redressai, m'étirant le dos en gémissant.

— Alors ? demanda-t-il. Quel est votre verdict, docteur ? Dois-je aller me tailler une canne blanche dans les bois ?

De la main, il dissipa la volute de fumée qui montait de la mèche soufflée, en s'efforçant de paraître détaché, ce que démentait la crispation de ses épaules.

Je me mis à rire.

— Non, Roger, tu n'auras pas besoin de chien d'aveugle avant un bon moment, ni même de lunettes. Cela dit, tu m'as dit n'avoir jamais vu un tableau d'acuité visuelle littéraire, mais tu as déjà dû en voir un conventionnel. On t'a fait porter des lunettes quand tu étais enfant ?

— Oui, en effet. Enfin, disons plutôt qu'on a essayé. J'ai eu une paire de lunettes, ou deux ou trois. Quand j'avais sept ou huit ans, environ. Je ne les supportais pas, elles me donnaient mal à la tête, si bien que j'avais tendance à les oublier dans le bus, à l'école, sur les rochers au bord de l'eau... Je ne me souviens pas les avoir portées plus d'une heure d'affilée. Après la perte de la troisième paire, mon père a capitulé. En fait, pour être sincère, je n'ai jamais eu l'impression d'en avoir besoin.

— Tu n'en as pas besoin… aujourd'hui.

Il me regarda, surpris.

— Pardon ?

— Tu as une légère myopie dans l'œil gauche, mais pas assez prononcée pour te gêner.

Je me frottai l'arête du nez, comme pour effacer sur moi le poids d'une monture de lunettes, puis continuai :

— Laisse-moi deviner : à l'école, tu étais bon au hockey et au football, mais pas au tennis.

Il se mit à rire.

— Au tennis ? Dans une école communale d'Inverness ? C'était considéré comme un sport de mauviettes ! Mais je vois ce que vous voulez dire, et vous avez raison. J'étais bon au foot, mais pas trop au base-ball. Pourquoi ?

— Tu n'as pas de vision binoculaire. Un médecin a dû le remarquer quand tu étais petit et a essayé de corriger ce défaut avec des verres prismatiques, mais, si tu avais déjà sept ou huit ans, il était trop tard. Pour que ça marche, il faut s'en occuper très jeune, avant l'âge de cinq ans.

— Je n'ai pas de… vision binoculaire ? Ce n'est pas le cas de tout le monde ? Je veux dire, mes deux yeux fonctionnent normalement, non ?

L'air ahuri, il regardait sa paume, fermant un œil puis l'autre, comme si la réponse à sa question se trouvait dans les lignes de sa main.

— Tes deux yeux fonctionnent très bien, mais pas ensemble. C'est un défaut de la vue relativement courant et la plupart des gens qui l'ont ne le savent même pas. Chez toi comme chez certaines personnes, pour une raison inconnue, le cerveau n'apprend jamais à fusionner les images transmises par chaque œil pour former une image tridimensionnelle.

— Je ne vois pas en trois dimensions ?

Il me dévisagea avec les yeux mi-clos, comme s'il s'attendait à ce que je m'aplatisse soudain contre le mur. Je montrai d'une main la chandelle éteinte, la cuillère en bois, les silhouettes dessinées et quelques autres outils que je m'étais fabriqués.

— Je n'ai pas un équipement adéquat, ni même une formation d'oculiste, mais je suis pratiquement sûre de ce que j'avance, oui.

Il écouta patiemment mes explications. Sur le plan de l'acuité, sa vue semblait normale, mais comme son cerveau ne fusionnait pas les informations transmises par ses yeux, il estimait les distances et l'emplacement relatif des objets en établissant inconsciemment des comparaisons de taille plutôt qu'en reconstituant une image en trois dimensions, ce qui signifiait que...

— Ta vue est bonne et te permet de faire pratiquement tout ce que tu veux. Tu apprendras probablement à bien viser aussi. De toute façon, les gens tirent souvent en fermant un œil. Mais tu auras des difficultés à atteindre des cibles mouvantes. Tu vois bien ce que tu vises mais, sans vision binoculaire, tu ne sauras peut-être pas précisément où est ta cible pour pouvoir la toucher.

— Si je comprends bien, en cas de grabuge, je ferais mieux de me fier à mes poings et à mes pieds.

— D'après mon humble expérience des conflits écossais, la majorité des combats se résume à une mêlée générale. On n'utilise le revolver ou l'arc que si l'on veut tuer et, dans ce cas, le couteau est généralement l'arme de prédilection. Selon Jamie, c'est nettement plus sûr.

Il émit un petit rire, mais il ne me répondit pas. Il resta assis en silence, réfléchissant à ce que je venais de lui dire pendant que je rangeais le désordre occasionné par une journée de travail dans mon infirmerie. J'entendais des bruits de casserole dans la cuisine, ainsi que le grésillement de la graisse qu'accompagnait l'arôme envoûtant des oignons et du bacon frits flottant dans le couloir.

Ce serait un repas simple. Mme Bug avait été occupée toute la journée par les préparatifs de l'expédition de la milice. Mais même ses plats les moins élaborés étaient un régal.

Des voix étouffées me parvinrent depuis le vestibule, le vagissement soudain de Jemmy, une brève exclamation de Brianna, suivie d'une autre de Lizzie, puis la voix grave de Jamie essayant de calmer le bébé pendant que Brianna et Lizzie s'occupaient du dîner.

Roger les entendit lui aussi. Je le vis tourner la tête vers le couloir.

— Quelle femme ! dit-il avec une moue ironique. Elle chasse notre pitance *et* fait la cuisine. Ce qui est aussi bien puisqu'il semblerait que ce n'est pas moi qui mettrais de la viande sur notre table.

— Peuh ! Je n'ai jamais tiré sur quoi que ce soit de ma vie et je mets de la nourriture sur la table tous les jours. Et puis, si tu penses que pour t'accomplir, tu dois absolument tuer des créatures vivantes, il y a plein de poulets, d'oies et de cochons. Attrape donc cette maudite truie blanche avant qu'elle ne détruise définitivement l'étable, et tu seras notre héros à tous.

Cela le fit sourire, même s'il subsistait une pointe de sarcasme dans sa voix quand il déclara :

— Ne vous en faites pas, mon amour-propre finira par s'en remettre, avec ou sans cochon. Le plus dur sera d'annoncer la nouvelle à nos deux as de la gâchette.

Du pouce, il m'indiqua le mur derrière lequel on entendait Brianna et Jamie discuter.

— Oh, ils se montreront très gentils, poursuivit-il. Un peu comme avec quelqu'un à qui il manque un pied.

Cela me fit rire. Je terminai d'essuyer mon mortier puis le rangeai sur son étagère.

— Brianna s'inquiète pour toi à cause des troubles liés aux Régulateurs, mais Jamie pense que c'est un feu de paille. Il y a très peu de risques que tu aies besoin de tirer sur quelqu'un.

Je réfléchis un instant avant de reprendre :

— En outre, les oiseaux de proie n'ont pas de vision binoculaire non plus. À l'exception des chouettes. Les faucons et les aigles ont des yeux de chaque côté de la tête. Dis à Brianna que tu as des yeux d'aigle !

Il éclata de rire puis se leva, époussetant les pans de sa veste. Puis il m'attendit, me tenant la porte du couloir. Au moment où je sortais de la pièce, il me retint soudain par le bras.

— Cette vision binoculaire, je suppose que je suis né avec ?

— Oui, c'est presque sûr.

— Cela signifie que c'est… héréditaire ? Mon père était pilote dans la RAF. Ça ne peut pas venir de lui. Mais ma mère portait des lunettes. Elles étaient attachées à une chaîne autour de son cou. Je me souviens d'avoir joué avec, enfant. Elle a dû me transmettre ce problème.

Je réfléchis, essayant de me souvenir si j'avais lu quelque chose sur les troubles oculaires génétiques, mais rien ne me vint à l'esprit.

— Je ne sais pas, répondis-je enfin. C'est possible, mais je ne peux vraiment rien affirmer. Tu t'inquiètes au sujet de Jemmy ?

Il eut l'air vaguement déçu, puis se ressaisit aussitôt. Il s'effaça pour me laisser passer, tout en répondant :

— Non, pas inquiet. Je me demandais simplement… si c'est héréditaire et si le petit l'a, alors, je saurais.

Une odeur appétissante de ragoût d'écureuil et de pain frais emplissait le couloir. J'étais affamée, mais je ne bougai pas, fixant Roger avec douceur.

— Ce n'est pas que je le lui souhaite, reprit-il précipitamment. Pas du tout. C'est juste que, s'il l'avait…

Il s'interrompit et détourna le regard en déglutissant.

— S'il vous plaît, n'en parlez pas à Brianna.

Je lui effleurai le bras.

— Je crois qu'elle comprendra très bien ton besoin de savoir… d'être sûr.

Il se dirigea vers la porte de la cuisine derrière laquelle Brianna chantonnait *Clémentine* sous les cris de joie de Jemmy.

Elle comprendrait, peut-être. Mais ça ne veut pas dire qu'elle ait envie de l'entendre.

22

La croix de feu

Les hommes étaient partis. Jamie, Roger, M. Chisholm et ses fils, les frères MacLeod… ils s'étaient tous envolés avant le lever du jour, ne laissant derrière eux que les vestiges d'un petit déjeuner pris à la hâte et une série d'empreintes de bottes boueuses sur le seuil de la maison.

Jamie était si silencieux qu'il me réveillait rarement quand il sortait de notre lit avant l'aube. Généralement, après s'être habillé, il se penchait pour m'embrasser avant de quitter la chambre, en murmurant quelques mots doux. Je sombrais alors de nouveau dans mes rêves en emportant avec moi sa caresse et son odeur.

Ce matin-là, il ne m'avait pas réveillée.

Les plus jeunes des Chisholm et les petits MacLeod, qui avaient organisé une bataille rangée sous ma fenêtre peu après le lever du jour, s'en étaient chargés.

En sursautant, j'avais ouvert les yeux, d'abord désorientée par les cris et les rires, et assaillie par des visions d'urgences hospitalières, mes mains cherchant automatiquement l'éponge et l'oxygène, la seringue et l'alcool. Puis j'inspirai et sentis le feu de bois plutôt que l'éther. Je secouai la tête, clignai des yeux et vis la couverture froissée bleue et jaune, la rangée de vêtements suspendus aux patères, la lumière pâle et pure s'infiltrant par les volets entrouverts. La maison. J'étais chez moi, à Fraser's Ridge.

En bas, une porte s'ouvrit avec fracas et le vacarme cessa aussitôt, remplacé par un bruit de fuite et de gloussements étouffés. Puis j'entendis le grognement satisfait de Mme Bug qui venait de mettre les chenapans en déroute.

— Mmmphmm !

La porte se referma et les bruits d'ustensiles en bois et en métal m'indiquèrent que les activités du jour avaient commencé.

En descendant quelques minutes plus tard, je découvris la brave dame occupée simultanément à griller du pain, à préparer du café, à cuire le porridge et, tout en ôtant les restes laissés par les hommes, à se plaindre. Non pas à cause du désordre, mais parce que Jamie ne l'avait pas avertie assez tôt pour leur préparer un repas digne de ce nom.

Brandissant une fourchette à griller menaçante sous mon nez, elle me réprimanda :

— Comment monsieur votre mari va-t-il faire, hein ? Un grand costaud comme lui, avec rien d'autre dans le ventre qu'un peu de lait et un petit pain rance !

Rien qu'aux déchets éparpillés sur la table, il me semblait plutôt que monsieur mon mari et ses compagnons d'infortune s'étaient envoyés au moins deux douzaines de muffins au maïs, un pain entier généreusement tartiné d'une bonne livre de beurre frais, un pot de miel, le tout accompagné d'un bol de raisins secs et la première traite de lait au complet.

J'humectai un doigt et ramassai une miette sur la table.

— Je ne pense pas qu'il mourra de faim, madame Bug. Le café est prêt ?

Les plus vieux des enfants Chisholm et MacLeod avaient dormi dans la cuisine, enroulés dans des hardes et des couvertures à même le sol. Ils étaient déjà en train de gambader dans la nature, leurs couches de fortune roulées derrière le coffre qui faisait office de banquette. Tandis que les odeurs de nourriture commençaient à se répandre dans la maison, des murmures circulaient derrière les murs. Les mères s'habillaient et s'occupaient des nourrissons et des enfants en bas âge. De petits visages repointèrent leur nez à la fenêtre, jetant des regards affamés dans la cuisine.

— Vous vous êtes lavés les mains, bande de diablotins ? leur demanda Mme Bug.

Elle agita sa cuillère en bois vers les bancs qui longeaient la table.

— Si c'est fait, venez vous asseoir ici. N'oubliez pas d'essuyer vos souliers crottés !

Quelques instants plus tard, il n'y avait plus un banc ni un tabouret de libre. Mmes Chisholm, MacLeod, Aberfeldy et moi-même, bâillant et clignant des yeux au milieu de la marmaille, échangions des « bonjours » endormis, redressant un fichu par ici, une chemise par là, s'humectant un pouce pour aplatir l'épi rebelle d'un garnement ou pour enlever une trace de porridge sur la joue d'une fillette.

Face à une douzaine de bouches grandes ouvertes à nourrir, Mme Bug était dans son élément. À la regarder aller et venir avec autant d'efficacité, je me dis qu'elle avait dû être une mésange dans une autre vie.

Profitant d'un bref moment où elle était immobile – elle remplissait nos tasses de café en tenant une grosse saucisse crue dans l'autre main –, je lui demandai :

— Avez-vous vu Jamie partir ce matin ?

— Non, je n'ai rien vu ni rien entendu. J'ai vaguement senti mon homme sortir avant l'aube, mais j'ai pensé qu'il allait simplement au petit coin. Il n'aime pas faire dans le pot, car le bruit me dérange. Mais il n'est pas revenu. Quand je me suis réveillée, ils étaient tous partis. Hé ! Je t'ai vu !

Surprenant un mouvement du coin de l'œil, elle donna un coup sur la tête du petit MacLeod avec sa saucisse, lui faisant retirer précipitamment sa main du pot de confitures.

— Ils sont peut-être partis chasser, suggéra timidement Mme Aberfeldy.

Elle donnait du porridge à la cuillère à sa fille assise sur un de ses genoux. Agée de dix-neuf ans à peine, on l'entendait rarement ouvrir la bouche, intimidée par les autres femmes plus mûres.

Mme MacLeod hissa un bébé contre son épaule et lui tapota le dos.

— Je préférerais qu'ils soient en train de chasser un terrain et du bois pour construire nos maisons.

Elle écarta une mèche grise et me sourit :

— Ne croyez pas que je n'apprécie pas votre hospitalité, madame Fraser, mais j'aimerais autant ne pas passer l'hiver entre vos pattes. Geordie ! Laisse les tresses de ta sœur tranquilles !

N'étant pas au mieux de ma forme si tôt le matin, je souris en retour et marmonnai quelque chose de poliment inintelligible. Moi aussi, je préférerais ne pas avoir dix personnes supplémentaires sous mon toit pendant tout l'hiver, mais je doutais qu'on puisse l'éviter.

La lettre du gouverneur était claire : tous les hommes valides de l'arrière-pays devaient être mobilisés dans les troupes miliciennes et se rendre à Salisbury avant la mi-décembre. Cela laissait peu de temps pour bâtir des maisons. Toutefois, j'espérais que Jamie avait un plan pour soulager la congestion domiciliaire. Adso le chat avait établi sa résidence semi-permanente dans une des commodes de mon infirmerie et la scène dans la cuisine commençait à revêtir son allure quotidienne de tableau de Jérôme Bosch.

Au moins, avec tous ces corps serrés les uns contre les autres, il régnait, dans la pièce, une chaleur confortable. Entre les mouvements et les bruits, il me fallut un certain temps pour me rendre compte de la présence de quatre mères au lieu des trois habituelles.

— Que fais-tu ici ? demandai-je, surprise.

Les yeux vaseux, Brianna était assise sur le coffre, emmitouflée dans une couverture. Jemmy était accroché à son sein, tétant avidement sans se préoccuper de la cohue autour de lui.

— Les Mueller ont débarqué au beau milieu de la nuit et ont tambouriné à notre porte, répondit-elle entre deux bâillements. Ils sont huit. Ils ne parlent pas très bien l'anglais, mais j'ai cru comprendre que papa leur a demandé de venir.

Je tendis la main vers une tranche de cake aux raisins, battant d'une fraction de seconde un petit Chisholm qui convoitait la même.

— Vraiment ? dis-je à Brianna. Ils sont encore là ?

Elle avança la main vers le morceau de gâteau que je lui présentais :

— Merci, maman. Oui. Papa est venu tirer Roger hors du lit alors qu'il faisait encore nuit, mais il ne semblait pas avoir besoin des Mueller pour le moment. Une fois Roger parti, un grand type âgé s'est levé du sol, m'a dit « *Bitte, Maedle* », et s'est couché dans mon lit. J'ai pensé qu'il valait mieux que je me lève et que je vienne ici.

Je réprimai un sourire.

— Ce doit être Gerhard.

Éminemment pratique, le patriarche ne voyait sans doute aucune raison de rester par terre, alors qu'il pouvait allonger ses vieux os dans un vrai lit.

— Sans doute, marmonna Brianna, la bouche pleine de cake. Je suppose qu'il est inoffensif, mais quand même...

— Il ne représente pas un danger *pour toi*, mais pas pour tout le monde.

Gerhard Mueller était le chef d'une famille nombreuse qui vivait entre Fraser's Ridge et la colonie morave de Salem. Il était septuagénaire et loin d'être inoffensif.

Je mâchai lentement, me souvenant de la description que Jamie m'avait faite des scalps cloués sur la porte de sa grange. Des scalps de femmes, dont les longs cheveux noirs et soyeux volaient au vent. *Comme des créatures vivantes*, avait-il dit, le visage encore troublé par ce souvenir, *comme des oiseaux, punaisés dans le bois*. Je revis également le scalp aux cheveux blancs que Gerhard m'avait apporté, enveloppé dans un linge encore tacheté de sang. Non, ce n'était pas un vieillard inoffensif, pensai-je, ayant soudain du mal à avaler ma bouchée de gâteau.

— Dangereux ou pas, ils ne tarderont pas à avoir faim, déclara Mme Chisholm, toujours pratique.

Elle se baissa et, dans le même mouvement, ramassa une poupée de paille, une couche souillée et un bébé en larmes, tout en parvenant à garder une main libre pour sa tasse de café.

— On ferait bien de nettoyer la table en vitesse, avant que ces Allemands flairent la nourriture et viennent tambouriner à la porte.

— Est-ce qu'il nous reste au moins de quoi les nourrir ? demandai-je, inquiète.

J'essayai de me souvenir du nombre de jambons encore accrochés dans le fumoir. Au bout de deux semaines d'hospitalité, nos réserves diminuaient à un rythme alarmant.

— Mais bien sûr ! s'exclama Mme Bug.

Elle coupait une saucisse en rondelles qu'elle jeta dans sa poêle grésillante.

— Laissez-moi juste finir cette fournée, puis vous pourrez aller chercher les autres pour leur petit déjeuner.

Elle tapota la tête d'une fillette avec sa spatule.

— Toi, *a muirninn*... cours donc au silo de tubercules et remplis ton tablier de pommes de terre. Les Allemands, ils aiment les patates.

Le temps que je finisse mon porridge et que je ramasse les bols pour les laver, Mme Bug, le balai à la main, balayait enfants et miettes hors de la pièce avec une efficacité impitoyable, tout en déversant un torrent d'ordres à Lizzie et à Mme Aberfeldy – Ruth – qui semblaient avoir été mobilisées d'office comme assistantes cuisinières.

— Je peux faire quelque... commençai-je sans grand enthousiasme.

Mme Bug fit non de la tête et me chassa gentiment.

— Pas question, madame Fraser, vous avez suffisamment de choses à faire ailleurs. Hé ! Vous, là ! Vous ne songez tout de même pas entrer dans ma cuisine toute propre avec vos bottes pleines de boue ! Dehors ! Vous n'entrerez pas avant de les avoir essuyées convenablement.

Gerhard Mueller, suivi de ses fils et de ses neveux, se tenait sur le seuil de la pièce, perplexe. Ne se laissant pas intimider par le fait qu'il la dominait de plusieurs têtes et qu'il ne parlait pas anglais, Mme Bug mit un poing sur sa taille et donna de petits coups secs sur ses bottes avec son manche à balai.

J'adressai un bref salut de bienvenue aux Mueller et profitai de l'occasion pour m'éclipser.

*

* *

Afin d'éviter la cohue à l'intérieur de la maison, je fis ma toilette devant le puits de la cour, puis entreprit de faire le tour des remises pour dresser l'inventaire de nos provisions. La situation n'était pas aussi dramatique que je l'avais craint. Avec une gestion prudente, nous avions de quoi tenir l'hiver, à condition de restreindre un peu l'opulence de la cuisine de Mme Bug.

Outre six jambons, le fumoir contenait encore quatre demi-porcs et une carcasse entière, un rayon plein de volaille séchée, une autre étagère à moitié remplie de gibier relativement frais. Des poutres noires de suie du plafond bas pendaient des grappes denses de poissons séchés et fumés, rappelant des pétales de grosses fleurs laides. Il y avait également dix fûts de poissons salés, quatre de porcs salés, un grand pot de lard, un autre plus petit rempli de panne et un troisième de fromage de tête… même si j'avais quelques doutes quant à ce dernier.

Je l'avais préparé en suivant les instructions – traduites par Jamie – d'une des femmes Mueller. Mais, n'ayant jamais vu du fromage de tête de ma vie, je n'étais pas certaine que *ça* y ressemble. Je soulevai le couvercle et humai avec précaution. L'odeur était plutôt engageante, légèrement épicée à l'ail et au poivre. Aucun effluve de putréfaction. Nous ne mourrions peut-être pas d'intoxication par des ptomaïnes, mais j'étais tentée, malgré tout, de le faire goûter à Gerhard Mueller en premier.

Lorsque le vieil Allemand et ses fils étaient montés jusqu'à Fraser's Ridge quelques mois plus tôt, Marsali s'était indignée :

— Comment pouvez-vous recevoir cette ordure chez vous ?

Depuis que Fergus lui avait rapporté l'histoire des squaws, elle considérait les Allemands avec un mélange d'horreur et de répulsion.

— Que veux-tu que je fasse ? avait rétorqué Jamie. Que je tue tous les Mueller ? Je dis bien « tous », parce que si je trucide Gerhard, les autres me tomberont dessus. Et après, veux-tu que je cloue leur cuir chevelu sur la porte de mon étable ? Ça risque de faire tourner le lait des vaches. En tout cas, ça me dissuadera d'aller les traire.

Le visage de Marsali se renfrogna, mais elle n'était pas du genre à se laisser débouter par une plaisanterie.

— Je n'en demande pas tant. Mais de là à les laisser s'installer chez vous et à les traiter comme des amis !

Ses yeux passèrent de Jamie à moi avant qu'elle n'ajoute :

— Ces femmes qu'il a tuées étaient bien vos amies, non ?

J'échangeai un regard avec Jamie qui haussa les épaules. Il réfléchit un moment tout en touillant lentement sa soupe. Puis il reposa sa cuillère et se tourna vers elle.

— Ce que Gerhard a fait est terrible, mais, pour lui, c'était une question de vengeance. Compte tenu de sa mentalité et de sa culture, il ne pouvait réagir autrement. Est-ce que j'arrangerais les choses en me vengeant sur lui à mon tour ?

— Non ! répondit Fergus sur un ton résolu.

Il posa une main sur celle de sa femme, l'interrompant alors qu'elle s'apprêtait à répondre. Puis il ajouta en lui adressant un grand sourire :

— Naturellement, nous autres Français, nous ne croyons pas en la vengeance.

— Mouais... tous les Français ne sont peut-être pas de cet avis, murmurai-je en songeant au comte de Saint-Germain.

Marsali n'allait pas s'avouer vaincue aussi facilement.

— Hmph... Ce que vous voulez dire, en fait, c'est qu'elles n'étaient pas des vôtres.

Voyant Jamie, perplexe, hausser les sourcils, elle s'expliqua :

— Les Indiennes qu'il a tuées n'étaient pas vos femmes. Mais s'il s'était agi de votre famille, si cela avait été Lizzie, Brianna et moi ?

— C'est précisément ce que je disais, répondit Jamie sur le même ton. Il s'agissait de la famille de Gerhard.

Il se leva de table, sa soupe à moitié bue.

— Tu as fini, Fergus ?

Ce dernier le regarda, surpris, puis porta son bol à ses lèvres et le but d'un trait. Il se leva et tapota l'épaule de Marsali, avant de libérer, sous son fichu, une mèche de ses cheveux.

— Ne t'inquiète pas, *chérie* *, bien que je ne crois pas en la vengeance, si quelqu'un touche à un seul de tes cheveux, je te promets de faire un porte-monnaie avec son scrotum. Et ton papa se servira sûrement des entrailles du malotru pour tenir ses bas.

Marsali fit un *pfft !* à la fois amusé et irrité et lui donna une tape sur la main, mais il ne fut plus question de Gerhard Mueller.

Je soulevai le pot de fromage de tête et le déposai près de la porte pour être sûre de ne pas l'oublier en sortant du fumoir. Je me demandai si le jeune Frederick Mueller était venu avec son père, ce qui était probable. Il n'avait pas vingt ans et n'aurait pas voulu rater une escapade promettant d'être excitante. La mort de sa jeune épouse Petronella et de son bébé avait été à l'origine de la vengeance de Gerhard. Ils avaient été emportés par la rougeole, mais, pour le vieux, l'infection était une malédiction lancée contre sa famille par les Tuscaroras.

Frederick avait-il déjà trouvé une nouvelle épouse ? Probablement. Sinon… il y avait deux adolescentes dans la famille des nouveaux métayers. Peut-être que le plan de Jamie incluait de leur trouver un mari. Et puis, il y avait notre Lizzie…

Le séchoir à maïs était aux trois quarts plein, quoiqu'il y ait une quantité inquiétante de crottes de souris sur le sol tout autour. Adso grandissait rapidement, mais peut-être pas assez vite. Pour l'instant, il n'était pas plus gros qu'un rat de taille moyenne. La réserve de farine, elle, n'était pas très fournie. Plus que huit sacs. Il y en avait peut-être d'autres au moulin. Il faudrait que je me renseigne auprès de Jamie.

Des sacs de riz et de haricots secs, des boisseaux de noix piquées, de noix longues et de noix noires. Des piles de courges séchées, de sacs en toile de jute remplis de flocons d'avoine et de semoule de maïs, de bonbonnes de cidre et de vinaigre de pomme. Un grand pot de beurre salé, un autre de beurre frais, un panier de crottins de chèvre que j'avais échangé contre un boisseau de mûres et de groseilles sauvages. Le reste des baies, soigneusement séché, tout comme les raisins sauvages, ou transformé en confiture ou en gelée, était caché dans l'office, à l'abri – je l'espérais – des déprédations juvéniles.

Le miel… Je m'arrêtai, pinçant les lèvres. J'avais stocké environ un litre de miel purifié et quatre jarres en grès pleines de gâteaux de miel, sortis des ruches et attendant d'être fondus pour en faire des chandelles. Pour protéger cette réserve des ours, on avait placé le tout dans la grotte qui servait d'étable, fermée par un mur. Mais ce nectar n'était pas protégé des enfants chargés de nourrir les vaches et les cochons. Je n'avais pas encore observé de traces poisseuses suspectes sur leurs petites mains et leurs visages, mais il serait peut-être plus prudent de prendre quelques mesures préventives.

Entre la viande, les céréales et les produits laitiers, tout portait à croire que personne ne mourrait de faim à Fraser's Ridge cet hiver. Ma préoccupation était maintenant de prévenir la menace, moins grave mais néanmoins importante, de carences en vitamines. Je lançai un regard vers le bois de noyers, leurs branches désormais complètement nues. Il nous faudrait attendre quatre bons mois avant de revoir un légume vert, même s'il restait encore beaucoup de navets et de choux dans le potager.

Le silo à tubercules était bien fourni et dégageait un parfum entêtant où se mêlaient l'odeur terreuse des pommes de terre, l'arrière-goût acide des oignons et des aulx et l'arôme propret et neutre des navets. Deux grands fûts de pommes se dressaient au fond de la pièce. Pour les trouver, il suffisait de suivre les empreintes de petits pieds dans la terre battue.

Je levai le nez vers le plafond. J'avais suspendu aux poutres d'énormes grappes de raisins, du Scuppernong, pour les faire sécher lentement. Elles y étaient encore, mais les parties les plus accessibles se réduisaient à des bouquets de tiges nues. Inutile de m'inquiéter d'un risque de scorbut.

Je revins lentement vers la maison, essayant de calculer la quantité de provisions à mettre de côté pour Jamie et les hommes de sa milice, et ce qu'il resterait pour les femmes et les enfants. Mais c'était impossible. Cela dépendrait, d'une part, du nombre d'hommes qu'il parviendrait à mobiliser, et, de l'autre, de ce qu'ils apporteraient avec eux. Cependant, en tant que colonel, Jamie avait la responsabilité de nourrir son régiment, en attendant un hypothétique remboursement, plus tard, par affectation de l'Assemblée.

Une fois de plus, je regrettais amèrement de ne pas en savoir plus. Combien de temps encore le système de l'Assemblée tiendrait-il ?

Brianna se trouvait près du puits, marchant tout autour d'un air méditatif. Quand elle me vit, elle demanda sans préambule :

— Les tuyaux. De nos jours, les gens en fabriquent-ils des métalliques ? Je sais que les Romains en utilisaient, mais...

— J'ai vu des gouttières en métal à Paris et à Édimbourg. Donc, ça existe. Mais je n'en ai pas vu ici dans les colonies. S'il y en a, ils doivent coûter terriblement cher.

En dehors des articles les plus simples, comme les fers à cheval, toutes les pièces de ferblanterie devaient être importées de Grande-Bretagne, ainsi que tous les autres produits en cuivre, en laiton ou en plomb.

— Hmmm... fit-elle. Au moins, ils sauront ce que c'est.

Elle plissa les yeux, calculant l'inclinaison de la pente entre la maison et le puits, puis secoua la tête en soupirant.

— Je crois pouvoir fabriquer une pompe. Mais acheminer l'eau jusqu'à la maison sera une autre paire de manches.

Elle bâilla soudain et se frotta les yeux.

— Bon sang que je suis fatiguée ! J'arrive à peine à réfléchir. Jemmy a pleuré toute la nuit et, juste au moment où il s'endormait enfin, les Mueller ont débarqué. Je n'ai pas fermé l'œil.

— Oui, je me souviens bien de ce que c'était, dis-je en souriant avec compassion.

— J'étais un bébé très difficile ?

— Très. D'ailleurs, qu'as-tu fait du tien ?

— Il est avec...

Brianna s'interrompit soudain et m'agrippa le bras.

— Qu'est-ce que... Qu'est-ce que c'est que ça ?

Je me tournai et sentis mon sang se glacer. Il me fallut quelques secondes pour me remettre du choc et répondre :

— Je crois que c'est assez évident. La question serait plutôt *pourquoi*.

Il y avait là une croix, plutôt grande, réalisée avec deux grosses branches de sapin séchées, élaguées et assemblées avec des cordes. Elle était fermement plantée à l'entrée de la cour, près de l'épicéa épineux qui gardait la maison.

Elle faisait plus de deux mètres de haut, avec des bras fins mais solides. N'étant pas volumineuse, elle ne gênait pas le passage, formant une présence silencieuse qui dominait la cour à la manière d'un tabernacle dans une église. Parallèlement, elle n'avait aucun effet révérencieux ou protecteur. En fait, elle était carrément sinistre.

Brianna, que cette vision mettait aussi mal à l'aise que moi, tenta de prendre la situation en plaisantant.

— Que se passe-t-il ? Nous allons tenir une réunion du renouveau de la foi ?

— Pas que je sache.

Je contournai lentement la chose, l'inspectant de haut en bas. C'était l'œuvre de Jamie. Cela se voyait à la qualité du travail. Minutieusement taillées et aux extrémités effilées, les branches avaient été sélectionnées pour leur ligne droite et leur symétrie. La traverse avait été entaillée avec soin pour s'emboîter dans la partie dressée, une corde les liant avec la précision d'un nœud marin.

Brianna reconnut, elle aussi, la touche artisanale de son père.

— Papa a peut-être décidé de créer sa propre religion.

Mme Bug apparut soudain au coin de la maison, un bol de graines sous le bras. Elle revenait de nourrir les poules. Elle s'arrêta net en nous voyant, ouvrant immédiatement la bouche. Je me préparais instinctivement à son flot de paroles.

— Oh, vous voilà, madame ! Je disais justement à Lizzie que c'était une honte, une vraie plaie que ces petits diables. Ils passent leur temps à mettre la maison sens dessus dessous, des combles à la cave, éparpillant leurs affaires dans toute la maison, ne respectant même pas votre office privé, et Lizzie me répondait que…

— Mon infirmerie ? Qui ? Quoi ? Qu'est-ce qu'ils ont fait ?

Oubliant la croix, je me précipitai déjà dans la maison, Mme Bug sur mes talons, continuant toujours de parler.

— J'en ai attrapé deux qui jouaient aux quilles avec vos jolies bouteilles bleues et une pomme. Oh, je leur ai frictionné les oreilles, vous pouvez me croire ! Je suis sûre qu'elles résonnent encore. Ces horribles démons jouent à laisser pourrir de la bonne nourriture et…

— Mon pain ! m'écriai-je.

J'ouvris grand la porte de mon infirmerie et trouvai la pièce immaculée et rangée, y compris le plan de travail sur lequel j'avais étalé le fruit de mes dernières tentatives pour cultiver du *penicillium*. La table était complètement nue, sa surface en chêne récurée.

— Il faut dire que ça en avait besoin ! dit fièrement Mme Bug derrière moi. C'était une véritable infection ! Couvert de moisi, tout bleu et…

Je pris une profonde inspiration, serrant les poings contre mes cuisses pour éviter de l'étrangler, et refermai la porte de l'infirmerie pour ne plus voir mon comptoir vide. Tentant de conserver une voix la plus calme possible, je me tournai vers le petit bout de bonne femme :

— Mme Bug, vous savez à quel point j'apprécie votre aide, mais je vous avais demandé de ne pas…

Au même instant, la porte d'entrée s'ouvrit avec fracas.

— Espèce de vieille sorcière ! Qui vous a donné le droit de lever la main sur mes enfants !

Je fis volte-face et me trouvai nez à nez avec une Mme Chisholm ivre de rage et armée d'un balai, deux marmots au visage rouge accrochés à ses jupes, leurs joues baignées de larmes. Elle sembla à peine me voir, sa fureur entièrement concentrée sur Mme Bug qui se tenait derrière moi dans le couloir, en boule comme un hérisson.

— Vous et vos petits anges ! s'écria-t-elle, indignée. Si vous les aimiez tant que ça, vous les éduqueriez et vous leur apprendriez la différence entre le bien et le mal, au lieu de les laisser courir comme des singes de Barbarie dans la maison, la mettant à feu et à sang et chapardant tout ce qui n'a pas été cloué au plancher !

— Voyons, madame Bug. Je suis sûre qu'elle n'a pas voulu...

Mes tentatives de pacification furent noyées sous un déluge de hurlements émanant des trois Chisholm, la mère étant de loin la plus bruyante :

— Quoi, vous osez traiter mes enfants de voleurs ? Vous, une vieille bique sénile !

Elle agita son balai d'un air menaçant, sautillant de droite à gauche pour tenter d'atteindre Mme Bug. Je sautillais en même temps qu'elle, essayant de dresser un rempart entre les deux adversaires.

— Madame Chisholm ! dis-je en levant une main apaisante. Margaret... Voyons. Je suis sûre que...

— Vous m'avez traitée de quoi ? vociféra Mme Bug.

Elle sembla gonfler à vue d'œil comme de la pâte à pain.

— Je suis une honnête chrétienne, moi, madame ! Une travailleuse ! Et vous, vous êtes qui pour parler ainsi à vos aînés et à vos supérieurs, vous avec votre tribu de vauriens, vous qui traînez vos haillons de ville en ville, avec même pas de quoi nourrir votre marmaille pouilleuse ?

— Madame Bug ! m'exclamai-je. Vraiment, je ne sais pas si...

Mme Chisholm ne daigna même pas répondre à l'insulte, mais elle en profita pour plonger en avant, son balai prêt à s'abattre. Je projetai les bras devant elle pour l'empêcher de me contourner. Ne parvenant pas à clouer Mme Bug contre le mur, elle tenta de l'assommer par-dessus mon épaule, frappant à l'aveuglette derrière moi.

Mme Bug, se sentant manifestement en sécurité derrière la barrière de mon corps, bondissait sur place comme une balle de ping-pong, sa tête ronde rouge de triomphe et de fureur.

— Parfaitement, des gueux, voilà ce que vous êtes ! s'époumonait-elle. Des rétameurs ! Des romanichels !

— Madame Chisholm ! Madame Bug !

Personne ne prêtait attention à moi.

— *Kittock ! Mislearnit pilsh !* hurla Mme Chisholm.

Elle continuait de darder son balai de-ci de-là derrière moi, sous les beuglements effrénés des enfants, jusqu'à ce qu'elle ne commette l'erreur fatale de m'écraser un orteil – il faut dire qu'elle était plutôt plantureuse.

Cette fois, c'en était trop. Je me tournai vers elle avec un regard assassin. Elle recula d'un pas, laissant tomber son balai.

— Ha ! C'est bien fait, troll espiègle !

Derrière moi, les cris aigus de Mme Bug se turent brusquement. Je fis volte-face pour découvrir que Brianna, qui avait dû rentrer par la porte de la cuisine en entendant le raffut, avait soulevé Mme Bug du sol en lui passant un bras autour de la taille et lui avait plaqué son autre main sur la bouche. La brave dame agitait désespérément ses pieds dans le vide, roulant des yeux exorbités. Brianna leva les yeux au ciel, puis tourna les talons et partit dans la cuisine en emportant sa captive.

J'effectuai alors un demi-tour pour en finir avec Mme Chisholm et j'eus à peine le temps d'apercevoir un pli de sa jupe grise qui disparaissait hâtivement au coin du perron, le braillement des enfants diminuant comme une sirène de bateau au loin. Le balai gisait à mes pieds. Je le ramassai, entrai dans mon infirmerie et refermai la porte derrière moi.

Je fermai les yeux et posai mes poings crispés sur mon plan de travail vide. Je ressentais une envie irrationnelle et pressante de taper sur quelque chose. Je frappai sur le comptoir, une fois, puis encore et encore, le martelant de la tranche charnue de ma main, mais il était si solide et épais que mes coups ne faisaient même pas de bruit. Je m'arrêtai, hors d'haleine.

Que me prenait-il ? Bien qu'agaçante, l'interférence de Mme Bug n'était pas si grave. Quant à la pugnacité maternelle de Mme Chisholm… ses petits monstres et elle iraient s'installer tôt ou tard sous leur propre toit, même si le plus tôt serait le mieux.

Les battements de mon cœur commencèrent à ralentir, même si je sentais encore des vaguelettes d'irritation enflammer ma peau comme des piqûres d'ortie. Pour achever de me calmer, j'ouvris mon grand placard pour m'assurer que ni Mme Bug, ni les enfants n'avaient endommagé quoi que ce soit de vraiment important.

Non, tout était en place. Toutes mes bouteilles et mes fioles avaient été briquées comme des joyaux, jetant mille feux bleu et vert dans les rayons du soleil, puis remises exactement à leur place, leurs étiquettes rédigées à la main soigneusement orientées vers moi. Mes bouquets d'herbes séchées avaient été consciencieusement époussetés, puis raccrochés à leurs clous respectifs.

La vue des médicaments bien ordonnés était apaisante. J'effleurai un pot d'onguent contre les poux, avec l'orgueil d'un vieil harpagon devant cette accumulation de sachets, de flasques et de flacons.

Lampe à alcool, alcool à brûler, microscope, scie pour amputer les jambes, pot de fils pour sutures, boîte de bandes plâtrées… tout était aligné au cordeau avec une précision martiale, disposé en rangs comme des recrues mal assorties sous l'œil d'un brigadier-chef. Mme Bug avait peut-être la faiblesse de sa grandeur, mais je ne pouvais qu'admirer ses qualités de gouvernante.

La seule chose qui n'avait pas été touchée dans mon infirmerie était ma bourse en cuir offerte par Nayawenne. L'amulette de la chamane Tuscarora gisait dans un coin. Je constatai avec intérêt que Mme Bug n'avait pas voulu y toucher. Je ne lui avais pas dit à quoi servait cet objet, mais il avait nettement l'air indien, avec ses plumes de corbeau et de pivert nouées dans le lacet. Dans les colonies depuis presque un an, et dans l'arrière-pays sauvage depuis moins d'un mois, Mme Bug considérait tout ce qui avait trait aux Indiens avec la plus grande suspicion.

Remplie de reproches, une odeur de lessive flottait dans l'air, comme un fantôme de femme de ménage. Je ne pouvais pas lui en vouloir : si, pour moi, le pain moisi, le melon pourri et les tranches de pommes à moitié décomposées étaient des objets de recherche, pour Mme Bug, ils constituaient une offense calculée au dieu de la propreté.

Je poussai un soupir et refermai l'armoire, après avoir ajouté un parfum de lavande séchée et la puanteur de l'essence de menthe pouliot aux vestiges de lessive et de pommes pourries. Ce n'était pas la première fois que je perdais mes préparations expérimentales, et ce dernier test n'était ni complexe ni très avancé. En étalant de nouveaux morceaux de pain et d'autres spécimens, il ne me faudrait pas plus d'une demi-heure pour tout remplacer. Toutefois, je devrais remettre ça à plus tard, faute de temps. Jamie ayant apparemment commencé à recruter ses miliciens, il ne restait sans doute plus que quelques jours avant qu'ils partent tous pour Salisbury se mettre à la disposition du gouverneur Tryon. Que *nous* partions, car j'avais la ferme intention de les accompagner.

Soudain, je me rendis compte que je n'avais jamais eu le temps de mener à bien mon expérience. Jamie m'avait dit que nous devrions repartir bientôt. Même en accélérant le développement des moisissures, je n'aurais pas pu les prélever, les sécher, les purifier... j'en avais été consciente depuis le début. Pourtant, j'avais quand même commencé, en suivant mon plan initial et en effectuant ma routine, comme si rien ne pourrait jamais menacer le train-train de mon existence. Comme si faire semblant suffirait à assurer notre tranquillité.

— Tu es une vraie sotte, Beauchamp, murmurai-je.

Je jetai un dernier coup d'œil à mon infirmerie, puis refermant la porte fermement, je partis négocier un cessez-le-feu entre Mmes Bug et Chisholm.

*

* *

En surface, la paix était rétablie dans la maisonnée, mais il subsistait un certain malaise. Tendues et silencieuses, les femmes vaquaient à leurs occupations. On vit également Lizzie, l'incarnation même de la patience, avoir un mouvement d'humeur lorsqu'un des enfants renversa une casserole de babeurre sur les marches.

À l'extérieur, l'air semblait électrique, comme si un orage approchait. Tout en allant et venant entre les remises et la maison, j'observai le ciel au-dessus du mont Roan, m'attendant chaque fois à le voir chargé de nuages d'un gris noir menaçant, mais il continuait d'être de son bleu ardoise automnal habituel, à peine traversé par quelques traînées blanches.

J'étais distraite, incapable de me concentrer sur quoi que ce soit. Je passai d'une tâche à une autre, laissant une natte d'oignons inachevée dans l'office, un bol de haricots à moitié écossés sur le perron, une paire de culottes déchirées sur le coffre de la cuisine, une aiguille pendant encore au bout du fil. Encore et encore, je me surprenais à arpenter la cour, ne venant de nulle part en particulier, en route pour accomplir un vague travail.

Chaque fois, je lançai un regard vers la croix, comme si je m'attendais à ce qu'elle ait disparu depuis mon dernier passage, ou qu'elle se soit enrichie d'une notice explicative, punaisée dans le bois. À défaut d'un *Iesus Nazoreum Rex Iudeus*, alors *quelque chose*. Mais rien. La croix demeurait. Deux morceaux de sapin attachés avec une corde. Rien de plus. Sauf que, naturellement, une croix était toujours quelque chose de plus. J'ignorais simplement ce que, cette fois, signifiait ce « plus ».

Tout le monde semblait partager ma distraction. Mme Bug, encore toute retournée par son conflit avec Mme Chisholm, refusa de préparer le déjeuner et s'enferma dans sa chambre en prétextant un mal de tête qu'elle ne voulut pas me laisser soigner. Lizzie, d'ordinaire bonne cuisinière, laissa le ragoût brûler, et des tourbillons de fumée noircirent les poutres autour de l'âtre.

Au moins, les Mueller n'étaient pas dans nos pattes. Ils avaient apporté avec eux un grand tonneau de bière et, après le petit déjeuner, s'étaient retranchés chez Brianna, où, à les entendre, ils semblaient avoir du bon temps.

Jemmy perçait une nouvelle dent et n'en finissait pas de hurler. Ces vagissements stridents mettaient à mal les nerfs de tous, y compris les miens. J'aurais bien suggéré à Brianna de l'emmener hors de portée de nos oreilles, mais, en voyant les cernes sous ses yeux et ses traits tirés, je n'en eus pas le cœur. Mme Chisholm, épuisée par les chamailleries incessantes de ses propres enfants, n'eut pas tant de délicatesse.

— Pour l'amour du ciel, ma fille ! Tu ne pourrais pas au moins l'emmener dans ta cabane, pour qu'il nous accorde quelques minutes de répit !

Les yeux de Brianna se plissèrent dangereusement.

— Je ne demanderais pas mieux, mais j'aurais trop peur de déranger vos deux fils aînés qui sont en train de se saouler chez moi avec les Allemands !

Le visage de Mme Chisholm vira au rouge violacé. Avant qu'elle n'ait eu le temps de répliquer, j'attrapai Jemmy au vol et déclarai précipitamment :

— Je l'emmène faire une petite promenade, d'accord ? Nous avons tous les deux besoin d'un peu d'air frais. Bree chérie, pourquoi tu ne vas pas t'allonger un moment sur mon lit ? Tu as l'air un peu fatigué.

Elle réprima un petit sourire.

— Oui, et le pape est un peu catholique. Merci, maman.

Elle déposa un baiser sur la joue chaude et humide de son fils et disparut dans l'escalier.

Mme Chisholm lui fit une grimace dans le dos, puis, croisant mon regard, toussota et rappela à l'ordre ses jumeaux âgés de trois ans, occupés à démolir mon panier à couture.

Après l'atmosphère enfumée de la cuisine, l'air frais était réconfortant et Jemmy se calma un peu. Il frotta son nez contre mon cou, puis mâcha voracement le bord de mon châle en grognant et en bavant.

Je fis les cent pas en lui tapotant doucement le dos et en fredonnant *Lily Marlène*. Malgré l'humeur grincheuse de Jemmy, cela me fit du bien. Après tout, il était seul et ne parlait pas encore. Je rabattis son bonnet de laine sur le duvet qui recouvrait son crâne.

— Et puis tu es un mâle, toi. En dépit des défauts de ton sexe, tu ne te livres pas au crêpage de chignon.

Même si, prise une à une, j'appréciais ces femmes, Bree, Marsali, Lizzie et même Mme Bug, je devais reconnaître que, en groupe, je préférais nettement la compagnie des hommes. C'était peut être dû à mon éducation peu orthodoxe, ayant été élevée en grande partie par mon oncle Lamb et son majordome iranien Firouz, à mon expérience d'infirmière pendant la guerre, ou simplement à ma personnalité, mais je trouvais les hommes d'une logique apaisante et, à quelques exceptions près, d'une franchise réconfortante.

Je me retournai vers la maison. Elle se dressait sereine entre les épicéas et les châtaigniers, élégante et robuste. Un visage apparut derrière l'une des fenêtres. Il s'aplatit contre la vitre en tirant la langue et en louchant. Des éclats de voix féminines haut perchées me parvinrent depuis la bâtisse.

— Humm..., fis-je.

Même si je n'étais pas ravie de quitter de nouveau la maison après si peu de temps, ni que Jamie soit une autre fois mêlé à un conflit armé quel qu'il soit, la perspective de vivre en compagnie de vingt à trente hommes mal rasés et empestant la sueur et la crasse présentait soudain un attrait indéniable. Et si cela signifiait de dormir à même le sol...

— Il n'y a pas de bonheur parfait..., dis-je à Jemmy dans un soupir. Mais même toi, tu le sais déjà, n'est-ce pas ?

— Gaaaah ! me répondit-il.

Il se recroquevilla en boule pour lutter contre la douleur de sa nouvelle dent, ses genoux s'enfonçant dans mon ventre. Je le calai plus confortablement contre ma hanche et lui donnai mon index à mâchouiller. Ses gencives étaient dures et noueuses. Je sentais le point sensible, enflé et chaud, où l'émail essayait de transpercer la muqueuse. Un cri strident résonna dans la maison, suivi d'interjections et de bruits de course.

— Tu sais, dis-je à Jemmy, je crois que ce qu'il te faut, c'est un peu de whisky. Qu'en penses-tu ?

Ôtant mon doigt de sa bouche, je le plaquai contre mon épaule. Je contournai la croix et me glissai sous les branches protectrices du grand épicéa juste à temps. La porte de la maison s'ouvrit brusquement et Mme Bug en jaillit, sa voix pénétrante résonnant comme une trompette.

*

* *

Le chemin était long jusqu'à la clairière où se trouvait la distillerie, mais peu m'importait. Un silence divin régnait sur la forêt et Jemmy, bercé par le mouvement, s'était assoupi, mou et lourd comme un sac de sable dans mes bras.

Tous les arbres à feuilles caduques étaient déjà nus et je m'enfonçais jusqu'aux chevilles dans le tapis brun et or qui recouvrait le sentier. Les graines d'érable, portées par le vent, virevoltaient autour de moi, effleurant mes jupes dans un bruissement d'ailes. Un corbeau vola haut au-dessus de nos têtes et poussa un croassement rauque et pressant qui fit tressaillir le bébé dans mes bras.

— Chuuut..., dis-je en le serrant plus fort contre moi. Ce n'est rien, mon ange, juste un oiseau.

Néanmoins, je cherchais le corbeau et j'en guettai un second. Selon une superstition écossaise, les corbeaux étaient des messagers. En apercevoir un annonçait un changement, deux portait chance, trois était un signe de malheur imminent. J'essayai de chasser ces idées de mon esprit, mais depuis que Nayawenne m'avait appris que le corbeau était mon guide, mon animal totémique, jamais je ne regardais ces ombres noires planer dans le ciel sans un frisson.

Jemmy s'agita, émit un petit cri, puis sombra une fois de plus dans le silence. Je repris ma grimpée, marchant avec lenteur tout en me demandant qui éclairerait cet enfant.

Toutefois, selon Nayawenne, c'était l'esprit animal qui choisissait la personne et non l'inverse. Il suffisait de surveiller attentivement les signes et les présages et d'attendre que le totem se manifeste à elle. Celui de Ian était le loup, celui de Jamie, l'ours... du moins d'après les dires des Tuscaroras. À l'époque, je m'étais demandé comment un individu était censé réagir quand une créature ignominieuse comme la musaraigne ou le bousier le choisissait, mais je n'avais pas osé poser la question.

Un seul corbeau. Je l'entendais encore, même si je ne pouvais plus le voir. Aucun autre oiseau ne lui répondait parmi les sapins. C'était signe de changement.

— Ce n'était vraiment pas la peine de te déplacer pour ça, lui dis-je entre mes dents pour ne pas réveiller le bébé. Je n'avais pas besoin d'un présage pour le deviner.

Je grimpais doucement, écoutant la plainte du vent et le bruit plus profond de ma propre respiration. En cette saison, l'air lui-même était rempli de changements. La brise était chargée des odeurs de la maturation et de la mort, augurant déjà le souffle glacé de l'hiver. Toutefois, les rythmes cycliques de la planète apportaient des mutations connues, préétablies. Le corps et l'esprit y étaient préparés et les affrontaient, le plus souvent, avec une certaine sérénité. Les bouleversements qui s'annonçaient étaient d'un tout autre ordre et promettaient de troubler plus d'une âme.

Je me retournai vers la maison. De cette hauteur, je ne distinguais qu'un coin du toit et la fumée de la cheminée.

Je chuchotai à Jemmy dont la tête était nichée sous mon menton :

— Qu'est-ce que tu en dis ? Est-ce qu'elle sera à toi un jour ? Est-ce que tu vivras ici, avec tes enfants ?

Le cas échéant, ce serait une existence très différente de celle qu'il aurait pu mener si Brianna avait retraversé les pierres avec lui. Mais elle ne l'avait pas fait et, désormais, le destin du garçon se jouait ici. Y avait-elle pensé ? S'était-elle rendu compte qu'elle avait choisi non seulement pour elle, mais aussi pour son enfant ? Elle avait opté pour la guerre et l'ignorance, la maladie et le danger, tout ça pour son père, pour Roger. Je n'étais pas persuadée du bien-fondé de sa décision, mais elle ne m'appartenait pas.

Toutefois, personne ne pouvait imaginer à l'avance ce que signifiait avoir un enfant, aucun pouvoir de l'esprit n'égalait celui de la naissance, une puissance capable de transformer les vies et de broyer les cœurs.

— Ce qui est aussi bien, dis-je à Jemmy. Autrement, personne n'en aurait.

Mon agitation initiale avait désormais disparu, apaisée par le vent et le calme de la forêt. La distillerie de whisky était à peine à l'écart du sentier, hors de vue mais facile d'accès. Jamie m'avait expliqué son choix :

— À quoi bon la cacher, puisque n'importe qui, avec un peu de nez, pourrait s'y rendre les yeux bandés.

Il avait passé des jours à quadriller les versants au-dessus de Fraser's Ridge avant de trouver un site à sa convenance.

Ou plutôt, les sites. L'aire de maltage était construite dans une clairière au pied d'une dépression. L'alambic, lui, se trouvait plus haut dans la montagne, dans une autre clairière, près d'une source qui l'approvisionnait en eau pure.

Bien que, pour le moment, il n'y ait pas de grains en train de fermenter dans le germoir ou d'être torréfiés, une odeur fumée et vaguement fétide flottait dans l'air. Lorsque le grain « travaillait », les émanations âcres et moisies de la fermentation se sentaient de loin. Puis, dès que les germes d'orge étaient étalés sur l'aire de maltage au-dessus d'un feu doux, la fine fumée qui envahissait l'atmosphère dégageait un arôme assez puissant pour être perceptible, si le vent soufflait dans la bonne direction, jusqu'à la cabane de Fergus.

Lorsqu'une nouvelle récolte travaillait, Marsali et Fregus la surveillaient. Pour le moment, l'aire était déserte. La plate-forme couverte d'un toit était vide, ses planches lisses teintées de gris par l'usure et les intempéries. Des bûches étaient entassées dans un coin, prêtes à l'emploi. Je m'en approchai pour constater de quelle essence il s'agissait. Fergus avait une préférence pour le noyer blanc, parce qu'il se fendait plus facilement et qu'il donnait un arôme plus doux aux céréales maltées. Nettement plus conservateur dans sa conception de la fabrication du whisky, Jamie n'utilisait que du chêne. Je caressai une bûche fendue : un grain large, un bois léger, une écorce fine. Je souris. Jamie était passé par là récemment.

D'ordinaire, on gardait un petit fût de whisky sur l'aire de maltage, pour des raisons d'hospitalité et de prudence.

— Si des maraudeurs trouvent Marsali seule ici, il vaut mieux qu'elle ait quelque chose à leur donner, avait expliqué Jamie. Autrement, ils risquent de vouloir lui faire avouer où se trouve la cuvée.

Ce n'était pas le meilleur whisky – généralement un alcool très jeune et brut – mais il faisait parfaitement l'affaire pour des visiteurs indésirables ou des bébés en train de faire leurs dents.

Jemmy remua et fit claquer ses lèvres dans son sommeil, fronçant tout son visage.

— De toute manière, tu n'as pas encore de papilles gustatives, alors tu ne risques pas d'y prendre goût, lui chuchotai-je.

Je cherchai autour de moi, mais ne vis le fût nulle part. Il n'était ni à sa place habituelle derrière les sacs d'orge ni à l'intérieur de la pile de bois. On l'avait peut-être emporté pour le remplir, à moins qu'il n'ait été volé. Dans un cas comme dans l'autre, ce n'était pas bien grave.

Je me dirigeai vers le nord, dépassant l'aire de maltage. À cet endroit affleurait la roche de la montagne, un solide bloc de granit. Sauf qu'il n'était pas aussi monolithique qu'il en avait l'air. Il était formé de deux dalles inclinées l'une vers l'autre, la fente en dessous étant cachée par des buissons de houx. Je rabattis mon châle sur le crâne de Jemmy pour le protéger des feuilles piquantes et me glissai précautionneusement entre eux, baissant la tête pour traverser la fente.

De l'autre côté, la surface rocheuse se désintégrait en une série de gros rochers entre lesquels se pressait un dense sous-bois, d'où surgissaient, ici et là, de jeunes pousses. D'en bas, la végétation semblait infranchissable, mais, vue d'ici, on distinguait un vague sentier menant à une autre clairière. En fait, il s'agissait plutôt d'une ouverture entre les arbres, où une source jaillissait de la roche en gargouillant, avant de disparaître de nouveau sous terre. L'été, enfouie sous le toit de feuillage, elle était indécelable.

À l'approche de l'hiver, le reflet blanc de la pierre près de la source était clairement visible entre les cimes nues des aulnes et des sorbiers. Jamie avait roulé un rocher décoloré non loin du point d'eau, y avait gravé une croix et avait récité une prière, consacrant l'endroit pour notre usage. Sur le moment, j'avais été à deux doigts de faire une plaisanterie sur l'association entre le whisky et l'eau bénite – songeant au père Kenneth et à ses baptêmes –, mais je m'étais abstenue, n'étant pas sûre que Jamie apprécierait.

Je descendis la pente avec précaution, le sentier zigzaguant entre les rochers puis contournant un promontoire rocheux avant de déboucher dans la clairière. La marche m'avait réchauffée, mais en resserrant mon châle autour de mes épaules, le froid engourdit mes doigts. Puis je vis Jamie, en chemise, au bord de la source.

Je m'arrêtai net, dissimulée derrière un taillis de sapins.

Ce n'était pas sa tenue qui m'avait retenue, mais plutôt son étrange expression. Il paraissait fatigué, mais pas plus que quelqu'un levé avant l'aube.

Les culottes élimées qu'il portait pour monter à cheval gisaient en tas, non loin, avec sa ceinture et tout son matériel. Mon regard fut attiré par une tache de couleur sombre, à moitié dissimulée dans l'herbe : l'étoffe bleue et marron de son kilt de chasse. Pendant que je l'observais, il passa sa chemise par-dessus ses épaules et la lança derrière lui. Puis, entièrement nu, il s'agenouilla devant la cascade et s'aspergea les bras et le visage.

Ses vêtements étaient maculés de boue, mais lui-même n'était pas sale. De simples ablutions auraient suffi et il aurait été nettement plus à l'aise près du foyer de notre cuisine.

Il se releva et, saisissant un seau posé près de la source, il le remplit d'eau glacée qu'il déversa lentement sur son torse, fermant les yeux et crispant les mâchoires, tandis qu'elle dégoulinait le long de ses jambes. Je pouvais voir ses bourses se ratatiner contre son corps, cherchant à s'abriter de la morsure de l'eau qui formait des rigoles dans le buisson auburn de sa toison pubienne et qui dégouttait au bout de sa verge.

— Ton grand-père a perdu la raison, chuchotai-je à Jemmy.

Il grimaça dans son sommeil, mais il ne sembla pas s'offusquer des lubies de son ancêtre.

Je savais que Jamie n'était pas fait de marbre. De là où je me tenais, je le voyais frissonner. Mais, en bon Highlander, il considérait le froid, la faim ou l'inconfort sous toutes ses formes sans importance. Malgré tout, il me paraissait pousser l'hygiène corporelle un peu loin.

Il prit une grande inspiration et déversa un second seau d'eau sur sa poitrine. Ce ne fut qu'à la troisième fois que je commençai à comprendre son geste.

Avant une opération, le chirurgien se récure les mains, question de propreté, certes, mais pas seulement. Le rituel du savonnage, du brossage des ongles, du rinçage de la peau, répété encore et encore jusqu'à la limite de la douleur, est une activité autant mentale que physique. Cette toilette obsessionnelle aide à se concentrer et à préparer son esprit. On se lave pour se débarrasser de ses préoccupations extérieures, de ses soucis quotidiens, autant que pour ôter les microbes et les peaux mortes.

Je l'avais suffisamment fait moi-même pour reconnaître ce cérémonial. Jamie ne se contentait pas de se laver, il se purifiait, l'eau glacée lui servant de mortification. Il se préparait pour un événement, ce qui n'était pas pour me rassurer.

De fait, après le dernier seau, il s'ébroua, ses cheveux projetant des gouttes d'eau dans l'herbe jaunie avec un crépitement de pluie. Sans attendre d'être sec, il renfila sa chemise et s'orienta vers l'ouest, où le soleil était bas entre les sommets. Il resta parfaitement immobile un long moment.

La lumière filtrait entre les branches, encore assez intense pour que, de ma position, je le vois à contre-jour, le lin mouillé de sa chemise laissant transparaître l'ombre sombre de son corps. Il avait la tête légèrement renversée, les épaules tendues, comme un homme à l'affût. De quoi ?

Je retins mon souffle, l'oreille aux aguets.

J'entendais les bruits de la forêt, le chant constant des aiguilles de pin et des branches, le clapotis de la source contre la roche. Le vent soufflait à peine. Je percevais clairement les battements de mon propre cœur et le souffle de Jemmy dans mon cou. Soudain, je pris peur, comme si la force de tous ces sons allait attirer sur nous des éléments dangereux.

Je me figeai, comme un lapin sous un buisson, essayant de me fondre dans la nature autour de moi. Une veine bleue battait dans la tempe de Jemmy et je me recroquevillai au-dessus de lui pour la cacher.

Jamie prononça quelques mots à voix haute en gaélique. Cela ressemblait à un défi – à moins qu'il ne s'agisse d'un salut. Les paroles m'étaient vaguement familières. Pourtant, il n'y avait personne d'autre dans la clairière. Soudain, l'air me parut plus froid, comme si la lumière avait baissé. Un nuage passait peut-être devant le soleil, mais, en levant les yeux, je ne vis rien qu'un ciel dégagé.

Puis le vent tourna, le froid diminua et mon appréhension avec lui. Jamie n'avait toujours pas bougé. Il paraissait moins tendu, ses épaules étaient décontractées. Il remua à peine, et le soleil couchant nimba sa chemise d'un halo d'or, faisant flamboyer ses cheveux.

Il ramassa son coutelas et, sans l'ombre d'une hésitation, passa la lame sur sa main droite ouverte. Je vis la fine ligne sombre se dessiner en travers de ses doigts et me mordis les lèvres. Il attendit quelques instants que le sang parle, puis secoua la main d'un geste sec du poignet, projetant des gouttes rouges sur la pierre dressée près de la source.

Il reposa la lame à côté de lui, se signa du bout de ses doigts ensanglantés, puis s'agenouilla, très lentement, inclinant la tête vers ses mains jointes.

Je l'avais déjà vu prier de temps à autre, mais toujours en public ou, du moins, en ma présence. De le voir ainsi, se croyant seul, souillé de sang, son âme découverte, j'eus l'impression d'épier un acte plus intime que n'importe quel autre. J'aurais dû bouger ou parler, mais l'interrompre à présent serait une sorte de profanation. Je gardais le silence, mais je découvris rapidement que je n'étais plus une simple spectatrice. Mon esprit se tourna malgré moi vers la prière.

« Ô Seigneur, je t'en supplie, veille sur l'âme de ton dévoué serviteur James. Aide-le. »

Mais l'aider à quoi faire ?

Puis il se signa, se releva et le temps reprit son cours. Je ne m'étais même pas aperçue qu'il s'était arrêté. Je descendis la côte vers Jamie. Il avançait vers moi, ne semblant pas surpris par ma présence, mais son visage s'était rempli de lumière en nous apercevant.

Souriant, il se pencha vers moi pour m'embrasser. Ses joues étaient râpeuses et sa peau encore glacée par ses ablutions.

— *Mo chridhe*, dit-il doucement.

— Tu ferais bien de remettre tes culottes, lui conseillai-je. Tu vas geler.

— Tu as raison. *Ciamar a tha thu, an gille ruaidh ?*

À ma surprise, Jemmy était réveillé et écarquillait ses grands yeux bleus, l'air parfaitement calme. Il se pencha, se tortillant pour toucher Jamie, qui le souleva doucement de mes bras et l'installa contre son épaule, enfonçant le bonnet de laine sur ses oreilles.

— Nous perçons une dent, expliquai-je à Jamie. Comme il avait mal, j'ai pensé qu'une goutte de whisky sur ses gencives… mais il n'y en avait plus à la maison.

— Je crois que je peux arranger ça, dit-il. Il m'en reste un peu dans ma flasque.

Emmenant le bébé vers la pile de ses habits, il fouilla quelques instants de sa main libre, puis trouva la bouteille en étain cabossée qu'il portait toujours à la ceinture. Il s'assit sur une pierre, tenant Jemmy en équilibre sur un genou, et me tendit la flasque afin que je l'ouvre.

— Je suis allée à l'aire de maltage, poursuivis-je, mais le fût avait disparu.

Le bouchon sortit du goulot, faisant un *pop !* sonore.

— Je sais, c'est Fergus qui l'a. Tiens, donne-m'en un peu, j'ai les mains propres.

Il me tendit sa main. J'y versai quelques gouttes, puis m'assis sur la pierre à ses côtés.

— Qu'est-ce que Fergus fait avec le fût ? demandai-je.

— Il le surveille.

Il enfonça un doigt dans la bouche du nourrisson, massant doucement sa gencive enflée. De son autre main, il tentait de dénouer les petits doigts qui tiraient sur les poils de son torse.

— Laisse-moi voir ça, dis-je.

Je lui pris la main et la retournai. L'entaille était très superficielle, traversant la dernière phalange de trois doigts, ceux avec lesquels il s'était signé. Le sang avait déjà coagulé, mais, pour la forme, je mis dessus un peu de whisky puis nettoyai les traces rouges sur sa paume avec mon mouchoir.

Il se laissa faire en silence, puis, quand j'eus terminé, il soutint mon regard avec un bref sourire.

— Ce n'est rien, *Sassenach*.

— Tu en es sûr ?

Je scrutai son visage. Il paraissait fatigué mais tranquille. La ride soucieuse que j'avais observée, ces derniers jours, entre ses sourcils avait disparu. J'ignorais ce qu'il mijotait, mais le processus était en marche.

— Tu m'as vu faire ? demanda-t-il doucement.

— Oui. Cela a-t-il un rapport avec la croix dans la cour ?

— Oui, d'une certaine manière.

— À quoi sert-elle ?

Il pinça ses lèvres, massant toujours la gencive de Jemmy. Puis il m'interrogea :

— As-tu vu Dougal lancer l'appel des clans ?

Prise de court, je répondis prudemment :

— Non, mais j'ai vu Colum le faire une fois, lors de ta prestation de serment à Leoch.

Il hocha la tête, le souvenir de cette nuit lointaine brillant soudain au fond de ses yeux.

— C'est vrai, murmura-t-il. Je m'en souviens. Colum était le chef du clan et tous les hommes accouraient à son appel. Mais c'était Dougal qui les menait à la guerre.

Il s'interrompit, rassemblant ses pensées.

— De temps en temps, il y avait des raids. Le plus souvent, ils étaient décidés à l'improviste par Dougal ou Rupert, parce qu'ils étaient ivres ou qu'ils s'ennuyaient. Ils convoquaient une bande, rien que pour le plaisir, et allaient voler du bétail ou du blé. Mais rassembler le clan pour partir à la guerre, c'était plus rare. Je n'y ai assisté qu'une seule fois, et on n'oublie pas facilement un tel spectacle.

Un matin, en traversant la cour du château, il avait découvert la croix en sapin. Les habitants de Leoch vaquaient à leurs occupations comme si de rien n'était, mais personne ne lançait un regard vers elle ni n'y faisait allusion d'une manière ou d'une autre. Néanmoins, l'excitation était perceptible chez tous.

Les hommes se tenaient en petits groupes, échangeant des messes basses, mais, chaque fois qu'il approchait, leur ton changeait et la conversation ne portait plus que sur des banalités.

J'avais beau être le neveu de Colum, j'étais un nouveau venu au château. Tout le monde connaissait mon père et mon grand-père.

Du côté de son père, Jamie était le petit-fils de Simon, lord Lovat, chef des Fraser de Lovat et ennemi des MacKenzie de Leoch.

— J'ignorais ce qui se tramait, mais il se passait quelque chose. C'était clair. Mes poils se hérissaient chaque fois que je croisais le regard de quelqu'un.

Finalement, il était allé trouver Old Alec, le maître palefrenier de Colum. Le vieil homme avait été très attaché à sa mère, Ellen MacKenzie, et, par affection pour elle, était mieux disposé à l'égard du jeune homme. Il lui avait lancé une étrille en lui indiquant, d'un signe de tête, de se mettre au travail dans les box.

— C'est la croix de feu, mon garçon. Tu ne l'avais encore jamais vue ?

On pratiquait cette coutume des anciens depuis des siècles. Personne ne savait au juste comment elle avait commencé, qui l'avait instaurée ni pourquoi.

Tout en passant sa main noueuse le long d'une crinière tressée, le vieil homme avait expliqué :

— Quand un chef highlander appelle ses hommes à la guerre, il fait dresser une croix et l'embrase. On l'éteint rapidement, avec du sang ou de l'eau, mais on l'appelle quand même la croix de feu. On la transporte à travers la lande pour signaler aux hommes du clan qu'ils doivent aller chercher leurs armes et se rendre sur le lieu de rassemblement, parés pour le combat.

Le jeune Jamie avait senti l'excitation lui nouer le ventre.

— Alors, cela veut dire qu'on va aller se battre ? Quand partons-nous ?

Le vieillard sourit en entendant ce « nous ».

— Tu suivras ton chef quand il te le demandera, mon garçon. Mais, cette fois, c'est contre les Grant qu'il faudra livrer bataille.

— Ce qui fut le cas, me raconta Jamie. Mais pas cette nuit-là. À la tombée du jour, Dougal mit le feu à la grande croix et lança l'appel du clan. Il arrosa les flammes de sang de mouton, puis deux cavaliers sortirent de la cour en brandissant haut la croix de feu, la transportant aux quatre coins des montagnes. Quatre jours plus tard, nous étions trois cents hommes dans cette même cour, armés d'épées, de pistolets et de coutelas. Le lendemain à l'aube, nous marchions contre le clan des Grant.

Jamie avait toujours un doigt dans la bouche du bébé, le regard perdu au loin.

— Pour la première fois, j'utilisais mon épée contre un autre homme, dit-il, songeur. Je m'en souviens comme si c'était hier.

— Ça ne m'étonne pas.

Jemmy recommençait à s'agiter. Je le pris dans mes bras pour vérifier l'état de sa couche. Effectivement, il était mouillé. Par chance, j'avais coincé un lange de rechange sous ma ceinture avant de partir. Je le couchai sur mes genoux et procédai au changement, tout en questionnant Jamie :

— Et donc, cette croix dans notre cour... Elle est liée à la milice ?

Jamie soupira. Je pouvais voir les ombres du souvenir bouger derrière ses yeux.

— Oui. Autrefois, il m'aurait suffi de lancer un appel et ils seraient tous venus sans poser de questions. Ils étaient mes hommes, alors. Ils étaient mon sang, ma terre.

Son regard était voilé, fixant un point au-delà de la montagne qui se dressait devant nous. Il ne voyait plus les sommets boisés de l'arrière-pays de la Caroline, mais les cimes érodées et les crêtes rocheuses de Lallybroch. Je touchai son poignet de ma main libre. Sa peau était froide, mais la chaleur sous-jacente perçait, comme un début de fièvre.

— Ils sont venus pour toi et tu es venu pour eux, Jamie. Tu étais là pour eux à Culloden. Tu les y as conduits et tu les as ramenés.

Ironiquement, les hommes qui avaient répondu à son appel et étaient allés se battre sous ses ordres vivaient toujours, pour la plupart, en Écosse. Aucune région des Highlands n'avait été épargnée par la guerre, mais Lallybroch et ses gens étaient sains et saufs... grâce à Jamie.

Il hocha la tête et se tourna vers moi, souriant tristement. Ses doigts serrèrent les miens un instant, puis, détendu, il me libéra. Il esquissa un geste vers les montagnes alentour.

— Mais les hommes d'ici… nous n'avons aucune dette de sang entre nous. Ce ne sont pas des Fraser. Je ne suis pas né leur laird ni leur chef. S'ils répondent à mon appel pour aller se battre, ce sera parce qu'ils le veulent.

— Ou parce que telle est la volonté du gouverneur Tryon.

— Non, cela ne compte pas. Comment le gouverneur pourra-t-il savoir quels hommes sont venus ?

Il grimaça avant d'ajouter :

— Il me connaît et cela lui suffit.

Je devais reconnaître qu'il avait raison. Tryon ne saurait jamais qui Jamie avait amené avec lui et il s'en fichait pas mal. Une seule chose lui importait : que Jamie vienne avec un nombre suffisant d'hommes derrière lui pour faire le sale boulot.

Je méditai un moment, séchant le derrière de Jemmy en le tapotant avec le bas de ma jupe. Tout ce que je savais sur la guerre de l'Indépendance américaine, je l'avais appris dans les manuels scolaires de Brianna. Or, personne n'était mieux placé que moi pour connaître le gouffre qui séparait souvent l'histoire officielle de la réalité.

En outre, comme nous habitions Boston, les récits rapportaient l'histoire locale. Une impression générale ressortait des textes sur les événements de Lexington, de Concord, etc. : la milice avait été constituée de tous les hommes valides de la communauté, tous ayant bondi l'arme au point dès la première alerte, prêts à effectuer leur devoir civique. Cela avait peut-être été le cas, ou peut-être pas, mais le fin fond de la Caroline n'avait rien à voir avec Boston.

— … prêt à bondir sur sa monture et à sonner l'alerte dans chaque village et ferme du Middlesex, citai-je de mémoire.

— Pardon ?

— Le Middlesex est la région autour de Boston.

Sur mes genoux, Jemmy se tortillait comme un poisson hors de l'eau, n'appréciant guère d'être langé de force. Il me donna un coup de pied dans l'estomac. Jamie le souleva en le prenant sous les bras.

— Je m'en occupe, dit-il. Tu crois qu'il lui faut encore un peu de whisky ?

— Je ne sais pas, mais, tant qu'il aura ton doigt dans sa bouche, au moins il ne pourra pas crier.

Je lui abandonnai le bébé avec un certain soulagement, reprenant le fil de mes pensées.

— Boston est colonisée depuis plus d'un siècle. La région est pleine de villages et de fermes, ces dernières étant souvent situées près des villages. Les gens y vivent depuis plusieurs générations et tout le monde se connaît.

Jamie hochait patiemment la tête à chacune de mes révélations percutantes, ne doutant pas que je finirais par arriver quelque part tôt ou tard. Ce que je fis, pour découvrir que j'aboutissais à la conclusion qu'il avait faite un peu plus tôt :

— Par conséquent, là-bas, lorsque quelqu'un appelle les hommes à se constituer en milice, ils viennent tous, parce qu'ils ont l'habitude de combattre côte à côte pour défendre leur communauté et parce qu'aucun d'eux ne veut passer pour un lâche aux yeux de ses voisins. En revanche, ici…

Je me mordis la lèvre, contemplant les montagnes autour de nous.

— Oui, dit-il calmement. Ici, c'est différent.

À l'exception de la communauté des luthériens allemands de Salem, aucun établissement n'était assez important pour être qualifié de village à des centaines de kilomètres à la ronde. L'arrière-pays n'était constitué que de domaines éparpillés. Parfois, une famille s'implantait et s'étalait, les frères et les cousins se construisant des maisons proches les unes des autres en formant un hameau. Le plus souvent, il n'y avait que de petites implantations et des cabanes isolées, cachées dans des vallons derrière des écrans de lauriers. Leurs occupants ne voyaient parfois pas un autre visage blanc pendant des mois, ou même des années.

Le soleil venait de glisser derrière un sommet, mais il faisait encore jour. Une dernière lueur dorée baignait les arbres et les rochers, tandis que les pics lointains se nimbaient de bleu et de violet. Ce paysage froid et brillant abritait des créatures vivantes, des habitations et des êtres au sang chaud, mais, à perte de vue, rien ne bougeait.

Les colons de la montagne se porteraient au secours d'un voisin sans discuter, sachant qu'ils pourraient, eux aussi, avoir besoin d'aide un jour. Après tout, il n'y avait personne d'autre vers qui se tourner.

Mais ils ne s'étaient jamais battus pour une cause commune. Ils n'avaient jamais rien eu en commun à défendre. De là à abandonner leurs fermes et à laisser leur famille sans défense pour obéir au caprice d'un gouverneur distant, il y avait un grand pas. Certains le franchiraient peut-être obligés par un vague sens du devoir, d'autres feraient le déplacement par simple curiosité, par ennui ou dans l'espoir flou d'une rétribution quelconque. Mais la plupart n'iraient que s'ils étaient appelés par un homme qu'ils respectaient, en qui ils avaient confiance.

« Je ne suis pas né leur laird ni leur chef ». Certes, mais il était né laird de toute façon. Il pouvait devenir leur chef s'il le désirait.

— Pourquoi ? demandai-je doucement. Pourquoi le ferais-tu ?

Il me dévisagea, les sourcils arqués.

— Tu ne le comprends donc pas ? Tu m'avais annoncé ce qui se passerait à Culloden et je t'ai cru, *Sassenach*, même si c'était terrifiant. Si les hommes de Lallybroch sont rentrés chez eux sains et saufs, c'est autant grâce à toi qu'à moi.

Ce n'était pas tout à fait vrai. N'importe quel homme marchant sur Nairn avec l'armée des Highlands aurait pu deviner l'ampleur du désastre qui les attendait tôt ou tard. Néanmoins... j'avais effectivement contribué à ce que Lallybroch soit préparée, non seulement à la guerre mais à ses conséquences. Mon léger sentiment de culpabilité qui renaissait chaque fois que je pensais au Soulèvement s'estompa un peu.

— Peut-être, mais quel rapport avec...

— Vous m'avez annoncé ce qui allait se passer ici, *Sassenach*. Toi, Brianna et MacKenzie. L'insurrection, la guerre... et, cette fois, la victoire.

Je hochai la tête, me rappelant tout ce que je savais de la guerre et du prix amer de la victoire. Cela dit, c'était toujours mieux que la défaite.

Il ramassa son coutelas et, de sa pointe, me montra la nature environnante.

— J'ai prêté un serment d'allégeance à la Couronne. Si je le brise en temps de guerre, cela fera de moi un traître. Mes terres seront confisquées, ma vie et celle de tous ceux qui m'ont suivi seront en danger. Pas vrai ?

— Vrai.

Je croisai mes bras sur ma poitrine, regrettant de ne plus avoir Jemmy pour me tenir chaud.

— Mais, cette fois, la Couronne ne l'emportera pas, poursuivit-il. C'est toi qui me l'as dit. Or, si le roi est renversé, qu'adviendra-t-il de mon serment ? Si je l'ai respecté, je deviendrais un traître à la cause des rebelles.

— Effectivement...

— À un moment ou à un autre, Tryon et le roi perdront leur pouvoir sur moi, mais je ne sais pas quand. À un moment ou à un autre, les insurgés auront le pouvoir, mais je ne sais pas non plus quand. Et entre les deux...

Il laissa retomber la pointe de son couteau vers le sol.

— Je vois, murmurai-je. C'est ce qu'on appelle être entre le marteau et l'enclume.

Pour le moment, le seul choix possible était d'obéir aux ordres de Tryon. Plus tard, toutefois... continuer à servir le gouverneur pendant les premières étapes de la révolution reviendrait à se déclarer loyaliste, ce qui, à long terme, ne pourrait qu'être fatal à Jamie. Dans un avenir proche, s'il désobéissait à Tryon, rompait son serment au roi et se déclarait en faveur des rebelles, cela lui coûterait ses terres, voire sa vie.

Il haussa les épaules et, avec une moue narquoise, s'adossa au tronc d'arbre derrière lui, installant Jemmy plus confortablement sur ses genoux.

— Ce n'est pas comme si je ne m'étais pas déjà retrouvé obligé de naviguer entre deux eaux, *Sassenach*. Je m'en sortirais peut-être un peu éclaboussé, mais je ne pense pas finir noyé. Après tout, j'ai ça dans le sang, non ?

Je me mis à rire malgré moi.

— Si tu fais allusion à ton grand-père, je dois reconnaître qu'il était plutôt doué. Mais il a fini par le payer cher.

Il inclina la tête sur le côté.

— Peut-être. À moins que tout ce soit passé comme il l'avait voulu jusqu'au bout.

Feu lord Lovat avait été célèbre pour son esprit retors, mais je ne voyais pas quel intérêt il avait eu à se faire décapiter.

— Il n'avait peut-être pas prévu qu'on lui couperait la tête, objecta Jamie, mais tu as bien vu quel était son plan. Il a envoyé Simon le Jeune se battre et lui est resté chez lui. Or, qui a payé le prix sur Tower Hill ?

Je hochai lentement la tête, voyant où il voulait en venir. Simon le Jeune, qui avait plus ou moins l'âge de Jamie, n'avait pas souffert physiquement de sa participation au Soulèvement, même si celle-ci avait été flagrante. Contrairement à de nombreux Jacobites, il n'avait été ni emprisonné ni exilé. S'il avait perdu la plupart de ses terres, il en avait récupéré une grande partie, à force de procès répétés et tenaces contre la Couronne.

— Simon le Vieux aurait très bien pu rejeter la responsabilité sur son fils, qui aurait alors fini sur l'échafaud, méditai-je à voix haute. Mais il n'en a rien fait. Je suppose que même un vieux requin comme lui rechignerait à envoyer son fils et unique héritier au billot.

Jamie acquiesça.

— Tu te laisserais trancher la tête, *Sassenach*, si cela pouvait sauver Brianna ?

— Oui, répondis-je sans hésiter.

Je n'aimais pas admettre que Simon le Vieux ait pu avoir des sentiments pour les membres de sa famille, mais même les requins se préoccupaient sans doute un tant soit peu de leur progéniture.

Jemmy avait délaissé le doigt de son grand-père au profit de son coutelas, dont il suçait férocement la garde. Jamie referma la main sur la lame pour qu'il ne se blesse pas, mais il n'essaya pas de lui enlever l'arme.

— Moi aussi, dit-il avec un léger sourire. Mais j'espère que nous n'en arriverons pas là.

— Je ne me souviens pas qu'un camp ou l'autre ait été… ou sera… enclin à décapiter les gens.

Bien sûr, il existait nombre d'autres possibilités toutes aussi déplaisantes, mais Jamie le savait aussi bien que moi.

J'eus une soudaine envie de le supplier de tout laisser tomber, de répondre à Tryon qu'il pouvait garder ses terres, d'annoncer aux métayers qu'ils devraient se débrouiller tout seuls, quitter Fraser's Ridge et prendre leurs jambes à leur cou. La guerre arrivait, mais elle n'avait pas besoin de nous engloutir, pas cette fois. Nous pouvions partir vers le Sud, vers la Floride ou les Antilles. Ou vers l'Ouest, nous réfugier en terre cherokee. Et même rentrer en Écosse. Les colonies allaient se soulever, mais il existait d'autres endroits où vivre.

Il observait mon visage. Puis il fit un geste vague qui désignait à la fois Tryon, la milice, les Régulateurs…

— Tout ceci n'est rien, *Sassenach*. En soi, ça ne compte pratiquement pas. Mais c'est le début d'autre chose.

Cette fois, la lumière baissait vraiment. Ses pieds et ses jambes étaient dans l'ombre, mais les derniers rayons de soleil faisaient ressortir le relief de son visage. Il avait une trace de sang sur le front, là où il s'était signé. J'aurais pu l'essuyer, mais je ne bougeai pas.

— Pour que je sauve ces hommes, pour qu'ils marchent avec moi entre ces deux eaux troubles, ils doivent me suivre sans discuter. Alors autant commencer tout de suite, pendant que les enjeux ne sont pas encore trop élevés.

— Je sais, dis-je en frissonnant.

— Tu as froid, *Sassenach* ? Tiens, prends le petit et rentre à la maison. Je vous rejoins bientôt, dès que je me serai rhabillé.

Il me tendit Jemmy et le coutelas, les deux paraissant inséparables pour le moment, puis se leva. Il saisit son kilt et le secoua. Je ne bougeai toujours pas. La lame du grand couteau était encore chaude, là où ses doigts l'avaient tenue.

Il m'interrogea du regard et je secouai la tête.

— Je t'attends.

Il s'habilla rapidement mais avec soin. En dépit de mes appréhensions, je ne pouvais qu'admirer son instinct. Il n'avait pas mis son kilt d'apparat, noir et cramoisi, mais celui de chasse. Il n'avait pas voulu impressionner les montagnards avec sa richesse, mais il avait adopté une tenue suffisamment différente pour marquer les esprits, signifier aux autres Highlanders qu'il était des leurs et éveiller l'intérêt des Allemands. Il fixa le plaid avec sa broche qui représentait un cerf courant, enfila ses bas de laine propres, puis attacha sa ceinture et son fourreau. Il était silencieux, absorbé par ce qu'il faisait, s'habillant avec un calme et une précision qui me rappelaient un prêtre passant ses habits de messe.

Ce serait donc pour ce soir. Roger et les autres devaient être partis prévenir ceux qui habitaient à moins d'une journée de cheval. Ce soir, il enflammerait sa croix et appellerait rituellement ses premiers hommes, avant de sceller leur union au whisky.

— Bree avait donc raison, dis-je pour briser le silence. Quand elle a vu la croix, elle a dit que tu lançais peut-être ta propre religion.

Il me regarda, surpris. Puis il se tourna dans la direction de la maison et sourit.

— D'une certaine manière, elle a raison. Que Dieu me vienne en aide !

Il reprit doucement le coutelas à Jemmy, l'essuya sur un pan de son plaid puis le rangea dans son fourreau. Il était prêt.

Je me levai pour le suivre. Les mots que je n'arrivais pas à prononcer – refusais de prononcer – formaient un nœud d'anguilles dans le fond de ma gorge. De peur que l'une d'elles ne se libère et ne glisse hors de ma bouche, je demandai plutôt :

— C'est Dieu que tu appelais à l'aide tout à l'heure dans ta prière ?

— Oh, non.

Il détourna les yeux un instant, puis croisa mon regard et le soutint avec une lueur étrange.

— J'appelais Dougal MacKenzie.

Je sentis un frisson me parcourir. Dougal était mort depuis longtemps. Il avait rendu son dernier souffle dans les bras de Jamie, à la veille de la bataille de Culloden, égorgé par le coutelas de son neveu. Je déglutis et baissai inconsciemment les yeux vers l'arme à sa ceinture.

Jamie s'en aperçut et posa une main sur la garde aux godrons en or, autrefois bien de Hector Cameron.

— J'ai fait la paix avec Dougal, il y a bien longtemps. C'était un chef. Il sait que j'ai fait ce que j'ai fait parce que je le devais, pour mes hommes et pour toi, et que je le referais aujourd'hui.

Je compris alors ce qu'il avait dit plus tôt, tourné vers l'ouest, la direction prise par les âmes des morts qui rentrent chez elles. Ce n'était ni une prière ni une supplique. Je reconnaissais ces paroles, même si cela faisait très longtemps que je ne les avais pas entendues. Il avait crié « *Tulach Ard !* », le cri de guerre du clan MacKenzie.

— Tu crois que… il t'aidera ?

Il acquiesça, sérieux.

— S'il le peut, ajouta-t-il. Nous avons souvent combattu ensemble, Dougal et moi, main dans la main et dos à dos. Après tout, *Sassenach*, le sang, c'est le sang.

J'approuvai à mon tour, machinalement, puis hissai Jemmy contre mon épaule. D'un blanc hivernal, le ciel s'était délavé, et la clairière était plongée dans la pénombre. La pierre dressée près de la source se détachait, comme un spectre pâle au-dessus de l'eau noire.

— Allons-y, dis-je. Il fait presque nuit.

23

Le barde

Il faisait déjà nuit quand Roger atteignit le seuil de sa cabane, mais une lumière accueillante s'échappait des fenêtres, et la cheminée crachotait des étincelles, promesses de chaleur et de nourriture. Il était fatigué, gelé et affamé. Sa joie et son profond soulagement de retrouver son foyer étaient toutefois quelque peu atténués par le fait qu'il devrait repartir le lendemain matin.

Il entra, fouillant de ses yeux la lumière tamisée.

— Brianna ?

Elle surgit de la pièce du fond, le bébé en équilibre sur sa hanche et serrant un plaid en tartan contre sa poitrine.

— Te voilà ! Il est si tard ! Où étais-tu ?

Elle se pencha vers lui et le gratifia d'une rapide bise, lui laissant un goût de confiture de prunes sur les lèvres.

— J'ai galopé par monts et par vaux pendant dix heures d'affilée, à la recherche d'une hypothétique famille de Hollandais.

Il lui prit le tartan des mains et le jeta sur le lit avant d'ajouter :

— Viens par ici et embrasse-moi convenablement.

Elle glissa sa main libre autour de sa taille et lui donna un long baiser langoureux parfumé à la prune. Il se dit que, somme toute, en dépit de sa faim de loup, le dîner pouvait attendre encore un peu. Le bébé, en revanche, n'était pas de cet avis. Il poussa un cri tonitruant, et Brianna s'écarta, grimaçant sous le vacarme.

— Il est toujours en train de faire sa dent ?

Roger contempla la bouille rouge et enflée de son fils, couverte de morve, de salive et de larmes.

— Comment as-tu deviné ? répliqua-t-elle. Tiens, tu peux me le tenir un instant ?

Elle lui plaça le nourrisson gesticulant dans les bras et tira sur son corselet en lin vert, froissé et taché de lait régurgité. Sa poitrine jaillit par-dessus l'échancrure du vêtement. Elle tendit les mains vers Jemmy, puis s'assit avec lui sur la chaise, près du feu. Elle secoua la tête d'un air agacé quand il continua à s'agiter en pleurnichant, frappant le sein offert.

— Il a pleuré toute la journée, expliqua-t-elle. Il refuse de téter plus de quelques minutes, et pire, il recrache tout. Il pleure quand on le prend dans les bras, mais il se met à hurler dès qu'on le repose.

Passant une main lasse dans ses cheveux, elle conclut :

— J'ai l'impression d'avoir lutté avec des alligators toute la journée.

— Ma pauvre chérie...

Roger se massa discrètement le bas du dos, ne voulant pas attirer l'attention sur ses propres douleurs, puis, d'une main, montra le tartan sur le lit.

— Qu'est-ce que c'est ?

— Ah, j'allais oublier ! C'est pour toi.

Détournant une seconde son attention de son enfant brailleur, Brianna étudia Roger, remarquant enfin sa tenue débraillée.

— Papa l'a déposé plus tôt pour que tu le portes ce soir. Au fait, tu as de la boue sur le visage. Tu es tombé de cheval ?

— Plusieurs fois.

Il s'approcha de la bassine, boitant faiblement. Une manche de sa veste et un genou de ses culottes étaient encroûtés de boue. Il se gratta le torse, essayant de déloger une feuille morte coincée sous le col de sa chemise.

— Chhhhhut, chhuut… roucoula-t-elle au bébé en le balançant d'un côté puis de l'autre.

Puis s'intéressant de nouveau à Roger, elle demanda :

— Tu t'es fait mal ?

— Non, ça va.

Il ôta sa veste et versa l'eau de la cruche dans la bassine. Il s'aspergea le visage, écoutant les cris de Jemmy et calculant mentalement les probabilités de parvenir à faire l'amour à Brianna avant de repartir le lendemain matin. Entre les dents du petit et les projets de son grand-père, le pronostic n'était pas franchement favorable, mais il pouvait toujours espérer.

Il s'essuya avec la serviette, jetant des coups d'œil discrets autour de lui dans la pièce dans l'espoir d'apercevoir quelque chose à manger. La table et l'âtre étaient vides, mais une forte odeur vinaigrée flottait dans l'air. Il renifla.

— De la choucroute ? devina-t-il. Les Mueller ?

Elle fit un geste vers un coin sombre de la pièce où il aperçut un grand pot en pierre.

— Ils en ont apporté deux jarres. Celle-ci est pour nous. As-tu avalé quelque chose au cours de la journée ?

— Non.

Son estomac gronda avec un bruit sourd, indiquant qu'il était disposé à ingurgiter de la choucroute froide à défaut de mieux. D'un autre côté, il y aurait sûrement de quoi manger dans la grande maison. Ragaillardi par cette perspective, il se débarrassa de ses culottes et entreprit l'opération complexe de plisser le tartan avant de s'en draper.

Jemmy s'était calmé, n'émettant plus que des gémissements intermittents, tandis que sa mère le berçait. Celle-ci, profitant de ce moment de répit, reprit :

— Qu'est-ce que c'est que cette histoire de Hollandais hypothétiques ?

— Jamie m'a envoyé au nord-ouest, car il avait entendu dire qu'une famille hollandaise s'était établie près de Boiling Creek. Je devais expliquer aux hommes ce que signifiait la convocation de la milice et ramener avec moi ceux qui le voudraient bien.

Il regarda le tissu étalé sur le lit, les sourcils froncés. Il n'avait porté le plaid de cette manière que deux fois auparavant, mais on l'avait aidé à s'enrouler dedans.

— Tu es sûre que je dois mettre ce truc ?

Brianna se mit à rire.

— En tout cas, il faudra bien que tu t'habilles. Tu ne peux pas monter chez Jamie en chemise. Donc, tu n'as pas réussi à trouver ces Hollandais ?

— Pas plus de Hollandais que de beurre en broche.

Il avait trouvé ce qu'il *pensait* être Boiling Creek et avait longé la berge sur des kilomètres, esquivant – mais pas toujours – les branches basses, les éboulis et les taillis d'hamamélis. De gros, il n'avait croisé sur sa route qu'un renard, vite évaporé dans les broussailles comme une flamme aussitôt éteinte.

— Peut-être sont-ils partis s'installer plus au nord, en Virginie ou en Pennsylvanie, suggéra Brianna.

La journée avait été longue et épuisante, et elle s'achevait sur un échec, ce qui n'était pas dramatique. En effet, Jamie avait dit : « Trouve-les si tu le peux. » De toute façon, s'il les avait dénichés, ils n'auraient peut-être pas compris son hollandais rudimentaire, acquis lors de brèves vacances à Amsterdam dans les années 1960. Et quand bien même il les aurait trouvés, cela ne voulait pas dire qu'ils l'auraient suivi. Néanmoins, cet insuccès l'agaçait, comme un caillou dans sa chaussure.

Il regarda Brianna, qui pouffait de rire à l'avance.

— Soit, dit-il résigné. Ris donc, puisque tu ne peux pas t'en empêcher.

La méthode la plus efficace pour bien draper un plaid manquait singulièrement de dignité, dans la mesure où il fallait se coucher sur l'étoffe déployée et plissée, puis s'enrouler dedans comme une saucisse. Jamie pouvait s'acquitter de cette tâche debout, mais il avait de l'entraînement.

Ses efforts – délibérément exagérés – furent récompensés par les éclats de rire de Brianna, rire qui calma aussi le bébé. Le temps qu'il ait fini d'ajuster les plis et le drap et de fixer le tout avec sa ceinture, la mère et le fils étaient tous deux cramoisis mais contents.

Il leur tira une révérence, et Brianna applaudit en tapant sur sa cuisse de sa main libre. Elle le détailla des pieds à la tête d'un air approbateur.

— Magnifique !

Elle dirigea Jemmy vers lui.

— Tu as vu comme il est beau, papa ? Il est beau, hein ?

Le nourrisson fixait bouche bée le spécimen de splendeur masculine devant lui, un filet de bave pendant à sa lèvre inférieure.

Roger était toujours aussi affamé, rompu et épuisé, mais tout cela n'avait plus d'importance. Il sourit et tendit les mains vers le bébé.

— Tu ne dois pas te changer ? S'il a mangé et qu'il est propre, je peux l'emmener avec moi, ça te laissera un peu de temps pour t'arranger.

Elle le foudroya du regard.

— Pourquoi ? Tu trouves que j'en ai besoin ?

De nombreuses mèches folles s'étaient libérées de sa coiffure et pointaient dans diverses directions. Elle semblait avoir dormi tout habillée dans sa robe depuis des semaines et une immense tache de confiture décorait son corselet.

— Tu es superbe ! déclara-t-il.

Il se pencha et souleva adroitement Jemmy.

— Chut, *a bhalaich*. Tu as suffisamment vu maman comme ça et elle t'a assez vu, elle aussi. Tu viens avec moi.

Au moment où il allait ouvrir la porte, elle le rappela :

— N'oublie pas ta guitare !

Il se retourna, surpris.

— Quoi ?

— Papa veut que tu chantes. Attends, il m'a même dressé une liste.

— Une liste ? De quoi ?

À sa connaissance, Jamie Fraser se souciait de la musique comme d'une guigne. De fait, il trouvait agaçant, même s'il l'admettait rarement, que son beau-père n'attache aucune valeur à une des choses qu'il savait faire le mieux.

— De chansons, naturellement.

Elle plissa le front, essayant de se souvenir des titres.

— Il veut que tu leur chantes *Ho Ro !*, *Birniebouzle* et *Le Grand Soyeux*. Tu peux en chanter d'autres, mais il tient à celles-là. Ensuite, enchaîne sur la propagande guerrière. Il n'appelle pas ça ainsi, évidemment, mais tu vois ce que je veux dire : *Killiecrankie, Haughs of Cromdale, La bataille de Sherrifsmuir,* ce genre là..., mais que les chants les plus anciens. Évite ceux relatifs au Soulèvement de 45, sauf *Johnnie Cope.* Celui-là, il le veut absolument, mais vers la fin. Et...

Interdit, Roger la dévisageait, tout en dégageant le pied de Jemmy enroulé dans son plaid.

— Je n'aurais jamais imaginé que ton père connaissait le nom de toutes ces chansons, et encore moins qu'il avait des préférences.

Brianna s'était levée et cherchait à tâtons la longue épingle en bois censée retenir sa coiffure. Elle l'extirpa de la masse de ses cheveux, laissant retomber une épaisse cascade rousse sur ses épaules et son visage. Elle la lissa en arrière des deux mains, puis secoua la tête.

— Il n'en a pas. De préférences, je veux dire. Papa n'a aucune oreille. D'après maman, il a un bon sens du rythme, mais il ne sait pas différencier une note d'une autre.

— C'est ce qui me semblait, mais alors, pourquoi...

— Il n'entend peut-être pas la musique, mais ça ne veut pas dire qu'il ne *l'écoute* pas. Et il observe. Il voit bien comment les gens réagissent et ce qu'ils ressentent quand tu chantes.

— Vraiment ? murmura-t-il.

Il était étrangement flatté, même si Fraser n'appréciait pas personnellement ses prestations musicales.

— En somme, il veut que je les amadoue, c'est ça ? Que je lui prépare son public avant qu'il monte à la tribune.

— Exact.

Elle hocha la tête, ses mains occupées à délacer son corselet. Libérés de leur prison, ses seins s'épanouirent, ronds et souples sous la chemise en mousseline.

Roger s'agita sur place, arrangeant les plis de son plaid. Elle surprit son mouvement et releva les yeux vers lui. Lentement, elle saisit ses seins et les souleva, le regard plongé dans le sien et un sourire au coin des lèvres. L'espace d'un instant, il crut avoir cessé de respirer, même si sa poitrine continuait de se soulever et de s'affaisser.

Ce fut elle qui rompit le charme, laissant retomber ses mains et se dirigeant vers la commode où elle rangeait son linge.

— Tu as une idée de ce qu'il prépare ? demanda-t-elle. Avait-il déjà installé sa croix quand tu es parti ce matin ?

— Oui, je suis au courant.

Jemmy émettait des halètements brefs, comme une locomotive miniature grimpant péniblement une pente abrupte. Roger le coinça sous un bras, posant sa main sur le jeune ventre arrondi.

— C'est une croix de feu, répondit-il. Sais-tu ce qu'elle signifie ?

— Une croix de feu ? Tu veux dire qu'il compte la faire brûler dans la cour ?

— Pas complètement.

Saisissant son *bodhran* d'une main et claquant un doigt sur la peau du tambour pour vérifier qu'elle était bien tendue, il lui expliqua brièvement la tradition de la croix de feu. Puis écartant l'instrument hors de portée des menottes inquisitrices de Jemmy, il conclut :

— C'est une tradition rare. Je ne crois pas qu'on l'ait pratiquée dans les Highlands depuis le Soulèvement. Ton père m'a révélé y avoir déjà assisté une fois. Ce sera très étrange de la voir ici.

Emporté par sa passion d'historien, il n'avait pas remarqué que Brianna paraissait nettement moins enthousiaste.

— Peut-être… je ne sais pas. Personnellement, ça me donne la chair de poule.

— Ah oui ? Pourquoi ?

Elle fit une moue dubitative avant d'ôter sa chemise.

— Je ne sais pas vraiment. Sans doute parce que les seules croix enflammées que j'ai vues jusqu'à présent étaient celles du KKK, au journal télévisé. Ça ne te dit rien ? À moins que… peut-être n'en parlait-on pas aux informations en Grande-Bretagne ?

— Le Ku Klux Klan ?

Roger était moins intéressé par les bigots fanatiques que par les seins nus de sa femme, mais il fit un effort pour se concentrer sur la conversation.

— Si, si, j'en ai déjà entendu parler. Où crois-tu qu'ils ont été chercher leurs symboles ?

— Comment, tu veux dire que…

— Bien sûr, répondit-il joyeusement. Ils les tiennent des immigrants écossais, dont, d'ailleurs, ils descendent. C'est pour ça qu'ils se sont eux-mêmes appelés un « Klan ».

Il prit soudain un air inspiré avant de poursuivre :

— Si la cérémonie de ce soir était justement l'occasion d'acheminer cette coutume ancestrale du vieux continent vers le Nouveau Monde ? Et si c'était le lien ? Ce serait drôle, non ?

— Très amusant, en effet, dit Brianna sans conviction.

Ayant enfilé une chemise propre, elle sortit sa robe bleue et la secoua, l'air toujours mal à l'aise.

— Tout doit commencer quelque part, dit-il plus calmement. La plupart du temps, on ne sait ni où ni comment. Dans ce cas, c'est si important qu'on le sache ?

En outre, le Ku Klux Klan ne verra pas le jour avant une bonne centaine d'années, au moins.

Il redressa Jemmy, le calant contre sa hanche.

— Nous ne le verrons pas de notre vivant, pas plus que monsieur Jeremiah, ici présent, ni même sans doute son fils.

Brianna plaqua son corset autour de sa taille et glissa les mains derrière elle pour serrer les lacets.

— Parfait, dit-elle avec une moue caustique. Alors, si ça se trouve, notre arrière-petit-fils pourrait devenir le Grand Dragon.

Roger éclata de rire.

— Peut-être, mais pour ce soir, c'est ton père qui jouera ce rôle.

24

Jouer avec le feu

Il ne savait pas trop à quoi s'attendre. À quelque chose comme le grand brasier final du *gathering*, peut-être. Les préparatifs étaient les mêmes, impliquant de grandes quantités de nourriture et de boissons. Un énorme fût de bière et un autre, plus petit, de whisky étaient posés sur des tréteaux dans un coin de la cour. Un gigantesque porc, empalé sur une broche en jeune noyer blanc, tournait lentement au-dessus d'un lit de charbons ardents, dégageant dans l'air frisquet du soir une fumée et un arôme à faire venir l'eau à la bouche.

Roger sourit aux rangées de visages devant lui, illuminés par les flammes, leurs lèvres luisantes de graisse et leurs yeux brillants sous l'effet de l'alcool. Il frappa dans son *bodhran*. Son estomac protesta, mais le grondement fut noyé par le chœur rauque de *Killiecrankie* :

Ô, j'ai croisé le Diable et Dundee
Sur les hauteurs de Killiecrankie – Ô !

Il aurait amplement mérité son dîner, si seulement on lui laissait le temps de manger, un jour. Il jouait de la guitare et chantait depuis plus d'une heure. La lune se dressait déjà au-dessus de la Montagne Noire. Il profita de ce que l'auditoire entonnait le refrain pour saisir son verre de bière posé sous son tabouret et se rafraîchir la gorge, puis, revigoré, il entama le couplet suivant :

Je m'suis battu sur terre et sur les mers
J'ai combattu la sœur de ma mère
Puis j'ai croisé le Diable et Dundee
Sur les hauteurs de Killiecrankie – Ô !

En vrai pro, il souriait tout en chantant, soutenant un regard ici, s'arrêtant sur un visage là, tout en évaluant mentalement l'état de son public. Il était enthousiaste – certes, avec l'aide de la boisson offerte à volonté – et désormais bien emporté par l'élan de « la propagande guerrière », comme l'avait appelée Brianna.

Il sentait la présence de la croix derrière lui, presque invisible dans les ténèbres. Mais tout le monde l'avait déjà remarquée. Il avait entendu les murmures intrigués et spéculatifs.

Jamie Fraser se tenait à l'écart, hors du cercle de lumière. Roger distinguait sa haute silhouette près du grand épicéa qui se dressait contre la maison. Il avait œuvré avec méthode toute la soirée, passant de groupe en groupe, s'arrêtant ici et là pour échanger des amabilités, raconter une plaisanterie, écouter une plainte ou une histoire. À présent, il était seul, il attendait. Pour lui, le moment était presque venu de faire son entrée.

Roger marqua une pause pour laisser le temps à l'assemblée d'applaudir et de boire une autre gorgée, puis il attaqua la chanson *Johnnie Cope* avec entrain, rapidité et humour.

Il l'avait déjà chantée plusieurs fois au *gathering* et savait déjà comment les spectateurs allaient réagir. Il y aurait tout d'abord un moment d'hésitation et d'incertitude, puis plusieurs voix se joindraient à la sienne. À la fin du second couplet, ils ponctueraient chaque vers de cris et de remarques grivoises.

Certains des hommes présents avaient participé à la bataille de Prestonpans. Ils avaient beau avoir été vaincus à Culloden, ils avaient préalablement mis en déroute les troupes de Johnnie Cope et exultaient à l'idée d'évoquer de nouveau cette fameuse victoire. Les Highlanders n'ayant pas fait la guerre connaissaient eux aussi cet épisode de leur histoire. Les Mueller, pour qui Charles Stuart était un illustre inconnu et qui ne comprenaient qu'un mot sur dix, formaient leur propre chœur improvisé, en iodlant et en agitant leur verre de bière à la fin de chaque vers. À partir du moment où ils prenaient du bon temps…

La foule hurla presque le dernier refrain, étouffant la voix de Roger.

Hé Johnnie Cope, es-tu en route ?
Tes tambours grondent-ils déjà ?
Si tu marches sur nous, je t'attends
Pour te faire repartir les pieds devant.

Il frappa une dernière fois le tambourin et salua l'auditoire sous un tonnerre d'applaudissements. La foule était chauffée. La vedette américaine pouvait céder la place à la star. Roger recula en souriant et en esquissant des courbettes, puis il disparut dans l'ombre en direction de la carcasse de porc, déjà bien entamée.

Brianna l'y attendait, avec Jemmy dans ses bras, parfaitement réveillé et roulant des yeux ronds. Elle se pencha vers lui et l'embrassa, puis elle lui tendit l'enfant, prenant son *bodhran* en échange.

— Tu as été formidable ! Tiens le petit, je vais te chercher à manger et à boire.

Jemmy était trop stupéfait par le bruit et l'activité pour protester. Il se blottit contre le torse de Roger, en suçant son pouce.

Celui-ci transpirait, la décharge d'adrénaline provoquée par son tour de chant faisant encore battre son cœur à toute allure. Maintenant qu'il était éloigné du feu et de la foule, l'air était froid sur son visage. Le poids du bébé emmailloté, chaud et solide dans le creux de son bras le réconfortait. Il avait été bon et il le savait. Il espérait simplement avoir satisfait Fraser.

Le temps que Brianna réapparaisse avec un verre et une assiette chargée de tranches de porc, de beignets de pommes et de patates grillées, Jamie avait fait le tour du cercle et prit la place de Roger au pied de la croix.

Il avait fière allure dans sa veste grise de gentilhomme – sa plus belle – son kilt en tartan bleu, ses cheveux dénoués retombant sur ses épaules, une simple tresse de guerrier sur le côté, ornée d'une plume. Les reflets du feu dansaient sur la garde dorée de son coutelas et sur la broche qui retenait la boucle de son plaid. Il avait l'air amène mais sérieux et déterminé. Il savait capter l'attention du public, et il en était conscient.

Le silence s'imposa en quelques secondes, les hommes faisant taire leurs voisins plus chahuteurs à coups de coude.

— Vous savez tous pourquoi nous sommes réunis ici, n'est-ce pas ? commença-t-il sans préambule.

Il leva une main, tenant la convocation froissée du gouverneur, la tache rouge du cachet officiel luisant à la lueur des flammes. Il y eut un grondement d'assentiment. L'auditoire était toujours joyeux, le sang et le whisky palpitant dans les veines.

— Le devoir nous appelle. L'honneur nous ordonne de servir la cause du droit… et du gouverneur.

Roger vit le vieux Gerhard Mueller pencher la tête sur le côté pour écouter la traduction que l'un de ses gendres lui chuchotait à l'oreille. Il approuva d'un hochement de tête et cria :

— *Ja ! Lang lebe* gouverneur !

Cette intervention souleva une vague d'hilarité et d'interjections en anglais et en gaélique.

Jamie sourit, attendant que le calme revienne, saluant d'un signe de tête chaque visage. Puis il s'écarta et désigna d'un geste la croix sombre et austère derrière lui. Il reprit alors la parole, sur un ton badin, mais plaçant haut sa voix pour se faire entendre dans toute la cour.

— Dans les Highlands d'Écosse, lorsqu'un chef se préparait à la guerre, il embrasait une croix de feu et paradait avec sur toutes les terres de son clan. Pour les hommes portant son nom, c'était le signal de prendre les armes et de se rendre au lieu de rassemblement, prêts pour le combat.

Les hommes déjà témoins de cette coutume, ou qui la connaissaient, opinaient du bonnet ou poussaient des cris d'approbation, mais discrets. Les autres, intéressés, levèrent le menton et étirèrent le cou, la bouche ouverte.

— Mais nous sommes ici dans un autre pays et bien que nous soyons amis…

Il déclara en aparté en souriant à Gerhard Mueller :

— … *Ja, Freunde*, voisins et hommes de la campagne…

« … nous ne sommes pas un clan. Bien qu'on me confie le commandement, je ne suis pas votre chef. »

Il se pencha, extirpa une branche du feu et la tint devant lui, la lueur de la torche sculptant ses traits aiguisés d'ombres et de creux.

— Que Dieu soit témoin de notre bonne volonté et qu'Il prête de la force à nos bras…

Il marqua une pause pour laisser le temps aux Allemands de suivre, puis reprit :

— … que cette croix de feu témoigne de notre honneur, qu'elle attire la protection de notre Seigneur sur nos familles, jusqu'à ce que nous soyons rentrés dans nos foyers sains et saufs.

Il brandit la torche et l'approcha du montant de la croix, la maintenant jusqu'à ce que l'écorce sèche prenne et qu'une flammèche rougeoie contre le bois sombre.

Tout le monde se taisait et observait. On n'entendait plus que le souffle et les mouvements de l'assistance faisant écho au murmure du vent dans la nature tout autour. La langue de feu, vacillant dans la brise, semblait sur le point de s'éteindre. Ce n'était ni le rugissement d'une conflagration nourrie à l'essence, ni un embrasement dévorant. Roger sentit Brianna soupirer à ses côtés et commencer à se détendre.

La flamme se stabilisa et le bois prit. Les bords écailleux de l'écorce de sapin étincelèrent dans un éclat rouge, puis blanc, et se désintégrèrent en cendres, tandis que le feu commençait à se propager vers le sommet. Grande et solide, la croix brûlerait lentement, pendant une bonne moitié de la nuit, illuminant la cour, pendant que les hommes rassemblés à ses pieds bavarderaient en buvant et en mangeant. Le processus voulu par Jamie Fraser s'amorçait : ils étaient en train de devenir des amis, des voisins, des compagnons d'armes. Et ce, sous son commandement.

Jamie attendit de s'assurer que la croix brûlait bien, puis il rejeta sa torche dans le feu. Il déclara alors aux hommes assemblés :

— Nous ignorons ce qui nous attend. Que Dieu nous donne du courage. Qu'Il nous apporte la sagesse. Si telle est Sa volonté, qu'Il nous accorde la paix. Nous partirons demain matin.

Il tourna les talons et s'éloigna du feu, cherchant Roger du regard. Ce dernier lui fit un signe, puis après s'être éclairci la gorge, il se mit à chanter doucement, dans l'ombre, la chanson que Jamie avait souhaité entendre pour clôturer la cérémonie : *La fleur d'Écosse*.

Ô, fleur d'Écosse
Quand te reverrons-nous ?
Nous qui donnâmes notre vie et notre âme
Pour tes arpents de lande et de bruyère.

Loin d'être un de ces airs de propagande guerrière ou une lamentation, ce poème était solennel, empreint de mélancolie. C'était un chant du souvenir, de la fierté et de la détermination. Même pas une vraie chanson d'autrefois. Roger connaissait l'homme qui l'avait écrite, au XXe siècle. Mais Jamie avait entendu l'histoire de Stirling et de Bannockburn, et il en approuvait totalement l'esprit.

Nous qui nous dressâmes contre lui,
Le fier Edouard et son armée,
Et le renvoyâmes chez lui
Pour qu'on ne l'y reprît plus.

Les Écossais dans l'assistance le laissèrent chanter seul le couplet, puis reprirent le refrain, d'abord doucement, puis de plus en plus fort.

Et le renvoyâmes chez lui
Pour qu'on ne l'y reprît plus.

Il se souvint d'un échange de la veille avec Brianna, allongée à ses côtés dans leur lit, juste avant qu'ils sombrent tous les deux dans l'inconscient. Ils avaient discuté des personnages historiques de leur nouvelle époque, se demandant s'ils auraient l'occasion de rencontrer des gens comme Jefferson ou Washington. Une perspective excitante et pas impossible. Elle avait fait allusion à John Adams, citant un propos attribué à Jefferson pendant la guerre d'Indépendance.

« Je suis un guerrier, pour que mon fils puisse un jour être un marchand et qu'un jour son fils puisse être un poète. »

À présent, tes vallons sont nus
Les feuilles d'automne jonchent ton sol
Ton pays aujourd'hui perdu
Ne fut jamais aussi cher à nos cœurs.
Nous nous dressâmes contre lui,
Le fier Edouard et son armée,
Et le renvoyâmes chez lui
Pour qu'on ne l'y reprît plus.

Ce n'était plus l'armée d'Edouard mais celle de George. Mais ils étaient toujours aussi fiers. Il aperçut Claire qui se tenait à l'écart avec les autres femmes, à la lisière du cercle de lumière. Elle semblait ailleurs, parfaitement immobile, ses cheveux flottant autour de son visage. Ses yeux dorés et habités d'une lueur sombre fixaient Jamie.

C'était la même armée dans laquelle il avait combattu autrefois, celle pour laquelle son père était mort. Sa gorge se noua, l'obligeant à puiser l'air au plus profond de lui-même, et il chanta avec une ardeur redoublée. « Je serai un guerrier pour que mon fils puisse un jour être un marchand et qu'un jour son fils puisse être un poète. » Ni Adams ni Jefferson n'avaient combattu. Jefferson n'avait pas eu de fils. Il avait été ce poète dont les paroles avaient résonné à travers les âges, faisant lever des armées, se consumant dans le cœur de ceux prêts à mourir pour elles, et tout un pays s'était bâti sur ces mots.

« Ça vient peut-être des cheveux », pensa Roger avec ironie en apercevant un éclat de lumière rouge lorsque Jamie bougea, respectant le silence qu'il venait de faire naître. Ce devait être les vestiges de sang viking dans leurs veines qui transmettaient à ces grands hommes passionnés le don de lancer leurs congénères dans la guerre.

Nous qui donnâmes notre vie et notre âme
Pour tes arpents de lande et de bruyère…

Et ils les donneraient encore. Car n'était-ce pas toujours pour cela que les hommes se battaient ? Pour leur maison et leur famille ? Près du feu, non loin de la carcasse de porc, il discerna Brianna et Jemmy. S'il était à présent le barde d'un chef highlander expatrié, il lui faudrait, lui aussi, devenir guerrier le moment voulu, pour son fils, et ceux qui suivraient.

Et le renvoyâmes chez lui
Pour qu'on ne l'y reprît plus.
Pour qu'on ne l'y reprît… plus.

25

Le petit ange qui veille sur mon sommeil

En dépit de l'heure tardive, nous avions fait l'amour, sans échanger un mot, chacun cherchant un refuge et un réconfort dans la chair de l'autre. Seuls dans notre chambre, derrière les volets clos qui nous protégeaient des bruits de voix dans la cour – le pauvre Roger chantait toujours, à la demande générale –, nous pouvions enfin nous débarrasser des pressions et des fatigues de la journée, du moins pour un temps.

Ensuite, il me tint contre lui, son visage enfoui dans mes cheveux, se raccrochant à moi comme à un talisman. Je caressais sa tête, enfonçant mes doigts dans sa nuque, là où ses muscles étaient durs comme de la pierre.

— Tout se passera bien, murmurai-je.

— Oui, je sais.

Il resta immobile un moment, me laissant le masser. La tension dans son cou et ses épaules se relâcha progressivement, son corps se fit plus lourd sur le mien. Sentant que je commençais à avoir du mal à respirer, il roula sur le côté.

Son estomac émit un tel gargouillement, qu'il déclencha nos rires.

— Tu n'as pas eu le temps de dîner ?

— Avant, je ne peux rien avaler, ça me donne des crampes d'estomac. Et après, je n'en ai plus eu l'occasion. N'y aurait-il rien de comestible dans la chambre ?

— Non, j'avais quelques pommes, mais les petits Chisholm les ont trouvées. Je suis désolée, j'aurais dû penser à monter quelque chose.

Je savais déjà qu'il mangeait rarement « avant ». Avant un combat, une confrontation ou toute autre prestation stressante devant un public. Mais je n'avais pas prévu qu'il ne parviendrait pas à manger après, chacun le retenant par la manche avec un « juste un petit mot, monsieur ».

— Tu avais d'autres chats à fouetter, *Sassenach*. Ne t'inquiète pas, je me rattraperai au petit déjeuner.

— Tu en es sûr ?

Je sortis un pied du lit, m'apprêtant à me lever.

— Il y a plein de restes. Si tu ne veux pas descendre, je peux aller te chercher une assiette et…

Il me retint par le bras puis m'attira de nouveau sous les couvertures, me coinçant en chien de fusil contre lui et m'enveloppant d'un bras pour s'assurer que je ne bougerais pas.

— Non, dit-il fermement. C'est peut-être la dernière nuit que je passe dans un lit avant un bon moment, et je tiens à en profiter… avec toi.

Docile, je me calai sous son menton, trop contente de ne pas bouger. Je le comprenais. La présence de l'un de nous en bas, dans la cuisine, suffirait à déclencher une ruée de gens, qui avec une question à poser, qui avec un conseil ou besoin de ceci ou de cela…

J'avais mouché la chandelle et le feu brûlait faiblement. Un court instant, j'envisageai de me lever pour remettre une bûche dans l'âtre, mais je me ravisai. Il n'avait qu'à se consumer jusqu'à ne laisser que des braises. À l'aube, nous serions partis.

Malgré ma fatigue et la gravité du futur voyage, j'avais hâte de l'entreprendre. Outre l'attrait de la nouveauté et la perspective d'aventures, il me permettrait d'échapper provisoirement aux corvées de lessive, de cuisine et d'arbitrage de catch féminin. Néanmoins, Jamie avait raison : cette nuit était sans nul doute notre dernier moment d'intimité et de confort avant longtemps.

Je m'étirai, goûtant avec volupté la douce étreinte du matelas de plumes, des draps propres et doux, parfumés avec discrétion de romarin et de fleur de sureau. Avais-je empaqueté suffisamment de literie ?

La voix de Roger filtrait entre les volets, toujours forte mais éraillée par l'épuisement.

— La Grive ferait bien d'aller au lit s'il veut prendre congé de sa femme de manière convenable, dit Jamie sur un ton réprobateur.

— Dieu merci, Brianna et Jemmy sont partis se coucher depuis des heures !

— Le petit, peut-être, mais elle est toujours là. Je viens d'entendre sa voix.

— Vraiment ?

Je tendis l'oreille mais ne perçus qu'un brouhaha étouffé d'applaudissements.

— Elle veut sûrement rester avec lui le plus longtemps possible. Ces hommes seront épuisés demain matin, et c'est sans compter leur gueule de bois !

— Tant qu'ils tiennent en selle, peu m'importe qu'ils s'arrêtent de temps en temps pour rendre leurs tripes dans les fourrés.

Les couvertures remontées jusque sous mon menton, je me serrai contre lui. J'entendis la voix grave de Roger, riant mais déclinant fermement de chanter encore. Peu à peu, le raffut de la cour cessa, en dehors de quelques heurts sourds et des cliquetis. Je devinais qu'on soulevait et qu'on secouait le fût de bière pour le vider de ses dernières gouttes, avant de le laisser retomber sourdement sur la terre battue.

Puis il y eut des bruits dans la maison, le vagissement soudain d'un bébé réveillé, des pas dans la cuisine, les protestations somnolentes des enfants réveillés par le retour de leurs pères, les remontrances de leurs mères puis leurs paroles de réconfort.

— Tu te souviens de tout ce que tu as fait aujourd'hui ?

Nous nous adonnions parfois à ce jeu la nuit, chacun essayant de se souvenir dans le détail de tout ce qu'il avait fait, vu, entendu ou mangé au cours de la journée, du lever au coucher. C'était comme écrire un journal. L'effort de mémoire purgeait l'esprit de la fatigue du jour, et chacun s'amusait beaucoup des expériences de l'autre. J'adorais écouter le récit de Jamie, que ses activités quotidiennes aient été routinières ou excitantes. Mais ce soir-là, il n'était pas d'humeur. Il pressa de sa main une de mes fesses.

— Je n'ai aucun souvenir d'aujourd'hui, avant d'avoir refermé la porte de cette chambre. En revanche, à partir de là, je me souviens d'un détail ou deux.

— Oui, ils sont encore relativement frais dans mon esprit aussi.

J'agitai les orteils, lui chatouillant le dessus des pieds.

Nous cessâmes de parler pour nous laisser sombrer dans le sommeil. Du moins, j'essayai. En dépit de l'heure tardive et de ma fatigue physique, mes pensées restaient déterminées à continuer la fête. Dès que je fermais les yeux, des fragments de ma journée défilaient derrière mes paupières – Mme Bug et son balai, les bottes crottées de Gerhard Mueller, les tiges nues des grappes de raisins, l'enchevêtrement de rubans décolorés de choucroute, les fesses rondes et roses de Jemmy, des dizaines de petits Chisholm courant dans tous les sens… Je m'efforçai de brider mon esprit vagabond en dressant un inventaire mental de mes préparatifs pour le voyage du lendemain.

Mon idée était inefficace, car, au bout de quelques minutes, j'étais complètement réveillée, en proie à une anxiété réprimée, pensant au contenu de mon sac d'infirmerie, à Brianna, à Marsali ou à l'un des enfants succombant à une soudaine et hideuse épidémie, à Mme Bug lançant des appels à l'insurrection et à un bain de sang dans tout Fraser's Ridge.

Je roulai sur le côté pour contempler Jamie. Couché sur le dos, selon son habitude, il avait croisé les bras sur son ventre tel un gisant, son profil se détachant, pur et sévère, sur la lueur de l'âtre. Ses yeux étaient fermés, mais il semblait soucieux. De temps à autre, ses lèvres tremblaient, comme s'il était absorbé par un débat intérieur.

— Tu penses si fort que je peux t'entendre d'ici, dis-je. Ou est-ce que tu comptes simplement les moutons ?

Se penchant vers moi, il me regarda avec un sourire narquois.

— Je comptais les cochons, et ça se passait plutôt bien, sauf que je n'arrête pas d'entr'apercevoir cette satanée truie blanche dans un coin, gambadant gaiement et m'échappant toujours, pour me narguer.

Je me collai à lui en riant. Puis je posai mon front contre son épaule et soupirai.

— Il faut vraiment qu'on dorme, Jamie, je suis épuisée. J'ai l'impression que mes os sont en train de fondre, et toi, tu es debout depuis si longtemps.

— Mmm…

Il glissa un bras apaisant sous moi, mais je me trouvai bien vite un autre motif d'inquiétude.

— Cette croix… elle ne va pas mettre le feu à la maison ?

— Mais non. Elle a fini de brûler depuis longtemps.

J'observai les ultimes braises se consumer dans la cheminée, tentant en vain d'évacuer toute pensée de ma tête.

— Quand Frank et moi nous nous sommes mariés, nous avons d'abord consulté un prêtre. Il nous a conseillé de commencer notre vie conjugale en récitant le rosaire ensemble, au lit, tous les soirs. Frank se demandait s'il s'agissait là d'un acte de dévotion, d'une aide au sommeil ou simplement d'une méthode contraceptive reconnue par l'Église.

La poitrine de Jamie se secoua, tandis qu'il riait en silence.

— Si tu veux, on peut essayer, *Sassenach*. Mais à toi de compter les *Je vous salue Marie*, car tu es couchée sur ma main gauche et je ne sens plus mes doigts !

Je me soulevai pour lui permettre de retirer sa main de sous ma hanche.

— Je ne pense pas que le rosaire fera l'affaire, dis-je. Tu ne connais pas plutôt une bonne prière soporifique ?

— J'en connais des tas. Laisse-moi me souvenir.

Il leva la main et fléchit les doigts avec délicatesse pour faire circuler le sang dans ses veines. Dans la pénombre de la pièce, son mouvement me rappela sa façon d'attirer les truites hors de leurs cachettes.

Cette fois, un silence paisible régnait sur la maison, perturbé uniquement par les craquements de la charpente. Je crus percevoir un timbre de voix à l'extérieur, mais cela pouvait aussi bien être les branches s'entrechoquant dans le vent.

— En voilà une que j'avais presque oubliée, déclara Jamie. Mon père me l'avait apprise, peu avant sa mort. Il pensait qu'un jour elle me serait utile.

Confortablement installé, la tête baissée au point que son menton reposait sur mon épaule, il me récita à l'oreille d'une voix basse et chaude :

Bénis, Ô Dieu, la lune au-dessus de ma tête,
Bénis, Ô Dieu, la terre sous mes pieds,
Bénis, Ô Dieu, ma femme et mes enfants,
Et bénis-moi, Ô Dieu, qui dois veiller sur eux.
Bénis ma femme et mes enfants,
Et bénis-moi, Ô Dieu, qui dois veiller sur eux.

Il avait commencé timidement, butant ici et là sur un mot. Mais peu à peu, il prit de l'assurance et cessa de s'adresser à moi, même si sa main réchauffait toujours la courbe de ma hanche.

Bénis, Ô Dieu, l'objet sur lequel mes yeux se posent,
Bénis, Ô Dieu, l'objet sur lequel mon espoir repose,
Bénis, Ô Dieu, ma raison et mon but,
Bénis, Ô bénis-les, toi le Dieu de la vie,
Bénis, Ô Dieu, ma raison et mon but,
Bénis, Ô bénis-les, toi le Dieu de la vie.

Sa main caressa ma taille puis remonta vers mes cheveux.

Bénis, Ô Dieu, le lit de ma compagne,
Bénis, Ô Dieu, le produit de mes mains,
Bénis, Ô Dieu, la clôture qui protège mon jardin,
Et bénis, Ô Dieu, le petit ange qui veille sur mon sommeil.
Bénis, Ô Dieu, la clôture qui protège mon jardin,
Et bénis, Ô Dieu, le petit ange qui veille sur mon sommeil.

Sa main s'enroula sous mon menton, je la pris dans la mienne et la baisa.

— Elle me plaît bien, ta prière. Surtout « le petit ange qui veille sur mon sommeil ». Quand Brianna était enfant, on lui faisait réciter une prière avant d'aller au lit. « Que Michel soit à ma droite, Gabriel à ma gauche, Uriel derrière moi, Raphaël devant moi et, au-dessus de moi, la présence du Seigneur. »

Il ne dit rien, pressa mes doigts en guise de réponse. Une braise roula dans l'âtre avec un doux *whoooouff* et des étincelles flottèrent, un instant, dans l'obscurité de la chambre.

Un peu plus tard, revenant brièvement à moi, je sentis son corps glisser hors du lit.

— Quoi ? demandai-je endormie.

— Rien, chuchota-t-il. Je dois écrire un mot. Dors, *a nighean donn*. Je m'éveillerai à tes côtés.

*

* *

Fraser's Ridge, 1er décembre 1770
James Fraser. À l'attention de lord John Grey
Plantation de Mount Josiah

Mon cher ami,

Je vous écris en espérant que tout se passe pour le mieux pour votre établissement et ses habitants. Mes amitiés les plus sincères à votre fils.

Tous se portent bien dans ma maison, ainsi qu'à River Run (pour autant que je le sache). Les noces projetées pour ma fille et ma tante, et dont je vous avais parlé dans une lettre antérieure, ont été quelque peu bousculées par les circonstances (notamment une circonstance répondant au nom de M. Randall Lillywhite, que je mentionne ici dans l'éventualité où vous seriez un jour amené à le rencontrer). Heureusement, mes petits-enfants ont tous pu être baptisés et, si le mariage de ma tante a été reporté à une saison ultérieure, l'union de ma fille avec M. MacKenzie a été consacrée par le révérend Caldwell, un gentilhomme tout à fait méritant bien que presbytérien.

Le jeune Jeremiah Alexander Ian Fraser MacKenzie (naturellement, le prénom « Ian » est la variante écossaise de John, hommage de ma fille à un ami cher ainsi qu'à son cousin) a survécu à son baptême ainsi qu'au long voyage du retour et se trouve en excellente forme. Sa mère me demande de vous informer que votre redoutable homonyme possède désormais quatre dents, ce qui le rend excessivement dangereux pour les âmes innocentes qui se laissent berner par son minois angélique et approchent leurs doigts inconscients de ses mâchoires pernicieuses. L'enfant mord comme un crocodile.

Ici, notre population s'est enrichie d'une vingtaine de nouvelles familles depuis mon dernier courrier. Dieu a récompensé nos efforts au cours de l'été, nous gratifiant avec une abondance de blé, du fourrage à profusion et autant de bestiaux qu'il en faut pour s'en délecter. Il n'y a pas moins de quarante cochons vaquant en liberté dans nos bois et deux de nos vaches viennent de mettre bas. J'ai également acheté un nouveau cheval. Si je nourris de sérieux doutes sur son tempérament, je n'en ai aucun sur la puissance de son souffle.

Voici pour les bonnes nouvelles.

À présent, les moins bonnes. J'ai été nommé colonel de milice, contraint de mobiliser et de conduire autant d'hommes que possible au service du gouverneur, avant la mi-décembre, afin de l'aider à réprimer un mouvement local d'hostilités.

Lors de votre dernière visite en Caroline du Nord, vous avez peut-être entendu parler d'un groupe se faisant appeler les « Régulateurs », mais peut-être pas dans la mesure où d'autres questions urgentes retenaient votre attention en cette occasion. (Mon épouse est ravie d'apprendre que vous vous portez mieux et vous envoie ci-joint un paquet contenant ses remèdes. Il est accompagné d'instructions pour leur administration, dans l'éventualité où vous souffririez encore de migraines.)

Ces Régulateurs ne sont que des agitateurs, encore moins disciplinés dans leurs actions que ces émeutiers dont on nous dit qu'ils ont brûlé une effigie du gouverneur Richardson à Boston. Je ne dis pas que leurs griefs soient infondés, mais vu les moyens qu'ils mettent en œuvre pour les exprimer, ils ont peu de chances d'être entendus par la Couronne. Au contraire, ils ne peuvent qu'inciter les deux camps à plus d'excès, ce qui ne saurait aboutir qu'à une aggravation de la situation.

Le 24 septembre, Hillsborough a été le théâtre d'une grave explosion de violence, au cours de laquelle des biens matériels ont été délibérément saccagés et des représentants de la Couronne ont été molestés, certains à juste titre, d'autres non. Un juge de paix a été grièvement blessé. Un grand nombre des membres de la Régulation ont été arrêtés. Depuis, ils ne font pratiquement plus parler d'eux. L'hiver étouffe le mécontentement, mais il couve dans les âtres des chaumières et des tavernes. Dès que viendra le grand nettoyage de printemps, il se propagera partout, empestant l'air comme les mauvaises odeurs d'une maison restée fermée trop longtemps.

Tryon est un homme habile, mais il n'est pas fermier. Le cas échéant, il ne chercherait pas à faire la guerre en hiver. Néanmoins, il espère peut-être qu'une démonstration de force maintenant, alors qu'elle ne s'impose pas, intimidera suffisamment les vauriens pour qu'elle ne devienne pas indispensable plus tard. C'est un soldat.

Ces remarques m'amènent à l'objet de cette lettre. Je ne m'attends pas à ce que notre expédition tourne mal, mais, étant soldat vous-même, vous savez, tout comme moi, à quel point ces choses sont imprévisibles et quelles catastrophes peuvent parfois découler de débuts pourtant anodins.

Aucun homme ne peut prévoir les détails de sa propre fin, si ce n'est qu'elle viendra tôt ou tard. J'ai donc pris les mesures en mon pouvoir afin d'assurer le bien-être de ma famille.

Je vous énumère ici les membres qui en font partie, au cas où vous ne les connaîtriez pas tous : Claire, mon épouse bien-aimée ; ma fille Brianna, son mari Roger MacKenzie et leur fils Jeremiah MacKenzie ; mon autre fille Marsali, son mari Fergus Fraser (également mon fils adoptif) qui ont à présent deux enfants, Germain et Joan. La petite Joan tient son prénom de la sœur de Marsali, Joan MacKenzie, résidant actuellement en Écosse. Je n'ai pas le temps ici de vous expliquer toute l'histoire, mais sachez que j'ai une bonne raison de considérer cette jeune femme comme étant aussi ma fille et que je me tiens pareillement responsable de son bien-être, comme de celui de sa mère, Laoghaire MacKenzie.

Au nom de la longue amitié qui nous unit et de l'estime que vous avez démontrée à l'égard de ma femme et de ma fille, je vous prie, au cas où un malheur devait m'arriver, de veiller sur leur sécurité.

Je prends la route à l'aube, qui n'est plus très loin.

Votre humble et dévoué serviteur,

James Alexander Malcolm MacKenzie Fraser

Post-scriptum : tous mes remerciements pour les informations que vous m'avez fournies concernant ma requête sur Stephen Bonnet. J'ai pris note de votre conseil avec la plus grande appréciation et gratitude, le sachant bien intentionné. Cependant, comme vous vous en doutez, je ne saurais le suivre.

Post-post-scriptum : on trouvera des copies de mon testament et des documents relatifs à mes biens et mes affaires, ici et en Écosse, auprès de Farquard Campbell, de Greenoaks, près de Cross Creek.

TROISIEME PARTIE

Tours et détours

26

La levée de la milice

Le temps froid mais dégagé nous était favorable. Avec les Mueller et d'autres fermiers venus des domaines voisins, la troupe, en quittant Fraser's Ridge, comptait une quarantaine de miliciens... plus moi.

Une demi-douzaine d'autres hommes nous rejoignirent à Wogan's Hollow, puis trois autres à Belleview et enfin les deux frères Findlay, originaires d'une minuscule communauté baptisée Possum Gut. À mesure que nous approchions de la Ligne du Traité, le point le plus éloigné de notre périple d'enrôlement, nous formions un groupe respectable en nombre à défaut d'avoir de l'expertise. Certains avaient été des soldats, d'autres des fantassins ayant servi en Écosse ou dans la guerre contre les Français et les Indiens. Cependant, la majorité n'ayant jamais connu l'armée, Jamie organisait toutes les fins de journée des exercices militaires mais d'un genre peu orthodoxe.

Le premier soir, au coin du feu, il expliqua à Roger :

— Nous manquons de temps pour les former convenablement. Apprendre à un homme à ne pas prendre ses jambes à son cou dès le premier échange de tir nécessite des semaines.

Roger se contenta de hocher la tête, mais la gêne se lisait dans ses yeux. Il avait sûrement des doutes quant à son propre manque d'expérience et devait se demander comment lui-même allait réagir quand on se mettrait à lui tirer dessus. En ma qualité d'infirmière, j'avais connu à l'époque beaucoup de jeunes soldats.

Agenouillée devant le feu, je faisais cuire des galettes de maïs sur une grille en fonte posée sur les braises. Levant les yeux vers Jamie, je le vis qui m'observait, un sourire au coin des lèvres. Lui aussi avait été un conscrit. Il toussota et se pencha pour retourner les cendres chaudes du bout de son bâton, cherchant la perdrix que j'y avais enfouie, enveloppée dans une coque d'argile. Puis il poursuivit :

— Fuir le danger est la réaction la plus naturelle. Le but de l'entraînement est d'habituer les troupes à la voix d'un officier, afin qu'elles l'entendent par-dessus le vacarme des fusils et lui obéissent sans penser aux risques.

Roger fit une moue sarcastique.

— Je vois, comme on dresse un cheval pour qu'il ne s'emballe pas à la première détonation.

— À peu près, convint Jamie le plus sérieusement du monde, avec la seule différence que le cavalier doit convaincre son cheval qu'il contrôle la situation, alors que l'officier a simplement besoin de faire plus de bruit.

Roger éclata de rire et Jamie continua :

— Quand je suis devenu soldat en France, on m'a d'abord fait crapahuter nuit et jour, de droite à gauche et de haut en bas. Avant qu'on me confie de la poudre pour charger mon arme, j'avais usé entièrement une paire de bottes. À la fin d'une journée de manœuvres, j'étais tellement épuisé qu'un tir au canon au-dessus de ma paillasse ne m'aurait pas fait sourciller.

Il secoua la tête, son demi-sourire disparaissant, puis il reprit :

— Mais nous n'avons pas le temps de faire ainsi. La moitié de nos hommes ont une mince expérience militaire. En cas d'affrontement, nous devrons nous appuyer sur eux et soutenir ceux qui n'en ont pas.

Il regarda au-delà du feu et désigna la silhouette sombre des arbres et des montagnes.

— Ça ne ressemble pas vraiment à un champ de bataille, n'est-ce pas ? Je ne sais pas où le combat se déroulera, s'il a lieu, mais il nous faut néanmoins prévoir une stratégie pour nous mettre à l'abri. On va leur apprendre à se battre comme des Highlanders, à se regrouper et à se disperser sur mon ordre, et à se débrouiller comme ils le peuvent le reste du temps. Seule la moitié d'entre eux ont été soldats, mais tous savent chasser.

Il indiqua les nouvelles recrues du menton. Plusieurs avaient abattu du petit gibier en cours de route. Les frères Lindsay avaient abattu la perdrix que nous étions en train de manger.

Roger acquiesça et se pencha, poussant une boule d'argile noircie hors du feu en évitant de nous regarder. Depuis notre retour à Fraser's Ridge, il s'était entraîné au tir presque tous les jours et n'avait encore rien tué, pas même un opossum. Jamie, qui l'avait accompagné un jour, m'avait déclaré, en privé, que notre gendre aurait plus de chance à la chasse en tentant d'assommer le gibier à coups de crosse de mousquet qu'en le tirant.

Je fis les gros yeux à Jamie. Il me répondit en haussant les sourcils, m'indiquant que Roger s'en remettrait. Je me redressai et allai m'asseoir près de Jamie, lui tendant une galette de maïs.

— Mais ce n'est pas vraiment comme la chasse, n'est-ce pas ? Surtout maintenant.

— Qu'est-ce que tu veux dire, *Sassenach* ?

Il brisa la galette en deux, inhalant la délicieuse vapeur parfumée qui s'en dégageait.

— *Primo*, vous ne savez pas si vous devrez user de vos armes ou pas. *Secundo*, vous n'aurez pas affaire à des troupes entraînées. Les Régulateurs ne sont pas plus soldats que vous. *Tertio*, votre but n'est pas vraiment de les tuer, mais uniquement de leur faire peur jusqu'à ce qu'ils battent en retraite ou se rendent. Et enfin…

Je souris à Roger avant de conclure :

— … le but de la chasse est de tuer. Celui de la guerre est d'en revenir vivant.

Jamie s'étrangla avec un morceau de galette et je lui tapotai le dos. Il se tourna vers moi avec un regard assassin. Il cracha des miettes, déglutit puis se leva, faisant voler son plaid, et déclara d'une voix rauque :

— Tu as raison, *Sassenach*, et tu as tort. En effet, ce n'est pas comme la chasse. Parce que, généralement, le gibier, lui, ne cherche pas à te tuer. En revanche…

Il regarda Roger pour continuer :

— … elle se trompe au sujet du reste. Le but de la guerre, c'est tuer. Si tu penses autrement, si tu cherches à intimider l'adversaire par des demi-mesures, mais, surtout, si tu penses d'abord à sauver ta peau, je peux t'assurer que tu ne survivras pas à ta première journée de combat.

Il jeta le reste de sa galette dans le feu et s'éloigna à grandes enjambées.

*

* *

Je restai pétrifiée un moment, puis la chaleur de la galette traversa le linge dans lequel je l'avais enveloppée et me brûla les doigts. Je la posai à côté de moi en étouffant un « Aïe ! ».

— Ça va ?

Roger m'avait posé la question tout en gardant les yeux fixés dans la direction où Jamie avait disparu, vers les chevaux.

— Oui, ça va.

Je rafraîchis le bout de mes doigts contre l'écorce froide et humide du tronc d'arbre sur lequel j'étais assise. Ce bref échange ayant rompu notre silence gêné, je repris le fil de la conversation.

— C'est vrai que Jamie a une grande expérience guerrière, mais je pense quand même qu'il exagérait.

— Vous croyez ?

Roger ne semblait ni surpris ni troublé par la remarque de Jamie.

— Bien sûr. Quoi qu'il arrive avec les Régulateurs, tu sais comme moi qu'il ne s'agira pas d'une vraie guerre. Ce ne sera probablement rien du tout.

Il fixait toujours les ténèbres, l'air songeur.

— Ah ! ça… Oui, mais je pense qu'il voulait parler d'autre chose.

Il se tourna enfin vers moi, un sourire ironique aux lèvres.

— Le jour où nous sommes sortis chasser ensemble, il m'a demandé si je savais ce qui nous attendait. Je sais qu'il a posé la même question à Brianna.

— Ce qui nous attendait… tu veux dire, la guerre d'Indépendance ?

Il hocha la tête.

— Je lui ai raconté ce que je savais. Sur les batailles, la politique. Pas tous les détails, naturellement, mais les moments clés, et le long processus meurtrier que ce sera.

Il resta silencieux un instant, puis releva les yeux vers moi.

— C'est difficile à dire avec lui, mais je crois que je lui ai fichu la trouille. Il vient simplement de me rendre la pareille.

J'émis un petit rire puis me levai et fis tomber les miettes et les cendres de ma jupe.

— Ce n'est pas demain la veille que tu lui ficheras la trouille avec des histoires de guerre, mon garçon.

Il rit à son tour.

— Peut-être pas la trouille, mais, après ça, il est devenu très silencieux. En tout cas, lui, il a réussi à me flanquer la frousse.

Je jetai un œil vers les chevaux. La lune ne s'était pas encore levée, et je ne distinguais qu'un vague fouillis de silhouettes remuantes avec, parfois, le reflet du feu sur une croupe lustrée ou le bref éclat d'un œil. Je ne voyais pas Jamie, mais je savais qu'il était là. À leur manière de s'ébrouer et de piétiner sur place, je devinais que quelqu'un qui leur était familier était parmi eux.

Parlant bas, même si j'étais pratiquement sûre qu'il ne pouvait m'entendre, je repris :

— Il n'était pas simplement soldat. Il était officier.

Je me rassis sur mon tronc d'arbre et repris ma galette de maïs. Elle était à peine tiède.

— J'ai été infirmière pendant la guerre. Je travaillais dans un hôpital de campagne en France.

Il hocha la tête d'un air intéressé. Le feu projetait des ombres profondes sur son visage, accentuant le contraste entre son haut front, ses os saillants et la courbe douce de sa bouche.

— ... J'ai soigné beaucoup de soldats. Ils avaient *tous* peur. Ceux qui revenaient du front se souvenaient. Ceux qui n'y avaient pas encore été l'imaginaient. Mais c'était surtout les officiers qui ne pouvaient pas dormir la nuit.

Le regard absent, je caressai la surface granuleuse de ma galette. Le lard la rendait légèrement graisseuse.

— Un jour, après la bataille de Prestonpans, je suis restée aux côtés de Jamie tandis qu'il tenait dans ses bras un de ses hommes en train de mourir. Il pleurait. Il s'en souvient encore. En revanche, il a effacé Culloden de sa mémoire, c'était trop dur.

Je baissai les yeux vers le morceau de galette grillée dans ma main, effritant d'un ongle les bords brûlés.

— Oui, tu lui as fait peur, Roger. Il ne veut pas pleurer pour toi. Et moi non plus. Les difficultés ne sont peut-être pas pour tout de suite, mais, le moment venu, fais bien attention à toi, d'accord ?

Il y eut un long silence, puis il dit doucement :

— D'accord.

Là-dessus, il se leva et s'éloigna, le bruit de ses pas absorbé par la terre humide.

Les autres feux de camp brûlaient tout autour de nous dans la nuit. Les hommes restaient encore entre parents et amis, chaque groupe rassemblé autour de son feu. Mais je savais qu'à mesure que nous avancerions, ils se joindraient les uns aux autres. Au bout de quelques jours, tout le monde se regrouperait autour d'un seul grand cercle de lumière.

Jamie n'avait pas peur de ce que lui avait raconté Roger, mais de ce qu'il savait déjà. Un bon officier avait deux possibilités : se laisser déchirer par le poids de ses responsabilités ou se laisser endurcir au point d'être plus impénétrable que la pierre. Il en était conscient.

Quant à moi... j'étais aussi au courant. J'avais été mariée à deux soldats, tous deux officiers, car Frank l'avait été aussi. J'avais traversé deux guerres en tant qu'infirmière puis guérisseuse.

Je connaissais les noms et les dates des batailles. Je connaissais l'odeur du sang, du vomi et des tripes. Dans un hôpital de campagne, on voit des membres brisés, des viscères éventrés, des éclats d'os… et aussi des hommes qui n'ont jamais brandi une arme, mais meurent néanmoins de la fièvre, de la crasse, de la maladie et du désespoir.

Au cours des deux guerres mondiales, des milliers d'hommes étaient morts sous les balles et les bombes des champs de bataille. Mais des centaines de milliers d'autres étaient morts d'infections et de maladies. Il en irait de même ici… dans quatre ans.

Et cela me flanquait une trouille bleue.

*

* *

Le lendemain soir, nous établîmes notre campement dans les bois du mont Balsam, à quelques kilomètres de la colonie de Lucklow. Plusieurs hommes voulaient pousser jusqu'au hameau de Brownsville, le point extrême de notre expédition, avant de faire demi-tour vers Salisbury. Il s'y trouvait sinon une taverne, du moins un abri accueillant où dormir. Mais Jamie préféra attendre, expliquant à Roger :

— Je ne veux pas faire peur aux habitants en débarquant avec une troupe d'hommes armés après la tombée de la nuit. Je préfère leur expliquer la raison de notre arrivée en plein jour, puis leur laisser une journée et une nuit pour se préparer à nous suivre.

Il fut interrompu par une quinte de toux, les épaules secouées de spasmes. Sa mine et sa voix ne me disaient rien qui vaille. Son teint était moucheté de plaques grisâtres et lorsqu'il approcha du feu pour remplir son écuelle, j'entendis sa respiration sifflante. La plupart des hommes n'étaient guère en meilleur état. Les nez rouges et la toux étaient endémiques, et le feu grésillait chaque fois que quelqu'un se raclait la gorge et y crachait une glaire.

J'aurais aimé mettre Jamie au lit avec une brique chaude aux pieds, un cataplasme à la moutarde sur la poitrine et une infusion de menthe poivrée et de feuilles d'éphédra. Comme un revolver, des fers et plusieurs hommes auraient été nécessaires pour l'y forcer, je me contentais de pêcher une bonne louche de viande dans le ragoût et de la verser dans son assiette.

— Ewald... appela-t-il d'une voix rauque.

Il s'interrompit, s'éclairait la gorge, puis reprit en direction de l'un des fils Mueller :

— Ewald, emmène Paul avec toi chercher du bois pour le feu. La nuit sera froide.

Elle l'était déjà. Les hommes se tenaient si près des flammes que les bords de leurs châles et de leurs vestes commençaient à sentir le roussi et le bout de leurs bottes, pour ceux qui en avaient, le cuir brûlé. Me tenant moi-même très près du brasier pour servir le repas, j'avais les cuisses et les genoux qui cuisaient. En revanche, mon dos était glacé, en dépit des vieilles culottes en peau que je portais sous mes jupes, à la fois en guise d'isolation et pour éviter la friction de la selle. Les montagnes de la Caroline n'étaient pas un endroit approprié pour monter en amazone.

Ayant servi la dernière écuelle, je tournai le dos au feu pour dîner à mon tour, réchauffant en même temps mon derrière gelé.

Jimmy Robertson, qui avait cuisiné le ragoût, s'approcha en quête d'un compliment :

— Il vous convient, madame ?

— Parfait, le rassurai-je. Délicieux.

Surtout, il était chaud et j'avais faim. Cela, plus le fait que je n'avais pas eu à le cuisiner moi-même, apporta suffisamment de conviction à ma réponse pour qu'il s'en retourne satisfait.

Je mangeai lentement, appréciant la chaleur du récipient en bois dans mes mains et celle de la nourriture dans mon estomac. La cacophonie des reniflements et des éternuements derrière moi ne parvenait pas à gâcher ce sentiment de bien-être provisoire qu'augmentait encore la perspective du repos après une journée à cheval. Même les bois sombres autour de nous, glacés et noirs sous la lueur des étoiles, ne pouvaient troubler ma paix.

Mon propre nez s'était mis à couler abondamment, mais peut-être n'était-ce là qu'une réaction au repas chaud. Ma gorge n'était pas douloureuse et je ne ressentais aucun signe de congestion dans ma poitrine. En revanche, Jamie, lui, était atteint. Ayant fini de manger, il était venu s'asseoir à mes côtés, se réchauffant le dos aux flammes.

— Tout va bien, *Sassenach* ?

— Juste une rhinite spasmodique, répondis-je en m'essuyant le nez avec mon mouchoir.

Il lança un regard circonspect vers la forêt.

— Où ça ? Ici ? Tu m'avais dit qu'ils vivaient en Afrique.

— Quoi… Ah, tu veux parler des rhinocéros ! Oui, c'est vrai. Je voulais simplement dire que mon nez coulait, mais que je ne suis pas grippée.

— Tant mieux. Je ne peux pas en dire autant.

Il éternua trois fois de suite, puis me tendit son écuelle pour pouvoir se moucher des deux mains. Ce qu'il fit avec un raffut terrifiant. Je grimaçai en voyant ses narines à vif. J'avais un peu de graisse d'ours camphrée dans ma sacoche, mais il ne me laisserait certainement pas le pommader devant tout le monde.

— Tu es certain que tu ne veux pas qu'on avance encore un peu ? Geordie dit que le village n'est plus très loin et qu'il y a une sorte de route.

Je connaissais déjà sa réponse. Il n'allait pas changer de stratégie pour une question de confort personnel. En outre, le camp était déjà dressé et le feu bien parti. Néanmoins, il m'inquiétait, indépendamment de mon propre désir d'un lit chaud et propre – ou de n'importe quel lit, n'étant pas tatillonne. De près, le sifflement de sa respiration trahissait un mal plus profond.

Il savait ce que je voulais dire. Il sourit, rangeant son mouchoir souillé dans sa manche.

— Ça ira, *Sassenach.* Ce n'est qu'un coup de froid. J'ai connu pire, bien des fois.

Paul Mueller mit une autre bûche dans le feu. Une grosse braise se détacha et rugit en s'enflammant, nous obligeant à nous écarter pour éviter la gerbe d'étincelles. Mes fesses cuites à point, je refis face au feu. Jamie, lui, continua de regarder aux alentours, les sourcils froncés, scrutant les ombres de la forêt.

Son visage se détendit et, me retournant, j'aperçus deux hommes émerger des bois, époussetant les aiguilles de pin et les fragments d'écorce sur leurs vêtements. C'était Jack Parker et un nouveau venu, dont je ne connaissais pas encore le nom, mais qui, à en juger par son accent, avait sûrement émigré récemment de quelque part près de Glasgow.

Parker nous salua, effleurant de son doigt le bord de son chapeau.

— Tout est calme, monsieur. Mais il fait un froid de gueux.

— Ouais, je ne sens plus mes bijoux de famille depuis le dîner, ajouta son compagnon. Si ça se trouve, ils sont tombés.

Il se rapprocha du feu en se massant l'entrejambe.

— Je comprends ce que tu veux dire, répondit Jamie avec un sourire. Quand j'ai voulu aller pisser tout à l'heure, je ne la trouvais plus.

Il se releva sous les rires et partit s'assurer que les chevaux étaient bien attachés, emportant sa seconde écuelle de ragoût.

Les autres hommes déroulaient déjà leurs paillasses, débattant de l'opportunité de dormir avec les pieds ou la tête près du feu.

— Si tu es trop près, tu risques de brûler les semelles de tes bottes, prévint Evan Lindsay. Regarde ! Ça a calciné mes goujons.

Il leva son pied, exhibant une botte élimée maintenue en place et entourée par une grosse ficelle. Les semelles et les talons étaient parfois cousus, mais le plus souvent fixés avec de minuscules chevilles en cuir ou taillés dans le bois. Elles étaient ensuite collées avec de la résine de pin ou une autre matière adhésive. La résine de pin étant très inflammable, j'avais déjà vu des bottes se mettre à cracher des étincelles lorsque les hommes dormaient avec les pieds trop près du feu, les goujons s'embrasant soudain sous l'effet de la chaleur.

— Ça vaut quand même mieux que de te flamber la tignasse, répondit Ronnie Sinclair.

— Nous autres, les Lindsay, ça ne risque pas de nous arriver, déclara Kenny.

Il donna un coup de coude à son frère aîné et tira sur sa casquette tricotée, révélant un crâne aussi chauve que celui de ses deux frères.

— Moi, je dors toujours la tête vers le feu, convint Murdo. Il faut faire attention à ne pas se geler le crâne, car le froid descend droit dans ton foie et c'est la fin.

Murdo protégeait son crâne glabre avec affection. On le voyait rarement sans son bonnet de nuit en laine ou un étrange chapeau qu'il s'était confectionné dans une peau d'opossum, doublée et garnie de fourrure de putois. Envieux, il regarda Roger en train de nouer son épaisse chevelure noire dans sa nuque avec un lacet en cuir.

— MacKenzie n'a pas à s'en faire à ce sujet, lui. Il est velu comme un ours !

Cela fit sourire Roger. Comme les autres, il avait cessé de se raser en quittant Fraser's Ridge. À présent, huit jours plus tard, avec l'épais chaume sombre qui recouvrait la moitié de son visage, il ressemblait effectivement à un grizzli. Il me vint à l'esprit que par des nuits aussi froides que celle-ci, une barbe drue devait également garder le visage au chaud. J'enfouis mon menton nu et vulnérable dans les plis de mon châle.

Revenant parmi nous juste à temps pour entendre la dernière remarque, Jamie partit d'un éclat de rire qui s'acheva en quinte de toux. Evan attendit patiemment qu'elle se termine avant de demander :

— Qu'en dis-tu, *Mac Dubh* ? La tête ou les pieds ?

Jamie essuya ses lèvres sur le revers de sa manche.

Aussi velu que ses compagnons, il avait l'air d'un vrai viking, la lueur du feu rehaussant les reflets roux, dorés et argentés de sa barbe et de ses cheveux dénoués.

— Ne vous en faites pas pour moi, les gars. Quelle que soit la position dans laquelle je couche, je dormirai au chaud.

Il inclina la tête dans ma direction, soulevant une nouvelle vague d'hilarité, ponctuée de quelques remarques en gaélique à la limite du bon goût de la part des compagnons de Fraser's Ridge.

D'une manière instinctive, une ou deux nouvelles recrues me jaugèrent, mais elles détournèrent très vite le regard après un coup d'œil à la taille, à la largeur d'épaule et à la mine aimablement féroce de Jamie.

Mes yeux croisèrent ceux d'un homme et je lui souris. Il parut surpris et me rendit la pareille en baissant la tête d'un air timide.

Comment Jamie se débrouillait-il pour arriver à un tel résultat ? D'une seule plaisanterie grivoise, il avait publiquement affirmé sa propriété sur ma personne, m'avait mise à l'abri des avances indésirables et avait réaffirmé sa position de chef.

— On dirait une vraie troupe de babouins ! marmonnai-je entre mes dents. Et je dors avec le mâle dominant !

Jamie, qui venait d'échanger une remarque avec Ewald à propos des chevaux, se tourna vers moi.

— Les babouins ne sont pas ces espèces de singes sans queue ?

— Tu sais très bien ce que c'est.

Je surpris son regard et le vis réprimer un sourire. Je devinais à quoi il pensait, et il le savait.

Parmi ses nombreux pensionnaires, la ménagerie privée du roi de France à Versailles accueillait une famille de mandrills. Les après-midi de printemps, l'une des activités préférées de la cour était de se rendre dans le quartier des babouins pour y admirer les prouesses sexuelles des mâles ainsi que leur splendide derrière multicolore.

On m'avait raconté qu'un certain monsieur de Ruvel avait proposé de se faire tatouer le postérieur de la même manière, si cela devait lui valoir un accueil aussi favorable auprès des dames de la cour. Néanmoins, madame de la Tourelle lui avait rétorqué que son physique étant en tout point inférieur à celui du mandrill, sa coloration n'arrangerait rien.

Difficile à dire à la lueur du feu, mais la riche couleur des joues de Jamie venait probablement autant de son envie de rire retenue que de la chaleur.

— En parlant de queues… me chuchota-t-il. Tu portes toujours ces culottes infernales ?

— Oui.

— Enlève-les.

— Quoi, ici ?

Je roulai des yeux de biche effarouchée.

— Tu veux que je me gèle les fesses, ou quoi ?

Il plissa ses yeux de chat.

— Oh, elles ne gèleront pas, je te le garantis.

Il se plaça derrière moi et l'ardent scintillement des flammes sur ma peau fut remplacé par la fraîche solidité de son corps. Frais mais non moins ardent, comme je le constatai quand il m'enlaça et me serra contre lui.

— Ah, tu l'as trouvée ! dis-je.

— Trouvé quoi ? demanda Roger. Vous aviez perdu quelque chose ?

Il revenait de l'enclos des chevaux avec des couvertures roulées sous un bras et son *bodhran* sous l'autre.

— Oh, juste une paire de vieilles culottes, répondit Jamie sur un ton détaché.

Cachée sous son châle, sa main glissa sous la ceinture de ma jupe.

— Tu comptes nous chanter une chanson ? demanda-t-il.

— Si quelqu'un le veut, oui. Mais, en fait, je comptais surtout en apprendre une. Evan m'a promis de me chanter une chanson de sa grand-mère sur les Soyeux.

Jamie se mit à rire.

— Ah oui, je la connais, celle-là.

Roger arqua les sourcils et je me tournai vers Jamie, surprise. Voyant notre mine incrédule, il se défendit :

— Je n'ai pas dit que je savais la chanter ! Mais je connais les paroles. Evan la chantait souvent quand on était à Ardsmuir. Elle est un peu cochonne.

Il avait lâché cette dernière information avec l'air très comme il faut que prennent souvent les Highlanders avant de formuler une phrase vraiment choquante.

Roger le reconnut lui aussi et se mit à rire.

— Dans ce cas, je devrais peut-être la transcrire, pour que cela profite aux générations futures.

Pendant ce temps, les doigts experts de Jamie poursuivaient leur œuvre. Ses culottes – parce qu'elles étaient à lui et donc six fois trop grandes pour moi – glissèrent en silence sur le sol. Un courant d'air froid s'engouffra sous ma jupe et glaça mes parties intimes brusquement dénudées. Je tressaillis en gémissant.

Roger m'adressa un sourire de compassion en se battant les côtes.

— Il fait froid, hein ?

— Tu peux le dire ! Je ne me les suis jamais autant gelées !

Jamie et Roger éclatèrent de rire, étouffés simultanément par une quinte de toux.

*

* *

Une fois la sentinelle à son poste et la litière des chevaux installée pour la nuit, nous étalâmes notre propre couche un peu en retrait du cercle d'hommes, près du feu. Avant que Jamie ait achevé sa dernière ronde, j'avais extirpé les plus gros cailloux et les brindilles sèches de l'épais terreau, coupé des branches d'épinettes et étendu nos couvertures dessus. La chaleur du feu et de la digestion s'était amenuisée, mais je me mis à grelotter uniquement lorsqu'il me prit dans ses bras.

Je me serais volontiers réfugiée sur-le-champ dans notre lit de fortune, mais il me retint. Son intention initiale était toujours aussi ferme – si l'on peut dire –

mais son attention fut soudain distraite. Ses bras m'enlaçaient, mais il ne bougeait pas d'un pouce, la tête relevée, scrutant l'obscurité des bois. Il faisait nuit noire. On ne distinguait que les quelques troncs les plus proches sur lesquels se reflétait la clarté du feu. La lueur crépusculaire s'était éteinte et, autour de nous ne régnaient que des ténèbres sans fond.

Je me pressai contre lui et ses bras se resserrèrent autour de moi.

— Qu'y a-t-il, Jamie ?

— Je ne sais pas, je sens une présence.

Il oscilla, le menton levé, tel un loup humant les odeurs portées par le vent. Mais aucun message ne nous parvenait, hormis un craquement lointain de branches.

— Ce n'est peut-être pas un rhinocéros, mais il y a quelque chose par là.

Son chuchotement me donna la chair de poule.

— Je reviens tout de suite, *Sassenach*.

Il s'écarta de moi, laissant le vent froid s'enrouler brusquement autour de mon corps, et partit échanger des messes basses avec deux autres hommes.

Qu'avait-il pu sentir, là, dans le noir ? J'avais le plus grand respect pour son sens du danger. Il avait été trop longtemps chasseur et chassé pour ne pas être hypersensible à la frontière entre les deux mondes, invisible ou pas.

Il revint quelques instants plus tard et s'accroupit près de moi, pendant que je m'enfouissais sous les couvertures.

— Tout va bien, annonça-t-il. Cette nuit, nous aurons deux hommes de garde, chacun avec son arme chargée à portée de main, mais je ne pense pas qu'il y ait de danger.

Il continuait d'observer les bois mais, cette fois, d'un air songeur.

— Tout va bien, répéta-t-il sur un ton plus sûr.

— La « chose » est partie ?

Il se retourna vers moi, attendri. Ses lèvres semblaient douces, tendres et vulnérables entre les brins drus et frisottant de sa barbe naissante.

— J'ignore s'il y avait vraiment quelque chose, *Sassenach*. J'ai cru sentir des yeux posés sur moi, mais peut-être n'était-ce qu'un loup, une chouette, non… disons plutôt un *spiorad* errant dans les bois. En tout cas, je ne le sens plus.

Près du feu, la voix de Roger s'élevait au-dessus du crépitement des flammes. Il apprenait la mélodie de la chanson du Soyeux, répondant à la voix d'Evan, éraillée mais sûre d'elle. Jamie se glissa dans les couvertures à mes côtés et je lui fis face, mes mains froides tâtonnant, manière de me venger de son service rendu un peu plus tôt.

Nous frissonnions convulsivement, pressés de jouir de la chaleur de nos corps. Il me retourna, écartant les couches de tissu entre nous, puis se coucha derrière moi, un bras autour de ma taille, les fragments secrets de nos sexes nus s'unissant sous les couvertures. Face à l'obscurité de la forêt, la lueur du feu dansant entre les arbres, Jamie allait et venait derrière moi, sous moi, en moi, grand et chaud, avec tant de lenteur que les branchages de notre couche craquaient à peine. La voix de Roger s'élevait forte et douce au-dessus du murmure des hommes, et je cessai bientôt de grelotter.

*

* *

Je me réveillai beaucoup plus tard sous un ciel bleu noir, la bouche sèche, le souffle rauque de Jamie dans mon oreille. J'avais fait un de ces rêves absurdes et répétitifs qui s'effacent aussitôt au réveil mais qui laissent une impression désagréable dans la gorge et l'esprit. Ayant besoin à la fois d'eau et de soulager ma vessie, je me libérai doucement de l'étreinte de Jamie et me glissai hors des couvertures. Il remua et grogna dans son sommeil.

Je posai brièvement une main sur son front. Il était frais, donc pas de fièvre. Peut-être avait-il eu raison. Ce n'était qu'un gros rhume. Je me levai, rechignant à quitter le chaud sanctuaire de notre nid, mais je ne pourrais attendre jusqu'au matin.

Le feu à présent plus petit brûlait toujours, entretenu par les sentinelles. L'une d'elles était Murdo Lindsay, que je reconnus à la fourrure blanche de sa coiffe en opossum. Il était perché sur une pile de couvertures et de vêtements. L'anonyme originaire de Glasgow était accroupi de l'autre côté de la clairière, son mousquet sur les genoux. Il me salua d'un signe de tête, son visage dans l'ombre de son chapeau mou. La coiffe blanche se tourna également vers moi au son de mes pas. J'adressai un petit signe de la main à Murdo et il inclina la tête vers moi avant de reprendre sa position, face à la forêt.

Les hommes étaient couchés en chien de fusil, enfouis sous leurs couvertures. Mon cœur se serra pendant que j'avançai doucement entre eux. Leurs formes silencieuses, tellement immobiles, côte à côte, me rappelaient les corps des victimes d'Amiens et de Prestonpans. Inertes et enveloppées dans leurs linceuls, le visage recouvert et anonyme. La guerre regarde rarement ses morts dans les yeux.

Pourquoi m'extirpai-je en pleine nuit de l'étreinte de l'amour en pensant à la guerre et aux cadavres ? La réponse était assez claire, compte tenu de notre expédition.

Nous nous acheminions vers la bataille, sinon demain, du moins tôt ou tard.

Une des formes emmitouflées et sans visage sur le sol grogna, toussa, roula sur le côté. Le mouvement me fit sursauter, puis un grand pied s'échappa à l'air libre, révélant la botte enveloppée de ficelle d'Evan Lindsay. Rassurée par ce signe de vie et cette marque d'individualité, je sentis le poids anxiogène de mon imagination s'évanouir.

C'est l'anonymat de la guerre qui rend la tuerie possible. Lorsque les morts sans nom sont de nouveau nommés sur leurs tombes et cénotaphes, ils retrouvent l'identité qu'ils avaient perdue en tant que soldat et peuvent prendre leur juste place dans le chagrin et la mémoire, fantômes de fils et d'amants. Notre expédition s'achèverait peut-être dans la paix. En revanche, le conflit qui s'annonçait retentirait dans le monde entier. Je passai devant le dernier homme endormi comme si je traversai un cauchemar dont je n'arrivais pas à me réveiller tout à fait.

Je ramassai une gourde sur le sol, près des sacoches, et bus une longue gorgée. L'eau était glacée, et mes sombres pensées commençaient à se dissiper, emportées par son goût propre et doux. M'essuyant les lèvres, je pensai en apporter à Jamie. Si mon absence ne l'avait pas réveillé, mon retour le ferait sûrement. Je savais aussi qu'il aurait la gorge sèche, puisqu'il lui était totalement impossible de respirer par le nez. Je me passai la lanière de la gourde en bandoulière et m'enfonçai entre les arbres.

Il faisait aussi froid dans la forêt, mais l'air y était immobile et cristallin. Les ombres qui m'avaient paru sinistres depuis le feu de camp devinrent soudain étrangement rassurantes. Tournant le dos à la lueur des flammes, mes yeux et mes oreilles s'accoutumèrent peu à peu à l'obscurité. J'entendis les bruits d'un petit animal, non loin, dans les herbes sèches, puis le hululement inattendu d'une chouette.

Une fois mon besoin assouvi, je restai immobile quelques minutes, goûtant ce moment éphémère de solitude. Il régnait une atmosphère très paisible. Jamie avait eu raison. Quoiqu'il y ait eu ou pas ici, plus tôt, les bois ne recelaient plus rien d'hostile.

Comme si le fait de penser à lui l'avait attiré, j'entendis ses pas prudents puis sa respiration sifflante. Il toussa, émettant un son étouffé et humide qui ne me plaisait décidément pas.

— Je suis ici, l'appelai-je doucement. Comment vont tes bronches ?

La toux s'étrangla dans un chuintement paniqué et il y eut des craquements de branches. Je vis Murdo près du feu se lever d'un bond, le mousquet dans les mains, et une forme sombre passa en trombe devant moi.

— Hé ! criai-je, plus surprise qu'effrayée.

La forme trébucha et, par réflexe, j'ôtai la gourde de mon épaule et la lançai par la lanière. Elle heurta l'ombre dans le dos avec un bruit creux et l'inconnu tomba à genoux en toussant.

Suivit une brève période chaotique où les hommes jaillirent de leur couche comme des diables à ressort, hurlant des paroles incohérentes et courant dans tous les sens. La sentinelle de Glasgow bondit au-dessus de plusieurs corps enchevêtrés et se précipita dans les bois en vociférant, son mousquet au-dessus de sa tête. Déboulant dans le noir, il chargea la première forme humaine qu'il aperçut, et qui se trouvait être la mienne. Je partis à la renverse et atterris inélégamment les quatre fers en l'air, le souffle coupé, la sentinelle agenouillée sur mon ventre.

J'avais dû émettre des bruits typiquement féminins dans ma chute, car, pris d'un doute, à la dernière seconde il arrêta son bras sur le point de me matraquer.

— Hein ? fit-il.

Il abaissa sa main et, à tâtons, toucha sa proie. Attrapant ce qui était indubitablement un sein, il retira très vite ses doigts comme s'il s'était brûlé et descendit lentement de mon abdomen.

— Euh… fit-il encore.

— Grrrr… fis-je le plus cordialement possible.

Les étoiles tournoyaient au-dessus de ma tête, brillant intensément entre les branches nues. L'homme de Glasgow disparut en marmonnant des excuses inintelligibles. Sur ma gauche, j'entendis des bruits de course et de lutte, mais j'étais trop occupée à retrouver mon souffle pour m'en inquiéter.

Le temps que je me sois relevée, l'intrus avait été capturé et traîné près du feu.

S'il n'avait pas toussé au moment où je l'avais frappé, il se serait probablement échappé. À présent, il était pris d'une telle quinte de toux qu'il tenait à peine debout. Il avait le visage cramoisi par l'effort, tentant d'inspirer un peu d'air entre deux crises. Les veines de son front saillaient comme des vers et il sifflait chaque fois qu'un peu d'air entrait dans ses poumons.

— Qu'est-ce que tu fabriques ici ? demanda Jamie d'une voix enrouée.

Il s'interrompit pour tousser à son tour.

De toute manière, sa question était purement rhétorique, dans la mesure où le malheureux n'était pas en état de lui répondre. Notre intrus n'était autre que le jeune Josiah Beardsley, auquel je devais une amygdalectomie. J'ignorais ce qu'il avait trafiqué depuis le *gathering,* mais cela n'avait guère arrangé son état de santé.

Je m'approchai du feu où la cafetière était toujours sur les braises. Je la pris en enveloppant l'anse dans un pan de mon châle et la secouai. Il restait un fond de café, qui devait être noir et fort comme l'enfer vu qu'il chauffait depuis le dîner.

— Asseyez-le, déboutonnez ses vêtements et apportez-moi de l'eau froide !

Je jouai des coudes entre les hommes agglutinés autour du captif, les écartant de force avec la cafetière bouillante.

Quelques minutes plus tard, je lui faisais boire du café noir et amer, à peine dilué de quelques gouttes d'eau fraîche pour qu'il ne se brûle pas la langue.

— Expire lentement en comptant quatre temps, puis inspire en en comptant deux, expire encore, puis bois une gorgée.

Il écarquilla les yeux. Je posai une main ferme sur son épaule, l'incitant à inspirer, compter, expirer… Sa respiration se régularisa peu à peu.

Une gorgée, une inspiration, une gorgée, une expiration… Le temps qu'il ait avalé tout le café, son visage était passé du rouge écarlate à une couleur rappelant le ventre d'un poisson mort, parsemé de taches sombres là où les hommes l'avaient frappé. Mais, au moins, il respirait, même si son souffle était toujours sifflant.

Les autres se tenaient autour de nous, murmurant et observant avec intérêt. Mais il faisait froid et il était tard. L'excitation de la capture étant passée, ils commençaient à piquer du nez et à bâiller. Après tout, ce n'était qu'un gamin, qui plus est un gringalet mal en point. Ils retournèrent se coucher sans discuter quand Jamie le leur demanda. Roger et moi restâmes debout pour nous occuper de notre hôte inattendu.

Je l'enveloppai dans les dernières couvertures disponibles, généreusement enduit de graisse de porc camphrée, et je lui fis boire une nouvelle tasse de café avant de laisser Jamie l'interroger. Il semblait très gêné par mes attentions, gardant les épaules voûtées et les yeux fixés sur le sol. J'ignorais si c'était à cause de ma trop grande prévenance ou de la présence menaçante de Jamie, debout près de lui, les bras croisés.

Loin d'être un apollon, il était petit pour ses quatorze ans et d'une maigreur à la limite de l'émaciation. Lorsque j'ouvris sa chemise pour écouter son cœur, j'aurais pu compter ses côtes. Collés par la crasse, la graisse et la sueur, ses cheveux noirs coupés court pointaient en épis sur son crâne. Son aspect général était celui d'un singe infesté de puces, avec de grands yeux sombres au milieu d'un visage tiraillé par l'angoisse et la suspicion.

Ayant fait tout mon possible, je me redressai et fis signe à Jamie qu'il pouvait venir. Il s'accroupit à côté du garçon et demanda sur un ton badin :

— Alors, monsieur Beardsley, on est venu rejoindre notre milice ?

Josiah roula la tasse en bois entre ses mains, évitant de lever les yeux vers lui.

— Ah... euh... non. Je... euh... mes affaires m'amenaient par ici, c'est tout.

Sa voix était si éraillée que j'en grimaçai de compassion, imaginant la douleur occasionnée par sa gorge enflammée.

— Je vois, dit Jamie. Tu as vu notre feu par hasard et tu as pensé venir demander un abri et un repas ?

— C'est ça.

Il déglutit, visiblement avec difficulté.

— Mmphm. Mais tu étais déjà là plus tôt, n'est-ce pas ? Tu étais là dans les bois, juste après le coucher du soleil. Pourquoi avoir tant attendu avant de te manifester ?

— Je n'ai pas… ce n'était pas…

— Si, c'était toi.

Le ton de Jamie était toujours amical mais ferme. Il saisit le col de Josiah, le forçant à relever les yeux vers lui.

— Regarde-moi. Nous avons conclu un marché, toi et moi. Tu es mon métayer : cela veut dire que tu as droit à ma protection. Cela signifie aussi que j'ai droit à la vérité.

Josiah redressa la tête et, si on pouvait lire de la peur et de la méfiance dans son regard, on y décelait également une maîtrise de soi étonnante chez quelqu'un d'aussi jeune. Il ne fit aucun effort pour détourner ses yeux noirs brillant d'intelligence.

Cet enfant – si on pouvait le considérer comme un enfant, ce qui n'était visiblement pas le cas de Jamie – avait l'habitude de ne compter que sur lui-même.

— Je vous ai dit que je rejoindrais votre domaine avant la nouvelle année, monsieur. Ce que j'ai bien l'intention de faire. Ce que je fais d'ici là ne regarde que moi.

Jamie fut pris de court un instant, puis lâcha son col en hochant la tête.

— En effet. Mais tu admettras néanmoins que j'ai des raisons d'être curieux.

Le garçon ouvrit la bouche pour répondre, puis se ravisa et enfouit le nez dans sa tasse.

Jamie fit une nouvelle tentative.

— Ces affaires que tu dois régler… on peut t'aider ? Feras-tu un bout de chemin avec nous au moins ?

Josiah secoua la tête.

— Non, je vous remercie, monsieur. Je dois régler ces affaires tout seul.

Roger était assis un peu en retrait de Jamie, observant en silence. Il se pencha tout à coup en avant, ses yeux verts fixant attentivement l'adolescent.

— Ces affaires, elles n'auraient pas un rapport avec la marque sur ton pouce ?

La tasse s'écrasa sur le sol, répandant une giclée de café qui éclaboussa mon corselet et mon visage. Le garçon avait jailli hors des couvertures et parcouru la moitié de la clairière, avant que j'aie pu nettoyer mes yeux et comprendre ce qui se passait. Jamie bondit derrière lui. Le garçon avait contourné le feu. Jamie bondit par-dessus. Ils disparurent dans la forêt comme un renard et un limier, nous laissant, Roger et moi, la bouche grande ouverte.

Pour la deuxième fois cette nuit-là, les hommes s'extirpèrent de leur couche, leur fusil à la main. Je commençai à me dire que le gouverneur pourrait être satisfait de sa milice. Une chose était sûre, elle était prête à entrer en action en un clin d'œil.

J'essuyai le café sur mon front en me tournant vers Roger.

— Qu'est-ce que c'est que cette hist…

— Oui, je sais, je n'aurais sans doute pas dû y faire allusion aussi abruptement.

— Quoi ? Quoi ? Qu'est-ce qui se passe ? demanda Murdo Lindsay.

Il balayait les arbres de la forêt devant lui de la pointe de son mousquet.

— On est attaqué ? Où sont ces fils de pute ?

Kenny venait d'apparaître à quatre pattes à mes côtés, regardant par-dessous le bord de son bonnet tricoté comme une grenouille sous une feuille de nénuphar.

— Rien, il n'y a personne. Il ne s'est rien passé, l'assurai-je.

Mes efforts pour les calmer et leur exposer la situation furent noyés dans le raffut. Toutefois, Roger, beaucoup plus grand et doté d'une voix nettement plus puissante que la mienne, parvient à les faire taire et à expliquer... l'explicable. Un garçon de plus ou de moins, quelle différence cela faisait-il ? Tout en grommelant et en râlant, les hommes se recouchèrent, nous abandonnant, Roger et moi, en train de se regarder dans le blanc des yeux, par-dessus la cafetière.

— Alors, de quoi s'agit-il ? demandai-je, assez énervée.

— La marque ? Je suis presque sûr que c'est la lettre « V ». Je l'ai vue quand il a saisi sa tasse de café.

Mon ventre se noua. Je savais ce que cela signifiait, j'avais déjà vu ce signe.

— V comme voleur, dit Roger. Il a été marqué au fer rouge.

— Mince..., soupirai-je.

— Vous pensez que les gens de Fraser's Ridge le rejetteront s'ils l'apprennent ?

— Je doute que ça gêne qui que ce soit là-bas. Non, s'il s'est enfui quand tu as aperçu sa marque, ce n'est pas uniquement parce qu'il a été condamné pour vol. J'ai bien peur qu'il soit fugitif. Or Jamie l'a compté parmi les siens lors de la cérémonie du *gathering*.

Roger se gratta la barbe d'un air songeur.

— Je vois... *Earbsachd*. Vous pensez qu'il va maintenant se sentir responsable de lui.

— Quelque chose dans ce genre-là, oui.

Roger était Écossais et, techniquement, un Highlander. Mais il était né longtemps après que le système des clans avait disparu et ni l'histoire ni sa culture ne pouvaient lui donner une idée de la puissance des liens ancestraux unissant un laird et ses métayers, un chef et son clan. Josiah lui-même ne connaissait probablement pas l'importance du *earbsachd*… ce qui avait été promis et accepté par les deux partis. Jamie, lui, oui.

— Vous croyez qu'il va le rattraper ?

— À mon avis, c'est déjà fait. Il ne peut pas traquer le garçon dans le noir et, s'il l'avait perdu de vue, il serait déjà de retour.

Il y avait d'autres possibilités : il avait pu tomber dans un précipice, trébucher sur une pierre et s'être cassé une jambe, rencontrer un ours…, mais je préférais ne pas m'attarder sur ces éventualités.

Je me levai pour étirer mes jambes endolories et regardai vers la forêt où Jamie et sa proie avaient disparu. Josiah était peut-être un homme des bois et un bon chasseur, mais Jamie l'était depuis beaucoup plus longtemps. Josiah était petit, rapide et motivé par la peur. Jamie avait un avantage considérable en poids, en taille et en opiniâtreté.

Roger se leva et se tint à mes côtés, l'air inquiet.

— Ils en mettent un temps ! S'il a attrapé le garçon, qu'est-ce qu'il est en train de lui faire ?

Je me mordis la lèvre en imaginant la scène.

— Lui tirer les vers du nez, je suppose. Jamie n'aime pas qu'on lui mente.

Roger se tourna vers moi, surpris.

— De quelle manière ?

Je haussai les épaules.

— De n'importe quelle manière.

Je l'avais vu utiliser la raison, la ruse, le charme, les menaces et même, parfois, la force brute. J'espérais qu'il n'en arriverait pas là, plus pour lui que pour Josiah.

— Je vois, dit Roger. Il ne reste donc plus qu'à attendre.

La cafetière était vide. Je serrai ma cape autour de moi et descendis au ruisseau pour la rincer et la remplir. Après avoir fait du café, je m'assis pour les attendre.

— Tu devrais retourner te coucher, dis-je à Roger au bout de quelques minutes.

Il se contenta de sourire, s'essuya le nez et resserra le col de son manteau.

— Vous aussi.

Il n'y avait pas de vent, mais il était très tard et le froid, lourd et humide, s'était infiltré dans les creux, au ras du sol. Les couvertures des hommes endormis étaient imprégnées de condensation, et l'air glacé émanant de la terre remontait sous mes jupes. J'envisageai de remettre mes culottes, mais je n'avais même plus l'énergie d'aller les chercher. L'excitation de l'apparition et de la fuite de Josiah était retombée et la léthargie due à la fatigue et à la froideur reprenait ses droits.

Roger attisa le feu puis ajouta du bois. J'enfouis mes mains entre mes cuisses. La cafetière fumait, des gouttes tombant de temps à autre en grésillant dans les flammes et ponctuant les ronflements des Higlanders.

Cependant, je ne voyais ni n'entendais les silhouettes enroulées dans les couvertures ou le murmure des pins noirs. À cet instant, l'Écosse refluait. Dans les collines au-dessus de Carryarrick, j'écoutais le crépitement de feuilles sèches dans la forêt de chênes. Nous y avions campé, deux jours avant la bataille de Prestonpans, avec une trentaine d'hommes de Lallybroch, en route pour rejoindre l'armée de Charles Stuart. Un jeune garçon avait soudain jailli des ténèbres et l'éclat d'une lame avait brillé dans la nuit.

C'était un autre lieu, une autre époque. Je me secouai, tentant de dissiper cet assaut de souvenirs : le visage blême d'un enfant, ses grands yeux écarquillés par le choc et la douleur. La lame d'un coutelas se noircissant dans les braises. L'odeur de la poudre, de la sueur et de la chair grillée.

— Je vais t'abattre, avait-il déclaré à John Grey. Tu préfères que je te tire dans la tête ou dans le cœur ?

Par la menace, la ruse ou la force brute.

C'était alors. Nous étions aujourd'hui. Mais Jamie ferait ce qu'il pensait devoir faire.

Roger était silencieux, observant les flammes. Son regard était voilé et je me demandais quelles étaient ses pensées.

— Vous vous inquiétez pour lui ? demanda-t-il soudain sans me regarder.

— Quand, maintenant ? Ou en général ? Si c'était le cas, je ne connaîtrais jamais de repos.

Il se tourna vers moi, rassuré.

— Pourtant, vous avez l'air calme.

Je souris malgré moi.

— J'ai appris à ne plus faire les cent pas et à ne plus me tordre les mains.

— Ça vous réchaufferait pourtant.

L'un des hommes bougea dans son sommeil en marmonnant et nous cessâmes de parler un moment. J'entendais le grondement du café qui bouillait à l'intérieur de la cafetière.

Mais que fichait-il donc ? Il ne pouvait pas passer tout ce temps à interroger Josiah Beardsley. Quoi que le garçon ait volé, cela ne le regardait pas, seule comptait sa promesse de *earbsachd*.

Les flammes m'hypnotisaient. Dans le halo vacillant, je revoyais le grand brasier du *gathering*, les silhouettes sombres tout autour, j'entendais le son lointain des violons…

— Je devrais peut-être aller le chercher, dit soudain Roger.

Je sursautai, extirpée de ma rêverie. Je me passai les mains sur le visage et me secouai la tête pour m'éclaircir les idées.

— Non. Errer la nuit dans des bois inconnus est dangereux. Et puis, de toute façon, tu ne le retrouverais pas. S'il n'est toujours pas revenu au lever du jour, on avisera.

À mesure que le temps passait, je me demandais si l'aube n'allait pas arriver avant Jamie, mais, de fait, on devait attendre le matin. Des pensées troublantes s'immisçaient dans ma tête. Josiah avait-il un couteau ? Naturellement. S'il était assez désespéré pour s'en servir, pouvait-il prendre Jamie par surprise ? Je repoussai ces hypothèses dérangeantes, tentant d'occuper mon esprit en comptant les toux des hommes autour du feu.

La huitième fut celle de Roger, une longue quinte profonde qui fit trembler ses épaules. Était-il inquiet pour Brianna et Jemmy ? Ou peut-être se demandait-il si Brianna se tracassait pour lui ? J'aurais pu le lui dire, mais il n'aurait pas été soulagé pour autant. Les hommes au combat, ou s'y préparant, avaient besoin de songer à leur maison comme à un lieu d'une absolue sécurité. Cette conviction leur permettait de garder le moral et de tenir le coup, allant de l'avant, endurant les épreuves. D'autres facteurs pouvaient les aider à se battre, mais, finalement, le combat en soi n'était qu'une petite partie de l'art de la guerre.

« Une partie sacrément importante », dit la voix de Jamie quelque part dans ma tête.

Je m'assoupissais, réveillée en sursaut chaque fois que je piquais du nez. Puis l'espace d'un instant, je sentis des mains sur mes épaules. Roger m'allongea sur le sol, glissant une partie de mon châle roulé en boule sous ma tête et le reste autour de mes épaules.

J'entr'aperçus sa silhouette noire et barbue se détacher devant le feu, puis plus rien.

*
* *

J'ignore combien de temps je dormis, mais un éternuement explosif me réveilla en sursaut. Jamie était assis à quelques mètres de moi, le poignet de Josiah Beardsley dans une main et son coutelas dans l'autre. Il interrompit son geste un instant pour éternuer et essuyer son nez sur sa manche d'un air impatient, puis il replongea sa lame dans les braises.

L'odeur désagréable du métal chaud me fit me redresser abruptement sur un coude. Avant que j'aie pu dire ou faire quoi que ce soit, quelque chose remua contre moi. Je baissai les yeux, les relevai, les baissai de nouveau, convaincue que je rêvais encore.

Un garçon était couché sous ma cape, profondément endormi. Je voyais une tignasse noire, des épaules maigrichonnes, une peau pâle couverte de crasse et d'égratignures. Soudain, un grésillement sourd monta du feu et je vis Jamie écraser le pouce de Josiah contre la lame brûlante de son coutelas.

Du coin des yeux, il aperçut mon mouvement d'horreur et fronça les sourcils dans ma direction, pinçant les lèvres pour m'ordonner en silence de ne pas bouger. Les traits de Josiah étaient déformés par la douleur, ses lèvres retroussées dans un cri muet, mais il n'émit aucun bruit. De l'autre côté du feu, Kenny Lindsay les observait, plus silencieux qu'une pierre.

Toujours convaincue que je rêvais, ou priant que ce soit le cas, je touchai le garçon blotti contre moi. Il remua et le contact de la chair solide sous mes doigts acheva de me réveiller. Ma main se referma sur son épaule et ses yeux s'ouvrirent brusquement.

Il s'écarta vivement et bondit avec maladresse. Puis il vit son frère – car Josiah ne pouvait être que son frère – et s'arrêta net, paniqué, regardant autour de lui dans la clairière, vers les hommes éparpillés, vers Jamie, Roger et moi.

Malgré sa main qui devait le faire atrocement souffrir, Josiah se leva précipitamment et rejoignit son frère en deux enjambées, le prenant par le bras.

Je me redressai, bougeant lentement pour ne pas leur faire peur. Ils m'observèrent, l'air méfiant. Ils étaient identiques. Ils avaient le même visage maigre et blanc, sauf que l'autre garçon avait les cheveux longs. Il ne portait qu'une chemise en lambeaux et était pieds nus. Je vis Josiah exercer une pression rassurante sur le bras de son frère et commençai à deviner ce qu'il avait pu voler. Je m'efforçai de leur sourire et tendis la main vers Josiah.

— Laisse-moi voir ton pouce.

Il hésita un moment, puis avança sa main droite. La plaie était nette, si nette que j'en eus presque un haut-le-cœur. Le gras du pouce avait été proprement sectionné et la chair cautérisée par le métal chauffé au rouge. Un ovale noir et grumeleux remplaçait la lettre incriminante.

J'entendis un bruit derrière moi. Roger était allé chercher mon coffret de médecine et le déposa à mes pieds.

Je ne pouvais pas faire grand-chose, hormis appliquer un baume à la gentiane sur la blessure et bander le pouce avec un linge propre. Tout en travaillant, je sentais la présence de Jamie. Il avait rengainé son coutelas et s'était levé discrètement pour aller fouiller dans les paquetages et les sacoches. Le temps que je finisse mes soins, il était de retour avec un peu de nourriture dans un mouchoir et une couverture enroulée. Sous son bras se trouvaient les culottes que j'avais enlevées.

Il les tendit au jeune garçon, donna la couverture et la nourriture à Josiah, puis posa une main sur son épaule et la serra. Il toucha doucement son frère, le poussant vers la forêt d'une main dans le dos. Puis il indiqua les arbres d'un signe de tête, et Josiah acquiesça. Il se tourna vers moi et effleura son front en guise de salut, son bandage blanc luisant sur son pouce, et chuchota :

— Merci, m'dame.

Les jumeaux disparurent en silence, les pieds nus de l'un formant des taches pâles sous l'ourlet défait de ses culottes.

Jamie fit un signe à Kenny, puis se rassit près du feu, ses épaules s'affaissant soudain sous l'effet de la fatigue. Il accepta une tasse de café avec une faible tentative de sourire qui s'acheva en quinte de toux.

Je rattrapai la tasse avant qu'il ne la renverse et croisai le regard de Roger par-dessus son épaule. Il m'indiqua l'est des yeux et posa un doigt sur ses lèvres, résigné. Il voulait autant que moi savoir ce qui s'était passé et pourquoi. Néanmoins, il avait raison. L'aube approchait et les hommes, habitués à se réveiller aux premières lueurs du jour, n'allaient pas tarder à refaire surface.

Jamie avait cessé de tousser, mais il faisait d'horribles gargarismes pour s'éclaircir la gorge. On aurait dit un cochon en train de se noyer dans une mare de boue.

Je lui offris de nouveau du café.

— Tiens. Bois ça, puis allonge-toi. Tu as besoin de dormir un peu.

Il porta la tasse à ses lèvres et déglutit en grimaçant.

— Ça ne vaut pas la peine, coassa-t-il.

Il m'indiqua l'est, où la cime des sapins commençait à se dessiner à l'encre noire sur un fond de ciel gris.

— Et puis, acheva-t-il, il faut encore que je réfléchisse à la manière dont je vais maintenant m'en sortir.

27

La mort frappe à la porte

Je contenais avec peine mon impatience, pendant que les hommes se levaient, mangeaient, levaient le camp – avec une nonchalance insupportable –, puis grimpaient sur leur cheval. Enfin, nous nous retrouvâmes tous en selle, chevauchant dans un air matinal si froid et si sec qu'il me transperçait les poumons à chaque inspiration.

Une fois ma monture à hauteur de celle de Jamie, j'attaquai sans préambule :

— Raconte.

Il me lança un regard en biais et sourit. Il avait les traits tirés, mais le froid – et beaucoup de café très fort – l'avait revigoré. En dépit de notre nuit agitée, je me sentais étrangement alerte et éveillée, le sang coulait juste sous la surface de ma peau et picotait mes joues.

— Tu ne veux pas attendre Roger ?

— Je lui rapporterai tout plus tard… ou tu lui raconteras toi-même.

Il n'y avait aucun moyen d'avancer à trois de front. Déjà, je ne pouvais rester à côté de lui provisoirement, loin des oreilles indiscrètes, que grâce à un glissement de terrain qui avait élargi le sentier. Je poussai ma jument plus près de son cheval.

— Tu as remarqué qu'ils étaient frères, non ? demanda-t-il.

— Oui, merci, je m'en étais rendu compte. D'où vient le deuxième ?

— De là-bas.

Du menton, il indiqua un point vers l'ouest. L'éboulis avait dégagé la vue sur une gorge en contrebas, une de ces brèches naturelles dans le paysage où les arbres s'ouvraient sur un pré et un cours d'eau. Une mince volute de fumée s'élevait dans un coin, comme un doigt pointant vers le ciel.

En plissant les yeux, je distinguai vaguement une ferme entourée de quelques dépendances délabrées. Pendant mon observation, une minuscule silhouette sortit de la bâtisse principale et se dirigea vers l'une des annexes.

— Ils ne tarderont pas à s'apercevoir de sa disparition, m'informa Jamie. Avec un peu de chance, ils penseront qu'il est parti aux latrines ou traire les chèvres.

Je ne lui demandai pas comment il savait qu'ils possédaient des chèvres.

— C'est leur maison ? À Josiah et à son frère ?

— Si l'on peut dire. Ils y étaient serfs.

— « Étaient » ?

Plutôt sceptique, je doutais que le contrat liant les deux frères soit, par miracle, arrivé à terme la veille.

— Sauf si quelqu'un les rattrape.

— Tu as bien attrapé Josiah. Qu'est-ce qu'il t'a raconté ?

— La vérité. Enfin, je crois.

Il avait traqué Josiah dans le noir, se guidant au son de sa respiration sifflante, et l'avait coincé dans le creux d'un rocher. L'enveloppant dans son plaid, il l'avait assis sur une pierre et, à force de patience et de fermeté, plus quelques gorgées de whisky, était parvenu à lui extirper les faits.

— Ils viennent d'une famille d'immigrants, le père, la mère et les six enfants. Les jumeaux sont les seuls à avoir survécu à la traversée, les autres sont tous morts de maladie à bord. Ils n'avaient pas de parents dans les colonies ou, du moins, personne n'est venu les chercher à l'arrivée du bateau, si bien que le capitaine les a vendus. Pour rembourser le prix de la traversée, les deux garçons ont été placés sous contrat de servage pour une durée de trente ans.

Il parlait sur un ton détaché. Ces choses-là arrivaient. Je le savais, mais j'avais du mal à les admettre sans sourciller.

— Trente ans ! Mais c'est... quel âge avaient-ils à l'époque ?

— Deux ou trois ans.

Je restai sans voix. Au-delà de la tragédie familiale, on pouvait sans doute trouver des circonstances atténuantes à ce système. Si au moins celui qui avait acheté ces enfants s'engageait à assurer leur bien-être... je revis les côtes saillantes de Josiah, ses jambes rachitiques. Ils avaient été mal nourris, mais bien des enfants élevés dans des familles aimantes étaient dans cet état.

— Josiah n'a aucune idée de qui étaient leurs parents, d'où ils venaient ni comment ils s'appelaient.

Jamie s'interrompit pour tousser puis reprit :

— Il connaissait son propre prénom et celui de son frère, Keziah, mais c'est tout. Beardsley est le nom de l'homme qui les a achetés. Les garçons ignorent s'ils sont Écossais, Anglais, Irlandais... Avec des prénoms pareils, ils ne sont probablement pas Allemands ni Polonais, mais sait-on jamais ?

Mon souffle se condensa au contact de l'air froid, cachant momentanément la ferme plus bas.

— Hmmm... Donc, Josiah s'est enfui. Je suppose que cela a un rapport avec la marque sur son pouce ?

Jamie hocha la tête, gardant les yeux rivés sur le sentier pendant que son cheval entamait la descente. De chaque côté des éboulis, le sol était mou et parsemé de taches de terre noire comme des champignons envahissants.

— Il a volé un fromage, répondit Jamie, amusé. Il l'a pris dans une laiterie de Brownsville, mais une fille de ferme l'a vu. En fait, elle a dit que c'était l'autre, son frère, mais... Quoi qu'il en soit, l'un des deux a commis le vol. Beardsley les a surpris tous les deux avec l'objet du larcin, a convoqué le shérif et Josiah a été condamné... et puni.

Le garçon s'était enfui de la ferme peu après l'incident, qui s'était déroulé deux ans plus tôt. Il avait eu l'intention de revenir chercher son frère, dès qu'il aurait trouvé un endroit où ils pourraient vivre tous les deux. L'offre de Jamie lui avait donc paru providentielle. Il était revenu à pied depuis le *gathering*.

— Imagine sa surprise en nous voyant camper sur les hauteurs, dit Jamie avant d'éternuer.

Il s'essuya le nez, les yeux larmoyants.

— ... Il demeurait tapi dans un coin, se demandant s'il devait attendre notre départ, ou voir si nous allions à la ferme. Dans ce cas, notre arrivée aurait pu faire diversion pendant qu'il se serait glissé dans le bâtiment et aurait emmené son frère.

— Tu as donc décidé d'y aller avec lui et de l'aider, résumai-je.

Mon propre nez coulait aussi. Je sortis mon mouchoir d'une main, priant que ma jument ne me catapulte pas la tête la première dans le précipice pendant que je me mouchais. J'examinai Jamie par-dessus le carré de tissu. En dépit de sa fatigue et de son rhume, il avait l'air remarquablement joyeux pour un homme qui avait passé la nuit à courir dans les bois glacés.

— Tu t'es bien amusé ? demandai-je.

— Oh oui ! Je n'avais rien fait de pareil depuis des années. Ça m'a rappelé l'époque où on lançait des raids sur les terres des Grant avec Dougal et ses hommes. J'étais encore un gamin. On rampait dans le noir et on se glissait sans bruit dans les granges. J'ai dû me retenir, sinon je leur aurais bien volé leur vache, hier soir. Enfin, s'ils avaient eu une vache...

Je me mis à rire.

— Tu n'es qu'un bandit, Jamie Fraser.

— Un bandit ? dit-il faussement vexé. Je suis un homme parfaitement honnête, *Sassenach,* du moins, quand j'en ai les moyens.

Il regarda derrière lui pour s'assurer que personne ne l'avait entendu.

— Oh, pour ça, tu es honnête, l'assurai-je. Je dirais même trop honnête pour ton bien. C'est juste que tu n'es pas très respectueux des lois.

Cette observation sembla le déconcerter. Il fronça les sourcils et émit un grognement profond, l'expression écossaise d'un désaccord ou une simple tentative pour se racler la gorge. Il toussa puis tira sur les rênes et se dressa debout sur ses étriers. Il agita son chapeau en direction de Roger qui était à quelque distance de nous, plus bas sur le sentier. Roger le vit, s'arrêta et fit faire demi-tour à sa monture pour nous attendre.

— Je vais l'envoyer mener les hommes jusqu'à Brownsville, pendant que j'irai parler aux Beardsley, m'expliqua Jamie. Tu viens avec moi, *Sassenach,* ou tu continues avec Roger ?

— Je viens avec toi, répondis-je sans hésiter. Je veux voir de quoi ont l'air ces gens.

Il sourit et lissa ses cheveux en arrière d'une main avant de replacer son chapeau. Il ne les attachait pas, protégeant ainsi du froid ses oreilles et sa nuque. Le soleil du matin les faisait briller comme du cuivre.

— J'en étais sûr, dit-il. Mais surveille tes expressions ! Ne reste pas la bouche grande ouverte et ne roule pas des yeux ahuris s'ils mentionnent leur domestique disparu.

— Surveille tes expressions toi-même ! rétorquai-je, piquée. Est-ce que Josiah t'a dit si son frère et lui avaient été maltraités ?

Je me demandai si l'histoire du vol de fromage avait été la seule raison du départ du garçon.

— Je ne sais pas, je ne lui ai pas demandé, *Sassenach*. Mais, dis-moi une chose : quitterais-tu une maison où tu te sens bien pour aller vivre seule dans les bois, dormir dans les feuilles mortes et manger des racines et des crickets jusqu'à ce que tu aies appris à chasser ?

Il donna un coup de talon à son cheval et s'éloigna pour transmettre ses instructions à Roger, me laissant méditer sur cette conjecture. Il revint quelques minutes plus tard et je m'approchai de nouveau à sa hauteur, une autre question sur les lèvres :

— Mais si la situation était dure au point qu'il se soit enfui, pourquoi son frère n'est-il pas parti avec lui ?

Jamie me regarda, surpris, puis sourit amèrement.

— Parce que Kesiah est sourd.

D'après Josiah, le garçon n'était pas né sourd, mais il avait perdu l'ouïe à la suite d'une blessure survenue à environ cinq ans. Il pouvait donc parler, mais il n'entendait que les sons les plus forts. Incapable de percevoir le craquement des feuilles ou des pas dans le sous-bois, il ne pouvait donc ni chasser ni échapper à ses poursuivants.

— Josiah me dit que Keziah le comprend et j'ai pu le constater. Quand on s'est glissés dans la grange, j'ai monté la garde en bas pendant qu'il grimpait au grenier. Je n'ai pas entendu un bruit, mais, une minute plus tard, ils étaient tous les deux à mes côtés, Keziah frottant ses yeux endormis. Je n'avais pas réalisé jusque-là qu'ils étaient jumeaux. Ça m'a retourné de les voir tous les deux si semblables.

— Je me demande pourquoi Keziah n'avait pas de culottes, dis-je, songeuse.

Jamie se mit à rire.

— Je le lui ai demandé. Il semblerait qu'il les avait enlevées la nuit précédente et étalées dans le foin. L'une des chattes de la ferme en a profité pour y faire ses petits, et il n'a pas voulu les déranger.

— Trop bon. Et ses chaussures ?

— Il n'en avait pas.

Nous étions au pied du versant. Les chevaux tournèrent en rond un moment autour de Jamie, attendant que les ordres soient transmis, les rendez-vous convenus, les adieux faits. Puis Roger, un peu raide, siffla et agita son chapeau pour donner le signal du départ. Je l'observais s'éloigner. Il se retourna brièvement sur sa selle puis poursuivit sa route, droit devant. À mes côtés, Jamie regardait aussi.

— Il n'est pas sûr qu'ils vont le suivre, commenta-t-il d'un air critique.

Puis il haussa les épaules.

— Bah ! Il se débrouillera, ou pas.

— Il se débrouillera, affirmai-je.

— Ravi que tu en sois persuadée, *Sassenach*. Allez, viens.

Il fit claquer sa langue et tourner son cheval.

— Si tu n'es pas certain que Roger s'en sorte bien, pourquoi l'envoies-tu tout seul ? Pourquoi ne pas rester tous regroupés et emmener toi-même les hommes à Brownsville plus tard ?

— D'une part, il faut bien qu'il apprenne, *Sassenach*. De l'autre, je ne tiens pas à ce que toute la troupe déboule chez les Beardsley et entende parler d'un serviteur disparu. Ils ont tous vu Josiah hier soir. Si les gens de la ferme apprennent qu'un gamin est passé dans notre campement, ils en tireront rapidement des conclusions logiques.

Je le laissai passer devant moi sur un étroit sentier serpentant entre les sapins. La rosée perlait, formant des diamants sur les aiguilles et l'écorce. Des gouttes glacées se détachaient des branches au-dessus de nous, me faisant sursauter chaque fois qu'elles s'écrasaient sur ma peau.

— Cela dit, à moins que ce Beardsley soit très âgé ou infirme, il va se joindre à nous, non ? objectai-je. Tôt ou tard, quelqu'un fera allusion à Josiah devant lui.

Il secoua la tête sans se retourner.

— Qu'est-ce qu'il pourrait apprendre ? Qu'un gamin a fait irruption dans notre campement, puis qu'il a détalé ? Les hommes pensent tous qu'il m'a échappé.

— Kenny Lindsay les as vus tous les deux quand vous êtes revenus.

— Oui, mais j'en ai touché deux mots à Kenny pendant qu'on sellait les chevaux. Il ne dira rien.

Il avait raison. Kenny était un des anciens d'Ardsmuir. Il obéirait aux instructions de Jamie sans discuter.

Tout en contournant un gros rocher, Jamie reprit :

— Beardsley n'est pas un infirme. Josiah m'a dit qu'il commerçait avec les Indiens. Il achemine des produits dans les villages cherokees au-delà de la Ligne du

Traité. J'ignore s'il sera chez lui aujourd'hui. Mais si c'est le cas…

Il inspira, l'air froid lui chatouillant les poumons.

— … c'est une autre des raisons qui m'ont incité à envoyer les hommes en avant. Je ne pense pas que nous les rejoindrons avant demain. D'ici là, ils auront passé une nuit à boire et à se faire des amis à Brownsville. Ils se souviendront à peine du garçon et seront moins enclins à en parler à Beardsley. Avec un peu de chance, nous serons loin avant qu'ils fassent une bourde et il sera alors trop tard pour que Beardsley se lance aux trousses des jumeaux.

Ainsi, il comptait sur l'hospitalité des Beardsley pour nous loger pour la nuit. C'était un espoir raisonnable, compte tenu de l'isolement de la ferme. En l'entendant tousser de nouveau, je résolus de m'asseoir, ce soir, sur son ventre pour l'obliger à se laisser oindre de graisse camphrée, que cela lui plaise ou non.

Nous sortîmes du bois et je contemplai la ferme devant nous d'un œil dubitatif. Elle était plus petite que je ne l'avais cru, et plutôt vétuste, avec des marches fendues, un porche affaissé, une partie des bardeaux du toit envolés. D'un autre côté, j'avais dormi dans des endroits bien pires, et je le ferais encore.

La porte d'une grange délabrée était grande ouverte, mais il n'y avait aucun signe de vie. De fait, l'endroit semblait abandonné, hormis la colonne de fumée qui s'élevait de la cheminée.

J'avais été sincère, plus tôt, avec Jamie, quoique pas tout à fait exacte. Il *était* honnête et respectait les lois… du moins celles qu'il considérait comme dignes de respect. Le seul fait qu'une loi ait été établie par la Couronne ne suffisait pas, à ses yeux, pour en faire une loi. En revanche, il en existait d'autres, non écrites, pour lesquelles il aurait donné sa vie.

Si les lois de la propriété avaient sans doute moins de valeur pour un ancien voleur de bétail écossais que pour d'autres, il ne m'avait pas échappé (et certainement pas à lui, non plus) qu'il s'apprêtait à demander l'hospitalité à un homme qu'il venait d'aider à dépouiller de son bien. Jamie n'avait pas d'objection profonde à ce système, proche du servage, selon lequel les immigrants les plus pauvres payaient leur traversée en s'engageant, par contrat, à servir un patron pour un certain nombre d'années. D'ordinaire, il aurait respecté un tel engagement. À moins que, comme dans le cas présent, il n'ait considéré qu'une loi supérieure avait la préséance. J'ignorais si celle-ci était l'amitié, la pitié, son *earbsachd* ou autre chose.

Il s'était arrêté pour m'attendre.

— Pourquoi as-tu aidé Josiah ? demandai-je de but en blanc.

Nous traversions le champ de blé qui s'étendait devant la maison. Les tiges sèches cassaient sous les sabots des chevaux et des cristaux de glace luisaient sur le tapis de feuilles. Jamie ôta son chapeau, l'accrocha au pommeau de sa selle et noua ses cheveux en arrière pour se préparer aux présentations.

— Je lui ai dit que s'il était déterminé à aller chercher son frère, cela le regardait. Mais que s'il décidait de venir s'installer sur Fraser's Ridge, seul ou avec son jumeau, nous devions lui enlever cette marque sur son pouce, car elle ferait jaser. La rumeur finirait sans doute par arriver aux oreilles de Beardsley, qui viendrait demander des comptes, etc.

Il se tourna vers moi, l'air soudain grave.

— Il n'a pas hésité un instant, malgré ce qu'il avait enduré. Crois-moi, *Sassenach*, un homme peut commettre un geste désespéré par amour ou par bravoure... mais il doit posséder quelque chose de plus dans ses tripes pour recommencer, quand il sait déjà ce qu'il va ressentir.

Sans attendre ma réaction, il se détourna et entra dans la cour de la ferme, faisant s'envoler un groupe de colombes à la recherche de vers. Il se tenait droit sur sa monture, les épaules carrées et fières. On ne pouvait deviner les profondes cicatrices qui zébraient son dos sous sa cape en grosse toile, mais je les connaissais par cœur.

C'était donc là sa raison. *Tel qu'à la surface de l'eau un visage répond au visage, ainsi le cœur de l'homme est le reflet de l'homme*. Or, la loi du courage était celle qu'il défendait depuis le plus longtemps.

*

* *

Plusieurs poulets étaient blottis sur le porche, leurs plumes gonflées comme des ballons aux yeux jaunes pleins de rancœur. Ils gloussèrent d'un air menaçant à notre descente de selle, mais ils bougèrent à peine, rechignant à abandonner leur refuge au soleil. Quelques planches manquaient au-dessus de la porte d'entrée et la cour était jonchée de fragments de lattes et de clous éparpillés, comme si quelqu'un avait voulu les remplacer, mais n'avait pas fini le travail. Cela durait apparemment depuis un certain temps, car les clous étaient rouillés et le bois scié fendu par l'humidité.

Jamie s'arrêta au milieu de la cour et cria :

— Ohé ! Il y a quelqu'un ?

C'était là l'étiquette convenue pour approcher d'une maison étrangère. Si la plupart des résidants de la montagne étaient hospitaliers, plus d'un se méfiaient des étrangers et étaient enclins à les accueillir avec un fusil jusqu'à ce qu'ils aient montré patte blanche.

Tenant compte de cette tradition, je restai prudemment derrière Jamie, veillant toutefois à me rendre bien visible, étalant ma jupe autour de moi et l'époussetant de manière ostentatoire, exhibant ma qualité de femme comme preuve de nos intentions pacifiques.

Zut ! Un trou de brûlure, sans doute due à une étincelle de feu de camp, perforait la laine brune. Je le cachai dans un pli, tout en me disant qu'il était étrange que tout le monde considère les femmes comme naturellement inoffensives. Si je l'avais voulu, j'aurais pu sans problème cambrioler des maisons et assassiner des familles entières d'un bout à l'autre de Fraser's Ridge.

Heureusement, je n'avais encore jamais cédé à ce genre d'impulsion meurtrière. Pourtant, il m'apparaissait parfois que le serment d'Hippocrate et son injonction « Je m'abstiendrai de tout mal » ne concernaient pas uniquement les procédures médicales. Plusieurs fois, j'avais ressenti l'envie furieuse de marteler le crâne de mes patients les plus récalcitrants avec une bûche, mais, jusqu'à présent, j'étais parvenue à me contenir.

Mais tout le monde n'avait pas cette vision cynique de l'humanité propre aux médecins. En outre, il était vrai que les femmes étaient d'ordinaire moins portées que les hommes sur les pugilats collectifs et récréatifs. J'avais rarement vu des femmes se taper dessus pour le plaisir. Mais qu'on leur donne une bonne raison…

Jamie marcha vers la grange, appelant vainement. Je regardai autour de moi dans la cour, mais je ne vis aucune trace fraîche sur le sol en dehors des nôtres. Un peu de crottin de cheval éparpillé recouvrait le sol, ici ou là, mais il datait d'au moins plusieurs jours. Il était sec, en train de s'effriter.

Personne n'était venu, personne n'était parti, hormis à pied. Les Beardsley, quel que soit leur nombre, étaient probablement toujours là. Mais discrets. Bien qu'il soit tôt, les fermiers auraient dû déjà vaquer à leurs occupations. En outre, j'avais vu quelqu'un de loin. Je mis ma main en visière pour me protéger du soleil bas, cherchant des signes de vie. Cette fois, j'étais plus que curieuse de voir ces Beardsley, et plutôt appréhensive à l'idée qu'un ou plusieurs mâles de cette famille étrange nous accompagnent.

Je m'approchai de la porte et remarquai une série d'encoches dans le chambranle. Elles étaient petites mais très nombreuses, faisant toute la hauteur d'un montant et la moitié de l'autre. M'approchant, je constatai qu'elles étaient disposées par groupe de sept, laissant un petit espace de bois intact entre chaque. Comme aurait fait un prisonnier comptant les jours pour ne pas perdre la notion du temps.

Jamie revint de la grange, d'où provenait un faible bêlement. Ce devait être les chèvres auxquelles il avait fait allusion. Si leur traite avait été la tâche de Keziah, son absence allait vite être remarquée, si ce n'était déjà fait.

Jamie avança de quelques pas vers la maison, mit ses mains en porte-voix et appela de nouveau. Pas de réponse. Il attendit un peu, puis haussa les épaules et grimpa sur le porche, où il tambourina contre la porte avec le manche de son coutelas. Le vacarme aurait réveillé un mort, s'il y en avait eu dans les parages. Les poulets s'enfuirent dans un nuage de plumes en poussant des cris de panique, mais personne ne répondit à l'intérieur.

Jamie se retourna vers moi, en arquant les sourcils. D'ordinaire, on n'abandonnait pas ainsi sa ferme sans y laisser quelqu'un, surtout quand on avait des bêtes.

— Il y a quelqu'un, dit-il. Les chèvres viennent d'être traites. Elles ont encore des gouttes fraîches sur leur pis.

Me rapprochant de lui, je chuchotai :

— Tu crois qu'ils sont tous partis à la recherche de… euh… tu sais qui ?

— C'est possible.

Il vint près d'une fenêtre et se pencha pour jeter un coup d'œil à l'intérieur. L'ouverture avait été vitrée, mais la plupart des carreaux ayant été fêlés ou cassés, on y avait cloué une bâche miteuse en étamine. Jamie examina avec dédain cette réparation bâclée.

Il tourna brusquement la tête.

— Tu entends quelque chose, *Sassenach* ?

— Oui. J'ai cru d'abord que c'était les chèvres, mais…

Une sorte de bêlement retentit encore, mais, cette fois, il venait distinctement de la maison. Jamie poussa sur la porte, mais elle ne bougea pas.

— Le verrou est poussé.

Il revint devant la fenêtre et détacha un coin de l'étamine. Un air infect en sortit.

— Pouah !

Je m'étais habituée aux odeurs des cabanes fermées pendant tout l'hiver, où les fumets de transpiration, de linge sale, de pieds humides, de cheveux gras et de pots de chambre se mêlaient à ceux du pain cuit, du ragoût de viande et à ceux plus subtils de moisi et de pourriture. Mais l'arôme de la résidence Beardsley les dépassait tous de loin.

— Soit ils gardent les cochons dans la maison, soit il y a au moins dix personnes là-dedans qui ne sont pas sorties depuis le printemps dernier, en conclus-je.

— Oui, l'atmosphère est un peu chargée, admit Jamie.

Tout en grimaçant devant la puanteur, il hurla :

— *Thig a mach !* Sors, Beardsley, ou c'est moi qui entre !

Je tendis le cou pour voir si son invitation produisait un résultat. La pièce était grande mais tellement encombrée que, dans tout ce fatras, on voyait à peine le sol. En humant avec soin, je déduisis que les grands tonneaux que j'apercevais contenaient, entre autres, du poisson salé, du goudron, des pommes, de la bière et de la choucroute. Des piles de couvertures en laine teintées à la cochenille et à l'indigo, des barils de poudre noire et des peaux à demi tannées empestant la crotte de chien ajoutaient leurs propres vapeurs singulières à l'atmosphère méphitique. Ce devait être les marchandises de Beardsley.

L'autre fenêtre était recouverte d'une peau de loup en lambeaux, si bien que la pénombre était totale. Avec les caisses, les empilements, les fûts et les meubles entassés les uns sur les autres, on aurait dit une version indigente de la caverne d'Ali Baba.

Le son nous parvint de nouveau du fond de la maison, à peine plus fort, à mi-chemin entre un cri aigu et un grondement. Je reculai d'un pas, l'association de ce bruit et de l'odeur âcre m'invoquant une vision de fourrure sombre et de violence soudaine.

— Des ours, suggérai-je à moitié sérieuse. Ces gens sont partis et un ours s'est installé dans leur maison.

— Oui, c'est ça, Boucle d'Or, rétorqua Jamie avec une moue railleuse. Ours ou pas, il y a anguille sous roche. Va me chercher les pistolets et la boîte de munitions dans ma sacoche.

Je tournai les talons pour m'exécuter, quand un bruit de pas traînants m'arrêta. Je fis volte-face. Jamie dégaina son coutelas, puis, perçant la pénombre, il relâcha sa main, haussant les sourcils de surprise. Je me penchai par-dessus son bras pour observer à mon tour.

Une femme se tenait entre deux monticules de produits, cherchant à regarder à l'extérieur, comme un rat pointant le museau hors d'une décharge. Elle ne ressemblait pas vraiment à un rat, étant plutôt plantureuse avec une chevelure ondoyante, mais elle clignait des yeux vers nous à la manière des rongeurs flairant un danger potentiel.

Concluant que nous n'étions pas l'avant-garde d'une armée d'invasion, elle aboya :

— Allez-vous-en !

— Bonjour, madame, commença Jamie. Je m'appelle Jamie Fraser, de…

— M'en fiche, allez-vous-en !

Elle avait un cheveu sur la langue, si bien que nous entendîmes « M'en fize ! ».

— Je crains que ce ne soit pas possible, madame. Je dois d'abord parler au maître de maison.

Une expression extraordinaire traversa son visage rondelet, mélange d'inquiétude, de calcul et d'un semblant d'amusement.

— Vraiment ? Qui a dit za ?

Les oreilles de Jamie commençaient à rougir, mais il répondit calmement :

— Le gouverneur, madame. Je suis le *colonel* Fraser. Chargé de mobiliser une milice. Tous les hommes valides de seize à soixante ans sont appelés à servir. Pourriez-vous aller chercher monsieur Beardsley ?

— Une milize ? Pourquoi, contre qui vous allez vous battre ?

— Avec un peu de chance, contre personne, madame, mais l'ordre de mobilisation a été donné. Je dois y répondre, comme tous les hommes bien portants qui habitent de ce côté-ci de la Ligne du Traité.

Il avait posé la main sur la traverse du chambranle intérieur de la fenêtre, en fait, une simple baguette de sapin. S'il décidait de pénétrer dans la pièce, il pouvait facilement l'arracher. Il regarda fixement le visage de la femme et sourit. Elle réfléchissait.

— Les hommes valides, vous dites. Hmm... on n'en a pas ici. Notre garzon de ferme zous contrat z'est encore enfui, mais, même z'il était encore là, il ne vous zervirait à rien, il est zourd comme un pot. Et presque auzi éveillé. Zi za vous dit de le rattraper, vous pouvez le garder.

Il était déjà rassurant de constater qu'on ne sonnerait pas la curée pour courir après le malheureux Keziah.

Mais Jamie n'était pas disposé à capituler si facilement.

— M. Beardsley est-il chez lui ? Je voudrais le voir.

Il secoua légèrement le chambranle, faisant craquer le bois sec.

— Il n'est pas en état de rezevoir.

Derrière son ton méfiant, je crus déceler une note d'excitation.

— Est-il souffrant ? demandai-je. Je peux peut-être l'aider, je suis médecin.

Elle avança dans la pièce d'un pas ou deux et me dévisagea derrière son épaisse mèche de cheveux bouclés. Elle était plus jeune que je ne l'avais cru au premier abord. Dans la lumière, la peau ferme du visage n'était pas ridée.

— Médezin ?

— Ma femme est une guérisseuse réputée. Les Indiens l'appellent le Corbeau Blanc.

Elle recula précipitamment d'un pas en écarquillant des yeux angoissés.

— Z'est vous l'enzorzeleuse ?

Cette femme me paraissait bizarre. En étant plus attentive, je finis par comprendre. En dépit de la saleté dans la maison, son visage et ses vêtements étaient propres, ses cheveux soyeux et brillants... Ce qui n'était certainement pas la norme en cette saison de l'année, la plupart des gens ne se levant pas pendant plusieurs mois jusqu'au redoux du printemps.

— Qui êtes-vous ? demandai-je directement. Vous êtes madame Beardsley ? Ou peut-être mademoiselle ?

En dépit de sa corpulence, elle ne devait pas avoir plus de vingt-cinq ans. Ses épaules grasses débordaient de son châle et ses hanches larges occupaient tout l'espace entre deux barils. Selon toute apparence, le commerce avec les Cherokees était assez prospère pour nourrir de façon convenable la famille Beardsley, à défaut de leurs serfs.

— Ze zuis Mme Beardzley.

Son inquiétude avait disparu. Elle pinça les lèvres en me détaillant d'un air méditatif. Jamie accentua sa pression sur la fenêtre et le bois émit un craquement sinistre.

— Z'est bon, entrez.

Sa voix avait toujours ce ton étrange, entre le défi et la curiosité. Jamie le sentit et fronça les sourcils, mais il lâcha néanmoins la traverse.

Elle se fraya un passage dans le capharnaüm et s'approcha de la porte. Je ne fis que l'entr'apercevoir, mais je constatai qu'elle boitait. Un de ses pieds traînait sur le plancher.

Nous entendîmes des petits coups secs et des halètements, signes qu'elle se démenait avec le verrou. Il y eut un grincement puis un bruit sourd lorsqu'elle laissa tomber la barre au sol. Le bois avait gonflé et la porte était coincée. Jamie donna un coup d'épaule, secouant tout le chambranle, et elle céda enfin. Depuis combien de temps n'avait-elle pas été ouverte ?

Longtemps, c'est sûr. Jamie toussa en entrant et je le suivis en m'efforçant de respirer par la bouche.

Même ainsi, la pestilence aurait fait tourner de l'œil à un putois. Outre la puanteur des marchandises, il y avait des relents de latrines venant de quelque part, mélange d'urine rance et d'excréments faisandés. De nourriture pourrie aussi, mais ce n'était pas tout. Mes narines frémirent prudemment, tentant de n'inhaler que le strict minimum d'air et d'analyser quelques molécules.

— Depuis combien de temps M. Beardsley est-il souffrant ? demandai-je.

Dans la fétidité générale, j'avais décelé une émanation typique. Pas uniquement celle des vestiges de vomi desséché depuis longtemps ni l'effluve sucré des écoulements purulents, mais cette exhalaison indéfinissable, rappelant la levure ou le moisi, qui semble être simplement l'odeur de la maladie.

— Oh... un zertain temps.

Elle referma la porte derrière nous et une soudaine vague de claustrophobie monta en moi. À l'intérieur, l'atmosphère était intenable, tant en raison de l'odeur que de l'absence de lumière. Prise d'une envie pressante d'arracher tout ce qui recouvrait les fenêtres pour faire entrer l'air, je serrai les poings dans les plis de ma cape.

Mme Beardsley se mit de biais et se faufila en crabe dans un étroit passage entre deux piles de marchandises. Jamie, dégoûté, fit un bruit guttural, puis il baissa la tête, évitant un amas de pieux de tente, et la suivit. Je lui emboîtai le pas, essayant de ne pas prêter attention au fait que mes pieds rencontraient ici et là des objets d'une mollesse désagréable. Pommes pourries ? Rats crevés ? Je me pinçai le nez et évitai de baisser les yeux.

Le plan de la maison était on ne peut plus simple : une grande pièce à l'avant, une autre à l'arrière.

Celle du fond contrastait de manière saisissante avec celle du devant, au désordre sordide. Il n'y avait ni décoration ni ornement. Tout y était dépouillé et immaculé. La table en bois et la cheminée en pierre étaient briquées, et quelques ustensiles en étain, d'un éclat terne, soigneusement alignés sur une étagère. Par une des fenêtres aux vitres intactes filtraient les rayons blanc pur du soleil matinal. L'atmosphère paisible accentuait encore l'impression de sanctuaire par rapport au chaos de l'autre pièce.

Cette sensation fut très vite balayée par un bruit puissant au-dessus de nos têtes. Le même que celui que nous avions déjà entendu, mais beaucoup plus proche, un long cri aigu chargé de désespoir, comme un porc à l'abattoir. Jamie sursauta et aperçut, au fond de la pièce, une échelle qui montait au grenier.

— Il est là-haut, nous informa inutilement Mme Beardsley.

Jamie était déjà parvenu au dernier échelon. Le bruit retentit encore, plus insistant cette fois. Je souhaitais y regarder de plus près avant d'aller chercher mon coffret de médecine.

Au moment où je m'apprêtais, moi aussi, à grimper, la tête de Jamie apparut dans la trappe du grenier.

— Apporte une lumière, *Sassenach*, dit-il en disparaissant.

Mme Beardsley ne bougea pas, les mains enfouies dans les plis de son châle, ne faisant aucun effort pour nous procurer une lampe. Elle serrait les lèvres, ses joues rondes tachetées de rose. Je passai devant elle, saisis un bougeoir sur l'étagère, allumai la chandelle dans l'âtre, puis montai au grenier. Passant la tête par la trappe, la flamme à bout de bras au-dessus de ma tête, j'appelai :

— Jamie ?

— Par ici, *Sassenach*.

Il se tenait au fond du grenier, où l'obscurité était la plus dense. Je me hissai dans la pièce et, prudente, avançai vers lui. La puanteur était nettement plus marquée ici. Dans la pénombre, j'entr'aperçus une forme claire et approchai la bougie. Aussi choqué que moi, Jamie eut un mouvement de recul, puis se ressaisit rapidement.

— Monsieur Beardsley, je présume.

L'homme était énorme, ou l'avait été. La masse rebondie de son ventre se soulevait dans les ténèbres, telle une baleine, et la main gisant inerte sur les lattes du plancher près de mon pied aurait facilement pu contenir un boulet de canon. Mais son épaule semblait molle et le centre de son poitrail massif affaissé. Ce qui avait dû être autrefois un cou de taureau était à présent filandreux et, sous une mèche de cheveux emmêlés, un seul œil luisait, roulant, frénétique, de haut en bas.

L'œil s'écarquilla, et l'homme poussa son cri, tentant désespérément de soulever la tête. Je sentis un grand frisson parcourir Jamie. Le spectacle avait de quoi me faire dresser les cheveux sur la tête, mais je me maîtrisai, plaçant le bougeoir dans les mains de Jamie.

— Éclaire-moi.

Je m'agenouillai, sentant trop tard un liquide suspect traverser l'étoffe de ma jupe. L'homme gisait dans ses propres déjections, et ce, depuis un certain temps déjà. Autour de lui, le plancher était trempé et couvert d'excréments. Il était nu, couvert d'un simple drap de lin. J'en soulevai un coin et aperçus des plaies ulcérées sous les traînées de crasse.

Le diagnostic de M. Beardsley était assez simple à poser. Un côté de son visage était affaissé de manière grotesque, sa paupière pendant mollement. Sa jambe et son bras droit étaient étalés, inertes, leurs articulations noueuses et bizarrement déformées par la fonte des muscles qui les avaient soutenues. Il renifla et bêla en dardant la langue, la salive coulant à la commissure de ses lèvres, pendant qu'il tentait vainement de nous dire quelque chose.

— Chut, dis-je. N'essayez-pas de parler. Ça va aller.

Je lui soulevai le poignet pour prendre son pouls. La chair bougeait librement autour de ses os, sans la moindre réaction au contact de mes doigts.

— Une attaque cérébrale, expliquai-je à Jamie. Une apoplexie, si tu préfères.

Je mis ma main sur la poitrine de Beardsley pour lui offrir le réconfort d'un contact humain.

— Ne vous inquiétez pas, lui dis-je doucement. Nous sommes là pour vous aider.

Tout en prononçant ces mots, je me demandai ce que nous pourrions faire pour lui. Il était possible, au moins, de le nettoyer et le mettre au chaud. Dans le grenier, il faisait presque aussi froid qu'à l'extérieur. Sa peau glacée avait la chair de poule.

L'échelle grinça et, me retournant, j'aperçus la tête de Mme Beardsley qui émergeait de la trappe.

— Depuis combien de temps est-il comme ça ? demandai-je sèchement.

— Peut-être... un mois.

Après une pause, elle ajouta sur la défensive :

— Z'ai pas pu le bouger. Il est trop lourd.

C'était indéniable. Néanmoins...

— Pourquoi est-il ici ? demanda Jamie. Que faisait-il quand c'est arrivé ?

Il promena la chandelle autour de lui, éclairant le grenier. Il ne contenait pas grand-chose. Un vieux matelas en paille, quelques outils épars, un bric-à-brac ménager.

La lumière illumina le visage de Mme Beardsley, transformant ses yeux bleu pâle en perles de glace.

— Il me... pourzazait, dit-elle d'une voix faible.

— Il vous quoi ?

Jamie s'approcha de l'échelle, se pencha, l'attrapa par le bras et arriva – bon gré mal gré – à la hisser dans le grenier.

— Que voulez-vous dire par « vous pourchasser » ?

Elle voûta le dos, ressemblant soudain à une petite fille grondée.

— Il m'a frappée. Z'ai grimpé ici pour me cazer dans le noir, mais il m'a zuivit. Puis il a glizé et... il n'a pas pu ze relever.

Elle haussa les épaules. Jamie éclaira son visage. Elle le regarda nerveusement, puis sourit. Je compris alors que son zézaiement était dû à l'absence de plusieurs incisives, cassées juste à ras de la gencive. Une cicatrice lui traversait la lèvre supérieure. Une autre formait une fine ligne blanche dans un de ses sourcils.

L'homme couché à mes pieds émit un son horrible, un cri furieux, comme une protestation, et elle tressaillit, reculant instinctivement d'un pas.

— Mmphm, fit Jamie. Allez nous chercher un peu d'eau, madame. Ainsi qu'une autre chandelle et des linges propres.

Elle se hâta d'obtempérer, trop contente de quitter le grenier.

— Jamie, tu veux bien m'éclairer de nouveau ?

Il vint s'accroupir à mes côtés, tenant haut le bougeoir pour illuminer le corps dévasté. Il inspecta Beardsley avec un mélange de pitié et de dégoût, puis secoua lentement la tête.

— Tu penses que c'est un châtiment divin, *Sassenach* ?

Je répondis à voix basse pour ne pas être entendue de la cuisine :

— Je ne crois pas que Dieu ait été tout seul dans cette affaire. Regarde.

Je lui pris la chandelle. Une cruche d'eau et une assiette de pain dur et moisi étaient posées près de la tête de Beardsley. Des morceaux à moitié mâchés jonchaient le sol autour de lui. Elle l'avait nourri, juste de quoi le maintenir en vie. Pourtant, j'avais vu de grandes quantités de nourriture en passant au rez-de-chaussée. Des jambons suspendus, des tonneaux de fruits secs, de poisson salé et de choucroute.

Il y avait des montagnes de fourrures, des jarres d'huile, des piles de couvertures en laine… mais le propriétaire de tous ces biens gisait ici dans le noir, affamé et nu sous un fin drap de lin.

— Pourquoi ne l'a-t-elle pas simplement laissé mourir ? demanda doucement Jamie.

Beardsley émit un gargouillis pathétique. Son œil roula d'un air méchant. Des larmes coulaient sur ses joues et de la morve formait des bulles dans ses narines. Il s'agita avec frénésie, arqua les reins, puis retomba lourdement dans un bruit de viande molle, en faisant trembler le plancher.

— Je crois qu'il peut nous entendre. Vous nous comprenez ?

J'adressai cette dernière question au malade qui éructa et bava de manière à nous faire comprendre qu'il saisissait nos paroles.

— Quant à savoir pourquoi…

Je montrai à Jamie les jambes de Beardsley, en promenant la chandelle au-dessus d'elles. Certaines des plaies étaient effectivement des escarres, dues au fait d'être resté couché trop longtemps sans bouger. Mais pas toutes. Une cuisse massive était striée d'entailles parallèles, noircies et croûteuses, faites avec une lame. Un mollet était décoré d'une ligne régulière d'ulcérations, des marques rouge vif bordées de noir et suintantes. Des brûlures, que l'on avait laissé s'infecter.

Jamie poussa un grognement étranglé, puis jeta un œil vers la trappe. Une porte s'ouvrit et se referma, provoquant un courant d'air qui traversa le grenier et fit vaciller la flamme.

— Je peux peut-être le descendre, médita Jamie en inspectant la charpente. En passant une corde autour de cette poutre, là… On peut le déplacer ?

— Oui.

Je ne l'écoutais plus vraiment. En me penchant au-dessus du malade, je venais de percevoir une odeur que je n'avais pas sentie depuis très, très longtemps, un relent sinistre de très mauvais augure.

Je l'avais peu souvent approchée, mais une fois suffisait pour ne jamais l'oublier : le parfum âcre de la gangrène gazeuse. Je ne voulais rien dire de peur d'alarmer Beardsley… s'il était capable de comprendre. Je me contentai donc de lui tapoter l'épaule d'un air rassurant et me redressai pour reprendre le bougeoir à Jamie et ausculter les plaies de plus près.

Jamie se pencha vers moi et me chuchota à l'oreille :

— Tu peux faire quelque chose pour lui, *Sassenach* ?

— Non, répondis-je sur le même ton. C'est-à-dire que je ne peux rien pour son apoplexie. Je peux traiter ses blessures et lui administrer des herbes contre la fièvre. C'est tout.

Jamie resta un moment immobile, examinant la silhouette couchée dans le noir, à présent calme. Puis il se signa et partit en quête d'une corde.

Je revins lentement vers le malade, qui m'accueillit avec un tremblement convulsif d'une jambe, comme un lapin prévenant ses congénères d'un danger imminent. Je m'agenouillai près de ses pieds en murmurant des paroles de réconfort et abaissai la chandelle pour les examiner. Tous les orteils de son pied mort avaient été brûlés, certains juste couverts d'ampoules, d'autres calcinés jusqu'à l'os. Les deux premiers orteils étaient noirs et la région tout autour avait une vilaine teinte verdâtre.

J'étais abasourdie, autant par la haine que traduisait un tel geste lui-même que par ce qui avait pu la provoquer. La flamme de la chandelle oscillait : mes mains tremblaient et ce n'était pas simplement à cause du froid. J'étais certes horrifiée par ce qui s'était passé, mais je m'inquiétais de la suite. Qu'allions-nous pouvoir faire de ces deux malheureux ?

Il était clair que nous ne pouvions pas emmener Beardsley avec nous, tout comme il était impensable de le laisser ici, aux bons soins de sa charmante épouse. Il n'y avait aucun voisin pour la surveiller, personne d'autre dans la ferme pour le protéger. Nous pourrions éventuellement le transporter jusqu'à Brownsville. Peut-être y avait-il une carriole dans la grange. Mais après ?

Il n'y avait pas d'hôpital pour le prendre en charge. Si des gens à Brownsville acceptaient de le prendre chez eux, par charité… tant mieux, mais, compte tenu de l'état de Beardsley au bout d'un mois, il était peu probable que sa santé s'améliore – tant sa paralysie que son élocution. Qui le prendrait chez lui, en sachant qu'il faudrait veiller sur lui nuit et jour pendant le reste de sa vie ?

En fait, le reste de sa vie risquait d'être plutôt écourté, selon mon pouvoir d'arrêter la gangrène ou non. Une seule possibilité s'offrait à moi : l'amputer. Couper les orteils ne serait pas très difficile, mais peut-être insuffisant. Si je devais sectionner une partie ou la totalité du pied, le risque d'état de choc et d'infection serait nettement accru.

Pouvait-il les sentir ? Parfois, les victimes d'attaque cérébrale conservent une certaine sensibilité dans les membres atteints mais pas leur motricité, ou vice-versa. Parfois ni l'un ni l'autre. Je touchai avec précaution un orteil gangreneux en observant son visage.

Son œil valide était ouvert, fixant les poutres de la charpente. Il ne me regarda pas et n'émit aucun son, ce qui répondit à ma question. Il ne sentait rien. Dans un sens, c'était aussi bien. Au moins, il ne souffrirait pas lors de l'amputation. Probablement n'avait-il pas senti non plus les tortures infligées à son membre. Sa femme en était-elle consciente ? Ou s'était-elle attaquée à son côté mort uniquement parce que l'autre conservait encore un peu de vigueur et risquait de se défendre ?

Un bruissement d'étoffe derrière moi me prévint du retour de Mme Beardsley. Elle posa un seau d'eau et une pile de chiffons sur le plancher puis resta là, m'observant en silence pendant que je nettoyais le corps crasseux.

— Vous pouvez le guérir ?

Sa voix était calme, distante, comme si elle parlait d'un inconnu.

La tête du malade se redressa brusquement, son œil unique fixé sur moi.

— Je peux l'aider un peu, répondis-je prudemment.

J'aurais aimé que Jamie soit de retour. Outre le fait que j'avais besoin de mon coffret de médecine, me trouver seule avec ce couple infernal me mettait plutôt mal à l'aise.

Mon inconfort s'accentua encore lorsque M. Breadsley évacua inopinément une petite quantité d'urine. Sa femme éclata de rire et il émit un grondement si inhumain que tous les poils de mon corps se hérissèrent. J'essuyai le liquide sur sa cuisse et repris mon travail comme si de rien n'était. Puis je demandai sur un ton le plus détaché possible :

— Vous avez des parents dans la région, M. Beardsley et vous ? Quelqu'un qui pourrait vous donner un coup de main ?

— Non, perzonne. Il m'a prize dans la maizon de mon père dans le Maryland et m'a amenée izi.

Elle avait dit « ici » comme s'il s'agissait du cinquième cercle des enfers, ce qui n'était pas loin d'être le cas.

En bas, la porte s'ouvrit et un courant d'air bienvenu annonça le retour de Jamie. Je l'entendis poser mon coffret sur la table. Je me levai prestement, saisissant ce prétexte pour leur fausser compagnie un moment.

— J'entends mon mari qui revient avec mes remèdes. Je vais… euh… les chercher.

Je me faufilai devant Mme Beardsley et descendis l'échelle quatre à quatre, transpirant en dépit du froid.

Jamie se tenait devant la table, examinant une corde en fronçant les sourcils. En me voyant, ses traits se détendirent un peu.

— Cela se présente comment, *Sassenach* ? chuchota-t-il.

— Très mal. Il a deux orteils gangreneux. Je vais devoir les amputer. Elle dit qu'ils n'ont pas de famille dans les environs pour les aider.

— Mmphm.

Il se concentra de nouveau sur l'élingue qu'il était en train de fabriquer, pendant que je fouillais dans mon coffret. Tout à coup, je me figeai en apercevant, sur la crédence, ses pistolets, la corne contenant sa poudre et sa boîte de balles. Je lui touchai le bras et, les indiquant du menton, articulai en silence : « Qu'est-ce que ça fait là ? »

La ride entre ses sourcils se creusa encore un peu, mais, avant qu'il n'ait pu répondre, un terrible vacarme retentit dans le grenier, comme des coups de pied et de poing sur le plancher, accompagnés de borborygmes répugnants, tel un sanglier se vautrant dans la fange.

Jamie laissa tomber sa corde et bondit vers l'échelle, moi sur ses talons. En émergeant de la trappe, il poussa un cri et bondit dans le grenier. Le temps que je grimpe à mon tour, il était en train de se battre avec Mme Beardsley.

Elle lui envoya son coude en pleine figure, lui écrasant le nez. Cela le débarrassa de toutes les inhibitions qu'il aurait pu avoir à l'idée de lever la main sur une femme. Il décrivit un quart de tour sur lui-même avant de lui décocher un uppercut dans le menton. Ses mâchoires s'entrechoquèrent et elle chancela à la renverse, l'air interdit. Je me précipitai pour sauver le bougeoir, l'attrapant au vol, avant qu'elle ne s'effondre sur son arrière-train dans un fatras de jupes et de jupons.

— Sa-lo-be-rie de bonne femme !

La voix de Jamie était étouffée par sa manche qu'il pressait contre son nez sanguinolent, mais on ne pouvait douter de sa sincérité.

M. Beardsley se trémoussait dans son coin comme un poisson échoué. Levant haut la chandelle, je le vis qui tirait sur son cou de sa main valide. Un mouchoir en lin, tordu en forme de lacet, était enroulé autour de son cou. Son visage était noir et son œil unique exorbité. Je dénouai rapidement le garrot et il prit une grande inspiration d'air fétide.

Jamie abaissa son bras taché de sang et se palpa le visage.

— Si elle abait été plus rabide, elle le tuait. Bince ! Je crois qu'elle b'a cassé le nez !

— Pourquoi ? Pourquoi m'en avez-vous empêché ?

Mme Beardsley était toujours consciente, quoiqu'un peu hébétée.

— Il aurait dû mourir. Ze veux qu'il meure. Il doit mourir.

A nighean na galladh, s'impatienta Jamie. Si vous vouliez vraiment sa peau, vous aviez tout un mois pour le tuer à loisir. Pourquoi attendre la présence de témoins ?

Elle leva les yeux vers lui, le regard soudain vif et clair.

— Ze ne voulais pas qu'il zoit mort. Ze voulais qu'il meure.

Elle esquissa un sourire édenté avant d'ajouter :

— Lentement.

Je m'essuyai le front avec un profond soupir. Nous n'étions qu'au milieu de la matinée, mais cette journée semblait durer déjà depuis des semaines.

— C'est ma faute, dis-je. Je lui ai expliqué que je pouvais l'aider et elle a cru que j'allais le sauver, voire le guérir complètement.

C'était la malédiction de cette réputation de guérisseuse magique ! J'aurais trouvé ça drôle si j'avais eu le cœur à rire.

Une nouvelle odeur nauséabonde empesta l'air et Mme Beardsley se tourna vers son mari en poussant un cri outragé :

— Zale porc !

Elle se redressa sur ses genoux, trouva un quignon de pain durci et le lui lança. Il rebondit sur la tête du malade pendant qu'elle faisait pleuvoir sur lui des insultes :

— Bête immonde ! Zale, puant, pourri...

Jamie la rattrapa par les cheveux avant qu'elle ne se jette sur le corps allongé, lui prit le bras et repoussa avec violence cette femme sanglotante qui continuait de proférer des insanités.

— Je t'en prie, *Sassenach*, hurla-t-il par-dessus le raffut. Va me chercher la corde avant que je les tue tous les deux.

Descendre M. Beardsley du grenier nous laissa Jamie et moi dégoulinants de transpiration, couverts de crasse, puants et épuisés. Quant à Mme Beardsley, elle resta assise dans un coin de sa cuisine, nous observant d'un air mauvais sans nous aider.

Scandalisée, elle hurla quand nous le déposâmes sur la table propre, mais un seul regard de Jamie lui fit ravaler ses récriminations. Elle se rassit sur son tabouret, les lèvres pincées.

Jamie essuya sa manche tachée de sang sur son front et contempla Beardsley en secouant la tête d'un air incrédule. Je pouvais le comprendre. Même lavé, chaudement couvert et nourri à la cuillère d'un peu de gruau, l'homme était dans un état pitoyable. Je l'examinai avec minutie à la lumière du jour. Aucun doute à avoir au sujet des orteils. La puanteur de gangrène était nettement reconnaissable, tout comme la coloration verdâtre du dos du pied.

Il me faudrait enlever plus que les orteils. Je palpai la région putréfiée, me demandant s'il valait mieux opter pour une amputation partielle entre les métacarpes ou carrément sectionner le pied au niveau de la cheville. Cette seconde option serait plus rapide et si, d'ordinaire, je conservais le plus possible du membre, je n'en voyais vraiment pas l'utilité dans le cas présent. Quoi qu'il arrive, Beardsley ne marcherait plus jamais.

Je me mordillai la lèvre inférieure, dubitative. Tout cela était peut-être de la pure théorie. Il était pris de fièvres intermittentes et les plaies sur ses jambes et sur ses fesses suppuraient. Quelles étaient ses chances de se remettre d'une amputation sans mourir d'infection ?

Je n'avais pas entendu Mme Beardsley s'approcher derrière moi. Pour une femme aussi forte, elle se déplaçait d'un pas remarquablement léger.

— Qu'est-ze que vous compter faire ? demanda-t-elle d'une voix neutre.

— Les orteils de votre mari sont gangreneux. Je vais devoir l'amputer du pied.

Nous n'avions vraiment pas d'autre choix, même si la perspective de passer plusieurs jours, sinon des semaines, dans cette ferme à soigner Beardsley ne me ravissait pas.

Avec lenteur, elle contourna la table, s'arrêtant à ses pieds. Son visage était impassible, mais un sourire à peine perceptible apparut au coin de ses lèvres. Elle contempla les orteils noirs une bonne minute, puis secoua la tête.

— Non, dit-elle doucement. Qu'il pourrisse.

Au moins, sa réplique résolut la question de savoir si Beardsley entendait ou non. Son œil sortit de son orbite et il poussa un cri de rage, s'agitant avec frénésie, tentant vainement d'attraper sa femme. Il manqua de peu de s'écraser lui-même au sol. Jamie dut intervenir pour le maîtriser. Quand il se calma enfin, haletant et crachant, Jamie se redressa hors d'haleine et regarda Mme Beardsley avec une profonde aversion.

Elle resserra son châle autour de ses épaules, mais elle ne se laissa pas démonter.

— Ze zuis za femme, déclara-t-elle. Ze ne peux pas vous laizer le découper. Ça mettrait za vie en péril.

— Si je n'interviens pas, ce sera une mort certaine, répliquai-je. Et très douloureuse. Vous…

Jamie m'interrompit en posant une main sur mon bras et en le serrant fort.

— Emmène-la dehors, Claire.

— Mais…

— Dehors.

Sa main serra encore, me faisant presque mal.

— Ne reviens pas avant que je t'aie appelée.

Son visage était grave. Quelque chose au fond de ses yeux me fit fondre. Je me tournai vers la crédence où ses pistolets reposaient à côté de mon coffret de médecine, puis le regardai, suffoquée.

— Tu ne peux pas faire ça.

Il observa Beardsley, les traits sombres.

— J'abrégerais les souffrances d'un chien sans hésiter une seconde. Puis-je faire moins pour lui ?

— Ce n'est pas un chien !

— Non, justement.

Il lâcha mon bras et fit le tour de la table, se plaçant au chevet de Beardsley.

— Si tu me comprends, l'ami, ferme l'œil, dit-il doucement.

Le silence tomba, lourd. L'œil injecté de sang fixait Jamie, le dévisageant avec une intelligence indéniable. La paupière s'abaissa lentement, puis se releva.

Jamie se tourna vers moi.

— Va. Ce sera son choix. Si c'est non, je t'appellerai.

Mes genoux tremblaient.

— Non.

Je regardai Beardsley et déglutis péniblement.

— Non, répétai-je. Si tu… Il te faut un témoin.

Il hésita un moment, puis acquiesça.

— Tu as raison.

Il se tourna vers Mme Beardsley. Figée comme une statue, ses mains serrant son tablier, son regard allait et venait de Jamie à moi. Jamie secoua brièvement la tête puis se dirigea vers l'homme couché sur la table.

— Cligne une fois pour oui, deux fois pour non. Tu m'as compris ?

L'œil se ferma une fois sans hésiter.

— Écoute-moi bien…

Jamie inspira profondément puis reprit d'une voix plate, dénuée d'émotion :

— Tu sais ce qui t'est arrivé ?

Un clignement.

— Tu sais que ma femme est médecin, une guérisseuse ?

L'œil roula vers moi, puis revint sur Jamie. Un clignement.

— Elle dit que tu as eu une apoplexie. Que les dommages sont irréversibles. Tu comprends ?

Un clignement.

— Ton pied est putride. S'il n'est pas amputé, tu pourriras et tu mourras. Tu comprends ?

Pas de réaction. Ses narines frémirent, moites, interrogatives. Puis il poussa un brusque soupir. Il avait senti l'odeur de pourriture. Malgré le doute, il n'était pas sûr que ce soit sa propre chair. Pas jusqu'à maintenant en tout cas. L'œil cligna lentement une fois.

La litanie se poursuivit, chaque affirmation, chaque question représentant une nouvelle pelletée de terre d'une tombe qui se creusait à vue d'œil. Chacune se terminait inexorablement par les mots : « Tu comprends ? »

Je ne sentais plus ni mes mains ni mes pieds. L'étrange atmosphère de sanctuaire s'était modifiée. La pièce était désormais une église non plus un refuge.

S'y déroulait un singulier rituel, qui conduirait à une fin solennelle et prédéterminée.

Car je comprenais maintenant que tout était déjà décidé. Beardsley avait fait son choix depuis longtemps, sans doute même bien avant notre arrivée. Il avait vécu un mois dans ce purgatoire, suspendu dans l'obscurité glacée entre ciel et terre. Il avait eu tout le temps de réfléchir, d'analyser ses perspectives et de faire la paix avec sa propre mort.

Comprenait-il ?

Oui, parfaitement.

Jamie se pencha sur la table, une main sur le bras de Beardsley, tel un prêtre offrant l'absolution et le salut. Mme Beardsley se tenait toujours immobile dans la lumière qui tombait de la fenêtre, ange impassible et accusateur.

Il n'y avait plus grand-chose à dire.

— Veux-tu que ma femme t'ampute le pied et soigne tes blessures ?

Un clignement. Puis un autre, exagéré, délibéré.

Le souffle de Jamie était audible, le poids sur sa poitrine alourdissant chacune de ses paroles.

— Me demandes-tu de t'aider à en finir ?

Bien que la moitié de son visage soit inerte et l'autre hagarde et épuisée, il lui restait encore un peu d'expression. Le coin valide de ses lèvres se retroussa en une sorte de sourire cynique. Puis la paupière se ferma et ne se rouvrit pas.

Jamie ferma les yeux à son tour. Un frisson le parcourut. Puis il se secoua, comme un homme qui s'ébroue, et se tourna vers la crédence où étaient posés ses pistolets.

— Va, me dit-il. Emmène-la dehors.

Je lançai un dernier regard vers Beardsley, mais il n'était plus mon patient. Je m'approchai de sa femme et lui pris le bras, l'entraînant vers la porte. Elle se laissa faire, marchant comme un automate, sans se retourner.

*
* *

L'extérieur était irréel, et la cour inondée de soleil d'une banalité peu convaincante. Mme Beardsley se libéra et se dirigea vers la grange d'un pas rapide. Elle se retourna vers la maison, puis se mit à courir, disparaissant dans la bâtisse comme si des démons étaient à ses trousses.

Ressentant la même panique, je faillis la suivre mais je me retins. Je m'arrêtai au bord de la cour et j'attendis. J'entendais mon cœur battre lentement et résonner dans mes oreilles.

La détonation arriva enfin, un bruit plat, inconséquent parmi les bêlements des chèvres dans la grange et le caquetage des poules picorant dans la terre battue. Dans la tête ou dans le cœur ? me demandai-je avec un frisson.

Il était midi passé. L'air froid du matin s'était levé et une brise glacée balayait la cour, soulevant la poussière et des brins de foin. Je patientai encore. Il devait sans doute réciter une brève prière pour l'âme de Beardsley. Un long moment passa, toujours rien. Puis la porte de la cuisine s'ouvrit enfin. Jamie sortit, fit quelques pas, puis vomit.

Je me dirigeai vers lui pensant qu'il avait besoin de moi, mais non. Il se redressa, s'essuya la bouche, puis tourna les talons, prenant la direction de la forêt.

Je me sentis soudain de trop et bizarrement offensée. Un peu plus tôt, j'avais travaillé, absorbée par l'exercice de la médecine. Concentrée sur la chair, l'esprit et le corps, attentive aux symptômes, à la qualité du pouls et de la respiration, aux signes vitaux. Beardsley m'avait été tout à fait antipathique, mais, pourtant, je m'étais plongée dans ce combat pour préserver sa vie et soulager ses souffrances. Dans ma mémoire, je conservais le contact de sa peau chaude et molle sous mes doigts.

À présent, mon patient était mort et j'avais l'impression qu'une parcelle de moi avait été amputée. Peut-être étais-je simplement un peu choquée.

Maintenant, le corps devait être lavé et préparé pour être enterré de façon décente. J'avais déjà fait ce genre de choses, sans enthousiasme mais sans états d'âme non plus. Pourtant, je ne pouvais me résoudre à retourner dans cette pièce.

J'avais vu des morts violentes et bien plus insoutenables que celle-ci. La mort était la mort. Qu'elle soit vécue comme un passage, un adieu ou, dans certains cas, comme une libération désirée... Jamie avait délivré Beardsley de sa prison, de son corps paralysé. Et si son esprit s'attardait dans la maison, n'ayant pas encore compris qu'il était libre ?

« Tu es en train de céder à la superstition, Beauchamp, me tançai-je. Ressaisis-toi tout de suite. »

Toutefois, je ne fis pas un pas de plus vers la maison, marchant en rond dans la cour, faisant du surplace comme un colibri indécis.

Beardsley n'avait plus besoin de mon aide et Jamie n'en voulait pas, mais il restait quelqu'un à qui je pouvais être utile. Je tournai le dos à la maison et me rendis jusqu'à la grange.

Ce n'était qu'une grande pièce ouverte, sombre, odorante, remplie de foin et de formes mouvantes. Je me tins sur le seuil jusqu'à ce que mes yeux s'accoutument à la pénombre. Il y avait une stalle dans un coin, mais pas de cheval. Dans l'autre angle, une palissade délabrée servait d'enclos aux chèvres. Derrière se trouvait un pieu pour attacher les bêtes au moment de la traite. Mme Beardsley était assise là, sur une balle de foin. Une demi-douzaine de chèvres se pressaient autour d'elle, se bousculant et mordillant les franges de son châle. De sa silhouette recroquevillée dans l'ombre, je ne distinguai que l'éclat de ses yeux.

— Z'est fini ? demanda-t-elle d'une voix à peine audible.

— Oui.

J'hésitai, car elle non plus ne semblait pas avoir besoin de moi. Je la voyais mieux à présent. Un chevreau reposait sur ses genoux et elle caressait sa tête soyeuse.

— Ça va aller, madame Beardsley ?

Elle garda le silence, puis la silhouette massive haussa les épaules et s'affaissa, se détendant légèrement.

— Ze ne zais pas, répondit-elle d'une voix douce.

J'attendis, mais elle ne bougea pas et ne dit plus rien. La compagnie paisible des chèvres paraissait la réconforter plus que la mienne. Je tournai les talons et les laissai, lui enviant le refuge chaleureux de la grange et de ses joyeuses occupantes.

Nous avions laissé nos chevaux dans la cour, attachés à un jeune aulne. Jamie avait desserré leurs sangles en allant prendre mon coffret, mais il n'avait pas pris le temps de les desseller. Je m'en occupai donc, pensant que nous n'étions pas près de partir. Je les débarrassai de leurs rênes et les laissai paître l'herbe brune qui poussait encore sous les sapins. Un demi-tronc évidé dans un coin servait d'abreuvoir, mais il était vide. Ravie de cette corvée qui me permettrait de ne pas penser à ce qui m'attendait, je tirai de l'eau au puits. Puis, m'essuyant les mains sur ma jupe, je cherchai autour de moi autre chose à faire pour m'occuper, mais en vain. Je ne pouvais plus reculer. Rassemblant mon courage, je tirai un nouveau seau d'eau, y fis tomber la demi-courge sèche posée sur la margelle du puits, puis l'emportai vers la maison.

Je sursautai en remarquant que la porte de la cuisine était ouverte. J'étais sûre de l'avoir vue fermée un peu plus tôt. Jamie était-il à l'intérieur ? Était-ce Mme Beardsley ?

Prudente, je tordis le cou pour essayer de voir à l'intérieur, mais, en m'approchant, j'entendis le bruit régulier d'une pelle cognant la terre. Contournant la bâtisse, j'aperçus Jamie en bras de chemise creusant un trou au pied d'un sorbier qui se dressait à quelque distance de la maison.

Il écarta du revers de la main les cheveux qui tombaient devant ses yeux et, avec un pincement au cœur, je vis qu'il pleurait. Il pleurait en silence et avec hargne, attaquant le sol comme un ennemi. Il m'aperçut et s'interrompit, se passant très vite la manche sur le visage comme pour essuyer de la sueur.

Je le rejoignis et lui offris un peu d'eau ainsi qu'un mouchoir propre. Évitant mon regard, il but, toussa, but encore, me rendit la coupe et se moucha avec soin. Son nez était encore enflé, mais il ne saignait plus.

M'asseyant sur la souche d'arbre qui servait à fendre les bûches, je demandai timidement :

— On ne dormira pas ici ce soir, n'est-ce pas ?

— Non, Dieu merci ! On va enterrer dignement cet homme, puis on partira. Je préfère encore dormir dans le froid et la forêt que dans cette maison.

— Et… elle ? demandai-je. Elle est à l'intérieur. La porte de la cuisine est ouverte.

Il enfonça sa pelle avec hargne.

— Non, c'est moi. En sortant tout à l'heure, j'avais oublié de la laisser ouverte… pour que son âme puisse partir librement.

Je frissonnai, non seulement en raison du ton parfaitement naturel de cette explication, mais parce que j'entendais l'écho de mes propres pensées.

— Je vois, dis-je d'une voix faible.

Jamie continua de creuser un moment. La terre, molle et riche en humus, se retournait facilement. Enfin, sans cesser son mouvement régulier, il reprit :

— Brianna m'a raconté une histoire qu'elle avait lue un jour. Je ne me souviens pas des détails, mais il s'agissait du meurtre d'un homme mauvais qui avait acculé son assassin à ce geste désespéré. À la fin, quand on demande au narrateur que faire, il répond : « Laissons faire la justice de Dieu. »

Je hochai la tête. J'étais d'accord avec lui, même si cela me paraissait un peu dur pour la personne qui se retrouvait, malgré elle, l'instrument de cette justice.

— Tu penses qu'ici, il s'agit de cela ? De justice ?

Indécis, il haussa les épaules et poursuivit son travail. Je l'observai, réconfortée par sa proximité et le rythme hypnotique de ses gestes. Enfin, je me résolus à accomplir ma mission.

— Je ferais mieux d'aller laver le corps et de nettoyer le grenier, annonçai-je à contrecœur. On ne peut pas laisser cette pauvre femme seule avec une telle saleté, quoi qu'elle ait fait.

— Non, attends, *Sassenach*.

Il cessa son travail et lança un regard inquiet vers la maison.

— Je t'accompagnerai plus tard. En attendant, pourrais-tu aller me chercher des pierres dans la forêt pour le cairn ?

Un cairn ? J'étais plutôt surprise, cela me paraissant une attention plutôt superflue pour feu M. Beardsley. D'un autre côté, il y avait des loups dans le coin, j'avais remarqué leurs fèces sur la piste deux jours plus tôt.

Il me vint aussi à l'esprit que Jamie cherchait peut-être une excuse honorable pour retarder le moment de revenir dans la maison, auquel cas, trimbaler de gros cailloux était une solution tout à fait désirable.

Heureusement, ce n'était pas les pierres qui manquaient dans les environs. J'allai chercher mon épais tablier de chirurgie en toile dans une de mes sacoches et me mis au boulot, telle une fourmi ramassant des miettes. Au bout d'une demi-heure d'allées et venues, l'idée de retourner au grenier me paraissait nettement moins insupportable. Toutefois, Jamie n'ayant pas terminé, je continuai avec courage à œuvrer.

Enfin, je déversai une dernière fournée de pierres sur le sol, près de la fosse de plus en plus profonde. Dans la cour, les ombres commençaient à s'allonger et le froid engourdissait mes doigts, ce qui était aussi bien, vu le nombre d'écorchures dont ils étaient couverts.

— Tu es dans un drôle d'état ! lançai-je à Jamie. As-tu vu Mme Beardsley sortir de la grange ?

Il reprit son souffle, puis il répondit d'une voix éraillée, à peine audible.

— Non, elle est toujours enfermée avec ses chèvres. Pffft… qu'est-ce qu'il fait chaud là-dedans !

Je l'examinai avec inquiétude. Le métier de fossoyeur était un dur labeur. Sa chemise adhérait à son torse, trempée en dépit de l'air glacé. Il avait le visage tout rouge, en raison de l'effort, espérai-je, et non de la fièvre. En revanche, ses doigts étaient aussi raides et blêmes que les miens. Il les détacha avec peine du manche de la pelle.

— Je suis sûre que cette tombe est assez grande.

Personnellement, je me serais satisfaite d'un trou beaucoup moins profond, mais Jamie n'était pas du genre à bâcler un travail.

— Je t'en prie, Jamie. Maintenant, arrête et change de chemise. Tu es en nage, tu vas attraper la mort.

Il ne discuta pas, mais il prit néanmoins le temps d'aplanir les coins de la fosse, les frappant du plat de la pelle pour que les bords ne s'effondrent pas.

Autour de nous la forêt était silencieuse. Les oiseaux s'étaient tus et l'ombre de la maison s'étendait, longue et froide, sur la tombe. Je serrai les coudes, impressionnée par le calme environnant.

Jamie jeta son outil par-dessus le bord, me faisant sursauter, puis se hissa hors de la fosse. Il resta immobile, les yeux fermés, la fatigue le faisant osciller sur place. Puis il les rouvrit et m'adressa un sourire las.

— Finissons-en.

*

* *

J'ignorais si c'était parce que l'esprit du mort était parti par la porte ouverte ou uniquement parce que Jamie était avec moi, mais, cette fois, j'entrai dans la maison sans hésiter. Le feu s'était éteint et la cuisine était froide et sombre, sans maléfice dans l'air. Elle était simplement… vide.

La dépouille de M. Beardsley gisait paisiblement sous l'une de ses couvertures, muette et immobile. Vide, elle aussi.

Mme Beardsley refusa de nous assister et même de mettre les pieds à l'intérieur, tant que le corps de son mari y était encore. Je balayai donc l'âtre et préparai un nouveau feu pendant que Jamie débarrassait les ordures du grenier. Le temps qu'il redescende je m'étais mise au travail.

Mort, Beardsley paraissait moins monstrueux que vivant. Ses membres tordus étaient détendus, et, sur son corps, l'aspect de combat permanent avait disparu. Jamie avait caché son visage sous une serviette en lin. J'en soulevai un coin et constatai qu'il n'y avait pas de dégâts sanglants à nettoyer. Jamie avait fait un travail propre, d'une balle dans son œil aveugle. Elle n'avait pas fait éclater le crâne. L'autre œil, le bon, était fermé. Dans la mort, le visage avait retrouvé sa symétrie.

Jamie vint doucement se placer derrière moi, posant une main sur mon épaule. Je lui montrai une bouilloire que j'avais accrochée au-dessus du feu.

— Va te laver, dis-je. Je peux me débrouiller.

Il hocha la tête, ôta sa chemise souillée et la laissa tomber près de la cheminée. J'écoutai les bruits familiers du débarbouillage. Il toussait encore, mais il respirait mieux que tantôt dans le froid.

— Je ne pensais pas que cela se passait ainsi, dit-il derrière moi. Je croyais qu'une apoplexie tuait sur le coup.

Concentrée sur ma tâche, je répondis, l'esprit ailleurs :

— C'est souvent le cas.

— Ah oui ? Je n'ai jamais pensé à demander à Dougal ou à Rupert. Ni même à Jenny. Si mon père…

Il s'interrompit brusquement, comme s'il avait ravalé le reste de sa phrase.

Ah, c'était donc ça. Je l'avais oublié, mais il m'en avait parlé une fois, des années plus tôt, peu après notre mariage. Son père avait vu Jamie être fouetté en public, à Fort William. Sous le choc, il avait été frappé d'apoplexie et n'avait pas survécu. Jamie, blessé et malade, avait été emporté loin du fort puis envoyé en exil. Il n'avait appris la mort de son père que des semaines plus tard, sans la possibilité d'un dernier adieu, ni de l'enterrer ou d'honorer sa tombe.

— Jenny le savait sûrement, dis-je avec tendresse. Elle te l'aurait dit si…

Si Brian Fraser avait connu une lente agonie aussi ignominieuse, diminué et impotent, réduit à l'état de légume sous les yeux de la famille qu'il avait si chèrement défendue.

Lui aurait-elle dit si elle s'était occupée de son père grabataire et incontinent ? Si elle avait veillé pendant des jours et des semaines, soudain privée de son frère et de son père, seule à regarder en face la mort approchant à pas lents… Jenny Fraser était une femme forte, qui aimait tendrement son frère. Peut-être avait-elle préféré le protéger, pour éviter d'ajouter au fardeau de sa perte le poids de la culpabilité.

Je me tournai vers lui. Il était torse nu mais lavé, tenant une chemise propre dans ses mains. Il me dévisageait, mais je vis son regard glisser par-dessus mon épaule vers le cadavre.

— Elle te l'aurait dit, répétai-je.

Il inspira péniblement.

— Peut-être.

— J'en suis sûre, dis-je plus fermement.

Il baissa la tête et poussa un autre soupir. Il n'y avait pas que la maison qui était hantée par la mort de Beardsley… Mais Jenny avait la clé de la seule porte qui, ouverte, libérerait Jamie. Je comprenais pourquoi, plus tôt, il avait pleuré et creusé cette tombe avec autant de soin. Non à cause du choc ni par charité, encore moins par égard pour le mort, mais pour Brian Fraser, le père qu'il n'avait pu enterrer ni pleurer.

Reprenant mon travail, je rabattis les pans de la couverture sur le mort, la nouai soigneusement au niveau des pieds et de la tête pour former un paquet bien net et anonyme. Jamie avait quarante-neuf ans, le même âge que son père à sa mort. Je l'observai pendant qu'il s'habillait. Si son père avait été aussi robuste... j'eus un serrement de cœur en songeant à un tel gâchis, à toute cette force envolée, à tout cet amour mouché comme une chandelle, à la perte de cet homme certainement formidable à en juger par son reflet devant moi, son propre fils.

Habillé, Jamie fit le tour de la table pour m'aider à soulever le corps. Toutefois, au lieu de glisser les mains dessous, il prit les miennes au-dessus et déclara d'une voix presque éteinte tant elle était enrouée :

— Claire, jure-moi que, si un jour je devais connaître le même sort que mon père... tu m'accorderais la même grâce que celle que j'ai accordée à ce malheureux, ici présent.

Ses paumes étaient couvertes d'ampoules, causées par le manche de la pelle. Je sentais leur étrange rondeur molle, remplie de liquide, qui bougeait contre ma peau.

— Je ferais ce que j'ai à faire, tout comme tu l'as fait, chuchotai-je. À présent, aide-moi à l'enterrer. On a presque fini.

28

Brownsville

Roger et la milice atteignirent Brownsville seulement vers le milieu de l'après-midi. Ils s'étaient trompés de direction et avaient erré dans les collines pendant plusieurs heures, avant que deux Cherokees ne les remettent sur la bonne voie.

Brownsville consistait en une demi-douzaine de cabanes délabrées, éparpillées dans des broussailles desséchées au pied d'une montagne, tels des détritus parmi des mauvaises herbes. Près de la route – si l'on pouvait appeler ainsi l'étroite ornière bourbeuse –, deux bâtisses jouxtaient un bâtiment un peu plus grand et d'aspect plus solide, tels deux ivrognes adossés à un compagnon plus sobre. À en juger par les barils de bière et de poudre ainsi que les piles de peaux détrempées qui attendaient dans la cour, Roger trouva plutôt ironique que ces emplacements soient le magasin général et la taverne de Brownsville.

Il était clair que sa mission devait commencer là, ne serait-ce que parce que les hommes s'étaient mis à vibrer comme de la limaille de fer placée près d'un aimant à la vue des tonneaux d'alcool. L'odeur de bière flottant dans l'air était une invitation en soi. Lui-même n'aurait pas levé le nez sur une pinte. Il leva une main en l'air pour faire signe aux cavaliers de s'arrêter. La journée avait été particulièrement froide et ils n'avaient rien avalé depuis le petit déjeuner. Peut-être n'auraient-ils rien d'autre qu'un morceau de pain et un bol de ragoût, mais à partir du moment où la nourriture était chaude et arrosée d'alcool, personne ne trouverait rien à redire.

Il sauta de sa monture, mais lorsqu'il se retourna pour appeler ses compagnons, une main s'abattit sur son bras.

— Attendez !

Fergus avait parlé tout doucement, les lèvres à peine entrouvertes. Il se tenait à côté de Roger, fixant un point derrière lui.

— Ne bougez pas.

Roger se figea, ainsi que les autres encore en selle. Apparemment, ils voyaient la même chose que Fergus.

— Qu'y a-t-il ? demanda Roger à voix basse.

— Une personne, non deux nous tiennent en joue derrière la fenêtre.

— Ah.

Roger comprenait à présent que Jamie n'ait pas voulu entrer à Brownsville la veille, après la tombée du jour. Il connaissait la nature suspicieuse des habitants des villages isolés.

Se déplaçant très lentement, il leva haut les bras et, d'un signe de tête, indiqua à Fergus d'en faire autant. Celui-ci s'exécuta à contrecœur, son crochet étincelant à la lumière. Toujours les mains en l'air, Roger se tourna. Même en sachant à quoi s'attendre, il sentit son estomac se contracter à la vue des deux longs canons sortant sous la peau de daim qui masquait la fenêtre. Faisant de son mieux pour avoir l'air sûr de lui, il cria :

— Ohé ! Dans la maison ! Je suis le capitaine Roger MacKenzie, à la tête d'une compagnie de miliciens sous le commandement du colonel James Fraser, de Fraser's Ridge.

Cette information eut pour seule conséquence qu'un des fusils pivota dans sa direction, si bien qu'il eut tout le loisir de fixer le cercle sombre de sa gueule. Il prit alors conscience qu'à l'origine, on avait pointé les armes non pas sur lui, mais sur le groupe de cavaliers en arrière. Nerveux, ceux-ci s'agitaient sur leur selle en échangeant des messes basses.

Génial. Que faire à présent ? Les hommes attendaient sa réaction. Il baissa les mains avec précaution, prit un grand bol d'air, s'apprêtant à parler de nouveau, quand une voix rauque retentit de l'intérieur de la bâtisse.

— Je te vois, Morton, espèce de salaud !

Cette imprécation s'accompagna d'un mouvement brusque du fusil, qui, sans plus d'intérêt pour Roger, revint sur sa première cible, manifestement Isaiah Morton, un des hommes ayant rejoint la troupe à Granite Falls.

La panique s'empara des cavaliers, puis les deux fusils tirèrent en même temps. Les chevaux ruèrent, les hommes crièrent et jurèrent, des volutes de fumée blanche et âcre s'échappant de la fenêtre.

À la détonation, Roger avait bondi au sol. Avant même qu'elle n'ait cessé, par réflexe, il s'était redressé, avait essuyé la boue de son visage et s'était précipité contre la porte, la tête la première. Avec une froideur inhabituelle pour lui, son esprit avait très vite analysé la situation. Vingt secondes étaient nécessaires à Brianna pour charger et amorcer une arme. Ces deux tarés ne pouvaient guère être plus rapides. Il estima donc qu'il avait dix secondes de grâce, et il comptait bien s'en servir.

D'un coup d'épaule, il percuta la porte qui s'ouvrit avec fracas. Déboulant dans la pièce, il s'écrasa contre le mur d'en face, rebondit contre le rebord d'une cheminée et parvint enfin à se relever, titubant comme un ivrogne.

Plusieurs individus dans la salle le regardaient bouche bée. Ses yeux s'accoutumèrent assez vite à la semi-pénombre et il constata que seuls deux hommes tenaient des fusils. Il reprit son souffle et bondit sur le plus proche, un gringalet à la barbe miteuse. Il le saisit par le col, imitant un de ses anciens instituteurs particulièrement terrifiant, et le hissa sur la pointe des pieds.

— Que croyez-vous être en train de faire, monsieur le minus ? tonna-t-il.

M. Sanderson aurait été fier de lui et flatté d'avoir tant marqué la mémoire de son élève. En outre, cette méthode était efficace. Si le maigrichon ne s'était pas fait dessus et ne pleurnichait pas – cela arrivait parfois aux écoliers soumis à ce genre de traitement –, il glouglouta tout en tentant, mais en vain, de dénouer les doigts de Roger autour de son col.

— Laissez mon frère tranquille !

La victime de Roger avait laissé tomber son fusil et sa poire à poudre, répandant des particules noires sur le sol. En revanche, l'autre tireur avait eu le temps de recharger son arme et tenait l'intrus en joue. Il fut toutefois dérangé dans ses desseins par trois femmes qui se tenaient dans la pièce. Deux piaillaient et articulaient des paroles inintelligibles en tirant sur son fusil, l'empêchant de viser. La troisième avait rabattu son tablier sur la tête du tireur et poussait de grands cris hystériques.

Au même instant, Fergus fit irruption avec un énorme pistolet au poing qu'il dirigea négligemment vers l'homme au fusil. D'une voix assez forte pour se faire entendre par-dessus le raffut, il déclara avec calme :

— Ayez l'amabilité de baisser votre arme, monsieur. Et peut-être, mesdames, auriez-vous l'obligeance de jeter un peu d'eau au visage de cette jeune femme ou de la gifler lestement ? dit-il en montrant la hurleuse du bout de son crochet.

Hypnotisée, une des femmes s'approcha d'elle, la secoua sans ménagement par les épaules, puis lui murmura à l'oreille, sans quitter Fergus des yeux. Les cris cessèrent, remplacés par des sanglots et des hoquets.

Roger en fut immensément soulagé. La rage, la panique et le besoin absolu de *faire quelque chose* avaient jusque-là dicté sa conduite, mais il devait bien reconnaître qu'il n'avait pas la moindre idée de l'attitude à prendre maintenant. Il prit une grande inspiration et, sentant ses jambes commencer à trembler, il reposa lentement sa victime, lâchant son col avec un petit salut de la tête. L'homme recula de plusieurs pas, lissa sa chemise froissée, puis fixa Roger d'un regard venimeux.

— Mais qui vous êtes, vous ?

Le second homme, qui avait abaissé son arme, dévisageait Fergus d'un air ahuri.

Le jeune Français haussa les épaules et agita son crochet qui semblait fasciner les femmes.

— Cela n'a aucune importance, répondit-il avec noblesse. En revanche, je souhaiterais vivement savoir…

Il se reprit, faisant un signe poli vers Roger.

— … Pardon, *nous* souhaiterions savoir qui *vous* êtes.

Les occupants de la cabane échangèrent des regards perplexes, tous se posant la même question. Au bout d'un moment, le plus grand des deux hommes, de nature pugnace, redressa son menton.

— Je m'appelle Brown, monsieur, Richard Brown. Voici mon frère, Lionel. Mon épouse, Meg. Ma sœur, Thomasina. Ma fille, Alicia.

Celle-ci était la jeune fille au tablier, qui se tenait à présent dans un coin, encore hoquetante.

— Mes hommages, madame, mesdemoiselles. Je vous présente mes excuses pour le dérangement.

Fergus leur fit la plus élégante des courbettes en prenant bien soin de garder son pistolet pointé vers le front de Richard Brown.

Mme Brown, légèrement hébétée, répondit par un bref salut de la tête. Mlle Thomasina, une grande femme austère, regardait tour à tour Fergus et Roger comme si elle contemplait un cafard et un mille-pattes en se demandant sur lequel elle allait marcher en premier.

Étant parvenu à transformer une confrontation armée en soirée parisienne, Fergus parut satisfait. Il regarda Roger et inclina la tête, lui transmettant de nouveau la direction des événements.

— Bien..., dit Roger.

Il portait une ample chemise de chasse en laine, mais avait pourtant l'impression d'avoir enfilé une camisole de force. Il tentait tant bien que mal de faire entrer de l'air dans ses poumons.

— Bon... euh... comme je le disais, je suis... euh... le capitaine MacKenzie. Nous sommes chargés par le gouverneur Tryon de mobiliser une milice et nous sommes venus vous notifier votre devoir de fournir hommes et provisions.

Richard Brown parut surpris et son frère lui jeta un œil torve. Toutefois, avant qu'ils n'aient pu proférer leurs objections, Fergus se rapprocha de Roger et lui murmura à l'oreille :

— Avant de les accepter dans notre compagnie, peut-être devrions-nous vérifier s'ils ont tué monsieur Morton, *mon capitaine* * ?

— Oh ! Mmphm.

Roger fixa les Brown le plus sévèrement possible avant de lancer :

— Monsieur Fraser, voulez-vous aller voir l'état de santé de M. Morton ? Je reste ici.

Sans quitter les Brown des yeux, il tendit la main vers Fergus pour qu'il lui confie son pistolet.

— Oh, Morton frétille toujours, cap'taine. Sauf qu'il n'est plus avec nous. Il a détalé dans les broussailles comme un chat avec la queue en feu. Tout ce que je peux vous dire, c'est qu'il remuait encore les bras et les jambes la dernière fois que je l'ai vu.

La voix avec l'accent nasal de Glasgow parlait depuis le seuil de la pièce. En se retournant, Roger aperçut une grappe de visages curieux regardant dans la cabane et, parmi eux, la bouille ronde hérissée de poils drus de Henry Gallegher. Il aperçut aussi un certain nombre de fusils pointés. Sa respiration se fit plus fluide.

Les Brown ne s'intéressaient plus à lui, ils dévisageaient Gallegher, éberlués.

— Qu'est-ce qu'il a dit ? chuchota Mme Brown à sa belle-sœur.

Celle-ci secoua la tête d'un air écœuré.

— M. Morton est sain et sauf, traduisit Roger.

Faisant volte-face vers les deux hommes, il ajouta sur un ton menaçant :

— Heureusement pour vous.

Il se tourna vers Gallegher qui était entré dans la pièce et s'était adossé, l'air amusé, au chambranle de la porte, le mousquet à la main.

— Personne d'autre n'a été blessé, Henry ?

— Non, ces sacs à merde n'ont refroidi personne, mais ils ont sérieusement troué une de vos sacoches.

— Celle avec le whisky ? demanda Roger.

— Ne me dites pas ça !

Gallegher roula des yeux horrifiés, puis, avec un large sourire rassurant, rajouta :

— Non ! L'autre.

Roger fit un signe de la main, soulagé.

— Bah, ce n'est rien, ce ne sont que mes culottes de rechange.

Cette réponse philosophique déclencha l'hilarité et des sifflements d'encouragement de la part des hommes agglutinés devant la porte. Rasséréné, Roger s'adressa au plus petit des Brown.

— Qu'avez-vous contre Isaiah Morton ?

M. Brown s'étant ressaisi, il bomba le torse et répondit :

— Il a déshonoré ma fille. Je lui avais juré de l'abattre comme un chien s'il montrait son visage de vaurien à moins de quinze kilomètres de Brownsville, et ce serpent à sonnette a le culot de venir me narguer jusque devant ma porte !

Il pivota vers Gallegher.

— Nous avons vraiment manqué tous les deux ce bâtard ?

Gallegher prit une mine navrée.

— Je suis désolé, mais oui.

La jeune Mlle Brown avait suivi la conversation la bouche ouverte. Une lueur d'espoir s'alluma au fond de ses yeux rougis.

— Ils l'ont raté ? Isaiah est encore en vie ?

— Plus pour longtemps, l'assura son oncle.

Il se baissa pour ramasser son arme. Les femmes Brown reprirent leur concert de cris aigus, tandis que tous les fusils des hommes de la milice se levaient simultanément, pointés sur Brown. Sans insister, ce dernier reposa très lentement le sien sur le sol.

Roger regarda Fergus, arqua les sourcils et haussa les épaules. C'était à lui de poursuivre.

Les Brown s'étaient regroupés, les deux hommes le défiant par leur attitude vindicative, les femmes blotties derrière eux reniflant et chuchotant. Les miliciens le dévisageaient avec intérêt, curieux de voir ce qu'il allait faire.

Qu'était-il censé leur dire ? Morton était membre de la milice et, à ce titre, avait sans doute droit à sa protection. Il ne pouvait tout de même pas le livrer aux Brown, malgré ses actes passés et dans la mesure où on le rattraperait. D'un autre côté, il était chargé d'enrôler les Brown et tous les autres hommes valides de Brownsville, ainsi que de leur soutirer une semaine de vivres au moins. Vu les circonstances, cette mesure risquait d'être fort mal accueillie.

Il était vexé mais convaincu que Jamie Fraser aurait su résoudre au mieux cette crise diplomatique. Cependant, il trouva une tactique pour gagner du temps. Avec un soupir, il abaissa son pistolet et dénoua la bourse attachée à sa ceinture.

— Henry, va me chercher la sacoche avec le whisky. Monsieur Brown, verriez-vous un inconvénient à me vendre un peu de nourriture et un fût de bière pour mes hommes ?

Avec un peu de chance, le temps qu'ils soient tous ivres, Jamie Fraser les aurait rejoints.

29

Le bouc, ce héros

Finalement, le soir était tombé depuis un certain temps quand notre tâche fut terminée à la ferme des Beardsley ; nous avions nettoyé les lieux, remballé nos affaires et sellé de nouveau les chevaux. J'aurais bien proposé de manger avant de partir – nous n'avions rien ingurgité depuis le matin –, mais l'atmosphère des lieux était si dérangeante que ni Jamie ni moi n'avions le moindre appétit.

Installant les sacoches sur la croupe de ma jument, Jamie déclara :

— Ça peut attendre. J'ai le ventre vide, mais je ne pourrais pas avaler une miette de pain tant que je serai dans le voisinage de cette maison.

Je lançai un regard derrière moi vers la bâtisse déserte.

— Je comprends, j'ai hâte moi aussi d'être loin d'ici.

La terre fraîchement retournée de la tombe était noire d'humidité et formait un monticule sombre sous les branches nues du sorbier. Impossible de la regarder sans songer à son poids sur le corps, à la putréfaction et à la décomposition du cadavre.

« Tu pourriras et tu mourras », lui avait dit Jamie. Je resserrai mon châle autour de mes épaules, inspirai profondément puis expirai de toutes mes forces, espérant que le froid et le parfum frais des sapins effaceraient l'odeur fantôme de la mort qui imprégnait nos vêtements et notre peau.

Les chevaux s'agitaient, trépignant et secouant leur crinière. Je ne pouvais guère le leur reprocher. Incapable de m'en empêcher, je me retournai une dernière fois. On pouvait difficilement imaginer un tableau plus sinistre, et encore moins la vie en solitaire ici.

De toute évidence, Mme Beardsley, elle, l'avait imaginée et cette vision lui avait fait peur. Au moment où nous nous apprêtions à partir, elle sortit de la grange, le chevreau dans ses bras, et elle annonça qu'elle nous accompagnait. Apparemment, ses chèvres aussi. Avant de repartir vers l'enclos, elle me tendit le petit animal. Il était lourd et à moitié endormi, ses pattes douillettement repliées sous lui. Il souffla un air chaud contre ma main, me mordilla pour voir en quoi j'étais faite, puis poussa un « bêêh » de contentement et se détendit, inerte et paisible contre mon ventre. Un bêlement plus puissant et un coup de museau contre ma cuisse me signalèrent la présence de sa mère, surveillant de près son rejeton.

Excédé, Jamie rouspéta derrière moi dans l'obscurité.

— Elle ne peut tout de même pas les abandonner là, lui marmonnai-je. Elles ont besoin d'être traites. Et puis le chemin n'est pas si long, non ?

— As-tu une idée de la vitesse à laquelle avance une chèvre, *Sassenach* ?

— Je n'ai jamais eu l'occasion d'en chronométrer une. Mais, dans le noir, elles doivent être aussi lentes que nos chevaux.

En vrai Écossais, il râla de nouveau, le son amplifié par sa gorge irritée, puis il toussa.

— Tu fais un bruit affreux. Une fois qu'on sera arrivés, où que ce soit, tu auras droit à ma graisse d'oie mentholée, que ça te plaise ou non.

Il ne souleva aucune objection, ce qui m'inquiéta encore plus, car cela en disait long sur l'affaiblissement de ses forces vitales. Avant que j'aie pu me pencher davantage sur son état de santé, Mme Beardsley ressortit de la grange en tête d'une procession de six chèvres, attachées les unes aux autres, comme un convoi de prisonnières joviales et un peu ivres, et d'un bouc.

Sceptique, Jamie regarda le défilé bêlant, poussa un soupir de résignation et se concentra sur les questions logistiques. Il n'était pas question de faire grimper Mme Beardsley sur ce fou furieux de Gideon. Les yeux de Jamie passèrent de la silhouette corpulente de Mme Beardsley à la mienne, puis à la carcasse frêle de ma jument, à peine plus grande qu'un poney.

Après un temps de réflexion, il fut décidé que la jeune femme grimperait sur ma jument, le chevreau en équilibre devant elle, tandis que je chevaucherais sur le garrot de Gideon, ce qui était censé l'empêcher de m'éjecter dans les buissons par-dessus son arrière-train. Jamie noua une corde au cou du bouc et l'attacha à la selle de ma jument, laissant les femelles libres.

— La mère suivra son petit, expliqua-t-il. Les autres biques suivront le bouc. Les chèvres sont des animaux grégaires, elles n'iront pas se perdre seules dans les bois, surtout la nuit. Va-t'en, toi !

Il écarta un museau inquisiteur venu renifler son oreille, pendant qu'il vérifiait les sangles de la selle, accroupi sur ses talons. Puis, montrant à Mme Beardsley un nœud coulant autour du pommeau, il lui expliqua :

— Si votre monture part au galop, défaites-le en tirant ici. Autrement, votre bouc s'étranglera.

Elle hocha la tête, puis observa la maison avec inquiétude.

— Nous devrons partir avant que la lune ze lève, chuchota-t-elle. Z'est l'heure où elle zort.

Un frisson glacé parcourut mon échine. Jamie tourna brusquement la tête vers la bâtisse sombre. Le feu s'était éteint et personne n'avait songé à refermer la porte qui formait un trou noir, telle une orbite vide.

— « Elle » qui ? demanda Jamie, nerveux.

— Mary Ann, répondit Mme Beardsley. Z'était la dernière.

Elle parlait d'une voix monocorde, comme une somnambule.

— La dernière quoi ? demandai-je.

Elle saisit les rênes avant de poursuivre :

— Za dernière femme. Elle ze tient zous l'arbre à grives au clair de lune.

Jamie se tourna vers moi. Il faisait trop sombre pour que je distingue son expression, mais je savais ce qu'il pensait. Je m'éclaircis la gorge.

— On ne... euh... on ne devrait pas fermer la porte ?

Que Mme Beardsley se préoccupe ou pas de la ferme et de ses affaires, je trouvais toutefois incorrect de les laisser à la merci des ratons laveurs et des écureuils, sans parler de maraudeurs plus gros. D'un autre côté, je n'avais aucune envie d'approcher de la maison vide.

— Monte en selle, *Sassenach*.

Jamie traversa la cour, claqua la porte un peu plus violemment que nécessaire, puis revint à grandes enjambées et sauta derrière moi.

— Hue !

À notre départ, les premières lueurs de la demi-lune pointaient juste derrière la cime des arbres.

Pour rejoindre la piste, il y avait environ cinq cents mètres à parcourir, le sentier s'élevant de la cuvette dans laquelle la ferme des Beardsley avait été construite. Nous avancions lentement à cause des chèvres. Je regardai les herbes et les buissons autour de nous, me demandant si je les distinguais mieux, parce que mes yeux s'étaient accoutumés à l'obscurité ou parce que la lune s'était levée.

La masse puissante de l'étalon entre mes cuisses et la présence de Jamie derrière moi, son bras autour de ma taille, me rassuraient. Toutefois, je n'étais pas assez sûre de moi pour me retourner vers la maison, même si l'envie était presque aussi forte que la terreur que m'inspiraient les lieux. Presque.

— Ce n'est pas vraiment un arbre à grives, n'est-ce pas ? me demanda doucement Jamie.

— Non, c'est un sorbier d'Amérique.

J'en avais souvent vu. Les Highlanders en plantaient près de leurs cabanes, parce que leurs grappes de baies rouge orangé et leurs feuilles pennées leur rappelaient les sorbiers écossais. Cependant, je devinais que la remarque de Jamie n'était pas un simple pinaillage taxinomique, mais plutôt qu'il doutait des vertus dissuasives de ce cousin d'Amérique, le sorbier écossais étant réputé pour protéger contre le mal et les enchantements. S'il n'avait pas choisi d'enterrer Beardsley en dessous, c'était uniquement pour des raisons esthétiques ou pratiques.

Je serrai sa main pleine d'ampoules et il déposa un baiser sur le sommet de ma tête.

Une fois sur la piste, je cédai à mon envie de me retourner, mais je n'aperçus qu'un vague reflet de lune sur les bardeaux du toit. Le sorbier et ce qu'il y avait ou non dessous étaient invisibles.

Gideon se comportait d'une manière fort civilisée, ayant à peine contesté sa double charge. Il devait, lui aussi, être ravi de s'éloigner de la ferme, mais Jamie, entre deux éternuements, m'assura que la sale bête cherchait uniquement à nous endormir en préparant déjà son prochain coup.

Quant aux chèvres, elles considéraient cette excursion nocturne comme une franche rigolade et elles s'intéressaient à tout ce qu'elles trouvaient sur leur passage, arrachant des brassées d'herbe sèche, se cognant les unes aux autres et faisant autant de bruit qu'un troupeau d'éléphants dans un sous-bois.

Les sapins ayant enfin masqué le dernier recoin de la ferme des Beardsley, je me sentis bien mieux et, chassant de mon esprit les événements troublants de la journée, je me concentrai sur ce qui nous attendait à Brownsville.

— J'espère que Roger s'en est bien sorti, dis-je en m'adossant à la poitrine de Jamie.

— Mmphm.

Par expérience, je savais que ce bruit catarrheux révélait de manière polie une indifférence totale face au sujet abordé. Je tentai une autre approche plus stimulante :

— J'espère qu'il a trouvé une auberge, ou un endroit du même genre. Un repas chaud et un lit propre ne seraient pas de refus.

— Mmphm.

Cette fois, je crus déceler une pointe d'humour, mêlée à un certain scepticisme – sans doute justifié – quant à la possibilité de se procurer tant de confort dans les fins fonds de la Caroline.

— Les chèvres ont l'air de bien suivre.

J'attendis.

— Mmphm.

Un assentiment à contrecœur, teinté de suspicion, concernant la poursuite du bon comportement des chèvres.

Avec soin, je formulai dans ma tête ma prochaine observation, espérant qu'il répondrait encore – trois *Mmphm* à la suite était son record – quand soudain Gideon confirma la méfiance de Jamie à son égard, en renversant violemment la tête en arrière et en se dressant sur ses pattes arrière. Je me heurtai l'arrière du crâne contre les clavicules de Jamie et vis trente-six chandelles. Son bras me rentra dans le ventre, me coupant le souffle, pendant qu'il tirait sur les rênes d'une seule main en hurlant.

Je n'avais aucune idée de ce qu'il criait, ni si c'était du gaélique ou de l'anglais. Le cheval hennissait, ruait, martelait le sol de ses sabots, tandis que j'essayais désespérément de me raccrocher à quelque chose : crinière, selle, rênes... Une branche cingla mon visage, m'aveuglant. Puis ce ne fut plus que cris, bêlements, bruits de déchirure. Un objet me percuta et je volai dans les airs.

Je n'étais pas sonnée, mais pas loin. Les jambes en l'air dans un enchevêtrement de buissons, le souffle coupé, j'étais incapable de voir quoi que ce soit, hormis quelques étoiles éparses dans le ciel de nuit au-dessus de moi.

À quelque distance, je perçus un vacarme infernal, dominé par un chœur de chèvres paniquées et ponctué par ce que j'interprétai comme les cris d'une femme. De deux femmes.

Je secouai la tête et me redressai tant bien que mal. Puis je me mis à ramper, ayant soudain compris d'où venait le bruit. J'avais déjà entendu le feulement d'un couguar, mais toujours à une distance raisonnable. Celui-ci était dangereusement proche. Ce que j'avais cru être un bruit de déchirure était en fait le cri d'un gros félin.

Je trébuchai contre un tronc mort et me jetai dessous, en me faufilant le plus loin possible sous l'arbre. Ce n'était pas la meilleure cachette du monde, mais je n'avais rien trouvé de mieux pour l'instant. Jamie criait toujours de sa voix rauque. Les chèvres s'étaient tues. Le couguar ne pouvait quand même pas les avoir toutes mangées ! Je n'entendais pas Mme Beardsley, mais les chevaux faisaient toujours un raffut du diable, hennissant et piétinant.

Les battements de mon cœur résonnaient contre la terre. Rien de tel pour ressentir de la terreur pure que la perspective d'être dévorée vivante, et je compatissais de tout cœur avec les animaux. Un bruit de branches écrasées tout à côté m'effraya, puis Jamie hurla mon nom.

— Ici ! lançai-je d'une petite voix.

Rien ne m'aurait fait sortir de mon trou avant de savoir où se trouvait le couguar ou, du moins, d'avoir la certitude qu'il ne rôdait plus dans les parages. Les chevaux avaient cessé leur vacarme, mais leurs piétinements bruyants prouvaient qu'ils n'avaient pas été la proie de notre visiteur et qu'ils ne s'étaient pas enfuis.

— Ici ! lançai-je un peu plus fort.

Les craquements de branches se rapprochèrent. Jamie apparut dans les ténèbres, s'accroupit, palpa sous le tronc jusqu'à ce qu'il trouve mon bras.

— *Sassenach,* tu n'as rien ?

— Je n'y ai pas encore réfléchi, mais je ne crois pas.

Me glissant hors de ma cachette, je fis un bref inventaire des dégâts. Des bleus un peu partout, les coudes écorchés, une joue en feu là où la branche m'avait giflée. À part ça, j'étais entière.

— Parfait. Alors viens vite, il est blessé.

Il me prit par la main et me poussa en avant dans le noir.

— Qui ?

— Le bouc, bien sûr !

Un peu plus loin, je distinguai les silhouettes de Gideon et de ma jument, debout sous un peuplier sans feuilles, leur crinière et leur queue s'agitant avec nervosité. Près d'eux, une forme plus petite, probablement Mme Beardsley, était penchée sur une masse couchée sur le sol.

Une odeur de sang se mélangeait à celle, puissante, du bouc. Je m'accroupis et glissai mes doigts sous les poils chauds et drus. La bête sursauta à mon contact en poussant un « bêêh » tonitruant qui me rassura. Il était peut-être blessé mais pas mourant, du moins, pas encore. Le corps sous mes mains était solide et plein de vie, ses muscles tendus. Je localisai une corne crénelée et descendis le long de la colonne vertébrale, palpant les côtes et les flancs. Le bouc n'était pas ravi de cette auscultation et me le fit savoir.

— Où est le couguar ? demandai-je.

— Parti, répondit Jamie.

Il s'accroupit à mes côtés et posa une main sur la tête de l'animal.

— Tout doux, *a bhalaich*. Ça va aller. *Seas, mo charaid*.

Je ne trouvais pas de plaie ouverte, pourtant il y avait du sang quelque part. Son odeur chaude et métallique était palpable dans l'air froid de la nuit. Les chevaux, nerveux, le sentaient eux aussi.

J'avais la désagréable impression d'un regard fixé sur ma nuque, mais je m'efforçais de ne pas en tenir compte.

— Vous êtes vraiment sûrs qu'il n'est plus là ? Je sens du sang.

— Il a emporté une des chèvres, m'informa Jamie. Mme Beardsley a détaché ce brave petit gars et il a chargé le couguar, la tête la première. Je n'ai pas vu grand-chose, mais il a dû se prendre un méchant coup de patte. J'ai entendu le félin crier et cracher, puis le bouc a fait un bond en arrière. Je crois qu'il a une patte cassée.

En effet, je découvris une fracture dans la partie inférieure de l'humérus d'une patte avant. La peau n'avait pas été déchirée, mais l'os était cassé net, un mince espace séparant les deux fragments. Au contact de mes mains sur sa blessure, le bouc se débattit, essayant de me donner des coups de corne dans le bras.

— Tu crois que tu peux la lui remettre en place, *Sassenach* ?

— Je n'en sais rien.

L'animal se défendait toujours, mais ses mouvements s'affaiblissaient. Tout en me mordant les lèvres, je cherchais le battement de son cœur, quelque part, dans la masse des poils. La fracture était réparable, mais l'état de choc constituait le plus grand danger. J'avais vu bon nombre d'animaux, et quelques personnes, succomber rapidement après un traumatisme, alors que leurs blessures n'étaient pas mortelles.

Mes doigts finirent par dénicher le pouls, sous un pli de peau, entre l'articulation de la patte et le corps. Il battait à toute allure. J'envisageai différentes options, toutes rudimentaires.

— Il risque de mourir, Jamie, même si je réduis la fracture. Il ne vaudrait pas mieux l'abattre ? Il sera plus facile à transporter, pour le manger plus tard.

Jamie caressa la tête du bouc avec délicatesse.

— Ce serait dommage. Une bête si courageuse et galante.

Mme Beardsley rit comme une fillette nerveuse.

— Il z'appelle Hiram, expliqua-t-elle. C'est un brave garçon.

— Hiram, répéta Jamie. Et bien, Hiram. *Courage mon brave* *. Tu as des couilles comme des melons.

— Euh… je dirais plutôt des kakis.

Au cours de mon examen, je venais par hasard de palper les testicules en question.

— Cela dit, elles sont d'une taille tout à fait honorable, j'en suis certaine.

— Je parlais au figuré, *Sassenach*. De quoi as-tu besoin ?

Apparemment, la décision avait été prise, puisqu'il se relevait déjà. J'ôtai mes cheveux en broussaille de mes yeux.

— Il me faut deux branches bien droites d'une trentaine de centimètres de long, assez solides, et un morceau de la corde qui est dans la sacoche. Ensuite, il faudra que tu le tiennes. Hiram semble t'apprécier. Il doit avoir reconnu en toi une âme sœur.

Son rire me réconforta. Après un dernier grattouillement dans le cou du bouc, il s'éloigna pour revenir quelques minutes plus tard avec les articles demandés.

— Je vais l'éclisser, expliquai-je. Nous devrons le porter, mais cela lui évitera de fléchir la patte et d'aggraver la blessure. Aide-moi à le coucher sur le flanc.

Hiram, par orgueil viril ou opiniâtreté de bouc – en présumant que ce soient là deux qualités distinctes –, s'entêtait à vouloir se relever, en dépit de sa jambe cassée. Toutefois, sa tête commençait à retomber avec une lourdeur alarmante, les muscles de son cou s'affaiblissant peu à peu. Il gratta la terre de ses sabots, puis s'arrêta, haletant.

Mme Beardsley se pencha par-dessus mon épaule, serrant toujours le chevreau dans ses bras. Il émit un petit « bêêh » et Hiram lui répondit par un bêlement mâle et sonore.

— Ça me donne une idée, murmura Jamie.

Il prit l'animal des bras de Mme Beardsley, puis le déposa contre le flanc d'Hiram. Celui-ci cessa aussitôt de s'agiter, courbant la tête pour inspecter son rejeton. Le biquet pleura, poussant son museau contre les flancs du bouc. Une longue langue visqueuse apparut et me bava sur la main à la recherche de la tête du petit.

— Fais vite, *Sassenach*.

Je n'avais pas besoin d'encouragement et, en quelques minutes, j'avais aligné l'os et stabilisé la jambe, l'éclisse rembourrée avec l'un des nombreux châles de Mme Beardsley. Hiram s'était calmé, n'émettant que de vagues grognements, mais le chevreau bêlait toujours autant.

— Où est sa mère ? demandai-je.

Je compris avant de connaître la réponse. Le monde des chèvres ne m'était pas très familier, mais j'en savais assez sur les mères et les bébés pour en déduire que seule la mort pouvait empêcher une mère d'accourir vers son petit faisant un tel raffut. Les autres chèvres étaient revenues, attirées par la curiosité, la peur du noir ou le simple besoin de compagnie, mais la mère n'était pas au premier rang.

— Pauvre Beckie, dit tristement Mme Beardsley. Elle était zi zentille.

Des formes noires se bousculaient autour de nous. L'une me souffla chaudement dans l'oreille, une autre tenta de me mordiller les cheveux, pendant que sa voisine me piétina le mollet, m'occasionnant une douleur. Mais je ne les chassai pas. La présence de son harem semblait faire du bien à Hiram.

Après avoir posé l'éclisse et fermement bandé la patte, je pris son pouls à la base de l'oreille et le surveillai, sa tête posée sur mes genoux. Pendant que les autres le poussaient du nez en émettant des bêlements plaintifs, il se souleva et roula sur le poitrail. Il se balança un instant, d'un côté et de l'autre, puis poussa un puissant « bêêh » belliqueux et bondit sur trois pattes. Il retomba aussitôt, mais cet effort ravit tout le monde. Mme Beardsley en roucoula de plaisir.

Jamie se releva et se passa les doigts dans les cheveux, dans un grand soupir.

— Bon ! Voyons voir.

— Voyons voir quoi ?

— Ce que je vais décider de faire à présent, répliqua-t-il sur un ton agacé.

— On ne va pas à Brownsville ?

— C'est une possibilité, si Mme Beardsley connaît suffisamment le chemin pour nous remettre sur la piste dans le noir.

Il se tourna vers elle, mais elle fit non de la tête.

Je me rendis compte, en effet, que nous n'étions plus sur la route, qui, de toute manière, n'était qu'un sentier serpentant dans la forêt.

— On ne peut pas en être très loin, non ?

Je scrutai vainement les ténèbres, comme si une lumière dans la nuit allait soudain nous éclairer. À vrai dire, je n'avais pas la moindre idée de la direction à prendre.

— Sans doute, convint Jamie. Seul, je finirais bien par la retrouver tôt ou tard, mais on peut difficilement errer à l'aveuglette dans les bois avec tout ce monde-là.

Il se retourna, comptant apparemment toutes les têtes. Deux chevaux très capricieux, deux femmes dont une bizarre et peut-être homicide, six chèvres, dont deux incapables de marcher. Je comprenais son point de vue.

Il redressa les épaules.

— Je vais aller jeter un coup d'œil. Si je retrouve notre chemin assez vite, nous repartirons. Sinon, nous monterons le camp pour la nuit. Nous orienter à la lumière du jour nous sera plus facile. Reste bien sur tes gardes, *Sassenach*.

Après un ultime éternuement, il disparut dans les bois, me laissant en charge de l'arrière-garde et des blessés.

Le chevreau orphelin poussait des cris de plus en plus sonores et angoissés. Ils me transperçaient les tympans, ainsi que le cœur. De son côté, Mme Beardsley semblait s'être animée depuis le départ de Jamie. Peut-être lui faisait-il peur. Après avoir ramené une autre chèvre, elle la persuada de rester immobile pour nourrir le petit. L'orphelin résista un moment, mais la faim et le besoin de chaleur et de réconfort finirent par prendre le dessus et, au bout de quelques minutes, il tétait avec avidité, sa minuscule queue fouettant l'air derrière lui.

Cela me ravit, mais me fit aussi prendre conscience que je n'avais rien mangé de la journée, que j'avais froid, que je tombais de fatigue, que j'étais couverte de bleus et que… sans Mme Beardsley et ses copines, je serais depuis longtemps douillettement installée au coin d'un bon feu à Brownsville, le ventre plein.

— Vous penzez qu'il va revenir nous attaquer ?

Mme Beardsley venait de s'accroupir à mes côtés, son châle serré autour de ses larges épaules. Elle parlait à voix basse comme si elle craignait que quelqu'un nous entende.

— Qui, le couguar ? Non, je ne pense pas. Pourquoi reviendrait-il ?

Néanmoins, je réprimai un frisson en songeant à Jamie, seul, quelque part dans l'obscurité. Hiram, son épaule fermement coincée contre ma cuisse, reposa sa tête sur mon genou en soufflant des narines.

— Il y a des zens qui dizent qu'ils chazent en couple.

— Vraiment ? dis-je en bâillant de fatigue. À mon avis, une chèvre adulte devrait suffire à nourrir deux couguars. Et puis les chevaux nous préviendront.

Gideon et ma jument échangeaient un tranquille tête à queue sous un peuplier, ne montrant aucun signe d'agitation. Cela sembla rassurer Mme Beardsley qui, brusquement, tomba sur les fesses, ses épaules s'affaissant comme si son corps se vidait de tout son air.

— Comment vous sentez-vous ? demandai-je.

C'était plus pour entretenir la conversation que par réel désir de savoir.

— Ze zuis contente d'être partie de là-bas, répondit-elle simplement.

— Vous connaissez quelqu'un à Brownsville ?

J'ignorais à quoi ressemblait la petite communauté, mais, d'après les conversations des hommes, j'avais cru comprendre que c'était un village d'une taille assez moyenne.

— Non.

Elle resta silencieuse un moment, la tête renversée en arrière, contemplant les étoiles et la lune paisible, puis elle ajouta, presque timidement :

— Ze... n'ai jamais été à Brownsville.

Ni nulle part ailleurs, visiblement. Elle me raconta son histoire de manière hésitante, mais presque enthousiaste, sans que j'aie besoin de l'encourager.

Beardsley l'avait achetée à son père, puis, avec d'autres articles monnayés à Baltimore, transportée dans sa ferme où il l'avait quasiment retenue prisonnière, lui interdisant de quitter le domaine ou de se montrer à quiconque se présentait à la maison. Pendant qu'il voyageait en terre cherokee pour ses affaires, elle était chargée d'entretenir la ferme avec, pour seule compagnie, un jeune serf, sourd et ne parlant pratiquement pas.

— Vraiment ?

Avec les événements de la journée, j'avais complètement oublié les jumeaux. Avait-elle également connu Josiah ou uniquement Keziah ?

— Depuis combien de temps êtes-vous arrivée en Caroline du Nord ? demandai-je.

— Deux ans, répondit-elle doucement. Deux ans, trois mois et cinq zours.

Je me souvins des encoches sur la porte de la maison et me demandai à partir de quand elle avait commencé à compter. Dès le début ? Je m'étirai le dos, dérangeant Hiram qui gronda.

— Je vois. Au fait, quel est votre nom de baptême ?

— Franzez…

Elle reprit la prononciation, n'aimant pas la sonorité zozotante de son prénom, et se concentra en appuyant la langue contre le bord de ses dents cassées.

— Fran… ces.

Son propre effort la fit rire. Elle haussa les épaules avant de reprendre :

— Fanny. Ma mère m'appelait Fanny.

— C'est joli. Vous permettez que je vous appelle ainsi ?

— Ze vous en prie.

Elle ouvrit la bouche, puis la referma, trop timide pour formuler ce qui lui était venu à l'esprit. Son mari étant mort, elle semblait totalement passive, dépouillée de la force qui l'avait toujours animée.

— Oh, pardon… je n'ai même pas pensé à me présenter. Claire. Appelez-moi Claire, s'il vous plaît.

— Claire, z'est joli auzi.

Encouragée par l'obscurité et l'impression d'intimité engendrée par cet échange de prénoms – ou peut-être, après si longtemps, par simple besoin de se confier – elle me parla de sa mère, morte quand elle avait douze ans, de son père, pêcheur de crabes, de son enfance à Baltimore, à patauger sur la grève à marée basse pour ramasser les huîtres et les moules, à observer les bateaux de pêche et les navires de guerre contourner Fort Howard pour remonter le Patapsco.

— Z'était... paizible, dit-elle, songeuse. Zi ouvert... Il n'y avait rien que le ziel et la mer.

Elle renversa de nouveau la tête en arrière, comme si elle se raccrochait à ce minuscule morceau de ciel visible entre les branches mortes. Si les montagnes boisées de la Caroline du Nord était le havre idéal d'un Highlander comme Jamie, elles pouvaient paraître étouffantes et angoissantes pour quelqu'un ayant grandi sur les berges amples de la baie de Chesapeake.

Je m'adossai à un tronc d'arbre et m'étirai.

— Vous allez y retourner ? demandai-je.

— Y retourner où ? Ah ! Euh... ze n'y avais pas pensé...

— Ah non ? Pourtant, vous deviez bien vous douter que votre... que M. Beardsley... allait mourir. Vous n'aviez aucun plan ?

« En dehors de celui de le torturer lentement jusqu'à ce que mort s'ensuive », pensai-je. Il me vint à l'esprit que je devenais trop à l'aise avec cette femme. Elle avait peut-être été la victime de M. Beardsley, ou le prétendait à présent pour obtenir de l'aide. Il me fallait garder à l'esprit la vision des orteils brûlés et l'état effroyable du grenier. Me redressant, je passai les doigts sur le petit couteau accroché à ma ceinture... au cas où.

— Non.

Elle paraissait un peu hébétée, ce qui se comprenait. Moi aussi l'émotion et la fatigue m'avaient assommée. À tel point que je faillis ne pas entendre la suite de sa phrase.

— Que venez-vous de dire ?

— Z'ai dit que... Mary Ann ne m'a pas dit ze que je devais faire... après.

— Mary Ann, répétai-je prudemment. C'est-à-dire la première Mme Beardsley, c'est bien ça ?

Son rire convulsif hérissa les poils de ma nuque.

— Oh non, Mary Ann était la quatrième.

— La... quatrième.

— Elle est la zeule qu'il a enterrée zous l'arbre à grives. Z'était zon erreur. Les autres, il les avait enfouies dans la forêt. Ze crois qu'il était devenu parezeux. Il n'avait plus envie de marcher auzi loin.

— Ah, dis-je d'une faible voix.

— Comme ze vous l'ai dit, elle apparaît zous l'arbre au clair de lune. La première fois que ze l'ai vue, z'ai cru qu'elle était vivante. Z'ai eu peur qu'il z'en prenne à elle z'il la voyait là toute seule, alors ze me suis glizée hors de la maison pour la mettre en garde.

— Je vois.

Le ton de ma voix dut lui paraître plutôt sceptique, car elle tourna brusquement la tête vers moi.

— Vous ne me croyez pas ?

— Mais si ! l'assurai-je.

Avec délicatesse, je déplaçai la tête d'Hiram, car toute ma jambe et mon pied étaient engourdis.

— Ze peux vous le prouver. Mary Ann m'a dit où elles étaient cachées et ze les ai trouvées. Ze peux vous faire voir leurs tombes.

Elle parlait de manière calme et assurée.

— Je ne crois pas que ce soit nécessaire.

Je fléchis la cheville pour activer la circulation. Si elle se jetait sur moi, je pourrais éventuellement pousser le bouc vers elle, rouler sur le côté, me relever aussi vite que possible et appeler Jamie. D'ailleurs, pourquoi n'était-il pas encore revenu, celui-là !

— Donc... euh... Fanny, vous disiez que... M. Beardsley a... *assassiné* quatre épouses ? Et personne n'en a rien su ?

Le fait était que la ferme se trouvait dans un endroit très isolé et qu'il était concevable que des femmes meurent... d'accident, en couches ou de simple surmenage. Même si quelqu'un était au courant de la mort des quatre femmes de M. Beardsley, cela ne voulait pas dire qu'il s'inquiéterait de savoir *comment*.

— Oui, confirma-t-elle. Il m'aurait tuée auzi zi Mary Ann ne l'en avait pas empêché.

— Comment a-t-elle fait ?

Elle soupira et s'installa plus confortablement sur le sol. Un bêlement sortit de ses jupes et je vis que le chevreau était revenu sur ses genoux. Cela favorisa ma détente. En effet, elle pouvait difficilement m'attaquer, ses mouvements étant entravés par la petite créature.

Elle me raconta alors ses discussions avec Mary Ann, chaque fois que la lune était haute. Le spectre n'apparaissait sous le sorbier qu'à la demi-lune croissante et décroissante, jamais lorsqu'elle était pleine ou en croissant.

— Très étrange..., murmurai-je.

Elle ne sembla pas m'entendre, trop absorbée par son récit.

Ces rencontres avaient duré des mois. Mary Ann, lui avait expliqué qui elle était, ce qui était arrivé aux femmes qui l'avaient précédée et comment elles étaient mortes.

— Il l'a étranglée. Je pouvais encore voir la traze de zes mains sur za gorge. Elle m'a dit qu'un zour, il me ferait la même choze.

Une nuit, quelques semaines plus tard, Fanny sut que son heure était arrivée.

— Il avait bu beaucoup de rhum. Z'était toujours pire quand il avait bu, mais zette fois...

Les mains tremblantes, elle avait fait tomber son assiette sur la table en le servant, l'éclaboussant de nourriture. Il avait bondi sur elle et elle s'était enfuie.

— Il était entre moi et la porte. Z'ai couru vers le grenier. Z'espérais qu'il zerait trop saoul pour grimper à l'échelle et z'était le cas.

Beardsley retomba sur le plancher, entraînant l'échelle dans sa chute. Tandis que, jurant et grommelant, il s'efforçait de la remettre en place, on frappa à la porte.

Beardsley demanda en criant qui était là, mais, pour toute réponse, on frappa de nouveau. Fanny se rapprocha de la trappe et vit son visage rouge qui la fixait d'un air mauvais. On frappa une troisième fois. Trop ivre pour s'exprimer de manière cohérente, il se contenta de rugir en agitant un doigt menaçant vers elle, puis il tituba vers la porte. Il l'ouvrit d'un geste brusque, jeta un œil dehors... et poussa un hurlement.

— Ze n'avais zamais entendu un son pareil, murmura-t-elle. Zamais.

Il tourna les talons, courut dans la maison, trébucha contre un tabouret et s'étala de tout son long. Se relevant, il revint au pied de l'échelle et tenta de grimper, ratant des échelons et se rattrapant de justesse, sans cesser de hurler.

— Il me criait de l'aider, me zuppliait.

Son timbre de voix était étrange, comme si elle était encore étonnée qu'un homme comme lui ait pu lui demander son aide. S'y ajoutait une note troublante, comme le plaisir profond et secret que lui procurait ce souvenir.

Parvenu au dernier barreau, Beardsley ne put se hisser dans le grenier. Son visage vira soudain du rouge au blanc, les yeux révulsés dans leurs orbites, et il s'affala sur les planches, la moitié de son corps pendant dans le vide.

— Ze ne pouvais pas le redescendre. Alors, j'ai hizé le rezte de zon corps dans le grenier. La zuite… vous la connaizez.

— Pas tout à fait, dit Jamie en me faisant sursauter.

Il se tenait derrière moi dans le noir. Hiram, réveillé, poussa un grognement indigné.

— Depuis combien de temps es-tu là ? demandai-je.

— Suffisamment longtemps.

Il s'agenouilla à mes côtés, me réconfortant d'une caresse.

— Qu'y avait-il donc derrière cette porte ? demanda-t-il à Mme Beardsley.

À son ton, il semblait un peu intéressé, mais sa main sur mon bras était crispée.

— Rien, répondit-elle simplement. Il n'y avait perzonne. En tout cas quand z'ai regardé. Mais on peut voir l'arbre à grives depuis la porte et il y avait une demi-lune qui ze levait.

Un ange passa. Puis Jamie se frotta le visage et se releva, l'air épuisé.

— J'ai trouvé un endroit où s'abriter pour la nuit. Aide-moi à rassembler les chèvres, *Sassenach*.

Nous étions sur un terrain pentu, hérissé d'effleurements rocheux et de ronces qui rendaient le passage entre les arbres très difficile. Je trébuchai à deux reprises, me rattrapant de justesse avant de me casser le cou. Même en plein jour, notre progression aurait été difficile. De nuit, elle était presque impossible. Heureusement, le site que Jamie avait trouvé n'était pas loin.

C'était une ouverture peu profonde dans un mur argileux envahi par le lierre et tapissé d'herbes. Un ruisseau avait dû y couler autrefois, creusant la terre et formant une corniche suspendue. Depuis, le cours d'eau avait été détourné et les pierres polies de son ancien lit étaient à demi enfouies sous la mousse. L'une d'elles roula sous mon pied et me fit tomber sur un genou.

— Ça va, *Sassenach* ?

M'entendant jurer, Jamie s'était arrêté. Il se tenait un peu plus haut, Hiram sur les épaules. Vu d'en bas, sa silhouette se découpant sur le ciel, il ressemblait à un personnage grotesque et effrayant : une immense créature cornue et bossue, aux épaules monstrueuses.

— Ça va. On y est, non ?

— Oui, aide-moi, s'il te plaît.

Il était encore plus essoufflé que moi. Il s'agenouilla avec précaution et je me hâtai de l'aider à déposer le bouc sur le sol. Puis il resta à genoux, reprenant son souffle.

— J'espère qu'on n'aura pas trop de mal à retrouver le chemin demain matin, haletai-je.

Je l'observai, inquiète, et posai une main sur son dos. Une légère vibration le parcourut. Ce n'était pas un frisson de fièvre, mais le tremblement de ses muscles poussés à la limite de leurs capacités.

— Je sais où il est, dit-il entre deux toussotements. C'est juste que… je ne peux pas aller plus loin. Je n'en peux plus.

Il semblait honteux de l'admettre.

— Allonge-toi, Jamie. Je m'occupe de nos affaires.

Une demi-heure plus tard, non sans une certaine confusion, tout le monde était installé, les chevaux étaient entravés, et un feu de camp brûlait.

Je vérifiai mon patient principal, couché sur le ventre, sa patte cassée étalée devant lui. Hiram, toutes ses femmes rassemblées derrière lui contre la paroi d'argile, émit un « bêêh » belliqueux me menaçant de ses cornes.

— Sale macho ingrat ! lui lançai-je en battant en retraite.

Le rire de Jamie explosa sous forme de toux. Il était couché de l'autre côté du camp, avec, comme oreiller, sa veste roulée sous sa tête.

— À nous deux, dis-je. Je ne plaisantais pas tout à l'heure au sujet de la graisse d'oie. Ouvre ta cape et remonte ta chemise.

Il fit des yeux suspicieux, puis regarda vers Mme Beardsley. Sa pudeur me fit sourire. J'envoyai notre compagne de route remplir notre bouilloire d'eau et chercher encore un peu de bois, puis je sortis de ma sacoche ma calebasse remplie de baume camphré.

Vu de près, l'aspect de Jamie m'alarma un peu plus. Il était pâle, avec les lèvres blêmes, les narines rouges et les yeux cernés de bleu.

— Je suppose que si Hiram n'a pas voulu mourir devant ses biquettes, tu ne claqueras pas, toi non plus, sous mes yeux.

— Je ne suis pas mourant, protesta-t-il. Juste un peu fatigué. Je serai de nouveau moi-même dès demain m… Pouah !

Sa poitrine était très chaude, mais, selon moi, il n'avait pas de fièvre. Le pronostic était difficile à poser, vu mes doigts glacés. Il se trémoussa et tenta de s'échapper. Je plaquai un genou sur son ventre et poursuivis ma tâche. Il finit par se laisser faire, ricanant, toussant et s'étranglant parfois de rire quand je le chatouillais malgré moi. Les chèvres trouvaient tout cela fort divertissant.

Au bout de quelques minutes, il était graissé partout, son torse luisant dans le noir et dégageant une forte odeur de camphre et de menthe poivrée. J'étalai un épais tissu en flanelle sur sa poitrine, rabaissai sa chemise, refermai les pans de sa cape et le recouvrai d'une couverture jusqu'au menton. Puis je m'essuyai les mains, satisfaite.

— Parfait ! Dès que l'eau sera chaude, on aura tous droit à une bonne infusion de marrube.

Il me regarda d'un air soupçonneux.

— Ah oui ?

— Absolument. Quant à moi, je préférerais encore boire de la pisse de cheval.

— Moi aussi.

— Malheureusement, on ne lui reconnaît aucune vertu médicinale.

Il referma les yeux en gémissant. Il respira fortement un court instant, puis redressa la tête de quelques centimètres pour inspecter les alentours.

— Elle n'est pas revenue ? demanda-t-il à voix basse.

— Non, je suppose qu'il lui faudra un certain temps avant de trouver le ruisseau dans le noir. Tu as... entendu toute son histoire ?

— Pas tout, mais suffisamment. Mary Ann et tout ça ?

— Oui, tout ça.

Il grommela.

— Tu la crois, *Sassenach* ?

Je ne répondis pas tout de suite, prenant le temps d'ôter la graisse d'oie sous mes ongles.

— Sur le coup, oui. Mais, maintenant, je ne sais plus.

Il rouspéta encore, cette fois en abondant dans mon sens.

— Je ne pense pas qu'elle soit dangereuse, dit-il, mais garde toujours ton couteau sur toi et ne lui tourne pas le dos. Nous nous relaierons pour la surveiller et monter la garde. Réveille-moi dans une heure.

*

* *

Les nuages commençaient à se rassembler devant la lune et un vent froid agitait les herbes sur la corniche au-dessus de nous.

— Réveille-moi dans une heure, marmonnai-je entre mes dents. Mon œil !

Je remuai pour trouver une position confortable sur la terre caillouteuse. Puis je me penchai en avant et posai la tête de Jamie sur mes genoux. Malgré sa mise en garde, il me paraissait inutile de surveiller Mme Beardsley. Elle avait aimablement fait repartir le feu, puis s'était couchée en boule parmi ses chèvres. Étant simplement constituée de chair et de sang, et donc épuisée par les événements de la journée, elle s'était aussitôt endormie. Je l'entendais ronfler paisiblement de l'autre côté du feu.

Je caressai avec douceur les cheveux de Jamie. Un coin de ses lèvres se releva subitement, faisant naître un sourire d'une tendresse surprenante. Mais il disparut aussi vite qu'il était apparu. Je le contemplai, stupéfaite. Il dormait, son souffle restant rauque mais régulier, ses longs cils roux projetant des ombres noires sur ses joues. Alors que je recommençais mes caresses, son sourire revint et repartit, comme le vacillement d'une flamme. Après un soupir très profond, il enfouit un peu plus son visage dans mes jupes, se détendit, les membres complètement mous.

Les larmes noyèrent mes yeux.

— Oh, Jamie, murmurai-je.

Cela faisait des années que je ne l'avais pas vu dormir ainsi. Pas depuis les premiers temps de notre mariage, plus précisément, depuis Lallybroch.

« Il faisait toujours ça quand il était petit, m'avait alors expliqué sa sœur Jenny. Je crois que ça veut dire qu'il est heureux. »

Mes doigts s'enroulèrent autour des boucles douces et épaisses à la base de sa nuque, sentant la courbe solide de son crâne, la chaleur de son cuir chevelu, le mince bourrelet d'une vieille cicatrice.

— Moi aussi, lui chuchotai-je.

30

La progéniture de Satan

Mme MacLeod et ses deux enfants s'étaient installés chez la femme d'Evan Lindsay. Les deux frères MacLeod étant partis avec la milice, ainsi que Geordie Chisholm et ses deux fils aînés, la grande maison était nettement moins encombrée. « Mais pas encore tout à fait décongestionnée », pensa Brianna. Mme Chisholm était toujours là.

Le problème n'était pas tant cette femme elle-même que ses cinq autres enfants, tous des garçons, collectivement qualifiés par Mme Bug de « progéniture de Satan ». Mme Chisholm avait quelques objections quant à cette terminologie, ce qui était, ma foi, plutôt compréhensible. Si les autres habitants de la maison étaient moins explicites que Mme Bug, leur opinion était, à cet égard, d'une remarquable unanimité. De fait, les jumeaux âgés de trois ans avaient sans nul doute en eux un germe démoniaque, et Brianna ne pouvait s'empêcher de se demander avec inquiétude à quoi ressemblerait Jemmy au même âge.

Pour le moment, il ne semblait pas prédestiné à devenir un futur Attila, étant confortablement assoupi sur le tapis tressé du bureau de Jamie. Brianna s'y était provisoirement retranchée dans l'espoir de jouir d'un quart d'heure de semi-solitude pour écrire. Jamie inspirant encore aux petits démons un vestige de crainte, ils évitaient, la plupart du temps, de venir rôder dans son antre.

Mme Bug avait expliqué à Thomas, huit ans, à Anthony, six ans, et à Toby, cinq ans, que Mme Fraser était une célèbre sorcière, une Dame Blanche, qui les métamorphoserait en crapauds en un clin d'œil – ce qui, leur fit-elle comprendre, ne serait une perte pour personne – si l'un d'eux s'approchait de son infirmerie. Loin de les empêcher d'y entrer – ils étaient, bien au contraire, fascinés –, ils faisaient en sorte, au moins, de ne rien casser.

L'encrier de Jamie, une calebasse évidée bouchée avec un gros gland, était posé sur sa table, près d'un pot en céramique rempli de plumes aiguisées. La maternité avait appris à Brianna à penser à elle et à saisir les occasions quand elles se présentaient, et celle-ci en était une. Elle prit une plume et ouvrit son journal auquel elle confiait ce qu'elle considérait être ses pensées intimes.

La nuit dernière, j'ai rêvé que je faisais du savon. Je n'ai encore jamais participé à sa fabrication, mais ayant récuré le plancher pendant la journée, j'avais encore l'odeur de la lessive sur les mains quand je suis allée me coucher. Très désagréable, elle se situe entre l'acide et les cendres, avec un affreux relent de graisse de porc, comme quelque chose qui serait mort depuis longtemps.

Je versais de l'eau dans une bouilloire remplie de cendres de bois et le détergent prenait forme sous mes yeux. De gros nuages de vapeurs toxiques s'élevaient, comme une fumée jaune.

Papa m'avait apporté un grand bol de graisse de rognons pour mélanger avec le savon. Il était plein de doigts de bébés. Sur le moment, cela me parut tout à fait normal.

Tout en écrivant, Brianna essayait de se convaincre que la série de coups sourds au-dessus de sa tête, vacarme qui rappelait étrangement plusieurs personnes sautant à pieds joints sur un sommier, n'existait pas. Le bruit cessa abruptement, remplacé par celui d'un morceau de chair en rencontrant un autre sous la forme d'une gifle retentissante, suivie de cris aux tonalités variées.

Elle tiqua et ferma les yeux, se repliant sur elle-même, alors que le conflit s'amplifiait de seconde en seconde. Puis un troupeau dévala l'escalier. Elle regarda Jemmy qui s'était réveillé en sursaut mais ne semblait pas effrayé. Le pire, c'était qu'il s'habituait à cet enfer. Découragée, elle reposa sa plume et se leva.

La tâche de M. Bug était de gérer la ferme, de veiller sur le bétail et de repousser les menaces physiques. Celle de M. Wemyss était de couper du bois, de hisser l'eau hors du puits et d'entretenir la maison. Mais M. Bug était silencieux et M. Wemyss, timide. Jamie avait donc confié le soin de diriger la maisonnée à Brianna. Elle était la Cour d'appel et le juge de tous les conflits.

Elle ouvrit grand la porte du bureau et fusilla l'assemblée du regard. Celle-ci était composée de Mme Bug, rouge comme une tomate, frémissante d'agressivité ; de Mme Chisholm, cramoisie, sa maternité outragée ; de la petite Mme Aberfeldy, le teint aubergine, serrant contre son sein sa fillette Ruth âgée de deux ans ; de Tony et de Toby Chisholm, en larmes et la morve au nez. Toby avait encore l'empreinte rouge d'une main sur un côté de sa figure, et les cheveux frisés de Ruth semblaient plus courts d'un côté que de l'autre. Tous se mirent à parler en même temps.

— … des peaux rouges !

— … les beaux cheveux de mon bébé !

— … C'est elle qui a commencé !

— … oser frapper mon fils !

— … On voulait juste la scalper, m'dame !

— … iiiiiiiiiiiiiiiiiiiiiiiiiii !

— … et fait un grand trou dans mon matelas de plumes !

— … Regardez ce qu'elle a fait, cette vieille sorcière !

— … Regardez ce qu'ils ont fait, ces dégénérés !

— … Regardez, m'dame, c'est juste…

— … aaaaaaaaaaaaaah !

Brianna avança d'un pas dans le couloir et, de toutes ses forces, claqua derrière elle la porte en bois massif. Le fracas interrompit momentanément les cris. De l'autre côté, Jemmy se mit à pleurer, mais elle s'en occuperait plus tard.

Elle prit une grande inspiration, s'apprêtant à se jeter dans la mêlée, puis se ravisa à la pensée des interminables tractations qui l'attendaient. Parler à toute l'assemblée en même temps était au-dessus de ses forces. La seule stratégie à suivre était de diviser pour régner.

— Je suis en train *d'écrire.*

Elle les regarda un à un, déterminée, avant d'ajouter :

— … quelque chose d'important.

Mme Aberfeldy parut impressionnée, Mme Chisholm, offensée, Mme Bug, interloquée.

— Je parlerai à chacune en tête à tête plus tard, d'accord ?

Elle rouvrit la porte, entra dans le bureau et referma le montant très doucement. Puis elle s'y adossa et ferma les yeux.

Dans le couloir, il y eut un silence, puis un « Peuh ! » de Mme Chisholm et des pas qui s'éloignaient, certains dans l'escalier, d'autres vers la cuisine et d'autres encore, plus lourds, vers l'infirmerie, un peu plus loin. Un bruit de course vers la porte d'entrée annonça la fuite de Tony et de Toby.

En apercevant sa mère, Jemmy avait cessé de pleurer et suçait son pouce.

— J'espère que Mme Chisholm n'y connaît rien en herbe, lui chuchota-t-elle. Je suis sûre que ta grand-mère garde des poisons dans ses placards.

Heureusement, Claire avait emporté avec elle son coffret contenant ses scies et ses scalpels.

Brianna attendit encore un peu mais n'entendit aucun bris de verre. Peut-être que Mme Chisholm n'était entrée dans l'infirmerie que pour éviter Mmes Bug et Aberfeldy.

À moins qu'elle n'attende, tapie, de prendre Brianna par surprise pour lui asséner ses griefs en l'absence des deux autres.

Elle se laissa tomber dans le fauteuil de son père. Son journal était tombé sur le sol. En entendant Mme Chisholm ressortir de l'infirmerie, elle saisit précipitamment la plume et ouvrit au hasard un des registres posés sur le bureau.

La porte s'entrouvrit de quelques centimètres. Brianna, tête baissée, les sourcils froncés d'un air exagérément concentré, grattait la page ouverte devant elle de sa plume sèche. Aucun autre son ne troublait le silence. Puis la porte se referma.

— Garce, marmonna-t-elle.

Elle tapota sa plume sur le bureau, tout en réfléchissant. Elle devait trouver une solution, et vite. Mme Chisholm finirait peut-être par mettre la main sur un flacon mortel de belladone et Mme Bug avait un fendoir.

Mme Chisholm avait l'avantage en poids, en hauteur et en longueur de bras, mais Brianna aurait plutôt misé son argent sur Mme Bug, plus rusée et traîtresse. Quant à la pauvre Mme Aberfeldy, elle avait été prise dans le feu croisé de leurs balles verbales. Sa fille Ruth risquait de ne plus avoir un seul cheveu sur la tête avant la fin de la semaine.

Son père les aurait calmées en un tour de main grâce à son charme naturel et à son autorité mâle. Il lui suffisait d'un mot pour qu'elles viennent lui manger dans le creux de la main en ronronnant, comme Adso le chat.

Sa mère, elle, aurait saisi le premier prétexte pour fuir la maison – un patient à traiter, des simples à cueillir – et les laisser se chamailler entre elles, ne revenant qu'une fois instauré un état de neutralité armée. D'ailleurs, Brianna avait noté le soulagement et le regard navré de Claire quand elle était montée en selle. Toutefois, même si l'envie de prendre Jemmy dans ses bras et de filer dans les collines était forte, elle ne pouvait appliquer cette stratégie.

Pour la centième fois depuis le départ des hommes, elle regretta amèrement de n'avoir pu partir avec eux. Elle imaginait les flancs palpitants d'un cheval entre ses cuisses, l'air frais dans ses poumons, Roger, chevauchant à ses côtés, le soleil brillant dans ses cheveux noirs, l'aventure les attendant au détour du chemin…

Il lui manquait tant qu'elle en avait physiquement mal. Combien de temps resterait-il absent en cas d'affrontement ? Elle repoussa cette question, car elle ne voulait pas penser à ses implications. Si combat il y avait, Roger pouvait revenir blessé, malade ou… pas du tout.

En soupirant, elle replaça la plume avec les autres dans leur pot. Elle allait fermer le registre quand son regard fut attiré par l'écriture, ou plutôt, les pattes de mouches de son père. L'encre brune avait noirci, car, exposé à l'air un jour ou deux, le mélange de fer et de fiel virait au bleu noir.

Vu de plus près, cela ressemblait à un journal de bord, Jamie y résumant les activités quotidiennes de la ferme.

16 juillet. Reçu six porcelets sevrés du pasteur Gottfied en échange de deux bouteilles de muscat et d'une hache biseautée. Les ai mis dans l'étable en attendant qu'ils soient en âge de se nourrir seuls dans le pré.

17 juillet. Une des ruches a commencé à essaimer cet après-midi, envahissant l'étable. Ma femme a réussi à capturer l'essaim, qu'elle a installé dans une baratte vide. Elle aimerait que Ronnie Sinclair lui en fabrique une autre.

18 juillet. Lettre de ma tante, me demandant conseil à propos de la scierie de Grinder's Creek. Lui ai répondu sur-le-champ que je comptais me rendre sur les lieux d'ici la fin du mois. J'ai confié ma réponse à R. Sinclair, qui part pour Cross Creek avec un chargement de 22 barils. La moitié des bénéfices servira à rembourser notre dette auprès du marchand d'outils de cordonnerie. J'ai déjà déduit de ce montant le prix d'une nouvelle baratte.

La lecture de ces comptes rendus était réconfortante, apaisante comme les jours d'été qu'ils évoquaient. Les muscles de son dos se dénouèrent et son esprit s'ouvrit, prêt à aborder les problèmes du jour avec plus de sérénité.

20 juillet. Le niveau d'orge dans le silo atteint le haut de mon genou. La vache rouge a donné le jour, peu après minuit, à un joli veau femelle en bonne santé. Tout va bien. Une excellente journée.

21 juillet. Me suis rendu chez les Mueller. Ai échangé un pot de miel contre une bride en cuir en mauvais état (mais réparable). Rentré bien après la tombée du soir après m'être arrêté pour pêcher dans l'étang près de Hollis's Gap. Ai ramené dix belles truites. On en a mangé six au dîner, les autres feront notre petit déjeuner.

22 juillet. Mon petit-fils est couvert de rougeurs, mais ma femme m'assure que ce n'est rien. La truie blanche s'est encore échappée dans la forêt. Je ne sais pas si je dois aller la chercher ou avoir pitié des prédateurs assez fous pour s'en prendre à elle. Elle est aussi bien lunée que ma fille en ce moment, cette dernière ayant peu dormi ces derniers jours...

Brianna se pencha sur la page, fronçant les sourcils.

... à cause des cris du petit. Ma femme affirme que ce sont des coliques qui lui passeront. En attendant, j'ai installé Brianna et le bébé dans notre ancienne cabane au grand soulagement de tous ici, à défaut de celui de ma pauvre fille. La truie a dévoré quatre des petits de sa dernière portée avant que j'aie pu l'en empêcher.

— Oh, l'ordure ! jura-t-elle entre ses dents.

Elle connaissait très bien la truie blanche en question et n'était pas flattée par la comparaison. Jemmy, alarmé par son ton, cessa de sucer son pouce et arrondit les lèvres, se préparant à crier.

— Non, non, tout va bien, mon chéri, se reprit-elle aussitôt.

Elle se leva et le prit dans ses bras en roucoulant :

— Chut, ce n'est rien. Maman parlait à grand-père, c'est tout. Tu n'as rien entendu, d'accord ?

Elle parvint à le convaincre d'accepter de mordiller un anneau en métal qui traînait sur une étagère, comme celui qu'on insère dans les naseaux d'un taureau, nota-t-elle avec une certaine ironie. Puis elle le cala confortablement en position assise sur ses genoux pour continuer à consulter le registre.

— Il me vient une idée, lui dit-elle. Si j'installais la vieille gar… Mme Chisholm… dans notre cabane avec tous ses affreux petits monstres, cela ferait des vacances à tout le monde. Ensuite, en déménageant le lit gigogne qui est dans la chambre des parents chez Lizzie et son père, je pourrais y mettre Mme Aberfeldy et Ruth. Les Bug retrouveront leur intimité et Mme Bug cessera de nous casser les pieds, et ensuite… euh… toi et moi, on pourrait dormir dans la chambre de maman et papa, du moins jusqu'à leur retour.

Toutefois, elle détestait la perspective de devoir quitter sa cabane. C'était sa maison, son refuge, le nid de sa famille. Elle pouvait s'y enfermer, laissant la fureur au-dehors. Toutes ses affaires étaient là, son métier à tisser inachevé, ses assiettes en étain, les cruches qu'elle avait peintes elle-même, tous les objets qui lui avaient permis de s'approprier l'espace.

Outre le sentiment de propriété et de paix, elle ressentait un malaise à l'idée de quitter les lieux, comme une superstition. La cabane était leur foyer. Partir, même provisoirement, laissait supposer que Roger pouvait ne pas y revenir.

Elle serra Jemmy un peu plus fort, mais trop concentré sur son nouveau joujou, il ne réagit pas. Ses petits doigts potelés dégoulinaient de bave pendant qu'il suçait voracement l'anneau.

Non, elle n'avait aucune envie de céder sa cabane, bien que cette solution soit logique. Mme Chisholm l'accepterait sans doute, même si elle était moins bien construite et confortable que la grande maison. La devise de Brianna semblait être « Mieux vaut régner en enfer que servir au paradis ».

Elle referma le registre et tenta de le remettre à sa place d'une seule main. Le lourd volume lui échappa et retomba lourdement sur la table. Plusieurs feuilles s'en étaient détachées, et elle les rangea du mieux qu'elle put de sa main libre.

L'une d'elles était un courrier, reconnaissable aux restes de fragments en cire encore collés. Elle reconnut la demi-lune souriante du cachet de lord John Grey. Ce devait être sa lettre du mois de septembre, dans laquelle il leur décrivait son expédition de chasse au daim à Dismal Swamp. Son père l'avait lue plusieurs fois à toute la famille. Lord John avait la plume humoristique et son voyage avait été parsemé de mésaventures sans doute désagréables à vivre mais très pittoresques à entendre.

Avec un sourire, elle la déplia d'un pouce, pensant relire le même récit, mais elle se rendit compte rapidement que son contenu était tout autre.

13 octobre, Anno Domini 1770
À l'attention de M. James Fraser
Fraser's Ridge, Caroline du Nord

Mon cher Jamie,

J'ai été réveillé ce matin par le crépitement de la pluie qui se déverse sans interruption sur nos têtes depuis une semaine et le caquetage de plusieurs gallinacés perchés sur les montants de mon lit. Me levant sous le regard fixe de leurs yeux en boutons de bottine, je suis allé m'enquérir de ces étranges événements et j'ai appris que les intempéries ont tant gonflé la rivière que celle-ci a emporté dans sa crue les cabinets d'aisances et le poulailler. Les occupants de ce dernier ont été sauvés in extremis par William (qui vous envoie ses bons souvenirs) et deux des esclaves. J'ignore qui a eu l'idée de les reloger dans mes quartiers, mais j'ai quelques soupçons à cet égard.

Après avoir eu recours à mon pot de chambre (si seulement les poulets pouvaient en prendre de la graine, cette volaille étant d'une incontinence désastreuse), je me suis habillé pour aller voir ce qui pouvait encore être sauvé. Il reste quelques planches et bardeaux du poulailler, mais je crains que mes latrines ne soient désormais la propriété de Neptune, où de je ne sais quelle divinité aquatique mineure régnant sur notre modeste affluent.

Toutefois, n'ayez aucune inquiétude pour notre sécurité. La maison est suffisamment éloignée de son cours et bâtie sur un terrain élevé, ce qui nous met à l'abri des inondations. (Le cabinet avait été creusé près de l'ancienne bâtisse et nous ne nous étions pas encore résolus à le déplacer. Cet incident, malgré le désagrément occasionné, nous permettra de le reconstruire plus « à notre aisance ».)

Brianna leva les yeux au ciel. Jemmy fit tomber son anneau et se mit aussitôt à pleurnicher. Elle se pencha pour le ramasser, mais s'arrêta à mi-chemin, son regard accroché par le début du paragraphe suivant.

Dans votre lettre, vous faites allusion à M. Stephen Bonnet et me demandez si j'ai eu vent de lui. Je l'ai croisé, comme vous le savez déjà, mais n'ai malheureusement aucun souvenir de cette rencon-

tre, pas même de son aspect physique, quoiqu'il m'en reste un petit trou dans la tête. (À cet égard, ayez la bonté d'informer votre épouse de ma guérison, n'ayant plus d'autres symptômes qu'un mal de tête occasionnel. Cela mis à part, la plaque d'argent qui recouvre l'orifice a tendance à refroidir par mauvais temps, ce qui fait larmoyer mon œil gauche et couler mon nez abondamment, mais cela est sans importance.)

Tout cela pour vous dire que je partage pleinement votre intérêt pour M. Bonnet et ses déplacements. J'ai depuis longtemps fait savoir que j'étais en quête d'informations à toutes mes accointances habitant près de la côte, puisque les descriptions de ses machinations me portent à croire que c'est par là que nous avons plus de chances de le trouver (ce qui est réconfortant, compte tenu de la grande distance qui sépare la côte de votre lointain nid d'aigle). Néanmoins, le fleuve étant navigable jusqu'à la mer, je passe régulièrement au gril les capitaines fluviaux et autres marins d'eau douce qui me font parfois l'honneur de partager ma table.

Ce n'est donc pas de gaieté de cœur que je vous informe que notre homme réside toujours parmi les vivants, mais le devoir et l'amitié m'obligent à vous transmettre ce que je sais, c'est-à-dire peu de choses en vérité. L'infâme gère sa carrière criminelle avec intelligence et sait se rendre discret dans ses mouvements.

Jemmy trépignait et pleurnichait. Comme hypnotisée, Brianna se pencha, ramassa l'anneau et le lui donna sans détacher ses yeux de la feuille.

Parmi les rares informations que j'avais obtenues sur lui, un rapport le disait reparti en France... heureuses nouvelles ! Toutefois, voilà deux semaines, un de mes invités, un certain capitaine Liston (« Capitaine » était un titre de pure courtoisie. Il affirme avoir servi dans la Royal Navy, mais je suis prêt à parier un tonneau de mon meilleur tabac [dont vous trouverez un échantillon avec cette lettre. Dans le cas contraire, ayez l'amabilité de me le faire savoir, car je n'ai pas la plus grande confiance en l'esclave auquel je confie mon courrier] qu'il n'a jamais senti l'encre d'une missive royale, sans parler de la puanteur d'un fond de cale.) m'a rapporté des échos plus récents – et très désagréables – sur l'histoire de notre homme.

Se trouvant dans le port de Charleston, Liston fut abordé par des compagnons peu recommandables qui l'invitèrent à assister à un combat de coqs organisé dans l'arrière-cour d'un établissement baptisé La Pinte du Diable. Parmi la lie présente se trouvait un monsieur fort bien mis et connu pour ses manières généreuses. Liston l'entendit nommer Bonnet et apprit de la bouche du tenancier qu'il était un contrebandier particulièrement prisé des marchands des villes côtières de Caroline du Nord, quoique nettement moins apprécié des autorités, impuissantes à l'arrêter en raison de ses affaires et de ses relations dans les villes de Wilmington, d'Edenton et de New Bern.

Liston ne fit plus cas de Bonnet (dit-il) jusqu'à ce qu'une altercation n'éclate au sujet d'un pari. Des propos injurieux furent échangés au point que, bientôt, seul le sang pouvait laver l'affront. Aussitôt, les spectateurs se mirent à parier sur l'issue du duel comme s'il se fût agi d'un combat de volailles.

L'un des duellistes n'était autre que notre Bonnet lui-même. Celui qui demandait réparation était un certain Mardsen, un capitaine de l'armée en dispo-

nibilité, que Liston connaissait comme étant un fin fleuret. Toutefois, il devint vite évident qu'il avait trouvé un adversaire à sa mesure, sinon plus fort. Bientôt, Bonnet l'avait désarmé et blessé si grièvement à la cuisse que Mardsen tomba à genoux et reconnut sa défaite, n'ayant pas d'autre solution.

Refusant sa reddition, Bonnet commit alors un acte d'une telle cruauté qu'il fit la plus grande impression sur tous les témoins. Il creva les yeux du capitaine, tordant sa lame de telle manière que, non content de l'aveugler, il le défigura en le mutilant, faisant de lui un objet d'horreur et de pitié pour tous.

Laissant son ennemi baignant dans son sang, Bonnet essuya sa lame sur la chemise de Mardsen, la rengaina et partit, non sans avoir empoché la bourse de son adversaire en prétendant qu'il s'agissait là d'une juste rétribution. Personne n'osa l'en empêcher.

Je vous raconte cela autant pour vous informer que pour vous mettre en garde. Je ne doute pas que vous sachiez déjà ce dont il est capable et, connaissant votre animosité à son égard, je ne m'attends pas à ce que mes conseils de tempérance portent leurs fruits, mais je vous conjure néanmoins de tenir compte des commentaires de Liston quant aux relations de Bonnet.

Lorsque j'ai rencontré cet individu, c'était déjà un criminel condamné. Or je doute que, depuis, il ait rendu à la Couronne des services justifiant sa grâce officielle. S'il se montre en toute impunité à Charleston – où, il y a quelques années encore, il échappait de justesse au nœud du bourreau – sans, apparemment, craindre le moins du monde pour sa sécurité, cela ne peut signifier qu'une chose : il jouit de la protection d'amis puissants. Si vous tenez à détruire Bonnet, trouvez-les et méfiez-vous d'eux.

Je poursuivrai mes recherches en ce sens et vous ferai savoir au plus tôt tout ce que j'apprendrai. En attendant, portez-vous bien et ayez de temps à autre une pensée pour votre ami trempé et grelottant en Virginie. Transmettez naturellement mes hommages à votre épouse, votre fille et votre famille.

Votre dévoué serviteur

John William Grey
Plantation de Mount Josiah, Virginie

Post-scriptum : conformément à votre requête, j'ai sillonné la colonie en quête d'un astrolabe, mais je n'ai encore rien trouvé qui vous convienne. J'ai diverses commandes à passer à Londres ce mois-ci et serais heureux d'en faire venir de chez Halliburton, sur Green Street, leurs instruments sont de la meilleure qualité.

Très lentement, Brianna s'enfonça dans le fauteuil. Elle posa les mains sur les oreilles de son fils et lâcha un très gros mot.

31

Orphelin de la tempête

Je m'endormis adossée à la paroi rocheuse, la tête de Jamie sur mes genoux. Je fus assaillie des pires cauchemars, de ceux qui s'acharnent sur quiconque dort dans le froid et dans une position inconfortable. Je voyais des arbres, à perte de vue, des forêts entières, chaque tronc et chaque feuille gravés à la pointe d'une aiguille sur mes paupières, chaque dessin d'une netteté cristalline et tous parfaitement identiques. Des chèvres aux yeux jaunes flottaient dans le sous-bois où résonnaient des feulements de couguars et des cris d'enfants orphelins.

Je me réveillai en sursaut, des pleurs retentissant encore dans mes oreilles. J'étais allongée dans un enchevêtrement de capes et de couvertures, Jamie à moitié couché sur moi, s'écrasant lourdement de tout son poids. Une fine neige tombait entre les sapins.

Des particules de glace s'accrochaient à mes cils et à mes sourcils, et la neige fondue glaçait mon visage. D'abord désorientée, je touchai Jamie par réflexe. Il bougea et toussa, son épaule se secouant sous ma main. Ce bruit me rappela en bloc tous les événements de la veille : Josiah et son frère jumeau, la ferme des Beardsley, les fantômes de Fanny, les odeurs d'immondices, de gangrène, de poudre à canon et de terre retournée. Le bêlement des chèvres de mon rêve résonnait encore dans l'air froid.

Un cri lointain transperça le murmure de la neige. Je me redressai brusquement, bouleversée. Ce n'était pas une chèvre.

Réveillé en sursaut, Jamie roula sur le côté et se mit instinctivement en position accroupie, les cheveux hirsutes. Ses yeux balayaient l'espace devant lui pour déterminer d'où venait le danger.

— Qu'est-ce que c'est ? demanda-t-il d'une voix rauque.

Il saisit son coutelas posé non loin sur le sol dans son fourreau, mais je l'arrêtai d'un geste.

— Je ne sais pas. Il y a un bruit. Écoute !

Il leva la tête, tendant l'oreille. La neige étouffait les bruits de la forêt. Puis il entendit quelque chose, ou plutôt il vit une forme. Son expression se modifia brusquement.

— Là ! dit-il doucement.

Il indiquait un point derrière moi. Toujours à genoux, je me retournai et vis un tas de haillons à quelques mètres, près des cendres de notre feu éteint. Le cri retentit de nouveau, plus clair cette fois.

— Dis-moi que je rêve !

Je rampai jusqu'au paquet, le soulevai et écartai frénétiquement les morceaux de tissu. Le bébé était forcément vivant puisque je l'avais entendu pleurer, pourtant il formait un poids mort dans le creux de mon bras.

Le minuscule visage et le crâne glabre étaient bleu blanchâtre, les traits recroquevillés comme la coque d'un fruit d'hiver. Je posai ma paume sur son nez et sa bouche et une faible chaleur moite réchauffa ma peau. Surpris par mon toucher, il ouvrit les lèvres et laissa échapper une sorte de miaulement. Les yeux bridés se plissèrent encore un peu plus, refusant de s'ouvrir sur ce monde menaçant.

— Seigneur ! souffla Jamie en se signant brièvement. Où est-elle passée ?

Choquée par l'apparition du bébé, je ne m'étais même pas demandé à qui il était. Je n'en eus guère le temps. Il remua un peu, mais ses menottes étaient glacées, sa peau mouchetée de bleu et de violet.

— Passe-moi mon châle, demandai-je à Jamie. Le pauvre enfant meurt de froid.

D'une main, je dénouai les lacets de mon corselet. Cet ancien modèle élimé jusqu'à la trame s'ouvrait devant et je le portais sur la route pour des raisons pratiques. Je dégrafai mon corset et le cordon de ma chemise et pressai le nouveau-né contre mes seins nus et encore chauds. Une rafale glacée me cingla le cou et les épaules. Je rabattis ma chemise sur le petit et me recroquevillai au-dessus de lui en grelottant. Jamie drapa le châle autour de mes épaules, puis il nous entoura tous les deux de ses bras, se serrant contre moi comme s'il cherchait à transmettre de force sa chaleur dans le corps de l'enfant.

Il brûlait de fièvre. Je levai les yeux vers lui. Blafard, les yeux rouges, il tenait encore debout.

— Mon Dieu, Jamie, tu es sûr que ça va ?

— Oui, très bien. Où est passée cette femme ?

Envolée, de toute évidence. Les chèvres étaient blotties les unes contre les autres, près de la paroi rocheuse. J'apercevais les cornes d'Hiram parmi elles. La douzaine d'yeux jaunes qui nous observaient avec intérêt me rappelaient mon rêve.

L'endroit où Mme Beardsley s'était couchée était vide. C'était à peine si un carré d'herbes aplaties témoignait encore de sa présence récente. Elle avait dû s'éloigner pour accoucher. Aucune trace n'était visible près du feu.

— C'est le sien ? demanda-t-il.

Sa voix était toujours congestionnée, mais sa respiration était moins sifflante que la veille, ce qui me rassura.

— Je suppose. Sinon, d'où pourrait-il venir ?

Je partageais mon attention entre Jamie et l'enfant. Il commençait à remuer, s'agitant comme un crabe contre mon ventre. D'un rapide coup d'œil, je fis le tour de notre campement de fortune. Autour de nous, les sapins se dressaient, noirs et silencieux, cachés derrière un fin rideau de neige. Si Fanny Beardsley s'était enfoncée dans la forêt, elle n'avait pas laissé d'empreintes, la neige n'ayant pas encore recouvert le tapis d'aiguilles.

— Elle ne peut pas être allée bien loin, dis-je en tordant le cou dans toutes les directions. Elle n'a pas pris de cheval.

Gideon et ma jument se tenaient côte à côte sous un épicéa, les oreilles couchées en arrière, leurs naseaux soufflant des nuages de buée autour de leur tête. Nous voyant nous agiter, Gideon piétina et hennit, découvrant ses grandes dents pour signifier qu'il était temps de le nourrir.

— Oui, oui, j'arrive, bougonna Jamie.

Il s'essuya le nez et se tourna vers moi.

— Si elle avait pris un cheval, l'autre se serait agité et m'aurait réveillé. Elle voulait sans doute rester discrète.

Il glissa doucement une main sous mon châle.

— Comment va-t-il, *Sassenach* ?

— Il se réchauffe. Il – ou elle, d'ailleurs – ne va pas tarder à avoir faim aussi.

Le bébé se tortillait comme un ver de terre, sa bouche cherchant à manger à l'aveuglette. La sensation était d'une familiarité surprenante. Un de mes mamelons se durcit par réflexe, mon sein tout entier électrisé. Les petites lèvres le trouvèrent et se refermèrent hermétiquement dessus.

Je poussai un cri de surprise. Jamie sursauta.

— C'est que... euh... il a vraiment faim, expliquai-je.

— C'est ce que je vois, *Sassenach*.

Il regarda les chèvres, toujours douillettement agglutinées contre la paroi, mais qui commençaient, elles aussi, à s'agiter.

— Il n'est pas le seul. Il faut que j'aille les nourrir. Un moment, d'accord ?

Nous avions emporté des filets de foin sec de la ferme des Beardsley. Il en ouvrit un et l'éparpilla sur le sol pour les chevaux et les chèvres. Puis il alla chercher une coupe en bois dans nos affaires et s'approcha de l'une des chèvres d'un pas résolu.

Le bébé tétait voracement, mon mamelon profondément enfoncé dans sa bouche. C'était rassurant en ce qui concernait son état de santé, mais plutôt déroutant pour moi.

— Ce n'est pas que je ne veux pas de toi, mon ange. Mais c'est que je ne suis pas ta mère, vois-tu ?

Où pouvait-elle bien être ? J'inspectai soigneusement le paysage, mais ne voyais toujours aucune trace d'elle, ni rien qui justifie son absence ou son silence.

Que s'était-il passé ? Elle pouvait fort bien avoir caché sa grossesse sous sa masse de graisse et de vêtements, mais pourquoi ? Pourquoi ne nous avait-elle rien dit ? Peut-être avait-elle eu peur que Jamie refuse de l'emmener. Je ne pouvais pas lui reprocher de n'avoir pas voulu rester dans cette ferme, quelles que soient les circonstances.

Mais cela n'expliquait en rien l'abandon de son enfant. De fait, l'avait-elle vraiment abandonné ? J'envisageai un instant la possibilité que quelqu'un, ou quelque chose (mon sang se glaça en songeant aux couguars) ait pu l'arracher au feu de camp. Toutefois, le bon sens me fit rapidement écarter cette hypothèse.

Un félin ou un ours aurait éventuellement pu se glisser dans le camp sans réveiller Jamie ou moi, épuisés comme nous l'étions, mais pas sans déclencher l'alerte générale parmi les chèvres et les chevaux. En outre, un animal sauvage en quête d'une proie aurait préféré la chair tendre d'un bébé à la viande coriace d'une Mme Beardsley.

Mais si quelqu'un était responsable de la disparition de Fanny Beardsley, pourquoi avait-il laissé l'enfant ?

À moins qu'il ou elle ne l'ait ramené ?

Je humai l'air, inspirant dans plusieurs directions. Une naissance laisse des traces et je connaissais mieux que quiconque ses odeurs nauséabondes. L'enfant dans mes bras empestait, mais je ne décelai aucune trace de sang ou de liquide amniotique dans la brise glacée. De la crotte de bique, du crottin de cheval, de la cendre de bois et de fortes vapeurs de graisse d'oie camphrée émanant des habits de Jamie. Rien d'autre. Je berçai doucement ma charge qui s'énervait sous mon châle.

— Soit, lui dis-je à voix haute. C'est donc qu'elle s'est éloignée du feu pour accoucher, seule ou forcée par quelqu'un. Mais si elle a été enlevée et que ses ravisseurs se sont aperçus qu'elle était sur le point de te mettre au monde, pourquoi se sont-ils donnés la peine de te déposer ici ? Ils auraient pu t'emmener, te tuer ou te laisser mourir sur place. Oh, pardon, mon chéri ! Je ne voulais pas te contrarier. Chut, chut, tout va bien.

Émergeant de sa stupeur, le bébé avait eu le temps de se rendre compte qu'il lui manquait quelque chose. Frustré, il avait lâché mon sein et gesticulait en pleurant avec une force plutôt encourageante. Jamie revint avec un bol fumant de lait de chèvre et un mouchoir à peu près propre. Il en tordit un coin pour en faire une tétine improvisée, la plongea dans le liquide blanc puis introduisit avec délicatesse le morceau de tissu dans la bouche grande ouverte. Les vagissements cessèrent aussitôt et nous poussâmes tous les deux un soupir de soulagement. Replongeant la tétine dans le lait, Jamie murmura :

— Ah, ça va mieux, pas vrai ? *Seas, a bhalaich, seas.*

Le petit visage tétait d'un air concentré. Il était toujours pâle et cireux, mais avait perdu son teint crayeux.

— Comment a-t-elle pu le laisser ? demandai-je. Et pourquoi ?

La raison faisait pencher la balance du côté de la thèse de l'enlèvement. Pour quel autre motif une mère aurait-elle abandonné son nouveau-né ? Sans parler de partir seule dans la forêt en pleine nuit juste après avoir accouché, le pas lourd, les cuisses sanglantes, les entrailles encore déchirées...

— Elle avait ses raisons, dit Jamie. Mais Dieu seul sait lesquelles. Elle n'en voulait pas à l'enfant, autrement, elle l'aurait laissé dans les bois et nous n'aurions jamais rien su.

Il avait raison. Elle, ou quelqu'un, avait emmailloté avec soin le bébé et l'avait posé le plus près possible du feu. On avait voulu qu'il survive, mais sans sa mère.

— Tu penses donc qu'elle l'a mis là délibérément ?

Il hocha la tête.

— Nous ne sommes pas loin de la Ligne du Traité. Ce pourrait être des Indiens, mais, dans ce cas, pourquoi ne nous auraient-ils pas enlevés, nous aussi ? Ou tués ? En outre, des Indiens auraient emmené les chevaux. Non, je pense qu'elle est partie d'elle-même. Mais quant à savoir pourquoi…

À présent, la neige tombait dru et s'accumulait, ici et là. Nous devrions partir bientôt, avant que la tempête s'intensifie. Néanmoins, il me semblait injuste de nous en aller ainsi, sans tenter au moins de savoir ce qui était arrivé à Fanny Beardsley.

La situation me paraissait irréelle, comme si cette femme s'était envolée par enchantement, nous donnant en échange ce nourrisson. Cela me fit penser aux contes écossais dans lesquels on retrouvait des *changelings*, ces enfants surnaturels que les fées laissaient à la place des bébés humains qu'elles enlevaient. Cela dit, je ne voyais pas ce que les fées pouvaient vouloir à Fanny Beardsley.

Tout en sachant que mon attitude ne servirait à rien, je fouillai encore des yeux le campement, cherchant des traces. Rien. Le mur argileux nous surplombait, bordé d'une frange d'herbe saupoudrée de cristaux de neige. Le ruisseau gargouillait non loin, les arbres bruissaient et soupiraient dans le vent. Il n'y avait aucune empreinte de pas ou de sabots sur le sol spongieux. Résignée, je me tournai vers Jamie.

— Il nous reste encore beaucoup de chemin à parcourir ?

— Hein ? Ah, non, pas plus d'une heure de cheval jusqu'à Brownsville.

Il leva les yeux vers le ciel puis rectifia :

— Ou peut-être deux. Mais maintenant qu'il fait jour, je sais où nous sommes. Tiens, *Sassenach*. Finis de nourrir ce pauvre *sgaogan*, pendant que je m'occupe des bêtes.

Il me tendit la coupe et la tétine. Un *sgaogan*, un enfant de fées. Lui aussi avait été frappé par les connotations surnaturelles de toute cette aventure. Après tout, Fanny avait bien affirmé parler avec des fantômes. Peut-être l'un d'entre eux était-il venu la chercher ? Je frissonnai et serrai l'enfant contre moi.

— Y a-t-il d'autres habitations dans les parages en dehors de Brownsville ? Quelque part où elle aurait pu aller ?

— Pas que je sache.

Il s'installa pour traire les autres chèvres, pendant que je continuais à faire téter le nourrisson. Il revint avec un seau d'épais lait tiède pour notre petit déjeuner. Entre-temps, le bébé, repu, s'était copieusement arrosé. Un bon signe, il est vrai, mais plutôt ennuyeux dans la mesure où son lange de fortune et mon corselet se retrouvèrent trempés.

Jamie farfouilla dans le sac que ma jument avait porté. J'y gardais des bandes de lin et des balles de coton pour faire des pansements. Il en saisit une poignée et me prit l'enfant pour le changer. Pendant ce temps, je me contorsionnai sur place en essayant de remplacer ma chemise et mon corselet sans enlever ma jupe, mes jupons et ma cape.

— Oh ! dit soudain Jamie agenouillé à côté de moi. Regarde, c'est une petite fille.

Je tombai à genoux pour l'admirer.

— Mais, c'est vrai !

— Elle n'est pas joli-jolie, déclara-t-il d'un œil critique. Heureusement pour elle qu'elle aura une bonne dot.

— Parce que tu crois que tu étais une beauté à ta naissance ? La pauvre, elle n'a même pas été nettoyée ! Qu'est-ce que c'est que cette histoire de dot ?

Il haussa les épaules, parvenant avec dextérité à glisser un carré de lin plié sous les fesses miniatures tout en gardant l'enfant enveloppée dans le châle.

— Son père est mort et sa mère a disparu. Elle n'a ni frère ni sœur et je n'ai trouvé aucun testament dans la ferme léguant les biens de Beardsley à qui que ce soit. C'est une belle maison, remplie de marchandises, sans parler des chèvres.

Il regarda Hiram et sa famille, avant de conclure :

— Tout ça lui revient sûrement.

— Je suppose. Ce sera donc une fillette bien nantie.

— Oui, et qui vient de se chier dessus. Tu ne pouvais pas faire ça avant que je te change ?

Peu impressionnée par la réprimande de Jamie, elle cligna des yeux et, rassasiée, rota.

« D'accord », dit-il s'avouant vaincu et, se déplaçant pour mieux la protéger du vent, il enleva ses langes pour l'essuyer.

Le bébé paraissait en bonne santé, quoiqu'un peu petit. Malgré son ventre gonflé par le lait, la fillette n'était pas plus grosse qu'une grande poupée. C'était là le problème le plus immédiat. Menue comme elle l'était, sans graisse pour la protéger, elle mourrait rapidement d'hypothermie, si nous ne parvenions pas à la garder au chaud et bien nourrie.

— Elle ne doit surtout pas prendre froid, dis-je à Jamie.

Je me coinçai les mains sous les aisselles afin de les réchauffer et de pouvoir l'attraper.

— Ne t'inquiète pas, *Sassenach*. Je nettoie juste son derrière et…

Il s'interrompit, inquiet :

— Qu'est-ce que c'est que ça ? Elle est blessée, tu crois ? Peut-être que sa mère l'a laissée tomber ?

Je me penchai pour mieux voir. Il tenait les pieds du bébé d'une main, la balle de coton souillé de l'autre. Juste au-dessus des fesses, on apercevait une décoloration violacée, un peu comme une ecchymose.

Ce n'était pas un bleu, mais un début d'explication. Je rabattis un autre châle sur la tête chauve de la fille de Mme Beardsley.

— Elle n'a rien, le rassurai-je. C'est une tache mongolique.

— Une quoi ?

— Ça veut dire que l'enfant est Noire. Je veux dire, Africaine, du moins, en partie.

Jamie resta interdit, puis se pencha sur le bébé, essayant de comprendre.

— Qu'est-ce que tu racontes, *Sassenach* ? Elle est aussi pâle que toi.

C'était vrai. Sa peau était si blanche qu'elle avait l'air exsangue.

— Les enfants noirs n'ont pas forcément la peau noire à la naissance. De fait, ils sont souvent très clairs. La pigmentation se développe au bout de quelques semaines. Mais ils naissent souvent avec une tache pigmentée à la base de la colonne vertébrale. Ça s'appelle la tache mongolique.

D'une main, il essuya la neige fondue dans ses sourcils.

— Je vois, dit-il enfin. Ça explique bien des choses, non ?

En effet. Quoi qu'ait pu être feu M. Beardsley, il n'était pas Noir. Le père de l'enfant, lui, l'était. Fanny Beardsley sachant – ou craignant – que l'enfant qu'elle s'apprêtait à mettre au monde révélerait son adultère, avait préféré l'abandonner et fuir, avant que la vérité n'éclate au grand jour. Je me demandais si le mystérieux père avait quelque chose à voir dans la triste fin de M. Beardsley.

Du bout des doigts, Jamie effleura les petites lèvres roses, méditant à voix haute :

— Si ça se trouve, elle n'a même pas vu son enfant. Après tout, elle a accouché dans l'obscurité. Si elle l'avait vue si blanche, elle ne l'aurait peut-être pas abandonnée.

— Peut-être. À ton avis, qui peut être le père ?

La ferme Beardsley était tellement isolée que Fanny ne devait pas avoir eu souvent l'occasion de rencontrer d'autres hommes, en dehors des Indiens qui venaient traiter avec le maître des lieux. Les bébés indiens avaient-ils une tache mongolique ?

Jamie regarda le paysage désolé autour de nous et souleva l'enfant.

— Je n'en sais rien, mais il ne devrait pas être difficile à retrouver une fois arrivés à Brownsville. Allons-y, *Sassenach.*

*

* *

À contrecœur, Jamie décida de laisser les chèvres dans ce campement de fortune, afin de procurer au plus tôt un abri et de la nourriture au bébé.

— Elles seront très bien ici, dit-il en éparpillant le reste de foin autour d'elles. Elles ne s'éloigneront pas du bouc, et, dans son état, il ne risque pas d'aller bien loin pendant un moment, pas vrai, *a bhalaich ?*

En guise d'adieu, il gratta le crâne d'Hiram entre les cornes, puis nous partîmes dans un concert de bêlements de protestations, les chèvres s'étant habituées à notre compagnie.

Le temps s'aggravait à vue d'œil. À mesure que la température remontait, la neige passa d'une fine poudre sèche à de gros flocons mouillés qui adhéraient au sol et aux arbres comme de la crème fouettée et qui fondaient dans la crinière des chevaux.

Bien emmitouflée sous l'épaisse capuche de ma cape, enroulée dans plusieurs couches de châles avec l'enfant accroché contre mon ventre dans une sorte de porte-bébé improvisé, j'avais plutôt chaud. Jamie toussait de temps à autre, mais il semblait en meilleure santé. Le besoin de parer à une urgence l'avait revigoré.

Il chevauchait derrière moi, à l'affût de couguars embusqués ou d'autres dangers éventuels. Selon moi, tout chat digne de ce nom, surtout celui avec la panse encore remplie de chèvre, passerait une journée de ce genre enroulé sur lui-même dans une tanière douillette plutôt que de rôder sous la neige. Néanmoins, il était rassurant de savoir Jamie juste là, car j'étais vulnérable, tenant les rênes d'une main et l'autre posée sur mon ventre, sous ma cape.

L'enfant dormait d'un sommeil agité. Elle s'étirait et donnait des coups de pied de manière lente et languissante, comme dans un milieu aquatique. Elle n'était pas encore habituée à la liberté de mouvements hors du ventre de sa mère.

— On dirait que tu es enceinte, déclara Jamie.

Je me retournai. Sous son chapeau mou, il m'observait avec des yeux rieurs. Toutefois, malgré son air amusé, je crus discerner une lueur de mélancolie.

De fait, la pression des petits genoux et des coudes contre mon ventre me rappelait de manière troublante les sensations de la grossesse. Bizarrement, que cela se passe à l'extérieur de moi plutôt qu'à l'intérieur ne faisait pas une grande différence.

Comme attiré par la rondeur sous ma cape, Jamie fit avancer Gideon à ma hauteur. L'étalon s'ébroua, voulant dépasser ma jument, mais Jamie le retint en criant un « *Seas !* » qui le calma aussitôt.

Il m'indiqua la forêt autour de nous d'un geste de la tête :

— Tu t'inquiètes pour elle ?

Inutile de lui demander de qui il voulait parler. Je hochai la tête, ma main sur l'échine arrondie, encore recroquevillée pour épouser la courbe d'un ventre disparu. Où était-elle, Fanny Beardsley, seule dans la forêt ? Avait-elle rampé dans un trou pour mourir comme une bête blessée ? Ou fuyait-elle aveuglément vers un havre imaginaire, marchant droit devant elle, s'enfonçant dans la boue et dérapant dans la neige fondue, tentant de retrouver sa baie de Chesapeake et un souvenir heureux de ciel ouvert et d'eau s'étendant à perte de vue ?

Jamie se pencha et posa une main sur ma cape. Je sentis ses doigts glacés sur les miens à travers le tissu.

— Elle a fait son choix, *Sassenach*. Elle nous a confié le bébé parce qu'elle a eu confiance en nous. Nous mettrons son enfant en sécurité. C'est tout ce que nous pouvons faire pour elle.

Il exerça une pression sur ma main puis se redressa sur sa selle.

Le temps d'arriver en vue de Brownsville, mon inquiétude pour Fanny Beardsley avait cédé la place à mon angoisse pour sa fille. L'enfant était éveillée et hurlait, martelant mon foie avec ses petits poings en quête de nourriture.

Je me levai sur mes étriers, essayant de voir à travers le rideau de neige de quelle grandeur était Brownsville. Je n'apercevais qu'un toit entre les cimes vertes de sapins et de lauriers. L'un des hommes de Granite Falls avait dit que le village était d'une taille non négligeable. Mais que signifiait « non négligeable » au fin fond de la Caroline ? Quelles étaient les probabilités qu'un de ses habitants soit une mère allaitant un enfant ?

Jamie avait rempli la gourde de lait de chèvre, mais il était préférable d'attendre d'être à l'abri pour nourrir le bébé de nouveau. Toutefois, l'idéal serait qu'une mère lui donne le sein. Dans le cas contraire, on réchaufferait le lait. Faire boire un liquide froid au bébé risquait de faire chuter dangereusement sa température corporelle.

Ma jument hennit et accéléra le pas. Elle avait flairé la civilisation… et d'autres chevaux. Gideon l'imita et se mit à hennir à son tour. Lorsque nos deux montures eurent fini leur duo improvisé, un chœur d'encouragement leur répondit au loin.

— Ils sont là ! m'exclamai-je, soulagée. La milice, elle est arrivée !

— Encore heureux, *Sassenach* ! Si Roger n'avait pas été capable de trouver un village au bout d'une route, j'aurais eu des doutes sur ses capacités mentales ainsi que sur sa vue.

Il souriait également, autant soulagé que moi.

Après un dernier virage, je constatai que Brownsville était effectivement un village. Des volutes de fumée grise s'élevaient des cheminées d'une douzaine de cabanes et plusieurs bâtiments étaient regroupés près de la route, dont sans doute la taverne, à en juger par les tonneaux vides, les bouteilles et les détritus en tous genres qui jonchaient les alentours.

De l'autre côté de la route, les hommes avaient érigé un abri de fortune avec un toit en branches de sapin et une cloison pour couper le vent. Les chevaux de la milice y étaient attachés, enveloppés par un nuage de condensation, leurs souffles mélangés s'échappant de leurs naseaux.

En voyant ce refuge, nos montures accélérèrent encore le pas et je dus tirer sur les rênes pour empêcher ma jument de partir au trot, ce qui aurait sérieusement secoué ma passagère. Tandis que je lui faisais reprendre un pas plus confortable, une silhouette élancée sortit de sous un grand sapin et, s'avançant sur la route, agita la main vers nous.

— Milord ! salua Fergus.

Il regardait Jamie par-dessous le bord d'une casquette tricotée et teintée à l'indigo. Il la portait abaissée jusque sur ses sourcils, ce qui lui donnait l'aspect d'une tête de torpille, sombre et dangereuse.

— Tout va bien ? J'ai craint que vous n'ayez rencontré quelques difficultés.

— Bah ! Pas vraiment, répondit Jamie. Si ce n'est...

Il indiqua mon ventre rebondi sous ma cape. Fergus me dévisagea, interloqué, puis se tourna vers Jamie avec une moue ironique.

— Bravo, milord ! *Quelle virilité* * !

Jamie roula des yeux menaçants et émit un son guttural, tels des cailloux roulant sous l'eau. Le bébé se remit à pleurer.

— Avant toute chose, intervins-je, y a-t-il ici des femmes avec des bébés ? Cet enfant doit être nourri, et vite.

Fergus hocha la tête, l'air embarrassé.

— *Oui* *, milady. J'en ai vu au moins deux.

— Parfait. Conduis-moi à elles.

Sans discuter davantage, il saisit le licou de ma jument et l'entraîna vers les maisons.

— Qu'est-ce qui ne va pas ? demanda Jamie.

L'enfant étant le sujet de mon inquiétude, je ne m'étais même pas interrogée sur la présence de Fergus à l'entrée du village. Jamie avait raison, ce qui l'avait poussé à nous attendre dehors par un temps pareil était plus important que notre seul bien-être.

— Il semblerait que nous ayons un petit problème, milord.

Il nous décrivit les événements de l'après-midi précédent, concluant dans un haussement d'épaules fataliste :

— ... et donc M. Morton s'est réfugié avec les chevaux...

Du menton, il montra l'abri de fortune.

— ... tandis que nous jouissions de l'*hospitalité* * de Brownsville.

Jamie fit la grimace, calculant sans doute ce qu'allait lui coûter ladite *hospitalité* * pour une quarantaine d'hommes.

— Mmphm. Je suppose que les Brown ignorent que Morton est toujours là ?

Fergus acquiesça.

— Mais que fait-il encore ici ? demandai-je. J'aurais pensé qu'il serait rentré chez lui, trop content d'être encore en vie.

J'étais parvenue à faire taire le bébé en le plaquant contre mon sein.

— Il refuse de partir, milady. Il dit qu'il ne peut pas renoncer à la prime.

Juste avant notre départ de Fraser's Ridge, le bruit avait couru que le gouverneur offrait quarante shillings aux hommes qui rejoindraient la milice, une somme considérable pour un fermier comme Morton, confronté à un hiver difficile.

Jamie se frotta lentement le menton, il faisait face à un vrai dilemme. La milice avait besoin des hommes et des vivres de Brownsville, mais Jamie pouvait difficilement recruter plusieurs Brown qui n'auraient de cesse de vouloir assassiner Morton. D'un autre côté, il n'avait pas les moyens de verser quarante shillings à Morton pour qu'il rentre chez lui. L'espace d'un instant, il sembla envisager de commettre lui-même le meurtre, mais ce n'était guère une solution raisonnable.

— On pourrait peut-être persuader Morton d'épouser la fille ? suggérai-je.

— J'y ai songé, répondit Fergus. Malheureusement, M. Morton possède déjà une épouse à Granite Falls.

Jamie, poursuivant toujours son idée, demanda d'un air songeur :

— Pourquoi les Brown n'ont-ils pas poursuivi Morton ? Quand un ennemi vient sur tes terres et que tu es en grand nombre, tu ne le laisses pas s'enfuir tout simplement. Tu le traques et tu le tues.

Fergus hocha la tête, clairement au fait de la logique highlander.

— Je suppose qu'ils en avaient l'intention. Toutefois, ils en ont été distraits par *notre ami* * Roger.

Je crus déceler une pointe d'amusement dans sa voix. Jamie aussi.

— Qu'a-t-il fait ? demanda-t-il, méfiant.

— Il les a charmés. Il a chanté presque toute la nuit en s'accompagnant de son tambour. Tout le village est venu l'écouter. Nous avons repéré six hommes en âge d'être recrutés pour la milice et…

Il se tourna vers moi pour ajouter :

— … deux femmes allaitantes, comme je vous le disais, milady.

Jamie toussa, s'essuya le nez, me fit signe de le suivre et déclara à Fergus :

— La petite doit manger et je ne dois pas trop tarder ou bien les Brown vont finir par trouver Morton. Va dire à ce dernier que je viendrai lui parler dès que je le pourrai.

Il fit prendre à son cheval la direction de la taverne et je donnai un coup de talon à ma jument pour le suivre.

— Qu'est-ce que tu vas faire au sujet des Brown ? demandai-je.

— Si seulement je le savais, *Sassenach !*

Là-dessus, il se remit à tousser.

32

Mission accomplie

Notre arrivée à Brownsville avec le bébé créa suffisamment de commotion pour détourner chacun de ses préoccupations personnelles, fussent-elles d'ordre pratique ou homicide. En apercevant Jamie, une lueur de soulagement intense traversa le regard de Roger, qui se reprit aussitôt, affichant un air neutre et sûr de lui. Je détournai les yeux pour ne pas sourire. Jamie évita mon regard, me signifiant ainsi qu'il s'en était, lui aussi, rendu compte. Avant de se tourner vers le reste de la troupe et d'être présenté aux hôtes, il lui donna une tape virile sur l'épaule.

— Bon travail, déclara-t-il.

Roger haussa les épaules l'air de rien, mais son visage devint lumineux, comme si une chandelle l'éclairait de l'intérieur.

Mlle Beardsley fit sensation. On alla chercher une des jeunes mères qui la mit tout de suite à son sein, me confiant son bébé en échange. Le petit garçon de trois mois au tempérament placide m'observa, étonné, mais n'émit aucune objection hormis quelques bulles de salive.

Il s'ensuivit un moment de confusion, où tout le monde posait des questions et avançait des hypothèses en même temps. Toutefois, le récit laconique de Jamie concernant les événements survenus à la ferme des Beardsley arrêta net ce tohu-bohu. Même la jeune fille aux yeux rougis de larmes, que je reconnus grâce à la description de Fergus comme étant l'*inamorata* d'Isaiah Morton, en oublia ses peines de cœur, écoutant le récit la bouche ouverte.

Elle baissa des yeux attendris vers le nourrisson qui tétait avidement le sein de sa cousine.

— Ma pauvre petite, te voilà toute seule au monde, sans parents.

Elle jeta un œil sombre vers son père, pensant sans doute qu'être orpheline avait aussi ses avantages.

Mme Brown, plus pratique, demanda :

— Que va-t-elle devenir ?

Son mari entoura ses épaules d'un bras rassurant tout en regardant son frère du coin de l'œil :

— Ne t'inquiète pas, ma chère. On prendra bien soin d'elle. Elle aura sa place parmi nous.

Comme moi, Jamie avait surpris l'air de connivence entre les deux frères. Je vis ses lèvres frémir, prêt à faire une remarque, puis il se ravisa et se tourna pour discuter avec Henry Gallegher et Fergus, ses deux doigts raides pianotant contre sa cuisse.

Mlle Brown senior se pencha vers moi pour me poser une autre question, mais elle en fut empêchée par une rafale de vent arctique qui s'engouffra dans la pièce, cinglant nos visages de flocons de neige. Elle poussa un cri et se précipita vers la fenêtre pour rabattre les peaux qui la couvraient. Tout le monde cessa de parler des Beardsley pour se préparer à affronter les hostilités climatiques.

J'entrevis l'extérieur pendant que Mlle Brown s'efforçait de fixer les peaux récalcitrantes. Cette fois, la tempête était bien là. La neige tombait drue. Les ornières noires de la route avaient pratiquement disparu sous une couche blanche. Il était évident que, ce soir, la troupe Fraser n'irait nulle part. M. Richard Brown, plutôt bougon, nous offrit néanmoins l'hospitalité pour la nuit, tandis que les hommes de la milice se répartissaient dans les maisons et les granges du village pour dîner et dormir.

Jamie sortit pour mettre les chevaux à l'abri et les nourrir, puis rapporter notre literie et les provisions de nos sacoches. Je devinai qu'il en profiterai pour toucher deux mots à Isaiah Morton, si celui-ci était toujours là à rôder dans la tempête.

Je me demandai bien ce que Jamie allait faire de ce Roméo des montagnes, mais je n'eus pas vraiment le temps de m'apesantir sur la question. La nuit n'allait pas tarder à tomber et je fus entraînée dans un tourbillon d'activités autour de l'âtre, les femmes relevant le défi de préparer à manger pour quarante invités imprévus.

La Juliette locale – c'est-à-dire la jeune Mlle Brown – boudait dans son coin, refusant de nous aider. Toutefois, elle prit en charge le bébé Beardsley, babillant en le berçant, longtemps après qu'il se soit endormi.

Fergus et Gallegher étaient allés chercher les chèvres. Ils revinrent juste avant l'heure du dîner, trempés et crottés jusqu'aux genoux, leurs barbes et leurs sourcils blanchis par le givre. Quant aux biques, elles étaient dans le même état. Leurs pis rougis par le froid et remplis de lait se balançaient douloureusement entre leurs pattes. Toutefois, excitées et ravies de ce retour à la civilisation, elles bavardaient gaiement entre elles.

Mme Brown et sa belle-sœur les conduisirent dans la grange pour les traire, pendant que je m'occupais de la marmite de ragoût et d'Hiram, couché près du feu, majestueux et solitaire, derrière son enclos improvisé constitué d'une table retournée, de deux tabourets et d'un bahut.

La cabane était composée d'une immense pièce commune remplie de courants d'air, d'un grenier aménagé et d'un petit appentis à l'arrière servant d'entrepôt pour les réserves. Elle était remplie à craquer de tables, de bancs, de tabourets, de fûts de bière, de piles de peaux, d'un métier à tisser poussé dans un coin, d'un chiffonnier surmonté d'une pendule incongrue ornée de chérubins dans un autre, d'un grand lit placé contre un mur, de deux coffres près de la cheminée, d'un mousquet et de deux fusils de chasse suspendus au-dessus de celle-ci, de divers tabliers et manteaux accrochés à des patères près de la porte. Dans un tel décor, la présence d'un bouc en convalescence près de l'âtre ne dépareillait pas.

J'examinai mon patient qui me gratifia d'un « bêêh ! » peu reconnaissant, dardant une longue langue bleue et moqueuse dans ma direction. La neige fondait en dégoulinant le long de ses cornes, les faisant briller, et son poil trempé hérissait ses épaules de piques bigarrées.

— Surtout, ne nous remercie pas ! lui lançai-je. S'il n'y avait pas eu Jamie, c'est toi qui serais en train de mijoter sur ce feu. Espèce de vieux bouc !

— Bêêh ! répliqua-t-il.

Toutefois, transi, épuisé, affamé et privé de son harem, il cessa rapidement de frimer. Il me laissa lui gratter le crâne et accepta quelques brins de paille à mâchouiller, puis je pus enfin entrer dans son enclos pour vérifier l'éclisse. J'étais moi-même fatiguée et affamée, n'ayant rien avalé d'autre que du lait de chèvre au petit matin. Entre l'odeur du ragoût sur le feu et les lumières dansantes de la pièce, je me sentais étourdie et désincarnée, comme si je flottais quelques centimètres au-dessus du sol.

— Tu es un sacré costaud, mine de rien, le complimentai-je doucement.

Après une après-midi passée en communication étroite avec des nourrissons, à me faire tremper et percer les tympans, la compagnie d'un vieux bouc irascible était plutôt apaisante.

— Il va mourir ?

Surprise, je redressai la tête. J'avais complètement oublié Mlle Brown junior, assise sur un coffre dans un recoin sombre. Elle venait de se rapprocher du feu, le bébé Beardsley dans ses bras, et observait Hiram qui tentait de grignoter le bord de mon tablier.

— Non, je ne pense pas, dis-je en tirant sur mon tablier.

Comment s'appelait-elle déjà ? Je fouillai dans ma mémoire brumeuse, essayant de faire correspondre les visages avec les noms énumérés à la hâte lors des présentations. Alicia, c'était ça ! Je m'obstinais malgré tout à vouloir l'appeler Juliette.

De fait, elle avait à peu près le même âge que l'héroïne, quinze ans à peine. Le teint pâteux et la mâchoire ronde, elle n'était pas franchement jolie, avec ses épaules étroites et ses larges hanches. Comme elle ne disait plus rien, je me sentis obligée d'entretenir la conversation en pointant le menton vers le bébé.

— Comment va-t-elle ?

— Bien.

Elle se tut de nouveau, fixant le bouc. Tout à coup, ses yeux se remplirent de larmes.

— Je voudrais être morte, annonça-t-elle.

— Ah, vraiment ? Euh… eh bien…

Prise de court, je me frottai le visage d'une main, rassemblant mes esprits pour affronter cette déclaration et pouvoir y répondre. Mais où était passée la mère de cette petite gourde ? Je regardai vers la porte, mais personne ne venait. Nous étions seules, les femmes trayant les chèvres ou s'occupant du dîner, les hommes se chargeant des bêtes.

Je sortis de l'enclos d'Hiram et m'approchai de la jeune fille.

— Écoute, dis-je à voix basse. Isaiah Morton n'en vaut pas la peine. Il est déjà marié, tu le savais ?

Elle écarquilla les yeux, puis les ferma aussitôt. Manifestement, elle l'avait toujours ignoré.

Cette fois, elle pleurait à chaudes larmes. Je lui pris délicatement le bébé des bras et, de ma main libre, l'attirai vers le bahut pour la faire asseoir.

— Comment savez-vous que… ? Qu-qui… ?

Elle sanglotait et reniflait, tentant de poser des questions et de se ressaisir en même temps. Une voix d'homme retentit à l'extérieur et elle s'essuya précipitamment les joues avec sa manche.

Son geste me rappela que, si la situation me paraissait quelque peu mélodramatique – pour ne pas dire assez comique compte tenu de mon état d'esprit vaseux –, elle était de la plus grande importance pour les principaux intéressés. Après tout, son père et son oncle avaient tenté de tuer son amant et ils le referaient sans hésiter s'il le voyait. En entendant des pas approcher, je me crispai et le bébé s'agita dans mes bras. Puis les hommes s'éloignèrent, le bruit emporté par le vent.

Je m'assis près d'Alicia Brown avec un soupir d'aise en soulageant mes pauvres pieds du poids de mon corps. Pas un muscle ou une articulation n'était indolore, même si je n'avais pas encore eu le temps ni l'occasion de m'en rendre compte. Jamie et moi passerions sans doute la nuit enveloppés dans des couvertures à même le sol. Avec une émotion qui frôlait la luxure, je jetai un coup d'œil vers le parquet graisseux où se reflétaient les flammes.

La grande pièce était paisible. Au dehors, la neige tombait en silence. À l'intérieur, la marmite gargouillait doucement, embaumant l'air d'odeurs d'oignons, de gibier et de navets. Serein, le bébé dormait contre mon sein, irradiant une totale confiance. J'aurais tant aimé rester assise là à le tenir, ne pensant à rien... mais le devoir m'appelait.

— Comment je le sais ? Morton l'a dit à un des hommes de mon mari. J'ignore qui est sa femme. Je sais seulement qu'elle vit à Granite Falls.

Je tapotai le dos du bébé qui émit un rot discret, puis son souffle chaud me caressa le lobe de l'oreille. Les femmes l'avaient tant lavé et huilé qu'il sentait la crêpe fraîche. Je gardais un œil sur la porte, l'autre sur Alicia Brown, au cas où elle referait une crise d'hystérie.

Elle renifla, sanglota, hoqueta, puis sombra encore dans le mutisme.

— Je voudrais être morte, chuchota-t-elle de nouveau.

Son désespoir était si violent que je tressaillis et l'observai plus attentivement. Elle avait le dos voûté, ses cheveux pendant mollement hors de son bonnet, ses poings crispés croisés sur son ventre dans une attitude protectrice.

— Oh non ! soupirai-je malgré moi.

Compte tenu des circonstances, de sa pâleur, de son attitude vis-à-vis du bébé Beardsley, j'aurais dû m'en douter.

— Tes parents le savent ?

Elle me regarda, surprise, mais sans même se demander comment *je* le savais.

— Uniquement ma mère et ma tante.

Elle respirait par la bouche, encore agitée de sanglots. Elle reprit :

— J'ai cru... j'ai cru que papa l'obligerait à m'épouser si...

Je n'avais jamais pensé que le chantage était une base très solide pour un mariage, mais le moment était mal venu d'en débattre.

— Mmm..., dis-je plutôt. M. Morton le sait, lui ?

Elle fit non de la tête, puis me questionna :

— Est-ce que... sa femme a des enfants ?

— Je n'en sais rien.

Je me retournai brusquement vers la porte. Il me semblait entendre des voix d'hommes au loin, portées par le vent. Elle les perçut aussi, car elle s'agrippa à mon bras avec une force inattendue et me dit avec des accents désemparés :

— J'ai entendu M. MacKenzie et ses hommes parler entre eux hier soir. Ils disaient que vous êtes une guérisseuse. L'un d'eux vous a appelé une sorcière. Au sujet des bébés... est-ce que vous savez...

Je l'interrompis avant la fin de sa phrase et m'écartai d'elle.

— Quelqu'un vient. Tiens, occupe-toi d'elle. Il faut que je touille le ragoût.

Je lui fourrai la petite dans les bras et me levai. En s'ouvrant, la porte laissa entrer une rafale de vent et de neige, ainsi qu'une multitude d'hommes. Devant le foyer, une louche à la main, mes yeux fixaient la marmite et mon esprit bouillonnait aussi vigoureusement que le ragoût.

Elle n'avait pas eu le temps d'être explicite, mais je savais très bien ce qu'elle voulait : que je l'aide à se débarrasser de son enfant. Comment ? Comment une femme pouvait-elle penser une chose pareille avec un bébé de moins d'un jour dans les bras ?

D'un autre côté, elle était très jeune. Et encore sous le choc de la nouvelle que son amant l'avait trahie. Sa grossesse était invisible. Tant qu'elle ne sentirait pas son enfant bouger, il lui paraîtrait irréel. Elle n'avait vu en lui qu'un moyen d'obtenir le consentement de son père. À présent, il se transformait en piège se refermant sur elle.

Son attitude désemparée n'avait rien d'étonnant, elle cherchait avec frénésie une issue. En l'observant assise sur le bahut, je me dis qu'il fallait lui laisser un peu de temps. Et parler à sa mère, sa tante...

Soudain, Jamie se matérialisa à mes côtés, frottant ses mains rouges devant le feu, la neige fondant dans les plis de ses vêtements. Il avait l'air extrêmement joyeux, en dépit de son rhume, des complications de la vie amoureuse d'Isaiah Morton et de la tempête de neige.

— Comment ça va, *Sassenach* ?

Sans me laisser le temps de répondre, il me prit la louche des mains, glissa un bras autour de ma taille, me souleva de terre et me donna un vigoureux baiser, d'autant plus déroutant que sa barbe était pleine de glace.

Légèrement étourdie par cette étreinte stimulante, je me rendis compte que tous les hommes dans la salle semblaient partager sa gaieté. Ils se donnaient de grandes claques dans le dos, tapaient leurs semelles sur le plancher et secouaient leurs manteaux, échangeant des sifflements et des rugissements comme le font les hommes entre eux quand ils se sentent d'humeur particulièrement exubérante.

— Que se passe-t-il donc ?

Je regardai, sidérée, l'assistance autour de moi. Ma stupéfaction grandit encore en apercevant M. Wemyss parmi eux. Il avait le nez rouge vif et manquait de faire un vol plané chaque fois que l'un des hommes le congratulait d'une tape dans l'épaule.

— Qu'est-ce qui s'est passé ? insistai-je.

Jamie m'adressa un sourire radieux, ses dents étincelant dans la brousse sauvage de son visage, puis il me tendit un morceau de papier froissé sur lequel subsistaient quelques fragments de cire rouge.

L'encre avait coulé, mais je pouvais encore lire le principal. Ayant appris que le général Waddell comptait marcher sur eux, les Régulateurs en avaient conclu que la discrétion n'était pas incompatible avec la bravoure. Ils s'étaient dispersés. Le gouverneur Tryon avait ordonné la dissolution de la milice.

— Oh, tant mieux !

Lançant mes bras autour du cou de Jamie, je lui rendis son baiser, soudain indifférente à la neige et à la glace.

*
* *

Ravie par l'annonce de sa démobilisation, la milice profita du mauvais temps pour fêter l'événement. Également très heureux de ne pas devoir partir de chez eux, les Brown se joignirent de bon cœur à la liesse, contribuant aux frais en fournissant trois grands fûts de la meilleure bière brassée par Thomasina Brown et six gallons de cidre brut… à moitié prix.

En attendant la fin du dîner, je me tenais sur un coin du bahut avec le bébé Beardsley dans les bras, à demi décomposée par la fatigue et ne me tenant à la verticale que par manque de place pour me coucher par terre. L'air était rempli de fumée et de bruits de conversations. Ayant éclusé une bonne dose de cidre pendant le dîner, je ne distinguais plus très clairement les visages et les voix, ce qui n'était pas franchement désagréable, quoiqu'un peu déroutant.

Alicia Brown n'avait pas eu d'autres occasions de me parler, tout comme je n'en avais pas eu de discuter avec sa mère ou sa tante. La jeune fille s'était assise près de l'enclos d'Hiram et le gavait méthodiquement de miettes de pain au maïs, ses traits altérés par l'affliction.

Roger chantait des ballades françaises d'une voix douce et sincère. Le visage d'une jeune femme flotta devant moi, me dit quelques mots qui se perdirent dans le brouhaha, puis elle tendit doucement les bras pour me prendre le bébé.

Bien sûr ! Jemima, voilà comment elle s'appelait ! C'était la jeune mère qui s'était proposée pour allaiter la petite. Je me levai pour lui laisser ma place et elle donna aussitôt le sein au nourrisson.

Je m'adossai au manteau de la cheminée, l'observant, émue, tandis qu'elle glissait avec soin une main sous la tête du bébé, la guidant tout en murmurant des paroles d'encouragement. Elle était à la fois tendre et professionnelle, une belle combinaison. Son propre bébé, Christopher, ronflait, insouciant, dans les bras de sa grand-mère, une vieille dame qui se penchait vers le feu pour allumer sa pipe en argile.

En contemplant Jemima, je ressentis une forte impression de déjà-vu. Fermant les yeux pour retenir cette vision fugace, je parvins à capturer une sensation de proximité, de chaleur et de paix totale. L'espace d'un instant, je crus reconnaître l'émotion d'allaiter un enfant, puis, plus étrange encore, je me rendis compte que je revivais non pas la perception de la mère… mais celle de l'enfant. J'avais le souvenir net – s'il s'agissait bien d'un souvenir – d'être tenue contre un corps chaud, hébétée et repue, et convaincue d'un amour absolu.

Je fermai les yeux et m'agrippai avec fermeté au manteau de cheminée, sentant la pièce valser autour de moi.

— Beauchamp, tu es complètement paf, murmurai-je.

Cela dit, je n'étais pas la seule. Exultant à la perspective de rentrer chez eux, les hommes de la milice avaient absorbé presque tout ce que Brownsville comptait de buvable. La fête tirait à sa fin, et certains hommes partaient en titubant s'affaler sur des lits froids dans des granges et des remises, d'autres, plus chanceux, s'enroulaient dans des couvertures près du feu.

Je rouvris les yeux et vis Jamie renverser la tête en arrière dans un bâillement gigantesque, la mâchoire tombante, comme un babouin. Il cligna des yeux, se secoua puis m'aperçut debout près de la cheminée. Aussi éreinté que moi, et presque aussi ivre, il paraissait toutefois profondément satisfait. Il s'étira, langoureux, puis se redressa sur sa chaise et déclara d'une voix enrouée par le rhume et la conversation :

— Il faut que j'aille voir les chevaux, *Sassenach*. Que dirais-tu d'une promenade au clair de lune ?

*

* *

La neige avait cessé et la lune brillait derrière un voile de nuages qui se dissipaient. L'air glacé, encore habité par le fantôme de la tempête qui poursuivait sa route au loin, contribua nettement à me remettre les idées en place.

Je ressentais un plaisir enfantin à marcher dans la neige vierge, levant haut la jambe à chaque pas pour faire de belles empreintes, puis me retournant pour les admirer. La ligne de traces n'était pas très droite, mais personne n'était là pour évaluer mon état d'ébriété.

— Tu peux réciter l'alphabet à l'envers ? demandai-je à Jamie.

— Je suppose que oui. Lequel ? L'anglais, le grec ou l'hébreu ?

— Laisse tomber. Si tu te souviens des trois dans le bon sens, tu es en meilleur état que moi.

Il se mit à rire.

— Tu ne peux pas être saoule, *Sassenach*. Pas après avoir bu trois verres de cidre.

— Alors, ce doit être la fatigue. J'ai l'impression que ma tête est un ballon de baudruche au bout d'un fil. Comment sais-tu exactement ce que j'ai bu ? Tu me surveilles ?

Il serra ma main agrippée à son bras.

— J'aime bien t'observer, *Sassenach*. Surtout en société. Quand tu ris, tes dents brillent d'une manière ravissante.

— Flatteur !

J'étais néanmoins sincèrement flattée. Étant donné que je ne m'étais même pas débarbouillée depuis plusieurs jours, sans parler de me laver ou de changer de vêtements, ma dentition était la seule chose qu'il pouvait encore admirer. Toutefois, il était réconfortant qu'il s'en donne la peine.

La croûte blanche de neige sèche craquait sous nos pas. J'entendais le souffle rauque et laborieux de Jamie, mais le chuintement dans ses bronches avait disparu et sa peau était fraîche.

Il leva la tête vers la lune.

— Il fera beau demain. Tu as vu l'anneau ?

On ne pouvait pas le rater. Un immense halo de lumière diffuse encerclait la lune, couvrant la totalité du ciel vers l'est. Des étoiles brillaient faiblement derrière. Dans moins d'une heure, la nuit serait claire et dégagée.

— Oui. On peut donc rentrer à la maison dès demain ?

— Oui. La route sera boueuse. Je sens le temps changer. Il fait encore froid, mais la neige fondra dès que le soleil sera au zénith.

Renforcé avec des branches de sapin et de pruche, l'abri des chevaux formait un monticule recouvert d'un épais tapis banc. Il était parsemé de taches sombres, là où le souffle des chevaux avait fait fondre la neige. Une vapeur à peine visible s'en détachait. Tout était calme, baignant dans une atmosphère palpable de sommeil bienheureux.

— Morton doit être bien au chaud s'il est là-dedans avec les bêtes, observai-je.

— Ça m'étonnerait. Dès que Wemyss est arrivé avec la lettre, j'ai envoyé Fergus lui dire que la milice était dissoute.

— Peut-être, mais si j'étais Isaiah Morton, je ne me serais pas mis en route en pleine tempête de neige.

— Même si tu avais tous les Brown de Brownsville à tes trousses ?

Pour s'en assurer, il s'arrêta et, haussant à peine la voix, appela :

— Isaiah !

Pas de réponse. Reprenant mon bras, nous nous dirigeâmes vers la taverne. Cette fois, la neige n'était plus vierge mais piétinée par tous les hommes partis rejoindre leurs paillasses. Roger avait cessé de chanter, mais on entendait encore des voix à l'intérieur. Tous n'étaient pas encore prêts à aller se coucher.

Peu pressés d'entrer de nouveau dans cette atmosphère bruyante et enfumée, nous contournâmes la bâtisse et la grange sans avoir besoin de nous concerter, goûtant le silence de la forêt et notre intimité. Sur le chemin du retour, je remarquai que la porte de l'appentis était entrebâillée, grinçant dans la brise. Je l'indiquai à Jamie.

Il passa la tête à l'intérieur pour vérifier que tout y était en ordre, puis, au lieu de refermer la porte, il me prit par le bras et m'attira à l'intérieur.

— Avant de rentrer, j'ai une question à te poser, *Sassenach.*

Il poussa la porte grande ouverte, laissant entrer le clair de lune qui illumina les poutres du plafond, les tonneaux et les piles de sacs en toile de jute. Il faisait froid, mais nous étions protégés du vent. Je fis retomber ma capuche en arrière, intriguée.

— De quoi s'agit-il ?

L'air frais m'avait éclairci les idées et, même si je me voyais comme morte sitôt en position horizontale, je vivais cette agréable sensation de légèreté qui suit un effort ou un devoir accompli. Nous avions passé deux journées interminables, dont une particulièrement pénible. Mais tout cela était derrière nous et nous étions libres.

— Tu la veux ? demanda-t-il doucement.

— Qui ? demandai-je, surprise.

Il ronchonna, amusé.

— Mais la petite, qui d'autre ?

— Tu veux dire… si je veux la garder avec nous ? demandai-je avec prudence. L'adopter ?

L'idée ne m'avait pas consciemment traversé l'esprit, mais elle devait avoir flotté dans ses méandres, car la question ne me surprit pas. Le seul fait d'en parler la fit s'épanouir comme une fleur.

Ma poitrine était encore sensible depuis ce matin, quand la bouche de la petite s'était refermée sur mon sein. Je ne pouvais pas la nourrir, mais Brianna ou

Marsali le pourraient. On pouvait aussi l'élever au lait de vache ou de chèvre. Je me rendis compte soudain que j'avais posé une main en coupe sous un sein. Je l'ôtai aussitôt, mais Jamie m'avait vue. Il se rapprocha et me prit par la taille. J'appuyai ma tête contre son épaule, le tissu rêche de sa chemise grattant ma joue.

— Et toi, tu la veux ? demandai-je.

— C'est une grande maison, *Sassenach*. Assez grande.

— Hmm.

Ce n'était pas là une déclaration retentissante, mais il s'agissait néanmoins d'un vrai engagement, même exprimé de manière nonchalante. Il avait rencontré Fergus dans un bordel parisien, et trois minutes lui avaient suffi pour l'engager comme pickpocket avant d'en faire son fils adoptif. S'il prenait cette enfant en charge, il la traiterait comme sa fille. L'aimerait-il comme telle ? Personne ne pouvait le garantir, ni lui ni moi.

— Je t'ai vue avec le bébé aujourd'hui, *Sassenach*. Tu es toujours très tendre avec les enfants, mais, ce matin, à cheval avec la petite sous ta cape, tu m'as rappelé le passé, quand tu portais Faith.

Je tressaillis. L'entendre prononcer avec tant de naturel le prénom de notre première enfant était troublant. Nous parlions très peu d'elle. Sa mort était si lointaine qu'elle me paraissait parfois irréelle. Pourtant, elle nous avait tous les deux profondément meurtris.

Faith, pourtant, n'était en rien irréelle.

Elle était près de moi chaque fois que je touchais un bébé. Cette enfant, cette orpheline sans nom, avec sa peau translucide sous laquelle on apercevait le réseau bleuté des veines... oui, les échos de Faith en elle étaient puissants. Cependant, elle n'était pas *mon* enfant. Même si elle pouvait le devenir, me disait Jamie.

Peut-être était-elle un don du ciel ? Ou, du moins, était-elle notre responsabilité ?

— Tu penses qu'on devrait la prendre avec nous ? demandai-je. Je veux dire… que lui arrivera-t-il si on ne l'emmène pas ?

Jamie s'adossa à la cloison de bois et s'essuya le nez. Puis, d'un signe de tête, il m'indiqua les lattes de bois à travers lesquelles perçait un vague brouhaha de voix.

— On prendra bien soin d'elle ici. N'oublie pas qu'elle héritera d'un domaine.

Cet aspect de la question m'avait échappé.

— Tu en es sûr ? Après tout, les deux Beardsley ne sont plus là, mais elle est illégitime et…

— Non, elle est légitime, m'interrompit-il.

— Mais elle ne peut pas l'être. Personne d'autre que toi et moi ne peut encore s'en rendre compte, mais son père…

— Au regard de la loi anglaise, son père était Aaron Beardsley. Tout enfant né de parents mariés est légitime et hérite du mari, même s'il peut être prouvé que la femme a commis un adultère. Or, cette femme a bien dit que Beardsley l'avait épousée, non ?

Je fus d'abord surprise de constater à quel point il paraissait sûr de lui quant à cette clause particulière de la législation anglaise. Puis-je me souvins pourquoi : William. Son fils, né en Angleterre et, pour autant que tout le monde le sache dans son pays natal – à l'exception de lord John Grey –, le neuvième comte d'Ellesmere. D'après ce que me disait Jamie, le titre lui revenait de droit, que le huitième comte ait été son père ou pas.

— Je vois, dis-je, pensive. Autrement dit, Mlle sans nom héritera de la propriété de Beardsley, même si on découvre qu'il ne peut avoir été son père. C'est… rassurant.

— Oui. Donc, comme tu vois, elle ne risque pas d'être lésée. Le tribunal confiera la gestion de tous les biens des Beardsley – y compris les chèvres – à quiconque sera son tuteur.

Je me souvins soudain du regard de Richard Brown vers son frère quand il avait dit à sa femme : « On prendra bien soin d'elle. »

— Si je comprends bien, les Brown seront tout à fait disposés à s'occuper d'elle.

— Oh, oui. Ils connaissaient Beardsley et savent que la fillette peut leur être précieuse. Il ne sera peut-être pas facile de la leur prendre, mais si tu veux te charger d'elle, *Sassenach*, elle sera à toi, je te le promets.

Cette discussion provoqua chez moi une étrange impression, proche de la panique, comme si une main invisible me poussait vers le bord d'une falaise. Je ne savais pas encore si, devant moi, s'ouvrait un dangereux précipice ou un horizon plus vaste.

Je revis la courbe douce du crâne du nourrisson et ses oreilles fines comme du papier de soie, petites et parfaites comme des coquillages, leurs volutes roses se fondant dans des profondeurs bleutées.

Pour prendre le temps de réorganiser mes pensées, je demandai :

— Que veux-tu dire par « Il ne sera peut-être pas facile de la leur prendre » ? Les Brown n'ont pas de droit sur elle, n'est-ce pas ?

— Non, mais aucun d'eux n'a tué son père, non plus.

— Comment… ah !

Je n'avais pas vu venir ce piège potentiel : le risque que Jamie soit accusé d'avoir assassiné Beardsley pour mettre la main sur sa ferme et ses biens en adoptant ensuite son enfant. Je déglutis, sentant un goût de bile remonter du fond de ma gorge.

— Mais personne d'autre que nous ne sait comment est mort Aaron Beardsley, indiquai-je.

Jamie avait raconté qu'il avait succombé à une apoplexie sans rentrer dans les détails, sans parler notamment de son propre rôle d'ange de la délivrance.

— Personne d'autre que nous et Mme Beardsley, rectifia-t-il. Mais si elle revient et m'accuse d'avoir assassiné son mari ? Je serais bien en peine de le nier, d'autant plus que j'aurais pris l'enfant sous ma coupe.

Je me retins de lui demander pourquoi elle ferait une chose pareille. Compte tenu de ce qu'elle avait déjà fait, Fanny Beardsley était capable de tout.

— Elle ne reviendra pas, dis-je.

Indépendamment de toutes mes autres incertitudes, je n'avais aucun doute sur ce point. Où qu'elle soit allée et quelle qu'en soit la raison, elle était partie pour de bon.

— Et même si elle revenait, repris-je, j'étais là. Je pourrais raconter ce qui s'est passé.

— Encore faudrait-il qu'on t'y autorise, *Sassenach*. Tu es une femme mariée. Tu ne peux pas témoigner devant une cour, même si tu n'étais pas mon épouse.

Vivant dans la campagne reculée, j'étais rarement confrontée aux injustices juridiques de l'époque, mais j'en connaissais quelques-unes. En tant que femme mariée, je n'avais aucun droit légal. L'ironie du sort faisait que Fanny Beardsley, elle, en tant que veuve, en avait. Elle pouvait témoigner devant un tribunal si elle le souhaitait. Cela me fit bouillir de rage.

— Je comprends maintenant ce que tu voulais dire par « pas facile ».

— Oui, mais pas impossible.

Il posa une main sur ma joue, levant mon visage vers le sien. Il me regarda au fond des yeux.

— Si tu veux l'enfant, Claire, nous l'emmènerons et nous nous débrouillerons, quoi qu'il arrive.

Si je la voulais. Je sentais encore le poids du bébé endormi contre mon sein. Pendant des années, j'avais oublié l'ivresse d'être mère, j'avais repoussé le souvenir de l'exaltation, de l'épuisement, de la panique, de l'émerveillement. Toutefois, la proximité de Germain, de Joan et de Jemmy me l'avait rappelé.

Je pris sa main et entrecroisai nos doigts.

— Une dernière question, Jamie : le père de l'enfant n'est pas Blanc. Qu'est-ce que cela entraînera ici ?

J'en connaissais les conséquences dans le Boston des années 1960, mais nous vivions à une tout autre époque. Or si, à certains égards, cette société était plus rigide et fermée, à d'autres, elle était bizarrement beaucoup plus tolérante que celle que j'avais connue.

Jamie réfléchit, battant de sa main droite sur le couvercle d'un tonneau de porc salé, en suivant un rythme relaxant.

— Je ne pense pas que cela posera un problème, répondit-il enfin. Il n'est pas question qu'elle devienne esclave. Même si on pouvait prouver que son père en était un – ce qui n'est pas forcé –, l'enfant prend le statut de sa mère. L'enfant né d'une mère libre est libre, celui né d'une esclave est esclave. Or, quoi que soit cette femme, elle n'était pas esclave.

— Elle n'en avait pas le titre, en tout cas, dis-je en songeant aux encoches sur la porte de la grange. Mais, au-delà de la question de l'esclavage…

Il soupira et se redressa.

— Je ne pense pas. À Charleston, oui, peut-être. Dans la bonne société, la couleur de sa peau ferait une différence. Mais dans l'arrière-pays ?

De fait, si près de la Ligne du Traité, les enfants de race mixte n'étaient pas rares. Il arrivait assez souvent que des colons épousent des femmes cherokees. Les enfants nés d'unions entre Noirs et Blancs étaient moins courants, ce qui n'était pas le cas dans les régions côtières où la plupart étaient des esclaves. Mais ils n'en existaient pas moins.

En outre, Mlle Beardsley ne fréquenterait pas la « bonne société », du moins, pas si les Brown la prenaient en charge. Ici, sa fortune potentielle serait beaucoup plus importante que la couleur de sa peau. Avec nous, ce serait différent, car Jamie était et serait toujours – indépendamment de ses revenus – un gentleman.

— Finalement, ce n'était pas ma dernière question, repris-je. C'est la dernière : pourquoi me fais-tu cette proposition ?

— Eh bien… j'ai pensé que…

Il laissa retomber sa main et détourna le regard.

— Tu te souviens de ce que tu m'as dit en revenant du *gathering* ? Que tu aurais pu choisir la sécurité de la stérilité… mais que tu ne l'avais pas fait, pour moi. Alors…

Il s'interrompit une autre fois et se frotta le nez du dos de sa main. Puis il prit une grande inspiration et poursuivit, parlant au vide devant lui, comme s'il s'adressait à un tribunal :

— Pour moi, je n'ai pas voulu que tu aies un autre enfant, *Sassenach*. J'aurais eu trop peur de te perdre. J'ai déjà des fils et des filles, des nièces et des neveux, des petits-enfants…

Il se tourna vers moi.

— Mais je n'ai qu'une vie, Claire, et c'est toi.

Il déglutit péniblement avant de reprendre :

— Alors, j'ai pensé que… si tu voulais un autre enfant… je pourrais peut-être encore t'en donner un.

Les larmes me brûlaient les yeux. Je cherchai sa main à tâtons et la serrai.

Tout en discutant, mon cerveau n'avait cessé de travailler, d'envisager les possibilités, les difficultés, les moments de joie. Je n'avais pas besoin d'y réfléchir davantage, car la décision s'était prise d'elle-même. Un enfant était une tentation de la chair autant que de l'esprit. Je connaissais le bonheur de cette unité indissociable, puis la joie douce-amère de voir cette union se dénouer, lorsque l'enfant apprenait à être lui-même et à se tenir debout, seul.

J'avais franchi une frontière subtile. Peut-être étais-je née avec un quota secret inscrit dans mon corps, ou alors je devais désormais donner acte d'allégeance ailleurs… Je savais. En tant que mère, je ressentais la légèreté de l'effort abouti, de l'honneur satisfait. Ma mission était accomplie.

J'appuyai mon front contre son torse et murmurai :

— Non. Mais, Jamie… je t'aime tant.

*

* *

Nous restâmes enlacés un long moment en silence, écoutant le brouhaha des voix de l'autre côté de la cloison de l'appentis. Nous étions à la fois trop épuisés pour faire l'effort de rentrer et trop tranquilles pour abandonner notre refuge.

— Il va falloir y retourner, murmurai-je enfin. Sinon, on finira par tomber par terre et ils nous retrouveront demain matin en venant chercher le jambon.

Il se mit à rire, mais avant qu'il ait pu répondre, une ombre s'étendit sur nous. Quelqu'un se tenait sur le pas de la porte, obstruant le clair de lune.

Jamie redressa vivement la tête, ses mains se resserrant sur mes épaules. Puis il poussa un soupir et se détendit, me laissant m'écarter et me retourner.

— Morton, dit-il d'une voix résignée. Qu'est-ce que tu fiches encore ici ?

Isaiah Morton ne ressemblait en rien à un séducteur libertin, mais, d'un autre côté, tout était une question de goût. Il était légèrement plus petit que moi, mais large d'épaules, avec un torse en forme de baril et des jambes arquées. Il avait des yeux plutôt sympathiques et une belle chevelure épaisse et bouclée, dont je n'aurais su dire la couleur, car il faisait trop sombre. Il devait avoir une vingtaine d'années.

Il nous salua dans un chuchotement :

— Mon colonel, madame.

Il esquissa une courbette dans ma direction.

— Je ne voulais pas vous faire peur, madame. Mais j'ai entendu la voix du colonel et j'ai pensé que c'était l'occasion ou jamais, si je puis dire.

Jamie le fusilla du regard.

— Tu peux le dire.

— C'est que… je ne savais pas comment attirer Ally hors de la maison. J'en faisais une dernière fois le tour, quand je vous ai entendus, vous et votre dame.

Il esquissa une nouvelle courbette vers moi, comme par réflexe.

— Morton…, dit Jamie à voix basse sur un ton glacial, pourquoi n'es-tu pas encore parti ? Fergus ne t'a pas averti que la milice était dissoute ?

— Si, mon colonel, mais… je ne pouvais pas repartir sans avoir revu Ally.

Je m'éclaircis la gorge et me tournai vers Jamie, qui me fit signe que je pouvais parler.

— Euh… je crains que Mlle Brown n'ait été mise au courant de vos engagements antérieurs, dis-je avec diplomatie.

Morton me dévisagea d'un air ahuri.

— Hein ? fit-il.

Jamie réagit, agacé.

— Elle veut dire que la fille sait que tu es déjà marié. Si son père ne t'abat pas à vue, c'est elle qui te plantera un couteau dans le cœur.

Il se redressa de toute sa hauteur, l'air menaçant, et poursuivis :

— Personnellement, je serais tenté de m'en charger moi-même. Quel genre d'homme es-tu pour séduire une enfant et la mettre enceinte alors que tu sais que tu n'as pas le droit de lui donner ton nom ?

Isaiah Morton blêmit :

— Enceinte ?

— En effet, dis-je froidement.

— En effet, répéta Jamie. À présent, monsieur le bigame, tu ferais bien de déguerpir avant que…

Il s'interrompit brusquement en voyant la main d'Isaiah sortir de son manteau, tenant un pistolet. Il était assez près pour que je constate que l'arme était chargée et armée.

— Je suis vraiment désolé, mon colonel, je ne veux pas vous faire du mal, à vous ou à votre dame, mais c'est que… je dois absolument voir Ally.

Ses traits bouffis parurent se raffermir bien que ses lèvres tremblotaient. Il braquait son arme sur Jamie d'un air résolu.

— Madame, ça vous ennuierait d'avoir la bonté d'aller dans la maison et de la ramener ? On… vous attendra ici, le colonel et moi.

Je n'avais pas eu le temps d'avoir peur. De fait, je n'avais pas peur du tout, j'étais muette de stupéfaction.

Jamie ferma brièvement les yeux comme s'il priait pour obtenir de la force. Puis il les rouvrit et soupira, sa respiration se condensant en un nuage blanc.

— Repose ça, idiot. Tu sais tout comme moi que tu ne me tireras pas dessus.

Isaiah pinça les lèvres et son doigt se resserra sur la gâchette. Je retins mon souffle. Jamie continua de le fixer avec, dans les yeux, un mélange de reproche et de pitié. Enfin, l'index se détendit et le pistolet s'abaissa, tout comme le regard de Morton.

— Il faut que je voie Ally, mon colonel, répéta-t-il doucement, tête baissée.

Je scrutai Jamie du coin de l'œil. Il hésita, puis hocha la tête.

— D'accord, *Sassenach*, mais sois discrète.

Je sortis de l'appentis, entendant Jamie marmonner dans sa barbe en gaélique. Il se disait sans doute qu'il avait perdu la tête.

Je n'étais pas loin de penser la même chose, même si l'appel désespéré d'Isaiah m'avait, moi aussi, émue. D'un autre côté, si un des Brown découvrait ce rendez-vous, il y aurait du grabuge, et Morton ne serait pas le seul à écoper.

Dans la grande pièce, le sol était jonché de corps endormis, enroulés dans des couvertures. Il restait encore quelques hommes agglutinés devant l'âtre, bavardant en se passant une cruche remplie d'une boisson alcoolisée quelconque. Je les examinai avec attention, mais Richard Brown n'était pas parmi eux.

Prudente, je traversai la salle, enjambant et contournant les dormeurs, puis j'inspectai le lit près du mur du fond. Richard Brown et sa femme y étaient recroquevillés, endormis l'un contre l'autre, leurs bonnets de nuit enfoncés jusqu'aux oreilles en dépit de la chaleur ambiante.

Alicia Brown ne pouvait être qu'à un seul endroit. Poussant la porte, je grimpai l'escalier du grenier le plus silencieusement possible. Personne près du feu ne me prêta la moindre attention. Un individu était en train de faire boire de l'alcool à Hiram, avec un certain succès.

Contrairement au rez-de-chaussée, un froid glacial régnait dans la pièce. L'une des lucarnes n'étant pas couverte, la neige s'y était engouffrée en formant une petite congère. Alicia Brown était couchée sur cette dernière, nue comme un ver.

Je m'approchai d'elle. Allongée sur le dos, les bras croisés sur sa poitrine et les yeux fermés, elle grelottait, grimaçante mais intensément concentrée. Elle n'avait même pas entendu mes pas.

— On peut savoir ce que tu fabriques ? demandai-je.

Elle ouvrit les yeux en poussant un cri de surprise. Puis elle plaqua une main sur ses lèvres et se redressa en position assise. Saisissant une couverture sur le lit de camp, je la lui jetai sur les épaules.

— J'ai déjà entendu parler de manières originales de provoquer une fausse couche, mais se congeler vivante n'en faisait pas partie.

— Si je meurs, je n'aurais pas besoin de faire de fausse couche, répliqua-t-elle avec une certaine logique.

Elle resserra néanmoins la couverture autour de son cou, claquant des dents.

— Je ne veux pas avoir l'air trop critique, mais ce n'est pas non plus la manière la plus efficace de se suicider, repris-je. En tout cas, je te conseille d'attendre encore un peu. M. Morton est dans l'appentis et il refuse de partir avant de t'avoir parlé. Tu ferais bien de te lever et d'enfiler quelque chose.

Elle écarquilla les yeux puis se releva tant bien que mal. Ses muscles étaient tellement raidis par le froid qu'elle manqua de tomber. Je la rattrapai de justesse. Elle s'habilla aussi vite que ses doigts gourds le lui permettaient, puis s'enveloppa dans une épaisse cape.

Pour ne pas attirer l'attention, je la fis descendre la première. Si on la remarquait en train de traverser la salle, on penserait qu'elle se rendait aux latrines. En revanche, si on nous voyait sortir toutes les deux, on se poserait des questions.

Restée seule dans le grenier sombre, je m'approchai de la lucarne, attendant quelques minutes avant de descendre à mon tour. J'entendis la porte de la cabane se refermer, mais, de là où je me trouvais, je ne pouvais pas voir Alicia. À en juger par sa réaction, elle n'avait pas l'intention de plonger un poignard dans le cœur d'Isaiah, mais Dieu seul savait ce dont l'un comme l'autre était capable.

Les nuages s'étaient complètement dispersés et un paysage gelé s'étendait devant moi, brillant et spectral sous la lune. Réchauffés par le souffle des animaux, des paquets de neige se détachaient de l'abri des chevaux. L'air s'était radouci, comme l'avait prévu Jamie.

En dépit de mon agacement vis-à-vis des jeunes amants et de l'absurdité comique de la situation, je ne pouvais m'empêcher d'éprouver de la sympathie pour eux. Ils étaient si sincères, si entièrement absorbés l'un par l'autre.

Et la femme légitime d'Isaiah ?

J'aurais dû désapprouver cette conduite – et je la désapprouvais –, mais personne ne pouvait connaître la vraie nature d'un mariage en dehors des deux personnes concernées. En outre, j'étais bien mal placée pour jeter la première pierre. Presque sans m'en rendre compte, je caressai le métal lisse de mon alliance en or.

Adultère. Fornication. Trahison. Déshonneur. Ces mots se détachaient dans mon esprit comme les plaques de neige fondue tombant du toit, laissant des ombres sombres dans le clair de lune.

Bien sûr, on pouvait toujours se trouver des excuses : je n'avais pas cherché ce qui m'était arrivé, j'avais résisté, je n'avais pas eu le choix. Sauf que, au bout du compte, on avait toujours le choix. J'avais fait le mien, et tous les événements en avaient découlé.

Brianna. Roger. Jemmy. Les autres enfants qu'ils auraient peut-être. D'une manière ou d'une autre, tous étaient ici à cause de ce que j'avais choisi de faire, ce jour lointain à Craigh na Dun.

Tu prends trop sur toi. Frank me l'avait souvent reproché, signifiant par là que je faisais des choses dont, selon lui, j'aurais pu m'abstenir. Mais il me le disait aussi, parfois, par gentillesse, pour me soulager d'un poids.

Tout le monde faisait des choix, mais personne ne pouvait deviner sur quoi, à long terme, ils déboucheraient. Si les miens avaient fait du mal, ils avaient aussi fait du bien.

Jusqu'à ce que la mort nous sépare. Combien de gens avaient prononcé ces mots pour les oublier ou les renier ensuite ? Pourtant, dans mon cas, ni la mort ni le choix délibéré n'avaient pu dissoudre ces liens. Pour le meilleur et pour le pire, j'avais aimé deux hommes et une part de chacun d'eux serait toujours avec moi.

Le pire était sans doute que, si j'éprouvais souvent un profond et déchirant regret pour ce que j'avais fait, je n'avais encore jamais ressenti de la culpabilité. À présent, avec ma décision si loin en arrière de moi, c'était peut-être le cas. Je m'étais excusée mille fois auprès de Frank, mais je ne lui avais jamais vraiment demandé son pardon. Il me vint soudain à l'esprit qu'il me l'avait pourtant accordé, dans la mesure de ses moyens. Le grenier était sombre, hormis les fins rayons de lumière qui filtraient entre les lattes du plancher, mais il ne semblait plus désert.

Je tressaillis, extirpée de mes pensées par un mouvement au-dehors. Deux silhouettes silencieuses couraient en se tenant par la main à travers le champ de neige, leurs capes volant derrière elles. Elles hésitèrent devant l'abri aux chevaux, puis s'y glissèrent.

Me penchant par-dessus le rebord de la lucarne, j'entendis les chevaux s'agiter. En bas, Hiram sentit leur énervement et émit un « bêêh ! » sonore. Cela fit rire les hommes encore debout, noyant provisoirement les bruits qui venaient de l'autre côté de la route. Où était passé Jamie ? Je me penchai encore un peu plus, le vent faisant gonfler ma capuche.

Le voilà ! Une haute silhouette sombre se dirigeait vers l'abri, mais elle avançait lentement, d'un pas lourd, ses semelles soulevant des nuages de neige poudreuse. Que fabriquait-il donc ? Puis je compris qu'il marchait sur les traces des amants, piétinant délibérément le sol pour brouiller leurs empreintes.

Un trou apparut soudain dans l'abri et un pan de la cloison en branchages s'effondra. Un cheval en émergea, portant deux cavaliers, et partit vers l'est, passant du trot au galop. La couche de neige était peu profonde, à peine quelques centimètres. Les sabots laissèrent une ligne plus sombre sur la route.

Au même moment, un puissant hennissement retentit dans l'abri, suivi d'un autre. Il y eut des bruits alarmés dans la pièce sous mes pieds, tandis que les hommes jaillissaient de leurs couvertures et cherchaient leurs armes. Jamie avait disparu.

Tout à coup, tous les chevaux s'élancèrent hors du refuge, renversant et piétinant les branches. Ruant, s'ébrouant, se cabrant, ils s'éparpillèrent sur la route dans un chaos de crinières au vent et de roulements d'yeux fous. Le dernier d'entre eux bondit pour rejoindre les fugitifs, sa queue fuyant la cravache qui venait de cingler sa croupe.

Jamie rejeta la cravache et se glissa de nouveau dans l'abri, juste au moment où la porte de la taverne s'ouvrait, déversant une lumière dorée sur la scène.

J'en profitai pour descendre l'escalier sans être vue. Tout le monde était dehors, même Mme Brown avec son bonnet de nuit, drapée dans une couverture. Hiram, dégageant une forte odeur de bière, me salua d'un bêlement aviné quand je passai devant lui, ses yeux jaunes humides me suivant d'un air ravi. Les hommes à demi vêtus se tenaient sur la route, allant et venant, et agitant les bras de consternation. J'aperçus Jamie qui gesticulait avec eux. Parmi les bribes de conversation, je saisis les mots « effrayés », « couguar »…

Après avoir tourné en rond un moment en se perdant en conjectures incohérentes, tous convinrent à l'unanimité que les chevaux reviendraient d'eux-mêmes. La moitié était entravée et ne pourrait aller bien loin. En outre, le vent soulevait la neige sur les arbres et se répandait en tourbillons glacés, s'immisçant dans les moindres interstices des vêtements.

Par un temps pareil, on décida qu'aucune personne sensée ne voudrait rester dehors. Or, les chevaux étant, sinon des personnes, du moins des créatures très sensées, tout le monde rentra à l'abri en frissonnant et en grommelant.

Resté sur la route avec un dernier groupe de courageux, Jamie m'aperçut sous le porche. Ses cheveux étaient dénoués et la lumière de la porte ouverte l'illuminait comme une torche. Il croisa mon regard et leva les yeux au ciel.

J'approchai ma paume de mes lèvres et lui soufflai un petit baiser glacé.

QUATRIÈME PARTIE

Je n'entends d'autre musique que le roulement des tambours

33

Noël en famille

— Qu'aurais-tu fait à leur place ? demanda Brianna.

Avec précaution, elle se retourna sur le lit étroit de M. Wemyss et posa son menton dans le creux de l'épaule de Roger.

— Qu'est-ce que j'aurais fait à quel sujet ?

Au chaud pour la première fois depuis des semaines, la panse bien remplie par le succulent dîner de Mme Bug et au nirvana après une heure d'intimité avec sa femme, Roger se sentait agréablement somnolent et détaché.

— Au sujet d'Isaiah Morton et d'Alicia Brown.

Il bâilla à s'en décrocher la mâchoire et s'installa plus à son aise dans le lit. Le matelas fourré de feuilles de maïs faisait un raffut du diable. De toute manière, la maisonnée avait dû les entendre un peu plus tôt, et il s'en moquait. En son honneur, elle s'était lavé les cheveux et il contemplait les boucles soyeuses s'étaler sur sa poitrine velue. Ce n'était que la fin de l'après-midi, mais les volets clos leur donnaient l'illusion agréable d'être seuls au fond d'une grotte.

— Je ne sais pas. Comme ton père, sans doute. Qu'aurais-je pu faire d'autre ? Comme tes cheveux sentent bon !

Il enroula une mèche autour d'un doigt, admirant ses reflets cuivrés.

— Merci. J'ai utilisé une des préparations de maman à base d'huile de noix et de soucis. Et la pauvre femme d'Isaiah Morton à Granite Falls, alors ?

— Que veux-tu que je te dise ? Jamie ne pouvait pas obliger Morton à retourner auprès d'elle… en présumant qu'elle aurait accepté de le reprendre. Quant à la fille, Alicia, elle était plus que consentante. Et puis, ton père n'avait guère d'autre choix que de les laisser s'enfuir ensemble. En essayant de les retenir, il aurait attiré l'attention des Brown, qui auraient mis la main sur Morton. Ils l'auraient dépecé vivant et auraient cloué sa peau sur la porte de leur grange.

Il parlait avec conviction, se souvenant des armes braquées sur eux lors de leur arrivée à Brownsville. Il lissa les cheveux de Brianna derrière son oreille et déposa un baiser entre ses sourcils. Depuis des jours, il rêvait de cet espace lisse à la base du front, une oasis dans ce visage plein de tensions, avec ses yeux ardents, la lame fine de son nez, son front mouvant, sans parler de sa large bouche capable d'exprimer le fond de sa pensée autant par sa forme que par ses paroles. Ce paysage était beau mais loin d'être serein. Or, après ces trois dernières semaines, il avait surtout envie de paix.

Il s'enfonça dans l'oreiller, suivant du bout d'un doigt le tracé arqué d'un sourcil roux.

— Compte tenu des circonstances, donner un peu d'avance aux amants pour se mettre à l'abri était ce qu'il avait de mieux à faire. Le lendemain matin, la neige s'était changée en boue et tous les piétinements sur la route donnaient l'impression qu'un régiment d'ours y avait défilé. Il était impossible de savoir quelle direction ils avaient prise.

Avec le redoux, les hommes de la milice étaient rentrés chez eux d'excellente humeur mais couverts de boue jusqu'au cou.

Brianna soupira, et son souffle hérissa les poils sur le torse de Roger. Elle se pencha sur lui, l'examinant de plus près.

— Quoi ? demanda-t-il. J'ai encore de la crasse sur moi ?

Il s'était lavé à la hâte, impatient de prendre son repas, et encore plus de se mettre au lit.

— Non, c'est juste que j'aime bien quand tu as la chair de poule. Tous tes poils se dressent, et tes mamelons aussi.

Elle en titilla un du bout du doigt avec un sourire pervers. Il sentit un agréable frisson descendre jusque dans ses orteils et il cambra automatiquement les reins. Puis il se reprit. Non, ils allaient bientôt devoir redescendre pour effectuer leurs tâches respectives. Il avait déjà entendu Jamie sortir.

Histoire de changer de sujet, il releva la tête de l'oreiller, humant avec intérêt le riche fumet qui s'élevait de la cuisine au rez-de-chaussée.

— Qu'est-ce que cette odeur ?

— De l'oie. Ou plutôt, une douzaine d'oies.

Dans la voix de Brianna perçait un étrange ton de regret. Il glissa une main dans son dos, caressant son fin duvet doré seulement visible à la lueur des bougies, comme à présent.

— Miam ! En quel honneur ? C'est pour notre retour ?

Elle releva la tête et le dévisagea d'un air interdit.

— C'est pour Noël.

— Quoi !

Avec fébrilité, il calcula, comptant les jours, mais les événements des trois dernières semaines avaient brouillé, dans sa tête, toutes les dates du calendrier.

— Quand ?

— Demain, gros bêta !

Elle se pencha sur lui et soumit son mamelon à un traitement d'un érotisme insoutenable, avant de se redresser dans un bruissement de draps, laissant sa peau nue et humide exposée aux courants d'air.

— Tu n'as pas vu tout le feuillage en bas en entrant ? Lizzie et moi avons emmené tous les petits monstres Chisholm en forêt couper des branches de sapin. On a passé les trois derniers jours à faire des couronnes et des guirlandes.

Tout en parlant, elle se tortillait pour enfiler sa chemise par-dessus sa tête. Il n'arriva pas à dire si elle était vexée ou simplement surprise. Il s'assit et balança ses jambes hors du lit, ses orteils se recroquevillant en touchant le parquet froid. Dans leur cabane, ils avaient un tapis au pied du lit, mais leur maison était à présent remplie de Chisholm. Il se gratta le crâne, cherchant l'inspiration, puis la trouva.

— En entrant, je n'ai rien vu d'autre que toi.

Il n'avait pas besoin de se forcer, c'était la simple vérité. La tête de Brianna émergea du col de sa chemise, l'air suspicieux, puis, devant l'évidente sincérité de Roger, elle se mit à sourire.

Elle revint près du lit et passa ses bras autour de son cou, enveloppant sa tête d'un nuage d'odeur de fleurs, de linge propre et de… lait. L'heure de la tétée approchait. Résigné, il enserra sa taille et enfouit son visage entre ses seins, prenant sa petite part de cette abondance.

— Désolé, dit-il. J'avais complètement oublié. J'aurais dû vous rapporter un cadeau à toi et à Jemmy.

Elle rit et le libéra.

— Comme quoi ? Un morceau de la peau d'Isaiah Morton ?

Elle se releva et lissa ses cheveux. Elle portait le bracelet qu'il lui avait offert un précédent soir de Noël. Quand elle remuait le bras, la lumière du feu le faisait étinceler.

— Pourquoi pas ? On aurait pu relier un livre avec. Ou confectionner une paire de chaussons pour Jemmy.

La chevauchée du retour avait été longue, les hommes et les bêtes, impatients de rentrer chez eux, avaient repoussé leurs limites bien au-delà de la simple fatigue. Son corps était comme désarticulé, et rien ne lui aurait fait plus plaisir que de rester au lit, blotti bien au chaud contre elle, sombrant dans les profondeurs douillettes d'un sommeil réparateur. Mais le devoir les appelait. Il bâilla, s'étira et se leva avec peine.

— Ces oies sont pour le dîner de ce soir, alors ? demanda-t-il en s'accroupissant devant la pile de vêtements crottés qu'il avait jetés, plus tôt, sur le sol. Il devait bien avoir une chemise propre quelque part, mais, les Chisholm étant installés chez eux, Brianna, Jemmy et lui relogés dans la chambre des Wemyss, il ne savait même plus où étaient ses affaires. En outre, il ne servait à rien d'enfiler des habits propres pour aller nettoyer une étable et nourrir les chevaux. Il se raserait et se changerait avant le dîner.

— Oui, répondit Brianna. Mme Bug est en train de faire rôtir un demi-porc dans une fosse derrière la maison pour le repas de Noël de demain soir. J'ai tué ces oies hier, et elle voulait les cuire pendant que leur viande était encore fraîche. On espérait que vous rentreriez à temps.

Il la regarda du coin de l'œil, percevant de nouveau le même ton étrange.

— Tu n'aimes pas la viande d'oie ? demanda-t-il.

— Je ne sais pas, je n'en ai encore jamais mangé. Roger…

— Oui ?

— Je me posais une question… Je voulais te demander si tu savais…

— Si je savais quoi ?

Il se déplaçait lentement, encore groggy par le voyage et leurs ébats. Elle avait déjà passé sa robe et s'était brossé les cheveux, les nouant avec soin sur sa nuque en chignon, avant qu'il ait fini d'extirper ses bas et ses culottes du tas boueux. Il les secoua d'un air absent, étalant une pluie de fragments de boue séchée sur le plancher.

— Hé ! Ne fais pas ça ! Qu'est-ce qui te prend ?

Agacée, pinçant les lèvres, elle lui arracha les culottes des mains, poussa les volets et frappa violemment le vêtement contre le rebord de la fenêtre. Puis, elle se retourna et le lança dans sa direction. Il le rattrapa au vol.

— Et toi ? Qu'est-ce qui *te* prend ? demanda-t-il.

— Qu'est-ce qui *me* prend ? Tu fous de la boue partout sur le plancher et c'est moi qui ne tourne pas rond ?

— Excuse-moi, je ne pensais pas…

Du fond de sa gorge sortit un bruit pas très sonore mais assez menaçant. Obéissant à un réflexe typiquement masculin, il enfila ses culottes en quelques secondes. L'orage grondait et il ne tenait pas à l'affronter les fesses à l'air.

— Écoute, je suis désolé d'avoir oublié que c'était Noël. J'avais des choses importantes à régler. J'ai perdu la notion du temps. Je te le revaudrai. Peut-être qu'en allant à Cross Creek pour le mariage de ta tante, je pourrais…

— Rien à foutre de Noël !

— Quoi ?

Il s'interrompit, ses culottes à moitié boutonnées.

— Rien à foutre de Noël, rien à foutre de Cross Creek et rien à foutre de toi non plus !

Elle ponctua sa phrase en lui jetant le porte-savon en bois à la figure qui passa en sifflant près de son oreille et s'écrasa contre le mur derrière lui.

— Non mais, tu es dingue ou quoi ?

— Ne me parle pas sur ce ton !

— Mais tu...

— Toi et tes « choses importantes » ! Peuh !

Elle referma la main sur l'anse de l'aiguière en porcelaine, il se tendit, prêt à esquiver l'objet. Mais elle se ravisa et baissa le bras.

— Ça fait un mois que je suis plongée jusqu'au cou dans la lessive, la diarrhée de bébé, les femmes hystériques et les morveux insupportables, pendant que monsieur s'occupe de choses importantes. Puis tu débarques ici, couvert de boue et dégoulinant sur les planchers briqués sans même remarquer que quelqu'un s'est donné la peine de les nettoyer ! As-tu une petite idée de ce que signifie récurer un parquet en sapin à quatre pattes ? Avec de la lessive ?

Elle agita des mains accusatrices vers lui, mais trop vite pour qu'il puisse constater si elles étaient couvertes de plaies purulentes, rongées jusqu'aux os ou simplement rougies.

— ... Tu ne demandes pas à voir ton fils, tu ne cherches même pas à savoir comment il va ! Il a appris à marcher à quatre pattes, figure-toi ! Je voulais te le montrer, mais non, tout ce qui intéresse monsieur, c'est de me culbuter dans le lit ! Sans même se donner la peine de se raser !

Il avait l'impression d'être aspiré par les lames d'un ventilateur géant, tournoyant à toute allure. Il se gratta la barbe, se sentant coupable.

— Mais… euh… je croyais que… tu en avais envie aussi.

Elle frappa du pied.

— Oui, mais ça n'empêche !

Il se pencha pour ramasser sa chemise, surveillant Brianna prudemment du coin de l'œil.

— D'accord, dit-il. Tu es fâchée parce que je n'ai pas remarqué que tu avais lavé le plancher, c'est ça ?

— Non !

— Non, répéta-t-il.

Il prit une grande inspiration et fit une autre tentative.

— Alors, parce que j'ai oublié que c'était Noël ?

— Non !

— Tu es fâchée parce que je voulais faire l'amour… et toi aussi ?

— Non ! Mais tu ne peux pas la fermer, à la fin ?

Il était fortement partagé entre l'envie d'accéder à son désir et celle d'aller jusqu'au bout de cette histoire.

— Mais je ne comprends pas pourquoi tu…

— C'est bien là le problème ! Tu ne comprends rien à rien !

Elle pivota sur ses talons nus et marcha d'un pas lourd vers le coffre, près de la fenêtre. D'un geste sec, elle ouvrit le couvercle et se mit à fouiller à l'intérieur tout en émettant une série de grognements inintelligibles.

Il ouvrit la bouche, la referma, puis passa sa chemise sale par-dessus sa tête. Il se sentait à la fois irrité et coupable, une bien mauvaise combinaison. Il acheva de s'habiller dans un silence pesant, en envisageant diverses remarques et questions qu'il rejetait au fur et à mesure, chacune ne pouvant qu'envenimer la situation.

Elle avait fini par trouver ses bas et les enfila avec des gestes rageurs. Puis elle enfonça ses pieds dans une paire de sabots usés. À présent, elle se tenait devant la fenêtre ouverte, inspirant profondément, comme prête à effectuer des exercices de yoga.

Il fut tenté de s'éclipser pendant qu'elle avait le dos tourné, mais il ne put se résoudre à l'abandonner au milieu de cette scène – même si Dieu seul savait de quoi il s'agissait. Il pensait encore à leur intimité partagée moins d'un quart d'heure plus tôt. Celle-ci ne pouvait s'être dissoute aussi vite.

Avec lenteur, il s'approcha et posa les mains sur ses épaules. Comme elle ne faisait pas volte-face pour lui écraser les orteils sous son talon ou lui envoyer un coup de genou dans les parties, il prit le risque de déposer un baiser sur sa nuque.

— Tu voulais me poser une question au sujet des oies ?

Elle respira et soupira à fond, son aigreur envers Roger semblant s'évaporer aussi vite qu'elle était apparue. Perplexe mais soulagé, il glissa ses bras autour de sa taille et la serra contre lui.

— Hier, Mme Abernathy a fait brûler les biscuits du petit déjeuner, déclara-t-elle.

— Ah oui ?

— Mme Bug l'a accusée d'être trop occupée à nouer des rubans dans les cheveux de sa fille pour faire attention à ce qu'elle faisait. Elle s'est écriée : « Mais où avez-vous donc la tête pour mettre des myrtilles dans des biscuits au babeurre ! »

— On ne doit pas en mettre dans les biscuits au babeurre ?

— Pas selon Mme Bug, en tout cas. Puis, Billy MacLeod est tombé dans les escaliers et sa mère demeurait introuvable. Elle était coincée dans les latrines et…

— Elle était quoi ?

Mme MacLeod était petite et plutôt bien en chair. Elle avait surtout un derrière très rebondi, comme deux boulets de canon dans un sac. Il était facile de l'imaginer dans ce genre de situation embarrassante. Roger sentit le rire monter dans sa gorge et, malgré ses efforts pour le contenir, il le laissa s'échapper dans un reniflement douloureux.

— Ce n'est pas drôle, la chaise percée lui avait rempli les fesses d'échardes.

Malgré elle, Brianna pouffa de rire à son tour.

— Quoi d'autre ? demanda-t-il.

— Billy hurlait. Par chance, il ne s'est rien cassé, mais il s'était cogné la tête très fort. Mme Bug est sortie de sa cuisine armée de son balai, poussant des hurlements en croyant qu'on était attaqué par des Indiens. Entre-temps, Mme Chisholm avait fini par retrouver Mme MacLeod dans les latrines et hurlait pour qu'on vienne l'aider à la dégager et… enfin, bref. Là-dessus, les oies ont débarqué. Mme Bug est devenue toute rouge. Elle s'est écriée : « Des oies ! » puis a couru dans le bureau décrocher le fusil de chasse de papa qu'elle m'a plaqué entre les mains.

En racontant son histoire, Brianna s'était détendue. Elle rit de nouveau et s'adossa contre Roger.

— J'étais tellement furieuse que j'aurais tiré sur n'importe quoi. En outre, elles étaient très nombreuses. On les entendait s'interpeller dans le ciel.

Il en avait vu lui aussi. Formant des V noirs, haut dans le ciel d'hiver. Il les avait entendues s'appeler avec un pincement de cœur, regrettant que Brianna ne soit pas à ses côtés pour les admirer.

Tout le monde s'était précipité pour regarder. Les petits Chisholm et plusieurs de leurs chiens à demi sauvages étaient partis en flèche à travers les arbres pour rapporter les oiseaux abattus avec des cris et des aboiements excités, pendant que Brianna tirait et rechargeait le plus vite possible.

— Un des chiens en a attrapé une et Toby a essayé de la lui prendre. Du coup, le chien l'a mordu et il s'est mis à courir dans tous les sens en hurlant qu'il avait un doigt arraché. Il avait du sang partout, mais pas moyen de l'attraper pour voir d'où il saignait. Mme Chisholm était au ruisseau avec les jumeaux...

Elle se raidit et il pouvait sentir sa colère monter. Il la serra un peu plus fort.

— Il avait vraiment un doigt arraché ?

Elle s'interrompit et se tourna à moitié vers lui.

— Non, la peau n'était même pas transpercée. Il était couvert du sang de l'oie.

— Tant mieux. Tu t'en es bien tirée, somme toute. Le garde-manger est plein, il n'y a pas de blessés et la maison tient toujours debout.

Il plaisantait, mais il fut quand même surpris de l'entendre soupirer, la tension de ses épaules se relâchant.

— Oui, dit-elle, avec une pointe indéniable de satisfaction. Personne ne manque à l'appel et tout le monde a été nourri, sans trop de sang versé.

Il rit et l'embrassa dans le cou avant de se souvenir de sa barbe.

— Oh pardon ! Je vais aller me raser.

Il la libéra et elle se tourna en glissant une main sur sa mâchoire.

— Non, attends, dit-elle. Je t'aime bien comme ça. Et puis, tu peux le faire plus tard, non ?

Tout en l'embrassant, il se demandait le pourquoi de sa réaction. Avait-elle simplement voulu s'entendre dire qu'elle avait bien géré la maison toute seule ? Il le pensait et elle méritait des éloges. Il savait bien qu'elle n'avait pas passé son temps assise au coin du feu avec

Jemmy sur les genoux, mais il était loin de s'attendre à tant d'activités sanglantes.

Le parfum de ses cheveux et l'odeur musquée de son corps flottaient tout autour de lui, mais, tout en s'en emplissant les narines, il perçut aussi le genièvre et le baume ainsi que l'arôme mielleux de la cire d'abeille. Trois bougies brûlaient dans la pièce. D'ordinaire, elle n'aurait allumé qu'une simple mèche de jonc, pour économiser les précieuses chandelles. Une lumière douce et dorée baignait la chambre, et il se rendit compte que Brianna l'avait préparée avec soin pour rendre leurs ébats encore plus voluptueux. Le parquet était immaculé, ou l'avait été, et elle avait effrité du romarin séché dans les coins. Elle avait fait le lit avec du lin frais et une couverture neuve. Elle s'était donné beaucoup de mal pour accueillir son retour et lui, la tête encore pleine de ses aventures, s'attendait à être félicité pour la seule prouesse d'être revenu en vie. Il n'avait rien vu et ne s'était occupé que de son propre désir ardent de sentir son corps sous le sien et de la posséder.

— Hé, murmura-t-il dans son oreille. Je suis peut-être un sot, mais je t'aime.

— Oui, tu es un sot, répondit-elle gravement. Et je t'aime aussi. Je suis heureuse que tu sois enfin rentré.

Il rit et la libéra. Une branche de genévrier était accrochée au-dessus de la fenêtre, lourdement chargée de baies bleu-vert. Il en coupa un brin et le glissa dans l'échancrure de sa robe, entre ses seins pleins, un gage de trêve… et d'excuses.

— Joyeux Noël. Maintenant, c'était quoi cette histoire d'oies ?

Elle toucha le brin de genévrier avec un demi-sourire.

— Oh, ce n'est rien d'important. C'est juste…

Il suivit son regard et aperçut la feuille de papier posée près de la bassine, sur le guéridon de toilette.

Un dessin au fusain représentait des oies sauvages traversant un ciel d'orage, luttant contre les courants au-dessus d'arbres courbés par le vent. Il était magnifique et suscitait chez lui la même sensation étrange que celle ressentie au son des cris des oiseaux migrateurs, quelques jours plus tôt, un mélange de joie et de douleur.

— Joyeux Noël, dit doucement Brianna.

Elle vint se placer derrière lui, glissant une main sous son bras.

— Merci. C'est… très beau. Tu es vraiment douée.

Il se pencha et l'embrassa fougueusement, comme pour effacer cette impression de désir frustré qui hantait le dessin dans ses mains.

— Regarde l'autre.

Elle s'écarta de lui, lui indiquant le guéridon. Caché par le premier, il ne l'avait pas vu.

Brianna était effectivement très douée, au point de lui donner froid dans le dos. C'était encore un fusain, dans les mêmes contrastes de noirs, de blancs et de gris. Dans le premier, elle avait su transcrire la liberté et l'état sauvage dans le ciel, le désir et le courage, l'effort soutenu par la foi dans le néant de l'air et de la tempête. Dans le second, elle avait capturé le calme.

L'oie était morte, suspendue par les pattes, ses ailes à moitié déployées, le cou mou et le bec entrouvert, comme si, même dans la mort, elle voulait reprendre son envol et répondre à ses compagnes. Les lignes étaient pleines de grâce, les détails des plumes, du bec et des yeux vides d'une grande finesse. Il n'avait jamais rien vu d'aussi beau, ni d'aussi triste.

— Je l'ai dessiné hier soir, dit-elle calmement. Tout le monde était couché, mais je n'arrivais pas à dormir.

Elle avait pris un bougeoir et tourné en rond dans la maison bondée. Incapable de rester en place, elle avait fini par sortir en dépit du froid, cherchant la solitude à défaut du repos, errant entre les dépendances. Enfin, dans le fumoir, à la lueur des braises, elle avait été frappée par la beauté des oies pendues, leur plumage se détachant en noir et blanc sur le mur taché de suif.

— Je me suis assurée que Jemmy était bien endormi, puis j'ai apporté ma boîte à dessin et me suis installée, dessinant jusqu'à ce que mes doigts soient trop engourdis par le froid pour tenir mon fusain. Celui-ci est le meilleur, dit-elle en indiquant la nature morte, le regard lointain.

Pour la première fois, il remarqua ses cernes bleutés et l'imagina à la lueur de la bougie, seule dans la nuit, dessinant des oiseaux morts. Il voulut la serrer dans ses bras, mais elle se détourna, se rapprochant de la fenêtre dont les volets s'étaient mis à battre.

Le dégel avait cédé la place à un vent glacial qui avait dépouillé les arbres de leurs dernières feuilles et bombardait le toit de glands et de coquilles de noix. Il la suivit et la devança pour tirer les volets et les attacher.

Un sourire ironique au coin des lèvres, elle reprit :

— Quand j'attendais la naissance de Jemmy, papa m'a raconté des histoires auxquelles, sur le coup, je n'ai pas vraiment prêté attention. Mais des fragments, ici ou là, se sont incrustés dans ma mémoire.

Elle s'adossa aux volets clos, ses mains tenant le rebord de la fenêtre derrière elle.

— Il m'a dit, entre autres choses, que le chasseur qui abat une oie cendrée doit veiller sa dépouille, parce que ces oiseaux s'accouplent pour la vie. Il doit donc attendre que le partenaire approche, pour le tuer lui aussi.

Elle fixait Roger dans les yeux, les flammes faisant danser des éclats bleus au fond des siens.

— En fait, je me demandais si… toutes les oies étaient pareilles, pas uniquement les cendrées.

Il s'éclaircit la gorge. Il aurait voulu la réconforter, mais pas au prix d'un mensonge facile.

— C'est possible, je ne sais pas. Tu es inquiète pour les partenaires des oiseaux que tu as tués ?

Ses lèvres pâles se pincèrent, puis elles s'entrouvrirent.

— Pas inquiète. C'est juste que… je n'arrêtais pas d'y penser, après. Je les imaginais continuant à voler… seules. Tu étais parti et je ne pouvais m'empêcher de me dire que… je veux dire… je savais bien que tu reviendrais, cette fois-ci… mais, la prochaine fois, tu ne rentrerais peut-être pas et… Laisse tomber. C'est idiot. N'y pense plus.

Elle voulut s'éloigner, mais il la retint et la serra contre lui, si près qu'elle ne pouvait voir son visage.

Il était conscient que sa présence n'était pas absolument indispensable… pour moissonner, labourer, chasser. Elle pouvait très bien s'en sortir seule, ou se trouver un autre homme pour effectuer ce genre de travaux. Pourtant… les oies sauvages lui disaient qu'elle avait besoin de lui, qu'elle le pleurerait s'il venait à disparaître. Peut-être pour toujours. Dans son état de vulnérabilité actuelle, ce message était un grand don.

Le visage enfoui dans ses cheveux, il déclara :

— Quand j'étais petit, notre voisin élevait des oies. Il en avait six, grandes et blanches. Elles se promenaient toujours en bande, le bec haut et caquetant dans un bruit infernal. Elles terrorisaient les chiens, les enfants et tous ceux qui passaient dans la rue.

— Elles te terrorisaient aussi ?

— Oh oui ! Tout le temps. Quand on jouait dans la rue, elles se précipitaient en criant et essayaient de nous donner des coups de bec et d'ailes. Chaque fois que je voulais aller jouer dans le jardin avec mon copain, Mme Graham devait nous accompagner pour les chasser à coups de balai. Puis, un jour, le laitier est passé alors qu'elles étaient devant la maison. Elles l'ont attaqué et il a dû réintégrer sa carriole au pas de course. Ses chevaux ont pris peur et en ont piétiné deux, les aplatissant comme des crêpes. Les gamins du quartier étaient aux anges.

Elle riait contre son épaule, un peu choquée mais amusée.

— Que s'est-il passé ensuite ?

— Mme Graham les a plumées, et on a mangé de la tourte à l'oie pendant une semaine.

Il se redressa et lui sourit.

— C'est tout ce que je sais au sujet des oies. Elles sont vicieuses, mais leur chair est délicieuse.

Il se tourna et pris sa veste crottée sur le sol.

— Je dois aller aider ton père avec les chevaux. Après quoi, tu me raconteras comment tu as appris à notre fils à marcher à quatre pattes.

34

Les charmes

Je posai l'index sur la surface blanche et luisante, puis me frottai les doigts.

— Il n'y a rien de plus gras que la graisse d'oie, dis-je avec satisfaction.

J'essuyai mes mains sur mon tablier, puis saisis ma grande cuillère en bois.

— Ni rien de tel pour faire une belle pâte brisée, convint Mme Bug.

Elle se hissait sur la pointe des pieds, m'observant jalousement diviser la graisse molle dans deux grands pots en pierre, l'un pour la cuisine, l'autre pour mon infirmerie.

— Pour la Saint-Sylvestre, nous aurons une belle tourte au gibier, poursuivit-elle. Avec du *haggis*, bien sûr, des baies sauvages, du pain au maïs et une délicieuse tarte aux raisins secs accompagnée de confiture et de crème fraîche !

— Magnifique ! murmurai-je.

Pour le moment, mes projets immédiats avec la graisse d'oie consistaient à fabriquer un baume contre les brûlures et les écorchures à la salsepareille sauvage et à la douce-amère, un onguent mentholé pour les nez bouchés et les bronches congestionnées, et une pommade apaisante et parfumée pour les fesses de bébé irritées – peut-être à base d'infusion de lavande mélangée au jus de feuilles de balsamine écrasées.

Je cherchai Jemmy autour de moi. Il n'avait appris à ramper que depuis quelques jours, mais il était déjà capable de se déplacer à une vitesse fulgurante, surtout quand personne ne le regardait. Mais je le vis tranquillement assis dans un coin, mâchouillant avec ardeur le cheval en bois que Jamie lui avait sculpté pour Noël.

Catholiques pour la plupart, les Highlanders considéraient surtout Noël comme un rite religieux plutôt que comme une occasion de fêter. En l'absence de prêtre, la journée se déroulait comme un dimanche, avec, en plus, un festin et l'échange de petits cadeaux pour marquer l'occasion. Jamie m'avait taillé la grande louche en bois que j'étais en train d'utiliser, son manche orné d'une feuille de menthe ciselée, et je lui avais offert une nouvelle chemise à jabot pour porter lors des cérémonies, l'ancienne étant usée jusqu'à la trame.

Non sans arrière-pensée, Mme Bug, Brianna, Marsali, Lizzie et moi avions confectionné une énorme quantité de bonbons à la mélasse que nous avions distribués à tous les enfants en guise de friandises de Noël. Indépendamment des conséquences sur leurs dents, cela avait l'avantage de leur occuper la bouche pendant de longues périodes, permettant ainsi aux adultes de s'entendre parler et de profiter paisiblement de la fête. Même Germain en avait été réduit à formuler une sorte de gargarisme atone.

Hogmanay, ou « la nuit de la Saint-Sylvestre », était une autre paire de manches. Dieu seul savait dans quelles racines païennes et barbares les Écossais avaient puisé leurs célébrations de la nouvelle année, mais j'avais de bonnes raisons de vouloir faire à l'avance mes provisions de remèdes. Les mêmes que celles de Jamie qui se trouvait à la distillerie, en train de décider quels fûts de whisky avaient assez vieilli pour n'empoisonner personne.

Une fois la graisse d'oie extraite, il restait dans la marmite un fond de jus noir dans lequel nageaient quelques lambeaux de peau croustillante et des fragments de viande. Je surpris le regard avide de Mme Bug, rêvant déjà de sauce au jus.

— Moitié-moitié, dis-je sévèrement.

Elle ne discuta pas, se contentant de hausser ses épaules rondes et de se rasseoir sur son tabouret d'un air résigné. En m'observant prendre une grande bouteille et recouvrir son goulot d'un carré de gaze pour filtrer le jus, elle demanda, intriguée :

— Qu'est-ce que vous allez faire de ça ? Si la graisse est parfaite pour fabriquer des baumes, le bouillon est efficace contre la fièvre paludéenne et les maux d'estomac, mais il ne se conserve pas. Au bout d'un jour ou deux, il moisit et devient tout bleu.

Elle l'avait dit d'un air entendu, au cas où je ne le saurais pas encore.

— J'espère bien, répondis-je. Je viens justement de préparer une série de pains pour les laisser moisir. Je veux voir si les moisissures vont également se développer sur le bouillon.

Je versai une louche de jus sur la gaze, puis je me tournai vers elle avec un sourire. Je devinais toutes les questions et les réponses qui défilaient dans sa tête, toutes associées à une peur croissante que ma fascination morbide pour la pourriture ne prenne de plus en plus d'ampleur et ne finisse par engloutir tout ce qui se trouvait dans la cuisine. Ses yeux se posèrent sur la cloche à tarte, puis de nouveau sur moi, chargés de suspicion.

Je détournai le regard pour ne pas rire et aperçus Adso, grimpé sur le banc, en équilibre sur ses pattes arrière, ses griffes avant plantées dans le plateau de la table, ses grands yeux verts fascinés par les mouvements de ma louche.

— Ah ! Ah ! Tu en veux un peu aussi, c'est ça ?

Prenant une soucoupe sur l'étagère, j'y versai une lichette de jus sombre.

— Je le prélève de ma moitié, indiquai-je à Mme Bug.

Elle secoua vigoureusement la tête.

— Pas question, madame Fraser. Ce brave petit a attrapé six souris en deux jours. Désormais, il a tous les droits dans ma cuisine et n'a qu'à se servir.

Elle regarda avec affection le chaton qui avait bondi sur la table et lapait le jus aussi vite que sa petite langue rose pouvait le lui permettre.

— C'est vrai ? m'exclamai-je. Alors, il ferait bien de faire un tour dans mon infirmerie.

Nous étions envahis par les souris. Chassées à l'intérieur par le froid, elles couraient comme des ombres sur les lattes du plancher dès la nuit tombée, parfois même en plein jour, traversant brusquement une pièce, bondissant hors d'un placard quand on ouvrait la porte, provoquant des frayeurs et des bris d'assiettes.

— On ne peut pas en vouloir aux souris, dit Mme Bug en me regardant de biais. Elles vont là où il y a de la nourriture qui traîne.

— Oui, je sais. Je suis désolée, mais cette moisissure est importante. C'est pour faire des remèdes et…

— Oh oui, bien sûr ! m'assura-t-elle précipitamment. J'en suis tout à fait consciente.

Il n'y avait aucune note de sarcasme dans sa voix, ce qui me surprit. Elle hésita, puis elle glissa une main dans la fente de sa jupe, vers la poche qu'elle portait en dessous.

— Quand nous habitions dans le village d'Auchterlonie, Arch et moi, il y avait cet homme… Johnnie Howlat. C'était un *carline*. Les gens se méfiaient de lui, mais ils allaient quand même le trouver. Certains, en plein jour, pour des cures de simples et des soins, d'autres, de nuit, pour lui acheter des charmes. Vous savez de quel genre de charmes je veux parler ?

Oui, je connaissais. Certains guérisseurs des Highlands ne se contentaient pas de préparer des remèdes – ces « cures de simples » dont elle parlait – mais faisaient également un peu de magie, vendaient des philtres d'amour, des potions de fertilité… des mauvais sorts. Un courant glacé me glissa dans le dos, provoquant une brève sensation de malaise, comme le sillage gluant d'une limace.

Je déglutis, revoyant dans mon souvenir des petits bouquets de ronce soigneusement retenus avec des fils rouges et noirs. Placés sous mon oreiller par une fille jalouse nommée Laoghaire, achetés à une sorcière appelée Geillis Duncan. Une sorcière comme moi.

Où Mme Bug voulait-elle en venir ? Je ne connaissais pas le mot *carline*, mais j'étais presque sûre qu'il signifiait « sorcier ». Elle m'observait bizarrement, sans son agitation coutumière.

— C'était un être repoussant, ce Johnnie Howlat. Il n'avait pas de femme pour s'occuper de lui et sa cabane dégageait des odeurs pestilentielles, tout comme lui.

Elle frissonna, avant de poursuivre :

— Parfois, on l'apercevait dans les bois ou sur la lande, retournant la terre avec un bâton. Il ramassait des créatures mortes et prélevait leur peau, leurs pattes, leurs os ou leurs dents pour en faire des charmes. Il portait un vieux sarrau de paysan, et on le voyait parfois descendre le sentier en cachant quelque chose dessous, des taches de sang ou d'autres choses suintant à travers la toile.

— Charmant !

Je gardai les yeux fixés sur ma bouteille, pendant que je grattais la gaze couverte d'impuretés et versais une seconde louche.

— Mais pourquoi les gens continuaient-ils de le consulter ? demandai-je.

— Il n'y avait personne d'autre.

Ses yeux noirs suivaient chacun de mes gestes. Ses doigts tripotaient sa poche, sous sa jupe.

— Chez lui, Johnnie gardait du moisi qu'il allait racler sur les tombes du cimetière, ainsi que de la poudre d'os, du sang de poulet et toutes sortes de saletés comme ça. Vous, au moins, vous êtes propre.

— Merci.

J'étais à la fois amusée et flattée. De la part de Mme Bug, c'était un vrai compliment.

— Excepté pour ces morceaux de pain moisi et cette bourse de sauvage que vous gardez dans votre placard, ajouta-t-elle. Mais, c'est vrai, n'est-ce pas ? Vous êtes une charmeuse, comme Johnnie ?

J'hésitai, ne sachant pas quoi répondre. Malgré toutes les années qui s'étaient écoulées, le souvenir du bûcher de Cranesmuir était encore vif dans mon esprit. Je ne tenais pas à ce que Mme Bug répande partout le bruit que j'étais une *carline*. Pas que je craigne d'être poursuivie en justice pour sorcellerie. Pas ici. Mais avoir la réputation de guérisseuse était une chose, qu'on vienne me trouver pour fournir le genre d'aide offert généralement par les vendeurs de charmes en était une autre…

— Pas tout à fait, répondis-je enfin. C'est juste que je m'y connais un peu en plantes et en chirurgie. Mais je ne sais rien au sujet des charmes… ou des sorts.

Elle hocha la tête d'un air satisfait, comme si je venais de confirmer ses soupçons plutôt que de les dissiper.

Avant que j'aie pu m'expliquer davantage, un bruit identique à de l'eau tombant dans une poêle chaude retentit à nos pieds, suivi d'un cri strident. Jemmy, lassé de son jouet, l'avait repoussé et avait rampé jusqu'à la soucoupe d'Adso. Le chat, peu partageur, s'était mis à siffler et à cracher, effrayant l'enfant qui hurlait. Apeuré à son tour, le chat s'était réfugié sous le bahut. On ne voyait plus que le bout rose de son museau et de ses moustaches agitées.

Je pris Jemmy dans mes bras et essuyai ses larmes, pendant que Mme Bug me relayait au filtrage du bouillon. Examinant les résidus d'oies dans la marmite, elle choisit un pilon dont l'extrémité cartilagineuse était lisse et brillante, puis l'agita sous le nez de Jemmy.

— Tiens, mon grand, amuse-toi avec ça.

Il cessa aussitôt de pleurer, saisit l'os et le mit dans sa bouche. Mme Bug choisit ensuite une aile sur laquelle restait encore un peu de viande et la déposa dans la soucoupe.

— Et ça, c'est pour toi, dit-elle à l'ombre sous le bahut. Mais ne te remplis pas trop la panse, hein ? Il faut garder de la place pour les souris.

Elle revint devant la table et repêcha le reste des os qu'elle plaça dans une poêle.

— Je vais les frire pour la soupe de ce soir, annonça-t-elle.

Puis, sur le même ton, elle enchaîna :

— J'ai été le trouver, une fois... Johnnie Howlat.

Je m'assis, Jemmy sur mes genoux.

— Ah oui ? Vous étiez souffrante ?

— Je voulais un enfant.

Je ne savais pas trop quoi dire. Je restai immobile, écoutant le bouillon goutter à travers la gaze, pendant qu'elle raclait les derniers morceaux de graillon pour les mettre dans sa poêle.

— J'avais fait quatre fausses couches en un an. C'est que, à me voir aujourd'hui, vous ne le croiriez pas, mais, jeune, je n'avais que la peau sur les os, le teint blême et les mamelles desséchées.

Elle déposa la poêle sur les braises et la couvrit.

— J'ai ramassé tous les sous que j'avais de côté et je suis allée trouver Johnnie Howlat. Il a pris l'argent et a mis de l'eau dans une casserole. Il m'a fait asseoir d'un côté de la casserole, lui de l'autre, et nous sommes restés là un très long moment, lui qui fixait l'eau dans la casserole et moi qui le fixais, lui. Puis, il s'est levé et est allé fouiller dans le fond de son alcôve en marmonnant dans sa barbe. Il est revenu et m'a donné un charme.

Mme Bug se redressa devant l'âtre, puis elle s'approcha de moi et posa très doucement la main sur le crâne soyeux de Jemmy.

— Ce Johnnie m'a dit que ce charme refermerait l'entrée de mes entrailles pour que l'enfant y reste en sécurité, jusqu'à sa naissance. Mais il m'a aussi déclaré qu'il avait vu autre chose dans l'eau et qu'il devait me le dire. Si je donnais le jour à un bébé vivant, mon mari mourrait. Il m'offrait donc le charme et la prière qui allait avec, après quoi, c'était à moi de choisir.

Son doigt potelé suivit le contour de la joue de Jemmy. Absorbé par son nouveau joujou, il ne lui prêtait pas attention.

— J'ai gardé ce charme sur moi dans ma poche pendant un mois, puis je l'ai rangé.

Je posai une main sur la sienne et la serrai. On n'entendait plus aucun bruit, hormis les succions du bébé et le grésillement des os dans la poêle. Elle resta immobile un instant, puis elle retira sa main et la glissa de nouveau dans sa poche. Elle en sortit un petit objet qu'elle posa sur la table à côté de moi. Le regardant d'un air neutre, elle expliqua :

— Je n'ai pas pu me résoudre à m'en débarrasser. Après tout, il m'avait coûté trois pennies d'argent. Il est si petit que je l'ai emporté avec moi à mon départ d'Écosse.

C'était une pierre rose pâle et veinée de gris, polie par le temps. Elle avait été grossièrement sculptée en forme de femme enceinte : un ventre énorme, avec des seins gonflés et des fesses rebondies au-dessus de jambes effilées. J'avais déjà vu ce genre de figurines… dans des musées. Johnnie Howlat l'avait-il façonnée lui-même ou l'avait-il trouvée en retournant la terre des bois ou de la lande, vestige de temps bien plus anciens ?

Je la caressai doucement, en me disant que, indépendamment de ce que le personnage Johnnie Howlat avait été ou pas, ou de ce qu'il avait vu dans sa casserole, il avait été assez fin pour remarquer l'amour qui unissait Arch et Murdina Bug. Était-il plus facile pour une femme d'abandonner l'espoir d'enfanter un jour si elle croyait faire un noble sacrifice pour son mari tant aimé, plutôt que de vivre dans l'amertume et la culpabilité à cause d'échecs répétés ? *Carline* ou pas, Johnnie Howlat avait été un vrai charmeur.

— Qui sait ? reprit Mme Bug sur un ton détaché. Vous trouverez peut-être une jeune femme qui en a besoin. Ce serait dommage de ne pas s'en servir, non ?

35

Hogmanay

L'année s'acheva sur une nuit claire et froide. Une lune radieuse s'élevait haut dans la voûte du ciel, inondant les gorges et les sentiers de montagne d'une lumière argentée. Ce qui était aussi bien pour tous ceux qui venaient des quatre coins de Fraser's Ridge, et même de plus loin, pour célébrer Hogmanay dans « la grande maison », comme tout le monde l'appelait désormais.

Les hommes avaient vidé la nouvelle grange et ratissé le sol en terre battue pour pouvoir y danser. Sous les lanternes à graisse d'ours, on exécuta des gigues, des quadrilles écossais, des *strathspeys* et bien d'autres danses follement drôles dont j'ignorais le nom, au son du violon grinçant d'Evan Lindsay et de la flûte couinante de son frère Murdo, le tout ponctué par les pulsations du *bodhran* de Kenny.

Le vieux père de Thurlo Guthrie avait apporté sa cornemuse. Ses tuyaux paraissaient aussi décrépits que M. Guthrie lui-même, mais ils produisaient un bourdonnement agréable. Sa mélodie concordait parfois avec la conception qu'avaient les frères Lindsay d'un air musical, parfois pas, mais, dans son ensemble, l'effet était toujours joyeux. En outre, à ce stade des festivités, le whisky et la bière aidant, personne ne s'en formalisait.

Le quadrille écossais donnait déjà une sensation d'ivresse, même sans une goutte d'alcool dans le sang. Après l'avoir pratiqué pendant une heure ou deux sous l'influence du whisky, j'avais l'impression que tout le sang dans ma tête était passé dans une essoreuse. Je titubai dans un coin de la salle, m'appuyai contre une des poutres et fermai un œil dans l'espoir d'atténuer la sensation de tournis.

Un faible coup de coude dans mes côtes me fit rouvrir l'œil et je découvris Jamie, tenant deux tasses remplies à ras bord de liquide. Assoiffée comme je l'étais, je ne posai pas de question. Fort heureusement, ce n'était que du cidre, que je sifflai en un quart de tour.

— Continue à boire à ce rythme, et il va falloir te porter au lit, *Sassenach*, dit Jamie en riant.

Il éclusa néanmoins sa tasse avec la même rapidité. La danse l'avait laissé rouge et en nage, mais ses yeux pétillaient.

— Fadaises ! rétorquai-je.

Le cidre servant de ballast dans mon ventre, la salle avait cessé de tournoyer sur elle-même. En dépit de la chaleur, je me sentais d'humeur ludique.

— À ton avis, il y a combien de personnes dans cette grange ? lui demandai-je.

— Soixante-huit, du moins, la dernière fois que je les ai comptées.

Il s'adossa à la poutre à son tour, observant les danseurs d'un air tout à fait satisfait.

— Ils n'arrêtent pas d'entrer et de sortir, si bien que je ne suis sûr de rien. Et je ne compte pas les marmots.

Il s'écarta de justesse pour éviter trois garçonnets qui se pourchassaient en riant.

Dans les coins sombres de la grange, on avait placé des balles de foin. Les enfants trop petits pour rester éveillés y étaient couchés, enveloppés dans des couvertures et recroquevillés les uns contre les autres comme des portées de chatons. Jemmy était parmi eux, bercé par le raffut. Je vis Brianna interrompre ses virevoltes et venir brièvement vérifier que tout allait bien. Roger lui tendit la main, et ils repartirent en riant tourbillonner parmi les autres danseurs.

Comme l'avait dit Jamie, les gens entraient et sortaient sans cesse, notamment des groupes de jeunes et des couples qui flirtaient. Dehors, le froid glacial exacerbait l'envie de se frotter contre un corps chaud. L'un des grands fils MacLeod passa devant nous, son bras autour des épaules d'une fille beaucoup plus jeune. Je crus reconnaître une des petites-filles du vieux M. Guthrie. Il en avait trois, qui se ressemblaient toutes. Jamie adressa une plaisanterie au garçon qui rougit jusqu'aux oreilles. Quant à la jeune fille, déjà écarlate d'avoir trop dansé, elle vira cramoisie.

— Qu'est-ce que tu leur as dit ? demandai-je.

— C'est intraduisible.

Il mit sa main dans le creux de mes reins. Une flamme joyeuse brûlait dans ses yeux. Le seul fait de le voir ainsi me réchauffait le cœur. Il surprit mon regard et sourit, la chaleur de sa paume traversant le tissu de ma robe.

— Tu veux aller prendre le frais, *Sassenach ?*

Sa voix basse était des plus suggestives.

— C'est vrai que, maintenant que tu m'y fais penser, ce serait une bonne idée… Mais, peut-être pas tout de suite.

D'un signe du menton, je lui indiquai plusieurs vieilles dames assises sur un banc contre le mur, tel un groupe de corneilles, qui nous observaient en échangeant des messes basses. Jamie agita la main dans leur direction, les faisant pouffer de rire. Puis il se tourna vers moi avec un soupir.

— Tout à l'heure, alors. Après les premiers vœux de la nouvelle année.

Une série de danses s'acheva, et il y eut un mouvement de foule vers l'autre bout de la grange, vers le grand fût de cidre. Là présidait M. Wemyss. Les danseurs s'agglutinèrent autour de lui comme une horde assoiffée, si bien qu'on ne vit plus que le sommet de son crâne, ses cheveux blonds paraissant presque blancs sous la lueur des lanternes.

Je cherchai Lizzie des yeux pour m'assurer qu'elle aussi profitait de la fête. Apparemment, c'était le cas. Elle était assise sur une balle de foin, et quatre ou cinq garçons dégingandés lui faisaient la cour, se comportant tous avec le même empressement que les danseurs autour du fût de cidre.

J'attirai l'attention de Jamie sur le cercle d'admirateurs, lui demandant :

— Qui est le plus grand ? Je ne le reconnais pas.

Soupçonneux, il fronça les sourcils puis se détendit :

— Jacob Schnell. Il est venu depuis Salem avec un ami. Ils sont avec les Mueller.

— Vraiment !

Venir de Salem représentait une sacrée trotte, une cinquantaine de kilomètres environ. Je me demandais si la fête à elle seule avait motivé un tel déplacement. Je cherchai des yeux Tommy Mueller, que j'avais, en secret, sélectionné comme candidat potentiel pour

Lizzie. Je ne le vis nulle part. J'examinai de nouveau le jeune Schnell d'un œil critique.

— Qu'est-ce que tu sais au juste de ce garçon ? demandai-je à Jamie.

Il avait un an ou deux de plus que les autres garçons qui tournaient autour de Lizzie et était très grand. Pas très beau mais avec un visage sympathique, des os lourds et une certaine épaisseur à la taille présageant l'apparition d'une bedaine prospère vers l'âge mûr.

— Je ne le connais pas personnellement, mais j'ai déjà rencontré son oncle. Il vient d'une famille respectable. Je crois que son père est cordonnier.

Nous baissâmes automatiquement les yeux vers les souliers du jeune homme : pas neufs mais d'excellente qualité, avec des boucles en étain, grandes et carrées, à la mode allemande.

Le jeune Schnell semblait avoir l'avantage. Adossé près de Lizzie, il lui parlait, tandis qu'elle le dévisageait avec attention, l'air concentré, le front plissé, essayant de comprendre ce qu'il lui disait. Puis son visage se détendit, et elle éclata de rire.

Tout en les observant, Jamie secoua la tête, soucieux.

— Aïe ! dit-il. Il est d'une famille de luthériens. Ils ne le laisseront jamais épouser une catholique. Et puis Joseph aurait le cœur brisé si sa fille partait vivre si loin.

Joseph Wemyss était effectivement très attaché à Lizzie. L'ayant déjà perdue une fois, il était peu probable qu'il accepte de bon cœur un mariage qui l'éloignerait de nouveau d'elle. D'un autre côté, je savais qu'il ferait n'importe quoi pour assurer le bonheur de sa fille.

— Il partira peut-être avec elle, qui sait ?

Le visage de Jamie s'assombrit devant cette perspective, mais il hocha la tête.

— Oui, c'est une possibilité. Je serais vraiment désolé de le voir partir, même si je suppose qu'Arch Bug pourrait…

Il fut interrompu par des « *Mac Dubh !* » sonores. De l'autre côté de la grange, Evan l'appelait, lui faisant des signes péremptoires avec son archet.

La musique s'arrêta pour laisser aux musiciens le temps de souffler et de boire un verre. En attendant, certains hommes s'essayaient à la danse des épées, qui pouvait se pratiquer au son d'une seule cornemuse ou d'un simple tambour.

Je ne leur avais pas prêté beaucoup attention, n'entendant que les cris d'encouragement ou de dérision qui s'élevaient dans cette partie de la bâtisse. Apparemment, les hommes présents n'étaient guère doués pour ce genre de sport. Le dernier candidat venait de trébucher contre l'une des épées et de s'étaler à plat ventre sur le sol. On l'aida à se relever, le visage rouge et hilare, puis il retourna les railleries amicales de ses amis tout en époussetant ses vêtements pleins de brins de paille et de poussière.

— *Mac Dubh ! Mac Dubh ! Mac Dubh !*

Kenny et Murdo l'invitaient à grands cris, mais Jamie les fit taire en riant.

— Non, je n'ai pas fait ce genre d'exercice depuis que je…

Mac Dubh ! Mac Dubh ! Mac Dubh !

Kenny criait son nom en frappant son *bodhran* en rythme. Les hommes autour de lui entonnèrent à leur tour :

— *Mac Dubh ! Mac Dubh ! Mac Dubh !*

Jamie m'implorait du regard, mais Ronnie Sinclair et Bobby Sutherland marchaient déjà vers nous d'un pas décidé. Je m'écartai en riant, et ils le prirent chacun par un bras, étouffant ses protestations sous leurs cris rauques tout en le traînant au milieu de la piste de danse.

Les applaudissements et les cris d'approbation saluèrent son apparition. Constatant qu'il n'avait plus le choix, Jamie cessa de se débattre. Il se redressa et remit de l'ordre dans son kilt. Nos yeux se croisèrent, il haussa les sourcils et tout en faisant une moue résignée, il commença à ôter sa veste, son gilet et ses bottes, pendant que Ronnie disposait les deux épées en croix à ses pieds.

Kenny Lindsay se mit à frapper doucement son *bodhran*, hésitant entre les temps, entretenant le suspense. Un murmure d'excitation parcourut l'assistance. En chemise, kilt et bas, Jamie salua son public, s'inclinant vers les quatre points cardinaux. Puis il se redressa et prit sa place au-dessus des épées. Il leva les bras, ses mains pointant haut au-dessus de sa tête.

Des bravos fusèrent dans un coin. Je vis Brianna porter deux doigts à ses lèvres et émettre un sifflement à percer les tympans, au grand dam de ses voisins. Jamie lui fit un clin d'œil et esquissa un bref sourire, puis ses yeux revinrent sur moi. Ses lèvres exprimaient, malgré tout, un petit quelque chose de triste. Le rythme du *bodhran* commença à s'accélérer.

Cette danse écossaise des épées se pratiquait à trois occasions. Pour le divertissement et la représentation, comme c'était le cas à présent. Pour la compétition, ce que faisaient les jeunes hommes lors des *gatherings*. Et enfin, à l'origine, à titre d'augure. On la dansait à la veille d'une bataille, l'art du danseur déterminant le succès ou l'échec du combat. Les jeunes hommes avaient dansé entre des épées croisées à la veille de Prestonpans et de Falkirk, mais pas avant Culloden. La nuit précédant la bataille finale, il n'y avait eu ni feux de camp, ni bardes, ni chants de guerre. Peu importait, personne alors n'avait eu besoin de présages.

Jamie ferma les yeux un instant et baissa la tête, le battement du tambourin s'accélérant en crépitant.

Il m'avait révélé avoir déjà effectué la danse des épées lors de compétitions et, à plus d'une reprise, à la veille de combats, d'abord dans les Highlands, puis en France. Les vieux soldats lui avaient demandé de danser et, rassurés par sa compétence, en avaient conclu qu'ils vivraient et vaincraient. Puisque les Lindsay savaient qu'il en était capable, il avait dû la danser également à Ardsmuir. Mais c'était dans l'ancien monde, dans son ancienne vie.

Il n'avait pas besoin des connaissances historiques de Roger pour savoir que les coutumes avaient changé, étaient en train de changer. Nous étions dans un nouveau monde, et la danse des épées ne servirait plus de présage, n'aurait plus jamais le même sens profond. On ne cherchait plus la faveur des dieux de la guerre et du sang.

Il rouvrit les yeux et redressa brusquement la tête. Le *bodhran* émit « un bang ! » retentissant et un cri s'éleva dans l'assistance. Ses pieds rebondirent sur la terre battue, atterrissant au nord et au sud, à l'est et à l'ouest, effectuant des ciseaux au-dessus des lames.

Ses pieds touchaient terre sans un bruit, précis et sûrs. Son ombre dansait sur le mur derrière lui, une haute silhouette aux longs bras étirés vers le ciel. Son visage était toujours tourné vers moi, mais il ne me voyait plus.

Sous l'ourlet de son kilt, les muscles de ses jambes étaient aussi puissants que ceux d'un cerf bondissant. Il dansait avec toute la science du guerrier qu'il avait été et était toujours. Mais j'eus l'impression qu'il ne voulait à présent que marquer les mémoires, pour que tous ceux qui l'observaient n'oublient pas. Il sautait et tournait sur lui-même, son front projetant des gouttes de sueur, son regard perdu vers un indicible lointain.

*

* *

Les gens parlaient encore, une fois tous installés à la maison, peu avant minuit, pour raconter des histoires, boire de la bière et du cidre et échanger les premiers vœux.

Mme Bug sortit un panier de pommes et rassembla toutes les jeunes filles non mariées dans un coin de la cuisine. Sans cesser de pouffer de rire et de lancer des œillades aux jeunes hommes par-dessus son épaule, chacune éplucha un fruit en formant une seule pelure. Puis, tour à tour, elles jetèrent leur pelure derrière elles, et tout le monde s'attroupa pour voir la lettre qu'elle formait sur le sol.

Les pelures de pommes étant, par nature, relativement circulaires, on découvrit un bon nombre de « C », de « G » et de « O », ce qui était de bon augure pour Charley Chisholm et le jeune Geordie Sutherland. On s'interrogea aussi longuement pour savoir si le « O » signifiait Angus Og MacLeod, Angus étant un fringant adolescent très prisé, ou Owen, un veuf âgé mesurant un peu plus d'un mètre cinquante avec une grosse verrue au milieu du visage.

J'étais montée coucher Jemmy dans son berceau et redescendis juste à temps pour voir Lizzie lancer sa pelure. Deux des sœurs Guthrie se précipitèrent et manquèrent de s'assommer l'une contre l'autre en se penchant.

— « C » ! s'écrièrent-elles en chœur.

— Non, non, c'est un « J » !

On appela l'experte en la matière. Mme Bug se pencha et inclina la tête d'un côté puis de l'autre, à la manière d'un rouge-gorge examinant un ver potentiel.

— Un « J », à n'en pas douter, trancha-t-elle.

Le groupe se tourna en gloussant vers John Lowry, un jeune fermier de Woolam's Mill, qui interrompit sa conversation et se retourna d'un air ébahi.

Je surpris un mouvement du coin de l'œil et vis Brianna sur le pas de la porte, me demandant de venir d'un geste discret de la main. Je me hâtai de la rejoindre.

— Roger est prêt à sortir, mais on ne trouve plus le sel. Il n'est plus dans l'office. Tu ne l'aurais pas emporté à l'infirmerie ?

— Oh si ! Je suis désolée. Je m'en suis servie pour faire sécher de l'aristoloche et j'ai oublié de le remettre à sa place.

Les invités se pressaient sous les porches, s'alignaient dans le large couloir, se déversaient dans la cuisine et dans le bureau de Jamie, bavardant, buvant et mangeant. Je jouai des coudes dans la cohue jusqu'à l'infirmerie, échangeant des salutations, évitant des coupes de cidres brandies, écrasant des miettes de tartes.

L'infirmerie, elle, était presque déserte, les gens ayant tendance à l'éviter par superstition, soit parce qu'elle éveillait en eux des souvenirs douloureux, soit par simple méfiance. Par ailleurs, je ne les avais pas encouragés à y pénétrer en laissant la pièce dans le noir et en n'allumant pas de feu. Il n'y brûlait qu'une bougie, et la seule personne présente était Roger, examinant le bric-à-brac recouvrant mon plan de travail.

Il releva la tête et sourit en me voyant entrer. Les joues encore rouges d'avoir tant dansé, il avait enfilé sa veste et noué une écharpe en laine autour de son cou, sa cape posée sur le tabouret à côté de lui. La coutume voulait que si la première personne à franchir le seuil de votre maison après minuit, le jour de Hogmanay, était un beau et grand brun, vous auriez de la chance toute l'année.

Étant, sans conteste, le brun le plus grand – et l'un des plus séduisants – que nous ayons sous la main, Roger avait été élu pour accomplir cette mission, pas seulement dans « la grande maison », mais aussi dans tous les foyers des environs. Fergus et Marsali, comme tous ceux qui habitaient dans les parages, étaient déjà rentrés chez eux au pas de course pour se préparer à l'accueillir.

En revanche, que le premier à pénétrer chez vous soit un roux était très mauvais signe. On avait donc consigné Jamie dans son bureau, sous la joyeuse garde des frères Lindsay, chargés de veiller à ce qu'il n'en sorte qu'après minuit. L'horloge la plus proche se trouvait à Cross Creek, mais le vieux M. Guthrie possédait une montre de gousset, qui semblait encore plus ancienne que lui. Cet instrument nous annoncerait l'instant mystique où une année céderait la place à la suivante. Compte tenu des nombreux arrêts de la montre, cette information me paraissait purement symbolique, mais, après tout, amplement suffisante.

Brianna passa la tête par la porte de l'infirmerie derrière moi, sa cape sous le bras.

— Vingt-trois heures cinquante, annonça-t-elle. Je viens juste de vérifier la montre de M. Guthrie.

— Il nous reste largement le temps, dit Roger.

Voyant la cape de Brianna, il demanda :

— Finalement, tu as décidé de venir avec moi ?

— Tu veux rire ? Ça fait des années que je ne suis pas sortie après minuit. Tu as tout ce qu'il faut ?

Il lui indiqua un sac en toile sur le comptoir.

— Tout, sauf le sel.

Le premier à franchir le seuil devait aussi apporter des cadeaux symboliques : un œuf, un fagot de bois, du sel… et un peu de whisky, assurant ainsi à la maisonnée de ne manquer d'aucun des produits de première nécessité pendant l'année à venir.

— Ah, c'est vrai ! Où l'ai-je mis ? Je… Aaah !

Ouvrant la porte de mon placard, je m'étais retrouvée face à deux yeux phosphorescents brillant dans le noir. Mon cœur battait à tout rompre, puis je rassurai Roger qui avait bondi à mon secours.

— Ce n'est rien. Juste le chat.

Adso, apeuré par la fête, s'était réfugié sur une des étagères, emportant avec lui les restes d'une souris fraîchement tuée. Il miaula de façon menaçante, croyant sans doute que je voulais accaparer son butin. Je le poussai de côté, retirant le petit sac de sel de derrière ses pattes.

Je refermai la porte du placard, l'abandonnant à son festin, et tendis le sel à Roger. Il le prit et reposa l'objet qu'il tenait à la main.

— Où avez-vous trouvé cette vieille Vénus ? demanda-t-il.

Baissant les yeux vers le comptoir, j'aperçus la figurine en pierre rose que Mme Bug m'avait donnée.

— Mme Bug me l'a offerte. C'est un charme de fécondité. C'est très ancien, n'est-ce pas ?

Il hocha la tête sans la quitter des yeux.

— Très. Celles que j'ai déjà vues dans des musées datent de plusieurs millénaires.

Respectueux, il suivit avec soin les contours bulbeux du bout d'un doigt. Brianna s'approcha et, par réflexe, je posai une main sur l'amulette.

— Quoi, dit-elle, surprise, je ne suis pas censée la toucher ? Elle est si efficace que ça ?

— Non, bien sûr que non.

J'ôtai ma main en riant, me sentant plutôt sotte. Pourtant, je préférais vraiment qu'elle n'entre pas en contact avec elle et je fus soulagée de la voir seulement se pencher pour l'examiner. Roger, lui, observait Brianna, fixant sa nuque avec une singulière intensité. J'imaginai qu'il souhaitait la voir caresser l'objet avec autant d'ardeur que je priais de la voir s'en éloigner.

« Beauchamp, me dis-je mentalement, tu as beaucoup trop bu ce soir. » Néanmoins, je pris la figurine sur le comptoir et la mis dans ma poche.

L'étrange atmosphère se dissipa d'un seul coup. Brianna se redressa et prit Roger par le bras.

— Allons-y ! C'est l'heure !

Il balança son sac par-dessus une épaule et me sourit, puis ils disparurent, refermant la porte de l'infirmerie derrière eux.

Je mouchai la bougie, m'apprêtant à les suivre, puis m'arrêtai, hésitant soudain à replonger dans le chaos de la célébration. Toute la maison en mouvement palpitait autour de moi, la lumière du couloir filtrant sous la porte. Pourtant, dans mon antre, tout était calme et silencieux. Je sentais le poids de la petite idole dans ma poche et la pressai contre ma cuisse.

Le premier janvier n'a rien de spécial en soi, en dehors de la signification qu'on lui prête. Les anciens célébraient une nouvelle année lors d'Imbole, au début de février, lorsque l'hiver commence à faiblir et que la lumière revient peu à peu, ou la situaient lors de l'équinoxe de printemps, quand le monde est en équilibre entre les forces des ténèbres et de la lumière. Pourtant, tout en me tenant là dans le noir, écoutant le chat manger sa proie dans le placard, je perçus le pouvoir de la terre qui bougeait et s'étirait sous mes pieds, alors que l'année – ou autre chose – se préparait à changer. Le bruit et la présence des autres occupaient l'espace tout à côté, mais je préférais rester seule, laissant cette sensation monter en moi et vibrer dans mon sang.

Bizarrement, tout cela était des plus naturels et ne venait pas de l'extérieur, mais de moi. Comme la reconnaissance de quelque chose que j'avais toujours possédé et reconnu sans pouvoir le nommer. Minuit approchait à grands pas. Songeuse, j'ouvris la porte et m'avançai dans la lumière et le bruit.

Un cri à l'autre bout du couloir annonça l'arrivée de l'heure magique, confirmée par la montre antique de M. Guthrie. Tous les hommes sortirent du bureau de Jamie, se bousculant et riant aux éclats. Tous les visages se tournèrent vers la porte.

Il ne se passa rien. Roger avait-il décidé d'entrer par celle de derrière pour surprendre tous ceux qui se trouvaient dans la cuisine ? Je tordis le cou pour regarder dans l'autre pièce, mais non, le seuil était encombré de faces, toutes tournées vers moi, et qui attendaient.

Toujours rien. Après un mouvement d'agitation dans le couloir, les conversations cessèrent, nous plongeant dans un silence gêné, de ceux pendant lesquels personne n'ose parler de crainte d'être brusquement interrompu.

Soudain, il y eut des bruits de pas sous le porche, et on frappa trois petits coups secs et rapides. Toc, toc, toc. En maître de maison, Jamie s'avança pour ouvrir la porte et accueillir de manière solennelle la première personne de l'année à entrer dans sa maison. J'étais assez proche pour remarquer son air ébahi et je me hissai sur la pointe des pieds pour apercevoir l'objet de son étonnement.

À la place de Roger et de Brianna se tenaient deux silhouettes plus menues. Maigres et en haillons, mais sans nul doute bruns, les frères Beardsley franchirent timidement le seuil à l'invitation de Jamie.

Sans lâcher le bras de son frère, Josiah me salua poliment d'une courbette, puis déclara à Jamie dans un coassement :

— Bonne année à vous, monsieur Fraser. Nous voici, comme prévu.

*

* *

À l'unanimité, il fut décidé que les jumeaux bruns étaient un excellent présage, signifiant sûrement deux fois plus de chance qu'un seul beau ténébreux. Néanmoins, Roger et Brianna, qui avaient rencontré les deux adolescents hésitant dans la cour et les avaient envoyés frapper à la porte, furent dépêchés pour faire de leur mieux dans les autres maisons de Fraser's Ridge, Brianna ayant la consigne stricte de n'entrer nulle part avant Roger.

Heureuse ou pas, l'arrivée des Beardsley alimenta toutes les conversations. Tout le monde avait entendu parler de la triste fin d'Aaron Beardsley – la version officielle, bien sûr, à savoir qu'il était mort d'apoplexie – et de la mystérieuse disparition de son épouse. Les jumeaux ranimèrent et furent un moment au centre des débats. Personne ne savait ce qu'ils avaient fait entre l'expédition de la milice et la nouvelle année. Quand on l'interrogeait, Josiah se contentait de dire « on a erré ». Quant à Keziah, il ne répondait rien du tout. Faute de mieux, on dut se rabattre sur le commerçant et sa femme, jusqu'à ce que, ayant épuisé tous les aspects du sujet, on passe à autre chose.

Mme Bug prit immédiatement les Beardsley sous son aile, les emmenant dans la cuisine pour les laver, les réchauffer et les nourrir. La moitié des fêtards était repartie chez elle pour accueillir Roger. Ceux qui restaient jusqu'au matin se divisèrent en plusieurs groupes. Les plus jeunes retournèrent dans la grange pour danser ou chercher un peu d'intimité dans les balles de foin. Les plus vieux s'installèrent près du feu pour évoquer leurs souvenirs, et ceux qui avaient trop dansé et trop bu se recroquevillèrent dans des coins douillets – et d'autres beaucoup moins confortables – pour dormir.

Je trouvai Jamie dans son bureau, enfoncé dans son fauteuil, les yeux fermés, un dessin sur la table devant lui. Il ne dormait pas et ouvrit les yeux en m'entendant entrer.

— Bonne année, dis-je avant de l'embrasser.

— Heureuse année à toi, *a nighean donn.*

Il sentait la bière et la transpiration séchée. Sa peau était chaude.

Je jetai un œil dehors, à travers la fenêtre.

— Tu veux toujours aller prendre le frais ?

La lune s'était couchée depuis longtemps et la lueur des étoiles était pâle et froide. Il se frotta le visage des deux mains.

— Non, je veux aller dans mon lit, gémit-il.

Il bâilla, cligna des yeux et tenta d'aplatir les mèches hirsutes qui pointaient sur son front, ajoutant généreusement :

— Avec toi, bien sûr.

— Rien ne me ferait plus plaisir, l'assurai-je. Qu'est-ce que c'est que ça ?

Je fis le tour du bureau pour admirer le dessin devant lui. C'était une sorte de plan de maison, avec des calculs mathématiques griffonnés dans les marges.

Il se redressa, l'air un peu plus alerte.

— Un petit cadeau de Roger pour Brianna, à l'occasion d'Hogmanay.

— Il lui construit une maison ? Mais ils...

— Pas à elle. Aux Chisholm.

Il me sourit, posant les mains à plat de chaque côté du dessin.

Avec une ruse digne de Jamie lui-même, Roger avait enquêté parmi tous les habitants de Fraser's Ridge et négocié un accord entre Ronnie Sinclair et Geordie Chisholm.

Célibataire, Ronnie habitait dans une cabane spacieuse près de sa tonnellerie. Il avait été conclu qu'il irait s'installer dans son atelier, où il avait largement la place de mettre un lit. Les Chisholm emménageraient dans sa cabane, à laquelle ils ajouteraient tout de suite – quand le temps le leur permettrait – deux chambres, conformément au plan posé sur le bureau de Jamie. En outre, Mme Chisholm fournirait tous les repas de Ronnie et lui laverait son linge. Au printemps, quand les Chisholm prendraient possession de leur terre et y construiraient leur propre maison, Ronnie réintégrerait son logis agrandi, en espérant que sa cabane améliorée inciterait enfin une jeune femme à accepter de l'épouser.

Ravie, je posai les mains sur les épaules de Jamie, les serrant.

— Pendant ce temps, Brianna et Roger récupèrent leur cabane, Lizzie et son père cessent de dormir dans l'infirmerie et tout rentre dans l'ordre ! C'est une idée formidable ! C'est toi qui as dessiné le plan ?

— Oui, Geordie n'est pas menuisier, et je ne voudrais pas que toute la baraque s'effondre sur leur tête.

Il inspecta le plan, ouvrit son encrier, saisit une plume et corrigea à peine l'un des croquis. Puis il affirma d'un air satisfait :

— Voilà ! Ça devrait aller. Roger veut le montrer à Brianna tout à l'heure en rentrant. Je lui ai dit qu'il serait sur ma table.

— Elle sera aux anges.

Je m'appuyai contre le dossier de son fauteuil et lui massai les épaules. Il se pencha en arrière, le poids de sa tête contre mon ventre, et poussa un soupir de plaisir en fermant les yeux.

— Mal à la tête ? demandai-je en remarquant la ligne verticale entre ses yeux.

— Oui, un peu. Mmm… là, c'est bon, murmura-t-il pendant que je lui frottais les tempes.

Le calme était retombé sur la maison, même si on entendait encore un grondement de voix dans la cuisine. Au-delà, le son aigu et doux du violon d'Evan s'élevait dans l'air froid.

— « Ma mie aux cheveux châtains… », dis-je, songeuse. J'aime beaucoup cette chanson.

Je dénouai le lacet de sa tresse et démêlai ses cheveux, enfonçant mes doigts dans ses mèches soyeuses. Je lissai les lignes broussailleuses de ses sourcils, exerçant une légère pression juste sur le rebord de ses orbites.

— C'est étrange que tu n'aies aucune oreille pour la musique. Je ne sais pas pourquoi, mais, souvent, l'aptitude pour les mathématiques va de pair avec le sens musical. Brianna a les deux.

— Je les ai eus aussi, dit-il d'un air absent.

— Eus quoi ?

— Les deux.

Il soupira et se pencha en avant pour étirer son cou, plaçant ses coudes sur le bureau. Je repris le massage de son cou et de ses épaules, malaxant les muscles noués et durs à travers le tissu de sa chemise.

— Tu veux dire que, autrefois, tu chantais *juste* ?

C'était une plaisanterie entre nous. Bien qu'ayant une belle voix, sa perception des tonalités était si bizarre que, dans sa bouche, n'importe quelle chanson devenait une litanie monocorde qui abrutissait les bébés plutôt que de les bercer.

— Je n'irais pas jusque-là, mais, au moins, je pouvais distinguer un air d'un autre, et dire si une chanson était bien ou mal chantée. Désormais, je n'entends plus que du bruit et des crissements.

— Que t'est-il arrivé ? Quand ?

— Ça s'est passé avant que je te connaisse, *Sassenach*. D'ailleurs, peu avant notre rencontre. Tu te souviens que j'avais été en France ? J'en revenais avec Dougal MacKenzie et ses hommes, quand Murtagh est tombé sur toi, te promenant dans les Highlands en chemise…

Il en parlait comme si de rien n'était, mais mes doigts venaient de frôler sa vieille cicatrice sous ses cheveux. Ce n'était plus qu'une fine ligne saillant à peine, mais, autrefois, elle avait été une plaie d'une vingtaine de centimètres, ouverte avec une hache. Il avait bien failli y rester, reposant entre la vie et la mort pendant quatre mois dans une abbaye en France. Ensuite, pendant des années, il avait souffert de terribles migraines.

— C'est à cause de ça ? Tu veux dire que tu… as cessé d'entendre la musique ?

Il haussa brièvement les épaules.

— J'entends seulement la musique des tambours. Je perçois encore le rythme, mais plus la mélodie.

Je m'interrompis, mes mains sur ses épaules. Il se retourna vers moi avec un petit sourire.

— Ne t'en fais donc pas, *Sassenach*. Ce n'est pas bien grave. Je n'étais pas un très bon chanteur, même quand j'entendais les notes. Et puis, le principal est que Dougal ne m'ait pas tué.

— Dougal ? Tu crois vraiment que c'est lui qui t'a donné ce coup de hache ?

La certitude de sa voix me surprenait. À l'époque, il avait effectivement soupçonné son oncle d'être l'auteur de l'attaque meurtrière dont il avait été victime. Surpris par ses propres hommes avant d'achever le travail, il aurait prétendu avoir volé au secours de son neveu blessé. Mais Jamie n'avait jamais eu de preuves confirmant ses soupçons.

— Oh oui !

Il avait l'air surpris lui-même. Puis son expression changea et il reprit, parlant lentement :

— Te souviens-tu des paroles qu'il m'a dites en mourant ? Ah ! non, c'est vrai, tu ne pouvais pas comprendre.

Un frisson parcourut tout mon corps et les poils de ma nuque se hérissèrent. Je revoyais le grenier de la ferme Old Leanach à Culloden aussi clairement que le bureau autour de moi. Les vieux meubles renversés, les objets éparpillés par la lutte, Jamie agenouillé à mes pieds, tenant le corps agité de soubresauts de Dougal, le sang et l'air se déversant de la plaie ouverte dans sa gorge par le coutelas de Jamie. Le visage blême de Dougal, alors que la vie le quittait, ses yeux noirs et féroces fixés sur son neveu, articulant avec peine quelques mots en gaélique. Le visage de Jamie, aussi livide que celui de son oncle, tentant de décrypter sur les lèvres de Dougal ce dernier message.

— Qu'est-ce qu'il t'a dit ?

— « Fils de ma sœur ou pas, j'aurais mieux fait de te tuer ce jour-là sur la colline. Car je savais depuis le début que ce serait toi ou moi. »

Il avait répété cette phrase d'une voix calme et basse. Son absence d'émotions me fit frissonner de nouveau.

Aucun bruit ne parvenait du bureau. Les conversations dans la cuisine n'étaient plus qu'un vague murmure, comme si les fantômes du passé s'y étaient réunis pour boire un verre et évoquer leurs souvenirs, riant doucement entre eux.

— C'est donc ça que tu voulais dire quand tu m'as déclaré avoir fait la paix avec Dougal ?

— Oui.

Il se cala dans son fauteuil et leva les bras en arrière, ses mains chaudes s'enroulant autour de mes poignets.

— Il avait raison, tu sais, *Sassenach*. C'était lui ou moi. Tôt ou tard, cela devait finir ainsi.

Je soupirai, ma conscience allégée. Jamie s'était battu contre son oncle pour me défendre, et je m'étais toujours sentie en partie responsable de cette mort. Mais il avait raison. Il y avait trop de malentendus entre eux et si ce conflit final n'avait pas éclaté ce jour-là, à la veille de la bataille de Culloden, il aurait eu lieu plus tard.

Jamie serra mes poignets et, sans les lâcher, se tourna dans son fauteuil.

— Laisse les morts enterrer les morts, *Sassenach*. Le passé est passé, le futur n'est pas encore là et, pour le moment, nous sommes ici ensemble, toi et moi.

36

Des mondes invisibles

Le calme régnait dans la maison, moment idéal pour effectuer mes expériences. M. Bug avait emmené les jumeaux Beardsley à Woolam's Mill. Lizzie et M. Wemyss étaient partis aider Marsali, qui s'occupait du trempage de l'orge. Mme Bug ratissait les bois à la recherche de nos poules devenues à demi sauvages, les ramenant une à une par les pattes pour les installer dans le nouveau poulailler construit par son mari. Brianna et Roger montaient parfois ici pour le petit déjeuner, mais, généralement, ils préféraient rester au coin de leur propre cheminée, comme c'était le cas ce matin.

Goûtant la paix de la maison vide, je me préparai un plateau avec une tasse, la théière, le pot à lait et le sucre, et l'emportai dans mon infirmerie avec mes échantillons. La lumière matinale était parfaite, se déversant par la fenêtre en un faisceau brillant et doré. Laissant le thé infuser, je pris plusieurs flacons en verre dans mon placard et sortis dans la cour.

La journée s'annonçait frisquette mais superbe, le ciel bleu pâle promettant un peu de chaleur pour plus tard. L'eau dans l'abreuvoir des chevaux était gelée et bordée d'une fine couche de glace, mais pas encore assez pour tuer les microbes. De longs filaments d'algues tapissaient les planches, oscillant doucement quand je crevai la glace et grattai le bois gluant avec le bord d'un de mes flacons.

Je prélevai d'autres échantillons dans la distillerie et dans une flaque boueuse près des latrines, puis me hâtai de rentrer pour travailler pendant que la lumière était encore bonne.

La veille, j'avais installé le microscope avec son cuivre et ses miroirs rutilants près de la fenêtre. Il ne me fallut que quelques secondes pour placer des gouttelettes sur les plaques de verre déjà prêtes, puis, frémissante d'excitation, je me penchai sur l'oculaire.

L'ovoïde de lumière grossit, diminua, disparut soudain. Je plissai l'œil, tournant la vis le plus lentement possible, puis… il réapparut. Le miroir se stabilisa et la lumière se recomposa en un parfait cercle pâle, une fenêtre sur un autre monde.

Fascinée, j'observai une paramécie battant furieusement des cils à la poursuite d'une proie invisible. Puis mon champ de vision se brouilla, lorsqu'une marée microscopique balaya la goutte d'eau sur la lamelle. J'attendis encore un peu dans l'espoir de surprendre une élégante et rapide euglène, voire même une hydre, mais je n'eus pas cette chance. Je ne voyais que de mystérieux fragments noirs et verdâtres, des débris cellulaires et des éclats d'algues.

Je bougeai la lamelle deçà delà, mais ne vis rien d'intéressant. Ce n'était pas grave, car il me restait beaucoup de choses à observer. Je rinçai la plaque de verre dans une tasse d'alcool, la laissai sécher un moment, puis plongeai une pipette dans un des béchers alignés devant mon microscope, faisant tomber une nouvelle goutte sur la lamelle propre.

Il m'avait fallu un certain temps pour monter correctement ce microscope qui n'avait pas grand-chose à voir avec la version moderne, surtout celui-ci présenté en pièces détachées dans le beau coffret en bois du docteur Rawlings. Néanmoins, les objectifs étant reconnaissables, à partir de ce point de départ, j'étais parvenue à assembler les parties optiques sans trop de mal. Le plus difficile était encore d'obtenir suffisamment de lumière, d'où mon enthousiasme de ce matin.

— Que fais-tu, *Sassenach* ?

Jamie se tenait sur le seuil, une tartine de pain grillé à la main.

— Je vois des choses, répondis-je en effectuant la mise au point.

— Ah oui ? Quel genre de choses ? Pas des fantômes, j'espère ? J'en ai déjà assez vu comme ça.

Il entra dans la pièce en souriant.

— Viens voir.

Je m'écartai pour lui céder la place. Assez perplexe, il se pencha sur l'oculaire, fermant un œil d'un air concentré. Il resta un moment sans rien dire puis s'exclama, à la fois surpris et ravi.

— Je les vois ! Des petites bestioles qui nagent avec une longue queue.

Il se redressa, me regarda, extatique, puis reprit son observation. J'étais remplie de fierté devant mon nouveau joujou.

— N'est-ce pas merveilleux ?

— Merveilleux ! confirma-t-il. Regarde-les. Comme ils s'activent ! Ils se poussent et se bousculent… Qu'est-ce qu'il y en a !

Il les examina encore un moment, s'exclamant dans sa barbe, puis releva la tête, en la secouant d'un air sidéré.

— Je n'avais jamais rien vu de pareil, *Sassenach*. Tu m'en avais déjà parlé, mais je n'aurais jamais imaginé les microbes ainsi ! Je les voyais avec des petites dents, qu'ils n'ont pas, mais… je ne pensais pas qu'ils auraient de si jolies queues frétillantes ni qu'ils se déplaceraient en si grand nombre !

Je regardai dans l'oculaire à mon tour, tout en expliquant :

— C'est le cas de certains micro-organismes. Mais ces bestioles-là ne sont pas des microbes, ce sont des spermatozoïdes.

— Des quoi ?

— Des spermatozoïdes. Des cellules reproductives masculines. Tu sais, celles avec lesquelles on fait des bébés.

Je crus qu'il allait s'étrangler. Il ouvrit la bouche et son teint rosit.

— Tu veux dire… de la semence ? Du foutre ?

— Euh… oui.

Le surveillant du coin de l'œil, je versai un peu de thé dans un bécher propre et le lui tendis pour l'aider à se recomposer. Il ne sembla pas le voir, fixant le microscope comme si une de ces créatures allait en jaillir à tout moment et se tortiller à nos pieds.

— Des spermatozoïdes, marmonna-t-il. Des spermatozoïdes…

Pris d'un terrible doute, il se tourna vers moi avec suspicion.

— À qui sont-ils ?

— Euh… eh bien, à toi, naturellement ! À qui d'autre veux-tu qu'ils soient ?

Par réflexe, il mit machinalement une main protectrice devant son sexe.

— Comment les as-tu obtenus ?

— Qu'est-ce que tu crois ? J'en avais une petite réserve en moi, ce matin au réveil.

Sa main se détendit, mais il grimaça, mortifié. Il but le thé d'une seule traite, sans même remarquer qu'il était brûlant.

— Je vois.

Suivit un profond silence.

— Je… euh… je ne savais pas qu'ils pouvaient continuer à vivre, reprit-il enfin. C'est-à-dire… à l'extérieur.

— Ils meurent, si on les laisse se dessécher sur un drap, dis-je sur un ton détaché. Mais ils peuvent tenir quelques heures, si on les conserve dans un milieu humide.

Tout en lui montrant une minuscule flaque blanchâtre dans un récipient en verre fermé, je poursuivis :

— Cependant, dans leur milieu naturel, ils peuvent survivre jusqu'à une semaine après… euh… leur libération.

— Leur milieu naturel, répéta-t-il, songeur. Tu veux dire…

— Oui.

— Mmphm.

Se souvenant soudain du pain grillé dans sa main, il en mordit un morceau et le mâcha d'un air méditatif.

— Les gens sont au courant de cette histoire ? Je veux dire, aujourd'hui ?

— Au courant de quoi ? De ce à quoi ressemblent les spermatozoïdes ? Certainement. Les microscopes existent depuis plus d'un siècle, et la première chose que fait un individu avec ce genre d'instrument, c'est d'examiner tout ce qui lui tombe sous la main. Étant donné que l'inventeur du microscope était un homme, j'imagine que… tu ne penses pas ?

Il me lança un regard réprobateur, puis mastiqua de plus belle.

— Je ne dirais pas que ça nous « tombe sous la main », *Sassenach*. Mais je comprends ce que tu veux dire.

Comme poussé par une force irrésistible, il s'approcha de nouveau du microscope pour les revoir encore.

— Ils ont l'air très déterminés, dit-il au bout d'un moment.

Il paraissait non seulement surpris, mais aussi plutôt fier de la vigueur de ses gamètes.

— Ils ont intérêt à l'être, expliquai-je. Ils ont un long chemin à parcourir et, une fois arrivés au but, un rude combat à mener. Tu sais, un seul remporte le gros lot.

Il releva la tête, le visage neutre. Soudain, je pris conscience qu'il n'était pas au courant du processus. Il parlait plusieurs langues, avait étudié le latin, les mathématiques, la philosophie grecque et latine à Paris, mais pas la médecine. Même si les scientifiques de l'époque savaient que le sperme n'était pas une substance homogène mais constituée d'entités séparées, ils ignoraient probablement le rôle exact des spermatozoïdes.

Après lui avoir fait un cours accéléré sur les ovules, les spermatozoïdes, les zygotes et tout le reste, leçon qui l'étourdit un peu, je lui demandai :

— Mais, d'après toi, d'où venaient les bébés au juste ?

Il leva sur moi des yeux torves.

— C'est à un éleveur que tu poses cette question ? J'ai toujours très bien su d'où ils venaient. J'ignorais simplement tous ces détails bizarroïdes. Je pensais que... eh bien... que l'homme plantait sa graine dans le ventre de la femme et que... elle poussait.

Il fit un geste en direction de mon abdomen.

— Tu sais bien... comme une graine, quoi ! Comme les navets, le blé, les melons... Je ne savais pas qu'ils nageaient en rond comme des têtards.

Je me frottai le nez, essayant de ne pas rire.

— Je vois. C'est sans doute de là que viennent les métaphores sur la fertilité ou la stérilité du ventre de la femme !

— Mmphm !

Il reprit sa contemplation de la lamelle.

— Une semaine, tu as dit ? Donc, il est tout à fait possible que le petit soit vraiment de la Grive ?

Si tôt dans la journée, il me fallut quelques secondes pour passer avec lui de la théorie à l'application pratique.

— Oh, tu veux parler de Jemmy ? Oui, il peut être le fils de Roger.

Roger et Bonnet avaient couché avec Brianna à deux jours d'intervalle.

Il hocha la tête, absorbé par ses pensées, puis se souvint de sa tartine et l'avala d'une bouchée avant de se pencher de nouveau sur l'oculaire.

— Ils sont différents d'un homme à l'autre, non ?

— Euh… pas à l'œil nu, mais oui, bien sûr. Ils portent les caractéristiques transmises par l'homme à sa progéniture…

Je pensai plus prudent de ne pas pousser plus loin mes explications. Je l'avais déjà assez ébranlé avec ma description de la fécondation. Lui parler des gènes et des chromosomes était peut-être un peu trop pour l'instant.

— Mais tu ne peux pas voir ces différences au microscope, précisai-je.

Il grogna et se tourna vers moi.

— Que cherches-tu, dans ce cas ?

— Simple curiosité.

D'un geste, je lui indiquai la collection de flacons et de béchers sur mon plan de travail.

— Je voulais vérifier la résolution du microscope, afin de déterminer le genre de choses que je pourrais examiner.

— Ah oui. Comme quoi ? Je veux dire, à quoi ça te servira ?

— Eh bien, par exemple, je peux prélever un échantillon des selles de quelqu'un, vérifier s'il a des parasites intestinaux et, le cas échéant, savoir quel remède sera le plus efficace.

Il eut l'air de regretter de m'avoir posé cette question pendant son petit déjeuner, mais hocha néanmoins la tête.

— Ça me paraît très bien. Je ferais mieux de te laisser continuer à travailler.

Il déposa un baiser sur mon front puis se dirigea vers la porte. Une fois sur le seuil, il se retourna.

— Ces… euh… spermatozoïdes…

— Oui ?

— On ne peut pas les sortir de là et leur donner une sépulture décente ou quelque chose comme ça ?

Je me cachai pour sourire derrière ma tasse de thé.

— Ne t'inquiète pas, je prendrai bien soin d'eux, lui promis-je. Ne l'ai-je pas toujours fait ?

*

*   *

Elles étaient là. Des tiges sombres surmontées de grappes de spores rondes, se détachant nettement sur le fond clair du champ de vision du microscope.

— Cette fois-ci, je vous tiens !

Je me redressai, massant lentement mes reins. Une série de lamelles était disposée en éventail sur mon plan de travail, chacune avec une petite tache brune en son centre et un code inscrit à une extrémité avec un morceau de cire. Des échantillons de moisissures prélevés sur un pain de maïs mouillé, sur un vieux biscuit et sur des fragments de la tourte au gibier de Hogmanay. La croûte de cette dernière m'avait offert ma meilleure récolte, sans doute en raison de la graisse d'oie.

Des divers substrats utilisés pour mes tests, ces trois cultures contenaient la plus forte concentration de *Penicillium*. Du moins, j'étais presque sûre que c'en était. Les myriades de moisissures sur le pain étaient déconcertantes, sans compter les dizaines de souches différentes de *Penicillium*. Toutefois, les échantillons que j'avais choisis contenaient celles qui se rapprochaient le plus des images de sporophytes de *Penicillium* de mes manuels de médecine. Images que j'avais mémorisées des années plus tôt, dans une autre vie.

Je ne pouvais qu'espérer avoir une mémoire infaillible, que les souches isolées appartenaient aux espèces produisant la plus grande quantité de pénicilline, que je n'avais pas introduit par mégarde une bactérie virulente dans mes bouillons de culture et que... En somme, je pouvais souhaiter tout un tas de choses, mais venait un moment où l'espoir devait céder la place à la foi et où il fallait faire confiance à son destin.

Sur mon comptoir, j'avais aligné une série de bols contenant des bouillons de culture recouverts d'un voile de gaz pour éviter que des choses ne tombent dedans : insectes, particules en suspension dans l'air, crottes de souris, voire des souris elles-mêmes. J'avais filtré le liquide et l'avais fait bouillir, puis j'avais rincé chaque bol avec de l'eau bouillante avant d'y déverser le bouillon saumâtre. Je ne pouvais pas faire mieux comme milieu stérile.

J'avais ensuite raclé chacun de mes échantillons moisis avec une lame, puis j'avais saupoudré le bouillon refroidi de fines particules bleues avant de le recouvrir et de le laisser incuber plusieurs semaines.

Certaines cultures s'étaient épanouies, d'autres étaient mortes. Dans plusieurs bols, des grumeaux velus vert foncé nageaient sous la surface, tels des monstres marins, sombres et sinistres. Des intrus – champignons, bactéries ou colonies d'algues – mais pas le précieux *Penicillium.*

Un enfant anonyme avait renversé un des bols. Adso en avait fait tomber un autre, et, enivré par l'odeur de bouillon d'oie, avait lapé le contenu d'un troisième, moisissures y compris, avec un plaisir évident. Ce dernier ne contenait apparemment rien de toxique, puisque le chaton somnolait à présent, en parfaite santé, enroulé sur lui-même dans un rayon de soleil, sur le plancher.

La surface des trois bols restants était recouverte d'un tapis velouté bleuté. L'examen d'un échantillon prélevé sur l'un d'eux venait de me confirmer que j'avais enfin trouvé ce que je cherchais. Ce n'était pas la moisissure en elle-même qui était antibiotique, mais la substance claire qu'elle sécrétait pour se protéger des attaques de bactéries. Cette substance était de la pénicilline, et c'était elle que je voulais.

Tout en versant le bouillon de chacune des cultures vivantes à travers un autre filtre de gaze, j'avais tout expliqué à Jamie, assis sur un tabouret à côté de moi.

— Donc, ce que tu as obtenu là, c'est de la pisse de moisissure, c'est ça ?

— On peut le présenter sous cette forme, oui.

Je pris une des solutions filtrées et la versai dans plusieurs pots en pierre.

— Et ce truc guérit des maladies ? Au fond, c'est assez logique.

— Tu trouves ?

— Oui, on utilise bien d'autres types de pisse en guise de remèdes, pourquoi pas celle-ci ?

Il me montra mon grand cahier noir en guise d'illustration. Je l'avais laissé ouvert sur le comptoir après y avoir inscrit le résultat de ma dernière série d'expériences, et il s'était amusé à lire quelques pages, remplies par le précédent propriétaire du cahier, le docteur Daniel Rawlings.

— C'était peut-être le cas de Daniel Rawlings, mais pas le mien.

Ayant les mains prises, j'indiquai du menton un paragraphe de la page, intriguée :

— Qu'est-ce qu'il dit ?

Suivant du doigt les lignes de fine écriture, il lut à voix haute :

— « Électuaire pour le traitement du scorbut : deux têtes d'ail écrasées avec six radis auxquels on aura ajouté du baume du Pérou et dix gouttes de myrrhe, le tout lié avec la miction d'un enfant mâle afin d'être buvable. »

— Si tu rayes le dernier ingrédient, cela ferait un condiment assez exotique, dis-je, amusée. À ton avis, avec quoi pourrait-on le manger ? Du civet de lièvre ? Une fricassée de veau ?

— Non, le veau a un goût trop fade pour le radis. Un hochepot de mouton, peut-être. Le mouton, ça va avec tout.

Tout en méditant, il fit claquer sa langue, avant de demander :

— À ton avis, *Sassenach*, pourquoi d'un enfant mâle ? J'ai déjà lu cette mention dans des recettes, chez Aristote, par exemple, ainsi que chez d'autres philosophes de l'Antiquité.

Je lui jetai un coup d'œil en biais, tout en rangeant mes lamelles.

— D'une part, il est plus facile de recueillir l'urine d'un petit garçon que celle d'une fillette. Essaie, tu verras. En outre, l'urine de bébés mâles est, bizarrement, très propre, à défaut d'être tout à fait stérile. Les philosophes de l'Antiquité ont sans doute remarqué qu'ils obtenaient de meilleurs résultats en en mettant dans leurs formules, parce qu'elle était plus propre que leur eau potable habituelle, notamment l'eau des aqueducs et des puits.

Il regarda mon microscope avec méfiance.

— Par « stérile », tu veux dire qu'elle ne contient pas de microbes et non qu'elle ne se reproduit pas ?

— Oui, ou plutôt qu'elle ne reproduit pas de microbes, parce qu'elle n'en contient pas.

Je débarrassai mon plan de travail, n'y laissant que mon microscope et les pots contenant ce que j'espérais être de la pénicilline. En vue de l'intervention chirurgicale prévue, j'ouvris mon coffret de scalpels et sortis une grande bouteille d'alcool de mon placard.

Je la tendis à Jamie, avec un réchaud à alcool de ma propre fabrication : un encrier vide avec une mèche en lin cirée passant à travers un bouchon en liège enfoncé dans le goulot.

— Tu veux bien me le remplir ? Où sont les garçons ?

— Dans la cuisine, en train de se saouler.

Il versa l'alcool en fonçant les sourcils d'un air concentré, puis demanda :

— Donc, l'urine des petites filles est moins propre ou elle est simplement plus difficile à recueillir ?

— Non, en effet, elle n'est pas aussi pure que celle des garçons.

J'étalai un linge propre sur la table et y déposai deux scalpels, un forceps et plusieurs fers de cautérisation. Fouillant dans mon placard, je trouvai une poignée de tampons d'ouate. Les tissus en coton étaient hors de prix, mais j'avais eu la chance de pouvoir troquer tout un sac de capsules à la femme de Farquard Campbell en échange d'un pot de miel.

— Le... euh... chemin jusqu'à la sortie est moins direct, si l'on peut dire. Si bien que l'urine tend à charrier des bactéries et des débris ramassés dans les replis cutanés.

Je lui souris par-dessus mon épaule et ajoutai :

— Mais ne va surtout pas te croire supérieur à cause de ça.

— Jamais de la vie ! Tu es prête, *Sassenach* ?

— Oui, tu peux aller les chercher. Oh, et rapporte-moi une bassine.

Lorsqu'il fut sorti, je me tournai vers la fenêtre donnant à l'est. Il avait beaucoup neigé la veille, mais la journée était claire, et le soleil se reflétait sur les arbres couverts de neige en scintillant. Je n'aurais pu rêver d'une meilleure lumière.

Je déposai les cautères sur le réchaud, puis, après avoir glissé mon amulette sous mon corselet, je décrochai mon épais tablier en toile de sa patère, derrière la porte. Je revins ensuite me poster devant la fenêtre, tentant de faire le vide dans mon esprit. L'opération que je m'apprêtais à réaliser n'était pas difficile, je l'avais déjà effectuée maintes fois. Mais jamais sur une personne assise et consciente, ce qui faisait une très grande différence.

Je ne l'avais pas pratiquée non plus depuis plusieurs années et je fermai les yeux pour me remémorer une à une toutes les étapes à suivre, sentant les muscles de ma main frémir en suivant ma pensée, anticipant les mouvements que je devrais effectuer.

— Que Dieu me vienne en aide, murmurai-je en me signant.

Des pas hésitants, des ricanements nerveux et la voix de Jamie me parvinrent depuis le couloir. Je me retournai pour accueillir mes patients.

Un mois de nourriture saine, de vêtements propres et de literies chaudes avait considérablement amélioré la santé et l'aspect des frères Beardsley. Ils étaient toujours petits et maigres avec les jambes arquées, mais leurs joues s'étaient gonflées et leurs cheveux noirs brillaient. Leurs regards n'étaient plus traversés par cette lueur de bête traquée.

À vrai dire, leurs yeux étaient un peu vitreux. Lizzie dut retenir Keziah en le prenant par la main pour éviter qu'il ne trébuche contre un tabouret. Jamie tenait fermement Josiah par les épaules. Il le guida vers moi, puis il me tendit la jatte qu'il portait sous l'autre bras.

Je souris à Josiah en le fixant et serrai son bras pour le rassurer.

— Ça va aller ?

Il déglutit péniblement, puis il esquissa un faible sourire. Il n'était pas assez saoul pour ne pas avoir peur.

Tout en papotant de tout et de rien, je le fis asseoir, nouai une serviette autour de son cou et déposai la jatte sur ses genoux. J'espérais qu'il ne la laisserait pas tomber. Cette grande cuvette en porcelaine était la seule que nous possédions. À ma surprise, Lizzie vint se placer derrière lui, posant les mains sur ses épaules.

— Tu es sûre de vouloir rester, Lizzie ? Nous pourrons très bien nous débrouiller tous les deux.

Si Jamie était habitué au sang et aux carnages en tout genre, Lizzie, en revanche, n'avait probablement rien vu de pire que les maladies les plus banales et un accouchement ou deux.

— Oh non, madame. Je reste.

Elle avala, elle aussi, sa salive, puis elle se redressa avec courage en ajoutant :

— J'ai promis à Jo et à Kezzie de les accompagner jusqu'au bout.

En réponse à mon coup d'œil, Jamie haussa les épaules.

— Ok, d'accord, tu peux rester, dis-je à Lizzie.

Avec un des pots contenant le bouillon de pénicilline, je remplis deux tasses que je fis boire aux jumeaux. L'acidité de leur estomac rendrait sans doute inactive une grande partie de la pénicilline, mais – je l'espérais – pas avant qu'elle ne tue les bactéries dans leur gorge. Après l'intervention, une autre dose sur les surfaces à vif préviendrait peut-être les infections.

Je n'avais aucun moyen de connaître la concentration de pénicilline dans le bouillon. J'étais peut-être en train de leur donner une dose massive, ou, au contraire, trop faible pour avoir un effet. Du moins, j'étais raisonnablement sûre que la pénicilline était encore active. Je ne pouvais pas stabiliser l'antibiotique, ni savoir combien de temps encore il agirait, mais fraîche comme elle l'était, la solution devait forcément agir. Il y avait de fortes chances que le reste du bouillon soit encore utilisable pendant plusieurs jours.

Je préparerais d'autres cultures dès que l'opération serait terminée. Il faudrait en administrer régulièrement aux jumeaux pendant trois ou quatre jours.

— Ah, alors on peut le boire, hein ?

Jamie me dévisageait d'un air cynique par-dessus la tête de Josiah.

Quelques années plus tôt, à la suite d'une blessure par balle, je lui avais fait une injection de pénicilline. Il semblait croire, à présent, que je ne l'avais fait que par pur sadisme.

— Les injections sont beaucoup plus efficaces, expliquai-je, notamment en cas d'infection active. Toutefois, dans ce cas, je ne peux pas faire de piqûre, et il s'agit de prévenir l'infection, pas de la guérir. Maintenant, si tu es prêt...

J'avais pensé que Jamie le tiendrait, mais Lizzie et Josiah insistèrent, disant que ce ne serait pas nécessaire et affirmant que, quoiqu'il arrive, il ne bougerait pas.

Bien qu'ayant longuement examiné les deux garçons la veille, je les auscultai de nouveau de façon très brève avant de commencer. J'en profitai pour montrer à Jamie comment maintenir en place mon abaisse-langue en bois de frêne pour dégager la bouche du patient. Puis, je saisis le forceps et le scalpel et pris une grande inspiration.

En souriant et en regardant Josiah dans le fond des yeux, j'y vis deux minuscules reflets de mon visage, tous deux paraissant savoir ce qu'ils faisaient.

— On y va ?

Ne pouvant parler avec l'abaisse-langue dans la bouche, il émit une sorte de grognement que je pris pour un assentiment.

Il fallait être rapide, et je le fus. Les préparatifs avaient pris des heures, l'opération ne dura que quelques secondes.

Je saisis une amygdale spongieuse et rouge avec mes forceps, la tirai vers moi, fis quelques petites incisions au scalpel, séparant adroitement les différentes couches de tissu. Un filet de sang coula hors de la bouche et le long du menton du garçon, mais rien de bien méchant.

Je libérai le morceau de chair et le laissai tomber dans la jatte avant de m'attaquer à la seconde amygdale, répétant le processus, travaillant à peine plus lentement de la main gauche.

Le tout ne prit pas plus de trente secondes par côté. Je sortis mes instruments de la bouche de Josiah. Il me dévisagea avec des yeux ronds. Puis il toussa, gargouilla, se pencha en avant et cracha un second morceau de chair sanglante dans la bassine.

Aussitôt, je lui renversai la tête en arrière et lui enfonçai mes compresses ouatées dans la bouche pour absorber le plus de sang possible et mieux voir ce que je faisais. Je saisis ensuite un cautère et l'appliquai sur les gros vaisseaux. Les plus petits coaguleraient et se refermeraient d'eux-mêmes.

Ses yeux larmoyaient abondamment, ses mains agrippées à la jatte, mais il n'avait pas bougé ni émit le moindre son. Cela ne me surprenait pas, après l'avoir vu réagir lorsque Jamie avait effacé la marque sur son pouce. Lizzie le tenait toujours par les épaules, les yeux fermés. Jamie lui donna une tape sur l'épaule, la faisant sursauter.

— C'est bon, *a muirninn*, il en a terminé. Conduis-le se coucher, d'accord ?

Cependant, Josiah refusa de partir. Aussi muet que son frère, il secoua violemment la tête et s'assit sur un autre tabouret, blême et oscillant faiblement. Avec ses dents rouges de sang, il fit une grimace à son frère qui se voulait encourageante.

Lizzie voletait de l'un à l'autre, ne sachant plus où donner de la tête. Josiah la regarda et pointa un doigt ferme vers Keziah, qui venait de prendre place sur le tabouret du patient avec un air stoïque, le menton haut. Elle tapota doucement le crâne de Josiah, puis revint se placer derrière Keziah, les mains sur ses épaules. Il se retourna et lui adressa un sourire d'une douceur incroyable avant de baisser la tête et de lui embrasser la main. Puis, il se tourna vers moi, fermant les yeux et ouvrant grand la bouche comme un oisillon attendant la becquée.

Cette seconde intervention était plus délicate. Ses amygdales et ses végétations étaient très enflées et endommagées par l'infection chronique. Ce fut une opération sanglante. La serviette et mon tablier étaient couverts d'éclaboussures. Je cautérisai ses plaies, puis je reculai d'un pas pour examiner mon patient, qui était aussi blanc que la neige au-dehors, le regard totalement vitreux.

— Comment te sens-tu ? demandai-je.

Il ne pouvait pas m'entendre, mais mon air inquiet était assez éloquent. Ses lèvres remuèrent, comme dans un effort courageux pour sourire. Il commença à hocher la tête, puis ses yeux roulèrent dans leur orbite et il s'effondra lourdement à mes pieds. Adroit, Jamie rattrapa la jatte au vol.

Je crus que Lizzie allait tourner de l'œil à son tour. Il y avait du sang partout. Elle tituba, mais, sur mon ordre, alla docilement s'asseoir à côté de Josiah. Celui-ci resta le dos droit, lui tenant la main, pendant que Jamie et moi réparions les dégâts.

Jamie souleva Keziah dans ses bras. Le garçon était inerte et couvert de sang, tel un enfant assassiné. Josiah se leva, contemplant son frère inconscient d'un air angoissé.

— Tout ira bien, le rassura Jamie, très confiant. Comme je te l'ai dit, ma femme est une grande guérisseuse.

Ils se tournèrent alors tous vers moi, Jamie, Lizzie et Josiah, et me sourirent. Je manquai de leur faire une révérence, mais je me contentai de leur répondre moi aussi en souriant.

— Tout ira bien, confirmai-je. Va te reposer.

La petite procession quitta la pièce, plus silencieusement qu'elle n'y était entrée, me laissant seule pour ranger mes instruments et faire un peu de ménage.

Très contente, je ressentais la satisfaction et le calme qui suivent un travail bien accompli. Je n'avais pas effectué ce genre d'opérations depuis longtemps. Les exigences et les limites du XVIIIe siècle empêchaient la plupart des interventions, hormis les plus urgentes. Sans anesthésie ni antibiotiques, les actes chirurgicaux étaient trop difficiles et le risque trop élevé.

« Mais, à présent, j'avais au moins de la pénicilline », me répétai-je en éteignant le réchaud. Je l'avais sentie œuvrer dans la chair des garçons, pendant que je les touchais. Ils ne seraient pas menacés par les microbes, aucune infection ne viendrait saper mon travail. La pratique de la médecine comportait toujours un aspect aléatoire, mais, à partir d'aujourd'hui, la chance serait davantage de mon côté.

— Tout ira bien, répétai-je à Adso.

Il venait de réapparaître sur le comptoir, léchant consciencieusement un des bols vides.

— Tout ira bien et tous iront bien dans le meilleur des mondes.

Le grand cahier noir était toujours ouvert sur le plan de travail, là où Jamie l'avait laissé. Je tournai les pages pour revenir à celles où j'avais retranscrit l'évolution de mes expériences et pris ma plume. Plus tard, après le dîner, je décrirai dans le détail les interventions du jour, mais, pour le moment… Je marquai une pause, puis écrivis « Eurêka » en bas de la page.

37

La tournée du facteur

À la mi-février, Fergus se rendit à Cross Creek, comme il le faisait deux fois par mois. Il revint avec du sel, des aiguilles, de l'indigo, quelques autres produits de base et un sac entier de courrier. Il arriva au milieu de l'après-midi, tellement impatient de retrouver Marsali qu'il ne resta que le temps de siffler une bière en hâte, nous laissant, Brianna et moi, trier les enveloppes avec jubilation.

Il y avait une épaisse liasse de journaux de Wilmington et de New Bern, ainsi que quelques-uns de Philadelphie et de Boston – des amis habitant dans le nord faisaient parvenir ces derniers à Jocasta Cameron qui, ensuite, nous les renvoyait. Je les parcourus rapidement. Le plus récent datait déjà de trois mois, mais peu importait. Dans un endroit où les lectures étaient aussi rares et précieuses que l'or, on s'arrachait les journaux comme s'il s'agissait de romans.

Jocasta avait également envoyé pour Brianna deux numéros du *Journal des dames de Brigham*, une revue présentant la mode de Londres et des articles divers censés captiver la gent féminine.

Brianna en ouvrit un au hasard et lut :

— « Comment nettoyer la dentelle dorée. » Je me demande comment j'ai survécu jusqu'à ce jour sans le savoir.

— Regarde à la fin, lui conseillai-je. C'est là qu'ils publient les articles expliquant comment éviter d'attraper une blennorragie ou ce qu'il faut faire pour soulager les hémorroïdes de son mari.

Surprise, elle arqua les sourcils. Elle ressemblait comme deux gouttes d'eau à Jamie confronté à une proposition très discutable.

— Si mon mari me refilait une blennorragie, je crois que je lui conseillerais d'aller soulager ses hémorroïdes ailleurs.

Elle tourna plusieurs pages et ses sourcils montèrent encore d'un cran.

— « Comment stimuler Vénus. Une liste de remèdes infaillibles contre le surmenage du membre viril. »

Intriguée, je regardai par-dessus son épaule.

— Aïe, aïe, aïe ! « Laisser macérer une douzaine d'huîtres toute une nuit dans un mélange de vin et de lait, puis les cuire en tarte avec des amandes pilées et de la chair de homard, le tout servi avec des poivrons épicés. » Je ne sais pas comment se sent le membre viril, mais le propriétaire doit certainement avoir une violente indigestion. En outre, nous n'avons pas d'huîtres ici.

— Tant mieux, dit Brianna, consternée. Elles m'ont toujours fait penser à de la morve.

— Uniquement quand elles sont crues. Une fois cuites, je les trouve plus mangeables. En parlant de morve, où est Jemmy ?

— Il dort. En tout cas, je l'espère.

Méfiante, elle leva les yeux vers le plafond, mais n'entendant aucun son inquiétant, elle se replongea dans le journal.

— En voici une que l'on pourrait faire. « Prenez les testicules d'un animal mâle (au cas où il nous viendrait l'idée d'aller chercher ceux d'une femelle !) et faites-les bouillir avec six gros champignons dans de la bière aigre jusqu'à ce qu'ils soient tendres. Coupez-les en fines rondelles, poivrez et salez, puis ajoutez quelques gouttes de vinaigre. Faites roussir sur le feu jusqu'à obtenir une consistance croustillante. » Dis-moi, papa n'a pas encore castré Gideon, non ?

— Non. Je suis sûre qu'il sera ravi de te donner les roustons en question, si tu veux essayer cette recette.

Elle rosit et s'éclaircit la gorge.

— Hum... merci, mais nous n'en sommes pas encore là.

J'éclatai de rire et l'abandonnai à ses lectures fascinantes, tandis que je me penchais sur le courrier.

Un paquet adressé à Jamie – il semblait contenir un livre – était envoyé par un libraire de Philadelphie, mais il portait le sceau de lord John Grey, un cachet de cire bleue marqué d'une demi-lune souriante et d'une seule étoile. Lord John avait fourni la moitié de notre bibliothèque. Il tenait à nous envoyer des livres principalement pour sa propre satisfaction, déclarait-il, affirmant que, dans toutes les colonies, seul Jamie pouvait avoir avec lui une conversation littéraire digne de ce nom.

Il y avait aussi plusieurs lettres pour Jamie. Je les examinai avec attention, dans l'espoir de reconnaître l'écriture pointue typique de sa sœur. Je ne la vis nulle part. En revanche, il y en avait une de Ian, qui écrivait fidèlement une fois par mois. Cela faisait au moins six mois que nous n'avions aucune nouvelle de Jenny, depuis que Jamie avait été contraint, la mort dans l'âme, de lui raconter le sort de son fils benjamin.

Je reposai la pile de lettres sur le bord du bureau. Compte tenu des circonstances, je ne pouvais pas en vouloir à Jenny. Pourtant, j'avais été témoin des événements. Jamie n'était pas responsable, même s'il avait accepté de prendre en charge son neveu. Le jeune Ian avait choisi de lui-même de rester auprès des Mohawks. C'était un homme, bien que jeune, et sa décision lui appartenait. D'un autre côté, ce n'était qu'un gamin lorsqu'il avait quitté ses parents et, à leurs yeux, il l'était probablement encore.

Je savais que Jamie était blessé par le silence de sa sœur. Il continuait de lui écrire, comme il l'avait toujours fait, s'entêtant à rédiger quelques paragraphes presque tous les soirs, mettant les pages de côté jusqu'à ce que quelqu'un descende de la montagne pour se rendre à Wilmington ou à Cross Creek. Il n'en parlait jamais, mais je voyais bien comment, à chaque arrivée du courrier, ses yeux parcouraient rapidement les enveloppes, cherchant l'écriture de Jenny. Et aussi le pincement à peine perceptible de ses lèvres quand il ne la trouvait pas.

— Un petit effort, Jenny Murray ! marmonnai-je entre mes dents. Pardonne-lui et qu'on en finisse !

— Qu'est-ce que tu dis ?

Brianna venait de reposer sa revue et examinait une enveloppe en fronçant les sourcils.

— Rien. Qu'est-ce que tu tiens là ?

Je reposai les autres lettres que je triais et m'approchai d'elle.

— Ça vient du lieutenant Hayes. À ton avis, qu'est-ce qu'il veut ?

Une décharge d'adrénaline me contracta le ventre. Cela dut se voir sur mon visage, car elle reposa la missive et me dévisagea, intriguée.

— Qu'y a-t-il ? demanda-t-elle.

— Mais rien.

Trop tard. Elle me fixait, un poing sur la hanche, les sourcils froncés.

— Tu n'as jamais su mentir, maman.

Sans plus hésiter, elle brisa le cachet.

— Mais elle est adressée à ton père ! protestai-je faiblement.

— Ouais, c'est ça ! L'autre l'était aussi.

Elle déplia le papier et se pencha pour lire.

— De quoi tu parles ?

Mais, sans attendre sa réponse, je parcourais déjà la missive par-dessus son épaule.

Lieutenant Archibald Hayes
Portsmouth, Virginie
M. James Fraser
Fraser's Ridge, Caroline du Nord
Le 18 janvier 1771

Monsieur,

Je vous écris pour vous dire que nous sommes actuellement à Portsmouth où nous resterons probablement jusqu'au printemps. Si vous connaissez, parmi vos relations, un capitaine au long cours prêt à embarquer quarante hommes pour Perth, sur promesse de rétribution par l'armée une fois à bon port, vous m'obligeriez en me le faisant savoir.

En attendant, nous effectuons des travaux en tous genres afin de subvenir à nos besoins pendant les mois d'hiver. Plusieurs de mes hommes ont été engagés à la réparation des navires, qui sont nombreux à hiverner ici. Pour ma part, je suis employé comme cuisinier dans une taverne locale, mais je m'arrange pour rendre visite à mes hommes le plus souvent possible dans les différents quartiers où nous sommes logés.

Il se trouve que, lors d'une de ces visites il y a de cela deux jours, un de mes hommes, le première classe Ogilvie (que vous connaissez, il me semble), m'a rapporté une conversation qu'il avait surprise dans le chantier naval où il travaille. Cette conversation ayant trait à un certain Stephen Bonnet – auquel, je crois me souvenir, vous vous intéressez –, j'ai cru bon de vous la rapporter.

Bonnet est connu ici en qualité de contrebandier, une occupation fort répandue dans la région. Toutefois, il ne semble traiter qu'une qualité et un volume de marchandises dépassant la normale et, par conséquent, jouit de relations d'une nature également hors norme.

Tout cela pour dire que certains entrepôts de la côte de la Caroline renferment périodiquement des articles d'une nature que l'on a peu l'habitude d'y trouver et que ces périodes coïncident avec les apparitions de Stephen Bonnet dans les tavernes et les « bouges » des environs.

Ignorant que le sujet vous intéressait, le première classe Ogilvie n'a pas fait cas des noms précis mentionnés au cours de la conversation. Il se souvient néanmoins d'un certain « Butler », mais ne saurait dire si ce personnage est lié ou non à Bonnet. Il a également entendu parler de « Karen », sans savoir s'il s'agissait du prénom d'une femme ou du nom d'un navire.

En revanche, il croit avoir identifié un des entrepôts mentionnés dans la conversation comme étant un bâtiment situé non loin du chantier naval. J'ai donc pris sur moi de passer devant et de m'enquérir du nom de son propriétaire. L'entrepôt appartiendrait conjointement à deux associés : Ronald Priestly et Philip Wylie. À l'heure actuelle, je n'ai aucune information sur l'un ou l'autre de ces hommes, mais je poursuivrai mes recherches dès que mon emploi du temps me le permettra.

Fort de toutes ces informations, j'ai tenté à plusieurs reprises d'engager la conversation sur Stephen Bonnet dans les tavernes locales. Sans le moindre succès. Son nom est connu, mais personne ne souhaite l'évoquer.

Votre dévoué serviteur

Archibald Hayes, lieutenant,
67e régiment des Highlands.

Tous les bruits habituels de la maison nous entouraient toujours, mais Brianna et moi étions enveloppées dans une bulle de silence, dans laquelle le temps s'était brusquement arrêté.

Je n'avais pas envie de détourner les yeux de la lettre, sachant que cela marquerait le retour à la réalité et qu'il faudrait alors réagir. Pour le moment, je voulais surtout la jeter au feu et faire comme si ni l'une ni l'autre ne l'avaient lue.

Puis Jemmy se mit à hurler à l'étage au-dessus. Brianna sursauta, me mit la lettre dans les mains, bondit vers la porte, et la vie reprit son cours.

Je posai la missive à l'écart des autres et parcourus le reste du courrier, ordonnant les enveloppes, formant une pile nette de journaux, dénouant la ficelle autour du paquet. Comme je l'avais deviné, il s'agissait d'un livre. *Le Voyage de Humphrey Clinker*, de Tobias Smollett. J'enroulai la ficelle en pelote et la glissai dans ma poche. Pendant tout ce temps, une question revenait encore et encore dans ma tête avec la régularité d'un métronome : « Maintenant, qu'est-ce qu'on fait ? »

Brianna revint avec Jemmy, le visage rouge et froissé par sa sieste et visiblement irrité et sidéré d'avoir à reprendre conscience. Je sympathisai. Elle s'assit, ouvrit son corselet et colla son fils contre son sein. Ses cris cessèrent comme par enchantement. L'espace d'un instant, je regrettai amèrement de ne pouvoir faire un geste qui soulagerait ma fille avec autant d'efficacité. Cela dit, elle était pâle mais calme.

Je devais dire quelque chose.

— Je suis désolée, ma chérie. J'ai essayé de le dissuader… Jamie. Je sais qu'il ne voulait pas que tu le saches. Pour ne pas t'inquiéter.

— Ce n'est pas grave, j'étais déjà au courant.

De sa main libre, elle sortit un des registres de Jamie, le tenant par la tranche, le secoua et en fit tomber une lettre pliée.

— Lis ça, dit-elle. Je suis tombée dessus par hasard pendant que vous étiez partis avec la milice.

Je lus le récit de lord John sur le duel entre Bonnet et le capitaine Mardsen, un frisson glacé parcourant mes membres. Je ne m'étais jamais fait d'illusions sur la personnalité de Bonnet, mais j'ignorais qu'il était aussi fine lame. Je préférais de loin les dangereux criminels incompétents.

— Au début, j'ai cru que lord John répondait simplement à une question que papa lui avait posée par curiosité, mais je suppose que cette enquête va plus loin que ça. Qu'est-ce que tu en penses ?

Elle avait parlé sur un ton froid, presque détaché, comme si elle me demandait mon avis sur la couleur d'un ruban ou d'une boucle de soulier.

— Ce qui compte, c'est ce que tu en penses, toi, répondis-je.

— Ce que je pense de quoi ?

— Du prix du thé en Chine ! m'énervai-je. Après quoi, on pourra peut-être aborder le sujet de Stephen Bonnet, si ça ne t'ennuie pas ?

Le fait de prononcer son nom à voix haute me parut presque choquant. Par un accord tacite, nous évitions tous de le faire depuis des mois. Elle se mordit la lèvre, gardant les yeux fixés sur le plancher. Puis elle se secoua.

— Je ne veux pas entendre parler de lui, ni même penser à lui, dit-elle très lentement. Si jamais je le revois, je suis capable de… de…

Elle frissonna violemment et releva vers moi des yeux brillants de rage.

— Qu'a-t-il donc dans la peau ? Comment a-t-il pu faire ça ?

Elle frappa du poing sur son genou, faisant sursauter Jemmy qui lâcha son mamelon et se mit à pleurer.

— Là, tu parles de ton père, plus de Bonnet ?

Elle hocha la tête et remit le bébé à son sein, mais Jemmy ayant senti l'agitation de sa mère, il battit des bras en hurlant de plus belle. Je le soulevai et le pris contre mon épaule en lui tapotant le dos. Libérée, Brianna remit de l'ordre dans ses vêtements tout en poursuivant, haussant la voix par-dessus les cris de Jemmy :

— Pourquoi ne pouvait-il pas laisser Bonnet tranquille ?

— Parce que c'est un homme… et un Highlander par-dessus le marché. « Vivre et laissez vivre » ne fait pas partie de son vocabulaire.

— Que compte-t-il faire s'il le retrouve ?

— Dis plutôt *quand* il le retrouvera. Il n'aura de cesse de le chercher et de le trouver. Quant à ce qu'il fera ensuite… et bien… il le tuera, je suppose.

Je présentais cela de façon étrangement nonchalante, mais je ne voyais pas d'autres manières de le dire. Elle jeta un coup d'œil vers la lettre de lord John.

— Tu veux dire qu'il *essayera* de le tuer. Et si...

— Ton père a une certaine expérience en la matière. À vrai dire, il est même terriblement doué pour ça, même s'il ne trucide pas des gens tous les jours.

Cela ne parut guère la rassurer. Moi non plus, d'ailleurs.

Elle secoua la tête en murmurant :

— C'est un pays si vaste. Pourquoi ne pouvait-il pas tout simplement... s'en aller ? Loin d'ici ?

C'était une excellente question. Pendant ce temps, Jemmy reniflait, frottant furieusement son nez contre mon épaule, mais il ne pleurait plus. Je haussai les épaules, lui tapotant le dos.

— J'avais espéré qu'il aurait le bon sens d'aller poursuivre ses activités de contrebande en Chine ou dans les Antilles, mais il avait sans doute un trop bon réseau de relations ici pour les abandonner.

Brianna soupira et tendit les bras pour récupérer Jemmy.

— Il ne pouvait pas deviner qu'il aurait sur le dos Sherlock Fraser et son inséparable lord John Watson.

Elle tentait courageusement de plaisanter, mais sa lèvre inférieure tremblait et elle dut la mordre pour la cacher. Je ne voulais pas ajouter à son angoisse, mais il ne servait plus à rien de tourner autour du pot.

— Cela dit, il ne tardera pas à s'en rendre compte, dis-je à contrecœur. Lord John est très discret, mais on ne peut pas en dire autant du jeune Ogilvie. Si Jamie continue à poser des questions – ce qu'il ne manquera pas de faire –, le bruit se répandra tôt ou tard.

J'ignorais si Jamie avait compté découvrir Bonnet rapidement et le prendre par surprise ou si son plan consistait à le contraindre à sortir de sa tanière pour l'affronter au grand jour. À moins qu'il ne cherche à attirer délibérément son attention pour l'inciter à venir vers nous. Cette dernière possibilité me donna froid dans le dos et je m'assis lourdement sur un tabouret.

Réinstallant le bébé devant son sein, Brianna me demanda :

— Roger est-il au courant ? Fait-il partie lui aussi de cette foutue vendetta ?

— Je ne crois pas. Non, en fait, j'en suis sûre. Il t'en aurait parlé, non ?

Son visage se détendit un peu, même si l'ombre du soupçon assombrissait encore son regard.

— J'ai du mal à imaginer qu'il puisse me cacher quelque chose comme ça. D'un autre côté, tu ne m'as rien dit, toi !

Piquée par la pointe d'accusation dans sa voix, je serrai les dents.

— Tu as dit que tu ne voulais plus entendre parler de Bonnet, répondis-je en évitant son regard. Je… nous… ne voulions pas te faire penser à lui.

Avec un certain fatalisme, je me rendis compte que j'avais été attirée malgré tout dans le vortex des plans de Jamie. Je me redressai brusquement et la fixai droit dans les yeux, reprenant sur un ton sec :

— Écoute… je ne trouve pas que rechercher Bonnet soit une bonne idée, et j'ai tout fait pour en dissuader ton père. De fait, je croyais y être parvenue, mais manifestement pas.

Un air résolu durcit ses traits.

— Tu peux compter sur moi pour le décourager, annonça-t-elle.

Si quelqu'un possédait assez d'opiniâtreté et de force de caractère pour faire sortir Jamie du chemin qu'il s'était tracé, c'était bien sa propre fille. Toutefois, il y avait un grand « si ».

— Tu peux toujours essayer, dis-je, dubitative.

Le choc initial était passé, et elle avait retrouvé la maîtrise d'elle-même, son expression dure et froide.

— C'est mon droit, non ? N'est-ce pas à moi de décider si je veux... ce que je veux ?

— Si, convins-je.

Je n'étais pas très à mon aise. Les pères avaient souvent tendance à considérer qu'ils avaient, eux aussi, des droits. Les maris également. Mais peut-être valait-il mieux que je me taise.

Un moment de silence s'installa entre nous, troublé uniquement par les bruits de tétée de Jemmy et les croassements des corbeaux au-dehors. Puis, presque par impulsion, je me décidai à lui poser la question qui flottait à la surface de mon esprit :

— Brianna, que veux-tu exactement ? La mort de Stephen Bonnet ?

Elle releva les yeux vers moi, puis regarda par la fenêtre.

— Je ne peux pas, dit-elle d'une voix sourde. En laissant cette pensée s'installer dans ma conscience, j'ai peur de ne plus pouvoir penser à rien d'autre... tellement j'en aurais envie. Il n'est pas question que cet homme pourrisse ma vie ainsi !

Jemmy rota de manière retentissante et recracha un peu de lait. Brianna saisit la serviette en lin qu'elle avait jetée sur son épaule et lui essuya le menton. Rasséréné, le bébé parut concentrer toute son attention sur un point, en arrière de sa mère. Je suivis la direction de ses yeux et aperçus l'ombre d'une toile d'araignée sur le mur, près de la fenêtre. Une bourrasque fit frémir la vitre et un minuscule point noir se déplaça légèrement vers le centre de la toile.

— Oui, dit Brianna très doucement. Je voudrais qu'il meure. Mais je tiens encore plus à ce que papa et Roger vivent.

38

La clé des songes

Comme convenu lors du *gathering*, Roger était parti chanter pour le mariage du neveu de Joel MacLeod. Il en était revenu avec plusieurs nouveaux chants qu'il avait hâte de consigner sur papier avant de les oublier.

Il enleva ses bottes crottées dans la cuisine, accepta une tasse de thé et une part de tarte aux raisins secs de Mme Bug, puis se rendit directement dans le bureau. Jamie s'y trouvait déjà, faisant son courrier. Il releva la tête et le salua vaguement avant de se replonger dans sa rédaction, le front plissé par la concentration, pendant qu'il s'appliquait à former de belles lettres malgré la raideur de ses doigts.

Dans un coin, une bibliothèque de trois étagères accueillait toute la littérature de Fraser's Ridge. Les ouvrages sérieux occupaient l'étagère du haut : un recueil de poésie latine, les *Commentaires de la guerre des Gaules* de Jules César, les *Pensées* de Marc Aurèle, quelques autres classiques, *L'Histoire naturelle de la Caroline du Nord* du docteur Brickell, ouvrage prêté par le gouverneur et jamais rendu, un manuel scolaire de mathématiques en piteux état, avec « Ian Murray le jeune » écrit d'une main tremblante sur la page de garde.

L'étagère du milieu était consacrée aux lectures plus frivoles : une sélection de romans écornés par de nombreuses mains, dont *Robinson Crusoé, Tom Jones* en sept petits volumes reliés en cuir, *Roderick Random* en quatre tomes, le monstrueux *Pamela* de sir Henry Richardson, en deux gigantesques volumes *in-octavo*, le premier étant parsemé de nombreux signets, allant d'une feuille d'érable séchée à un morceau de buvard plié, indiquant les endroits jusqu'où les lecteurs successifs s'étaient rendus avant de capituler, provisoirement ou définitivement. Il y avait également un exemplaire de *Don Quichotte* en espagnol, poussiéreux mais moins usé, puisque Jamie était le seul à pouvoir le lire.

L'étagère du bas accueillait le *Dictionnaire du docteur Samuel Johnson*, les registres et les livres de compte de Jamie, plusieurs carnets d'esquisses de Brianna et le mince cahier relié dans lequel Roger retranscrivait les paroles des chansons apprises lors de *ceilidhs* ou autour des feux de camp.

Il prit un tabouret, s'installa à l'autre bout de la table utilisée par Jamie comme bureau et tailla avec soin une nouvelle plume. Il tenait à ce que son écriture soit lisible. Il ne savait pas très bien à quoi servirait son recueil, mais il était encore imprégné du respect instinctif de l'érudit pour la valeur de la parole écrite. Peut-être ne le faisait-il que pour son propre plaisir, mais il aimait l'idée de laisser quelque chose à la postérité et mettait aussi un point d'honneur à noter les circonstances dans lesquelles il avait appris chaque chanson.

Le bureau était calme. On n'entendait que Jamie soupirer de temps en temps quand il cessait d'écrire pour masser sa main prise de crampes. À un moment, M. Bug frappa à la porte. Après un bref entretien,

Jamie rangea sa plume et sortit avec le régisseur. Absorbé par son effort de mémoire et de retranscription, Roger ne leur prêta guère attention.

Un quart d'heure plus tard, il reposa lui aussi sa plume, l'esprit agréablement vide. Il se redressa et étira son dos. Il patienta quelques minutes pour que l'encre sèche bien avant de remettre son cahier à sa place et, en attendant, il sortit un des carnets d'esquisses de Brianna.

Elle l'avait autorisé à les consulter quand bon lui semblait, lui montrant elle-même les dessins dont elle était très satisfaite ou qu'elle avait réalisés spécialement pour lui.

Il feuilleta les pages, avec un mélange de curiosité et de respect, cherchant ici et là à percer les mystères de l'esprit de Brianna.

Ce carnet-ci comportait de nombreux portraits du bébé, une étude de cercles. Il s'arrêta devant un petit croquis, réalisé de mémoire. Il représentait Jemmy endormi, vu de dos, son petit corps recroquevillé en virgule. Le chat Adso était enroulé à ses côtés, dans une position quasiment identique, le menton posé sur le peton dodu du bébé, les yeux fermés exprimant la béatitude. Il se souvenait de celui-ci.

Elle dessinait Jemmy presque tous les jours, mais rarement de face.

— Les bébés n'ont pas vraiment de visage, lui avait-elle expliqué.

D'un œil critique, elle était en train d'observer son rejeton qui mâchait consciencieusement la bandoulière de l'étui à poudre de Jamie. Roger, couché à plat ventre devant le bébé et le chat, avait relevé les yeux vers elle.

— Ah oui, alors, qu'est-ce qu'il a sur le devant de sa tête ?

— Je parle d'un point de vue artistique. Bien sûr qu'ils ont un visage, mais il se ressemblent tous. Ils n'ont pas d'os, vois-tu. Or, leur ombre sert précisément à construire la structure d'un visage.

Avec ou sans os, elle avait un talent indéniable pour capturer les nuances des expressions. Un des croquis le fit sourire. Jemmy avait cet air distant et inimitable du bébé se concentrant avec intensité pour remplir une couche de manière tout à fait innommable.

Outre les portraits de Jemmy, plusieurs pages étaient couvertes de sortes de diagrammes d'ingénierie. Il referma le carnet, se pencha vers l'étagère et en sortit un autre.

Tout de suite, il se rendit compte qu'il ne s'agissait plus d'esquisses. L'écriture angulaire et régulière de Brianna remplissait les pages, qu'il feuilleta rapidement. Ce n'était pas vraiment un journal intime, mais plutôt un recueil de ses rêves.

La nuit dernière, j'ai rêvé que je me rasais les jambes. La trivialité de cette phrase le fit sourire, puis une vision des longues jambes lisses et brillantes de Brianna l'incita à poursuivre sa lecture.

> *J'utilisais le rasoir et la crème à raser de papa en me disant qu'il allait râler en s'en apercevant, sans que cela m'inquiète pour autant. La crème se trouvait dans une bombe blanche avec Old Spice écrit en lettres rouges. J'ignore si elle existe réellement sous cette forme, mais papa sentait toujours ça : l'après-rasage Old Spice et la cigarette. Il ne fumait pas, mais les gens avec qui il travaillait, oui, et ses vestes avaient toujours cette odeur de salon après une fête.*

Roger inspira, se remémorant les odeurs de pain frais et de thé, d'encaustique et d'ammoniaque. Personne ne fumait lors des réceptions très bon ton du presbytère, pourtant les vestes du révérend sentaient, elles aussi, la fumée.

Gayle m'a raconté qu'un jour elle était sortie avec Chris sans avoir eu le temps de se raser les jambes. Elle avait passé toute la soirée à l'empêcher de poser sa main sur son genou de peur qu'il ne sente les petits poils. Depuis, je n'ai jamais pu me raser sans repenser à cette histoire. Je me passais toujours la main sur les cuisses pour vérifier mon rasage, en me demandant si je pouvais me raser uniquement jusqu'aux genoux.

Les poils sur les cuisses de Brianna étaient si fins qu'on ne les sentait pas. Il ne les voyait que si elle se levait, nue, avec le soleil de dos, nimbant sa silhouette d'or, son duvet se mettant alors à briller dans ce halo délicat et intime. Le fait que personne d'autre que lui ne pouvait le voir le remplit d'aise, tel un vieil avare comptant chaque follicule d'or et de cuivre, se délectant de sa fortune secrète sans crainte d'être volé.

Il tourna la page, se sentant horriblement coupable de son intrusion, mais irrésistiblement attiré par le désir de pénétrer dans l'intimité des rêves de Brianna, de connaître les images qui peuplaient son esprit endormi.

Les notes n'étaient pas datées, mais chacune commençait de la même manière : *La nuit dernière, j'ai rêvé…*

La nuit dernière, j'ai rêvé qu'il pleuvait. Ça n'a rien d'étonnant puisqu'il pleuvait vraiment et qu'il n'a cessé de pleuvoir depuis deux jours. En allant aux latrines ce matin, j'ai dû sauter par-dessus une énorme flaque devant la porte, puis je me suis enfoncée jusqu'aux chevilles dans la terre molle près des mûriers sauvages.

Quand nous sommes allés nous coucher hier soir, la pluie crépitait sur le toit. C'était si bon de se blottir contre Roger bien au chaud dans notre lit, après une journée froide et humide. Nous nous sommes raconté des histoires de notre enfance. C'est peut-être de là qu'est venu mon rêve... d'avoir remué le passé.

Il ne se passait pas grand-chose. Je me tenais devant une fenêtre, à Boston, regardant les voitures passer dans la rue qui projetaient de grandes gerbes d'eau, écoutant le chuintement de leurs pneus sur la chaussée trempée. J'avais encore ce bruit dans la tête en me réveillant. Il était si net que je me suis levée et suis allée à la fenêtre, m'attendant presque à voir une rue remplie de monde et d'automobiles. Ce fut un choc de constater qu'il n'y avait que des épinettes, des châtaigniers, des herbes folles et des lianes, de n'entendre que les gouttes s'écrasant sur les feuilles de bardane.

La végétation m'a paru si dense, si luxuriante, d'un vert si intense, que je me serais crue dans la jungle, sur une autre planète, dans un endroit où je n'ai jamais mis les pieds alors que j'y vis tous les jours.

Toute la journée, j'ai eu l'impression d'entendre le bruit des pneus sur la chaussée trempée quelque part derrière moi.

Roger tourna la page.

La nuit dernière, j'ai rêvé que j'étais au volant de ma voiture. Je conduisais ma Mustang bleue, filant sur une route de montagne sinueuse. Je n'ai jamais conduit en montagne, même si je suis déjà allée dans les collines boisées au nord de l'État de New York. Pourtant, c'était ici. Je savais que j'étais à Fraser's Ridge.

Tout paraissait si réel. Je sens encore mes cheveux claquant au vent, le volant entre mes mains, le vrombissement du moteur et le grondement des roues sur l'asphalte. Cette sensation (tout comme la voiture) est impossible. Elle ne peut pas exister ailleurs que dans mon cerveau. Pourtant, elle est là, enchâssée dans les cellules de ma mémoire, aussi réelle que les murs autour de moi, attendant d'être ranimée par l'étincelle d'une synapse.

C'est là une autre singularité. Personne ici ne sait ce qu'est une synapse, en dehors de maman, Roger et moi. Quelle étrange sensation ! Comme si nous partagions toutes sortes de petits secrets.

Quoi qu'il en soit, une partie du rêve – celle où je conduis – est clairement un souvenir. Mais qu'en est-il des autres visions, tout aussi claires, tout aussi réelles, de choses que je n'ai jamais vues ni faites dans ma vie consciente ? Certains rêves sont-ils des souvenirs d'événements qui ne se sont pas encore produits ?

La nuit dernière, j'ai rêvé que je faisais l'amour avec Roger.

Il s'était apprêté à reposer le cahier, se sentant encore honteux. La culpabilité était toujours là, mais nettement insuffisante pour étouffer sa curiosité. Il lança un coup d'œil vers la porte, mais la maison était silencieuse. Les femmes s'affairaient dans la cuisine, personne ne traînait dans le couloir.

La nuit dernière, j'ai rêvé que je faisais l'amour avec Roger. C'était formidable. Pour une fois, je ne pensais à rien, je n'observais pas la scène de l'extérieur, comme je le fais toujours. D'ailleurs, pendant un long moment, je n'étais même pas consciente de ma propre présence. Il y avait cette chose très... sauvage dont je faisais partie, tout comme Roger, sans qu'il y ait un « lui » ou un « moi », rien qu'un « nous ».

Le plus drôle, c'est qu'il s'agissait de Roger, mais je ne pensais pas à lui en ces termes, pas avec son prénom, pas avec ce prénom-là. C'était comme s'il en avait eu un autre, secret, réel, que je connaissais sans le nommer.

(J'ai toujours pensé que tout le monde avait un nom comme ça, un nom qui n'est pas un mot. Je sais qui je suis et cette personne que je suis ne s'appelle pas « Brianna ». C'est moi, un point c'est tout. « Moi » peut servir de substitut pour ce que je veux dire, mais comment écrire le nom secret de quelqu'un d'autre ?)

Je connaissais le vrai nom de Roger, ce qui explique sans doute pourquoi cela marchait si bien entre nous. Cela marchait vraiment. Je n'y réfléchissais pas, ni ne m'en inquiétais. C'est seulement vers la fin que je me suis dit : « Hé, c'est en train de se passer ! »

Et puis c'est arrivé, et tout s'est dissout, tout a tremblé, palpité...

Là, elle avait noirci le reste de sa phrase, ajoutant une petite note en marge disant :

Aucun des livres que j'ai lus sur le sujet n'a su le décrire non plus !

En dépit de sa fascination, Roger éclata de rire. Puis il s'étrangla et regarda autour de lui pour s'assurer qu'il était toujours seul. Toujours pas de bruit dans les parages. Il reprit sa lecture.

J'avais les yeux fermés – dans mon rêve – et je restais allongée là, tandis que de petites décharges électriques explosaient encore ici et là dans mon corps. J'ai rouvert les yeux et Stephen Bonnet était en moi.

Ce fut un tel choc que je me suis réveillée en sursaut avec l'impression d'avoir crié. Ma gorge était à vif. C'était pourtant impossible, car Roger et Jemmy dormaient paisiblement. J'étais en nage, mais j'avais froid et mon cœur battait à tout rompre. Il m'a fallu du temps pour me calmer et pour pouvoir me rendormir. Les oiseaux chanteurs faisaient un raffut du diable. En fait, ce sont eux qui m'ont aidée à me rendormir. Papa – Frank – mais Jamie aussi m'ont expliqué que les geais et les corbeaux crient pour donner l'alerte, alors que les oiseaux chanteurs se taisent quand quelqu'un approche, si bien qu'en forêt, il faut surveiller ces derniers. Avec tant de bruit dans les arbres, j'ai su qu'il n'y avait pas de danger. Personne ne rôdait autour de la maison.

Le bas de la page était blanc. La paume moite et les battements de son cœur résonnant dans ses oreilles, il reprit le texte en haut de la page suivante, mais la calligraphie avait changé. L'écriture n'était plus fluide, rapidement couchée sur le papier. Les lettres étaient droites et appliquées, comme si, après le premier choc, elle était revenue sur son expérience, plus posée, pour y réfléchir.

J'ai essayé de l'oublier, mais ça ne marche pas. Comme les images revenaient sans cesse, je suis allée travailler dans la remise des simples. Dans ces cas-là, maman me prend toujours Jemmy, parce qu'il touche à tout. Ainsi, je savais que j'y serais seule. Je me suis assise parmi les bouquets en train de sécher, j'ai fermé les yeux et je me suis efforcée de me souvenir des moindres détails du rêve en me répétant « ce n'est pas grave, ce n'était qu'un rêve ». Stephen m'a terrifiée, et je me suis sentie malade en repensant à la fin, mais je ne voulais pas oublier. Je voulais me souvenir de ce que j'avais ressenti, de ce que j'avais fait, afin, peut-être, de pouvoir le refaire avec Roger.

Mais je continue à avoir cette impression que je ne pourrais pas, pas avant de m'être souvenue du nom secret de Roger.

Là, la note se terminait. Les rêves se poursuivaient sur les pages suivantes, mais Roger n'avait plus le cœur d'en lire davantage. Avec précaution, il referma le cahier et le glissa à sa place sur l'étagère. Puis il se releva et resta un moment à regarder par la fenêtre, essuyant sans s'en rendre compte ses mains moites sur les coutures de ses culottes.

À SUIVRE...

Cette histoire se poursuit dans la deuxième partie du cinquième tome, également intitulé *La Croix de feu*.

Remerciements

L'auteur adresse ses profonds remerciements à...

... mon éditrice, Jackie Cantor, comme toujours la plus ardente avocate de mon livre.

... mon agent, Russ Galen, toujours à mes côtés avec son bouclier et sa lance.

... Stacey Sakal, Tom Leddy et tous les autres merveilleux membres de la production, qui ont sacrifié leur temps, leur talent et leur santé mentale pour la réalisation de ce livre.

... Kathy Lord, créature rare et exquise, excellente correctrice de surcroît.

... Virginia Norey (alias la Déesse du livre), graphiste, qui, comme par magie, est parvenue à faire tenir le tout entre deux morceaux de carton et, en plus, lui a donné très belle allure.

... Irwyn Applebaum et Nita Taublib, éditeur et éditrice adjointe, qui sont venus à la fête et y ont apporté leur contribution.

... Rob Hunter et Rosemary Tolman, pour leurs informations inédites sur la guerre de la Régulation et leurs ancêtres très pittoresques et intéressants, James Hunter et Hermon Husband (non je n'invente pas tous ces personnages, quelques-uns seulement).

... Beth et Matthew Shope, ainsi que Liz Gaspar, pour leurs informations sur l'histoire et les croyances des quakers en Caroline du Nord (on notera par pur souci historique que, techniquement, Hermon Husband n'était pas un quaker à strictement parler au moment du récit, ayant été expulsé de son mouvement pour son discours jugé trop enflammé).

... Bev LaFlamme, Carol Krenz et leurs maris (respectivement) français et canadien (francophone) (qui se demandent sans doute quel genre d'amie fréquentent leurs femmes), pour leur avis d'expertes sur le transit intestinal des Français et leur aide pour des expressions françaises très colorées.

... Julie Giroux, pour la musique de Roger et la merveilleuse *Symphonie de Culloden*.

... Roger H. P. Coleman, R. W. Odlin, Ron Parker, Ann Chapman, Dick Lodge, Olan Watkins et de nombreux membres du Compuserve Masonie Forum pour leurs informations sur la franc-maçonnerie et les loges irrégulières, vers 1755 (soit bien avant l'établissement du Rite écossais, alors inutile de m'écrire à ce sujet, compris ?).

... Karen Watson et Ron Parker, pour leurs conseils sur les stations de métro londoniennes pendant la Seconde Guerre mondiale... au sujet desquelles je me suis permis quelques libertés techniques.

... Steven Lopata, Hall Elliott, Arnold Wagner, R. G. Schmidt et Mike Jones, tous d'honorables guerriers, pour leurs discussions utiles sur la manière dont les hommes pensent et se comportent avant, pendant et après la bataille.

... R. G. Schmidt et plusieurs autres charmantes personnes dont j'ai malheureusement oublié de noter le nom, qui m'ont transmis beaucoup d'informations utiles sur les croyances, la langue et les coutumes cherokees. (L'incantation pour la chasse à l'ours s'achevant sur « Yoho ! » est historique. Il y a beaucoup de choses que, même avec l'imagination la plus folle, je n'aurais pas pu inventer toute seule.)

... la famille Chemodurow, pour m'avoir généreusement permis de prendre des libertés avec leurs personnalités, les dépeignant comme des porchers russes. (Au XVIIIe siècle, des sangliers russes ont réellement été importés en Caroline du Nord pour la chasse. Cela a peut-être un rapport avec la popularité du barbecue dans le Sud.)

... Laura Bailey, pour ses conseils et commentaires précieux sur les costumes et les coutumes du XVIIIe siècle, dont j'ai en grande partie tenu compte.

... Susan Martin, Beth Shope et Margaret Campbell, pour leurs opinions d'expertes sur la faune, la flore, la géographie, le climat et l'ambiance psychologique de la Caroline du Nord (et qui tiennent toutes à préciser que seul un barbare mettrait des tomates dans la sauce barbecue). Toute aberration dans ces aspects de l'histoire résulte de l'inadvertance, de la licence poétique ou de l'entêtement de l'auteur.

... Janet McConnaughey, Varda Amir-Orrell, Kim Laird, Elise Skidmore, Bill Williams, Arlene MacRae, Lynne Sears Williams, Babs Whelton, Joyce McGowan et les dizaines d'autres bonnes âmes du Compuserve Writers Forum, toujours prêtes à répondre à une question idiote en un tour de main, notamment si elle a trait à la mutilation, au meurtre, à la maladie, au point piqué ou au sexe.

... Le docteur Ellen Mandell, pour ses conseils techniques sur la manière de pendre un homme puis de l'égorger sans le tuer. Toute erreur dans l'exécution de cet avis est de mon fait.

... Piper Fahrney, pour ses excellentes descriptions de ce que l'on ressent lors de l'apprentissage du combat à l'épée.

... David Cheifetz, tueur de dragons.

... Iain MacKinnon Taylor, pour son aide très précieuse dans les traductions du gaélique et ses charmantes suggestions pour le discours de Jamie lors du *gathering*.

... Karl Hagen, pour ses conseils en grammaire latine, et Barbara Schnell, pour ses conseils en latin et allemand, sans parler de ses magnifiques traductions de mes romans en allemand.

... Julie Weathers, mon regretté beau-père, Max Watkins et Lucas, pour leur aide au sujet des chevaux.

... Les Dames de Lallybroch, pour leur soutien moral enthousiaste et continu, y compris leur approvisionnement attentionné en papier hygiénique international.

... Les plusieurs centaines de personnes qui ont eu la gentillesse de m'offrir spontanément des informations tous azimuts, du développement et des usages de la pénicilline, aux *bodhrans*, à la distribution de l'épinette rouge et au goût de la viande d'opossum (il paraît que c'est gras, pour ceux que ça intéresse).

... et mon mari, Doug Watkins, pour tout.

7358

Composition Nord Compo
Achevé d'imprimer en France (La Flèche)
par Brodard et Taupin le 26 février 2008 - 45901.
1er dépôt légal dans la collection: septembre 2004.
EAN 9782290336991

Editions J'ai lu
87, quai Panhard-et-Levassor, 75013 Paris
Diffusion France et étranger : Flammarion